Идиот

白痴

［俄罗斯］陀思妥耶夫斯基 著

石国雄 译

译林出版社

图书在版编目（CIP）数据

白痴 ／（俄罗斯）陀思妥耶夫斯基著；石国雄译．
—南京：译林出版社，2021.7 (2025.2重印)
（陀思妥耶夫斯基精选集）
ISBN 978-7-5447-8546-4

Ⅰ.①白… Ⅱ.①陀…②石… Ⅲ.①长篇小说－俄罗斯－近代 Ⅳ.①I512.44

中国版本图书馆CIP数据核字（2021）第002279号

白痴　［俄罗斯］陀思妥耶夫斯基／著　石国雄／译

责任编辑	冯一兵　张　晨
装帧设计	周伟伟
校　　对	戴小娥
责任印制	颜　亮

出版发行	译林出版社
地　　址	南京市湖南路1号A楼
邮　　箱	yilin@yilin.com
网　　址	www.yilin.com
市场热线	025-86633278
排　　版	南京展望文化发展有限公司
印　　刷	南京爱德印刷有限公司
开　　本	850毫米×1168毫米 1/32
印　　张	22.25
插　　页	4
版　　次	2021年7月第1版
印　　次	2025年2月第8次印刷
书　　号	ISBN 978-7-5447-8546-4
定　　价	89.00元

版权所有・侵权必究
译林版图书若有印装错误可向出版社调换。质量热线：025-83658316

讲解人：董晓

南京大学文学院副院长，教授，博士生导师，主要从事俄罗斯文学、中俄文学关系的研究及翻译。兼任中国高等教育学会外国文学专业委员会副会长，江苏省比较文学学会副会长等职。

扫码收听音频讲解

目录

第一部　　001
第二部　　203
第三部　　371
第四部　　527
结　尾　　699

第一部

一

　　11月底，一个化冻的日子，早晨九点钟左右，彼得堡—华沙铁路线上一列火车开足马力驶近了彼得堡。天气是那样潮湿和多雾，好不容易才天亮。从车厢窗口望去，铁路左右十步路远的地方就很难看清什么东西了。旅客中有从国外回来的人，但三等车厢里人比较满，全是些从不远的地方来的下等人和生意人。所有人无例外地都疲倦了，一夜下来大家的眼皮都变沉了，人人都冻僵了，脸也变得苍白萎黄，就像雾色一般。
　　在一节三等车厢里，有两个旅客从天亮起就面对面坐在窗口，两人都年轻，几乎都不带什么行李，穿得也不讲究，都有相当引人注目的长相，再有，两人又都愿意互相攀谈。如果他们俩一个知道另一个此刻特别出众在什么地方，那么无疑会对机遇这么奇妙地使他们面对面坐在彼得堡—华沙线上的火车的三等车厢里感到不胜惊讶了。他们中一个个子不高，二十七岁左右，长着几乎是黑色的拳曲的头发，一双灰色的但是炯炯有神的小眼睛，宽而扁的鼻子，颧骨大大的脸庞。他那薄薄的嘴唇时而露出一种厚颜无耻的、嘲讽的，甚至刻毒的微笑，但是他有一个高高的额头，样子很好看，这就掩饰了长得丑陋的脸的下部。在这张脸上死一般苍白的脸色特别显眼，虽然年轻人体格相当强壮，但是这种苍白却使他的整张脸呈现出疲惫不堪的样子。与此同时,他的脸上还有某种激情,令人不安,这和他那无耻、粗野的微笑以及犀利、自我满足的目光很不相称。他穿得很暖和,身上是一件宽大的黑色面子的羔羊皮袄,所以夜间没有挨冻,而他的邻座显然对11月俄罗斯潮湿的寒夜缺少准备,因而浑身打颤,不得不饱受寒冷的滋味。他身披一件带有一顶大风帽的相当肥大的无袖斗篷,与遥远的国外如瑞士或意大利北部冬天旅客们常披的斗篷完全一样,而他们当然不会考虑从艾德库年到彼得堡这样的路程。但是在意大利适用而且完全可以满足需要的东西,在俄罗斯却显得全然不合适了。穿着带风帽斗篷的年轻人,也是二十六岁或二十七岁左右,中等偏高的个子,有一头稠密的颜色非常浅的头发,凹陷的双颊边上稀疏地长着几乎是全白的楔形胡须。他那碧蓝的大眼睛专注凝神,但目光中有某种平静而沉郁的东西,充满了奇怪的味道,有些人根据这种味道一眼就能猜测到这个人患有癫痫病。不过,年轻人的脸是讨人喜欢的,清瘦而秀气,但是没有血色,现在甚至冻得发青。他的手中晃动着一个用褪色旧花布裹起来的小包袱,大概,其中便是他的全部行装了。他的脚上是一双带鞋罩的厚底鞋。这一切都不是俄罗斯的装束。穿皮袄的黑发邻座看出了这一切,嘴角浮现出一丝粗鲁的嘲笑,有时候人们在旁人失败时就是这样无礼地、漫不经心地表达他们的幸灾乐祸的。部分因为无事可做,终于他问道:

"冷吗?"他说着,耸了耸肩。

"很冷,"邻座非常乐意回答说,"而且,您瞧,还是解冻的日子,如果到了严寒天,会是怎样呢?我甚至没有想到,我们这儿竟这么冷,已经不习惯了。"

"从国外来,是吗?"

"是的,从瑞士来。"

"嚯,瞧您!……"

黑头发的年轻人吹了一声口哨,便哈哈大笑起来。

话就这样攀谈开了。穿着瑞士斗篷的浅色鬈发的年轻人准备回答皮肤黝黑的邻座提出的所有问题。他的这种态度是令人惊讶的,而且他丝毫没有计较有些问题提得十分随便、不得体和无聊。他一边回答,一边顺便表明,他确实有很长时间不在俄罗斯了,有四年多了,他是因病去国外的,那是一种奇怪的神经毛病,类似癫痫或舞蹈病,不知怎么的要打颤和痉挛。黑皮肤那个人听着他说,好几次都暗自笑了。当他问"结果治好了吗?",而浅色鬈发者回答说"没有,没治好"时,他更是笑了起来。

"嘿,钱呢,一定白白花了许多,而我们这里的人就是相信他们。"黑皮肤的那一个讥讽地说。

"千真万确。"坐在旁边的一个插进来说。这位先生穿得很蹩脚,大概是十多年未升迁的小公务员,四十岁左右,体格强壮,红鼻子,脸上长满粉刺。"千真万确,只不过俄罗斯的财力全都被他们白白弄去了。"

"哦,在我这件事上您可就错了,"从瑞士回来的病人平静和忍让地说,"当然,我不会争论,因为我不了解整个情况,但是我的医生却倾其所有给我到这里的路费,而且在那里他供养了我几乎有两年。"

"怎么,没有人给您钱吗?"黑皮肤的问。

"是的,在那里供养我的帕夫利谢夫先生两年前去世了,后来我写信给这里的叶潘钦将军夫人,她是我的远房亲戚,但我没有收到回信,这样我就回来了。"

"您去哪里呢?"

"也就是我住在哪里吗?……我还不知道,真的……是这样……"

"还没有决定吗?"

两位听者重又哈哈大笑起来。

"您的全部财产不会都在这个包裹里吧?"黑皮肤的人问。

"我准备打赌,就是这样,"红鼻子小公务员异常得意地附和着,"行李车厢里没有他的行李,虽然贫穷不是罪,这点还是不能不指出的。"

原来正是这样。浅色鬈发的年轻人立即异常急促地承认了这一点。

"您的包裹总是有点用处的,"当大家畅笑一通后(值得注意的是,包裹所有者本人一边望着他们,一边终于也笑了起来,这更使他们快活),小公务员继续说,"虽然可以打赌,这个包裹里没有一包包拿破仑金币或腓特烈金币,甚至没有荷兰币,只要根据蒙在您那外国鞋上的鞋罩也可以断定这一点,但是……假如在您的包裹之外再添加上像叶潘钦将军夫人这么一位所谓的女亲戚,那么这个小包裹也就会有另一种意义了,当然,只有在叶潘钦将军夫人真的是您亲戚的情况下才是这样。您不会因为漫不经心而搞错吧……这是人非常非常容易犯的毛病,哪怕是……由于过分丰富的想象。"

"嗬,您又猜对了,"浅色头发的年轻人回应道,"我真的几乎弄错了,也就是说,她几乎不是我的亲戚,我们的关系太远,以至于他们没给我回信,我丝毫也不感到惊讶,真的,我早就料到是这样。"

"白白花费了邮资,嗯……至少您是忠厚老实的,这是值得称赞的!嗯……叶潘钦将军我们是知道的,其实是因为他是社会名流;还有在瑞士供养您的已故的帕夫利谢夫先生,我也知道,如果这是指尼古拉·安德列耶维奇·帕夫利谢夫,因为他有一位堂兄弟,那一位至今还在克里米亚,而尼古拉·安德列耶维奇这位故人就是在广泛的社交界也是位令人敬重的人,那时拥有四千农奴……"

"确实,他叫尼古拉·安德列耶维奇·帕夫利谢夫。"年轻人答道,专注而又好奇地打量了一番这位无所不知的先生。

在一定的社会阶层,有时候,甚至相当经常地可以遇见这种无所不知的先生,他们什么都知道。他们的智慧和能力,他们那时刻涌动的好奇心都不可遏制地倾注到一个方面。现代的思想家会说,当然这是因为缺少比较重要的生活情趣和观点的缘故。不过,"什么都知道"这句话所指的范围是有限的:某个人在某处供职,他跟谁认识,他有多少财产,在什么地方当过省长,跟谁结的婚,得到多少陪嫁,谁是他的堂兄弟,谁是表兄弟,等等等等,诸如此类。这些无所不知的先生大部分都穿着肘部磨破的衣服,每个月只拿十七卢布的薪俸。被他们了解全部内情的人们,当然怎么也想象不到,是什么兴趣驱使着他们这样,与此同时,他们中又有多少人因为这种几乎无异于整门科学的知识而感到欣慰,只因为他们得到了自尊,甚至是高度的精神满足。再说,这门科学也挺诱人的,我看到过不少学者、文学家、诗人、政治活动家在这门科学里寻求和寻得了自己高度的安宁和目的,甚至就凭这一点得到了功名。在整个这场谈话中,黑皮肤的年轻人打着哈欠,漫无目的地望着窗外,急不可耐地等待着旅程结束,他似乎有点心不在焉,甚至非常心不在焉,几乎是焦躁不安,以致变得有点令人奇怪:有时似听非听,似看非看,有时他笑,又不知道和不明白在笑什么。

"请问,您尊姓?……"忽然,脸上长粉刺的先生问拿着小包的浅色头发的青年。

"列夫·尼古拉耶维奇·梅什金公爵。"后者完全不加思索地马上回答说。

"梅什金公爵?列夫·尼古拉耶维奇?我不知道,甚至还没有听说过,"小公务员沉思着说,"就是说,我不是指姓,这个姓历史上就有,在卡拉姆辛写的历史书里可以也应该能找得到,我是说人,再说,不知怎的无论在哪儿都遇不到梅什金公爵家族的人,甚至杳无音讯。"

"噢,那还用说!"公爵立即回答说,"除我之外,现在根本就没有梅什金公爵家族的人了。我好像是我们家族的最后一个人了。至于说到父辈、祖辈,他们都是独院小地主[1],不过,我的父亲是陆军少尉,他是士官生出身。连我也不知道,叶潘钦将军夫人怎么从梅什金公爵女儿们中间冒出来的。她也是自己那一族的最后一人了……"

"嘻——嘻——嘻!自己族的最后一个!嘻——嘻!您怎么倒过来这么说。"小公务员嘻嘻笑着说。

黑皮肤的年轻人也冷笑了一下。浅色头发的青年则有点惊讶,他竟

---

[1] 拥有农奴的小地主,通常一院一户。

会说出相当不好的双关语。[1]

"您要知道,我完全不加思索就说了。"惊讶之余,他终于解释道。

"可以理解,可以理解。"小公务员快活地连声说。

"公爵,在国外您学过什么科学吧?"突然黑皮肤的年轻人问。

"是的……学过……"

"可我从来也没有学过什么。"

"但我也只是随便学了点,"公爵补充说,差不多是表示道歉,"因为有病,认为我不可能进行系统的学习。"

"您知道罗戈任[2]家吗?"黑皮肤的很快问道。

"不知道,完全不知道。我在俄罗斯认识的人很少。您就是罗戈任?"

"是的,我姓罗戈任,叫帕尔芬。"

"帕尔芬?这不就是那一家罗戈任……"小公务员特别傲慢地说。

"是的,是那家,就是那家。"黑皮肤的年轻人很快地、不讲礼貌地、急迫地打断了他。其实,他根本一次也没有对长粉刺的小公务员说话,从一开始他就只对公爵一个人说话。

"是吗……这是怎么回事?"小公务员惊呆了,几乎瞪出了眼珠。他的整张脸马上就现出一种虔敬和谄媚的,甚至是惶恐的神情。"您就是那位世袭荣誉公民谢苗·帕尔芬诺维奇·罗戈任的公子?他不是一个月前故世,留下了两百五十万财产吗?"

"您打哪儿知道他留下了两百五十万财产?"黑皮肤的打断他问,就连这次他也没有赏给小公务员一瞥。"您瞧(他朝公爵睒了睒眼,意指要说的是小公务员),他们知道这些会得到什么好处?干吗他们马上就像走狗似的一个劲地粘上来?我父亲去世了,这是真的,已经过了一个月,现在我差点连靴子也没有就从普斯科夫赶回家,无论是混账哥哥,还是母亲,

---

1 俄语 В своём роде 还有一种含义:"就某一点来说"。
2 有些版本译为"罗果仁"。

都不给我寄钱,也不寄消息……什么都不寄,犹如对待一条狗!我在普斯科夫患热病,躺了整整一个月!……"

"可现在一下子就必能得到一百多万,这是起码的,天哪!"小公务员双手一拍说。

"您倒说说,这关他什么事!"罗戈任恼怒和愤懑地又朝他点了一下头,"此刻你即使在我面前做倒立,我也不会给你一戈比。"

"我还是愿意做,愿意做。"

"瞧你!可是要知道,你哪怕跳一个星期舞,我也不会给,不会给的!"

"也不用给!我就该这样,不用给!我要跳舞,我就是抛下妻子、小孩,还是要在你面前跳舞,让你满意,让你快活!"

"去你的!"黑皮肤的啐了一口,"五个星期前我就像您这样,"他对公爵说,"带着一个小包裹逃离父亲去普斯科夫的姑妈家,在那里得了热病,躺倒了,而父亲却在我不在的情况下去世了,是中风而死的。死者千古,而那时他差点没把我打死!您相信吗,公爵,这是真的!那时我要是不跑,马上就会把我打死的。"

"您做了什么事让他发脾气了?"公爵接过话茬说。他怀着一种特别的好奇心打量着穿皮袄的百万富翁,虽然百万富翁身上和得到遗产这件事确有某种值得注意的东西,但是使公爵惊奇和产生兴趣的还有别的因素。再说,罗戈任本人不知为什么特别愿意把公爵看作交谈的对象,尽管他需要交谈,似乎是无意识多于精神的需求,似乎是漫不经心多于心地忠厚,是出于忐忑不安,忧心焦虑,交谈只是为了望着对方,随便胡扯些什么。好像他到现在仍患着热病,至少也是疟疾。至于说那小公务员,他硬是缠住罗戈任,气也不敢喘一口,留神和琢磨着每一句话,就像寻找钻石一般。

"脾气是发了,也许,也是该发的,"罗戈任回答说,"但是我那哥哥害得我最苦,至于老母亲是没什么可说的。她年纪大了,只是看看日课经文月书,与老太太们坐着聊聊天,谢恩卡哥哥决定什么就是什么,而他当时为什么不让我知道呢?我可是明白的!我那时神志昏迷,这是真的,据说,也发来过电报,但是给姑妈的,她在那里寡居三十年了,从早到晚总跟一些装疯卖傻的修士在一起,她修女不是修女,却比修女更有过之而无不及。电报把她吓坏了,她拆也不拆,就把它送到警察局去了,至今它还留在那儿。只有科涅夫·瓦西利·瓦西利耶维奇帮了大忙,把一切都告诉了我;夜里哥哥从盖在灵柩上的锦缎上剪下了流苏,那是铸金的,说什么'据说,它们很值钱!',可是就凭这一点,只要我想干的话,他就可能去西伯利亚,因为这是亵渎神圣的。喂,你这个家伙!"他朝小公务员说,"照法律讲,是亵渎神圣吗?"

"是亵渎神圣!亵渎神圣!"小公务员立即附和说。

"为此要流放去西伯利亚吗?"

"要去西伯利亚,西伯利亚!立即去西伯利亚!"

"他们一直以为我还病着,"罗戈任对公爵说,"而我一句话也不说,抱着病体,悄悄地上了火车,就这么走了。谢苗·谢苗内奇哥哥,请开门吧!他对故世的父亲说了我许多坏话,我知道。我确实因为纳斯塔西娅·费利帕夫娜当时惹恼了父亲,这是真的,这是我一个人做的事,我是有过失。"

"因为纳斯塔西娅·费利帕夫娜?"小公务员谄媚地说,他似乎在揣度着什么。

"你可是不会知道的!"罗戈任不耐烦地朝他喊了一声。

"我就知道!"小公务员以胜利的口吻回答说。

"瞧你!叫纳斯塔西娅·费利帕夫娜的人还少吗?我说你呀,是个多么厚颜无耻的家伙!嘿,我就知道,就有这样的家伙马上来缠住你!"他继续对公爵说。

"可是,也许,我是知道的呢?"小公务员连忙接着说,"列别杰夫是知道的!您,阁下,可以责备我,但是,要是我能证明,又怎么样呢?是有纳斯塔西娅·费利帕夫娜此人的,为了她,您父亲要用莱蓁拐杖来教训您。而纳斯塔西娅·费利帕夫娜是姓巴拉什科娃,说起来还是个名门闺秀,也是公爵小姐之类的,她跟一个姓托茨基,叫阿法纳西·伊万诺维奇的来往,就只跟他一个人交往,那人是个地主兼资本家,许多公司和社团的股东和要员,因此与叶潘钦将军有很深的交谊……"

"嗨,原来你还真有两下子!"罗戈任终于真正感到惊讶了,"呸,真见鬼,他倒真的什么都知道!"

"全都知道!列别杰夫无所不知!阁下,我还和利哈乔夫·阿列克萨什卡一起周游了两个月,也是在他父亲去世以后。我知道所有的角落和小巷,没有我列别杰夫,他甚至寸步难行。他现在身陷债务监狱,而就在那个时候我有机会认识阿尔曼斯和科拉利娅,帕茨卡娅公爵夫人和纳斯塔西娅·费利帕夫娜,也就有机会知道许多事情。"

"你认识纳斯塔西娅·费利帕夫娜?难道她跟利哈乔夫……"罗戈任恶狠狠地瞥了他一眼,连嘴唇也变白了,哆嗦起来。

"没什么!没——什么的!的确没什么!"小公务员有所领悟,便急忙说,"也就是说,利哈乔夫无论用多少钱也未能把她弄到手!不,这可不是那个阿尔曼斯,她只有一个托茨基,晚上在大剧院或者法兰西剧院她也只坐在自己的包厢里,那里军官们相互间闲话还少吗,可他们对她却说不出什么名堂来,'瞧,据说,这就是那个纳斯塔西娅·费利帕夫娜。'仅此而已,再要说什么,就没什么可说的了!因此,是没有什么的。"

"这事确实这样,"罗戈任皱起眉头,阴郁地肯定说,"扎廖热夫那时也曾对我这么说过。公爵,我那时穿着父亲那件只穿了三天的腰部打褶的大衣穿过涅瓦大街,而她正从商店出来,坐上马车。当时我一下子犹如浑身着了火似的。我常见到扎廖热夫,他跟我可不一样,打扮得像个理发店的伙计,一只眼睛上架着眼镜,可我在父亲家里穿的是抹了油的皮靴,喝的是素汤。他说,这个跟你不相配,还说,这是位公爵小姐,名叫纳斯塔西娅·费利帕夫娜,姓巴拉什科娃,她跟托茨基同居,而托茨基现在都不知道怎么摆脱她,因为他,这么说吧,完全到了真正的年龄,五十五岁,想要跟全彼得堡头号美女结婚。扎廖热夫当下就怂恿我说,今天你可以在大剧院见到纳斯塔西娅·费利帕夫娜,她将坐在第一层厢座自己的包厢里看芭蕾。可在我们家里你倒试试去看芭蕾——准会受到惩罚,父亲会把我们打死!但是,我还是偷偷地去看了一小时,又一次看见了纳斯塔西娅·费利帕夫娜。那天一整夜我都没有睡着。第二天早晨父亲给了我两张百分之五利率的证券,每张五千卢布。他说,去卖掉它们,七千五百卢布拿到安德列耶夫事务所,付清了,哪儿也别去,把一万剩下的数拿来交给我,我等你。我卖了证券,拿了钱,但是没有去安德列耶夫事务所,而是哪儿也不张望,径自去了一家英国商店,用全部钱挑选了一副耳坠,每个耳坠上都有一颗钻石,几乎就像核桃那么大,还欠了四百卢布,我讲出了姓名,他们相信了。我带了耳坠去找扎廖热夫,如此这般地说了一番,'兄弟,我们去找纳斯塔西娅·费利帕夫娜',我们就去了。当时我脚下是什么,前面是什么,旁边是什么——一概都不知道,也不记得,我们径直走进她的客厅。她亲自出来见我们。我当时没有说出自己来,而由扎廖热夫说:'帕尔芬·罗戈任送给您的,以作昨天与您邂逅的纪念,请俯允笑纳。'她打开盒子,瞥了一眼,冷笑一声说:'请感谢您的朋友罗戈任先生,谢谢他的盛情厚意。'她转身便走开了。唉,我干吗当时不马上死掉!如果真的想去死,是因为我想:'反正回去也活不了!'最使我委屈的是,我觉得扎廖热夫这骗子占尽了风流。我个子也小,穿得像个仆人,因为自惭形秽,便一声不吭地站在那里,只是瞪着眼睛看她。可扎廖热夫却非常时髦,头发抹得油亮,还烫成鬈发,脸色红润,结着方格领带,一味地奉承,满嘴的恭维,那时她大概把他当作是我了。我们出来后,我就说:'喂,现在再不许你想一下我的人,明白吗?'他笑着说,'现在你怎么向谢苗·帕尔芬内奇交账?'我那时真的想家也不回就去投河,可是又想,'反正都一样',于是犹如十恶不赦的罪人似的回家去了。"

"哎哟!喔嗬!"小公务员做了个鬼脸,甚至打起颤来,"要知道,已故的先人不要说为一万卢布,就是为十个卢布也会把人打发到阴间去的。"他朝公爵点了下头,公爵好奇地端详着罗戈任,好像此刻他的脸更加苍白了。

"打发到阴间！"罗戈任重复说了一遍，"你知道什么！"他对公爵说，"我父亲马上全都知道了，再说，扎廖热夫也逢人便吹。父亲把我抓起来，关在楼上，教训我足足一小时，他说：'我这只是先让你有个准备，到夜里我再来跟你告别。'你想怎么着？老头到纳斯塔西娅·费利帕夫娜那儿去了，连连朝她叩头，央求着，哭着，她终于拿出了盒子，扔了给他，说：'喏，给你，老胡子，你的耳环，现在它们对我来说价值珍贵十倍，因为它是帕尔芬冒着这么大的风险弄来的，向帕尔芬·谢苗诺维奇致意，向他表示感谢！'而我在这个时候得到母亲的赞同，从谢廖什卡·普罗图京那儿弄了二十卢布，就乘车到普斯科夫去了。到那儿时我正害着疟疾，在那里一些老妇人没完没了、令人厌烦地对我念教堂日历，而我坐在那里喝得醉醺醺的。后来我去了好几家酒馆，花光了最后一点钱，一整夜躺在街上不省人事，到了早晨发起了热病，好不容易才醒过来，而在夜里的时候狗还咬了我。"

"好了，好了，现在纳斯塔西娅·费利帕夫娜会改变态度了！"小公务员一边搓着手，一边嘻嘻笑着，"现在，老爷，耳坠算得了什么！现在我们可以补偿给她同样的耳坠……"

"要是你再说一次有关纳斯塔西娅·费利帕夫娜的一个字，你就给我滚蛋，我就揍死你，尽管你跟随过利哈乔夫！"罗戈任紧紧抓住他的手，嚷道。

"既然你要揍死我，就是说你不会放开我！揍吧！揍了，也就铭记在心了……瞧，我们到站了！"

确实，火车驶进了站台，虽然罗戈任说过，他是偷偷地来的，但是已经有好几个人在等候他。他们呼喊着，向他挥舞着帽子。

"瞧，扎廖热夫也在！"罗戈任嘟哝着说，一边得意地甚至狞笑着望着他们。忽然，他转向公爵说："公爵，我也不知道，我喜欢上你什么，也许是因为这种时刻遇见了你，不过也还遇上了他（他指了指列别杰夫），可我没有喜欢上他。到我家来吧，公爵，我们要脱下你脚上的这副鞋罩，我要给你穿上最好的貂皮大衣，给你缝制上等的燕尾服，白色的或者随便什么颜色的背心，口袋里钱塞得满满的……再一起到纳斯塔西娅·费利帕夫娜那里去！你来不来呀？"

"听从吧，列夫·尼古拉耶维奇公爵！"列别杰夫颇能感化人地郑重其事地附和说，"嗨，可别错过机会！嗨，可别错过机会！"

梅什金公爵站起来，彬彬有礼地向罗戈任递过手去，客气地说：

"我将十分乐意去府上拜访，蒙您喜欢我，不胜感激，甚至，如果来得及的话，也许今天我就会去的，因为，我坦率地对您说，我也非常喜欢您本人，特别是您讲到钻石耳坠的时候，甚至在讲耳坠之前就喜欢了，尽管您脸上一副愁眉不展的样子。我也感谢您允诺为我添置衣服和皮大衣，因为我确实很快就需要衣服和皮大衣了，眼前我几乎身无分文。"

"钱会有的，到傍晚就有，来吧！"

"会有的，会有的，"小公务员应声说，"不到晚霞时分就会有了！"

"你，公爵，对女人兴趣大吗？早点告诉我！"

"我，不——不！我可是……您大概不知道，我因为先天的毛病，甚至根本不懂女人的事。"

"噢，既然这样，"罗戈任大声嚷着，"公爵，你真是一位苦行僧了，像你这样的人，上帝都会喜欢的！"

"这样的人上帝会喜欢的！"小公务员附和道。

"那你就跟我走吧，应声虫。"罗戈任对列别杰夫说。他们走出了车厢。

列别杰夫终于达到了自己的目的。熙熙攘攘的人群沿着去沃兹涅先斯基大街的方向远去。公爵本应该拐向利捷伊纳亚街。天气很潮湿，公爵向行人问了路，到他所要去的地方有三俄里左右，他决定雇一辆马车。

二

　　叶潘钦将军住自己的房子，离利捷伊纳亚街不远，靠近变容救世主教堂。除了这所富丽堂皇的房子外（其中六分之五已经出租），叶潘钦将军在花园街还有一幢大房子，也给他带来异常可观的收入。这两所房子以外，在彼得堡城郊他还有一处盈利颇丰的重要的地产，在彼得堡县也还有什么工厂。众所周知，过去叶潘钦将军还参加过承包买卖，现在在好几家体面的公司里都有股份，并且说话颇有影响。他是有名的大富翁，大忙人，大神通。在有些地方，比如在他供职的部门，他善于使自己成为完全必不可少的人物。同时，大家也知道，伊万·费奥多罗维奇·叶潘钦是一个没有受什么教育的人，出身于士兵家庭，后面这一点无疑只会给他带来荣誉。但是，即使将军是个聪明人，他也不无小小的完全可以原谅的弱点，他还不喜欢别人提及，但他是个聪明的人这一点是毋庸置疑的，比方说，他有一个不抛头露面的原则，必要的时候就退避三舍。许多人看重他的也正是这种朴实浑厚，正是他的自知之明，而同时，要是这些评判者知道，深有自知之明的伊万·费奥多罗维奇心里有时候在想什么，那就好了！虽然他在日常处世方面确实既身体力行又有经验，还有某些非常出色的才能，但是他更喜欢把自己装扮成一个执行别人旨意的人，而较少表现出有自己的主张，他乐意做一个"忠诚不贰"的人，而且——时代变化了嘛——甚至还是个真诚的俄罗斯人，后面这一点还使他闹过一些好笑的事情，但即使发生了最可笑的逸事，将军也从不沮丧，况且，他总很走运，甚至打牌也是这样，而他又喜欢下大赌注，他还故意不仅不隐瞒自己嗜赌这一似乎小小的弱点，因为实际上在许多情况下它给他带来好处，而且还炫耀这一点。他的社交很杂，当然都起码是"名流"，但是一切都在前面，时间来得及，时间还来得及实现一切，一切也会随时间的消逝而循序来到。再说，叶潘钦将军的年龄，照通常所说，还正当年富力强，也就是五十岁，一点也不算大，无论如何也还是风华正茂的年龄，真正的生活正是从这个年龄开始的，健康，气色好，虽然发黑但仍牢固的牙齿，矮壮结实的身躯，早晨到任时脸上的操心神情，晚上打牌或坐在大人旁边的愉快神态——这一切都有助于他在现在和未来取得成功，并为将军阁下的生活铺满玫瑰。

将军有一个娇美似花的家庭。确实，这里已不尽都是盛开的玫瑰，可是也有许多地方早已开始引起将军阁下的认真和热切的关注，把主要的希望和目标都集中在那上面。生活中还有什么，还有什么目标比父母的目标更重要、更神圣呢？不把心贴着家庭，还贴着什么呢？将军的家庭由夫人和三位成年的女儿组成。很久以前，还是当中尉的时候，将军就结了婚，妻子年龄几乎跟他一样大，既不漂亮，也没有文化，他娶她只得到五十个农奴的陪嫁，确实，这也就成为他日后福运的基础。但是后来将军从来也不抱怨自己结婚早，从来也不把这看作是不够精明的青春年少时的钟情，他对自己的夫人相当尊敬，有时甚至很怕她，以致爱她。将军夫人是梅什金公爵家族的人，家族虽不显赫，但相当古老，夫人也因自己的出身自视甚高。当时一个有影响的人物、保护人之一（其实，这种保护丝毫无须费心）同意关照一下公爵小姐的婚姻，他为年轻的军官打开了篱笆，朝前推了他一把，而对于年轻的军官来说，即使不推，只要一瞥，就不会无功而返了。除不多几次例外，夫妇俩长期以来一直和谐相处。还在很年轻的时候,由于是公爵小姐出身,而且又是家族中最后一个,也可能是因为个人的品性,将军夫人就善于给自己找一些很高贵的夫人做保护人,后来鉴于自己丈夫的富有和重要的职位,她甚至在这个上层社交圈里也有点得心应手了。

近几年中将军的三个女儿亚历山德拉、阿杰莱达、阿格拉娅长大了,成人了。确实,她们三人都只是叶潘钦家的人,但是母亲是公爵家族出身,陪嫁丰厚,父亲日后大概能谋得很高的职位,还有相当重要的是,三位小姐都容貌姣好,连最年长的亚历山德拉也不例外,她已过二十五岁,中间那位是二十三岁,最小的阿格拉娅刚满二十岁。这最小的甚至完全是个美人,在上流社会她已开始十分引人注目。但这还不是一切:三位小姐所受的教育、聪慧和才能都很出众。大家都知道,她们彼此特别亲爱,互相支持。曾经有人说,为了全家的宠儿——小妹,似乎两位姐姐甚至作出了某种牺牲。在社交界她们不仅不喜欢招摇,甚至过分温雅持重。谁也不会责备她们高慢和骄矜,可同时人们也知道,她们倨傲只因知道自己的身价。大小姐搞音乐,二小姐是出色的画家,但多年来几乎谁也不知道这一点,只是最近才被人发现,还是偶然的。总之,关于她们有非常多的溢美之词,但是也有对她们并无好感的人。他们怀着惊惧的口吻说,她们读了多少书,她们并不急于出嫁,虽然珍视社会名流,但始终不十分追求,尤其引人注意的是,她们都知道父亲的志向、性格、目标和愿望。

公爵按将军府宅门铃的时候,已将近十一点了。将军住在二楼,居所尽可能布置得简朴,但又与他的身份相称。穿仆役制服的仆人为公爵开了门,他一开始就以怀疑的目光瞥了一眼公爵和他的小包裹,因此公爵必须跟这个仆人作长久的解释,在公爵不止一次明确地声明他确是梅什金公爵,有要事一定得见将军后,困惑的仆人才终于在旁边陪同他到小小的前厅,它就在接待室前、书房旁边,然后把他交给每天早晨在前厅当班,并向将军报告来访者的另一个人。这个人身穿燕尾服,四十开外的年纪,一副忧心忡忡的脸相,他是将军大人书房的专职仆从和通报者,因而知道自己的身价。

"请在接待室等一下,小包裹请留在这里。"他说着,一边不急不忙、摆出一副架子坐到扶手椅里,同时严峻而惊奇地望了一眼公爵,他这时就坐在他旁边的椅子上,手里拿着自己的小包裹。

"如果允许的话,"公爵说,"最好还是让我跟您一起就在这里等,而在接待室里我一个人做什么呢?"

"您不该待在前厅,因为您是来访者,换句话说,是客人。您要见将军本人?"

看来仆人对于放这样的来访者进去还不放心,便决定再问他一次。

"是的,我有事……"公爵本已开始说。

"我没有问您是什么事,我的事只是通报您来访,要是没有秘书,我对您说,我不会去报告您来访的。"

这个人的怀疑心仿佛越来越大,因为公爵跟平日来访的客人太不般配了。将军相当经常,几乎每天都在一定时刻接待客人,尤其是有事求见的客人,有时甚至是各种各样很不一样的客人,因而这仆人已很有经验,尽管如此,并且也有主人的规定,要报告必须通过秘书,但是他还是十分疑惑。

"那么您确是……从国外来的?"他似乎身不由己地问道,可最终又发觉他说走了样,他大概是想问:"那么您确是梅什金公爵?"

"是的,刚下火车。我觉得,您是想问:我是否真是梅什金公爵?只是出于礼貌才没有问。"

"嗯……"仆人很惊讶,便含混地应着。

"请相信,我没有对您说谎,您不用为我承担责任的。至于说我现在这副样子,还拿着小包,这没什么可奇怪的,目前我的境况不佳。"

"噢,我担心的不是这个,您也知道,我的责任是报告,然后秘书会出来见您,除非您……问题就在于此,除非……如果可以的话,我斗胆想知道,您是否因为贫穷来求见将军的?"

"哦,不是的,这一点您完全可以放心,我有别的事。"

"您请原谅我,我是瞧您这副模样才这样问的。您等一下秘书,将军本人现在正与上校谈话,过后秘书会来的,秘书……是公司里的。"

"这么说,要等很久,我想请问您:这里什么地方可以抽烟?我随身带有烟斗、烟草。"

"抽……烟?"仆人以轻蔑和不解的目光朝他瞥了一眼,仿佛依然不相信自己的耳朵似的,"抽烟?不行,这里不能抽烟。再说您有这个念头应该感到羞愧。嘿……真奇怪!"

"哦,我可不是要求在这个房间抽,这我是知道的。我是说,走出这里,到您指定的什么地方去抽,因为我已经习惯了,现在已有三个小时没有抽烟了。不过,随您的便,您知道,俗话说:入乡随俗……"

"您这么一位……我怎么报告?"仆人几乎是不由自主地咕哝说,"首先,您不应该待在这里,而应坐在会客室里,因为您本人是来访者,换句话说是客人,我可是要负责的……您,怎么,难道打算住这里?"他又睨了一眼显然使他不放心的公爵的包裹,补问道。

"不,我没有这个想法,甚至即使邀请我,我也不会留下来,我来只不过想认识一下,别无他求。"

"怎么?认识一下?"仆人带着十分的怀疑惊讶地问,"那您起先怎么讲是有事情?"

"噢,几乎不是为了事情!也就是说,如果您愿意的话,也是有一桩事情,只是想来请教,但我主要是来自我介绍,因为我是梅什金公爵,而叶潘钦将军夫人也是梅什金家族的最后一位公爵小姐。除了我和她,梅什金家族已别无他人了。"

"这么说,您还是亲戚啰?"几乎已经完全吓慌了的仆人哆嗦了一下。

"这几乎不算什么亲戚,不过,如果要硬拉,当然也是亲戚,但是关系非常远,以致现在已无法理清了。我在国外有一次曾经写信给将军夫人,但她没有给我回信,我仍然认为回国后有必要建立起关系。我现在对您作这一切解释,是为了使您不再怀疑,因为我看到,您始终还是不放心。您去报告是梅什金公爵,报告本身就看得出我拜访的原因,接见——很好,不接见——也许也很好,只不过似乎不可能不接见,因为将军夫人当然想见:自己家族长一辈的唯一代表,她很看重自己的家族出身,我确切地听人家这样议论过她。"

公爵的话似乎是最简单不过的了,可是他越简单,在此种场合下便变得越加不可思议。颇有经验的仆人不能不感觉到某种言谈举止,它对一般人来说完全是合乎礼节的,而在客人与仆人间就完全是不合乎常规了,因为仆人比他们的主人一般所想象的要聪明得多,于是仆人便想道,这里不外乎两种情况:要么公爵是个让人不屑一顾的疯子,一定是来告穷求援的;要么公爵是个傻瓜,没有自尊心,因为聪明、自尊的公爵是不会坐在前厅并跟仆人谈自己的事的。这么说来,不论是这种还是那种情况,是否得为他担责任呢?

"您还是请去会客室吧。"他尽量坚决地说。

"要是坐那里的话,就不会向您解释这一切了,"公爵快活地笑了起来,"这么说,您瞧着我的风衣和包裹,还是不放心。也许,现在您已没什么必要等秘书了,还是自己去报告吧。"

"像您这样的来访者,没有秘书我是不能通报的。何况刚才大人还亲自吩咐,上校在的时候,无论谁来都不要骚扰他们,而加夫里拉·阿尔达利翁内奇无须禀报就可进去。"

"是官员吗?"

"加夫里拉·阿尔达利翁诺维奇吗?不是,他在公司里供职。您哪怕把包裹放在这里也好。"

"我早就想到了,只要您允许。还有,我可以把风衣也脱掉吗?"

"当然,不能穿着风衣进去见他呀!"

公爵站起身,急忙脱下风衣,只剩下已经穿旧但相当体面、缝制精巧的上衣,背心上挂着一条钢链,钢链上是一只日内瓦的银表。

仆人已经认定，公爵是个傻瓜，但作为将军的仆人他仍然觉得，毕竟继续与来访者交谈是不合礼节的，尽管不知为什么他喜欢公爵，当然，仅就某一方面来讲是这样，但是，从另一种观点来看，公爵又激起了他的断然的和不该有的愤懑。

"那么，将军夫人什么时候接见客人？"公爵又坐到原来的地方问。

"这已经不是我的事了。接见没有规定，要看是什么人，女裁缝十一点钟也准许进去，加夫里拉·阿尔达利翁内奇也比别人早允准进去，甚至还允准进去吃早餐。"

"你们这里冬天房间里要比国外暖和，"公爵说，"但是那里街上比我们这儿暖和，而冬天屋子里……俄罗斯人在那里会因为不习惯而无法生活。"

"不生火吗？"

"是的，房子结构也不一样，也就是炉子和窗户不一样。"

"噢！您去了很久吗？"

"有四年，不过，我几乎老在一个地方待着，在农村。"

"不习惯我们的生活了，是吗？"

"这倒是真的，相信不，我对自己也感到奇怪，没有忘记怎么说俄语，我现在跟您在说话，而自己却在想：'我可说得挺好。'也许，因此我才说这么多话。真的，从昨天起就老是想说俄语。"

"嗯！嘿！从前在彼得堡住过吗？"（不论仆人有什么想法，却不可能不维系这样彬彬有礼的客气的谈话。）

"彼得堡？几乎根本没有住过，只是路过，过去一点也不了解这儿的情况，现在听说了许多新鲜事，据说，即使是原来了解彼得堡的人，也得重新了解了。现在这里谈审理案件谈得很多。"

"嗯！……审案子，审案倒确是审案。那里怎么样，是否更公正些？"

"我不知道。关于我们的审案，我倒是听到许多好话，比如，我们现在又没有死刑了。"

"那边判死刑吗？"

"是的,我在法国看见过,是在里昂,是施奈德把我带到那儿去的。"

"把人绞死？"

"不,在法国一直是砍头。"

"那么犯人叫喊吗？"

"哪里会喊？一刹那的时间。那是用一种叫斩首机的机器来执行死刑的,把人往里一放,一把大刀就落下来了,又重又有力量……眼睛也来不及眨一下,头颅就掉下来了。准备工作是很沉重的。宣布判决,给犯人收拾停当,捆绑好,送上断头台,这才可怕呢！人们跑拢来,甚至还有妇女,虽然那里不喜欢妇女来看杀人。"

"这不是她们的事。"

"当然,当然！这是多么痛苦的事情！……有个罪犯人很聪明,胆子大,也强悍,有些年纪了,姓列格罗。我讲给您听,信不信由您。他一边走上断头台,一边哭着,脸色白得像张纸。难道能这样？难道不可怕吗？谁会因恐惧而哭泣？我甚至没有想到,一个不是孩子的人,而且从来也不哭的四十五岁的汉子,竟会因恐惧而哭泣,此刻他的心里会发生什么情况,会使其发生怎样的痉挛？这只是对心灵的凌辱,而不是别的！《圣经》上说,'不要杀人',那么因为他杀了人,就要将他杀死吗？不,不能这样。我是一个月前看见这事的,可至今此景象尚浮现在眼前,还梦见过五回。"

公爵讲这些的时候,甚至激奋起来,淡淡的红晕漾起在他那苍白的脸上,尽管他说话仍像原来那样平和。仆人怀着同情和兴趣注视着他,似乎他不想离开他,也许,他也是一个富于想象和试图思考的人。

"好在掉脑袋那一会儿没有受很多痛苦。"他说。

"您不知道吗,"公爵热烈地应声说,"您注意到这一点了,人家跟您一样,注意到的也正是这点,机器也是为此而想出来的:斩首机。我那时头脑里还冒出一个想法:也许这更不好？您会觉得这念头很怪,可是只要有点想象力,即便这样的念头也会冒出来的。您想想:比如,用刑,那就有皮肉痛苦,遍体鳞伤,这是肉体的折磨,因而也就能摆脱精神的痛苦,因为光这些伤痛就够折磨人的了,直至死去,而斩首最主要的,最剧烈的痛苦,也许不是伤痛,而正是明明知道再过一小时,然后再过十分钟,然后再过半分钟,然后现在,马上——灵魂就会从躯体出窍,你便再也不是人了,这是确定无疑的,主要的正是确定无疑。而把头伸到屠刀底下,听见它将在头上面发出咔嚓一声,这四分之一秒是最可怕的。您知道,这不是我的瞎想,许多人都这样说过,我相信这点,因此我要直率地对您讲讲我的意见。因为杀人而被处死是比罪行本身重得多的惩罚,判处死刑比强盗杀人更要可怕得多。强盗害死的那个人,夜里在树林里被杀或者以什么别的方式被害,直至最后那瞬间,一定还抱着有救的希望。有过一些例子,有的人喉咙已被割断了,还寄希望于或逃走或求饶。而被判死刑的人,所有这最后的一点希望(怀着希望死去要轻松十倍)也被确定无疑的死剥夺了,这是判决,全部可怕的痛苦也就在确定无疑、不可避免的这死亡上,世上没有比这更强烈的痛苦了。战斗中把一个士兵带来,让他对着大炮口,朝他开炮,他还一直怀着希望,但是对这个士兵宣读确定无疑的死刑判决,他则会发疯或者哭泣的。谁说人的天性能忍受这种折磨而不会发疯?为什么要有这种岂有此理、毫不需要、徒劳无益的侮辱呢?也可能有这样的人,对他宣读了死刑判决,让他受一番折磨,然后对他说:'走吧,饶恕你了。'这个人也许能说说所受的折磨。基督也曾讲过这种折磨和这种恐惧。不,对人是不能这样的!"

仆人虽然不能像公爵那样表达这一切,也未能明白这一切,但是他理解了主要的内容,这甚至从他那流露出怜悯神情的脸上就可以看得出。

"既然您这么想抽烟,"他低声说,"那么,好吧,可以抽,只不过要快点,因为将军要是突然问起来,您却不在就不好了。喏,就在楼梯下面,您看见了吧,有一扇门,走进门,右边是个小房间,那里可以抽烟,只不过请把通风小窗打开,因为这不合我们的规矩……"

但公爵没有来得及去抽烟,一个年轻人手里拿着文件突然走进了前厅。仆人为他脱下了皮大衣,年轻人睨了一眼公爵。

"加夫里拉·阿尔达利翁内奇[1],"仆人神秘而又几乎是亲昵地说,"这位据称是梅什金公爵,是夫人的亲戚,他坐火车从国外来,手上拿着包裹,只……"

接下去的话公爵没有听清楚,因为仆人开始低语了。加夫里拉·阿尔达利翁诺维奇注意地听着,以极大的好奇心打量着公爵,最后不再听仆人说话,急匆匆走向公爵。

"您是梅什金公爵?"他异常殷勤和客气地问。这是个很漂亮的年轻人,也是二十八岁左右,身材匀称,头发淡黄,中等个子,拿破仑式的小胡子,有一张聪慧的、十分漂亮的脸蛋,只不过他的微笑尽管十分亲切,却显得过分乖巧,而目光呢,尽管非常快活和明显坦诚,却又过分专注和探究。

"他一个人的时候,想必不会这样看人,也许,永远也不会笑的。"公爵不知怎么有这样的感觉。

公爵很快地说明了他所能说明的一切,几乎也就是原先已经向仆人还有罗戈任说明过的那些话,加夫里拉·阿尔达利翁诺维奇当时似乎想起了什么。

"是否是您,"他问,"一年前或者还要近些时间寄来过一封信,好像是从瑞士寄来给叶莉扎维塔·普罗科菲耶夫娜的?"

"正是。"

"那么这里是知道您并且肯定记得您的。您要见大人?我马上报告……他一会儿就有空了,只不过您……暂时您先在客厅稍候……为什么让客人待在这里?"他严厉地对仆人说。

"我说过了,他自己不想去……"

这时书房门突然开了,一个军人手中拿着公文包,一边大声说着话,鞠着躬,一边从那里走出来。

---

[1] "阿尔达利翁内奇"是"阿尔达利翁诺维奇"的简称。

"你在这里吗,加尼亚?"有个声音从书房里喊着,"到这儿来一下!"

加夫里拉·阿尔达利翁诺维奇朝公爵点了一下头,匆匆走进了书房。

过了两分钟,门又开了,响起了加夫里拉·阿尔达利翁诺维奇清脆的、亲切的声音:

"公爵,请进!"

三

伊万·费奥多罗维奇·叶潘钦将军站在书房的中央,异常好奇地望着走进来的公爵,甚至还朝他迈了两步。公爵走近前去,作了自我介绍。

"是这样,"将军回答说,"我能效什么劳吗?"

"我没有任何要紧的事,我来的目的只是跟您认识一下。我不想打扰,因为既不知道您会客的日子,也不知道您的安排……但是我刚下火车……从瑞士来……"

将军刚要发出一声冷笑,但想了一想便克制了自己,接着又想了一下,微微眯缝起眼睛,从头到脚打量了一下自己的客人,然后很快地指给他一把椅子,自己则稍稍斜偏着坐了下来,显出不耐烦地等待的样子,转向公爵。加尼亚站在书房角落一张老式写字台旁,整理着文件。

"一般来说我很少有时间与人结识,"将军说,"但是,因为您,当然是有目的的,所以……"

"我料到正是这样,"公爵打断他说,"您一定会认为我的来访有什么特别的目的,但是,真的,除了有幸认识一下,我没有任何个人的目的。"

"对我来说,当然,也非常荣幸,但是毕竟不能光是快活,有时候,您知道,常有正经事……再说,到目前为止我无论如何也看不出,我们之间有什么共同之处……这样说吧,有什么缘由……"

"无疑,没有什么缘由。共同之处,当然也很少,因为,既然我是梅什金公爵,您夫人也是我们家族的人,那么,这自然就不成其为缘由,我很明白这一点。但是,我的全部理由恰恰又仅在于此。我有四年不在俄罗斯了,有四年多,我是怎么出国的,几乎连自己也不清楚!当时什么都不知道,而现在更是渺然。我需要结识一些好人,我甚至还有一件事,却不知道该去哪里找什么人,还是在柏林的时候,我就想:'我和他们差不多是亲戚,就从他们开始吧;也许,我们互相——他们对我,我对他们——都会有好处,如果他们是好人的话。'而我听说,你们是好人。"

"十分感激,"将军惊奇地说,"请问,您在什么地方下榻?"

"我还没有在哪儿落脚。"

"这么说,是一下火车就径直上我这儿来了?而且……还带着行李?"

"我随身带的行李总共就一小包内衣,没有别的东西了,通常我都拿在手里的。晚上也还来得及要个旅馆房间。"

"这么说,您还是打算去住旅馆的啰?"

"是的,当然是这样。"

"照您的话来推测……我本来以为,您就这么直接到我这儿来住下了。"

"这也可能,但只能是受你们的邀请。坦率地说,即使你们邀请了,我也不会住下,倒不是有什么原因,只不过是……性格关系。"

"好吧,那么恰恰我也没有邀请过您,现在也不提出邀请。还有,公爵,请允许我一下子就都弄清楚:因为就在刚才我们已经讲妥了,说到亲戚关系,我们之间无话可谈,不然的话,当然,我会十分引以为荣,那么,就是说……"

"那么,就是说,该起身告辞啰?"公爵站了起来,尽管他的处境显然十分困窘,他却不知怎么的还大笑了起来。"原来这样,将军,说真的,虽然我对这里的习俗、对这里的人们怎样生活实际上毫无所知,但是我还是料到了,我们的见面一定会是这样的结果,现在果然如此。那也没关系,也许,就该是这样的……再说当时也没有给我回信……好了,告辞了,请原谅打扰了。"

此刻公爵的目光是那么温存,而他的微笑是那样纯真,没有丝毫哪怕是某种隐含的恶感,致使将军突然站住了,不知怎么地突然以另一种方式看了一下自己的客人,整个看法的改变就在这一刹那间完成了。

"您知道,公爵,"他几乎用完全不同的声音说,"我毕竟还不了解您,再说叶莉扎维塔·普罗科菲耶夫娜也许想见见她的本家……请稍候,如果您愿意的话,假若您时间允许的话。"

"噢,我有时间,我的时间完全属于我(公爵立即把他的圆檐软呢帽放在桌上了)。老实说,我本就指望着,也许,叶莉扎维塔·普罗科菲耶夫娜会记得起我曾给她写过信。刚才我在那里等待的时候,你们的仆人怀疑过,我到您这儿来是来求人救穷的,我注意到这点了,而您这儿,大概对此有严格的训诫,但我确实不是为此来的,确实仅仅是为了结识一下人们。只是现在我才想到,我打扰您了,这很使我不安。"

"原来是这样,"将军愉快地微笑说,"公爵,如果您真的如给人感觉的那样,那么,我大概会很高兴与您相识。只不过您要知道,我是个忙人,马上就又得坐下来批阅、签署什么文件,接着要去见公爵大人,然后去办公,因此,虽然我也很高兴结识人……好人,也就是……但是……其实,我确实相信,您有很好的教养……公爵,您有多少年纪了?"

"二十六。"

"嚯,我还以为要小得多呢。"

"是啊,人家说我的脸相长得很年轻,至于不妨碍您这一点,我会学会的,很快就会懂得的,因为我自己本来就很不喜欢打扰别人……还有,我觉得,从外表来看……在许多方面我们是相当不同的人,因此,我们大概不可能有许多共同点,但是,您要知道,我自己也不相信,后面这种想法,因为往往只是觉得这样,似乎没有共同点,而实际上却有许多……这是由于人的惰性才造成的,因而人们彼此间看一眼便分起等级来,于是便找不到丝毫共通的地方了……不过,我大概开始使您感到厌烦了吧?您好像……"

"我有两个问题:您总有些财产吧?还有,您大概打算从事什么职业吧?请原谅我如此……"

"哪里哪里,我很理解和尊重您的问题。目前我没有任何财产,暂时也没有任何职业,但是应该有。现在我的钱是别人的,是施奈德给我的。他是我的教授,在瑞士我就在他那儿治病和学习,他给我的路费刚好够用,因此,比方说,我现在总共只剩下几个戈比。事情嘛,我倒确实是有一桩的,我需要忠告和主意,事情是……"

"请告诉我,目前您打算靠什么生活,您有什么打算吗?"将军打断他说。

"想随便干点什么。"

"嗬,您真是个哲学家。不过……您知道自己有什么禀赋和才能吗?哪怕是能糊口的本事也好。请原谅又……"

"哦,不用道歉。不,我想,我既没有禀赋,又没有才能,甚至还相反,因为我是个病人,没有正规学习过。至于说到糊口,那么我觉得……"

将军又打断了他,又开始盘问,公爵重又讲述了已经讲过的一切。原来,将军听说过已故的帕夫利谢夫,甚至还认识他本人。为什么帕夫利谢夫关心他的教育,公爵自己也解释不了,也许,不过是因为跟他已故的父亲有旧谊罢了。父母去世后公爵还是个小孩,一直在农村生活和成长,因为他的健康需要农村的空气,帕夫利谢夫把他托付给几个年老的女地主,是他的亲戚,还为他雇了家庭女教师,后来是男教师。不过公爵说明,虽然他全都记得,但是很少能令人满意地做出解释,因为许多事情他都不清楚。他的毛病经常发作,几乎完全把他变成了白痴(公爵正是说"白痴"这两个字)。最后他说,有一次帕夫利谢夫在柏林会见了施奈德教授。这位瑞士人专治这类疾病,在瑞士瓦利斯州有医疗所。他以自己的方式用冷水和体操进行治疗。既治痴呆，也治疯癫，与此同时，他还对病人进行教育，注意他们一般的精神上的发展，大约五年前帕夫利谢夫就打发公爵去瑞士找他，而自己则在两年前去世了。他死得很突然，没有做出安排，施奈德留住公爵，又医治了两年。虽然他没有治愈公爵，但帮了许多忙，最后，因公爵自己的愿望，加上又遇上了一个情况，便打发他现在到俄罗斯来。

将军非常惊讶。

"您在俄罗斯没有任何人，完全没有吗？"他问。

"现在没有任何人，但我希望……再说，我收到了一封信……"

"至少，"将军没有听清关于信的事便打断说，"您学过什么吧？您的病不妨碍做什么吧？比方说，在某个机关干点不难的事？"

"噢，大概不碍事，说到谋职，我甚至非常愿意有事做，因为我自己也想看看，我能干什么，全部四年时间我倒一直在学习，虽然不完全正规，而是根据教授的一套特别体系进行的，与此同时读了许多俄文书。"

"俄文书？这么说，您识字，那么能正确书写吗？"

"嗯，完全能行。"

"好极了，字体怎么样？"

"字体很漂亮，在这方面，看来我有才能，简直就是书法家。请给我张纸，我马上给您写点什么试试。"公爵热心地说。

"请吧，这甚至是必要的……我喜欢您这种乐意的态度，公爵，真的，您很可爱。"

"您这儿有这么好的书写用具，这么多的铅笔，这么多的鹅毛笔，多么好的厚纸……您还有多么好的书房！这张风景画我知道，是瑞士的风光。我相信，画家是写生画的，我还深信，我看见过这个地方，这是在乌里州……"

"非常可能，虽然这是在这里买的。加尼亚，给公爵一张纸。这是鹅毛笔和纸，请到这张小桌边来。这是什么？"将军问加尼亚，当时他从公文包里拿出一张大尺寸的相片并递给将军,"啊,纳斯塔西娅·费利帕夫娜!这是她亲自,亲自寄给你的吗,是亲自吗?"他兴致勃勃,十分好奇地问加尼亚。

"刚才我去祝贺时给的,我早就请求她了。我不知道,这是不是她这方面的一种暗示,因为我自己是空手去的,在这样的日子竟没有礼物。"加尼亚补充说着,一边勉强笑着。

"哦,不,"将军很有把握地打断说,"真的,你的想法多怪!她怎么会暗示……而且她根本不是贪图财物的人。再说,你送她什么东西呢?要送可得花上几千卢布!难道也送相片吗?怎么,顺便问一下,她还没有向你要相片吗?"

"没有,她还没有要,也许,永远也不会要的。伊万·费奥多罗维奇,您当然记住了今天有晚会吧?您可是在特别邀请者之列的。"

"记得,当然记得,我一定去。这还用说吗,是她的生日,二十五岁!嗯……你知道,加尼亚,好吧,我就坦率对你说,你做好准备吧,她曾答应我和阿法纳西·伊万诺维奇,今天晚上她要说出最后的决定,同意或者不同意!瞧着吧,就会知道的。"

加尼亚忽然非常窘急,甚至脸色都有点发白了。

"她确是这么说的吗?"他问道,嗓音似乎颤了一下。

"她是在两天前说这话的,我们俩盯住她,逼她说出来的,只是请求事前不告诉你。"

将军凝神打量着加尼亚,但显然不喜欢他的窘困样。

"伊万·费奥多罗维奇,您还想得起来吧,"加尼亚忐忑不安地犹豫着说,"在她作出决定前,她给我充分的自由做抉择,即使她作了决定,我还有我的发言权……"

"难道你……难道你……"将军突然惊惧地说。

"我没打算做什么。"

"得了吧,你想拿我们怎么办?"

"我可并没有拒绝。也许,我没有表达清楚……"

"你不要拒绝!"将军烦恼地说。他甚至不想克制这种烦恼。"兄弟,这里的问题已经不是你不拒绝,而是乐意、满意、高兴地接受她的决定……你家里怎么样了?"

"家里又怎么啦?家里全由我做主,只有父亲照例是干蠢事,但要知道他已完全变成了不成体统的人,我跟他几乎不说话,但是严格地管住他,说真的,要不是母亲,我就赶他走。母亲当然老是哭哭啼啼,妹妹则总是发脾气,最后我直截了当对她们说,我是自己命运的主宰,我希望在家里她们也听我的……至少我把这一层意思都对妹妹讲清楚了,当着母亲的面讲的。"

"可是,兄弟,我仍然不理解,"将军稍稍耸起肩,微微摊开双手,若有所思地说,"尼娜·亚历山德罗夫娜不久前什么时候来过,记得吗?唉声叹气的。'您怎么啦?'我问。原来,他们似乎觉得这是有损名誉的。请问,这里哪有什么玷污名誉的?谁会责备纳斯塔西娅·费利帕夫娜有什么不好或者指责她什么?莫非是指她曾经跟托茨基在一起?但这可已经是无稽之谈了,尤其是在一定的场合下更是如此!她说,'您不是不准她到您女儿那儿去的吗?'唉!瞧您,尼娜·亚历山德罗夫娜呀!您怎么会不懂这点,怎么会不懂这点的呢……"

"自己的地位?"加尼亚给一时难以措辞的将军提示说,"她明白的。您别生她的气,不过当时我就责骂了她,让她别管人家的事,可是至今我们家里一切仍只是这样,最后的决定还没有说出来,雷雨却将降临。如果今天要说出最后的决定,那么,一切都将说出来的。"

公爵坐在角落里写自己的书法样品,听到了全部谈话,他写完了,走近桌子,递上自己写好的纸。

"那么这是纳斯塔西娅·费利帕夫娜啰?"他专注而好奇地瞥一眼照片后,低声说,"惊人地漂亮啊!"他立即热烈地补了一句。照片上的女人确实异常美丽,她穿着黑色丝绸裙子,样子非常朴实,但很雅致,她的头发看起来是深褐色的，梳理得也很朴素，照平常的式样，眼睛乌黑深邃，额头露出一副若有所思的样子，脸上的表情是热情的，又似乎含着傲慢，她的脸有点消瘦，也许，还苍白……加尼亚和将军大为惊讶地望了一下公爵……

"是纳斯塔西娅·费利帕夫娜，怎么啦？难道您已经知道她了？"将军问。

"是的，在俄罗斯总共才一昼夜，可已经知道这样的大美人了。"公爵回答着，一边立即讲述起跟罗戈任的相遇，并转述了他的故事。

"这又是新闻！"将军非常注意地听完了叙述，探究地瞥了一眼加尼亚，又担起忧来。

"大概，仅仅是胡闹而已，"也有点不知所措的加尼亚低语说，"商人的儿子取乐罢了，我已经听说一些他的事了。"

"兄弟，我也听说了，"将军附和说，"那时，在耳坠子事情以后，纳斯塔西娅·费利帕夫娜讲了这件逸事，可现在却是另一回事。眼下，可能真的有百万财富等着，还有热情，就算是胡闹的热情，但终究散发着热情，可是大家都知道，这些先生喝醉的时候能干出什么来！……嗯！……那就不是什么逸事了！"将军若有所思地结束道。

"您担心百万财富？"加尼亚咧嘴笑着说。

"你当然不啰？"

"您觉得怎么样，公爵，"突然加尼亚向他问，"这是个认真的人还是只不过是个胡闹的人？您自己的意思是什么？"

加尼亚提这个问题的时候，他身上发生着某种特别的变化，宛如某种特别的新念头燃烧起来并迫不及待地在他的眼睛中闪亮起来。真诚由衷地感到不安的将军也睨了一下公爵，但似乎对他的回答并不抱很大期望。

"我不知道，该怎么对您说，"公爵回答说，"只不过我觉得，他身上有许多热情，甚至是某种病态的热情。而且他自己还似乎完全是个病人，很可能从到彼得堡最初几天起他就又病倒了。要是他纵酒作乐的话,尤其如此。"

"是这样吗?您觉得是这样?"将军不放过这一想法。

"是的,我这样觉得。"

"但是,这类逸事可能不是在几天之中发生,而在晚上以前,今天,也许,就会发生什么事。"加尼亚朝将军冷笑了一下。

"嗯!……当然……大概是,到时候一切都取决于她脑袋里闪过什么念头。"将军说。

"您不是知道她有时是怎样的人吗?"

"是怎样的呢?"将军心绪极为不佳,又气冲冲地责问说,"听着,加尼亚,今天请你别多跟她过不去,尽量这个,要知道,要做到……一句话,要称她心……嗯!……你干吗要歪着嘴巴?听着,加夫里拉·阿尔达利翁内奇,正好,我甚至正正好好现在要说:我们究竟为什么操心?你明白,有关这件事中我自己的利益,我早就有保障了,我不是这样便是那样,总会解决得对自己有好处,托茨基毫不动摇地作出了决定,因此我也完全有把握。如果我现在还有什么愿望的话,唯一的便是你的利益。你自己想想,你不相信我,还是怎么的?况且你这个人……这个人……一句话,是个聪明人,我寄希望于你……而在目前的情况下,这是……这是……"

"这是主要的。"加尼亚说,他又帮一时难以措辞的将军说了出来,一边歪着嘴唇,露出他不想掩饰的刻毒笑容,他用激狂的目光直逼着将军的眼睛,仿佛希望将军在他的目光中看出他的全部思想。将军脸涨得通红,勃然大怒。

"是的,明智是主要的!"他锐利地望着加尼亚,接过话茬附和说,"你也是个可笑的人,加夫里拉·阿尔达利翁内奇!我发觉,你可是确实因这个商人而高兴,把他看作是解救自己的出路。在这件事上正应该一开始就用明智来领悟,正应该双方都诚实和坦率地……理解和行动,不然……就该事先通知对方,免得损害别人的名誉,尤其是在有相当充裕的时间来做这件事的时候,即使是现在也还有足够的时间(将军意味深长地扬起了双眉),尽管剩下总共只有几小时了……你明白了吗?明白了吗?你究竟愿意还是不愿意?如果不愿意,你就说,我们洗耳恭听,谁也没有强迫您,加夫里拉·阿尔达利翁内奇,谁也没有强迫您上圈套,如果您认为这件事里面有圈套的话。"

"我愿意。"加尼亚声音很低但很坚决地说。他垂下双眼,阴郁地不吭声了。

将军满意了,他发了一下火,但看得出后悔了,这样做过分了点。他突然转向公爵,脸上似乎突然掠过一种不安的神情,因为他想到公爵在这里,终究会听到这场谈话。但他霎时间又放心了,因为看一眼公爵就可以完全不必担心了。

"喔嗬!"将军看着公爵呈上的书写样品,大声喊了起来,"这可简直就是范体!真是不可多得的好字体!瞧呀,加尼亚,真是个天才!"

在一张厚道林纸上公爵用中世纪的俄语范体字写了一个句子:

"卑修道院长帕夫努季敬呈"。

"这几个字,"公爵非常满意和兴奋地解释说,"是修道院长帕夫努季的亲笔签字体,是从14世纪拓本上仿写的,所有这些老修道院院长和都主教,他们都签得一手好字,有时是独具一格,功夫深湛!将军,难道您连波戈金的版本也没有吗?后来我又在这里写了些别的字体,这是上世纪法国的圆大的字体,有些字母写起来甚至完全不同,这是普通体,这是照样本(我有一本)写下来的公用文书体。您自己也会同意,这种字体不无优点,您看看这些圆圆的ð、α,我把法国书法的特征用到写俄文字母上,这很难,结果却很成功。这儿还有很漂亮和独特的字体,瞧这个句子,'勤奋无难事',这是俄国文书的字体,如果您愿意的话,也可算是军中文书的字体,向要人禀报的公文就得这样写,也是圆体,非常可爱的黑体,写得黑黑的,但具卓绝的品位。书法家是不会容许写这种花体的,或者,最好是说,不容许这些签字的尝试,不赞许这些中途收笔、没写足的花体字尾的。您注意,总的来说,您瞧,它可是有个性的,真的,这里飘荡着军中文书的一颗灵魂:既想洒脱自如,又想一展才能,而军装领子风纪扣又扣得很紧,结果严格的军纪在字体上都反映出来了,真妙!不久前有这么一本样本使我大为惊叹,是偶然觅得的,还是在什么地方?瑞士!喏,这是普通、平常、纯粹的英国字体,不可能写得更优美了,这里真是妙笔生花,精巧玲珑,字字珠玑,可谓笔法高超;而这是变体,又是法国的,我是从一个法国流动推销员那里摹写下来的:还是那种英国字体,但黑线稍许浓些,粗些,深浅的匀称性被破坏了,您也会发觉,椭圆形也变了,稍稍变圆些,加上采用花体,而花体是最危险的东西!花体要求有不同一般的品位,但只要写得好,只要写得匀称,那么就无与伦比了,甚至还能惹人喜爱。"

"嗬,您谈得多么细腻精微!"将军笑着说,"老兄,您不光是书法家,还是个理论家呢!加尼亚,是吧?"

"的确惊人,"加尼亚说,"甚至还有任职意识。"他嘲笑着补了一句。

"笑吧,笑吧,这里可确有前程,"将军说,"您知道吗,公爵,我们现在要您给谁写公文吗?一下子就可以给您定下一个月三十五卢布的酬金,这是开始。但是已经十二点半了,"他瞥了一眼表,结束说,"我有事,公爵,因此我得赶快走,今天也许我跟您见不着了!您坐一会儿,我已经对您解释过了,我不能经常接待您,但是我真诚地愿意帮您一点儿忙,当然,只是一点儿,也就是最必需的,而以后随您自己便。我可以为您在机关里谋一个差使,不吃力的,但却要求仔细认真。现在再说下面一件事:在加夫里拉·阿尔达利翁内奇·伊沃尔京的房子里,也就是我这位年轻朋友的家里——我现在介绍您跟他认识——他的妈妈和妹妹打扫干净了两三个带家具的房间,将它们租给有可靠介绍的房客,兼管伙食和服务,我的介绍,我相信,尼娜·亚历山德罗夫娜是会接受的。对于您来说,公爵,这甚至比找到埋着宝藏的地方更好,第一,因为您不再是一个人,这么说吧,将处身于家庭之中,依我看来,您不能一开始就一个人置身于彼得堡这样的首都。尼娜·亚历山德罗夫娜是加夫里拉·阿尔达利翁内奇的妈妈,瓦尔瓦拉·阿尔达利翁诺夫娜是妹妹,她们都是我非常尊敬的女士,尼娜·亚历山德罗夫娜是阿尔达利翁·亚历山德罗维奇的夫人。他是位退役的将军,是我最初任职时的同僚。但是,由于某些情况,我跟他中止了交往,不过并不妨碍我在某一方面尊敬他。我对您讲明这一切,公爵,是为了使您理解,这么说吧,我亲自介绍您,因而也就仿佛为您做了担保。收费是最公道的了,我希望,不久您的薪俸用以支付这点开销是完全足够的,确实,一个人也必得有些零用钱,哪怕是有一点也好,但是,公爵,请您别生气,因为我要对您说,您最好不要有零用钱,甚至口袋里根本不要带钱。我是凭对您的印象才这么说的。但因为现在您的钱袋空空如也,那么,作为开端,请允许我向您提供这二十五卢布。当然,我们以后可以算清账的。如果您如口头上说的那样是个真挚诚恳的人,那么我们之间就是在这种事上也不会有麻烦事的。既然我对您这么关心,那么我对您甚至也有某个目的,往后您会知道。您看见了,我跟您完全是很随便的。加尼亚,我希望,您不反对公爵住到您家去吧?"

"哦,恰恰相反!母亲也将会很高兴的……"加尼亚客气而有礼貌地肯定说。

"好像你们那里还只有一个房间有人住下了,这个人叫什么来着,费尔德……费尔……"

"费尔迪先科。"

"对了,我不喜欢你们这个费尔迪先科:像个油腔滑调的小丑似的。我不明白,为什么纳斯塔西娅·费利帕夫娜这么赞赏他。难道他果真是她的亲戚?"

"不,这全是开玩笑!没有一点亲戚的迹象。"

"嘿,见他的鬼去!那么,公爵,您到底满意不满意呢?"

"谢谢您,将军,您这么对待我,您真是一个非常善良的人,何况我还没有请求呢。我不是出于高傲才这么说,我确实不知道何处可以安身。说真的,刚才罗戈任叫我到他家去住。"

"罗戈任？哦，不，我要像父亲那样，或者，如果您更喜欢的话，像朋友那样，劝您忘了罗戈任先生。而且总的来说建议您留在即将住进去的家庭。"

"既然您这么好心，那么我还有一件事。我收到一个通知……"公爵刚刚开始说。

"哦，对不起，"将军打断他说，"现在我一分钟都没有了。我马上去对叶莉扎维塔·普罗科菲耶夫娜说您的事，如果她现在就愿意接待您（我尽量这样介绍您），那么，我建议您抓住机会并使她喜欢您，因为叶莉扎维塔·普罗科菲耶夫娜对您来说可能是非常有用的人。您跟她可是同姓，如果她不愿见您，那么请勿见怪，别的什么时候再见面。而你，加尼亚，暂时看一下这些账单，我刚才跟费多谢耶夫费了好大神，别忘了把这几笔加进去……"

将军走了出去，公爵结果就没来得及讲差不多已提及四次的那件事。加尼亚抽起了烟卷，又向公爵敬了一支。公爵接了烟，但没有说话，他不想妨碍加尼亚，便开始打量起书房来。加尼亚只是稍稍看了一下将军指定他看的那张写满了数字的纸，但显得很心不在焉，在公爵看来，当只剩下他们两人时，他的微笑、目光、沉思都变得更为沉重。突然他走近公爵，而公爵此时又站在纳斯塔西娅·费利帕夫娜的肖像前，端详着它。

"公爵，您真喜欢这样的女人吗？"他目光犀利地望着公爵，突然问，似乎他有某种不同寻常的打算。

"这张脸令人惊讶！"公爵回答说，"我相信她的命运非同一般，脸上表情是快活的，可是又极为痛苦，对吗？这双眼睛说明了这点，还有这两根细骨，以及脸颊上端眼睛下面的两个小点，这是张倨傲的脸，十分倨傲，我不知道，她是否善良。啊，如果善良就好了，一切便都有救了！"

"您愿意跟这样的女人结婚吗？"加尼亚继续问道，他那灼热的目光不离公爵。

"我跟任何人都不能结婚，我身体不好。"公爵说。

"那么罗戈任会跟她结婚吗？您怎么想？"

"那还用说，我看，明天就可能结婚，他会娶她的，可是过一星期，大概就会害死她。"

公爵刚说出这句话，加尼亚突然战栗了一下，以致公爵差点要叫唤起来。

"您怎么啦？"他抓住加尼亚的手说。

"公爵阁下！将军大人请您去见夫人。"仆人在门口报告说。公爵便跟着仆人去了。

四

所有叶潘钦家的三个少女都是健康、娇艳、个子高挑的小姐,有着惊人宽阔的肩膀,丰满的胸部,几乎像男人一样的有力的双手。当然由于这种体格和力量,她们有时爱好好吃上一顿,而且根本不打算掩饰这种欲望。她们的妈妈,叶莉扎维塔·普罗科菲耶夫娜将军夫人有时也不赞赏她们这种赤裸裸的食欲,但是因为她的有些意见实际上早已在她们中间失去了原先无可争辩的权威(尽管出于表面上的恭敬,女儿们也接受这些意见),甚至到了三位姑娘形成的协调一致的行动常常占上风的地步,所以,为维护自己的尊严,将军夫人认为还是不争执而退让为宜。确实,性格常常不听从、不服从理智的决定,叶莉扎维塔·普罗科菲耶夫娜年复一年变得越来越任性和急躁,甚至成了个古怪的人,但是因为在她的手掌中还有个驯服温顺的丈夫,所以蓄积的过多的怨气通常便发泄到他的头上,在这以后重又恢复了家庭的和谐,一切便进行得再好也没有了。

其实,将军夫人自己也没有失去食欲,通常在十二点半和女儿们一起共进几乎像午餐一样的丰盛的早餐。再早些,十点正的时候,小姐们刚醒来,在被窝里要喝上一杯咖啡。她们喜欢这样,便形成了不可更改的规矩。十二点半在靠近妈妈房间的小餐厅里开饭。如果时间许可的话,将军本人有时也会来参加这一亲密的家庭早餐。除了茶、咖啡、乳酪、蜂蜜、黄油,将军夫人自己爱吃的一种特别的油炸饼、肉丸和其他食物以外,甚至还端上了浓浓的热荤汤。在我们的故事开始的那个早晨,全家正聚集在餐厅,等待答应在十二点半前来的将军,只要他迟到哪怕一分钟,便会立即派人去请,但是将军准时来到了。他走到跟前问候了夫人,吻了一下她的小手,发现今天夫人的脸上有某种非常特别的神色。虽然还在昨天晚上他就预感到,因为一桩"逸事"(这是他自己的习惯表达),今天一定会是这样,因此昨天睡觉时就惶惶不安,但现在仍然很畏怯。女儿们走到跟前吻了他,虽然不是对他生气,可终究也似乎有什么特别的神态。确实,由于某些情况,将军过分疑虑了,但因为他是有经验的和精明的父亲和丈夫,所以马上就采取了自己的手段。

如果我们在这里停一下,借助于某些说明来直截了当和准确无误地确定我们故事开端时叶潘钦将军一家所处的关系和情况,大概不会有损于弄清楚我们故事。我们刚才已经说过了,将军本人虽然没有受过很多教育,相反,正如他自己说自己那样,是个"自学出来的人",但却是个有经验的丈夫和精明的父亲。顺便说说,他采取不急于把女儿嫁出去的原则,也就是"不使她们厌烦",也不以过分操心她们幸福的父母之爱使她们不安,因为甚至在有好几个成年女儿的最明智的家庭里也常常发生这种由不得自己,听其自然的情况。他甚至做到了使叶莉扎维塔·普罗科菲耶夫娜也接受了自己的原则,虽然这种事总的来说是很困难的,之所以困难,是因为它不自然,可是将军的论据建立在显而易见的事实上,非常有力。再说,未婚的姑娘们被容许有自己的意志和自己的决定后,自然地,最终将不得不自己去拿主意,那时事情就会红火起来,因为她们愿意去做,就会把任性和过分的挑剔搁在一旁,剩下来父母该做的便只是十分留神和尽量不被觉察地观察,以免其做出什么奇怪的选择或者出现不自然的偏差,然后抓住适当的时机,一下子全力相助,并施加全部影响使事情顺利发展。最后,比如说,光是他们的财产和社会地位每年成几何级数增长这一点，就表明，时光越是流逝，女儿们也就越有利，即使作为未婚妻也是这样。但是在所有这些毋庸反驳的事实中也还有一个事实：大女儿亚历山德拉突然间、几乎完全出人意料地（常常总会有这样的事）过了二十五岁。几乎就在这个时候，阿法纳西·伊万诺维奇·托茨基这位有着高层关系、财富多得惊人的上流社会名人又流露出自己想要结婚的夙愿。此人五十五岁，有着优良的性格、异常高雅的情趣。他想结一门好亲，是个不寻常的美的鉴赏家，因为从某个时候起他与叶潘钦将军已有了非同一般的情谊，特别是共同加入了一些金融企业更加强了这种交情，所以他告诉将军，这么说吧，请求得到友好的忠告和指教：他有意与将军的一位女儿结婚，这种打算是否有可能实现？于是在叶潘钦将军宁静美满、优游舒缓的家庭生活中发生了明显的急剧转折。

家里无可争议的美人，上面已经说过，是最小的阿格拉娅。但是，连托茨基自己，这个异常自私的人，也明白，他不应该找这一个，阿格拉娅不是为他而生的；也许，出于多少有些盲目的钟爱和过分热烈的情谊，姐姐们把妹妹的婚嫁看得过高了。但她们之间的最真诚的态度事先已经确定了阿格拉娅的命运，这不是一般的命运，而是尽可能要成为人世间天堂的理想。阿格拉娅未来的丈夫应该是个完美无瑕、万事亨通的人，财富就不用说了。两个姐姐还似乎没有特别多费口舌就决定，为了阿格拉娅的利益，如果必要的话，她们可以作出牺牲，并且准备给阿格拉娅一笔数目巨大、非同小可的陪嫁。父母知道两个姐姐的这一协定，因此，当托茨基请求商量这件事的时候，他们之间几乎没有丝毫怀疑，两个姐姐中的一个大概不会拒绝满足他们的愿望，况且阿法纳西·伊万诺维奇对于陪嫁是不会为难的。将军本人以其独有的精于世故立即就对托茨基的提议予以极高的评价。因为托茨基本人由于某些特殊的情况暂时对自己的步骤还采取十分谨慎的态度，还只是试探这事可能与否，所以父母也就只是表面上建议女儿们考虑这一还很遥远的设想。从女儿那里得到的回答，虽然也不很明确，但至少是令人欣慰的。大女儿亚历山德拉大概是不会拒绝的。这姑娘虽然性格坚强,但很善良,理智,十分随和。她甚至会乐意嫁给托茨基,而且,如果她同意婚事,就会诚实地去履行,她不喜欢炫耀,不仅没有带来过麻烦和急剧转折的危险,而且还能妥善安排好生活,使日子过得安逸宁静。她长得很好,虽然不很动人,但对托茨基来说还会有更好的吗?

然而,事情的进展依然是试探性的。托茨基和将军友好地商定,时机成熟以前避免采取一切正式的、无可挽回的步骤,甚至父母也还没有完全开诚布公地跟女儿们谈这件事。于是家里似乎就蒙上了不和谐的气氛:家里的母亲叶潘钦将军夫人不知为什么变得不顺心起来,而这一点很重要。这里存在一个妨碍一切的情况,有一件难办和麻烦的事情,整个局面便因此而无可挽回地受到了破坏。

这一难办和麻烦的"事情"(托茨基自己这么称)还是在很久以前,大约十八年前开始的。阿法纳西·伊万诺维奇在俄罗斯的一个中部省份有好几处最富饶的田产,在其中一处旁边则有个穷困的小地主过着清苦贫寒的生活,此人因屡屡遭逢可笑的倒霉事而惹人关注。他是个退役军官,有着很好的贵族姓氏,在这一点上甚至比托茨基还高贵些,此人叫费利普·亚历山德罗维奇·巴拉什科夫,他一身债务,典当光家产,在一番几乎跟农夫一样的苦役般的劳作后,终于好歹安置了一份勉强能过日子的小小家业,这一微小的成功便使他异常振奋。他满怀希望,精神矍铄,容光焕发,离开了村庄去县城几天,想见见一位主要的债主,可能的话,跟他彻底谈妥。他来到城里第三天,他的村长带着烧伤的脸、烧焦的胡子骑马赶来向他报告,"领地烧掉了,昨天中午,夫人也烧死了,而女孩还活着"。即使是已经习惯于被"命运揍得青一块紫一块"的巴拉什科夫也难以承受这样的意外变故,他疯了,过了一个月便死于热病。焚毁的庄园连同沦为乞丐的农民都被变卖抵偿债务,巴拉什科夫的孩子,两个小女孩,六岁和七岁,阿法纳西·伊万诺维奇·托茨基出于慷慨而收养并给以教育,她们开始跟阿法纳西·伊万诺维奇的管家的孩子们一起受教育。管家是个退职的官吏,家口颇多,还是个德国人。不久便只剩下一个小女孩纳斯佳[1],小的那个死于百日咳。而托茨基住在国外,很快就把她们俩忘得一干二净。过了五年,有一次阿法纳西·伊万诺维奇路过那里,忽然想起要看看自己的庄园,不料在自己的乡间房子里,在自己的德国管家家里,却发现有一个非常好看的孩子,这个十二岁左右的小女孩,活泼、可爱、聪颖,想必会出落成非凡的美人。在这方面阿法纳西·伊万诺维奇是个准确无误的行家。这次他在庄园只住了几天,但是却做出了安排,于是女孩的教育便发生了重要的变化:请了一位令人敬重的上了年纪的家庭女教师,她是瑞士人,有学问,除了法语还教过各种学科,在对少女进行高等教育方面很有经验。她住到了乡间屋子里,于是小纳斯塔西娅的教育便有了非同一般的改观。过了整整四年这种教育结束了,女教师走了,一位太太来接纳斯佳,她也是一个女地主,也是托茨基先生庄园的邻居,但是在另一个遥远的省份。根据阿法纳西·伊万诺维奇的指示和全权委托,她带走了纳斯佳,在那个不大的庄园里也有一座虽然不大,但是刚盖好的木屋,它拾掇得特别雅致,而这个小村庄仿佛故意似的叫作快乐村。女地主把纳斯佳直接带到这座幽静的小屋里,因为她自己,一个没有孩子的孀妇,就住在总共才一俄里远的地方,所以也搬来与纳斯佳同住。纳斯佳身边还有一个管家老太婆和年轻有经验的家庭女教师。屋子里也有各种乐器,姑娘读的精美图书,画、版画、铅笔、画笔、颜料,一条令人惊叹的小狗。两个星期后阿法纳西·伊万诺维奇本人也光临了……从那时起他似乎特别眷恋这座僻静的草原上的小村子,每年夏天都要来,做客两个月甚至三个月,就这样过了相当长的时间,四年左右,这是安逸和幸福,是有情趣的风雅。

有一次发生了一件事,仿佛是在初冬,是在阿法纳西·伊万诺维奇夏季光临之后四个月。这一次他只住了两个星期,之后却传出了风声,或

---

[1] "纳斯佳"为"纳斯塔西娅"的爱称。

者,最好是说,不知怎么地流言蜚语传到了纳斯塔西娅·费利帕夫娜这里,说阿法纳西·伊万诺维奇在彼得堡将跟一位名门闺秀、富家小姐结婚,总之,是在攀一门声名显赫、璀璨光耀的婚亲,后来表明这一传闻在细节上并不全都准确。这门婚事当时还只是在拟议之中,一切还很暧昧,但从这时起在纳斯塔西娅·费利帕夫娜的命运中终究发生了异常大的转折。她突然表现出不同寻常的决心和显示出最出乎意料的性格。她未多加考虑,就抛弃了自己的乡村小屋,突然只身来到彼得堡,径直去找托茨基。后者大为惊讶,刚开始说话,却几乎从讲第一句话时起就忽然发觉,应该完全改变迄今为止运用得非常成功的表达技巧、嗓音声调、令人愉快和颇具雅兴的过去的话题,还有逻辑——一切的一切!他面前坐着的完全是另一个女人,丝毫也不像他至今所了解的、7月间在快乐村才与他分手的那个女人。

这个以新面目出现的女人,原来,第一,知道和懂得的东西非常之多,多得足以让人深感诧异:她从哪儿获得这些知识,形成这样确切的概念?莫非是从少女的藏书中得来的?此外,她甚至在法律方面也懂得非常之多,纵然对整个世界还没有真正了解,但至少对世上某些事情的来龙去脉知道得一清二楚。第二,她已经完全不是过去那种性格的人,也就是不再羞怯,不再像贵族女子学校里的学生那样捉摸不定:有时是独具风韵的天真活泼,有时郁郁寡欢和想入非非,有时大惊小怪和疑虑重重,有时泣涕涟涟和心烦意乱。

不,此刻在他面前哈哈大笑并用刻薄恶毒的冷嘲热讽来挖苦他的是个非同一般、出人意料的人物。她直截了当向他申明,在她心里除了对他的深深蔑视,从来也没有别的感情,而且在发生第一次令她惊愕的事后立即就产生了,这种蔑视已经达到了恶心的地步。这个新生的女人宣称,无论他跟谁,即使是马上结婚,她也完全无所谓,但是,她来这里就是不许他结这门亲,是出于愤恨而不允许,唯一的原因便是她想这样做,因而也就该这样,——"嘿,哪怕只是为了我能畅快地嘲笑你一通,因为现在我终于也想笑了。"

至少她是这样说的,她头脑里想到的一切,大概,她没有全说出来。但是在这个新的纳斯塔西娅·费利帕夫娜哈哈大笑的时候,阿法纳西·伊万诺维奇暗自斟酌着这件事,尽可能要把自己多少有点散乱的思绪理出个眉目来。这种思量持续了不少时间,他深谋远虑几乎两个星期,要最后做出决定,而过了两个星期他做出了决定。关键在于阿法纳西·伊万诺维奇那时已经将近五十岁了,是个有着高贵声望和稳固身价的人。他在上流社会和社会上的地位很久很久前就在牢固的基础上确立起来了。正像一个上流社会的高等人理该的那样,在世上他最喜欢和珍重的是自己、自己的安宁和舒适。他一生确定和形成的这般美好的生活形式是不容许有丝毫的破坏、些微的动摇的。从另一方面来说,对于事物的经验和深邃的洞察力又很快地、非常准确地告诉他,现在与之打交道的完全是个不同凡响的人物,这正是那种不仅仅会要挟,而且也一定说到做到的人,主要的是,无论在哪个面前她都决不善罢甘休,况且对世间任何东西都全然不加珍重,因此甚至不可能诱惑她。这里显然另有什么名堂,反映出某种精神上的、内心的混沌慌乱,——某种充满浪漫色彩的天知道对谁和为了什么的愤懑,某种完全超出了分寸的不满足的蔑视感,——总之,是极其可笑和为上流社会所不容的,对于任何上流社会的人来说,遇上这种情况真正是碰上魔障了。当然,凭着托茨基的财富和关系可以立即做出某种小小的、完全是无可非议的恶行,以避免发生不愉快。另一方面,很显然,纳斯塔西娅·费利帕夫娜自己是几乎无能为力来做任何有害的事情的,比如说,哪怕是从法律方面来损害他,她也不会做出什么不得了的无理取闹的事来,因为她总是很容易被制约住的。但是这一切只能适用于这种情况,即如果纳斯塔西娅·费利帕夫娜决定像一般人在类似情境中一般采取的行动那样来行动,而不过分荒唐地越出常轨。但是此刻托茨基的准确眼光于他很有用处,这使他能猜透,纳斯塔西娅·费利帕夫娜自己也清楚地懂得,在法律上她是难以损害他的,但是她头脑中想的完全是另外的计谋……这在她那双熠熠发亮的眼睛里也看得出。她对什么都不珍重,尤其是对自己(需要十分的精明睿智和敏锐的洞察力才能在这时悟到,她早就已经不再珍重自己,而他这个上流社会的无耻之辈和怀疑主义者应该相信这种感情的严肃性),她能以无法挽回和不成体统的方式来毁掉自己,哪怕是去西伯利亚和服苦役,只要能玷辱她恨不得食肉寝皮的那个人。阿法纳西·伊万诺维奇从来也不隐瞒,他是个有点胆小怕事的人,或者,最好说是个极为保守的人。如果他知道,比方说,在教堂举行婚礼时有人要杀他或者发生被社会认为是不体面的、可笑的和不愉快的这类事件,他当然是会惊恐害怕的,但这种情况下,与其说他害怕的是被杀死、受伤流血,或者脸上当众被人吐口沫等等,不如说是怕用反常和难堪的方式叫他受辱。而纳斯塔西娅·费利帕夫娜虽然对此还缄默不言,可是她恰恰预示着要这样做。他知道,她对他了如指掌,因而她也知道,该如何来击中他的要害。因为婚事确实还只是在图谋之中,所以阿法纳西·伊万诺维奇也就容忍了纳斯塔西娅·费利帕夫娜,并且做了让步。

还有一个情况也帮助他做出了决定:很难想象这个新的纳斯塔西娅·费利帕夫娜跟过去的她不同到什么地步。过去她仅仅是个很好的小姑娘,而现在……托茨基久久不能原谅自己,他看了她四年,却没有看透她。确实,双方在内心突然发生急剧的变化这一点也很有关系。他想起了,其实,过去也有过许多瞬间曾经闪出过一些奇怪的念头,例如,有时看着她的那双眼睛,似乎预感到某种深幽莫测的阴郁。这种目光望着你,犹如给你出谜语。近两年中他常常惊异于纳斯塔西娅·费利帕夫娜脸色的变化,她变得非常苍白,奇怪的是,却因此反而变得更好看了。托茨基正如所有那些一生纵情玩乐的绅士一样,开始时轻贱地认为,他把这个未经调教的姑娘弄到手多么便宜,近来他则怀疑起自己的看法来。不论怎样,还是在去年春天他就已经决定,在不久的将来要让纳斯塔西娅·费利帕夫娜带着丰厚的陪嫁好好嫁给一个在另一个省份的明理和正派的先生

(嗬，现在纳斯塔西娅·费利帕夫娜可是非常恶劣、非常刻薄地嘲笑这件事呢！），但是现在阿法纳西·伊万诺维奇却为新的念头所动，甚至想到，他可以重新利用这个女人。他决定让纳斯塔西娅·费利帕夫娜迁居彼得堡，将她安置在豪华舒适的环境之中。这样做可谓失此得彼：可以利用纳斯塔西娅·费利帕夫娜来炫耀自己，甚至在一定的社交圈内可以出一番风头。阿法纳西·伊万诺维奇在这方面可是很珍重自己的名声的。

已经过了五年彼得堡的生活，当然，在这期间许多事情都确定了。阿法纳西·伊万诺维奇的情况却不能令人感到慰藉。最糟糕的是他的胆怯，他就再也不能放下心来。他害怕，甚至自己也不知道怕什么，就是怕纳斯塔西娅·费利帕夫娜。头两年，他一度怀疑，纳斯塔西娅·费利帕夫娜自己想跟他结婚，但出于极度的虚荣心而缄口不言，执拗地等待他的求婚。若有这种奢望是令人奇怪的。阿法纳西·伊万诺维奇愁眉不展，苦思冥想着。因为一个偶然的情况，他忽然确信，即使他提出求婚，她也不会接受他的。很长时间他都未能理解这一点。他觉得只可能有一个解释，即"受了侮辱而又想入非非的女人"的骄矜已经到了发狂的地步：宁愿用拒绝来发泄对他的蔑视，以图一时的痛快，而放弃可以永远确定自己地位和得到不可企望的显荣的机会。最糟糕的是，纳斯塔西娅·费利帕夫娜在许多方面大占上风。她也不为利益而动心，甚至很大的好处也不能打动她。虽然她接受了提供给她的舒适，但她生活得很朴素，在这五年中几乎什么也没积蓄。阿法纳西·伊万诺维奇为了砸断自己的锁链，曾经冒险采用狡狯的手段：他借助于圆滑练达，用各种最理想的诱惑者，不被察觉地巧妙地引诱她，但是这些理想的化身——公爵、骠骑兵、使馆秘书、诗人、小说家，甚至××主义者——无论谁都未能给纳斯塔西娅·费利帕夫娜留下任何印象，仿佛她长的不是心而是石头，而感情也已枯竭，永远绝迹了。她多半过的是离群索居的生活，看看书，甚至还进行学习，喜欢音乐。她也很少跟人家结交，认识的尽是些穷困可笑的小官吏的妻子，两个女演员，还有些老太婆。她很喜欢一位受人尊敬的教师的人口众多的家庭，而这个家庭也很爱她，并乐意接待她。每到晚上常常有五六个熟人到她这儿来，不会更多。托茨基经常来，而且很准时。最近，叶潘钦将军好不容易才认识了纳斯塔西娅·费利帕夫娜，而在同时，一个姓费尔迪先科的年轻官员却不费吹灰之力，很容易就认识了她。这个费尔迪先科是个厚颜无耻、有伤大雅的小丑，嗜好吃喝玩乐。还有一个奇怪的年轻人也认识了她，他姓普季岑，为人谦和、举止端庄、打扮讲究、出身穷困，如今却成了高利贷者。终于，加夫里拉·阿尔达利翁诺维奇也与她结识了……结果是，有关纳斯塔西娅·费利帕夫娜形成了一种奇怪的名声：大家都知道了她的美貌，但仅此而已，谁也不能炫耀什么，谁也不能胡说什么。这样的名声、她的教养、典雅的风度、机敏的谈吐——这一切最终使阿法纳西·伊万诺维奇确信可以实施一个计划。也就在这时，叶潘钦将军本人开始以十分积极的、异常关切的态度参与了这件事。

当托茨基非常殷切友好地与将军商讨有关他的一位女儿的婚事时，就立即以最高尚的方式做了最充分和坦率的表白。他开诚布公说，他已经决心不惜任何手段来获取自己的自由；即使纳斯塔西娅·费利帕夫娜自己对他申明，今后完全不会去打扰他，他也不会放心；对于他来说光有话还不够，他需要最充分的保障。他们商量好，决定共同行动。最初应该尝试用最温和的手段来触动所谓"高尚的心弦"。他们俩到纳斯塔西娅·费利帕夫娜那儿去，托茨基开门见山对她说，对于自己的状态他到了无法忍受的可怕地步；他把一切归咎于自己；他坦率地说，他并不后悔最初与她发生的关系，因为他是个积习难改的好色之徒，难以自制，但现在他想结婚，而这桩极为体面的上流社会的婚事的全部命运都掌握在她的手中；一句话，他期待着她那高尚心灵赐予的一切。接着是叶潘钦将军说话，作为父亲，他讲得通情达理，避免感情用事，他只提到，他完全承认纳斯塔西娅·费利帕夫娜有权决定阿法纳西·伊万诺维奇的命运。将军乖巧地显示了自己的谦恭态度，表面上给人这样一种印象：他的一个女儿，也许还包括另两个女儿的命运现在就取决于她的决定。对于纳斯塔西娅·费利帕夫娜的问题"他们到底想要她做什么？"，托茨基仍以原先那种赤裸裸的直言不讳的方式对她说，还是在五年以前他就对她的生活态度非常惊骇，甚至直到现在，只要纳斯塔西娅·费利帕夫娜不嫁人，他就不能完全放心。他又立即补充说，这一请求从他这方面来说，如果没有有关她的若干理由，当然是很荒谬的。他很好地注意到并且明确地了解到有一位年轻人，他有很好的姓氏，生活在非常值得尊敬的家庭里，这就是加夫里拉·阿尔达利翁诺维奇·伊沃尔京，她认识他并接待过他。这位年轻人早就已经对她一往情深，热烈地爱上了她，当然，只要有一丝希望得到她的青睐，他会奉献出一半生命。这是加夫里拉·阿尔达利翁诺维奇还在很久前出于交情和年轻纯洁的心灵亲口对他阿法纳西·伊万诺维奇做这番表露的，关于这一点有恩于年轻人的伊万·费奥多罗维奇也是早已知道的。最后，如果他阿法纳西·伊万诺维奇没有弄错的话，纳斯塔西娅·费利帕夫娜本人也是早就明了年轻人的爱情的。他甚至觉得，她是宽容大度地看待这一爱情的。当然，他比所有的人更难开口谈这件事。但是，如果纳斯塔西娅·费利帕夫娜愿意承认，在他托茨基身上除了自私和想安排自己的命运外也还有那么一点要为她做好事的愿望，那么她就会理解，看到她的孤独，他早就感到很奇怪，甚至心头很沉重，因为她只把生活看得渺茫黯淡，完全不相信可以过一种新的生活，而在爱情中，在家庭中她是能够使美好的生活获得新生的，从而也就会有新的人生目的；还因为她这样是毁灭才能，也许是卓越的才能，对自己的忧郁寂寞孤芳自赏，总之，甚至还有点罗曼蒂克，这是与纳斯塔西娅·费利帕夫娜健全的理智、高尚的心灵不相配的。阿法纳西·伊万诺维奇又重复说，他比别人更难以启口。他结束说，他不会放弃希望：如果他真诚地表示自己愿意保障她未来的命运并且提供给她七万五千卢布，纳斯塔西娅·费利帕夫娜将不会以蔑视相报。他还补充说明，在他的遗嘱里反正已经确认这一笔卢布是属于她的，总之，这根本不是什么补偿……说到底，为什么不允许和不宽恕他的做人的愿望，哪怕是以此能减轻他良心的重负，等等,等等,一切在类似场合下这个话题的话都说了。阿法纳西·伊万诺维奇说了很长时间,说得娓娓动听,而且仿佛是顺便说到一个非同寻常的情况:关于这七万五千卢布的事他现在是第一次提到,甚至连此刻坐在这儿的伊万·费奥多罗维奇本人以前也不知道这一点,总之,没有一个人知道。

纳斯塔西娅·费利帕夫娜的回答使这两位朋友大为吃惊。

在她身上不仅觉察不到哪怕是一丝原先的嘲笑、原先的敌意和仇恨、原先的纵声大笑(只要一想起这笑声,至今托茨基都会感到阵阵寒意砭其肌骨),相反,她仿佛很高兴她终于能跟人坦诚和友好地谈一谈。她表白说,她自己早就想请教以得到友好的忠告,只是孤傲妨碍她这样做,但现在坚冰已被打碎,这就再好也没有了。开始她是忧郁地微笑,后来则是快活而调皮地大笑了一通。她又说,无论如何已不存在过去的风暴,她早已多多少少改变了自己对事物的看法,虽然在内心她并没有改变自己,但毕竟不得不容忍许许多多既成的事实;已经做了的就是做了,已经过去的就是过去了,因此阿法纳西·伊万诺维奇竟依然这么大惊小怪,她甚至感到诧异。这时她又转向伊万·费奥多罗维奇,以一副深为敬重的样子对他说,她早就听说了许多关于他的女儿们的事,并早已习惯于深深地、真挚地尊敬她们。要是她能为她们效劳,仅仅这一念头对她来说好像就是幸福和骄傲。她现在苦恼、寂寞,很寂寞,这是真的;阿法纳西·伊万诺维奇猜到了她的愿望;她认识到新的生活目的后,纵然不是在爱情上,就建立家庭而言,她也愿意使生活获得新生;至于说到加夫里拉·阿尔达利翁诺维奇,她几乎不好说什么。确实,他似乎是爱她的;她感到,如果她能相信他对她的眷恋是矢志不移的,那么她自己也会爱上他的;但是,即使他一片真心,毕竟太年轻;马上要做决定是困难的。其实,她最喜欢的是,他在工作,劳动,一人肩负起全家的生活。她听说,他是个有魄力的、高傲的人,想要功名,想要博取地位。她也听说,加夫里拉·阿尔达利翁诺维奇的母亲尼娜·亚历山德罗夫娜·伊沃尔京娜是个非常好的、非常令人尊敬的妇女；他的妹妹瓦尔瓦拉·阿尔达利翁诺夫娜是个非常出众的、坚毅刚强的姑娘；她是从普季岑那里听到了许多关于她的情况。她听说，她们勇敢地承受着自己的不幸；她很愿意认识她们，但她们是否乐意在家里接待她，这还是个问题。总的来说，她没有说任何反对这桩婚姻的话，但是对这件事还应该好好想想；她希望不要催促她。关于七万五千卢布，阿法纳西·伊万诺维奇难以启齿是完全没必要的，她自己也明白这些钱的价值，当然，她会收下的。她感谢阿法纳西·伊万诺维奇考虑缜密，感谢他不仅对加夫里拉·阿尔达利翁诺维奇，甚至对将军也没有提及此事，但是，为什么不让加夫里拉·阿尔达利翁诺维奇早点知道这件事呢？她接受这笔钱，走进他们的家庭，是没什么可以感到羞耻的。不管怎么样，她无意于为任何事向任何人去请求原谅，她希望他们知道这一点。在没有确信加夫里拉·阿尔达利翁诺维奇和他的家庭对她没有暗存芥蒂之前，她是不会嫁给他的。无论怎样，她认为自己是没有丝毫过错的，因此最好是让加夫里拉·阿尔达利翁诺维奇知道，这整整五年在彼得堡她是靠什么度过的，与阿法纳西·伊万诺维奇是什么关系，是否积攒了许多财产。最后，如果她现在接受了那一笔钱，那也根本不是作为对她处女的耻辱的酬报（这方面她是无辜的），而只是对她那被摧残扭曲的命运的补偿。

在说到末了的时候，她甚至颇为激昂和愤然（其实，这也很自然），以致叶潘钦将军倒很满意，认为事情有了彻底了结；但一度感到惊骇的托茨基现在也不完全相信她说的话，而且长久地害怕，在花丛下面是否藏有毒蛇。但还是开始了谈判；两位朋友整个策略立足的基点就是使纳斯塔西娅·费利帕夫娜钟情于加尼亚这种可能性逐渐变得明朗、确实，因而连托茨基有时也开始相信事情有可能取得成功。同时，纳斯塔西娅·费利帕夫娜对加尼亚作了说明；她话说得很少，仿佛讲话使她的贞洁蒙受了损害。但是，她同意和允许他爱她，可又坚决声明，她不想受到任何束缚；直至婚礼前（如果举行婚礼的话）她仍保留说"不"的权利，哪怕是在最后那一刻；她也给加尼亚完全同等的权利。不久加尼亚通过热心帮忙的人明确地了解到，纳斯塔西娅·费利帕夫娜已经纤毫无遗地知道了他全家对这桩婚事以及对她本人的反感并因此而发生了家庭口角；虽然他每天都等待着，她自己对他却只字不提这件事。其实，有关这次说媒及谈判显露出来的种种故事和情况，本来还可以说上许多，但就这样我们也已经说远了，何况有些情况还只是十分模棱两可的传闻，比方说，托茨基似乎不知从哪儿了解到，纳斯塔西娅·费利帕夫娜与叶潘钦小姐们建立起了某种暧昧的、对大家都保密的关系——这完全是难以置信的。然而他不由得要相信另一种传闻，并且怕得像怕做噩梦一样，这是他听了当真的：说什么纳斯塔西娅·费利帕夫娜似乎非常清楚地知道，加尼亚只是跟钱结婚，加尼亚有一颗卑鄙肮脏、贪得无厌、急不可耐、嫉妒眼馋和无与伦比地自尊的灵魂；虽然过去加尼亚确实热烈地要征服纳斯塔西娅·费利帕夫娜，但当两位朋友决定利用双方刚开始产生的热情来为自己的利益服务，把纳斯塔西娅·费利帕夫娜卖给他当合法妻子，以此收买他加尼亚，这时他则如恨梦魇一般憎恶起她来。在他的心里仿佛奇怪地融合了激情和憎恨两种感情，尽管他在经过了苦恼的犹豫彷徨之后同意了跟这个"下流的女人"结婚，但是他自己在心里发誓要为此向她进行令她痛苦的报复，如他自己所说的，今后叫她"瞧厉害的"。所有这一切纳斯塔西娅·费利帕夫娜似乎都知道，并且暗地里也做着什么准备。托茨基已经胆怯心虚得连对叶潘钦也不再诉说自己的惶恐不安，但是他虽是个软弱的人，却也常常会有发狠重新振作和很快鼓起勇气的时刻：例如，当纳斯塔西娅·费利帕夫娜最后回话给两个朋友，在她生日那天晚上她将说出最后的决定时，他就振奋异常。然而，涉及受人尊敬的伊万·费奥多罗维奇本人的极为离奇、极为难以置信的传闻，唉，越来越像是确有其事。

初看起来一切都仿佛是荒唐透顶的。实在难以使人相信，伊万·费奥多罗维奇智谋过人、阅历丰富，等等，等等，却在已近花甲之年的时候似乎一心迷上了纳斯塔西娅·费利帕夫娜，而且似乎竟还达到了这种地步：这种随心所欲几乎已无异于情欲。在这件事情中他指望什么，简直难以设想；也许，甚至指望加尼亚本人协同行动。至少托茨基怀疑这一类事，怀疑在将军和加尼亚之间存在着彼此心照不宣的、几乎是不言而喻的默契。不过，众所周知，过分沉溺于肉欲的人，特别是已上了年岁的人，完全会成为盲目的人，在根本没有希望的事情上也愿意相信有希望；不仅如此，尽管他绝顶聪明，却也会失去理性，像傻孩子一般行事。大家都知道，将军已准备了价值巨额、令人惊叹的珍珠首饰作为自己送给纳斯塔西娅·费利帕夫娜的生日礼物，而且对这一礼物十分操心，尽管他知道，纳斯塔西娅·费利帕夫娜是个不图钱财的大度的女人。纳斯塔西娅·费利帕夫娜生日前夕，虽然将军巧妙地掩饰着自己，他仿佛还是激动不安。叶潘钦将军夫人风闻的也正是这珍珠礼物的事。确实，叶莉扎维塔·普罗科菲耶夫娜很久以前就已经感到丈夫的风骚轻薄，甚至已有点习惯于此；但是可不能放过这样的事：有关珍珠的流言蜚语引起了她的异常关注。将军事先就注意到这一点，还在前一天就先说了些别的话；他预感到必得作出根本的解释，因此心中懔懔。这就是为什么在我们的故事开始的那个早晨他极不愿意去与家庭内眷共进早餐的原因。公爵来前他就决定用事务忙做托辞来回避她们。而对将军来说，回避有时就只是溜之大吉。他只希望赢得今天这一天，主要是今天晚上，不要发生不愉快的事，不料偏偏公爵来了。"简直就是上帝派来的！"将军走进去见自己夫人时，心里这么想。

五

将军夫人对自己的出身颇为自傲。过去她已经听说过有关族中最后一位梅什金公爵的事,而此刻在毫无思想准备的情况下直接听说了这位公爵只不过是个可怜的白痴并且几乎是个乞丐,穷得接受施舍,她的心情怎么样,也不难想象了。将军恰恰是想造成这样一种效果,可以使夫人一下子产生兴趣,神不知鬼不觉地把她的全部注意力转移到另一个方向去。

在极端情况下将军夫人往往身体稍稍往后仰,把眼睛瞪得非常之大,毫无表情地望着面前的人,一句话也不说。这是个身材高大的女人,与自己丈夫一般年岁,有一头夹着缕缕银丝但还浓密的深色头发,她的鼻子有点呈鹰钩状,人很消瘦,脸颊凹陷、发黄,双唇薄薄瘪瘪。她的额头很高,但很窄;一双相当大的灰眼睛有时会流露出最意料不到的神情。当年她曾好相信自己的目光具有非凡的魅力;这种信念不可磨灭地留在她的身上。

"接待?您说接待他,就现在,此刻?"将军夫人朝在她面前显得忙乱的伊万·费奥多罗维奇竭力瞪大眼睛说。

"哦,对这一点可以无需任何礼节,只要你,我的朋友,愿意见他,"将军急忙解释说,"他完全是个孩子,甚至很让人爱怜;他有一种什么毛病会发作;现在从瑞士来,刚下火车,穿得很怪,似乎像德国人的装束,此外身无分文,确是这样;差点就要哭出来了,我送给他二十五个卢布,还想替他在我们机关里谋个文书的职位。而你们,mesdames[1],请招待他吃一顿,因为他好像饿着肚子……"

"您真让我吃惊,"将军夫人仍用原先的口气说,"饿着肚子和有病会发作!发什么病?"

"哦,毛病不常发作,再说他几乎就像个孩子,不过,他是受过教育的。mesdams,"他又对女儿们说,"我倒请你们考考他,总得好好了解一下,他能做些什么。"

"考——考——他?"将军夫人拖长了声调说着,以深为惊诧的神情又瞪起了眼睛,目光从女儿身上移到丈夫身上,又回过去。

"啊,我的朋友,别想到那层意思上去……其实,随你便;我的意思只是亲切地对待他,让他到我们这儿来,因为这差不多是做件好事。"

"让他到我们这儿来?从瑞士搬来?!"

"瑞士是没有什么干系的,其实,我再说一遍,随你。我不过是因为,第一,他与你是同姓,也许,还是亲戚;第二,他不知道何处安身。我甚至还以为,你多少会有兴趣的,因为毕竟出自同姓嘛。"

"妈妈,既然对他可以不必拘礼,就不用说了;何况他从旅途上来,想要吃东西了,既然他不知道去哪儿落脚,为什么不让他好好吃一顿呢?"大女儿亚历山德拉说。

"再说他还完全是个孩子,还可以跟他玩捉迷藏。"

"玩捉迷藏?"

"哎哟,妈妈,请别装糊涂了。"阿格拉娅气恼地打断说。

中间的女儿阿杰莱达是个爱笑的姑娘,这时忍不住哈哈大笑起来。

"爸爸,叫他进来吧,妈妈同意了。"阿格拉娅作了决定说。将军摇了

---

[1] 此为法语,意为小姐们。

摇铃,吩咐叫公爵来。

"但是得注意,等他坐到桌边时,一定要给他脖子上系上餐巾。"将军夫人决定说。"叫费奥多尔,或者就让玛夫拉……在他用餐的时候站在他后面,照看着他。至少在不发病的时候他还安分吧?不会手舞足蹈吧?"

"相反,甚至有着非常好的教养和优雅的风度。有时有点太单纯……瞧,这就是他本人!好吧,我来介绍,这是族中最后一位梅什金公爵,同姓,也许,甚至是亲戚,好好接待他,款待他吧。公爵,她们马上要去用早餐,就请赏光吧……而我,对不起,已经迟到了,要赶紧去……"

"大家都知道,您急着要去哪里!"将军夫人傲慢地说。

"我要赶紧,要赶紧,我的朋友,我迟到了! mesdames,把你们的纪念册给他,让他在上面给你们写点什么,他是个多么出色的书法家呀,真是难得!是天才;在我书房里他用古体签了'卑修道院长帕夫努季敬呈'……好,再见。"

"帕夫努季?修道院长?等一下,等一下,您去哪里,帕夫努季又是什么人?"将军夫人带着烦恼以及几乎是惶恐的心情执拗地向正欲逃走的丈夫喊叫着。

"是的,是的,我的朋友,古时候有过这么一个修道院长……而我是去伯爵那里,他早就在等了,主要是,他亲自约定的……公爵,再见!"

将军快步离去。

"我知道,他到哪个伯爵那儿去!"叶莉扎维塔·普罗科菲耶夫娜尖刻地说,并气恼地把目光移到公爵身上。"刚才说什么了?"她一边不屑和懊丧地回忆着,一边开始说,"嗯,说什么来着?啊,对了,喏,是个什么修道院长?"

"妈妈。"亚历山德拉刚开始说,阿格拉娅甚至跺了一下脚。

"亚历山德拉·伊万诺夫娜,别打岔,"将军夫人一字一句地对她说,"我也想知道。公爵,请您就坐这儿,就这把扶手椅,对面,不,到这里来,朝太阳,朝亮处移近点,让我能看见您。好,说吧,那是个什么修道院长?"

"帕夫努季修道院长。"公爵专心认真地回答。

"帕夫努季?这很有意思;那么,他是个什么人呢?"

将军夫人性急地,语速又快、声音又尖地问着一个个问题,目不转睛地盯着对方,当公爵回答时,她则随着他的每一句话点一下头。

"帕夫努季修道院长是14世纪的人,"公爵开始说,"他主持着伏尔加河畔的一座修道院,就在今天我们的科斯特罗马省内,他以圣德般的修行而著称,曾去过金帐汗国,帮助处理过当时的一些事务,在一件公文上签过字,我看见过有这一签字的照片。我很喜欢他的字体,便临摹起来。刚才将军想看我字写得怎么样,以便为我找个差使,我就用各种不同的字体写了几个句子,顺便就用帕夫努季修道院长本人的字体写了'卑修道院长帕夫努季敬呈'。将军很喜欢,于是现在又提起了这件事。"

"阿格拉娅,"将军夫人说,"记住,帕夫努季,或者最好还是写下来,不然我总忘掉。不过,我想,还有更有趣的。那么这签名在什么地方?"

"好像留在将军书房里,在桌上。"

"马上叫人去取来。"

"最好还是给您再写一次吧,如果您愿意的话。"

"当然啰,妈妈,"亚历山德拉说,"可现在最好是用早餐,我们想吃了。"

"倒也是的,"将军夫人决定说,"走吧,公爵,您很想吃点东西了吧?"

"是的,现在很想吃,十分感谢您。"

"您彬彬有礼,这很好。我还发觉,您根本不是所谓……人家介绍的那种怪人。走吧,请就坐在这里,在我对面,"当他们走进餐室后,她张罗着让公爵坐下,"我想看着您。亚历山德拉、阿杰莱达,你们来招待公爵。他根本不是什么……病人,对不对?也许,也不必用餐巾……公爵,过去用餐时要给您系餐巾吗?"

"过去,也就是七岁的时候,好像是系过的,现在吃饭时一般是在自己膝上放一条餐巾。"

"应该这样。那么发病呢？"

"发病？"公爵有些惊奇，"现在我很少发病，不过，我不知道，据说，这里的气候对我会有害。"

"他说得真好，"将军夫人向女儿们说，一边继续随公爵的说话而频频点头，"我甚至没有料到。看来，全是无稽之谈；跟平常人一样。公爵，吃吧，再讲讲，您在哪里出生的，在哪里受教育的？我全都想知道；您使我异常感兴趣。"

公爵表示了感谢，一边胃口很好地吃着，一边重又复述了这个早晨他已不止一次讲过的一切。将军夫人越来越感到满意。姑娘们也相当用心地听着。他们算起族亲来；原来，公爵对自己的家谱知道得很清楚；但不论怎么归，在他和将军夫人之间几乎没有任何亲族关系。在爷爷奶奶辈可能还算得上是远亲。这个没有结果的话题却使将军夫人特别高兴，因为尽管她很想讲讲自己的家谱，却始终没有机会，因此，她从餐桌旁站起身时，精神很是振奋。

"我们大家到聚会室去，"她说，"叫他们把咖啡也端到那里去，我们有这么一个公用的房间，"她一边给公爵引路，一边对他说，"不客气地说，是我的小客厅，当只有我们在家的时候，我们便聚在那里，各做各的事：亚历山德拉，就是这一个，是我的大女儿，弹钢琴，或看书，或缝衣；阿杰莱达画风景画和肖像画（可没有一张是画完的），而阿格拉娅则干坐着什么也不做。我也是做起事来不顺手，一事无成。好了，我们到了；请往这儿坐，公爵，靠近壁炉些，再讲些什么。我很想知道，您叙述某件事情表达得怎么样。我想使自己完全确认了，以后见到别洛孔斯卡娅公爵夫人的时候，那是个老太太，我要把有关您的一切全都告诉她。我想让您使她们大家也产生兴趣。好，说吧。"

"妈妈，这样子讲可是太怪诞不经了。"阿杰莱达指出，她那时已调整好画架，拿起画笔、调色板，着手临摹早已开始画的一张版画上的风景。亚历山德拉和阿格拉娅一起坐在一张小沙发上，双手交叉在胸前，准备好听聊天。公爵发现,大家都对他集中了特别的注意力。

"如果吩咐我要这样讲,我就会什么也讲不出来。"阿格拉娅说。

"为什么?这又有什么好怪的?为什么他会讲不出来?有舌头的嘛。我想知道他讲话的本领。好吧,随便讲点什么。可以讲讲,您怎么个喜欢瑞士,对它的最初印象。你们瞧吧,他马上就将开始讲,而且会很精彩地开始的。"

"印象是很强烈的……"公爵刚开始说。

"瞧,瞧,"叶莉扎维塔·普罗科菲耶夫娜迫不及待地朝女儿们说,"他已经开始了。"

"妈妈,至少您要让他说话,"亚历山德拉制止了母亲,然后又对阿格拉娅低语说,"说不定,这个公爵是个大骗子,而根本不是白痴。"

"也许是这样,我早就看出这一点了,"阿格拉娅回答说,"他这样演戏是很卑鄙的。他这样做想赢得什么好处不成?"

"最初的印象是很强烈的,"公爵重又说了一遍,"当初带我离开俄罗斯,经过各个德国城市,我只是默默地看着,我现在还记得,当时甚至什么也没有问。这是在连续发了好多次毛病以后,发作得很厉害,很痛苦,而要是病发得厉害并连续几次不断反复发作,那么我总是陷于完全愚钝的状态,全然失去了记忆,尽管头脑还在工作,但是思维的逻辑流程仿佛中断了。我不能把两三个以上的思想串联起来。我觉得是这样的。等毛病缓解平息,我又变得健康强壮,就像现在这样。我记得,当时我的忧郁是难以忍受的;我甚至想哭;我老是感到惊愕和惶恐不安;所有这一切都是陌生的,这使我感到非常痛苦;这一点我是明白的。什么都生疏并且深深地折磨着我。我从这种愚昧昏蒙的状态中完全清醒过来,我记得,是在傍晚,在巴塞尔,进入瑞士的时候,城里集市上的一头驴的叫声惊醒了我。驴子使我大大吃了一惊,而且不知怎么的我异常喜欢它,与此同时我的头脑仿佛一下子豁然省悟了。"

"驴子?这可真怪,"将军夫人指出,"不过,也丝毫没有什么奇怪的,我们中有人还会爱上驴子呢,"她忿忿地看了一眼正笑着的姑娘们,说,"还是在神话里就有这种事。公爵,请继续讲吧。"

"从那时起我爱驴子爱得不得了。这甚至成为我的宠物。我开始打听关于驴子的事,因为过去没有见过这种动物,很快我自己就确信了,这是非常有用的牲畜,会干活,力气大,能忍受,价格低,有耐力;就通过这头驴子我忽然喜欢上了整个瑞士,因此过去的悒郁完全消失了。"

"这一切非常奇怪,但是关于驴子的事可以放过去;现在换一个别的话题吧。阿格拉娅,你干吗老是在笑?还有你,阿杰莱达!关于驴子的事公爵讲得很精彩。他亲自看见过,而你看见什么了?你没有去过国外吧?"

"我看见过驴子,妈妈。"阿杰莱达说。

"我还听见过驴子的叫声呢。"阿格拉娅附和说。三个人又都笑了起来。公爵也与她们一起笑了。

"你们这样非常不好,"将军夫人指出,"公爵,请您原谅她们,她们并无恶意。她们总跟我拌嘴,但我是爱她们的。她们轻率、肤浅、疯疯傻傻的。"

"怎么会呢?"公爵笑着说,"我要是处在她们的地位也不会放过机会嘲笑的。但我还是维护驴子:它是善良和有用的。"

"那您善良吗,公爵?我是出于好奇才问的。"将军夫人问。

大家又笑了起来。

"又缠到这该诅咒的驴子上去了;对它我可想也没想过!"将军夫人喊了起来,"请相信我,公爵,我没有任何……"

"暗示?噢,我相信,毫不怀疑!"

公爵不住地笑着。

"您笑了,这很好。我看得出,您是个善良的年轻人。"将军夫人说。

"有时候并不善良。"公爵回答说。

"而我是善良的,"将军夫人出人意料地插嘴说,"如果您愿听的话,我一贯是善良的,这是我唯一的缺点,因为不应该一贯善良。我常常发火,冲着她们,特别是冲着伊万·费奥多罗维奇,但糟糕的是,我发火的时候心却最善。刚才,就在您来之前,我还在大发雷霆并装作什么也不明白和无法明白的样子。我往往会这样,就像个小孩一样。是阿格拉娅教我的;谢谢你,阿格拉娅。不过,这全都是无稽之谈。我看起来像蠢,女儿们也想把我说成那样,可我还没有笨到那个地步。我有性格,而且不太害羞。不过,我说这些并无恶意。到这儿来,阿格拉娅,吻吻我,好了……撒娇够了。"当阿格拉娅深情地吻了她的双唇和手之后,她说,"公爵,请继续讲下去。也许,您能想起什么比驴子更有趣的事来。"

"我又不明白了,怎么可以这样一下子就能讲出来呢,"阿杰莱达又指出,"我可是怎么也找不出话立即来应付的。"

"公爵就能找到,因为公爵聪明过人,至少比你聪明十倍,也许是十二倍。我希望过后你能感觉到这点。公爵,向她们证明这一点吧;请继续讲。驴子确实可以干脆不讲。好吧,除了驴子,在国外您还见到过什么?"

"但是关于驴子的这番话是很有道理的,"亚历山德拉指出,"公爵非常有趣地讲了自己病中遇到的事情,以及怎么通过一种外来的动力他喜欢上了一切。我对于人怎么失去理智以及后来又怎么恢复,始终很感兴趣。特别是,如果这一切是突然发生的,我就更有兴趣。"

"不正是这样吗?不正是这样吗?"将军夫人气咻咻地责问着,"我看得出,你有时也挺聪明;好了,笑够了!您,公爵,好像停在讲瑞士风景的地方,讲吧!"

"我们来到了卢塞恩,带我去游湖。我觉得湖的景色很美,但与此同时心情却沉重得不得了。"公爵说。

"为什么?"亚历山德拉问。

"我不明白。第一次望着这样的自然风光,我心里就很沉重、很不安;又觉得很好,又觉得惶惑;其实,这一切还是由于病的缘故。"

"可是,我们很想看看,"阿杰莱达说,"我不知道,我们打算什么时候到国外去。我两年都无法找到画画的素材了：东方和南方早就画遍了……公爵，为我找个画画的素材吧！"

"这方面我是一窍不通。我觉得：看上一眼就可以画画了。"

"我不会看一眼就画。"

"你们在说什么谜语吗？我一点也不明白！"将军夫人打断他们说，"怎么不会看一眼就画？有眼睛就看呗。在这里你不会看，到了国外也学不会。公爵，最好还是讲讲，您自己是怎么看的。"

"这就比较好，"阿杰莱达补充说，"公爵可正是在国外学会看的。"

"我不知道，我在那里只是恢复了健康；我不知道，我是否学会了看东西。不过，我几乎一直很幸福。"

"幸福！您会成为幸福的人？"阿格拉娅喊了起来，"那您怎么说没有学会看东西？还得教教我们呢。"

"请教会我们吧。"阿杰莱达笑着说。

"我什么都不会教，"公爵也笑着说，"我在国外几乎所有的时间都是在这个瑞士乡村里度过的，难得到不太远的地方去。我能教你们什么呢？开始我只是没有感到寂寞罢了。我很快就康复起来，后来对我来说每天都变得很宝贵，时间越长就越觉得宝贵，于是我便开始注意这一点。我躺下睡觉时心满意足，早晨起床时更觉得幸福。至于这一切是怎么回事，很难讲得清楚。"

"所以您就哪儿也不想去，哪儿也未能吸引您去？"亚历山德拉问。

"起先，一开始，当然是有吸引力的，我也曾陷入非常心神不定的状态。老是想，我将如何生活；我想尝试自己的命运，特别是有时候往往心烦意乱得很。你们知道，是有这种时候的，尤其是单独一人的情况下会这样。我们那里有瀑布，它不大，从山上高高地飞泻而下，像一根细细的线，几乎是垂直的——白花花的、水声喧嚣、飞沫飘溅；它从高处落下来，可使人觉得相当低；它有半俄里远，可好像离它只有五十步。每到夜间我喜欢听它的喧嚣声；也正是这种时刻往往会产生极大的忐忑不安。有时候中午时,你走进山里什么地方,孤身处于群山之中,周围是松脂淋漓的古老巨松;悬崖上是古老的中世纪城堡,断墙残垣;我们的小村庄在下面很远的地方,勉强可见;阳光明媚,天空碧蓝,寂然无声。就在这种时候,常常有一种东西始终在召唤着我到什么地方去,我总觉得,如果老是笔直走,走很久很久,走到这条线的外面,也就是天地相接的那条线外面,那么在那里就有全部谜底,马上就能看见新的生活,这生活比我们的生活要热烈、喧哗到上千倍;我一直幻想着像那不勒斯这样的大城市,那里有宫殿、喧闹、轰响、生活……是啊,幻想出不少呢!而后来我甚至觉得,在监狱里也可以找到丰富的生活。"

"最后一个是值得称赞的思想,在我十二岁的时候,就在我的《文选》课本里读到过。"阿格拉娅说。

"这全都是哲学,"阿杰莱达指出,"您是个哲学家,您是来开导我们的吧?"

"也许,您是对的,"公爵莞尔一笑说,"也许,我真的是个哲学家,谁知道呢,也可能,实际上我是有开导的想法……这是可能的,真的,可能的。"

"而您的哲学跟叶夫兰皮娅·尼古拉耶夫娜的恰恰一个样,"阿格拉娅随着就说起来,"她这么一个官太太孀妇,到我家来,就如一个食客,她生活的全部宗旨就是要便宜;只想日子过得便宜些,讲起话来也尽是几个戈比的事,请注意,她可是有钱的,她是个女滑头。所以您所说的监狱里的丰富生活,也许,还有您在乡村的四年幸福,也完全是这样,为了这种幸福出卖了您的那不勒斯城,好像还赚了钱,尽管只不过是几个戈比。"

"关于监狱里的生活还可以不表同意,"公爵说,"我听说过一个坐了十二年牢的人的故事。这是我教授的一个病人,后来治愈了。他也曾经常发病,有时也是很不安分,哭哭啼啼的,有一次甚至企图自杀。他在监狱里的生活很抑郁,但是,请你们相信,当然并不是不值一提。他所熟悉的就只是一只蜘蛛和长在窗下的一棵小树……但是,我最好还是对你们讲讲去年我见到的另一个人。这里有一个情况很奇怪,其实,怪就怪在很少会有这样的事。这个人有一次曾跟别人一起被带上断头台，因犯有政治罪，对他宣读了枪决的死刑判决。过了二十分钟又宣读了特赦令，并告诉他将为他制定另一种级别的刑罚；但是，在两次判决之间有二十分钟，或者至少是一刻钟，他是在确信无疑自己过几分钟就将突然死去的状态中度过的。当他有时候回想起当时的感受时，我非常想听他讲，我还好几次向他重新探问详情。他对一切记得异常清楚，并且说，永远也不会忘却这些分钟里的任何事情。离死刑台二十步光景，埋着三根柱子，因为有几个犯人要处决，而在死刑台旁边则站着老百姓和士兵。头三个人被带近柱子，捆绑好，给他们穿上死衣（白色长褂），白帽子拉到他们眼睛上，免得看见枪；然后，几个人组成的一队士兵对着柱子站成一列，我的熟人排在第八个，也就是说，他该是第三批走到柱子跟前，而神父拿着十字架挨个走到所有人面前。看来，只剩下五分钟可以活了，不会更长了。他说，这五分钟于他是个无穷的期限，巨大的财富；他觉得，这五分钟里他将度过好几生，以至于眼前还没什么理由好去想最后那一瞬间的，因此他还做了各种支配：他估算了与同伴们告别的时间，这要用去两分钟，然后还有两分钟要用来最后一次想想自己，再后面的时间则要最后一次看看周围。他很好地记得，他做的正是这三种支配，也正是这样计算的。他二十七岁，身强力壮，却就要死去；在跟同伴们告别时，他记得，还对其中一个提了个很不相干的问题，甚至还对回答非常感兴趣。然后，也就是跟同伴们告别后，则开始了他留出用来思考自己的两分钟；他早就知道，他将想些什么，他一直想尽快和尽可能明晰地想象，怎么会是这样的：他现在还存在，还活着，而过三分钟就已经什么都不是了，是什么人还是什么东西——到底是什么？在什么地方呢？所有这一切他想在这两分钟里得到解决！不远处是座教堂，它那金色的圆顶在明媚的阳光下闪烁着。他记得，他曾非常执著地看着这金顶和它闪耀出来的光线，他不能摆脱那光线：他觉得，这些光线是他的新生，再过三分钟他将不论以什么方式与它们融为一体……来世未卜和要与这即将降临的新生一起离开使他感到非常可怕；但是他说，在这段时间里没有什么比一个不断萦绕的念头更使人感到心头沉重了，这个念头便是：'如果不死就好了！如果还我生命就好了，那将是多么无穷尽呀！而且所有这一切都将属于我！那时我就会把每一分钟都当作整个世纪来用，不失去丝毫时光，每分钟都精打细算，分秒也不白白浪费！'说着他的这种想法最后竟蜕变成一种怨恨，以至于他想宁可快点把他毙了。"

公爵突然静默下来，大家都等着他继续下去和做出结论。

"您结束了吗？"阿格拉娅问。

"什么？我讲完了。"公爵从短暂的沉思中醒悟过来，说。

"您为什么要讲这个？"

"就这么……突然想起来了……我就讲了……"

"您很会卖关子，"亚历山德拉说，"您，公爵，想必要得出这样的结论：无论哪一瞬间都不能用戈比来衡量，有时候五分钟比一座宝藏还更珍贵。这一切是值得称赞的，但是，请说说，对您讲了这样可怕的遭遇的这位朋友怎么啦……不是对他改了刑罚，也就是赐予他'无穷尽的生命'了吗？那么，后来他怎么处理这笔财富的呢？每分钟都'精打细算'了吗？"

"喔，不，我已经向他问及这一点，他自己对我说的，根本不是这样过的，浪费了许多许多时间。"

"噢，这么说，给您的是一种说法，也就是说，真正要'精打细算'是无法生活的。不知为什么就是无法生活。"

"是啊，不知为什么就是无法生活，"公爵重复着说，"我自己也这样觉得……可终究不知怎么的不太相信……"

"也就是说，您认为，您比大家活得更聪明？"阿格拉娅问。

"是的，过去有时候是这样想的。"

"现在呢？"

"现在……还这样想。"公爵依然带着安详甚至羞涩的微笑望着阿格拉娅；但立即又大笑起来，快活地望了她一眼。

"真谦虚!"阿格拉娅几乎恼怒地说。

"可是,你们又多么勇敢,瞧你们都在笑,而他叙述的一切却使我大为吃惊,后来我都梦见过,梦见的正是这五分钟……"

他又一次认真而探究地扫视了一遍他的听众。

"你们没有为了什么而生我的气吧?"他似乎局促不安地突然问,但是,却直视着大家的眼睛。

"为了什么呢?"三个姑娘一齐惊奇地嚷了起来。

"就是我似乎老在教训人……"

大家笑了起来。

"如果你们生气了,那么请别生气,"他说,"我可自己也知道,比别人经历的少,对生活也比别人了解得少。可能有时候我讲的令人非常奇怪……"

他完全不好意思了。

"既然您说曾经很幸福,那也就是说您经历的不是少,而是多;您又何必说昧心话和道歉?"阿格拉娅严厉地纠缠着对方说,"您教导我们,请不必为此不安,因为这丝毫也不表明您就高人一等。有了您这种清静淡漠的哲学,一百年的生活都可以充满幸福。给您看死刑或给您看一根手指头,您从中一样会得出值得称道的思想,还会感到心满意足。这样是可以过日子的。"

"你干吗老是这么气冲冲的,我不明白,"早就在观察交谈者脸部表情的将军夫人随即说,"你们在谈论什么,我也不明白。什么手指头?这是什么胡言乱语?公爵讲得很好,只不过有点凄愁,你干吗要难住他?他开始讲的时候你还笑着,可现在完全无精打采了。"

"没关系,妈妈。遗憾的是,公爵,您没有看见过死刑,不然我倒想问您一个问题。"

"我看见过死刑。"公爵回答说。

"您见过?"阿格拉娅嚷了起来,"我本该猜得到的!这下事情就水落石出了。既然您见过,您怎么说一直过得很幸福呢?怎么,我对您说得不对吗?"

"难道您那个村子里处死过人?"阿杰莱达问。

"我在里昂看见过,是跟施奈德一起去那里的,他带我去的。到了那里,正好碰上。"

"怎么样,您很喜欢吗?受到很多教益吗?得益匪浅吧?"阿格拉娅问。

"我根本就不喜欢看这个,后来我还病了一阵,但是我承认,我像被钉在那里似的看着,眼睛都一眨不眨。"

"我也会一眨不眨的。"阿格拉娅说。

"那里很不喜欢妇女去看,后来甚至在报纸上写文章议论这些妇女。"

"这就是说,既然认为这不是妇女的事,那么亦即是想说(这么说吧,是想证明),这是动人的事。我恭贺这种逻辑。您当然也是这样想的吧?"

"您讲讲死刑吧。"阿杰莱达打断说。

"现在我很不想讲……"公爵似乎皱了下眉,窘迫地说。

"您像是不舍得给我们讲。"阿格拉娅刺了一句。

"不,因为关于这次死刑我刚才已经讲过了。"

"对谁讲的?"

"我在等候的时候,对你们的侍仆讲的……"

"哪一个侍仆?"四面八方都响起了声音。

"就是坐在前厅里的那一个,已有白发,脸色发红;当时我坐在前厅等着进去见伊万·费奥多罗维奇。"

"这真奇怪。"将军夫人说。

"公爵是个民主派,"阿格拉娅断然说,"那么,既然您对阿列克谢说了,您也就不会拒绝对我们讲了。"

"我一定要听。"阿杰莱达重复说。

"确实就刚才,"公爵又有点振奋起来(他好像很快就能轻易地振奋起来），对阿杰莱达说，"当您问我画画的素材时，我确实有过给您一个素材的想法：一个犯人还站在断头台上，马上就要躺到斩首机的板上，就画斩首那瞬间前一分钟犯人的脸。"

"画脸？就光画脸？"阿杰莱达问，"真是个怪诞的素材，这算什么画呀？"

"我不知道，为什么您认为是怪诞的，"公爵热烈地坚持说，"我不久前在巴塞尔看到过一张这样的画。我很想告诉您……什么时候我再对您说吧……它使我惊愕万分。"

"您以后一定要讲讲巴塞尔的那张画，"阿杰莱达说，"而现在您给我解释解释怎么画处死刑这种题材的画。您可以这样谈，您是怎么设想这画的，怎么画这张脸。就这么光是脸吗？这是一张什么样的脸？"

"这正是临死前的一分钟，"公爵沉湎于回忆之中，立即就忘记了其余的一切，胸有成竹地开始说，"是他登上阶梯刚刚走上断头台的那一刻。这时他朝我的方向瞥了一眼；我看了一下他的脸便全都明白了……不过，这倒该怎么讲呢？我非常非常希望您或者什么人把它画出来！如果您画则最好不过了！我那时就想，这张画会是有益的。您知道，这里需要想象，在这之前发生过什么，一切的一切。他关在监狱里，等待着处决，这至少还得过一星期，他似乎寄希望于通常履行手续会需要时间，公文还得送到什么地方去，过一个星期才会有结果。可是这次却因为某种情况案卷批复的日程缩短了。早晨五点他还在睡。这是10月底；五点钟时还很冷，很暗。监狱长悄悄地带了看守走进来，小心翼翼地推了下他的肩膀，他撑着臂肘坐了起来，——看见有灯光便问：'什么事？'——'九点后执行死刑。'他睡眼惺忪，不相信，开始争执说，公文要过一星期才有结果，但等他完全清醒时，就不再争论，缄默不语了，——人家这么说的，——后来他说：'这么突然毕竟令人难受……'——他又沉默了，已经什么都不想说了。接着三四个小时便花在众所周知的一些事情上：神父来，吃早餐，给他送来了酒、咖啡和牛肉（嘿，这不是一种嘲笑吗？你想，这有多

069

残酷,可另一方面,这些确实无辜的人是出于纯洁的心灵做这种事并深信这是仁爱),然后是上厕所(你们知道,犯人的厕所是什么样的吗?),最后是经过城市押送到断头台……我想,这时犯人也会觉得,在押送到之前还能无穷尽地活下去。我觉得,一路上他大概会想:'还能活很久,还能活经过三条街的时间;现在驶过这条街,然后还有一条,后面还有右首是面包铺的那条街……还有些时候才到那面包铺呢!'四周都是人,叫喊声,熙熙攘攘,成千上万张脸,成千上万双眼睛,——这一切都应该忍受,但主要的是要忍受这样一个想法:'瞧他们成千上万的,可是不会处决他们任何人,却就处决我!'好,所有这一切只是前奏。一道阶梯通向断头台;这时他在阶梯前突然哭了起来,而他是个强壮有力、勇敢刚毅的人,据说是个大凶犯。神父始终寸步不离地跟他在一起,坐大车也与他在一起,并一直说着话,犯人却未必听得进去:就算开始听,第三句话已经听不明白了。应该是这样的。终于他登上了阶梯;他的双脚是被捆绑着的,因此只能小步移动着。神父想必是个聪明人,便不再说话,一个劲地给他吻十字架。在阶梯下面时他的脸色已很苍白,而一登上阶梯,站到断头台上,突然变得像纸一样白,完全像一张白书写纸。大概他的双腿发软变麻木了,还感到恶心——仿佛扼住了他的喉咙,他因此直发毛,——你们在受了惊吓或在非常可怕的时刻是否感觉到,整个理智依然还清醒,但是却已经没有丝毫控制力?我觉得,比方说,如果不可避免的死亡降临,房子将塌下来压到你们身上,这时突然会非常想坐下来并闭上眼睛等待——听天由命吧!……也就是这种时候,犯人开始表现出这种软弱时,神父便尽快地、默默地以很快的动作突然把十字架凑到他的唇边,这是个小小的银质十字架,——他接连不断频频将它凑过去。犯人的双唇一触到十字架,他就睁开眼,又仿佛有几秒钟有了生气,于是双脚又移步了。他贪婪地吻十字架,急着吻,就像急着别忘了带上什么东西以备不时之需,但此刻他未必有什么宗教意识。这样一直到了那块木板跟前……奇怪的是,在这最后几秒钟里很少有人昏厥的!相反,脑袋非常活跃,转得非常快,大概,就像开足了马力的机器一样,运行得非常有力,有劲,有效;我想象,各种念头,都是没头没尾的,就这样碰撞着,也许,是些可笑的,不相干的念头:'瞧这个人在看着我——他的额头上有个疣,瞧这刽子手底下一粒扣子生锈了'……而与此同时他什么都知道,什么都记得;有这么一个点是怎么也不能忘记的,也不能昏倒,一切都在它的周围,在这个点的附近,运行和旋转。请想想,就这样一直到最后四分之一秒,头已经放在铡刀下,等着,并且……他知道,突然听见自己头上方发出的一声铁器滑动的声音!他一定听到这声音的!要是我躺在那里,我就会留意听并会听见的!这时,可能只有十分之一瞬间,但一定能听见的!你们设想一下,至今人们还在争论,也许,在头掉下来时,还有约莫一秒钟光景,他可能知道,头掉下来了,——这是个什么概念!要是五秒钟呢!……您要这样画断头台:要能清楚地看得到近处的最后一步梯阶;犯人跨上它;头部,脸色惨白如纸,神父递着十字架,犯人贪婪地凑上他那发紫的双唇并望着,——他什么都知道。十字架和头部——这就是画,神父的脸,刽子手,他的两个帮手的脸和台下面的几个头和眼睛,——所有这些都似乎可以作为第三位的背景来画,画得模糊些,作为陪衬……就是这么一幅画。"

公爵不再作声了,扫了大家一眼。

"当然,这不像消极淡漠。"亚历山德拉自言自语说。

"好吧,现在讲讲,您是怎么恋爱的。"阿杰莱达说。

公爵惊讶地望了她一下。

"请听着,"阿杰莱达似乎急着说,"您还该讲巴塞尔的那幅画,但现在我想听听,您是怎么恋爱的;请别否认,您一定爱过,何况您一开始讲故事,就不再是个哲学家了。"

"您一讲完,您就马上会对您讲过的东西感到羞愧,"突然阿格拉娅指出,"这是什么缘故?"

"这简直是愚蠢。"将军夫人忿忿地望着阿格拉娅,断然说。

"真不聪明。"亚历山德拉也重申说。

"公爵,别相信她,"将军夫人对他说,"她这是故意恶作剧;她所受的教养根本不是这么愚蠢的;别认为她们这样是纠缠您。她们大概想出了什么鬼主意,但是她们已经喜欢您了。我看她们的脸就知道了。"

"我看她们的脸也知道了。"公爵说,还特别加重了自己的语气。

"这怎么讲?"阿杰莱达好奇地问。

"关于我们的脸您知道些什么呢?"另外两姐妹也感到好奇。

但公爵沉默着,而且很严肃;大家都等着他的回答。

"我以后对你们讲。"他平静而严肃地说。

"您是存心想吊我们胃口,"阿格拉娅嚷了起来,"瞧他多么洋洋得意!"

"嗯,好吧,"阿杰莱达又急忙说,"既然您是看脸相的行家,那么您一定是恋爱过的;这么说,我是猜到了。说吧。"

"我没有恋爱过,"公爵依然平静和严肃地回答,"我……有的是另一种幸福。"

"是怎样的?是什么幸福?"

"好吧,我对你们讲。"公爵仿佛陷于深深的沉思中说着。

六

"瞧你们大家,"公爵开始说,"现在这样好奇地望着我,要是我不来满足这种好奇心,看来你们会对我生气的。不,我是说的玩笑话,"他赶快脸带微笑补充说,"在那里……那里都是孩子,我在那里一直跟孩子们在一起,只跟孩子们在一起。这些孩子是那个村里的,有一大群,都在学校上学。我不是教他们的;哦,不,那里有一位学校的老师,叫儒勒·蒂博;我嘛,大概也算教过他们吧,但大多数情况是我就这么跟他们在一起,我整整四年就是这样度过的,别的我什么都不需要。我对他们什么都讲,丝毫也不隐瞒他们。他们的父亲和亲属一直很生我的气,因为孩子们简直不能没有我,老是围聚在我身边,而学校的老师甚至干脆把我当作头号敌人。我在那里树敌颇多,全是为了孩子们。甚至施奈德也奚落我。他们干吗这么害怕?对孩子一切都可以讲——一切;有一种想法总使我震惊:大人们对孩子多么不了解啊,甚至父母对自己的孩子也是如此。对孩子什么都不该隐瞒,不要借口什么他们还小,对他们来说知道这些事情还为时过早。这种想法多么可悲和不幸!孩子们自己倒看得很清楚,父亲认为他们太小和什么都不懂,可是他们却什么都懂。大人们不知道,即使是最棘手的事,孩子也能提供非常重要的建议。噢,上帝啊!当这些可爱的'小鸟'信任而又幸福地望着你们的时候,你们是会愧于欺骗他们的!我之所以把他们唤作小鸟,是因为世上没有什么比小鸟更可爱的了。其实,村里人对我生气主要是因为一件事……而蒂博简直是嫉妒我;开始他老是摇头并感到奇怪,这些孩子在我这里怎么全都明白,而在他那里却几乎什么也不明白;后来他则嘲笑我,因为我对他说,我们俩什么也教不会他们,倒是他们会教给我们什么,他自己跟孩子们生活在一起,他怎么能嫉妒,诬蔑我呢!因为跟孩子在一起心灵的创伤也能得到医治……在施奈德的医务机构里有一个病人,他是一个很不幸的人。他的不幸非常之大,未必还会有类似的情况。他被送来治精神病;据我看,他并不疯,他不过是十分痛苦,——这就是他的全部症结。要是你们知道,我们的孩子对他来说最终成了什么,那就好了……但最好还是以后讲给你们听这个病人的事;我现在要讲的是这一切是怎么开始的。孩子们开始并不喜欢我。我年龄这么大,我又总这么笨拙;我知道,我也长得不好看……最后,我还是个外国人。孩子们起先嘲笑我,后来,他们看见我吻了玛丽,甚至还朝我掷石块。可我就吻了她一次……不,你们别笑,"公爵急忙制止自己听客的讪笑,"这里根本没有爱情。如果你们知道,这是个多么不幸的人,那么你们自己也会像我一样十分怜悯她的。她是我们村子的人。她母亲是个年纪很大的老太婆。在她们那完全破旧的有两扇窗户的小房子里,隔出了一扇窗户,是得到村当局允许的;他们允许这母亲从这个窗口卖细绳子、线、烟草、肥皂,全是些只值几文钱的小东西,她也就是以此为生。她有病,两条腿是浮肿的,因此老是坐在一个她方。玛丽是她的女儿,二十岁左右,消瘦孱弱;她早就有了肺病,但她仍然受雇于许多人家,每天都去他们那里干繁重的活——擦地板,洗衣服,扫院子,照料牲口。一个路过的法国商务代办引诱了她并把她带走,可是过了一星期就将她孤零零一人抛在路上,悄悄离开了。她一路乞讨,上下邋遢,全身褴褛,穿着破鞋,回到了家里;她步行了整整一星期,睡在田野上,得了重伤风;脚上全是伤痛,双手浮肿、皲裂。不过,她本来就不漂亮,只有眼睛是安详的、善良的、天真无邪的。她寡言少语至极。有一次,还是先前的事,她在干活的时候忽然唱起歌来,我记得,大家都感到惊讶并笑开了:'玛丽唱歌了!怎么回事?玛丽唱歌了!'——她非常窘,后来就永远保持沉默了。那时人家还怜爱她,可是在她受尽苦难、拖着有病的身子回来以后,无论谁也对她不表示丝毫同情了。他们在这件事上是多么残酷呀!他们在这件事上有着多么迟钝的概念呀!母亲第一个凶狠而轻蔑地对待她:'现在你败坏了我的名声。'她第一个让她当众受辱。当村里人听说玛丽回来了,大家便跑来看她,差不多全村人都跑拢到老太婆的茅屋里来,有老人、孩子、妇女、姑娘,所有的人都争先恐后急于赶来贪看个热闹,玛丽趴在地板上,就在老太婆脚跟前,饥肠辘辘,破衣烂衫的,哭泣着。当大家都跑来时,她那蓬乱的头发完全盖住了脸,她就这样伏在地板上。周围大家就像看一个坏女人那样看着她;老人们斥责她,咒骂她,年轻人甚至嘲笑她,女人们辱骂她,谴责她,犹如望着一只蜘蛛似的蔑视地望着她。母亲自己却容忍了大家做的这一切,她坐在那里,点着头,赞许着。母亲在当时就已病得很重,几乎就要死去了;过了两个月也确实死了;她知道自己要死,但直至临死也仍然不想跟女儿和解,甚至连一句话也不跟她说,把她赶到草棚里睡觉,甚至几乎不给她吃东西。老太婆需要经常在温水里浸泡病腿,玛丽每天给她洗脚,服侍她;老太婆不吭一声地接受玛丽的照料侍候,却对她没有说一句抚爱的话。玛丽承受着这一切,我认识她以后也发现了这一点,她自己也认可了这一切,认为自己是最卑贱的淫荡女人。当老太婆完全病倒时,村里的老妇们都轮流来照料她,那里是这样的规矩。于是就根本不给玛丽吃东西;而村里还老是赶她走,甚至谁也不愿像以前那样给她活干。大家都唾弃她,男人们甚至不把她当女人,尽对她说些下流话。有时候,那是很难得的,星期天醉汉们喝够了寻开心,便扔给她一些小钱,就这么扔在地上;玛丽默默地一个个捡起来。她那时已经开始咯血了。后来,她身上的破衣服已完全成了破布片,穿着它都羞于在村里露面;并且依然是回来后就打的光脚。就在这种情形下,特别是孩子们,成群结帮的——有四十多个小学生——开始作弄她,甚至向她投泥巴。她请求牧人让她看守母牛,但牧人赶开了她。于是她自己离开家整天地跟牛群在一起。因为她给牧人带来许多好处,牧人也觉察到了这一点,所以就不再赶她,甚至有时还把自己午餐吃剩的奶酪和面包给她。他认为这是很大的慈悲。当母亲死去时,教堂里的牧师当众羞辱玛丽而不以为耻。玛丽站在灵柩旁,仍跟原来那样,穿着破衣衫,哭泣着。许多人集拢来看,她怎么哭,怎么跟在灵柩后面走;于是牧师——他还是个年轻人,他的全部抱负是做一个大传教士——朝向大家,指着玛丽说,'这就是这位可敬的妇女死去的原因,'(这是不对的,因为老太婆已经病了两年了),'瞧她站在你们面前,不敢朝你们看一眼,因为上帝的手指戳着她;瞧她赤着脚,穿着破衣服,这对那些失去美德的人是个例子!她是谁呢?她是死者的女儿!'以及诸如此类的话。你们倒想想,几乎所有的人竟都爱听这种卑鄙的话语,但是……这时冒出了一件特别的事;孩子们当时出来袒护她,因为那时他们已经都站在我这一边而喜欢上玛丽了。这是怎么回事呢?我一直很想为玛丽做点什么事;很有必要给她一些钱,但是在那里我从来都是身无分文的。我有一枚钻石别针,于是把它卖给了一个贩子;他来往于各个村庄,贩卖旧衣服。他给了我八个法郎,实际上要值足足四十法郎。我竭力想单独遇见玛丽一个人;等了很久,终于在村外篱笆旁通往山里的一条小径上,在一棵树后面遇上了。就在那里我把八个法郎给了她并对她说,要爱惜着用,因为我再也没有钱了,然后吻了她一下,并要她别以为我怀有什么不良的居心,我吻她并不是爱上了她,而是因为我很怜悯她,还说,我一开始就认为她丝毫也没有过错,而只是个不幸的人。我很想马上就能使她得到慰藉并相信,她不应该在众人面前认为自己如此低贱,但她好像不理解。我立即就发觉了这一点,虽然她一直沉默不语站在我的面前,低垂着双眼,十分羞涩。我说完时,她吻了我的手,我也当即拿起她的手想吻,但她很快挣脱了。我突然发现这时孩子们在窥视着我们,他们有一大群;后来我知道,他们早就在暗中注意我了。他们开始打唿哨,拍巴掌,发笑声,玛丽便急忙逃跑了。我本想说话,但他们朝我扔石块。那一天全村都知道了这件事;大家又狠狠地责难玛丽,更加不喜欢她。我甚至听说,人们想判处她刑罚,但是,上帝保佑,事情总算就这么过去了;然而孩子们却老是不放过她,比过去更恶劣地作弄她,向她扔泥巴,追赶她,她则逃避他们,因为肺部有病,逃得上气不接下气,孩子们在她后面喊啊,骂啊。有一次我甚至冲上前去跟他们打架。后来我开始跟他们谈,只要我有可能,天天都谈。他们有时候停下来听,尽管仍然还要骂人。我对他们说,玛丽多么不幸;很快他们便不再骂她,并默默地走开了,渐渐地我们开始交谈起来,我对他们什么都不隐瞒,我全部对他们讲了,他们非常好奇地听着,很快便开始怜悯起玛丽来。有些孩子在遇到她时还亲切地跟她打招呼;那里的习俗是,不论认识还是不认识,彼此相遇时要鞠躬并说'您好'。我可以想象,玛丽一定非常惊讶。有一次两个女孩搞到一点食物,带去找她,给了她,她们也来告诉了我。她们说,玛丽放声大哭了,还说她们现在很爱她。很快大家都开始爱她,同时也突然喜欢上我了。他们开始常常到我这儿来,老是请求我给他们讲故事;我觉得,我讲得不错,因为他们非常喜欢听我讲。以后我学习和看书全都只是为了给他们讲故事,后来就给他们讲了整整三年。结果大家都责怪我,连施奈德也这样,指责我为什么对孩子们跟对大人一样讲话,为什么对他们什么都不隐瞒,我回答他们说,对他们撒谎我感到羞耻,不论你们怎么瞒他们,他们反正还是会全都知道的,大概,只知道那些肮脏的事,而从我这儿知道的则不是这些。任何人只要回想一下,他自己是孩子时是怎样的……他们不同意……我吻玛丽还是在她母亲去世前两个星期;当牧师布道时,所有的孩子都已经站在我这一边了。我立即对他们讲了并使他们明白牧师的行为;大家都很生他的气,有些孩子甚至气得用石块砸碎他的窗玻璃。我制止了他们,因为这可是粗野的行为,可马上村子里全都知道了,这下便开始指责我把孩子们带坏了。后来大家又知道,孩子们喜欢玛丽,更是万分惊慌;但玛丽已经是幸福的了。大人们

077

甚至还禁止孩子们与玛丽见面，但他们悄悄地跑到牛群那里去找她，那是在离村半俄里的挺远的地方；他们给她带去糖果，有的孩子跑去就只是为了拥抱她，吻她，对她说：'Je vous aime, Marie！'[1] 然后就赶快跑回去。玛丽因为这突如其来的幸福而差点发狂；她连做梦也想不到会这样，她觉得又羞愧又高兴，而主要的是，孩子们，特别是女孩子们想跑过去转告她，我爱她并对他们讲了许多关于她的事。他们对她说，是我把一切都告诉了他们，所以现在他们也爱她，同情她，他们将永远这样对待她。后来他们跑到我这儿来，一张张小脸既兴奋又热情，他们转告我说，他们刚刚见到过玛丽，她向我致意。每天傍晚我都走到瀑布那儿去，那里有一个地方从村子方向看过来完全是隐蔽的，周围长满了白杨树；孩子们每到傍晚也跑到那里去找我，有些人还是偷偷跑去的。我觉得，我对玛丽的爱对他们来说是一种极大的满足，我在那里的全部生活中，就在这一件事上欺骗了他们。我没有去说服他们，让他们相信我根本不爱玛丽，也就是说我没有爱上她，我不过是很可怜她；根据一切情况来判断，我看到，他们更希望如他们自己想象的和他们彼此间认定的那样，因此我也就没有吭声并装出样子，似乎他们猜对了。这些幼小的心灵细致入微到什么地步呀：他们觉得，他们的莱昂[2] 就这么爱玛丽，而玛丽就穿得这么糟，光着脚丫，那是不成的。请想想，他们给她搞来了鞋子、袜子、内衣，甚至还有一条裙子；他们是怎么想出办法弄到的，我不知道；全体孩子都出了力。当我盘问他们时，他们只是快活地笑着，而女孩们拍着手掌，吻着我。有时候我也悄悄去见玛丽。她已经病得很重了，只能勉强行走；后来，完全不再帮牧人干活了，但每天早晨还是跟着牛群出去。她坐在一旁；那里一座几乎是陡直的峭壁处有一块突出的地方；她就坐在那个角上的一块石头上，大家都看不到，几乎一动不动的，从早晨坐到畜群回来的时分。她

---

[1] 法语："我爱您，玛丽！"
[2] 即指梅什金公爵。

生肺病已经非常虚弱,坐在那里越来越经常地把头靠在岩石上,闭着眼睛,打着盹,呼吸很吃力;她瘦得已像一副骨架,额头和双鬓处则冒出虚汗。我见到她总是这样。我只去一会儿,因为我也不想让别人看见我。我一出现,玛丽立即打起颤来,睁开眼睛,扑过来吻我的手。我已经不再移开手了,因为对她来说这是幸福;我坐在那里的时候,她始终战栗着,哭泣着;确实,有几次她已开口说话,但是很难听懂她在讲什么。她常常像个失去理智的人,异常激动和欣喜。有时孩子们和我一起去。这种时候他们一般总是站在不远的地方,开始为我们警戒,免得发生什么事或被谁看到,这对他们来说是非常乐意干的事。当我们离开时,又剩下玛丽一个人,她又像原来那样一动不动,闭上眼睛,头靠在岩石上;也可能,她梦见了什么。有一天早晨她已经不能到畜群那儿去了,留在空洞洞的自家屋子里。孩子们马上就知道了,几乎所有的人这一天里都到她那里去看望她,她一个人孤零零地躺在被窝里。有两天就这些孩子轮流跑来照料她,但是后来,村里人听说玛丽已经真的要死了,村里一些老太婆便到她这儿来守着,值班。村里好像开始可怜起玛丽来,至少已经不再像过去那样阻拦和责骂孩子们了。玛丽一直处于半睡的状态中,她睡得不安稳:咳嗽很厉害。老太婆们赶开孩子们,但他们跑到窗口下,有时只是一会儿,就为了说一句:'Bonjour, notre bonne Marie.'[1] 而她仅仅是远远地看到他们或者听到他们的声音,便全身都振奋起来,并且不听老太婆们的劝阻,用力撑坐起来,朝他们点头,表示感谢。他们像过去那样给她带来糖果,但她几乎什么也不吃。我请你们相信,因为有了他们,她几乎是幸福地死去的。因为有了他们,她才忘记了自己的苦难和不幸,她似乎从他们那里得到了宽恕,因为直至最后她都认为自己是个罪孽深重的人。他们像小鸟一样在她的窗口扑打着翅膀,每天早晨对她喊着:'Nous t'aimons,

---

1 法语:"你好,我们善良的玛丽。"

Marie.'[1] 她很快就死了。我本以为,她能活得长得多,在她去世的前夕,夕阳西下前,我顺便到那儿去;好像她认出了我,我最后一次握了她的手;她的手多干瘪呀!突然第二天早晨有人来说,玛丽死了。这下可无法阻拦孩子们了:他们用鲜花把她的整个灵柩装饰了起来,给她头上戴了花冠。教堂里的牧师已经不再玷辱死者,但葬礼上去的人很少,有些人只是出于好奇才去;当要抬灵柩时,孩子们一下子都奔过去,他们要亲自抬它。因为他们抬不动,于是便帮助大人抬,有的一直跟在灵柩后面跑着,哭着。从那时起玛丽的坟墓经常有孩子们去照料:每年他们都用鲜花装饰它,在四周放上玫瑰。但是从这次丧事后全村人因为孩子的事而开始排挤我。主谋便是牧师和学校的老师。村里人甚至坚决禁止孩子们跟我见面,而施奈德甚至担负起监察这件事的责任。但我们还是能见到,老远用手势来表达意思,他们常给我捎来小纸条。后来这一切太平了,但那时我与孩子们的关系非常好:因为这种排挤我跟孩子们反而更亲近了。最后一年我甚至跟蒂博和牧师也几乎和解了。而施奈德跟我说了和争论了许多有关对孩子们进行教育的我那有害的'方法'。我哪有什么方法!最后,施奈德对我说出了一个非常奇怪的想法——那已经是在我动身离开之前了——他对我说,他完全确信我自己还完全是个孩子,也就是说十足是个孩子,我不过是身高和脸容像成人,至于说发育、心灵、性格,甚至可能智力,我则不是成人,而且即使我活到六十岁,今后也仍是这样。我听了哈哈大笑:他当然说得不对,因为我怎么是小孩呢?但有一点是对的,我真的不喜欢跟成年人、跟人们、跟大人们待在一起,我早就发觉这一点了。我不喜欢,是因为我不会与他们相处。无论他们对我说什么,无论他们对我有多好,跟他们在一起,不知为什么我仍然总是感到很难受,当可以快点离开他们去找同伴时,我就非常高兴,而我的同伴总是些孩子,但这并不是因为我自己是孩子,而不过是因为孩子们对我有吸引力。还

---

[1] 法语:"我们爱您,玛丽。"

是在我开始住在村子里的时候,我一个人常去山里独自感受忧愁,当我孑然一身徘徊时,有时,特别是学校中午放学时,我会遇到这一大群孩子,他们吵吵嚷嚷,背着书包,在石板上跑跑跳跳,喊叫,嬉笑,玩耍,这时我的整个心会突发出一股渴望到他们那里去的欲望。我不知道为什么,但是每逢见到他们,我便开始感受到某种十分强烈的幸福感。我停下来,看着他们闪过的永远在奔的小腿,看着一起跑着的男孩和女孩,看着他们笑和流泪(因为从学校到家里,许多人已经打过架,哭过,又和好如初,又一起玩耍),我便会因为感到幸福而笑起来,那时也就会忘却我的全部忧愁。后来,在所有这三年中,我都不能理解,人们为什么要忧愁和怎么忧愁?我的全部命运都维系在他们身上,我从来也没有打算过离开乡村,我头脑里也没有想到过,什么时候我会到俄罗斯这里来。我觉得,我将永远在那里,但我终于看到,施奈德不能总养着我,这时又突然碰上一件好像是很重要的事,以至于施奈德亲自催促我动身并为我给这儿回了信。我这就要看看,这是怎么回事,并要跟什么人商量商量。也许,我的命运将来会根本改变,但这毕竟不是最主要的。主要的是,我的整个生活已经改变了。我有许多东西留在那里了,留下太多了。一切都消逝了。我坐在车厢里就在想:'现在我是到人们中间去;我可能什么都不知道,但是新生活降临了。'我决心要正直和坚定地去做自己的事。也许,跟人们相处我会感到无聊和难受。作为开端我决心跟所有的人都彬彬有礼,以诚相待;谁也不会对我有更多的奢求。也许,这里的人也把我看作孩子——让他们这样吧!不知为什么大家也认为我是白痴,我真的一度病得很厉害,那时倒是像白痴;但现在,当我自己也明白人家把我当白痴,我还算什么白痴呢?我每次上人家家去就想:'这下又要把我当白痴了,可我反正是有理智的,他们是猜不到的……'我常有这个想法。我在柏林就收到了从那里寄来的几封小小的信件,孩子们已经能给我写信了,只是这时我才明白,我是多么热爱他们。我收到第一封信时心里非常难受!他们送我时,又是多么忧伤!还是在一个月前他们就开始为我送别:'Léon sén va, Léon sén va pour toujours!'[1] 我们每天晚上仍像以前那样聚集在瀑布旁,老是谈论着我们即将分离的事。有时也仍像从前那么快活;只有在分手回去睡觉时,他们才开始紧紧地、热烈地拥抱我,这是过去所没有的。有的孩子背着大伙儿一个个跑到我这儿来,只是为了不当着大家的面单独拥抱和吻我。当我已要动身上路的时候,大家一窝蜂地全来送我上车站。火车站离我们村大约有一俄里。他们竭力忍着不哭出来,但许多人忍不住,饮泣吞声起来,特别是女孩子。为免得迟到,我们急着要上路,但是人群中突然有个人从路中间直向我扑来,伸出小胳膊拥抱我,吻我,就为此使大家停了下来;而我们虽然急着要走,但大家都停下来等他做完告别。当我坐进车厢,火车启动时,他们一齐向我呼喊'乌拉!',久久地站在那里,直至火车完全离去。我也望着……请听我说,刚才我走进这里,看了一下你们可爱的脸蛋(我现在很注意端详人们的脸),听到你们最初说的话语,那时我是回国后第一次感到心里轻松。我刚刚就在想,也许,我确实是个有福之人:因为我知道,一下子就喜爱的人,是不会马上就遇见的,而我刚下火车就遇见了你们。我很清楚地知道,对大家讲自己的感情是挺不好意思的,可我却对你们讲了,跟你们在一起我并不觉得难为情。我是个孤僻的人,也许,我会很久不上你们这儿来。只是请别把这理会成有什么不好的想法:我这样说并不是不尊重你们,也请别认为,什么地方得罪了我。你们问我你们的面相以及我从面相上看出了什么,我很乐意告诉你们这一点。您,阿杰莱达·伊万诺夫娜,有一张福相的脸,在你们三张脸中是最讨人喜爱的。此外您长得很好看,人家望着您就会说:'她这张脸就是一个心地善良的姐姐的脸。'您待人接物纯真开朗,但是也善于很快地了解别人的心。您的面相我觉得就是这样的。而您,亚历山德拉·伊万诺夫娜,也有一张姣美可爱的脸,但是,可能您有某种隐秘的忧愁;您的心无疑是最善良的,但您不快活。您脸上流露出某种

---

[1] 法语:莱昂要走了,莱昂要永远离开了!

特别的神色,就如在德累斯顿的霍尔拜因的圣丹像。好,您的面相就说这些;我这个相面人好不好?是你们自己把我当相面人的。现在说您的面相,叶莉扎维塔·普罗科菲耶夫娜,"他突然对将军夫人说,"关于您的面相,我不光是觉得,而且简直是确信,尽管您已有这么大年岁,可是在一切方面,在所有的事情上,好的方面也罢,坏的方面也罢,您完全是个孩子。我这么说,您不会生我气吧?因为您知道我把孩子看作什么人。请别以为,我是呆傻才这样开门见山地当面把有关你们面相的一切话都对你们说了;哦,不,根本不是!也许,这里有我自己的思想。"

七

当公爵不再说话时,大家都高兴地望着他,甚至连阿格拉娅也是这样,而叶莉扎维塔·普罗科菲耶夫娜则特别高兴。

"这下通过考试了!"她高声说道,"慈悲的小姐们,你们曾经想要把他当穷人一样加以袒护照顾,可是他自己却赏光才勉强选择你们,而且还附带条件,只能偶尔才来。瞧我们都当了傻瓜,我还很高兴;最傻的是伊万·费奥多罗维奇。妙极了!公爵,刚刚还吩咐要考考您呢。至于您说的有关我面相的话,全都非常对:我是个孩子,我知道这一点。还在您说这话以前我就知道这一点了;您正好一语道破了我的思想。我认为您的性格与我十分相似,简直一模一样,我非常高兴。只不过您是男人,而我是女人,而我也没有去过瑞士;这就是全部差别。"

"妈妈,您别急嘛,"阿格拉娅嚷着,"公爵说,在他的全部自白中有着特别的思想,不是无缘无故说的。"

"是啊,是啊。"另外两位小姐笑着说。

"亲爱的,别逗了,也许,他比你们三个人合起来还有心计呢。你们会看到这一点的。只不过公爵您为什么对阿格拉娅的面相只字未提?阿格拉娅等着,我也等着呢。"

"现在我什么也说不出来;我以后再说。"

"为什么?好像,她是很出众的吧?"

"啊,是的,很出众;您非常美貌,阿格拉娅·伊万诺夫娜,您这么美丽,使人都不敢朝您看。"

"仅此而已?那么品性呢?"将军夫人坚持问道。

"美是很难判断的;我还没有准备好。美是个谜。"

"这就是说,您给阿格拉娅出了个谜,"阿杰莱达说,"阿格拉娅,猜猜吧。那么她漂亮吗,公爵,漂亮吗?"

"漂亮非凡!"公爵倾慕地瞥了一眼阿格拉娅,热忱地回答说,"几乎跟纳斯塔西娅·费利帕夫娜一样,虽然脸长得完全不一样!……"

大家都惊讶地彼此交换了一下眼色。

"跟谁——一样?"将军夫人拉长了声音问,"跟纳斯塔西娅·费利帕夫娜一样吗?您在什么地方见过纳斯塔西娅·费利帕夫娜?哪一个纳斯塔西娅·费利帕夫娜?"

"刚才加夫里拉·阿尔达利翁诺维奇给伊万·费奥多罗维奇看过一张照片。"

"怎么,他给伊万·费奥多罗维奇带照片来了?"

"是带来给他看的。纳斯塔西娅·费利帕夫娜今天送给加夫里拉·阿尔达利翁诺维奇一张自己的照片。他就带来给伊万·费奥多罗维奇看。"

"我想看!"将军夫人气冲冲地说,"这张照片在哪里?如果她是送给他的,那么它应该在他那里,而他当然还在书房里。他每逢星期三总是来工作的,并且从来也不会早于四点钟离开的。马上去叫加夫里拉·阿尔达利翁诺维奇来!不,我并不是想见她的照片而急得要死。公爵,请劳驾,亲爱的,去一趟书房,向他拿照片,然后带到这里来。您就说拿来看一下。请去吧。"

"是个好人,就是太单纯了。"公爵走出去后,阿杰莱达说。

"是啊,是有点太单纯了,"亚历山德拉认同说,"所以甚至有点可笑。"

这一个和那一个似乎都没有把自己的全部想法讲出来。

"不过,对我们的面相他倒是说得挺乖巧,"阿格拉娅说,"奉承了大家,甚至连妈妈也恭维到了。"

"请别说俏皮话了!"将军夫人大声说,"不是他恭维我,而是我自己感到得意了。"

"你认为,他乖巧?"阿杰莱达问。

"我觉得,他不是这么单纯。"

"哼,又胡扯了!"将军夫人气呼呼地说,"照我看来,你们比他还可笑。他单纯,可自个儿很有主见,当然,这是从最高尚的意义上来说的。完全像我。"

"我说出了照片的事,当然,这很糟糕,"公爵走向书房时,一边暗自思忖,一边感到有些不安,"但是……也许,我讲出来了,倒是做了件好事……"他头脑里开始闪过一个奇怪的念头,不过这念头还不完全明晰。

加夫里拉·阿尔达利翁诺维奇还坐在书房里,忙着处理公文。看来,他确实不是白拿股份公司的薪俸的。当公爵向他要照片并告诉他将军夫人那里怎么会知道照片的事时,他惶恐得不得了。

"唉!——您干吗要多嘴!"他又气又恼地嚷起来,"您什么也不知道……白痴!"他暗自嘀咕着。

"是我的过错,我完全没有多加考虑,顺口就说出来了。我说,阿格拉娅几乎跟纳斯塔西娅·费利帕夫娜一样美。"

加尼亚请他说得详细些;公爵说了。加尼亚重又嘲讽地望了他一眼。

"您倒很注意纳斯塔西娅·费利帕夫娜……"他低声说,但是没有说完,沉思起来。

他显然非常惴惴不安。公爵又向他提及要照片的事。

"请听着,公爵,"仿佛突然冒出一个始料未及的想法,加尼亚忽然说,"我对您有一个很大的请求……但是,真的,我不知道……"

他很窘,话没有说完;他正在下决心要采取什么行动,似乎还在跟自己做斗争。公爵默默地等待着。加尼亚又一次用探究、专注的目光打量着他。

"公爵,"他又开始说,"那边现在对我……由于一种十分奇怪的情况……也相当令人可笑……但这并非我的过错……算了吧,总之,这是多余的,那边好像对我有点生气,所以我想在一段时间里不被召见就不到那里去。现在我非常需要跟阿格拉娅·伊万诺夫娜谈一谈。我写好几句话(他手里有一张折好的小纸片)以候万一出现的机会,可是我不知道,怎么转交给她。公爵,您是否可以拿去转交给阿格拉娅·伊万诺夫娜,就现在,只不过要给她一个人,也就是不让任何人看见,您明白吗?这不是什么天大的秘密,没有什么大不了的……但是……您肯做吗?"

"我不太乐意干这件事。"公爵回答说。

"啊,公爵,我极为需要!"加尼亚开始恳求,"她也许会答复的……请相信,我只是在极为极为迫切的情况下才求助于您……我还能让谁去送呢?……这很重要……对我来说重要得不得了……"

加尼亚非常胆怯,生怕公爵不答应,用怯生生请求的目光看着他的眼睛。

"好吧,我去转交。"

"只是别让任何人发现,"高兴起来的加尼亚央求说,"还有,公爵,我可是寄希望于您的诚实的,行吗?"

"我谁也不给看见。"公爵说。

"字条没有封,但是……"过于慌乱的加尼亚刚说,又不好意思地停住了。

"噢,我不会看的。"公爵非常简单地回答说,拿了照片便走出了书房。

加尼亚一个人留在那里,他抓着自己的头。

"只要她一句话,我……我,真的,也许就断绝关系!……"

由于激动和等待他已经无法重新坐下来处理公文了,便在书房里从一个角落走到另一个角落地踱着。

而公爵一边走,一边思考着;这个委托使他吃惊和不快,想到加尼亚给阿格拉娅的字条也使他惊愕和不乐。但是在没有走过两个房间、在到客厅前,他突然停住了,仿佛想起了什么,环顾了一下周围,然后走近窗口亮处,开始端详起纳斯塔西娅·费利帕夫娜的照片来。

他似乎想猜测隐藏在这张脸后的和刚才使他感到惊诧的东西。刚才的感受几乎没有离开他,现在他似乎急于要检验什么。这张美丽非凡的,还因为什么而显得不同寻常的脸,现在更加强烈地使他惊异。在这张脸上仿佛有一种无上的骄矜和蔑视,几乎是仇恨,同时又有某种信任人的,某种天真无邪得惊人的神情;看一眼这张脸,这两种对立的东西甚至仿佛激发起人的某种同情。这种光艳照人的美丽甚至令人难以忍受,苍白的脸色、几乎是凹陷的双颊和炽热的眼睛,这一切都美;真是一种奇异的美!公爵看了一会儿,然后突然醒悟过来,看了一下周围,急促地把照片贴近嘴唇吻了吻。过了一会儿他走进客厅时,他的脸完全是平静的。

但是他刚走进餐室(到客厅还要经过一个房间),正好走出来的阿格拉娅与他在门口几乎撞了个满怀。她是一个人。

"加夫里拉·阿尔达利翁诺维奇请我转交给您。"公爵说着,把字条递给了她。

阿格拉娅停了下来,拿了字条,不知为什么奇怪地看了公爵一眼。在她的目光中没有丝毫窘意,只流露出一丝惊讶,这好像也只是与公爵一人相关。阿格拉娅的目光就像要求他解释:他是怎么跟加尼亚一起参与进这件事里来的?她要求解释,显得很平静和傲慢。他们面对面站了有眨两三下眼的工夫;最后,在她脸上稍稍流露出某种嘲讽的神色;她微微一笑,走了过去。

将军夫人默默地,带着一丝轻蔑的神情细细打量了纳斯塔西娅·费利帕夫娜的照片好一会儿。她伸长了手,非同寻常和颇有风度地把照片拿得离眼睛远远的。

"是的,是漂亮,"她终于说,"甚至很漂亮,我见过她两次,只不过都在远处。您推崇这样的美貌吗?"她突然朝公爵问。

"是的……我赞赏……"公爵有点紧张地答道。

"也就是说正是这种美?"

"正是这种。"

"为什么?"

"在这张脸上……流露出许多痛苦……"公爵仿佛是不由自主地,又似乎自言自语地说着,而不是回答问题。

"不过,您也许是在说胡话。"将军夫人说完,用一个傲慢的动作把照片扔到桌上。

亚历山德拉拿起照片,阿杰莱达走过来,两人开始细细看起来。这时阿格拉娅又回到客厅里来了。

"多大的魅力呀!"阿杰莱达从姐姐肩后贪婪地盯着看照片,突然大声嚷了起来。

"在什么地方?什么样的魅力?"叶莉扎维塔·普罗科菲耶夫娜生硬地问。

"这种美就是魅力,"阿杰莱达热情地说,"有这样的美可以颠倒乾坤!"

她若有所思地走到自己的画架跟前。阿格拉娅对照片只是匆匆一瞥,便眯起眼,噘着下唇,走开坐到旁边去,双手交叉着。

将军夫人打了下铃。

"把加夫里拉·阿尔达利翁诺维奇叫来,他在书房里。"她对进来的仆人吩咐说。

"妈妈!"亚历山德拉意味深长地喊了起来。

"我想对他说两句话,这就够了!"将军夫人不容反对,很快地斩钉截铁地说。看来她很恼火。"我们这里,公爵,您看到了吧,现在一切都是秘密,全都是秘密!说是要求这样,是什么礼节的需要,真是胡扯。而这还是在最需要坦诚、明朗、诚实的事情上。几桩婚事却在开始进行,我不喜欢这些婚事……"

"妈妈,您这是干什么呀?"亚历山德拉又急忙阻止她。

"你怎么啦,亲爱的女儿?难道你自己喜欢吗?公爵听见了又有何妨,我们是朋友嘛,至少我跟他是。上帝找人,当然是找好人,他不需要坏人和反复无常的人;特别是不要反复无常的人,他们今天决定这样,明天又说那样。亚历山德拉·伊万诺夫娜,您明白吗?公爵,她们常说我是个怪人,可是我却会识别人。因为心灵是主要的,其余的全是胡说八道。头脑当然也是需要的……也许,头脑是最主要的。别讥笑,阿格拉娅,我并没有自相矛盾:有心灵而没有头脑的傻瓜,跟有头脑而没有心灵的傻瓜,是一样不幸的。这是古老的真理。我就是有心灵而没有头脑的傻瓜,而你则是有头脑而没有心灵的傻瓜;我们俩都不幸,我们俩也都痛苦。"

"妈妈,什么地方您竟这么不幸了?"阿杰莱达忍不住问。好像她们之中就她一人没有丧失快活的心情。

"第一,是由于有你们这几个有学问的女儿,"将军夫人断然说,"因为光这一点就够了,所以其他的也就没什么好多说的了。废话够多的了。我们要看看,你们俩(我没有把阿格拉娅算进去)靠自己的才智和多言怎么个摆脱困境;特别是您,十分尊敬的亚历山德拉·伊万诺夫娜,跟您那可敬的先生是否会幸福?……啊!……"她看见进来的加尼亚,发出一声感叹说,"瞧,又有一门婚事在进行。您好!"她回答着加尼亚的鞠躬,却没有请他坐下。"您正在准备结婚吧?"

"结婚?……怎么回事?……结什么婚?……"大为震惊的加夫里拉·阿尔达利翁诺维奇嘟哝着说。他显得十分慌乱。

"我是问,您要娶媳妇了吗?如果您只喜欢这样的表达。"

"没有……我……没有。"加夫里拉·阿尔达利翁诺维奇撒了谎,羞愧得满脸飞上了红晕。他向坐在一旁的阿格拉娅匆匆扫了一眼,很快就移开了目光。阿格拉娅冷漠、专注、平静地望着他,注目定睛地观察他的窘相。

"没有?您说,没有?"坚定不移的叶莉扎维塔·普罗科菲耶夫娜执拗地盘问着,"够了,我将记住,今天,星期三早晨,您回答我的问题说'没有',今天是什么日子?是星期三吗?"

"好像是星期三,妈妈。"阿杰莱达回答说。

"她们总是不知道日子。今天几号?"

"27号。"加尼亚回答说。

"27号?根据某种说法这日子很好。再见,您好像还有许多事,而我也该更衣外出了;把您的照片拿去吧。向不幸的尼娜·亚历山德罗夫娜转致我的问候。再见,公爵,亲爱的!常来走走,我要特地上别洛孔斯卡娅老太婆那儿去讲讲您的事。请听着,亲爱的,我相信,上帝正是为了我才把您从瑞士带到彼得堡来的。也许,您还有别的事,但是主要是为了我。上帝正是这样考虑的。再见,各位亲爱的。亚历山德拉,到我这儿来一下,我的朋友。"

将军夫人走出去了。加尼亚一副沮丧颓唐、惘然若失的样子,恶狠狠地从桌上拿起照片,带着尴尬的微笑对公爵说:

"公爵,我现在回家去,如果您不改变住我家的打算的话,那么我带您去,不然您连地址也不知道。"

"等一下,公爵,"阿格拉娅突然从自己椅子上站起身,说,"您还要给我在纪念册上写几个字呢。爸爸说,您是个书法家。我马上给您去拿来……"

她走出去了。

"再见,公爵,我也要走了。"阿杰莱达说。

她紧紧地握了握公爵的手,亲切而温柔地对他莞尔一笑,走了出去。她没有朝加尼亚看一眼。

"这都是您,"所有的人刚走出去,加尼亚便突然冲着公爵咬牙切齿地说,"都是您多嘴说我要结婚了!"他很快地低声嘀咕着,怒气满脸,眼睛恶狠狠地闪着光。"您是个恬不知耻的饶舌鬼!"

"我请您相信,您弄错了,"公爵平静而有礼地回答说,"我根本就不知道您要结婚的事。"

"您刚才听见伊万·费奥多罗维奇说了,今天晚上在纳斯塔西娅·费利帕夫娜家里将决定一切,您就告诉她们了!您在撒谎!她们打哪儿会知道?除了您,真见鬼,谁会对她们说?难道老太婆没有向我暗示吗?"

"如果您只是觉得她们向您暗示了,那么最好还是先了解清楚,是谁告诉的,我对于这事可是只字未提。"

"字条转交了吗?答复呢?"加尼亚火急火燎、急不可耐地打断他,但就在这个时候阿格拉娅回来了,因此公爵什么也没来得及回答。

"瞧,公爵,"阿格拉娅把自己的纪念册放到小桌上,说,"您就选一页,给我写点什么。这是笔,还是新的。是钢的笔尖,不碍事吧?我听说,书法家们是不用钢的笔尖写字的。"

在跟公爵说话的时候,她仿佛没有注意到加尼亚就在这里。但是,在公爵摆弄着笔尖,寻找写字的纸页,准备写字的那会儿,加尼亚走近了壁炉,此刻在公爵右边的阿格拉娅站在附近。他用颤抖、断续的声音几乎是对着她耳朵说:

"一句话,只要您的一句话,我就得救了。"

公爵很快转过身来,朝他们两人瞥了一眼。加尼亚的脸上现出一种真正绝望的神情,看来他似乎是不加思考、孤注一掷说出这些话来的。阿格拉娅完全还是以刚才望公爵的那种平静和惊讶的神情望了他几秒钟,好像,她的这种平静又惊讶,这种困惑不解,全是因为不明白他对她说的话,这对于此刻的加尼亚来说比最强烈的轻蔑还更可怕。

"我写什么呢?"公爵问。

"我现在向您口述,"阿格拉娅转向他,说,"准备好了吗?您就写:'我不做交易。'现在写上日期、月份。请给我看看。"

公爵把纪念册递给她。

"好极了!您写得令人惊叹;您的字体奇妙无比!谢谢您。再见,公爵……等一下，"她仿佛突然想起了什么，补充说，"我们一起走吧，我想送您点东西做纪念。"

公爵跟在她后面走着，但是，一走进餐室，阿格拉娅就停住了。

"请看看这个。"她把加尼亚的字条递给他，说。

公爵拿过了字条，困惑不解地望了阿格拉娅一眼。

"我可是知道，您没有看过它，我也相信您这个人。看吧，我希望您看看。"

字条显然写得仓促：

> 今天将决定我的命运，您知道将以什么方式来决定。今天我非要说出自己的话不可。我没有任何权利要求得到您的同情，也不敢抱有任何希望；但是您曾经说过一句话，只是一句话，而这句话却照亮我那犹如一片黑夜的生活，成为我的灯塔。现在请再说一次同样的那句话，您就能把我从毁灭中拯救出来！只要对我说：挣脱一切。我今天就扯断一切，啊，说这句话对您来说又算得了什么！我只请求在这句话里表示您对我的同情和怜悯，——仅此而已，仅此而已！别无他求，别无他求！我不敢想入非非，抱什么奢望，因为我不配。但是有了您这句话，我将重新忍受我的贫穷，我将乐于承受我的绝境。我将迎接斗争，我还乐于去斗争，我要以新的力量投入斗争并获得新生！
>
> 请带给我这一句表示怜悯的话（就只要怜悯，我向您发誓）。请别对一个绝望者的恣意妄为生气，别对一个溺水者生气，因为他敢于作最后的拼命挣扎只是为了使自己免遭灭顶之灾。
>
> 加·伊

"这个人担保，"当公爵看完字条时，阿格拉娅尖刻地说，"'挣脱一切'这句话不会损坏我的名誉，我也不用承担任何责任，他自己，您看见了,用这张字条给了我这方面的书面保证。请注意,他是多么天真地急于强调某些句子的含义,又多么笨拙地透露出他那隐藏的思想。其实,他知道,如果他挣脱一切,但是是他自己一个人去挣脱,并不期待我的话,甚至也不告诉我这一点,对我不寄任何希望,那么到时候我会改变对他的感情,也许,会成为他的朋友。他无疑是知道这一点的!但是他有一颗肮脏的灵魂:他知道,却下不了决心;他知道,却依然要求得到保证。他不能下决心为信念作斗争。他想要我给他允诺,答应他终身的希望,以取代十万卢布。至于说他在字条里提到的并且似乎是我以前说过的照亮了他生活的话,那他是厚颜无耻地撒谎。有一回我不过是对他表示怜悯而已。但他是个恣意狂妄和恬不知耻的人:他当时立即就闪出了可能如愿的希望;我马上就看透了这一点。从那时起他就开始抓住我,现在也还在抓。但是够了;请把字条拿去,带给他,您一走出我们家就立即给他,当然,不要在这以前给。"

"有什么话要答复他吗?"

"当然没有。这是最好的回答。那么,您看来是想住到他家去喽?"

"刚才伊万·费奥多罗维奇亲自介绍的。"公爵说。

"那么我提醒您,要提防着他;您把字条还给他,那么他是不会饶恕您的。"

阿格拉娅稍稍握了一下公爵的手便走出去了。她的脸色阴郁、严峻,当她向公爵点头告别时,甚至都没有一丝微笑。

"我马上来,就拿一下我的小包,"公爵对加尼亚说,"我们就走。"

加尼亚不耐烦而跺了一下脚。他怒气冲冲甚至脸都变黑了。最后,两人走到了街上,公爵手里拿着自己的小包。

"答复呢?答复呢?"加尼亚气呼呼地冲着公爵问,"她对您说什么了?您把信转交了吗?"

公爵默默地把他的字条递给了他。加尼亚呆若木鸡。

"怎么回事?我的字条!"他嚷了起来,"您没有转交给她!啊,我早该料到的！嘿,该死的……这就明白了,为什么她刚才什么都不清楚！怎么会,怎么会,您怎么会没有转交的呢,唉,该死的……"

"请原谅,相反,在您把字条给我之后,并且正像您要求的那样,我马上就顺利地转交了。它又在我这里出现,是因为阿格拉娅·伊万诺夫娜刚刚将它交还给我了。"

"什么时候？什么时候？"

"我刚写好纪念册上的字,她邀请我跟她走的时候。(您听到了吗？)我们走进餐室,她把字条递给我,吩咐我读一下并交还给您。"

"读——一——下！"加尼亚差点没放开嗓子叫喊起来,"读一下,您读过了？"

他又呆若木鸡地站在人行道中间,但是惊愕失色到甚至张口结舌的地步。

"是的,我读过了,就刚才那会儿。"

"是她本人,亲自给您读的？本人吗？"

"是她本人,请相信,没有她的邀请我是不会读它的。"

加尼亚沉默了片刻,殚精竭虑地揣摩着什么,突然嚷了起来:

"不可能！她不可能吩咐您读字条的。您在撒谎！是您自己读了它！"

"我说的是实话,"公爵仍然用原先完全没有气愤的语气说,"请相信,这事让您产生这么不快的感受,我感到很遗憾。"

"但是,倒霉鬼,至少她向您说了什么关于这字条的话吧？她回答什么了吗？"

"当然说了。"

"那快说,快说,嗬,真见鬼！……"

加尼亚在人行道上两次跺了跺穿着套鞋的右脚。

"我刚看完,她就对我说,您不放过她;您想要从她那里得到希望,从而损害她的名誉,为的是,依靠这种希望来毁掉可以得到十万卢布的另一个希望而不受损失。如果您不跟她做交易而去做这件事,如果您不先向她请求保证就自己去挣脱一切,那么,她可能会成为您的朋友。好像就说了这些。对了,还有:当我已经拿了字条,问有没有什么答复时,她说,没有答复就是最好的答复,——好像是这样说的;如果我忘了她的原话,请原谅,我是照我自己的理解转告的。"

无比的恼恨驾驭着加尼亚,他的怒气不受任何遏制地爆发了出来。

"啊,原来是这样!"他咬牙切齿地说,"怪不得把我的字条往窗外扔!啊!她不做交易,那么我来做!我们走着瞧!我还有得让她瞧的……我们走着瞧!……我要给她看厉害的!……"

他歪着嘴脸,气得脸色发白,唾沫飞溅;他用拳头威吓着。他们就这样走了几步。他丝毫也不顾忌公爵在场,就像只有他一人在自己房间里似的,因为他根本就认为公爵是个无足轻重的人。但是,他突然想到了什么,恍然大悟过来。

"对了,究竟怎么,"突然他对公爵说,"您究竟怎么(他暗自补了一声:"白痴!"),在初识两小时后就获得了这种信赖?怎么会这样?"

刚才在他的万般痛苦中尚没有嫉妒,现在它却突然蜇痛了他的心。

"这一点我可不会向您解释。"公爵回答说。

加尼亚恶狠狠地看了他一眼。

"她叫您到餐室去,这不是把自己的信赖送给您吗?她不是打算送什么东西给您的吗?"

"除了这样,我没有别的理解。"

"那么究竟为了什么呢,真见鬼!您在那里做了什么?凭什么您叫人喜欢?听着,"他心烦意乱到极点(此刻他身上的一切仿佛都乱套了,翻腾得紊乱不堪,因此他也无法集中思想),"听着,您是否能哪怕是多少想起一点,有条理地想一想,在那里您究竟说了些什么,从头到尾究竟说了什么?您没有记住什么,没有记牢吗?"

"噢,我完全能想起来,"公爵回答说,"最初,我进去并认识以后,我们便开始讲有关瑞士的情况。"

"算了,让瑞士见鬼去吧!"

"后来讲到了死刑……"

"讲到死刑?"

"是的;因为有一个情况……后来我对她们讲了,在那里的三年是怎么过的,就讲到了一个穷苦的乡村女的故事……"

"算了,穷苦的乡村女去它的吧!往下讲!"加尼亚不耐烦地急着问。

"后来,谈到施奈德对我说出了有关我性格的意见并强迫我……"

"让施奈德滚开,管他的意见呢!往下讲!"

"后来,由于某个情况,我讲到了面相,也就是脸的表情,于是就说到,阿格拉娅·伊万诺夫娜几乎就跟纳斯塔西娅·费利帕夫娜一样漂亮。就在这种情况下我讲出了照片的事……"

"但是您没有搬弄,您可是没有搬弄刚才在书房里听到的话吧?没有?没有?"

"我再向您重复一次,没有。"

"那么从哪里,真见鬼……啊!阿格拉娅有没有把字条拿给老太婆看?"

"这一点我完全可以让您放心,她没有给将军夫人看。我始终在那里;再说她也没有时间。"

"是啊,也许,您自己没有记住什么……嗬!该死的白痴,"他已经完全情不自禁地感叹说,"什么都讲不清楚!"

加尼亚既然骂开了头,又没有遇到反对,渐渐地就失去了任何克制,有些人总是这样的。他怒不可遏,再过一会儿,他可能就要啐唾沫了。但是正因为这种狂怒他就丧失了理智;否则他早就会注意到,这个他非常鄙视的"白痴"有时却能非常迅速和敏锐地理解一切,会十分令人满意地转述一切。但是突然发生了意想不到的情况。

"我应该向您指出,加夫里拉·阿尔达利翁诺维奇,"公爵突然说,"我过去确实有病,真的几乎是白痴;但现在我早就已经痊愈了,因此,当有人当面叫我白痴时,我是有点不快的。虽然考虑到您遭遇的挫折也可以原谅您,但是您在恼火中甚至两次辱骂了我。我非常不愿意这样,尤其是像您这样第一次见面就这么突然开口骂人;我们现在正站在十字路口,我们是不是最好分手:您向右回自己家,而我向左走。我有二十五个卢布,大概我是能找到带家具的旅馆房间的。"

加尼亚窘得不得了,甚至难为情得脸都红了。

"请原谅,公爵,"他突然把骂人的腔调改换成十分彬彬有礼的口气,热情地嚷了起来,"看在上帝分上,千万请原谅!您看见了,我是多么不幸!您还几乎什么都不知道,但是,如果您知道了一切,那么一定会多少原谅我的;虽然,不用说,我是不可原谅的……"

"喔,我也不需要如此殷勤的道歉,"公爵急忙回答说,"我倒是能理解,您心境很不好,所以您就骂人。好了,到您家去吧。我很高兴……"

"不,现在可不能就这么放过他,"加尼亚一路上不时恶狠狠地看一眼公爵,暗自想,"这个骗子从我这里把一切都打探清楚了,以后突然又撕下假面具……这可是非同小可的事。我们走着瞧吧!一切就要得到解决了,一切,一切!就今天!"

他们已经站在那幢房子的前面了。

八

　　加尼亚的家在三楼，沿着相当清洁、明亮和宽敞的楼梯上去即可。这是由大小六七个房间组成的一套住宅。其实这些房间是最普通不过的了，但是对于一个即使有两千卢布薪俸的有家庭的小官员来说，无论如何也是不大能住得起的。它是供兼包伙食和杂役的房客用的，不到两个月前加尼亚和他的家庭租下了这套住宅，对此加尼亚本人很不乐意，但是尼娜·亚历山德罗夫娜和瓦尔瓦拉·阿尔达利翁诺夫娜坚持和请求，她们也想尽一份力，哪怕是多少贴补些家庭的收入。加尼亚皱着眉头，称招房客是不成体统的；仿佛招了房客以后他在社交界就羞于见人了，因为他在那里惯于以颇有才华和前程的年轻人的形象出现的。所有这些对命运的让步和这种令人着恼的贫困——所有这一切都是烙在他身上的深深的精神创伤。从某个时候起他就变得会为任何小事没有分寸和不恰当地恼火，如果他还同意作暂时的让步和忍耐，那只是因为他已经决心在最短时间里改变和改造这一切。而同时，他决意要实现的这种改变和采取的办法本身，又构成了一道不小的难题，以往为解决这道难题又造成了比过去更为麻烦和痛苦的局面。

　　直接从过道开始的走廊把住宅分隔开来。走廊的一边有三个房间是打算出租给"经特别介绍"的房客的；此外，还是在走廊这一侧的顶端，厨房旁边，是比其他房间小的第四个小房间，里面住着退职将军伊沃尔京本人，一家之父，他就睡在一张宽沙发上，而进出住宅都得经过厨房和后梯。这个小房间里还住着加夫里拉·阿尔达利翁诺维奇十三岁的弟弟，中学生科利亚；他也被安排在这里挤着，做功课，睡在另一张相当旧的、又窄又短的沙发上，铺的是破旧的被褥，主要则是照料和看管父亲，老人已越来越少不了这种照看了。公爵被安排在三个房间的中间一个；右边第一个房间住着费尔迪先科，左边是第三个房间，尚空着。但加尼亚首先把公爵带到家里住的那半边。家用的这半边由客厅、会客室和一个房间组成。客厅需要时就变成餐室；会客室其实只是早晨才做会客用，晚上就变成了加尼亚的书房和卧室；第三个房间很窄小，总是关着门，这是尼娜·亚历山德罗夫娜和瓦尔瓦拉·阿尔达利翁诺夫娜的卧室。总之，这住宅里一切都很拥挤和壅塞；加尼亚只是暗自把牙咬得咯咯响；他虽然曾经也想做一个孝敬母亲的人，但是在他们那里一开始就可以发现，他是一家之霸。

尼娜·亚历山德罗夫娜不是一个人在会客室里，瓦尔瓦拉·阿尔达利翁诺夫娜与她一起坐着；她们俩都一边织着东西一边与客人伊万·彼得罗维奇·普季岑交谈着。尼娜·亚历山德罗夫娜像是五十岁左右，脸面消瘦，双颊下陷，眼睛下面有很浓的黑晕。她的外表是病态的，还有点忧伤，但她的脸和目光却相当令人愉快；一开口就表现出严肃庄重、充分意识到真正尊严的性格。尽管外表上看起来有一丝哀伤，可是能够感觉到她身上的坚强，甚至刚毅。她穿得非常朴素，是深色的衣裙，完全是老妇人的打扮，但是她的待人接物、谈吐，整个举止风度却显露出是个经历过上流社会的妇女。

瓦尔瓦拉·阿尔达利翁诺夫娜是个二十三岁左右的少女，中等身材，相当瘦削，容貌并不很美，但是蕴含着一种神秘的不美也能惹人喜爱，并且还能强烈地吸引人的魅力。她很像母亲，因为完全不喜欢打扮，甚至衣着也几乎像母亲那样。她那灰色的眼睛射出的目光,如果不总是那么严肃和沉静(有时甚至过分了,尤其是最近),那么偶尔也会是很快活和温柔的。她的脸上也能看得到坚强和刚毅,但是可以感觉到,她的这种坚毅比起她母亲来甚至更为坚忍不拔和精明强干。瓦尔瓦拉·阿尔达利翁诺夫娜是个脾气相当暴躁的人,她的小兄弟有时甚至怕她的这种火暴性子。现在坐在她们那里的客人伊万·彼得罗维奇·普季岑也怕她三分。这是个还相当年轻的人,将近三十岁,穿着朴素,但很雅致,举止风度很令人有好感,但是似乎过分讲究派头。深褐色的络腮胡子表明他不是干公务的人。他善于言谈,聪明而有趣,但是常常保持沉默。总的来说,他甚至给人愉快的印象。看来他对瓦尔瓦拉·阿尔达利翁诺夫娜并不是无动于衷,而且也不掩饰自己的感情。瓦尔瓦拉·阿尔达利翁诺夫娜对他很友好,但是对他的有些问题她还迟迟不做回答,甚至不喜欢这些问题;不过,普季岑远非那种容易丧失信心的人。尼娜·亚历山德罗夫娜对他很亲切,近来甚至很信赖他。不过,大家都知道,他是专门靠花钱收买比较可靠的抵押品而很快盈利和积攒起钱财的。他是加尼亚十分要好的朋友。

尼娜·亚历山德罗夫娜在加尼亚断断续续做了详尽的介绍后(之前加尼亚十分淡漠地向母亲问了好,根本不跟妹妹打招呼,立即便把普季岑带出了房间),对公爵说了几句亲切的话,便吩咐朝门里张望的科利亚带他去中间那个房间。科利亚是个长着活泼和相当可爱的脸蛋的男孩,一副可以信赖、纯真朴实的样子。

"您的行李在哪里呀?"他带公爵进房间时问。

"我有一个小包裹;我把它留在前厅了。"

"我马上替您去拿来。我们家全部用人就是厨娘和玛特廖娜,所以我也帮着做些事。瓦里娅[1]什么都管,好生气。加尼亚说,您今天刚从瑞士来?"

---

1 "瓦里娅"是"瓦尔瓦拉"的昵称。

"是的。"

"瑞士好吗?"

"非常好。"

"有山吗?"

"是的。"

"我马上去把您的包裹搬来。"

瓦尔瓦拉·阿尔达利翁诺夫娜走了进来。

"玛特廖娜马上来给您铺好被褥。您有箱子吗?"

"没有,只有个小包。您弟弟去拿了;是在前厅。"

"除了这个小包裹,那里没有别的包裹;您把它放哪里?"科利亚又回到房间里,问道。

"除了这个是没有别的了。"公爵接过包裹说明着。

"噢!可我还以为,别是费尔迪先科搬走了您的东西。"

"别胡扯废话。"瓦尔瓦拉·阿尔达利翁诺夫娜严厉地说。她跟公爵讲话也十分冷淡,刚才大概还算是客气的。

"Chère Babette[1],对我可以温柔些嘛,我又不是普季岑。"

"还可以揍你,科利亚,你蠢到哪里了。您要什么,可以找玛特廖娜办;午餐是在四点半。您可以与我们一起用午餐,也可以在自己房间里,随您便。科利亚,我们走,别妨碍他。"

"我们走吧,真是果敢的性格!"

他们出去时,碰到了加尼亚。

"父亲在家吗?"加尼亚问科利亚,得到肯定的回答后他在弟弟耳边对他低语了什么。

科利亚点了下头,跟着瓦尔瓦拉·阿尔达利翁诺夫娜走了出去。

"有两句话,公爵,因为这些……事情竟忘了对您说。有一个请求:

---

[1] 法语:亲爱的巴别特。巴别特是瓦尔瓦拉这个名的法语昵称。

劳驾您,如果这对您来说不太费劲的话,既不要在这里乱说刚才我跟阿格拉娅的事,也不要在那边嚼舌您在这里将看到的事;因为这里也是十分不成体统的。不过,见鬼去吧……哪怕至少是今天要忍住。"

"请您相信,我说的比您所想象的要少得多。"公爵说,他对加尼亚的指责有点恼火。他们之间的关系看来越来越糟了。

"算了,因为您今天我可够受的。总之,我求您了。"

"还有要请您说说清楚,加夫里拉·阿尔达利翁诺维奇,那时我受到什么约束了,因此都不可以提及照片的事?您可是并没有请求我。"

"唉呀,这房间多糟糕!"加尼亚轻蔑地打量着房间,说,"光线很暗,窗户又朝院子。从各个方面来看您到我们这儿来真不是时候……算了,这不是我的事;不是我出租住房。"

普季岑探了一眼,喊了一声加尼亚;加尼亚便匆匆撇下公爵,走了出去,尽管他还想说什么,但看来犹豫不决,像是羞于启齿;加上骂一通房间不好,似乎也感到不好意思了。

公爵刚刚漱洗好,才稍稍整理好自己的盥洗间,门又被打开了,一个陌生人朝里望了一下。

这位先生三十岁左右,个头不小,肩膀很宽,有一个满头红褐色鬈发的大脑袋。他的脸胖墩墩,红扑扑,嘴唇厚厚的,鼻子又大又扁,一双小眼睛眯成一条缝,仿佛不停地一眨一眨似的,流露出嘲讽的神情。总之,这一切给人的印象是挺粗俗无礼的。他穿得也很脏。

他起先只把门开得可以伸进头来这么大。伸进来的脑袋打量房间五秒钟,然后门就慢慢地开大了,他的整个躯体出现在门口,但是客人还是不走进来,而是眯着眼,从门口继续打量着公爵。终于他在身后关上了门,走近前来,坐到椅子上,紧紧地握着公爵的手,让他坐到自己斜对面的沙发上。

"费尔迪先科。"他自我介绍说,一边专注和疑问地端详着公爵的脸。

"有何贵干?"公爵几乎要大笑起来回应道。

"房客。"费尔迪先科仍像原来那样观察着,说。

"您想来认识一下?"

"唉!"客人叹了口气,把头发弄得乱蓬蓬的,开始望着对面的角落,"您有钱吗?"他转向公爵,突然问。

"不多。"

"到底多少?"

"二十五个卢布。"

"拿出来看看。"

公爵从背心口袋里掏出一张二十五卢布的钞票,递给费尔迪先科,费尔迪先科把钞票打开来看了看,然后又翻转到另一面,接着又对着亮光看起来。

"真够奇怪的,"他若有所思地说,"它们怎么变成褐色的了?这些二十五卢布的钞票有时变褐色变得很厉害,而另外一些钞票却相反,完全褪色了。请拿着。"

公爵拿回了自己的钞票。费尔迪先科从椅子上站了起来。

"我是来提醒您:第一,别借钱给我,因为我一定会来请求的。"

"好的。"

"您在这里打算付钱吗?"

"打算付的。"

"而我不打算付;谢谢。我在这儿是您右边第一个门,看见过吗?请尽量别常光临我那儿;我会到您这儿来,请放心。见到将军了吗?"

"没有。"

"也没有听说?"

"当然也没有。"

"好吧,那么您会看见也会听说的;何况他连我这儿也要借钱! Avis au lecteur.[1] 告辞了。带着费尔迪先科这个姓,难道也可以生活?啊?"

---

1 法语:预先通知。

"为什么不能？"

"告辞了。"

他走向门口。公爵后来了解到，这位先生仿佛尽义务似的承担起一个任务，要用自己奇特古怪和使人开心的行为让大家吃惊，但是不知怎么的他从来也没有成功过。他使某些人甚至还产生了不快的印象，因此他真正感到了沮丧，但是他仍然没有丢下自己的这个任务。在门口他似乎得以恢复了常态，却撞上了进来的一位先生；他把这位公爵不认识的新客人放进了房间，从后面向公爵几次眨眼警告注意他，这才不无自信地总算走开了。

新进来的先生身材高大，五十五岁光景，也许更大些，相当臃肿，红得发紫的胖脸皮肉松弛，长着一圈浓密的连鬓胡子，还留着小胡子，有一双爆得很出的大眼睛。如果不是这么不修边幅，衣衫褴褛，甚至肮脏邋遢，这副体态倒还挺神气的。他穿的是一件很旧的常礼服，肘部几乎要磨破了；内衣也是油腻龌龊的，——这是家里的穿着。在他身上有一股伏特加的气味；但是举止风度颇具魅力，有点装模作样，显然竭力想用这种尊严的姿态来惊倒别人。先生不急不忙地走近公爵，脸带亲切的微笑，默默地握着他的手，不从自己的手里放开，细细地端详了一会儿他的脸，似乎在辨认某些熟悉的特征。

"是他！是他！"他轻轻地，但郑重其事地说，"活脱脱像！我听到，人家常说起一个熟悉和亲爱的姓氏，也就想起了一去不复返的过去……是梅什金公爵吗？"

"正是鄙人。"

"伊沃尔京，一个退职和倒霉的将军。斗胆请问您的名字和父称？"

"列夫·尼古拉耶维奇。"

"对，对！是我朋友，可以说，是我童年伙伴尼古拉·彼得罗维奇的儿子！"

"我父亲名叫尼古拉·利沃维奇。"

"利沃维奇。"将军改正说,但他不慌不忙,怀着一种充分的自信,仿佛他一点也没有忘记,仅仅是无意间说错而已。他坐了下来,还拉着公爵的手让他坐在自己身边。"我还抱过您呢。"

"真的吗?"公爵问。"我父亲过世已有二十年了。"

"是啊,二十年了,二十年又三个月。我们一起学习过;我直接进了军界……"

"父亲也在军界待过,是瓦西利科夫斯基团的少尉。"

"在别洛米尔斯基团。调到别洛米尔斯基团几乎就在他去世前夕。我站在这里并祈求他安息。您母亲……"

将军的手因为忧伤的回忆而稍作停顿。

"半年过后她也因受了风寒而故世了。"公爵说。

"不是因为风寒,不是因为风寒,请相信我这老头子。我当时在,是我给她安葬的。是因为思念自己的公爵所产生的痛苦所致,而不是因为受了风寒。是啊,公爵夫人也是令我永志不忘的!青春嘛!因为她,我和公爵,童年时代的朋友,差点成为互相残害的凶手。"

公爵有点疑惑地开始听他讲。

"我热烈地爱上了您的母亲,那时她还是未婚妻,我朋友的未婚妻。公爵发现了,也惊呆了。早晨六点多就来找我,把我唤醒了。我惊讶万分地穿着衣服;双方都默默无语;我全都明白了。他从口袋里掏出两把手枪,相隔一条手绢,没有证人,再过五分钟就互相把对方发去永恒世界,何必要有证人呢?子弹上了膛,拉直了手绢,站好了,把手枪对着对方心口,彼此看着对方的脸。突然两人眼中泪如雨下,手都颤抖了。两人,两人同时这样!好了,这时自然地就是拥抱和彼此争着慷慨相让。公爵喊着:她是你的!我喊着:她是你的!总之……总之……您是住到……我们这儿来了?"

"是的,也许要住一段时间。"公爵说着,似乎有点迟疑。

"公爵,妈妈请您去她那儿。"科利亚朝门里探头喊道。公爵本已站起来要走,但将军把右手掌放到他的肩膀上,友好地又把他按到沙发上。

"作为您父亲的真正的朋友,我想提醒您,"将军说,"我,您自己也看见了,我遭难了,因为一件惨祸;但是没有受审!没有受审!尼娜·亚历山德罗夫娜是个难能可贵的妇女。瓦尔瓦拉·阿尔达利翁诺夫娜,我的女儿,也是个难能可贵的女儿!因为家境的关系我们出租住房,实在是前所未有的败落!我原来是要当总督的!……但我们始终很高兴您来。然而,我家里正有不幸!"

公爵疑惑而又十分好奇地望着他。

"正在准备缔结一门婚姻,这是少见的婚姻。是一个轻薄女子和一个本可以成为宫廷士官的年轻人的婚姻。这个女人将要被带进家来,而这里却有我的妻子和我的女儿!但只要我还有口气,她就别想进来!我要躺在门口,让她从我身上跨过去!……跟加尼亚我现在几乎不说话,甚至避免遇见他。我特地先告诉您;既然您将住在我们这里,反正不讲也会看到的,但您是我朋友的儿子,我有权希望……"

"公爵,劳驾,请到会客室我这里来。"尼娜·亚历山德罗夫娜本人已经站在门口叫唤了。

"信不信,我的朋友,"将军大声嚷道,"原来,我还抱过公爵呢!"

尼娜·亚历山德罗夫娜含着责备瞥了将军一眼,又以探询的目光看了一下公爵,但是什么话都没有说。公爵跟在她后面走着;但他们刚到会客室坐下,尼娜·亚历山德罗夫娜刚开始很急促地低声告诉公爵什么的时候,将军本人却突然驾临会客室。尼娜·亚历山德罗夫娜立即闭口不言,带着明显的懊丧低头做起她的编织活来。将军可能注意到了这种懊丧,但依然保持着极好的情绪。

"我朋友的儿子!"他对尼娜·亚历山德罗夫娜喊道,"而且这么出乎意料!我早就已经不再想了,但是,我的朋友,难道你不记得已故的尼古拉·利沃维奇吗?你还遇见过他的……在特维尔?"

"我不记得尼古拉·利沃维奇了。这是您父亲吗?"她问公爵。

"是父亲,但是,好像他不是在特维尔去世的,而是在叶利萨韦特格勒,"公爵不好意思地向将军指出,"我是听帕夫利谢夫说的……"

"是在特维尔,"将军肯定说,"在临死前他被调到了特维尔,甚至还是在病情发展之前。您当时还太小,不可能记住调动和旅行的事;帕夫利谢夫则可能弄错了,尽管他是个极好的人。"

"您也认识帕夫利谢夫?"

"这是个难得的人,但我是亲眼见到的。公爵在弥留之际我曾为他祝福……"

"我父亲可是在受审判的情况下去世的,"公爵又指出,"虽然我从来也未能了解到,究竟因为什么才受审,他是死在医院里的。"

"噢,这是有关列兵科尔帕科夫的案件,毫无疑问,公爵本可以宣告无罪的。"

"是这样吗?您确实知道?"公爵怀着特别的好奇问。

"这还用说!"将军高声嚷了起来,"法庭没有做出什么裁决就解散了。案子是不可能成立的!这案子甚至可以说是神秘莫测的。连长拉里翁诺夫上尉要死了;公爵被任命临时代理连长的职务;好,列兵科尔帕科夫犯了偷窃,偷了同伴的靴子,换酒喝了;好,公爵申斥了科尔帕科夫并威吓说要用树条揍他,请注意,这是有上士和军士在场的;很好,科尔帕科夫回到营房,躺到铺板上,过一刻钟就死了。非常好,但事情来得突然,几乎是不可能的。不论怎么样,把科尔帕科夫葬了;公爵报告了上面,接着就把科尔帕科夫除了名。似乎再好也没有了吧?但是整整过了半年,在一次旅的阅兵式上,列兵科尔帕科夫仿佛什么事也没有发生过似的出现在诺沃泽姆良斯基步兵团第二营第三连中,还是那个旅和那个师!"

"怎么回事?"公爵不由得惊呼起来。

"不是这么回事,这是一个错误!"尼娜·亚历山德罗夫娜突然对他说,几乎是忧郁地望着他。"Mon mari se trompe.[1]"

"但是,我的朋友,说 se trompe[2] 是容易的,可是你自己倒来解释解释这种事情!大家都束手无策。我本来会第一个出来说 qu'on se trompe[3]。但倒霉的是,我是见证人,还亲自参加了调查组。所有当面的对质都证明,这正是那个人,就是半年前照通常的规矩列队击鼓安葬的那个列兵科尔帕科夫,不折不扣。这真是罕见的奇事,几乎是不可能的,我同意,但是……"

"爸爸,给您开饭了。"瓦尔瓦拉·阿尔达利翁诺夫娜走进房间通知说。

"啊,这太好了,好极了!我的确饿了……但是这件事,可以说,甚至是心理学的……"

"汤又要凉了。"瓦里娅急不可耐地说。

"马上,马上,"将军走出房间嘟哝着说,"尽管做了许多查询……"在走廊里还听到他的声音。

"如果您要住在我们这里,您必须得多多原谅阿尔达利翁·亚历山德罗维奇,"尼娜·亚历山德罗夫娜对公爵说,"不过,他不会太来打扰您的;他吃饭也是单独的。您自己也会同意,任何人都有自己的缺点和自己的……特别的地方,有些人可能比他们惯于指手画脚批评的人有更多的缺点。有一点我要十分请求您:如果我丈夫什么时候向您索要房租,您就对他说已经交给我了。话说回来,就是交给阿尔达利翁·亚历山德罗维奇,对您来说反正仍算交过了,但我仅仅是为了准确无误而请求您……瓦里娅,这是什么?"

瓦里娅回到房间里来,把纳斯塔西娅·费利帕夫娜的照片默默递给母亲。尼娜·亚历山德罗夫娜打了个颤,开始仿佛受了惊吓似的,接着怀

---

[1] 法语:我的丈夫弄错了。
[2] 法语:弄错。
[3] 法语:是别人弄错了。

着一种令人压抑的痛苦心情细细端详了一会儿照片。最后，疑问地看了一眼瓦里娅。

"今天她本人给他的礼物，"瓦里娅说，"晚上他们就要决定一切。"

"今天晚上？！"尼娜·亚历山德罗夫娜仿佛绝望地低低重复着，"还有什么好说的？再也没有任何怀疑了，希望也不复存在：她用照片说明了一切……是他自己给你看的吗？"她惊奇地补充说。

"您知道，我们已经整整一个月几乎没有说过一句话。普季岑什么都对我说了，而照片是在那里桌旁的地板上，我捡起了它。"

"公爵，"突然尼娜·亚历山德罗夫娜对他说，"我想问您（其实，正是为此我才请您到这里来的），您早就认识我儿子了吗？他好像对我说，您今天刚从什么地方来。"

公爵简短地解释了自己的情况，略去了一大半内容。尼娜·亚历山德罗夫娜和瓦里娅听他讲完。

"我询问您，并不是要探听什么有关加夫里拉·阿尔达利翁诺维奇的事，"尼娜·亚历山德罗夫娜指出，"在这点上您不应弄错。如果有什么事他自己不能向我坦言，我本人也不想背着他打听那些事。刚才加尼亚在您在场时以及在您走后回答我询问您的情况时说：'他全都知道，没什么要拘礼避嫌的！'说实在的，我请您来就是想知道，他这话是什么意思？也就是说，我想知道，到什么程度……"

突然加尼亚和普季岑走了进来；尼娜·亚历山德罗夫娜马上不说话了。公爵仍坐在她身旁的椅子上，而瓦里娅则走到边上去了；纳斯塔西娅·费利帕夫娜的照片就在尼娜·亚历山德罗夫娜小工作台上最显眼的地方，正对着她，加尼亚看见了照片，皱起了眉头，烦恼地从桌上拿起照片，将它丢到放在房间另一头的自己的书桌上。

"是今天吗，加尼亚？"尼娜·亚历山德罗夫娜突然问。

"今天怎么啦？"加尼亚猝然一惊，突然冲着公爵责骂起来，"啊，我明白了，原来您在这儿！……您究竟怎么啦，这是什么毛病还是怎的？您就不能忍着点吗？您终究也该明白呀，我的大人……"

"这是我的过错，加尼亚，不是别人。"普季岑打断他说。

加尼亚疑问地瞥了他一眼。

"这可是更好，加尼亚，何况，从一方面来说，事情就了结了。"普季岑喃喃着，走到一旁去，坐到桌边，从口袋里掏出一张写满了铅笔字的纸，开始专心地细读起来。加尼亚阴沉地站着，不安地等待着将会发生的家庭口角。他甚至都没有想到在公爵面前赔礼道歉。

"如果一切都了结了，那么，伊万·彼得罗维奇说的当然是对的，"尼娜·亚历山德罗夫娜说，"请别皱眉蹙额，也别生气恼火，加尼亚，你自己不想说的事，我什么都不会问，我要你相信，我已完全屈服了，请放心。"

她说这些话时，没有停下手中的活，好像真的处之泰然。加尼亚很惊奇，但是小心翼翼地保持沉默并望着母亲，等她把话说得明确些。家庭的口角对他来说是付出的太高昂的代价，尼娜·亚历山德罗夫娜觉察到儿子的谨慎，便带着苦笑补充说：

"你仍然在怀疑和不相信我；放心吧，不会像过去那样，既不会哭泣流泪，也不会苦苦哀求，至少我是这样。我的全部愿望是为了使你幸福，你也是知道这一点的；我是认命了，但我的心将永远和你在一起，无论我们将在一起还是分开。当然，我只对我自己的行为负责，你不能要求妹妹也这样……"

"啊，又是她！"加尼亚喊了起来，嘲讽和仇恨地望着妹妹，"妈妈，我再次向您发誓，再说一遍我过去已经许下的诺言：只要我在这里，只要我活着，无论是谁，无论什么时候，我都不许不尊重您。不管是什么人，不管是谁跨进我家的门，我都坚持要求对您绝对尊敬……"

加尼亚非常高兴，以致几乎用和解、温情的目光望着母亲。

"我对自己丝毫也不担心，加尼亚，你是知道的；所有这些日子我不是为自己操心和痛苦。据说，今天你们就一切了结了？究竟了结什么？"

"今天晚上,在自己家里,她答应要宣布:同意或否。"加尼亚回答说。

"我们几乎有三个星期回避谈论这件事了,这样更好。现在,当一切已经要了结的时候,我只有一点敢于问你:既然你并不爱她,她又怎么会给你同意的答复,甚至还送自己的照片?莫非你爱她这么一个……这么一个……"

"这么说吧,饱经世故的女人,是吗?"

"我不想用这样的字眼。难道你能蒙混她到这种地步?"

在这个问题中突然可以感觉到有一种异乎寻常的激愤。加尼亚站了一会儿,考虑了一下,也不掩饰自己的讥讽,说:

"妈妈,您太冲动了,又忍不住了,我们往往就是这样开的头并激烈争吵起来的。您说,不再盘问,也不再责备,可是又已经开始了!最好还是不要再说了,真的,不要再说了;至少您曾经有意……无论什么时候、无论怎么样我都不会丢弃您;换一个人有这样一个妹妹至少也得逃跑,瞧她现在是怎么看我的!我们就说到这儿吧!我本来是这么高兴……您怎么知道我欺骗了纳斯塔西娅·费利帕夫娜?至于说瓦里娅,就随她的便,——这就够了。嘿,现在真是完全受够了!"

加尼亚越说越激动,毫无目的地在房间里踱来踱去。这样的谈话马上就转到家里所有成员的痛处上。

"我说过了,如果她进这个家,我就从这儿出去,我也说话算数。"瓦里娅说。

"那是因为顽固!"加尼亚喊道,"因为顽固你才不嫁人!干吗对我嗤之以鼻?我才不在乎呢,瓦尔瓦拉·阿尔达利翁诺夫娜;您愿意的话,哪怕现在就实行您的意愿也行。您已使我感到非常厌烦。怎么啦!公爵,您终于决定离开我们了?"他看见公爵站起来,便嚷了起来。

从加尼亚的声音中可以听得出他已经恼怒到什么程度,那种情况下人自己几乎也会为这种光火感到痛快,于是便不受任何约束地,几乎怀着一种越来越大的满足,放纵着自己,任其发展。公爵在门口本已转过身,想要回答什么,但是,他从得罪他的人脸上那种病态的表情中看到,此刻已到了一触即发的地步,犹如一杯水只差一滴就会满溢而出,于是便转过身,一语不发地走了出去。过了几分钟他从会客室里传来的余音听到,因为他不在场谈话变得更粗声大气、直言不讳。

他穿过客厅到了前厅,准备去走廊,然后到自己房间里去。当他经过大门走近楼梯时,他听见并发现,门外有人在用足力气打铃,但是门铃大概坏了:它只是微微颤动,却没有声音。公爵取下插销,打开门,惊讶得往后退,全身甚至打了个颤:站在他面前的是纳斯塔西娅·费利帕夫娜。他根据照片马上就认出了她。当她看见他时,她的眼睛里迸发出恼怒的火光;她很快地走进前厅,用肩膀把他推开,一边从自己身上脱着皮大衣,一边怒冲冲地说:

"如果懒得修门铃,那么至少也该在有人敲门时守在前厅。嘿,瞧现在把皮大衣掉地上了,傻子!"

皮大衣真的在地上:刚才纳斯塔西娅·费利帕夫娜没有等到公爵脱下它,看也不看便自己把皮大衣往他手上扔去,但公爵没能接住。

"真该把你赶走。走,报告去。"

公爵本想说什么,但是却茫然不知所措,什么话也说不出来,就拿着从地上捡起来的皮大衣向会客室走去。

"嘿,瞧你现在拿了皮大衣走了!干吗要拿着皮大衣呀?哈——哈——哈!你是神经病还是怎么的?"

公爵回转来,呆若木鸡地望着她;当她笑起来的时候,他也苦笑了一下,但还是说不出话来。在他为她开门的最初那一瞬间,他脸色刷白,而现在红晕却突然涌上了脸面。

"这可真是个白痴!"纳斯塔西娅·费利帕夫娜朝他跺了下脚,忿忿地喊了一声,"喂,你到哪里去?喂,你去报告是谁来了呀?"

"纳斯塔西娅·费利帕夫娜。"公爵喃喃着说。

"你怎么知道我的?"她很快地问他,"我从来没有见过你!去吧,报告去……那里干什么大叫大嚷来着？"

"在吵架。"公爵回答道,便向会客室走去。

他进去时正是相当关键的时刻：尼娜·亚历山德罗夫娜很快就已经完全忘记了她已"完全屈服了"；而且,她还袒护瓦里娅。已经放下了写满铅笔字的纸片的普季岑站在瓦里娅旁边。瓦里娅自己并不畏怯,而且她也不是那种胆小怕事的少女；但是哥哥越说越变得粗暴无礼和不可容忍。在这种情况下她通常是不再说话,只是默默地、嘲笑地、直愣愣地盯着哥哥看。她知道,这种姿态会使他失去最后一道防线。就在这个时刻公爵跨进了房间并通报：

"纳斯塔西娅·费利帕夫娜到！"

九

笼罩着一片静默；大家都望着公爵，仿佛不明白他的话，也不愿意明白。加尼亚吓得目瞪口呆。

纳斯塔西娅·费利帕夫娜的到来，特别是在这种时刻，对于所有的人都是最奇怪、最费解的意外。仅一种情况就够让人吃惊了：纳斯塔西娅·费利帕夫娜是第一次光临；直至现在她的态度十分傲慢，在与加尼亚的交谈中甚至都没有表示过要认识他的家人的愿望，而在最近这段时间里根本连提都不提他们，仿佛他们不存在于世上似的。加尼亚虽然在某种程度上感到高兴，因为可以避开这种对他来说颇为烦神的谈话，但是心里毕竟还是对她这种傲慢存有芥蒂。不论怎样，从她那里他等着得到的多半是对自己家庭的嘲讽和挖苦，而不是来访；他总算知道，她已经明白因为他的婚姻他家里发生着什么情况以及他的家人会以怎样的目光来看她。此刻她的来访，在送了照片以后并在她生日这一天，在她许诺要决定他命运的这一天，这一来访几乎就意味着她的决定本身。

大家困惑不解地望着公爵，这种状况持续并不很久：纳斯塔西娅·费利帕夫娜本人在门口出现了，在她走进房间的时候，又轻轻地推了一下公爵。

"总算进来了……你们干吗把门铃系起来了呢？"她把手递给慌忙奔向她的加尼亚，快活地说，"你干吗一副沮丧相？请介绍我……"

完全不知所措的加尼亚首先把她介绍给瓦里娅，两个女人在彼此伸出手来以前，交换了奇怪的目光。不过，纳斯塔西娅·费利帕夫娜笑着，装出兴冲冲的样子；但瓦里娅不想装假，阴沉而专注地看着她，在她脸上甚至没有流露出一般礼貌所要求的起码的笑容。加尼亚愣住了；已经没啥请求也没有时间来请求了，于是他向瓦里娅投去威胁性的一瞥，就凭这种目光的威力，足以使她明白，此时此刻对她兄长来说意味着什么。于是，她好像决定对他让步，就朝纳斯塔西娅·费利帕夫娜微微笑了一下（在家里他们大家彼此还是十分相爱的）。尼娜·亚历山德罗夫娜稍稍挽回了局面，加尼亚完全昏了头，在介绍了妹妹以后才介绍母亲，甚至把她带到纳斯塔西娅·费利帕夫娜跟前。但是尼娜·亚历山德罗夫娜刚开始表示自己"特别高兴"，纳斯塔西娅·费利帕夫娜不等听完她的话，很快就转向加尼亚，而且在还没有受到邀请的情况下就坐到窗口角落里的一张小沙发上，大声嚷着：

"您的书房在哪里？还有……房客在哪里？你们不是招房客的吗？"

加尼亚脸红耳赤，结结巴巴地正要回答什么，纳斯塔西娅·费利帕夫娜立即又说：

"这里哪儿还能招房客住呀？您连书房也没有。那么这有利可图吗？"她突然转向尼娜·亚历山德罗夫娜问道。

"是添了些忙碌，"后者刚开始回答，"当然，应该会有收益的。不过，我们刚刚……"

但是纳斯塔西娅·费利帕夫娜又一次没有听下去：她望着加尼亚，笑着朝他喊了起来：

"您这张脸怎么啦？喔，我的上帝，瞧您这个时候这张脸！"

这一笑声持续了好一会儿，加尼亚的脸色果然大为变样：他那呆僵木讷、滑稽可笑、胆小畏怯、不知所措的神情突然消失了，但是脸色却十分苍白；双唇因为痉挛而歪斜着；他用一种粗野的目光默默地、目不转睛地凝视着继续在笑的女客的脸。

此时在场的还有一个旁观者，他也还没有摆脱见到纳斯塔西娅·费利帕夫娜而惊讶得目瞪口呆的状态；但是虽然他像根"木柱子"似的原地不动地站在会客室门口，他还是注意到了加尼亚苍白的脸色和变化的、不祥的神情。他几乎处于惊吓之中，突然机械地迈步向前。

"去喝点水，"他对加尼亚低语说，"别这样看人……"

显然，他说这话未经任何思考，没有任何特别的意图，而只是想到什么说什么；但是他的话却产生了不同寻常的作用。看来，加尼亚的全部怨气突然倾注到公爵身上了：他抓住公爵的肩膀，充满仇恨地默默望着他，仿佛难以说出话来。这引起了大家的惊慌不安：尼娜·亚历山德罗夫娜甚至轻轻喊出了声，普季岑焦急地朝前跨了一步，来到门口的科利亚和费尔迪先科惊愕得停住了，只有瓦里娅一个人依然皱眉蹙额地看着一切，很注意地观察着。她没有坐下来，而是双手交叉在胸前站在母亲旁边一侧。

但是加尼亚马上醒悟过来，几乎就在自己做出这一举动的最初那一刻，他就神经质地哈哈大笑起来。他完全冷静下来了。

"您怎么啦，公爵，难道是医生不成？"他尽可能快活和浑朴地大声说，"甚至都吓了我一跳；纳斯塔西娅·费利帕夫娜，可以向您介绍，这是位极为难能可贵的人物，虽然我自己也只是早晨才认识他的。"

纳斯塔西娅·费利帕夫娜疑惑不解地望着公爵。

"公爵？他是公爵？您倒想想，我刚才在前厅把他当作仆人，还打发他来报告！哈——哈——哈！"

"不要紧，不要紧！"费尔迪先科应声说，一边急忙走近来，看到大家笑了起来而兴致勃勃，"不要紧，se non è vero[1]……"

---

[1] 意大利语：即使是不对。

"还差点骂了您,公爵,请原谅。费尔迪先科,在这样的时刻,您怎么在这里?我以为,起码不会遇见您。他是什么人?哪个公爵?梅什金?"她重问着加尼亚,而此时他虽已介绍了公爵,却仍然抓着他的肩膀。

"我们的房客。"加尼亚重复说。

显然,公爵是被当作某种稀罕的(也是适于使大家摆脱虚伪局面的)东西来介绍的,并差不多是把他硬塞给纳斯塔西娅·费利帕夫娜;公爵甚至清楚地听到"白痴"这个字眼,好像是费尔迪先科在他背后向纳斯塔西娅·费利帕夫娜解释时低声说的。

"请告诉我,我刚才这么该死……把您弄错了,您为什么不纠正我?"纳斯塔西娅·费利帕夫娜一边用毫不客气的方式从头到脚打量着公爵,一边继续问道。她迫不及待地等着回答,似乎完全确信,回答一定是愚不可及,不会不引人发笑的。

"这么突然地看见您,我十分惊讶……"公爵刚开始时喃喃着说。

"您怎么知道这是我?您过去在什么地方见过我吗?这是怎么回事,真的,我好像在哪儿见过他?请问,为什么您刚才呆呆地站在那里?我身上有什么能让人发呆的?"

"说呀,说呀!"费尔迪先科继续做着鬼脸说,"倒是说呀!嗬,上帝啊,对这样的问题,假如是我,可以说出多少名堂来啊!倒是说呀……要不说呀,公爵,您可真是傻瓜了!"

"换了是您,我也能说出许多话来,"公爵朝费尔迪先科笑了起来,"刚才您的照片使我大为惊叹,"他对纳斯塔西娅·费利帕夫娜继续说着,"后来我跟叶潘钦家的人也谈起过您……而清晨,还是抵达彼得堡前,在铁路上,帕尔芬·罗戈任对我讲了许多关于您的事……就在我为您开门的那一刻,我也还在想到您,可突然您就在这里了。"

"您怎么知道,这就是我?"

"根据照片……"

"还有呢?"

"还因为,我想象中的您正是这样的……我也仿佛在哪儿见过您。"

"在哪儿?在哪儿?"

"我真的像在什么地方看见过您的眼睛……但这是不可能的!我是这么觉得……我从来也没有来过这里。也许,是在梦中……"

"真有您的,公爵!"费尔迪先科叫了起来,"我收回自己的话:se non è vero.不过……不过,他说这些可全是因为天真单纯!"他惋惜地补了这么一句。

公爵说这几句话声音很不平静,时断时续,还频频换一口气。一切都显露出他内心异常激动。纳斯塔西娅·费利帕夫娜好奇地望着他,但已经不再笑了。就在此时,从紧紧围住公爵和纳斯塔西娅·费利帕夫娜的人群后面传来了一个新的大大咧咧的声音,可以说,这声音在人群中开出一条道来,把他们分成两半。在纳斯塔西娅·费利帕夫娜面前站着一家之长伊沃尔京将军。他穿着燕尾服和干净的胸衣,小胡子还抹上了染须剂……

这可是加尼亚已经不能容忍的了。

他自尊、爱虚荣到疑神疑鬼的地步,到抑郁寡欢的状态;在这两个月中他一直寻求着可以使他体面地立足和使他显得高贵的一个支点;他感觉到在所选择的道路上他尚是个新手,大概难以坚持下去;绝望的心境中他终于发狠在称王称霸的自己家里恣肆骄横,但却不敢在纳斯塔西娅·费利帕夫娜面前来这一套,因为直到目前这一刻她仍使他莫名其妙并毫不留情地对他占着上风;照纳斯塔西娅·费利帕夫娜的说法,他是个"迫不及待的穷光蛋",这一点已经有人传话给他了;他千赌咒万发誓——往后要她抵偿这一切,与此同时,有时他又天真地暗自幻想着能把各方拢到一起,使对立者和解,——而现在他还得喝下这杯浓烈的苦酒,主要是在这种时刻!对于一个爱虚荣的人来说,还有一种未曾料到,但却是最可怕的折磨——在自己家里为自己的亲人感到脸红的痛苦落到了他的身上,在这瞬间加尼亚的头脑中闪过这样的念头:"补偿本身到底能否抵得了这一切!"

就在此刻发生了这两个月中只是夜里做噩梦所梦见的事,吓得他浑身透凉,羞得他满身灼热:终于他父亲跟纳斯塔西娅·费利帕夫娜进行了家庭的会面。有时他为难和刺激自己,试着去想象婚礼仪式上将军父亲的模样,但是总不能把这幅令人难受的景象想到底,便赶快抛开它。也许,他过分夸大了这种不快,但是爱虚荣的人却总是这样的。在这两个月中他来得及反复多想和作出决定,他向自己许下诺言,无论如何也得约束住自己父亲,哪怕是一段时间让他别抛头露面,如果不行的话,甚至让他离开彼得堡,不管母亲同意还是不同意那样做。十分钟前,纳斯塔西娅·费利帕夫娜走进来的时候,他是那么震惊,那么愕然,竟完全忘掉了阿尔达利翁·亚历山德罗维奇有可能在吵嘴时出现,也就没做任何安排。这下将军就出现在这里,在众人面前,而且还郑重其事地做了准备,穿了燕尾服,并且正是在纳斯塔西娅·费利帕夫娜"只想寻找机会对他和他的家人大加奚落嘲笑"的时候。(他对此确信无疑。)再说,实际上她此刻来访若不是为这个目的,那又是什么意思呢?她来是跟他母亲和妹妹亲近友好还是要在他家中对她们羞辱一番?但是根据双方形成的局面来看,已经不必怀疑:他的母亲和妹妹如遭人唾弃一般坐在一旁,而纳斯塔西娅·费利帕夫娜甚至好像忘了,她们跟她是在一个房间里……既然她是这样的举止,那么,她当然是有自己的目的!

费尔迪先科扶住将军,把他带到跟前。

"阿尔达利翁·亚历山德罗维奇·伊沃尔京,"微笑躬身的将军庄重地说,"一个不幸的老兵和一家之长,这个家不胜荣幸的是有望纳入这么一位美妙的……"

他没有说完,费尔迪先科很快地从后面给他端上一把椅子,将军在午餐后这一刻站着有点腿脚发软,因此扑通一声或者最好是说倒到椅子上;不过这不会使他感到不好意思,他就对着纳斯塔西娅·费利帕夫娜坐好了,用一种可爱的姿态从容而动人地把她的纤指贴近自己嘴边。一般来说要使将军感到困窘是相当困难的。他的外表,除了有点不修边幅,还是相当体面的,这一点他自己也知道得很清楚。过去他也常有机会出入高贵的上流社会,他完全被排除在外总共不过是两三年前的事。从那时起他就不加约束地过分沉溺于自己的某些癖好,但是潇洒自如、令人好感的风度在他身上保留至今。纳斯塔西娅·费利帕夫娜似乎很高兴阿尔达利翁·亚历山德罗维奇的出现,对于他,当然她过去就有所耳闻。

"我听说,我的儿子……"阿尔达利翁·亚历山德罗维奇本已开始说。

"是啊,您的儿子!您也挺好呀,可尊敬的爸爸!为什么在我那儿从来也见不到您呀?怎么啦,是您自己躲起来的,还是儿子把您藏起来了?您倒是可以到我这儿来的,不会损害谁的名誉的。"

"19世纪的孩子和他们的父母……"将军又开始说。

"纳斯塔西娅·费利帕夫娜,请放开阿尔达利翁·亚历山德罗维奇一会儿,有人找他。"尼娜·亚历山德罗夫娜大声说。

"放开他!哪能呢,我听说过许多许多关于他的事,早就想见到他了!再说他又会有什么事?他不是退伍了吗?您别留下我,将军,您不走开吧?"

"我向您保证,他自己会到您那儿去的,但现在他需要休息。"

"阿尔达利翁·亚历山德罗维奇,他们说,您需要休息!"纳斯塔西娅·费利帕夫娜做着不满和厌恶的鬼脸嚷道,犹如被夺去了玩具的轻佻的傻丫头,将军则偏偏还起劲地把自己的处境弄得更糟糕。

"我的朋友!我的朋友!"他郑重其事地转向妻子,把手放到心口,含着责备说。

"妈妈,您不从这儿走开吗?"瓦里娅大声问。

"不,瓦里娅,我要坐到底。"

纳斯塔西娅·费利帕夫娜不会没有听到这一问一答,但是她似乎因此而更加快活。她马上又向将军抛出一连串问题,而过了五分钟将军已处于最昂扬的情绪之中,在周围人的一片笑声中夸夸其谈。

科利亚拽了一下公爵的后襟。

"您怎么也得想个法儿把他带走!不成吗?请带开他吧!"可怜的男孩眼睛里甚至闪动着气恼的热泪。"嘿,这该诅咒的加尼卡!"他暗自补了一句。

"我过去跟伊万·费奥多罗维奇·叶潘钦确实很有交情,"将军对纳斯塔西娅·费利帕夫娜的问题兴致勃勃地回答着,"我,他,以及已故的列夫·尼古拉耶维奇·梅什金公爵(二十年的离别后我今天拥抱了他的儿子),我们三人可以说是形影不离的骑马闲游的伙伴:阿托斯、波尔托斯和阿拉米斯[1]。可是,唉,一个已经进了坟墓,他是被诬蔑和子弹害死的,另一个就在您面前,还在跟诬蔑和子弹作斗争……"

"跟子弹!"纳斯塔西娅·费利帕夫娜喊了起来。

"它们在这里,在我胸膛里,是在卡尔斯城下得的,天气不好时我就会感觉到它们。所有其他方面,我过着哲学家般的生活,走走,散散步,像个辞职退隐的布尔乔亚那样在我去的咖啡馆下棋,看 *Indépendance*[2]。但是,跟我们的波尔托斯,即叶潘钦,自从前年在铁路上为了一条哈巴狗的事,我就彻底与他拉倒了。"

"为了一条哈巴狗?这是怎么回事?"纳斯塔西娅·费利帕夫娜特别好奇地问,"这条狗是怎么回事?让我想想,是在铁路上呀!……"她仿佛在想什么。

"唷,那是件无聊的事,不值得再提它:是因为别洛孔斯卡娅公爵夫人的家庭女教师施密特夫人,但是……不值得再重提了。"

"您可一定要讲!"纳斯塔西娅·费利帕夫娜快活地嚷着。

"我也还没有听说过!"费尔迪先科说,"*Cést du nouveau.*[3]"

"阿尔达利翁·亚历山德罗维奇!"又响起了尼娜·亚历山德罗夫娜

---

1 此系法国作家大仲马所著《三个火枪手》中的主人公。
2 法语:《独立》。
3 法语:这是新闻。

央求的声音。

"爸爸,在找您呢!"科利亚喊道。

"真是件无聊事,我三言两语讲一下,"将军洋洋得意地开始说,"两年前,对!差不多就在一条新的什么铁路线开辟后不久,我(已经穿着便装大衣)忙着办理对我来说非常重要的移交职务方面的事,买了一等车厢的票,走了进去,坐着抽烟,就是说我继续抽着烟,在此前就已经开始抽了。单间里就我一人。既不禁止抽烟,但也不允许;通常就算是半许可吧;当然还得看是谁。窗子拉下开着。就在汽笛鸣响前,突然两位太太带着一只哈巴狗跑进来,正对着我安顿下来;她们迟到了,一位雍容华贵,打扮得非常漂亮,穿的是浅蓝色衣裙;另一位比较朴素,穿着带披肩的黑色绸衣。她们长得都不错,看起人来很傲慢,说的是英国话。我当然不当一回事,抽着烟。也就是说,我曾经想到过别再抽烟,但是,我却继续抽烟,因为窗子开着,就朝着窗外抽。哈巴狗在穿浅蓝色衣裙的小姐的膝盖上静卧着,它很小,就我拳头这么大,黑体白爪,倒是很少见的。项圈是银制的,上面还有铭文。我没有理会。只不过我觉察到,女士们好像在生气,自然是因为我抽雪茄。一个戴着单目眼镜盯着我,眼镜框还是玳瑁做的,我依然无动于衷:因为她们什么也没说呀!可她们终究是有人的舌头的呀,如果说了,提醒了,请求了,就另当别论!可是她们却闭口不言……突然,我要告诉你们,没有一点提醒,就是说没有一丝表示,的的确确完全像发疯似的,那个穿浅蓝色衣裙的小姐从我手中夺过雪茄,就扔到窗外去了。列车在奔驰。我像个呆子似的望着她。这女人真粗野,真是个野蛮的女人,的的确确完全处于狂野的状态;不过,这是个粗壮的女人,肥胖而又高大,金色的头发,脸色绯红(甚至太红了),眼睛对着我熠熠闪光。我一句话也不说,非常客气,十二万分有礼,可以说是极为雍容文雅、彬彬有礼地向哈巴狗伸出两个指头,娴雅斯文地抓起它的脖颈,紧接着我的雪茄,把它向窗外一扔!它只发出一声尖叫!火车继续奔驰着……"

"您可真是个恶魔！"纳斯塔西娅·费利帕夫娜喊道，她像个小姑娘似的哈哈笑着，拍着手掌。

"妙极了，妙极了！"费尔迪先科喊着。将军的出现本来也令普季岑感到不快，现在他也笑了一下，甚至连科利亚也笑起来了，也喊了一声："妙极了！"

"而且我是对的，对的，加倍地对！"洋洋得意的将军热情洋溢地说，"因为，既然车厢里禁止抽烟，那么更不用说带狗了。"

"棒极了，爸爸！"科利亚激昂地喊着，"太好了！换了我一定，一定也会这样干的！"

"但是小姐怎么样呢？"纳斯塔西娅·费利帕夫娜迫不及待地要问个究竟。

"她？嘿，全部不愉快的根源就在她身上，"将军皱起眉头，继续说，"她一句话也不说，也没有一丝提示，就打了我一记耳光！真是个野蛮的女人；完全处于狂野的状态！"

"那么您呢？"

将军垂下眼睛，扬起眉毛，耸起肩膀，闭紧双唇，摊开双手，沉默了一会儿，突然低声说：

"我很冲动。"

"闹得很厉害吗？很厉害吗？"

"真的，不厉害！事情闹出来了，但并不厉害。我只是挥了一下手，仅仅挥了唯一的一次。但是这一下可是自己碰上魔鬼了：穿浅蓝色衣裙的那个是英国人，是别洛孔斯卡娅公爵夫人家的家庭教师或者甚至是那一家人的什么朋友，而穿黑裙的则是别洛孔斯卡娅公爵夫人家中最大的公爵小姐，她是个三十五岁左右的老姑娘。众所周知，叶潘钦将军夫人与别洛孔斯基家是一种什么关系。所有的公爵小姐都晕倒了，泪水涟涟，为她们的宠物——哈巴狗服丧举哀，六位公爵小姐尖声哭喊，英国女人尖声哭叫——简直就像是到了世界末日！当然啰，我去表示悔过认错，请求原谅，写了信，但是他们既不接待我，也不收下我的信，而我跟叶潘钦从此翻了脸，后来就是被开除、驱逐！"

"但是，请问，这到底是怎么回事？"突然纳斯塔西娅·费利帕夫娜问，"五六天前我在 Indépendance 上也读到过一个这样的故事，我是经常看 Indépendance 的。而且绝对是一样的故事！这事发生在莱茵河沿岸的铁路线上，在车厢里，牵涉到一个法国男人和一个英国女人；也是这样夺下了一支雪茄，也是这样一条哈巴狗被抛出了窗外，最后，也是像您讲的那样结束，连衣裙也是浅蓝色的！"

将军满脸绯红，科利亚也脸红了，双手夹紧脑袋；普季岑很快转过身去。只有费尔迪先科一个人仍像原来那样哈哈大笑。至于加尼亚就不用说了：他一直站在那里，强忍着无声的和难以忍受的痛苦。

"请您相信，"将军喃喃说道，"于我确实发生过同样的事……"

"爸爸确实跟施密特太太，即别洛孔斯基家的家庭教师有过不愉快的事，"科利亚嚷了起来，"我记得。"

"怎么？一模一样？在欧洲的两个地方发生同一个故事，在所有的细节上，直至浅蓝色裙子都毫厘不差！"纳斯塔西娅·费利帕夫娜坚持不让步，毫不留情，"我把 Independance Belge 派人给您送来！"

"但是请注意，"将军仍然坚持着，"于我是两年前发生这事的……"

"竟可能全是这样！"

纳斯塔西娅·费利帕夫娜如歇斯底里一般哈哈大笑起来。

"爸爸，我请您出去说两句话。"加尼亚机械地抓住父亲的肩膀，用颤抖的痛苦不堪的声音说。在他的目光中充满着无限的仇恨。

就在这一瞬间从外间传来了非常响的门铃声。[1]这样子拉法会把门铃都扯下来的。这预示着将是不同一般的来访。科利亚跑了去开门。

---

[1] 前面说"门铃大概坏了"，这里又说门铃声非常响，原文如此。

十

前厅里一下子变得异常喧闹和人声嘈杂；从会客室里可以感觉到，从外面走进了好几个人并且还在继续走进来。好几个声音在同时说话和叫喊；楼梯上也有人在说话和叫喊，听起来，从前厅上楼梯的门没有关上。看来是一次异常奇怪的突然来访。大家都互相交换着眼色；加尼亚奔向客厅，但客厅里已经进来了几个人。

"啊，瞧他，这犹大！"公爵熟悉的一个声音喊了一声，"你好啊，加尼卡，下流胚！"

"是他，正是他！"另一个声音随声附和着。

公爵不用再怀疑了：一个声音是罗戈任的，另一个则是列别杰夫的。

加尼亚似乎呆僵了一般站在会客室门口默默望着，没有去阻拦紧跟着帕尔芬·罗戈任一个接一个进入客厅的约莫十个或十二个人。这一伙人三教九流，不仅仅形形色色，而且不成体统。有几个人进来时就像在街上一样，穿着大衣和皮氅。不过，倒也没有完全喝醉了的人，但是所有的人都带着较强的醉意，大家好像都需要彼此的支持才走得进来；无论哪个人都没有勇气单独进来，而是互相推推搡搡着进来。就连群首的罗戈任也是小心翼翼地走着，但是他心怀叵测，因而显得阴沉、气恼而又忧心忡忡。其余的人不过是附和着,或者最好是说,帮腔和助威。除了列别杰夫,这里还有个烫鬈发的扎廖热夫,他在外间扔下自己的皮大氅,放肆不羁、神气活现地走了进来,还有两三个像他这样的先生,显然是商人。有一个穿着半似军用的大衣;有一个个子小小的、但异常肥胖的人不停地笑着;有一个先生有两俄尺十二俄寸[1]高的魁伟身躯,也非常肥胖,十分阴沉,默不作声,显然,他强烈地指望用自己的拳头来解决问题。还有一个医科大学生;一个在人群中转来转去的波兰家伙。还有两位女士从楼梯上向过道里张望,却不敢走进去;科利亚就在她们鼻子跟前砰地关上了门,并搭上钩子。

"你好哇,加尼卡,真是个下流胚!怎么,没有料到帕尔芬·罗戈任来吧?"罗戈任走到会客室,停在门口,面对着加尼亚又重说了一遍。但在此刻他突然看清楚了,就在自己对面,纳斯塔西娅·费利帕夫娜在会客室里。显然,他头脑里根本没有想到会在这里遇见她,因为突然看见她,他产生了非同一般的印象;他的脸色变得惨白,连嘴唇都发青了。"看来,这是真的!"他轻轻地似乎对自己喃喃着,一副失魂落魄的神态,"完了!……好吧……你现在就回答我!"他狂怒而又恶狠狠地望着加尼亚,突然咬牙切齿地说,"嘿!……"

他甚至屏住了呼吸,连说话也很吃力。他机械地向会客室移步,但当他正要跨进门的时候,突然看见了尼娜·亚历山德罗夫娜和瓦里娅,便停住了,尽管他万分激动,还是感到有点发窘。跟在他后面走来的是列别杰夫,他如影子一般寸步不离他并已经醉得很厉害了,接着是大学生、握着拳头的先生、向左右点头哈腰致意的扎廖热夫,最后挤进来的是矮胖子。女士们在场还多少使他们有些克制并且显然大大妨碍着他们,当然,这也不过维持到开场,维持到出现借口可以哄嚷和闹腾……那时任何女士都不能妨碍他们了。

---

[1] 一俄尺等于十六俄寸,一俄寸等于四·四厘米。

"怎么？公爵，您也在这里？"对遇见公爵多少感到惊奇的罗戈任漫不经心地说，"还穿着鞋罩，唉！"他叹了口气，即刻就忘记了公爵，又把目光移到纳斯塔西娅·费利帕夫娜身上，像被磁铁吸引住一样，越来越移近、靠拢她。

纳斯塔西娅·费利帕夫娜也怀着一种不安和好奇的心情望着这些不速之客。

加尼亚终于醒悟过来了。

"但是，请问，这究竟是什么意思？"他严厉地扫视着进来的人，主要对着罗戈任大声说着，"你们进来的地方好像不是马厩，先生们，这里有我的母亲和妹妹……"

"我们看见了母亲和妹妹。"罗戈任从牙缝里挤出含糊不清的话。

"这看得出是母亲和妹妹。"列别杰夫为表示礼貌附和说。

握着拳头的先生大概以为时机到了，便开始咕噜着什么。

"可是，竟然是这样！"突然加尼亚似乎过分提高了嗓门，像一声爆炸似的说，"第一，请所有的人离开这里去客厅，然后请允许认识……"

"瞧吧，他不认识，"罗戈任站在原地不动，凶狠地龇牙咧嘴说，"罗戈任也不认识？"

"我就算是在哪儿遇见过您，但是……"

"瞧吧，在哪儿遇见过！我把父亲的两百卢布输给你总共才不过三个月，老头子直至去世还不知道这件事；你把我拖了进去，而克尼夫做了手脚。认不出来了？普季岑可是个证人！只要我给你看三个卢布，现在就从口袋里掏出来，你就会四肢着地爬到瓦西里耶夫斯基岛上去拿的，你就是这样的人！你的灵魂就是这样的！我现在来就是要用钱把你整个儿买下来，你别瞧我穿着这样的靴子走进来，兄弟，我有许多钱，我要把你整个儿连同你的所有家当统统买下来……我想把你们所有的人都买下来！全都买！"罗戈任似乎醉得越来越厉害，暴躁地嚷着。"嗨，"他喊了一声，"纳斯塔西娅·费利帕夫娜！您别赶我走，您只要说一句话：您是不是就要跟他结婚了？"

罗戈任像是个茫然不知所措的人，又像向某个神明似的提出自己的问题，但是又带着已经没有什么可失去的被判死刑的囚犯的那种胆大妄为。在死一般的苦恼中他期待着回答。

纳斯塔西娅·费利帕夫娜用嘲讽和高傲的目光打量着他，但是也瞥了一眼瓦里娅和尼娜·亚历山德罗夫娜，扫了一眼加尼亚，突然改变了口气。

"完全没有的事，您怎么啦？凭什么您忽然想起要问这个？"她平心静气和严肃认真地回答着，似乎还带着几分惊讶。

"没有？没有！！"罗戈任几乎高兴得发狂地嚷了起来，"这么说是没有的事啰？！可他们对我说……唉！算了！……纳斯塔西娅·费利帕夫娜！他们说，您跟加尼卡已经定亲了！是跟他吗？难道可以这样吗？（我现在就对他们大家讲）我用一百卢布就把他整个儿买下来，我要给他一千，好吧，三千，要他放弃，他在婚礼前夜就会逃走，把新娘整个儿留给我。加尼卡，不就是这样吗，下流胚！你可以拿三千卢布！瞧这些钱，就在这里！我来就是要向你拿一张这样的收条；我说了：我要买——要买！"

"从这儿走开，你醉了！"脸色红一块白一块的加尼亚喊道。

紧跟着他的喊声突然响起了骤然迸发出来的几个嗓门的声音；罗戈任这一整帮人早就等着可以寻衅的第一个机会。列别杰夫极为卖力地在罗戈任身边嘀咕着什么。

"对，当官儿的！"罗戈任回答说，"对，醉鬼！哎，就这样吧。纳斯塔西娅·费利帕夫娜！"他喊了起来，一边如一个发疯的人一般望着她，一边畏缩着，却突然鼓起勇气到放肆的地步。"这是一万八千卢布！"他把用细绳子扎成十字形的一捆包着白纸的钞票扔到她面前的小桌上，"瞧！而且……还会有！"

他没有敢把他想说的话说到底。

"不……不……不！"列别杰夫露出一副惊吓得不得了的样子又对他低语说。可以猜得到，他是被这巨大的数额吓坏了，他建议从小得难以比拟的数字试起。

"不，兄弟，这一点上你是个傻瓜，你不知道，你想到哪儿去了……是啊，看来，我跟你一起成了傻瓜！"罗戈任在纳斯塔西娅·费利帕夫娜炯炯闪亮的目光下一下子豁然大悟并打了个颤。"嗨！我是瞎说，我听你的。"他深感后悔地补了一句。

纳斯塔西娅·费利帕夫娜凝视了一会儿罗戈任那颓丧的脸，突然笑了起来。

"一万八千，给我？瞧马上就显出乡巴佬的样子来了！"她突然以放肆无礼的腔调说，并从沙发上站起来，似乎打算离开，加尼亚屏住心跳观察着这一幕。

"那么就四万，四万，而不是一万八千！"罗戈任喊了起来，"万卡·普季岑和比斯库普答应到七点钟提交四万的，四万！全都放桌上。"

这一幕结果变得极不像话，但纳斯塔西娅·费利帕夫娜依然笑着，并不离去，仿佛真的打算让这场戏拖延下去。尼娜·亚历山德罗夫娜和瓦里娅也从自己的座位上站起来，惊惧、无言地等待着这件事会有什么结果；瓦里娅的眼睛闪闪发亮，但是所有这一切在尼娜·亚历山德罗夫娜身上产生的反应是痛苦的；她战栗着，好像马上就要昏倒。

"既然这样，那就十万！今天我就送上十万！普季岑，救救急！这可是难得的赚钱机会！"

"你疯啦！"普季岑快步走近他，抓住他的手，突然低声说。"你醉了，人家要派人去叫警察了。你现在在什么地方？"

"他是喝醉了说胡话。"纳斯塔西娅·费利帕夫娜说，仿佛是要挑逗他。

"我可不是胡说，会有这笔钱的！到晚上就有。普季岑，救救急吧，你是放高利贷的，随你想要多少，到晚上弄十万来吧；我要证明，我是不吝惜的！"罗戈任突然精神振奋到狂热的地步。

"但是，这究竟是怎么回事？"气愤的阿尔达利翁·亚历山德罗维奇走近罗戈任突然威严地问。在此以前一直保持沉默的老头突然出来说话，给这一幕增添了许多滑稽可笑的因素。周围响起了笑声。

"这又是从哪儿冒出来的？"罗戈任笑了起来，"走吧，老头，去喝个醉吧！"

"这太卑鄙了！"科利亚喊道。他因为感到耻辱和恼恨完全哭了起来。

"难道你们中间找不到一个人可以将这个恬不知耻的女人从这儿带走！"瓦里娅气得浑身哆嗦，突然喊了起来。

"这是称我是恬不知耻的女人啰！"纳斯塔西娅·费利帕夫娜以轻蔑的快活口气予以还击，"我可真是傻瓜，来这里叫他们去参加我那里的晚会！加夫里拉·阿尔达利翁诺维奇，瞧您的妹子多么鄙视我！"

听到妹妹出言不逊，加尼亚像被闪电震惊似的愣在那里好一会儿；但是，在看到纳斯塔西娅·费利帕夫娜这次真的要离开时，他怒冲冲地扑向瓦里娅，狂暴地抓住她的手。

"你干了什么？"他逼视着她喊道，似乎想就在这个地方把她化为灰烬。他全然失去控制自己的能力，不加好好思量。

"我干了什么？你要把我拖哪儿去？是不是要求得到她的宽恕，就因为她侮辱了你的母亲并且来玷污你的家？你真是个卑贱的小人！"瓦里娅又大声嚷道，并且以胜利者的姿态挑战地望着兄长。

他们就这样面对面对峙了一会儿。加尼亚依然把她的手抓在自己手里。瓦里娅挣了一次，两次，用足了全部力气，但未能挣脱，突然，按捺不住怒气，朝兄长脸上啐了一口。

"好一个姑娘家！"纳斯塔西娅·费利帕夫娜喊道，"真棒，普季岑，我祝贺您！"

加尼亚眼前一阵发晕，他完全忘乎一切，使出全身力气一巴掌朝妹妹扇去。这一下本来一定落在她的脸上。但突然有一只手挡住了加尼亚半空中挥过来的手。

在他和妹妹之间站着公爵。

"别闹了,够了!"他口气坚决地说,但是也在浑身发颤,这是因为精神上受到了强烈的震撼。

"怎么,你永远要来挡我的道!"加尼亚甩开瓦里娅的手,吼了起来。一边在极度狂怒的状态下挥起空出来的那只手,狠狠地给了公爵一记耳光。

"啊!"科利亚两手一拍惊呼着,"啊,我的天哪!"

四面八方都发出了惊叹声。公爵脸色刷白。他用奇怪和责备的目光直盯着加尼亚的眼睛;他的嘴唇哆嗦着,竭力要说什么;一种怪诞的并且完全不合时宜的微笑使嘴唇都歪扭了。

"好吧,这一下就让我来挨……可是要打她……我无论如何不容许!……"他终于轻轻说出话来;但突然克制不住,抛开加尼亚,双手掩面走到角落里,面对墙壁,用断断续续的声音说:

"哦,您将为自己的行为感到多么羞耻!"

加尼亚真的像窘得不知所措似的站在那里。科利亚扑过去拥抱和吻着公爵;跟在他后面罗戈任、瓦里娅、普季岑、尼娜·亚历山德罗夫娜,所有的人,甚至连阿尔达利翁·亚历山德罗维奇都拥了过来。

"没什么,没什么!"公爵对周围的人喃喃说着,依然带着那不合时宜的微笑。

"他会后悔的!"罗戈任喊着,"你会羞愧的,加尼卡,竟然侮辱了……这么一头绵羊(他找不到别的字眼)!公爵,你是我可爱的人,扔开他们;朝他们啐一口,我们走!你要知道,罗戈任多么爱你!"

纳斯塔西娅·费利帕夫娜既为加尼亚的行为也为公爵的回答感到十分震惊。她那通常是苍白和沉静的脸容与刚才似乎是故意发出来的笑声始终显得极不和谐,现在则因为心头充溢着一种新的感受而显得激动万分;但是,她似乎仍然不想流露出这种心态,仿佛竭力让那种嘲讽的神情留在脸上。

"真的,我在什么地方见过他的脸!"她突然又想起了刚才自己提出的问题,一下子已经用很认真的口吻说了。

"而您就不觉得害臊吗!难道您真是像现在这种样子的人?这是可能的吗?"公爵突然真诚地含着深深的责备大声对纳斯塔西娅说道。

纳斯塔西娅·费利帕夫娜感到惊讶,苦笑了一下,但是,在这苦笑中似乎藏着什么,她有点发窘,瞥了加尼亚一眼,就从会客室走了出去。但是,还没有走到过道,她突然返回来,很快地走近尼娜·亚历山德罗夫娜,拿起她的手,将它贴近自己的嘴唇。

"我倒真的不是这样的人,他猜对了。"她一下子脸上飞起红晕,红着脸,又快又热烈地低声说,然后转过身走了出去,这次走得非常快,谁也没有弄清楚,刚刚她为什么回来。他们只看见她对尼娜·亚历山德罗夫娜低语了什么,还好像吻了她的手。但是瓦里娅看见了也听见了一切,惊讶地目送着她出去。

加尼亚醒悟过来,奔去送纳斯塔西娅·费利帕夫娜,但她已经走出去了。他在楼梯上赶上了她。

"不用送!"她对他嚷着,"到晚上,再见!"

他惶恐不安、若有所思地回来;难以解开的疑团压在他心间,比原先更为沉重。恍惚中可见公爵的身影……他忘神到这种地步,几乎没有看清,罗戈任的这一大群人怎么从他身边蜂拥而过,甚至还把他挤在门口,紧随着罗戈任匆匆地离开屋子。所有的人都直着嗓门,粗声大气地谈论着什么。罗戈任本人和普季岑一起走着,坚决地反复说着什么要紧的,看来是刻不容缓的事。

"你输了,加尼卡!"在经过他身边时,罗戈任喊了一声。

加尼亚忐忑不安地望着他们的背影。

十一

公爵走出会客室，关上门待在自己房间里。科利亚马上跑到他这儿来安慰他。可怜的男孩现在似乎已经离不开他了。

"您走开了，这样好，"科利亚说，"那里现在比刚才更乱，我们这儿每天都是这样，全都是这个纳斯塔西娅·费利帕夫娜惹出来的麻烦。"

"你们这儿郁结和沉积着各种各样的事情，科利亚。"公爵指出。

"是的，积多了。关于我们甚至没什么好说的，一切都咎由自取。而我还有一位好朋友，这个人还要不幸。您愿意我给您介绍认识吗？"

"很愿意。是您同学？"

"是的，几乎是同学。我以后再对您讲清楚这一切……那么纳斯塔西娅·费利帕夫娜漂亮吗？您认为怎么样？在此以前我还从没有看见过她，但是非常想见，想见得不得了。她简直美丽惊人。假如加尼卡是出于爱情，我就会全都原谅他的；可他为什么要拿钱，这就糟了！"

"是的，我不大喜欢您的兄长。"

"嗯，这还用说！在那样的事以后，您当然……要知道，我不能忍受形形色色的世俗偏见。一个疯子或者傻瓜，或者恶棍，在发疯的状态下打了别人一记耳光，于是被打的这个人一辈子就被玷污了，除了用血，或者人家跪着向他请求宽恕,他是怎么也不能洗刷自己了。据我看,这是荒谬的,是霸道。莱蒙托夫的剧本《假面舞会》写的正是这个,我认为,这很愚蠢。也就是,我想说,这不自然。可是他几乎还是在童年时代就写了那剧本的。"

"我很喜欢您的姐姐。"

"她突然朝加尼卡那张鬼脸啐了一口。真是个勇敢的瓦里卡!可您却没有这样唾他,我深信,并不是因为没有勇气。瞧,说到她,她自己就来了。我知道她要来的:她是个高尚的人,虽然也有缺点。"

"这儿没你的事,"瓦里娅首先冲着他说,"到父亲那儿去。公爵,他没让您讨嫌吧?"

"完全没有,恰恰相反。"

"瞧,姐姐,又开始了!她就是这点不好。恰好我也在想,父亲也许想跟罗戈任走的,现在想必在后悔了。我去看看,他到底怎么样。"科利亚出去时补了一句。

"谢天谢地,我把妈妈带开了,让她躺下了。没有再发生什么。加尼亚非常窘困,深深陷于沉思。也确实有些事情该好好想想。多大的教训哟!……我来是再次感谢您,并且想问,公爵,在此以前您不认识纳斯塔西娅·费利帕夫娜吧?"

"是的,不认识。"

"那么您凭什么当面对她说,她'不是这样的'。好像您还猜对了。看来,也许她真的不是这样的人。不过,我弄不懂她!当然,她是怀着侮辱人的目的来的,这是明摆着的。我在过去就听说过有关她的许多奇闻逸事。但是,既然她来是邀请我们的,那么开始又是怎么对待妈妈的呢?普季岑对她很了解,可是他说,他也猜不透她刚才的行为。而对罗戈任的态度呢?如果自重的话,是不能这样说话的,又是在她的……妈妈也很不放心您。"

"没什么!"公爵说着,挥了一下手。

"她怎么会听您的……"

"听什么?"

"您对她说,她应该害臊,她就一下子全变了。您对她有影响,公爵。"瓦里娅微微一笑,补充着说。

门开了,完全出乎意料,进来的是加尼亚。

看见瓦里娅时,他甚至也没有动摇;他在门口站了一会儿,突然毅然走近公爵。

"公爵,我的行为很卑鄙,请原谅我,亲爱的。"他突然怀着强烈的感情说着,脸上流露出剧烈的痛苦。公爵惊愕地望着他,没有马上回答。"好了,原谅我,好了,原谅我吧!"加尼亚迫不及待地坚持着,"好了,您愿意的话,我马上吻您的手!"

公爵十分惊讶,默默地用双手拥抱加尼亚。两人真挚地亲吻着。

"我无论如何,无论如何也想不到,您是这样的人。"公爵吃力地换一口气,终于说道,"我以为,您……是做不到的。"

"做不到认错?……不久前我怎么会认为您是白痴呢!您能发觉别人从来也不会发觉的东西。跟您是可以谈谈的,但是……最好还是别说。"

"您还得向一个人认错。"公爵指着瓦里娅说。

"不,这可仍是我的敌人。请您相信,公爵,我曾经做过许多尝试;这里的人是不会真诚地原谅人的!"加尼亚急躁地脱口而出,他背朝瓦里娅,向一边转过身去。

"不,我会原谅的!"突然瓦里娅说。

"那你晚上将去纳斯塔西娅·费利帕夫娜那里吗?"加尼亚问她。

"如果你要去,我就去,只不过最好你还是自己想一想:我现在是否还有那么一点可能性去她那里?"

"她可不是这样的人。你也看见了,她总是出一些谜让人去猜!这是耍花招!"加尼亚忿忿地笑了起来。

"我自己也知道,她不是这样的人,是在耍花招,可耍的是什么花招呢?还有,加尼亚,留点神,她自己把你看作什么人?就算她吻了妈妈的手。就算这是什么花招,但她毕竟是嘲笑了你!这可不值七万五千卢布,真的,哥哥!你还能有高尚的感情,因此我才对你说这些。咳,你自己也别去!咳,小心点!这不会有好下场!"

瓦里娅说完这些话,非常激动,很快地走出了房间……

"瞧他们全都这样!"加尼亚苦笑着说,"难道他们以为,我自己不知道这一点!我可比他们知道的多得多。"

说完这话,加尼亚坐到沙发上,看来是想继续这次拜访。

"既然您自己知道,"公爵相当羞怯地问,"明明知道,实际上不值得为了七万五千卢布而去承受痛苦,又为什么要选择这种痛苦呢?"

"我说的不是这个,"加尼亚喃喃说,"也好,请告诉我,我正想知道您的意见,这一'痛苦'是否值七万五千卢布,您认为如何?"

"据我看,是不值的。"

"嗨,我早知道您会这么说。这样结婚是可耻的?"

"非常可耻。"

"好吧,那么您要知道,我要结婚了,现在已经是非结婚不可了。刚才我还在犹豫,可现在已经不动摇了!您别说了!我知道您想说的话……"

"我要说的不是您所想的。您这种非同寻常的信心使我感到惊讶……"

"对什么有信心?什么信心?"

"相信纳斯塔西娅·费利帕夫娜一定会嫁给您,相信这一切已经了结;其实,就算她嫁给您,您相信七万五千卢布就这样会直接到您口袋里吗?不过,我当然不知道其中的许多事情。"

加尼亚猛地向公爵这边移近来。

"当然,您不全知道,"他说,"再说凭什么我要承受这全部重负呢?"

"我觉得,到处都会发生这样的事:为了钱而结婚,而钱则在妻子那里。"

"不,我们不会这样……这里……这里有一些情况……"加尼亚惊惶不安和若有所思地低语说,"至于说她的回答,那已不必怀疑,"他很快补充说,"您根据什么得出结论,她会拒绝我?"

"除了我所看见的,我什么也不知道;刚才瓦尔瓦拉·阿尔达利翁诺夫娜已经说了……"

"唉!他们就是这样,不知道该说什么。而纳斯塔西娅·费利帕夫娜嘲笑的是罗戈任,请相信,这点我看得很清楚。这是看得出来的。我刚才还害怕,而现在我看清楚了。也许,您是指她对母亲、父亲以及瓦里娅的态度?"

"还有对您的态度。"

"也许;但这是女人报复的老一套手段,没有别的名堂。这是个非常爱发脾气、疑神疑鬼和自尊心强的女人,就像没有提升晋级的官僚一样!她是想显示一下自己,想表现出自己对他们的轻蔑……当然,也包括对我;这是真的,我不否认……但她反正会嫁给我的。您甚至都想不到,人的自尊心能驱使其去耍任何花招:她认为我是卑鄙小人,因为我竟公然为了她的钱而娶她这个别人的情妇,可是她却不知道,换了另一个人会更卑鄙地欺骗她:先是纠缠她,开始向她散布自由主义的进步思想,还会搬出各种妇女问题,这样她就会像一根线似的整个儿穿进他那个针眼了。他会使这个自尊心强的傻女人相信(这是非常容易的!),他仅仅是为了'她那高尚的心灵和不幸'才娶她的,而自己则仍然是为了钱而娶她的。这里的人不喜欢我,因为我不想耍滑头;可是却应该这样。而她自己在干什么?还不就是那么一回事!既然这样,她又为什么瞧不起我,还要玩这一套?就因为我自己不想屈服,并且要表现出我的高傲?好了,我们瞧吧!"

"莫非在这以前您爱过她?"

"开始我爱过。嘿,还相当爱……有一种女人是只适合做情妇的,别的没有什么用处。我不是说,她曾经做过我的情妇。如果她想太太平平过日子,我也就安安稳稳生活;如果她要生事造反,我马上就甩掉她,但是钱我可要抓在自己手里。我不想成为笑柄;首先就是不想成为笑柄。"

"我始终觉得,"公爵小心谨慎地指出,"纳斯塔西娅·费利帕夫娜是个聪明人。她预感到这种痛苦,又为何要往圈套里钻呢?她可是能够嫁给别人的。这就是令我感到惊奇的。"

"这里就有她的用意！您不了解这里面的全部情况，公爵……这里面……此外，她确信我爱她爱得发狂，我向您发誓，知道吗，我坚定地料想，她是爱我的，不过是用她那种方式，您知道有句俗话说：'打是爱来骂是俏。'她一辈子都会把我看作一张无足轻重的方块A（也许，这正是她所需要的），并且还要按她那方式来爱我；她就准备这样干，她就是这样的性格呗。我要告诉您，她是个非同寻常的俄罗斯妇女；不过，我也为她准备了意想不到的礼物。刚才跟瓦里娅之间的斗嘴是出乎意料的，但是对我是有利的：她现在看见了并且确信我对她是忠诚的，也看到了，为了她我断绝了一切关系。这就是说，我们也不是傻瓜，请相信。顺便说说，您是否认为我是个多嘴的人？亲爱的公爵，也许，我把话都告诉您，这样做真的不好。但是正因为您是我碰到的第一个高尚的人，我才冲着您来，说确切些，您别把'冲'字当作双关语。您对刚才的事可是不生气了，是吧？在整整两年中，我也许还是第一次说心里话。这里正直的人太少了；甚至没有比普季岑更正直的人。怎么，您好像在笑，是不是？卑鄙小人喜欢正直的人，——您不知道这一点吧？可我倒是……不过，请凭良心对我说，哪一点上我卑鄙了？为什么他们全都跟着她称我是卑鄙小人？要知道，跟着他们，跟着她，我自己也要称自己是卑鄙小人了！反正卑鄙的就是卑鄙的！"

"我现在已经再也不认为您是卑鄙小人了，"公爵说，"刚才我已经完全把您看作是恶棍，可突然您使我感到很高兴，这也是一次教训：没有经验就别作判断。现在我明白，不仅不能认为您是恶棍，也不能把您看作是十分堕落的人。据我看，您是所能见到的最平常不过的人，除了很瘦弱，没有丝毫特别的地方。"

加尼亚暗自苦笑了一下，仍然沉默着。公爵看到，自己的意见并不受欢迎，因此有些尴尬，也就闭口不言了。

"父亲向您要钱了吗？"加尼亚突然问。

"没有。"

"他会要的,请您别给;他过去倒还是个很体面的人,我还记得。一些有身份的人家都让他进去的。可他们,所有这些体面的老人多么快就销声匿迹了!只要情势稍有变化,昔日的一切就荡然无存,犹如烟消云散一般。他过去是不撒谎的,我请您相信;过去他只是个过于激动热情的人,结果就落得这般地步!当然,酒是罪魁祸首。您知道他养情妇吗?他现在已经不只是个无辜的撒谎者了。我不能理解母亲怎么会长期容忍他。他对您讲过围攻卡尔斯的事吗?或者讲他那匹拉边套的灰马怎么讲起话来的?他甚至已经到这种地步了。"

加尼亚突然纵声大笑起来。

"您干吗这样看着我?"他问公爵。

"您这样由衷地发笑,我很惊奇。真的,您还保留着孩童般的笑声。刚才您进来讲和并说:愿意吗,我吻您的手。这就像孩子讲话一个样。这么说,您还能说这样的话和做这样的行为。而且您突然开始滔滔不绝地讲起这件见不得人的事和七万五千卢布来。真的,这一切似乎是荒谬的,不可能的。"

"您想从中得出什么结论呢?"

"结论是,您这样做是否太轻率?您是否应该首先审慎地斟酌一下?瓦尔瓦拉·阿尔达利翁诺夫娜说的也许是对的。"

"哦,道德说教!至于我不是个毛头小伙子,这我自己也知道,"加尼亚急切地打断他说,"就因为这一点,我才跟您进行这样的谈话。公爵,我去干这见不得人的事并非出于精明的盘算,"他宛如一个自尊心受到伤害的年轻人,不停地说,"在精明盘算方面我大概是会犯错误的,因为我的头脑和性格都还不坚定。我是出于激情、出于倾慕才这么干的,因为我有一个主要的目标。您会以为,我得到七万五千卢布,马上就买一辆马车。不,我将把前年就穿的旧外套穿到不能再穿,要跟所有那些俱乐部里的熟人不再来往。我们虽然都是高利贷者,但其中很少有能经受考验的人,可我想经受住。这里主要的是要把事情进行到底——这便是全部任务!普季岑十七岁时睡在马路上,卖过铅笔刀,从一个戈比起的家;现在他有六万,当然这只是在吃了许多苦头后才达到这一步的!可现在我将一步跳过这些苦头,直接就可从有资本做起;再过十五年人家就会说:'瞧伊沃尔京,犹太人之王[1]。'您对我说,我这个人没有什么特别的地方。请您注意,亲爱的公爵,没有什么会使我们这个时代的我们这种出身的人更感到屈辱了,除了——对他说,他没有什么独特的地方,性格软弱,没有特别的才能,是个平庸的人。您甚至没有赏脸把我看作是个出色的卑鄙小人,知道吗,我刚才真想为此把您吃了!您比叶潘钦侮辱我更甚,他认为我是个能把妻子出卖给他的人(无须商谈,不用诱惑,就凭我天真少心眼,请注意这点)!老兄,这点早就把我气疯了,可是我要钱。等我积攒够了钱,我就会是个与众大大不同的人。金钱最卑鄙最可恨的地方,就在于它甚至能赋予才干,并且这将持续到世界末日。您会说,这一切像是孩子说的话,或者也许是想入非非,那样说也罢,我却会因此而觉得更快活,事业反正一定要办成。我要进行到底并且坚持下去。Rira bien qui nina le dernier![2]叶潘钦为什么这样侮辱我?是因为仇恨吗?从来也没有过。不过是因为我是个微不足道、无足轻重的人。嘿,到那时……不,话说够了,该走了。科利亚已经两次探鼻子进来了:他这是来叫您去用午餐。我则要出去。有时候我会顺便来看看您,在我们家您会觉得不错;现在简直就把您当自己人了。小心,别出卖我。我觉得,我与您或者是朋友,或者成敌人。公爵,假如我刚才吻了您的手(我是多么真诚地自愿表示要这样做),以后我会因此成为您的敌人吗,您怎么想?"

"一定会的,只不过不会永久是敌人,以后会忍不住原谅的。"公爵想了一下,笑了起来,决然说。

---

[1] 此处隐喻当时欧洲的财阀罗特希尔德。
[2] 法语:谁笑到最后,谁则笑得最好!

"嗨！对您真应该多加小心。鬼知道您在这里是否也灌进了毒液。谁又知道，也许，您就是我的敌人？这是随便说说的，哈——哈！我忘了问：您似乎过分喜欢纳斯塔西娅·费利帕夫娜了，我的感觉对不对，啊？"

"是的……喜欢。"

"爱上了？"

"不。"

"可却满脸通红，一副苦相。算了，没关系，没关系，我不会笑话的；再见。不过您要知道，她可是个道德高尚的女人，您能相信这点吗？您以为，她现在跟那个人，跟托茨基同居？绝没有。而且已经是很久前的事了。您注意到没有，她本人是个非常怕难为情的人，刚才有一会儿还挺尴尬？真的。就是这种人偏喜欢摆布别人。好了，告辞了！"

加涅奇卡[1]比进来时要放松得多，心情挺好地走了出去。有十分钟光景公爵一动不动地待着并想着什么。

科利亚又把头伸进门来。

"我不想用午餐，科利亚；我刚才在叶潘钦家早餐吃得很饱。"

科利亚完全走进门来，递给公爵一张便条。它是将军写来的，折叠着并加了封。从科利亚的脸色可以看出，传递便条令他非常苦恼。公爵看完便条，站起身并拿了帽子。

"就两步路，"科利亚不好意思地说，"他现在坐在那里喝酒。我真弄不懂，他凭什么使自己在那里可以赊账？公爵，亲爱的，请以后别对我们家的人说，我给您递过条子！我曾经发誓上千次，再也不递这些条子，可是不忍心；还有，请别跟他客气：给一点零钱，事情就了结了。"

"我，科利亚，我自己本来就有个想法；我应该见见您爸爸……有一件事……我们走吧……"

---

[1] 加尼亚和加涅奇卡都是加夫里拉的昵称。

十二

科利亚带领公爵走得不远,就到利捷伊纳亚街一家台球房兼咖啡屋,它在房子底层,从街上就可以进去。咖啡屋内右边角落有一个单间,阿尔达利翁·亚历山德罗维奇作为一个老主顾这时正坐在这里,面前小桌上摆着一瓶酒,手上真的拿着一份《比利时独立报》。他在等候公爵,一看见他,就立即放下报纸,开始热切和啰嗦地解释起来,不过公爵几乎一点也没有听明白,因为将军差不多已经喝醉了。

"十卢布的票子我没有,"公爵打断他说,"这是二十五卢布,您去换开它,找我十五卢布,因为我自己也分文不剩了。"

"哦,没有疑问;请相信,我马上……"

"此外,我对您有一个请求,将军。您从来没有去过纳斯塔西娅·费利帕夫娜家吗?"

"我?我没有去过?您这是在对我说吗?我去过好多次,我亲爱的,好多次!"将军大为洋洋得意和沾沾自喜,不无讥讽地噗了起来,"但是,最后我自己中止了,因为我不想鼓励这种不光彩的联姻。您自己也看到了,今天早晨您是见证人:我做了父亲所能做的一切,但是这是个温顺和姑息的父亲;现在登场的将是另一种样子的父亲,到时候您会看见的,瞧着吧,究竟是战功卓著的老兵战胜阴谋,还是一个恬不知耻的风流女人走进一个极为高尚的家庭。"

"我正想请求您,您作为一个熟人,今晚是否能带我去纳斯塔西娅·费利帕夫娜那里?我今天一定得去,我有事情,但是我根本不知道,怎么才能进去。虽然我刚才被介绍了,但毕竟没有受到邀请:今晚那里是一个应邀出席的晚会。不过,我准备跳过某些礼节,甚至让人家嘲笑我,只要设法能进去。"

"您完全完全与我的想法不谋而合,我年轻的朋友,"将军激动地喊着说,"我叫您来不是为了这种小事!"他继续说着,不过,还是顺手抓起钱,把它放到口袋里,"我叫您来正是要邀您作伴向纳斯塔西娅·费利帕夫娜家进军,或者最好是说,讨伐纳斯塔西娅·费利帕夫娜!伊沃尔京将军和梅什金公爵!这会给她一个什么印象!我呢,装作是恭贺生日,最后要宣布自己的心愿,是间接地,不直截了当地宣布,但是一切又像单刀直入一样。到那时加尼亚自己会看到,他该怎么办:是要功勋卓著的……父亲呢,还是……所谓的……其他等等,不是……但是要发生的事总是要发生的!您的想法好极了。九点钟我们动身,我们还有时间。"

"她住在什么地方?"

"离这儿很远:在大剧院附近梅托夫佐娃家的房子里,几乎就在广场那里,她住在二楼……尽管是庆贺生日,她那里不会有大的聚会,散得也早……"

早就已经是晚上了;公爵仍然坐着,听着,等待着将军,而他却开始讲起难以数计的许多趣闻逸事来,只是没一个是讲到底的。因为公爵的来到,他又要了一瓶酒,直到过了一个小时才把它喝完,接着又要了一瓶,也把它喝光了。应该认为,在这段时间里将军来得及把他几乎一生的经历都讲出来。最后,公爵站起身并说,他不能再等了。将军把瓶底的酒喝干净,站起来,走出了房间,走起路来很不稳当。公爵感到很是失望。他不能明白,他怎么能这么愚蠢地就相信人。实际上他从来也不曾相信过;他指望将军,只是为了设法到纳斯塔西娅·费利帕夫娜家去,甚至准备做出一点越轨的事;可是却并不打算闹出过分荒唐的丑闻来。可现在将军完全醉了,夸夸其谈,说话滔滔不绝,十分动情,暗自泪下。他不停地说着,讲到由于他家庭的全体成员的不良行为一切都被毁了,还说,这种情况终究是该结束了。他们终于来到了利捷伊纳亚街上。雪仍然继续融化着;萧瑟的暖风带着一股腐烂味拂过街道,马车在泥泞中吧嗒吧嗒行进,走马和驾马的蹄铁碰击着路面,发出响亮的声音。一群湿漉漉的无精打采的行人在人行道上踯躅。还能碰上一些喝醉的人。

"您看见这些灯光照亮的二楼房间吗?"将军说,"我的同僚全住在这里,而我是他们中服役时间最长、吃的苦头最多的,现在却蹒跚着去大剧院那里一个不清不白的女人家里!一个胸膛里有十三颗子弹的人……您不相信吗?当时皮罗戈夫只好为我向巴黎发电报并一度抛下被围的塞瓦斯托波尔,而巴黎的太医涅拉东以科学的名义设法弄到了自由通行证,来被围的塞瓦斯托波尔为我做检查。这事最高当局也知道:'噢,这就是那个身上有十三颗子弹的伊沃尔京!……'他们就是这么谈论我的!公爵,您看见这幢房子了吗?在这二楼住着我的老伙伴索科洛维奇将军及其门庭高贵、成员众多的家庭。这一家还有涅瓦大街上的三家和莫尔斯卡亚街上的两家,是我现在结交的全部范围,也就是说,是我个人结交的圈子。尼娜·亚历山德罗夫娜早就已经屈服于环境了。我则依然回忆着……这么说吧,虽然我不继续在我过去的同僚和部下那个有教养的圈子中间休息,可他们至今还崇拜我。这个索科洛维奇将军(不过,我有很久很久没去他那儿了,也没见着安娜·费奥多罗夫娜)……您知道,亲爱的公爵,当你自己不接待客人时,不知怎么的也就不自觉地不再上人家门了。然而……嗯……您好像不相信……不过,我为什么不带我好朋友和童年时代伙伴的儿子上这个可爱的家去呢?伊沃尔京将军和梅什金公爵!您将会见到美貌惊人的姑娘,还不是一个,是两个,甚至三个,她们是首都和上流社会的骄傲:美丽,教养好,有志向……妇女问题、诗歌,所有这一切合在一起，聚成了一个幸福美满的丰富多彩的混合体，这还不算每人至少有八万卢布现金的陪嫁，而不论是有妇女问题还是有社会问题，这笔钱是永远也不会有什么影响的……总之，我一定，一定要，也有义务带您去。伊沃尔京将军和梅什金公爵！"

"马上？现在？但是，您忘了……"公爵刚开始说。

"没有，我一点也没有忘，走！往这里，上这道富丽堂皇的楼梯。我很惊奇，怎么没有看门人，哦……是节日，所以看门人不在。他们还没有把这个酒鬼赶走。这个索科洛维奇生活和公务上的全部好福气都多亏我，全靠我一个人，而不是别的任何人，哦……我们到了。"

公爵已经不反对这次拜访，顺从地跟在将军后面，免得惹他生气；他怀着一种坚定的希望：索科洛维奇将军和他全家如海市蜃楼一样渐渐地消失，这样他们就可以心安理得地回转下楼。但是，令他大为惊惶的是，他开始失去这种希望：将军带他上楼梯，俨然一个在这里真的有熟人的人似的，还一刻不停地插讲着一些生平和地形的细节，而且说得像数学般精确，他们已经登上二楼，终于在一个富丽阔绰的住所门前右边停了下来，将军握住了门铃把手，公爵这时才下定决心要彻底逃走；但是一个奇怪的情况又把他暂时留住了。

"您弄错了，将军，"他说，"门上写的是库拉科夫，而您打铃要叫的是索科洛维奇。"

"库拉科夫……库拉科夫这名字说明不了什么问题。这是索科洛维奇的住宅，所以我打铃叫索科洛维奇；才不管他库拉科夫呢……瞧马上就开门了。"

门真的打开了。仆人朝外一望便通知说："主人不在家。"

"多遗憾，多遗憾，仿佛故意似的，"阿尔达利翁·亚历山德罗维奇深感惋惜地重复说了好几次，"请报告，我亲爱的，说伊沃尔京将军和梅什金公爵曾经来过，想表达一下他们的敬意，可是非常、非常遗憾……"

就在开门这一会儿从房间里还探出一张脸来，看起来像是女管家，甚至可能是家庭女教师,一个四十岁左右、穿着深色衣裙的女士。她听到伊沃尔京将军和梅什金公爵的名字后,好奇而又疑惑地走近前来。

"玛利娅·亚历山德罗夫娜不在家,"她特别端详着将军,说,"带着亚历山德拉·米哈伊洛夫娜出去了,上老太太家了。"

"亚历山德拉·米哈伊洛夫娜也跟他们去了,天哪,多倒霉呀!夫人,您想想,我总是这么倒霉!恳请您转达我的问候,并对亚历山德拉·米哈伊洛夫娜说,让她想起……总之,请向他们转达我的衷心祝愿,祝他们星期四晚上听肖邦叙事曲时所许的愿能实现;他们记得的……我衷心地祝愿!伊沃尔京将军和梅什金公爵!"

"我不会忘的。"女士鞠躬行礼,她已经比较信任他们了。

下楼梯的时候,将军仍然热情未减地继续为他们拜访未遇和公爵失去了这么好的结识机会而感到惋惜不已。

"知道吗,亲爱的,我有几分诗人的气质,您发觉没有?不过……不过,我们走到这里来好像不大对,"他忽然完全出人意料地做出这个结论,"索科洛维奇家,我现在想起来了,是住在另一幢房子里,甚至现在似乎是在莫斯科。是啊,我有点弄错了,但是这……没什么。"

"我只想知道一点,"公爵颓丧地说,"我是否应该根本不再指望您并且就我一个人去纳斯塔西娅·费利帕夫娜家?"

"不再?指望?一个人?但是这又从何说起?对我来说这可是件非常大的事情,它在许多方面决定着我全家的命运。但是,我年轻的朋友,您还不了解伊沃尔京。谁说到'墙',就是说的'伊沃尔京'。正如我开始服役的骑兵连里说的,依靠伊沃尔京犹如靠在墙上一样可靠。我这就顺路到一家人家去一会儿,我的心灵是在那里得到休息的,这已经有好几年了,在经历了忧虑不安和种种磨难以后……"

"您想顺便回家去?"

"不!我想……去大尉夫人捷连季耶娃那里,是捷连季耶夫大尉的遗孀,大尉原是我部下……甚至还是朋友……在大尉夫人这里,我精神上得到复活,我把生活中和家庭中的痛苦带到这里来……因为今天我恰恰带着很大的精神负担,所以我……"

"我觉得,刚才去惊扰您,我就干了一件十分愚蠢的事,"公爵喃喃说,"况且您现在……告辞了!"

"但是我不能,不能放您离开我,我年轻的朋友!"将军抬高声音说。"一位寡妇,一位家庭的母亲,用自己的心弹拨着那些弦,发出的响声在我身上产生着共鸣。去拜访她,只要五分钟,在这个家里我是不用客气的,我几乎就像住在这里一样;我要洗一洗,做些最起码的修饰,然后我们就坐马车去大剧院。您请相信,这整个晚上我都需要您……瞧,就在这幢房子里,我们已经到了……啊,科利亚,您已经在这里了?怎么,玛尔法·鲍里索夫娜在家,还是你自己刚来到?"

"哦,不,"恰巧在屋子大门口碰到他们的科利亚回答说,"我早就在这里了,跟伊波利特在一起,他的情况更不好了,今天早晨躺倒了。我现在去小店买纸牌。玛尔法·鲍里索夫娜在等您。只不过,爸爸,瞧您怎么这副样子!……"科利亚定睛细细打量将军的步态和站立的姿势便明白了,"算了我们上去吧!"

与科利亚相遇促使公爵陪同将军去玛尔法·鲍里索夫娜那里,但只能待一会儿。公爵需要科利亚;他已下决心无论如何要抛开将军,他不能原谅自己刚才还想到把希望寄托在他身上。他们从后梯上四楼,走了很久。

"您想介绍公爵认识一下?"科利亚边走边问。

"是的,我的朋友,介绍一下:伊沃尔京将军和梅什金公爵,但是……玛尔法·鲍里索夫娜……怎么样……"

"要知道,爸爸,您最好别去!她会吃了您!您三天不露面了,可她等钱用。您为什么答应给她弄钱来?您老是这样!现在您自己去对付吧。"

在四楼他们在一扇低矮的门前停了下来。将军显然有些畏怯,便把公爵往前推。

"我就留在这里,"他嘟哝说,"我想来个出其不意……"

科利亚第一个走了进去。一个四十岁左右、浓妆艳抹的女人,穿着便鞋和短袄,头发编成辫子,从门里向外张望了一下,这"出其不意"便始料不及地破产了。她一见将军,立即就大叫起来:

"这正是他,这个卑贱和恶毒的人,我的心预料的正是这样!"

"进去吧,这没什么。"将军对公爵嘟哝说,一边依然像无辜似的讪笑着。

但并不是没什么,经过幽暗低矮的前室,他们刚一走进摆着六张藤椅和两张小牌桌的厅屋,女主人马上就用做作的哭腔和平常的声调继续责骂道:

"你真不要脸,真不要脸,你是我家的野蛮人和霸主,野蛮人和暴徒!你把我所有的东西全都抢劫光,吸干了汁水,这还不满足!我要忍受你到什么时候,你这个不要脸和无耻的人!"

"玛尔法·鲍里索夫娜,玛尔法·鲍里索夫娜!这位是……梅什金公爵。伊沃尔京将军和梅什金公爵。"战战兢兢和不知所措的将军喃喃说。

"您相信不,"大尉夫人突然朝公爵说,"您相信不,这个不要脸的人连我这些孤苦伶仃的孩子也不饶过!全都要抢,全都要偷,全都要卖,全都要当,什么都不留下。叫我拿你这些借据怎么办呀,你这个狡猾的没良心的人?你回答,老滑头,你回答我,你这颗贪得无厌的心,拿什么,我拿什么来养活我这些孤苦无依的孩子?瞧你喝得醉醺醺,站也站不稳……什么地方我得罪了上帝?你这个可恶而荒唐的滑头,回答呀!"

但是将军却顾不上这些。

"玛尔法·鲍里索夫娜,二十五卢布……这是我能给你的全部数额了,是一位无比高尚的朋友提供的帮助。公爵!我真是大大地错了!生活……就是这样……现在……对不起,我很虚,"将军站在房间中央,朝四面八方连连鞠躬,继续说,"我没有力气,对不起!列诺奇卡!拿枕头来……亲爱的!"

列诺奇卡,一个八岁的小姑娘,马上跑去取枕头了,并将它放在漆布面的又硬又破的沙发上。将军坐到它上面,本还打算说许多话,但一碰到沙发,马上就歪向一侧,朝向墙壁,酣然入睡,做他的君子梦了。玛尔法·鲍里索夫娜客气而又凄苦地给公爵指了指在小牌桌旁的一张椅子,自己则在对面坐下,一只手撑着右脸颊,一边望着公爵,一边开始默默地叹息。三个小孩(两女一男,其中列诺奇卡最大)走近桌子,三人全都把手放到桌子上,并且都凝神打量着公爵。科利亚从另一个房间里出来了。

"我很高兴在这里遇见您,科利亚,"公爵对他说,"您是否能帮我个忙?我一定得去纳斯塔西娅·费利帕夫娜那里。我刚才请求阿尔达利翁·亚历山德罗维奇,但他现在睡着了。您送我去吧,因为我既不知道街道,也不知道路名。不过有一个地址:大剧院附近,梅托夫佐娃的楼房里。"

"纳斯塔西娅·费利帕夫娜?她可从来也不住在大剧院附近,如果您想知道的话。父亲也从来没有到过她家里;真奇怪,您居然还期望从他那里得到什么帮助。纳斯塔西娅·费利帕夫娜住在弗拉基米尔街附近,靠近五角地,从这儿去近得多。您现在就去吗?现在九点半。好吧,我送您到那里。"

公爵和科利亚马上就走了出来。唉!公爵没有钱雇马车,只得步行去。

"我本想介绍您跟伊波利特认识,"科利亚说,"他是穿短袄的上尉夫人的大儿子,在另一个房间;他身体不好,今天整天都躺着。他是个很怪的人,他容易受委屈得不得了,我觉得,他会不好意思见您的,因为您在这样的时刻来到他家……我毕竟不像他那么感到害羞,因为我这边是父亲,而他那里是母亲,这里到底是不一样的,因为这种情况对男人来说不是什么耻辱。不过,这也许是性方面男尊女卑的成见。伊波利特是个好小伙,但他是某些偏见的奴隶。"

"您说,他有肺病?"

"是的,似乎还是快点死去的好。我要是处在他的地位,就一定愿意死去。他则舍不得兄弟姐妹,就是那几个小的。如果可能的话,只要有钱,我就和他租一套单独的住宅,离开我们的家庭。这是我们的理想。知道吗,刚才我对他讲了您的遭遇,他竟十分生气,说,谁挨了耳光而不提出决斗,这人便是窝囊废。不过,他气得不得了,我就不再跟他争论了。那么,这么说,纳斯塔西娅·费利帕夫娜怎么马上就邀请您去她那里的?"

"问题就在于没有邀请。"

"那您怎么还去?"科利亚喊了起来,甚至在人行道上停住了。"而且……穿这么一身衣服,那里是应邀参加的晚会吧?"

"真的,我实在不知道,怎么才能进去。能接待,那很好;不接待,事情就错过去了。至于说衣服,这时还有什么办法?"

"您有事吗?还是只不过要'在上流社会' pour passer le temps[1]?"

"不,我其实……也就是我有事……我很难表达这一点,但是……"

"算了,究竟是什么事,这就随您的便吧,对我来说主要的是,您在那里不是无缘无故地硬要参加晚会,死乞白赖地要挤进风流女人、将军、高利贷者组成的令人迷醉的社交界去。如果是这样,对不起,公爵,我则会嘲笑您,并且会蔑视您。这里正直的人太少了,甚至根本就没有人值得尊敬。你不由得会瞧不起他们,可他们都要求别人尊敬;瓦里娅是第一个瞧不起他们的人。公爵,您发现没有,我们这个时代所有的人都是冒险家!而且恰恰是在我们俄罗斯,在我们可爱的祖国。怎么会弄成这样的,我不明白。好像曾经是很坚固的,可现在怎样呢?大家都在说,到处都在写。是揭露。我们大家都在揭露。父母首先改变了态度,他们自己为过去的道德感到羞耻。在莫斯科,有个父亲劝说儿子,为了弄到钱,不论碰到什么都不后退,这是报刊上登了众所周知的。您再瞧瞧我的将军。嘿,他落得什么下场了?不过,您知道吗,我觉得,我的将军是个正直的人,真

---

[1] 法语:为了消磨时间。

的,是这样的!这不过全是潦倒和酗酒所致。真的,是这样!甚至很可怜;我只是怕说,因为大家会笑我的;可是,的确很可怜。而那些聪明人,他们身上又有什么呢?全都是放高利贷的,无一例外!伊波利特为放高利贷辩解,说需要这样,什么经济波动,什么涨啊落啊,鬼才明白这些。他的这番话使我十分烦恼,可是他充满了怨恨。您设想一下,他的母亲,就是那个大尉夫人,从将军那儿得到钱,又马上放高利贷给他;这多么恬不知耻!您要知道,妈妈,也就是我的妈妈,尼娜·亚历山德罗夫娜,将军夫人,经常给钱、裙子、衣服和别的东西帮助伊波利特家,甚至通过伊波利特多少还接济一下那几个孩子,因为他们的母亲对他们不加问津。瓦里娅也这样帮他们。"

"您瞧,您说没有正直和刚强的人,全都只是一些放高利贷的人;您母亲和瓦里娅,这不就是刚强的人吗?这种地方,这样的境况下帮助别人,难道不是精神力量的标志吗?"

"瓦里卡[1]是出于自尊心,出于爱夸口才这么做的,为的是不落后于母亲;而妈妈倒确实……我敬重她。是的,我敬佩她、承认她这点。甚至伊波利特也受了感动,而他本来几乎是个冷漠无情的人。起先他还嘲笑,称妈妈这样做是卑劣的行径,但现在开始,有时候他动感情了。嗯!您把这称作力量?我会注意这点的。加尼亚不知道,不然他会说这是纵容姑息。"

"加尼亚不知道?似乎加尼亚还有许多事情并不知道。"公爵若有所思地脱口而出道。

"您知道吗,公爵,我很喜欢您。刚才您遭遇的事一直萦绕在我的脑海里。"

"我也很喜欢您,科利亚。"

"听着,您打算在这里怎么生活?很快我要给自己找些活干,多少挣

---

[1] 瓦里卡和瓦里娅都是瓦尔瓦拉的昵称。

点钱,让我们——我,您和伊波利特——三个人一起生活,我们租一处住房;我们要常让将军到我们这儿来。"

"我非常乐意。不过,我们以后再看吧。我现在心里很……很乱。怎么?已经到了?在这幢楼房里……大门多有气派!还有看门人。哎,科利亚,我不知道,这事会有什么结果。"

公爵不知所措地站在那里。

"明天说吧!别太胆怯。让上帝保佑您成功,因为我自己在所有的方面都跟您的见解一样!再见。我不回那里去告诉伊波利特。至于说是否接待您,这不用怀疑,别担心!她是个非常独特的人。从一楼这道楼梯上去,看门人会指给您看的!"

十三

公爵登楼的时候，心里惴惴不安，竭力给自己鼓起勇气。"最大不了的，"他想，"就是不见并且对我有什么不好的想法，或者，也许会见，但是当面嘲笑我……唉，没关系！"确实，这还不算很可怕，但是有一个问题："到那里去做什么，为什么去？"——对这个问题他则根本找不到可以慰藉的回答，即使可以通过某种方式抓住机会对纳斯塔西娅·费利帕夫娜说："别嫁给这个人，别毁了自己，他不爱您，而爱您的钱，他亲口对我这么说的，阿格拉娅·叶潘钦娜也对我这么说过，我来就是转告您这一点的。"这样做从各方面来看也未必恰当。还有一个没有解决的问题，而且这么重大，公爵甚至怕去想它，甚至不能也不敢容许自己去想它，不知道该如何表达，一想到这个问题，便脸红耳赤，浑身打颤。但是，尽管惶恐不安、疑虑重重，结果他还是走了进去，并求见纳斯塔西娅·费利帕夫娜。

纳斯塔西娅·费利帕夫娜占据一套不很大的公寓，但装修得确实富丽堂皇。在彼得堡生活的这五年中，有过一段时间，那是在开始的时候，阿法纳西·伊万诺维奇为她特别不惜钱财；那时他还指望得到她的爱情，想诱惑她，主要是通过提供舒适的、奢侈的享受，因为他知道，奢侈的习惯是很容易养成的，可是当奢侈渐渐地变成必不可少的习性时，要想摆脱它就非常困难了。在这方面托茨基仍然忠于很管用的老传统，他不做丝毫的改变，万分尊重感性影响那不可战胜的威力。纳斯塔西娅·费利帕夫娜并不拒绝奢侈，甚至还喜欢它，但是，似乎非常奇怪的是，她决不沉湎其中，仿佛随时都可以不要它，她甚至有好几次竭力声明这一点，令托茨基感到不快和震惊。其实，纳斯塔西娅·费利帕夫娜身上有许多东西使托茨基感到不快（后来甚至是蔑视）和惊讶。她有时让那种粗俗的人亲近她，看来，她也喜欢接近他们，这已经不用说了。在她身上还流露出一些完全是很奇怪的习性：两种迥异的情趣极不和谐地混合在一起，似乎上流社会、修养高雅的人所不容许存在的一些东西和方式，她都能够习惯并感到满足。实际上，假如纳斯塔西娅·费利帕夫娜，比方说，突然表现出某种令人好感的、可爱的无知，例如，不知道农妇是不可能穿她穿的那种细麻纱内衣的，那么阿法纳西·伊万诺维奇大概会对此感到非常满意的。托茨基在这方面是很在行的人，按照他的计划，对纳斯塔西娅·费利帕夫娜的教养从一开始就追求达到这样的结果；可是，唉，结果却是令人奇怪的。尽管那样，纳斯塔西娅·费利帕夫娜身上依然保留着某种气质，有时那不同寻常和招人喜爱的别出心裁，独具的魅力，甚至使阿法纳西·伊万诺维奇自己也感到惊异，即使现在，在原先对纳斯塔西娅·费利帕夫娜的全部打算已经落空的情况下，有时也仍使他迷醉。

迎接公爵的是一位姑娘（纳斯塔西娅·费利帕夫娜所雇的仆人经常是女的），使他惊奇的是，听完他请求通报的话时，她没有丝毫的疑惑。无论是他那肮脏的靴子，还是宽檐的帽子，无论是无袖的风衣，还是困窘的神色，都没有引起她的丝毫踌躇。她帮他脱下风衣，请他在接待室稍候，便马上去通报他的来访。

在纳斯塔西娅·费利帕夫娜那里聚会的是平时经常到她这里来的最熟识的人。跟以往这种日子每年的聚会相比甚至显得人太少了。来宾中首要的和为主的是阿法纳西·托茨基和伊万·费奥多罗维奇·叶潘钦；两人都很可亲，但是由于难以掩饰等待宣布事先许诺的有关加尼亚的决定,他们又都有一丝隐隐的不安。除了他们,当然还有加尼亚,他也很忧心忡忡,思虑重重,甚至几乎完全"不很可亲",大部分时间站在稍远些的一旁,默不作声。他不敢把瓦里娅带来,但是纳斯塔西娅·费利帕夫娜也没有提起她;然而,刚跟加尼亚打过招呼,她就想起了刚才他和公爵的龃龉。将军还没有听说过这件事,便开始感兴趣地问。于是加尼亚便用呆板克制的口气,但却十分坦率地叙述了刚才发生的一切以及他怎么已经去请求公爵原谅的事。与此同时,他热烈地说出自己的意见,认为把公爵称作"白痴"是相当奇怪的,而且不知道是什么原因,而"他认为完全相反,而且这个人显然是很有心计的"。纳斯塔西娅·费利帕夫娜以极大的注意听着这种评论,好奇地注视着加尼亚,但是话题马上又转到了早晨发生的事件的主要参加者罗戈任身上,阿法纳西·伊万诺维奇和伊万·费奥多罗维奇也怀着极大的好奇津津有味地听起来。原来,普季岑能告诉大家有关罗戈任的特别情况;为了他的事情普季岑跟他一起想方设法,到处奔走,几乎忙到晚上九点。罗戈任竭力坚持要在今天弄到十万卢布。"真的,他喝醉了,"普季岑讲到这里时指出,"但是十万卢布,无论搞到它有多么困难,看来他是会弄到手的,只不过我不知道,今天是否能弄到,又是否全部能弄到;而现在许多人都在奔走:金杰尔、特列帕洛夫、比斯库普;随便多少利息他都给,这当然全是因为喝醉了一时高兴……"普季岑结束说。所有这些消息引起了大家的关注,大家但心里又有些阴沉;纳斯塔西娅·费利帕夫娜沉默着,显然不愿意说什么;加尼亚也是。叶潘钦将军几乎比所有的人更为暗自忧虑,因为还是上午送来的珍珠虽然是客客气气地收下了,可是这种客气已显得过分冷淡,甚至还带着某种特别的淡然一笑。所有的客人中只有费尔迪先科有着乐滋滋、喜冲冲的情绪,有时还莫名其妙地哈哈大笑起来,这无非是因为他自己硬要扮演一个小丑的角色。阿法纳西·伊万诺维奇自己原被公认为是讲故事含蓄精雅的好手,过去在这种晚会上通常都是他驾驭着谈话,现在却显然情绪不佳,甚至还带着一种非他所有的慌乱。别的客人其实并不多(一个当教师的可怜巴巴的小老头,天知道为什么邀请他;一个不认识的很年轻的人,异常羞怯,始终默默无语;一个四十岁左右,颇为活络的女士是个演员;一个非常美貌,穿得十分漂亮阔绰的年轻女士则是少有的不爱说话),他们不仅不能使谈话活跃起来,甚至有时不知道说什么好。

这种情况下,公爵的来到恰恰正是时候。他的来访一通报,便引起了困惑和一些奇怪的微笑,特别是从纳斯塔西娅·费利帕夫娜那惊诧的神色来看,客人们知道,她根本就没有想过要邀请他。但是在惊讶之后,纳斯塔西娅·费利帕夫娜却突然流露出那样的高兴,于是大多数人随即就准备好用欢声笑语和快活的气氛来迎接这位不速之客。

"就算他是出于天真才这样,"伊万·费奥多罗维奇·叶潘钦做着结论说,"鼓励这样的习气无论如何也是相当危险的,但是,说真的,尽管采取这样别出心裁的方式,他忽然想出光临此地,在这种时候倒也不坏。他大概是想让我们快乐,至少我可以对他做这样的推想。"

"何况他是自己硬上门的!"费尔迪先科马上插进来说。

"那又怎么样?"对费尔迪先科恨之入骨的将军生硬呆板地问。

"那就得付入场费。"后者解释道。

"嘿,梅什金公爵毕竟不是费尔迪先科。"将军忍不住说。直到现在,一想到与费尔迪先科同处一起,平起平坐,他就无法容忍。

"哎,将军,请饶了我费尔迪先科吧,"他讪笑着说,"我可是有特殊权利的。"

"您有什么样的特殊权利?"

"上一次我有幸向诸位作了详细说明,现在我为阁下再讲一次。请看,阁下,大家都有说俏皮话的本领,而我却没有。作为补偿我求得了允许我说真话的权利,因为大家都知道,只有不会说俏皮话的人才说真话。何况我是个报复心很强的人,这也是因为缺少说俏皮话本领的缘故。任何委屈我都将逆来顺受,但是只忍受到欺负人的人首次失利;他一失利,我立即就会记起前嫌,马上就会以某种方式进行报复,正像伊万·彼得罗维奇·普季岑形容我的那样,我会踹上几脚,他自己嘛,当然是从来也不踢人的啰。您知道克雷洛夫的寓言《狮子和驴子》吗,阁下?嗨,您和我两人就是,写的就是我们。"

"您好像又在信口雌黄了,费尔迪先科。"将军大为生气地说。

"您怎么啦,阁下?"费尔迪先科接过话茬说。他原来就这样指望着什么时候可以接过话茬,更多地胡扯一通。"您别担心,阁下,我知道自己的地位:既然我说了,您和我是克雷洛夫寓言中的狮子和驴子,那么驴子的角色当然是我担当了,而阁下则是狮子,正如克雷洛夫寓言中说的:

> 强悍的狮子,森林之猛兽,
> 年老又体衰,威力丧失尽。

而我,阁下,是驴子。"

"后面一点我同意。"将军不经心地脱口说道。

这一切当然是无礼的,故意这样的,但是让费尔迪先科扮演小丑的角色,就这样也被认可了。

"这里放我进来并留住我,"费尔迪先科有一次高声说,"仅仅是为了要我就用这种方式说话。不然,真能接待像我这样的人吗?我可是明白这一层的。哎,能让我这么一个费尔迪先科跟阿法纳西·伊万诺维奇这样高雅的绅士坐到一起吗?剩下的不得不只有一个解释:让我坐就是为了这样做是不可思议的。"

尽管说得很粗鲁无礼,但终究常含着讥讽挖苦,有时甚至颇为辛辣,这一点好像也正是纳斯塔西娅·费利帕夫娜所喜欢的。一定想要做她座上客的人,就落得个横下心来忍受费尔迪先科的遭遇。他大概也猜透了全部底细。他推测,从第一次起他的在场就使托茨基难以忍受,正是由于这个缘故他才开始得到接待的。而加尼亚方面也吃了他无穷的苦头,所以在这一点上费尔迪先科也是非常善于为纳斯塔西娅·费利帕夫娜效劳的。

"我猜想,公爵将以唱一曲流行的浪漫曲为开始。"费尔迪先科一边做着判断,一边则看纳斯塔西娅·费利帕夫娜会怎么说。

"我不这么认为,费尔迪先科,请别急躁。"她淡淡地说。

"噢——噢!既然他受到特别的庇护,那么我也要宽厚温和地待他了……"

但是纳斯塔西娅·费利帕夫娜没有听他的话,站起身,亲自去迎接公爵了。

"我很抱歉,"她突然出现在公爵面前,说,"刚才仓促之中我忘了邀请您到我这儿来,现在您自己给我机会来感谢和赞赏您的决心,我感到非常高兴。"

说这些话的时候,她专注地凝视着公爵,竭力想多少能对他的举动做出一些解释。

公爵本来大概想对她这些客气话回答几句的,但是他震惊得如痴如醉,竟说不出一句话来。纳斯塔西娅·费利帕夫娜高兴地觉察到这一点。今天晚上她全副盛装,给人以非凡的印象。她挽着他的手,带他到客人那里去。就在要走进客厅的那一刻公爵突然停住了,异常激动地匆匆对她低语说:

"您身上一切都是完美的……甚至连清瘦和苍白也是这样……令人不愿把您想象成另一种模样……我是这么想到您这里来……我……请原谅……"

"不用请求原谅,"纳斯塔西娅·费利帕夫娜笑了起来,说,"这会破坏整个奇特怪诞和独具一格的情趣的。人家说您是个怪人,看来,这是真的。这么说,您认为我是完美的,是吗?"

"是的。"

"您虽然是猜谜的能手,但是还是错了。今天我就会让您注意到这一点……"

她把他介绍给客人们,其中一大半人已经认识他了。托茨基马上说了些客气的话。大家似乎有点活跃起来,一下子有说有笑了。纳斯塔西娅·费利帕夫娜把公爵安顿在自己旁边。

"不过,公爵光临有什么好惊奇的呢?"费尔迪先科比大家声音都响地嚷了起来,"事情明摆着,事情本身就说明了!"

"事情是太明了了,并且太说明问题了,"沉默不语的加尼亚忽然接过话茬说,"从上午公爵在伊万·费奥多罗维奇的桌子上第一次看见纳斯塔西娅·费利帕夫娜的相片那一刻起,今天我几乎一直不停地在观察他。我很清楚地记得,还在当时我就想到过那情况,而现在则完全确信,顺便说说,公爵自己也向我承认过。"

加尼亚这番话说得非常认真,没有丝毫玩笑的意味,甚至还很忧郁,以至于让人觉得有些奇怪。

"我没有对您承认过,"公爵红着脸回答,"我不过是回答了您的问题。"

"妙,妙!"费尔迪先科嚷了起来,"至少这是真诚的,又狡猾又真诚!"

所有的人都大笑起来。

"费尔迪先科,您别喊嘛。"普季岑厌恶地轻声向他指出。

"公爵,我可没有料到您有这样的壮举,"伊万·费奥多罗维奇低声说,"您知道吗,这适合于什么人?我则认为您是个哲学家!而且是个安分的人!"

"因为这个纯洁无瑕的玩笑公爵竟羞得像个天真无邪的少女,从这点来看,我可以断定,作为一个高尚的青年,他心中怀有最值得赞赏的意图。"突然,到目前为止一直保持沉默而且谁也没有料到他今天会开口说话的七十岁的教师老头完全出其不意地说,或者,最好是说,因为没有牙齿而唔哩唔哩地说。大家笑得更厉害了。老头大概以为大家笑的是他的话说得俏皮,便望着大家,开始更加纵声大笑,同时还剧烈咳嗽起来,致使纳斯塔西娅·费利帕夫娜马上来安抚他,吻他,并吩咐再给他送茶。她不知为什么非常喜欢所有这样有些古怪的老头老太,甚至疯疯傻傻的修士。她向进来的女仆要了一件披肩裹在身上,又吩咐往壁炉里添些柴,然后问几点钟了。女仆回答说,已经十点半了。

"诸位,要不要喝点香槟?"突然纳斯塔西娅·费利帕夫娜邀请说,"我这儿准备了。也许,你们会觉得更快活。请吧,不要客气。"

由纳斯塔西娅·费利帕夫娜提议喝酒,特别是用这么天真的口吻来表达,这是非常奇怪的。大家都知道,在她过去举办的晚会上是非常正经庄重的。总之,今天的晚会显得比较活泼,但是不同寻常。然而大家并不拒绝喝酒,先是将军本人,然后是活络的太太、老头、费尔迪先科表示不反对,最后所有的人都不反对了。托茨基也拿起酒杯,他指望协调一下正出现的新气氛,使其尽可能带有亲切的戏谑的性质。只有加尼亚一个人什么也不喝。纳斯塔西娅·费利帕夫娜也拿起了酒并声称,今天晚上她要喝三杯。她那很有点奇怪的,有时很急躁、迅疾的举止,她那歇斯底里、无缘无故的笑声,以及突然间隔着的沉默甚至悒郁的沉思,很难使人明白是怎么回事。有些人怀疑她有寒热病;后来人们开始发觉,她自己仿佛在等待什么,不时看一眼钟,而且变得急不可耐、心不在焉。

"您好像有点发冷?"活络的太太问。

"不是有点,而是很冷,因此我才裹上了披肩。"纳斯塔西娅·费利帕夫娜回答说。她真的显得很苍白,似乎不时地克制着强烈的寒颤。

大家都开始不安并动弹起来。

"我们是否让女主人休息?"托茨基看了一眼伊万·费奥多罗维奇,说。

"绝对用不着,诸位!我请你们就坐着。今天我特别需要你们在场。"纳斯塔西娅·费利帕夫娜突然坚决而郑重地声称。因为几乎所有的客人都已知道,今天晚上预定她要宣布一个非常重要的决定,所以这几句话就显得非常有分量。将军和托茨基又交换了一次眼色,加尼亚则痉挛似的动了一下身子。

"来玩玩哪一种沙龙游戏倒不错。"活络的太太说。

"我知道一种非常奇妙的新式沙龙游戏,"费尔迪先科接过话茬说,"至少是这样的,它在世上仅仅有过一次,而且没有成功。"

"是什么游戏?"活络的太太问。

"有一天我们几个伙伴聚在一起,确实,也喝了点酒。忽然有人提议,我们每个人不用站起来,讲一件自己的事,但是要凭真正的良心,讲自己认为是一生中全部丑行中的最丑的一件;但是必须得是真的,主要的是要讲真话,不许撒谎!"

"奇怪的主意。"将军说。

"是啊,还有什么更奇怪的呢,阁下,但是妙也就妙在这里。"

"可笑的主意,"托茨基说,"不过,也很明白:这是一种特别的吹牛。"

"也许,就需要那样,阿法纳西·伊万诺维奇。"

"来这样的沙龙游戏,可是叫你哭,而不是笑。"活络的太太指出。

"这名堂完全不能来,太荒唐了。"普季岑批评说。

"成功了吗?"纳斯塔西娅·费利帕夫娜问。

"就是没有成功,结果很糟糕,每个人真的都讲了什么事,许多人讲的是真话,你们设想一下,有些人甚至讲得津津乐道,可后来所有的人都感到很羞耻,不能容忍!不过,总的来说还是非常快活的,也就从某一点上来说是这样。"

"真的,这倒也挺好!"纳斯塔西娅·费利帕夫娜说。大家一下子活跃起来。"真的,不妨试试,诸位!确实,我们好像不那么开心。如果我们每个人都同意讲点什么……也是这一类事……当然,要同意这样,这里完全自愿,怎么样?也许,我们能经受得住?至少这是非常有独创性的……"

"真是英明的主意!"费尔迪先科接过话茬说,"不过,女士们例外,男客们开始讲吧;就像那时一样,我们来抓阄儿进行!一定这样,一定这样!谁实在不想讲,当然,就不用讲了,不过也就太不讨趣了。诸位,把你们的阄儿放到我这儿来,放帽子里,公爵来抓。题目很简单,讲自己一生中最丑的事,这是容易得不得了的,诸位!你们会看到的!如果谁忘了,我马上会提醒的。"

谁也不喜欢这个主意。一些人皱起了眉头,另一些人狡黠地窃笑着。有些人表示反对,但不太坚决,例如,伊万·费奥多罗维奇发觉纳斯塔西娅·费利帕夫娜很为这个怪诞的念头所吸引,便不想违拗她。而纳斯塔西娅·费利帕夫娜只要说出了自己的愿望,便总是遏制不住和毫无顾忌地要去实现它的,哪怕这些愿望是最任性的,甚至对她来说是最没有意思的。现在她就像歇斯底里发作一样走来走去,神经质地阵发性地笑着,特别是对惴惴不安的托茨基的异议发出这种笑声。她那深色的眼睛闪闪发亮,苍白的脸颊上浮起两块红晕。有些客人脸上流露出的沮丧和轻蔑的神情,也许更加燃起她嘲弄人的愿望;也许,这一主意的厚颜无耻和不顾情面正是她所喜欢的。有些人相信,她这样做有某种特别的意图。不过,大家也都同意了:不论怎样这是很令人好奇的,对于许多人来说还挺有诱惑力。费尔迪先科比所有的人都要忙碌。

"要是有什么事情……当着女士们的面不能说的,怎么办?"一位默默不语的年轻人羞怯地问。

"那么您就不要讲这事;难道除此而外恶劣的行为还少吗?"费尔迪先科回答说,"唉,您呀,真是个年轻人!"

"我就是不知道,我的行为中哪一桩算最不好。"活络的太太插进来说。

"女士们可以免去不讲,"费尔迪先科重复说,"但仅仅是免去;自告奋勇者还是允许的。男士们如果有实在不想讲的,也免讲。"

"可这里怎么证明我有没有撒谎?"加尼亚问,"如果我撒谎,那么整个游戏就失去其意义了。再说谁又不会撒谎呢?每个人都一定会撒谎的。"

"一个人在这种情况下怎么撒谎,单就这一点说已经是很诱惑人的了。你嘛,加涅奇卡,不用特别担心要撒谎的事,因为不撒谎大家也知道你最恶劣的丑行。好,诸位,你们只要想想,"费尔迪先科忽然来了灵感,嚷道,"只要想一想,在讲了故事以后,比方说明天,我们将会用什么样的目光来彼此看待对方!"

"难道可以这样做吗?纳斯塔西娅·费利帕夫娜,难道这当真?"托茨基很有尊严地问。

"怕狼就别进树林!"纳斯塔西娅·费利帕夫娜冷笑着说。

"但是请问,费尔迪先科先生,难道这样能玩起沙龙游戏来?"托茨基越来越惶恐不安,继续问道。"请您相信,这样的玩意儿永远也不会成功的;您自己不也说了,已经有过一次不成功的了。"

"怎么不成功!我上一次讲的是怎么偷了三个卢布,真的拿了,而且也讲了!"

"就算是这样,但是,像您这样讲得像是真事并且使大家相信您,这是不可能的。而加夫里拉·阿尔达利翁诺维奇指出的完全正确:稍微听出一点假的东西,整个游戏便失去意义了。这里只有在很偶然的情况下才可能讲真话,那就是有特别的兴致来讲那些十分粗俗的事,而在这里这是不可思议的,并且完全是不体面的。"

"嗨,您是多么高雅的人啊,阿法纳西·伊万诺维奇!甚至都让我感到惊讶。"费尔迪先科喊了起来。"诸位,请想想,阿法纳西·伊万诺维奇认为,我不能把自己偷东西的事说得像真的,他以这种巧妙的方式暗示,我实际上是不会偷的(因为这讲出声来是不体面的),虽然他本人暗自也许完全深信费尔迪先科很可能是偷东西的!不过,诸位,还是言归正传,讲正事吧,阄儿已经快收齐,还有您,阿法纳西·伊万诺维奇,把自己的阄也放进去,这么说,没有一个人拒绝。公爵,抓阄吧!"

公爵默默地把手伸进帽子,取出第一个阄,是费尔迪先科,第二个是普季岑,第三个是将军,第四是阿法纳西·伊万诺维奇,第五是公爵自己,第六是加尼亚,等等,女士们没有放阄进去。

"啊,天哪,多倒霉呀!"费尔迪先科喊了起来,"我倒还想,公爵会轮到第一个,将军则将是第二个。不过,上帝保佑,至少伊万·彼得罗维奇[1]在我后面,我还有所补偿。好吧,诸位,我当然应该做出好榜样,但此刻我最感遗憾的是,我是那么微不足道,毫不出众;甚至我的头衔也是最小的,嘿,费尔迪先科干了恶劣的事其实有什么有趣的呢?再说,哪件事是我干的最坏的事呢?这真embrras de richesse[2]。难道再来讲那次偷窃,好让阿法纳西·伊万诺维奇相信,不当小偷也可以行窃?"

"费尔迪先科先生,您现在使我相信,讲自己那些淫猥的丑行,确实可以感到快乐甚至享受,尽管别人并没有打听这些事……不过……对不起,费尔迪先科先生。"

"开始吧,费尔迪先科,您废话唠叨得太多了,而且永远没个完!"纳斯塔西娅·费利帕夫娜生气地、不耐烦地吩咐说。

大家发觉,在刚才阵发性的笑声以后,她突然变得忧郁、不满和易怒;虽然这样她还是执拗和专横地坚持她那令人难堪的任性要求。阿法纳西·伊万诺维奇痛苦非凡。伊万·费奥多罗维奇也让他十分恼火:他仿佛没事儿似的正坐着喝香槟,也许,甚至还在酝酿轮到自己时讲什么呢。

---

[1] 伊万·彼得罗维奇的姓是普季岑;而将军是伊万·费奥多罗维奇,姓叶潘钦。
[2] 法语:难以挑选。

十四

"不会说俏皮话,纳斯塔西娅·费利帕夫娜,所以才唠叨废话!"费尔迪先科嚷着,开始讲自己的故事了,"要是我也有像阿法纳西·伊万诺维奇或者伊万·彼得罗维奇那样的机智,我今天也就会像阿法纳西·伊万诺维奇和伊万·彼得罗维奇那样老是坐着不吭一声了。公爵,请问您,我老是觉得,世上的小偷比不做小偷的要多得多,甚至没有一生中一次也不偷窃的老实人,您怎么想?这是我的想法,不过我不想由此得出结论,所有的人全都是贼,尽管,真的,有时候非常想下这个结论。您是怎么想的?"

"唉呀,瞧您说得多蠢,"达里娅·阿列克谢耶夫娜应声说,"而且真是胡说八道,所有的人都偷过什么东西,这是不可能的;我就从来也没有偷过东西。"

"您从来也没有偷过任何东西,达里娅·阿列克谢耶夫娜,那么突然满脸通红的公爵会说什么呢?"

"我觉得,您说的是对的,只是非常夸大。"真的不知为什么脸红耳赤的公爵说。

"那么公爵您自己没有偷过东西吗?"

"嘿！这多可笑！清醒点，费尔迪先科先生。"将军插话说。

"只不过是，真要言归正传了，就变得不好意思讲了，于是就想把公爵跟自己连在一起，因为他不会反抗的。"达里娅·阿列克谢耶夫娜一字一句地说得很清楚。

"费尔迪先科，要么讲，要么就别作声，管好自己，无论什么样的耐心都给您消磨掉。"纳斯塔西娅·费利帕夫娜尖刻而又烦恼地说。

"马上就讲，纳斯塔西娅·费利帕夫娜；但是既然公爵承认了，因为我是坚持认为公爵反正是承认了，那么，假如说另一个人（没有讲是谁）什么时候想说真话了，他还能说什么呢？至于说到我，诸位，接下去根本就没什么好讲的了：很简单，很愚蠢，很恶劣。但是我请你们相信，我不是贼，但是偷了，却不知道怎么偷的。这是前年的事，在谢苗·伊万诺维奇·伊先科的别墅里，是一个星期天。客人们在他那里午餐。午餐后男人们留下来喝酒。我忽然想起请他的女儿玛利娅·谢苗诺夫娜小姐弹钢琴。我穿过角落里的一个房间时，发现在玛利娅·伊万诺夫娜的小工作台上放着三个卢布，是一张绿色的钞票：女主人拿出来是预备什么家用开支的。房间里一个人也没有。我拿了钞票就放进了口袋，为什么要这样做，我不知道。我碰上什么了——我不明白。只不过我很快就回去了，坐到桌旁。我一直坐着，等着，心里相当激动，嘴上却唠叨个不停，又是讲笑话，又是打哈哈；后来我坐到女士们身边。大概过了半个小时，有人发现钱不见而寻找起来，并开始盘问起女仆来。一个叫达里娅的女仆受到了怀疑。我表现得异常好奇和感兴趣，我甚至还记得，当达里娅完全不知所措的时候，我还劝她，让她认错，并用脑袋担保玛利娅·伊万诺夫娜一定会发善心，这是当着大家的面公开讲的。所有的人都看着，我则感到非常快乐，恰恰是因为钞票在我口袋里，而我却在开导别人。这三个卢布当天晚上我就在饭店里买酒喝掉了。我走进去，要了一瓶拉菲特酒；这以前我从来也没有这样光要一瓶酒，别的什么也不要；当时只想尽快花掉这些钱。无论当时还是后来，我没有感觉到特别的良心责备。但是一定不会再干第二次了。信不信这点,随你们,你们的意见我是不感兴趣的。好了,讲完了。"

"只不过,当然啰,这不是您最坏的行为。"达里娅·阿列克谢耶夫娜厌恶地说。

"这是一种心理现象,而不是行为。"阿法纳西·伊万诺维奇指出。

"那么女仆怎样了?"纳斯塔西娅·费利帕夫娜并不掩饰极其厌恶的态度问道。

"当然,第二天女仆就被逐出家门。这是规矩很严的人家。"

"这事您就随它去了?"

"说得真妙!难道我该去说出自己来?"费尔迪先科嘻嘻笑了起来,不过他讲的故事使大家产生了十分不愉快的印象,这在某种程度上使他感到惊讶。

"这是多么肮脏呀!"纳斯塔西娅·费利帕夫娜高声喊道。

"嘿!您又想从人家那里听到他最丑恶的行为,与此同时又要求冠冕堂皇!最丑恶的行为总是很肮脏的,我们马上将从伊万·彼得罗维奇那里听到这一点;外表富丽堂皇,想要显示其高尚品德的人还少吗,因为他们有自己的马车。有自备马车的人还少吗……而且都是用什么手段……"

总之,费尔迪先科完全克制不住自己,突然怒不可遏,甚至到了忘形的地步,越过了分寸,整张脸都变了样。无论多么奇怪,但非常可能的是,他期待自己讲的故事会得到完全不同的成功。正如托茨基所说的,这种品位低劣和"特种牛皮的失误",在费尔迪先科是经常发生的,也完全符合他的性格。

纳斯塔西娅·费利帕夫娜气得甚至打了个颤,凝神逼视着费尔迪先科;后者一下子就畏怯了,不吭声了,几乎吓得浑身发凉:他走得是太远了。

"是不是该彻底结束了?"阿法纳西·伊万诺维奇狡狯地问。

"轮到我了,但我享有优待,就不讲了。"普季岑坚决地说。

"您不想讲？"

"我不能讲，纳斯塔西娅·费利帕夫娜；而且我根本就认为这样的沙龙游戏是令人难受的。"

"将军，好像下面轮到您了，"纳斯塔西娅·费利帕夫娜转向他说，"如果您也拒绝，那么跟在您后面我们的一切就全都吹了，我会感到很遗憾，因为我打算在最后讲'我自己生活中'的一个行为，但只是想在您和阿法纳西·伊万诺维奇之后讲，因为你们一定能鼓起我的勇气。"她大笑着说完了话。

"噢，既然连您也答应讲，"将军热烈地嚷道，"那么，哪怕是一辈子的事我也准备讲给您听；但是，老实说，在等着轮到的时候，我已经准备好了一则逸事……"

"光凭阁下的样子就已可以得出结论，您是带着一种特别的文学乐趣来润色自己的逸事的。"仍然有几分困窘的费尔迪先科奸笑着，斗胆说。

纳斯塔西娅·费利帕夫娜向将军扫了一眼，也暗自窃笑。但是看得出，在她身上苦恼和焦躁越来越强烈。阿法纳西·伊万诺维奇听到她答应讲故事，加倍地惊惶不安了。

"诸位，跟任何一个人一样，我在生活中也做过一些不完全高雅的事，"将军开始说，"但最奇怪的是，现在要讲的短故事，我认为是我一生中最恶劣的事。事情过去了差不多已有三十五年，但是一想起来，我总是摆脱不了某种所谓耿耿于怀的印象。其实，事情是非常愚蠢的：当时我还刚刚是个准尉，在军队里干苦差事。唉，大家知道，准尉是怎么回事：热血沸腾，雄心勃勃，可是经济上却穷酸得很；那时我有个勤务兵叫尼基福尔，对我的经济十分操心，积攒钱财，缝缝补补，打扫洗涤，样样都干，甚至到处去偷他所能偷的一切，就为了使'家'里增加财富，真是个最最忠实、最最诚心诚意的人。我当然是很严格的，但也是公正的。有一段时间我们曾驻守在一座小城里。给我指定的住所是在城郊，是一个退伍少尉妻子的房子，她是个寡妇，八十岁，至少也是将近这个年龄的老太婆。她的小木房破旧不堪，糟糕透了，老太婆甚至穷得连女仆都没有。但是，主要的有一个情况很突出：过去她有过成员众多的家庭和亲属；但是，随着岁月的流逝一些人已经死去，另一些人各奔异乡，还有些人则忘了老太婆，而在四十五年前她就安葬了自己的丈夫。几年前还有个侄女跟她一起过，那是个驼背，据说凶得像女妖，有一次甚至把老太婆的手指头都咬了一口，但是她也死去了，这样老太婆一个人孤苦伶仃勉强度日又是三年。住在她那里我感到很寂寞无聊，她又是个毫无意思的人，从她那里不可能得到什么乐趣。后来她偷了我一只公鸡。这件事到现在还弄不清楚，但除了她没有别的人。为公鸡的事我们吵架了，吵得很厉害，这时正好碰到一个情况：根据我最初的请求，将我换到另一家住所，在另一头的城郊，一个大胡子商人的人口众多的家庭。我和尼基福尔高高兴兴搬了家，忿忿地留下了老太婆。过了三天，我操练回来，尼基福尔报告说，'长官，我们有一只盆儿白白留在过去的女主人那里了，现在没东西好盛汤了。'我当然很惊奇：'怎么回事，我们的盆怎么会留在女房东那里呢？'尼基福尔也感到很奇怪，他继续报告说，我们搬走时，房东不肯把汤盆交给他，原因是我曾打破了她的一只瓦罐，她就留下我们的汤盆抵她的瓦罐，还说似乎是我自己这么向她提议的。她的这种卑鄙行径自然使我忍无可忍；我身上的血在沸腾，跳起来就飞奔而去。来到老太婆那里时，这么说吧，我已经不能自制；我看见她一个人孤零零坐在穿堂角落里，就像是躲避阳光似的，一只手撑着脸颊。知道吗，我马上对她大发雷霆，骂她怎么样，怎么样。你们知道，俄国话是怎么骂人的。只是我瞧着瞧着，觉得有点奇怪：她坐着，脸朝着我，瞪着眼睛，却一句话也不回答，而且很奇怪很奇怪地望着我，似乎身子在摇晃。后来，我就平息下来，细细打量着她，问她，还是不答一句话。我犹豫着站了一会儿；苍蝇在周围嗡嗡叫，太阳正在下山，笼罩着一片寂静。在非常尴尬的情况下，最后我只得离去。还没有到家，就要我去见少校，后来又去了连队，这样回到家时已经是晚上了。尼基福尔开口第一句话就是：'长官先生，您知道吗？我们的女房东已经死了。''什么时候?''就今天傍晚,一个半小时以前。'这就是说,我骂她的时候她正在离开人世。这简直使我惊愕了。我要对你们说,好不容易我才醒悟过来。知道吗,甚至脑海中常浮现出她的样子,连夜里也会梦见她。我自然是不信迷信的,但是第三天还是去了教堂参加了送殡。总之,时间过得越久,就越常萦绕在脑海里。并不是信什么,有时候就会这么想到她,于是心里就不好过。这里主要的是:我究竟得出什么结论了呢?第一[1],一个女人,这么说吧,我们时代称之为被赋予生命之躯的、富有人道的人,她生活,活了很久,最后活得太久了。她曾经有过孩子、丈夫、家庭、亲人,她周围的这一切真可谓热闹欢腾,所有这些人真可谓充满欢声笑语,突然,全都派司了,全都烟消云散了,只剩下她一人,犹如……一只生来就遭诅咒的苍蝇。终于,上帝来引渡她去终点了,伴随着西下的夕阳,在夏日幽静的黄昏,我的房东老太婆也正飘然而逝,当然,此刻她不无道德总结的念头;可就在这一瞬间,代替所谓诀别的泪水的是,一个无所顾忌的年轻准尉两手叉腰,为了失去一只汤盆竟用最刻毒的俄语破口大骂着送她离开尘世!毫无疑问,我是有罪的,虽然由于年代的久远和性情的改变我早已像看待别人的行为那样来看待自己的行为,但是一直总有一种懊悔的心情。所以,我要再说一次,我甚至感到很奇怪,尤其是,即使我有罪过,那也不全都归咎于我:她为什么偏偏要在这个时候死呢?当然,这里有一点辩解的理由:我的行为在某种程度上是一种心理反应,但我依然难以心安理得,直到十五年前我用自己的钱把两个长年生病的老太婆送到养老院供养,目的是为她们提供比较好的生活条件,使她们在尘世的最后一段日子过得轻松些。我想遗赠一笔钱用作永久性的慈善款项。好了,就讲这些,完了。再说一遍,也许,一生中我有许多罪孽,但是,凭良心说,这一行为我认为是我一生中最最恶劣的行为。"

"同时阁下讲了一生中的一件好事取代了最恶劣的行为;把费尔迪

---

[1] 这里有"第一",下文没有"第二",原文如此。

先科给骗了!"费尔迪先科作出结论说。

"真的,将军,我也没有想到,您到底还有一颗善良的心,我甚至感到很遗憾。"纳斯塔西娅·费利帕夫娜不客气地说。

"遗憾?为什么。"将军带着殷勤的笑声问,不无得意地呷了一口香槟。

但是接着轮到阿法纳西·伊万诺维奇了,他也已准备好。大家猜测,他不会像伊万·彼得罗维奇那样表示拒绝,而且,出于某种原因,大家还怀着特别的好奇心等着他讲故事,同时又不时打量一下纳斯塔西娅·费利帕夫娜。阿法纳西·伊万诺维奇摆出一副与其魁伟的外表十分相配的庄重、神气的样子,用平和可亲的声音开始叙述一个"好听的故事"。(顺便说一下:他是个仪表堂堂、威风凛凛的人,身材高大,长得相当肥胖,有点秃顶,头上还间有丝丝白发,松软红润的脸颊稍稍下垂,口中镶有假牙。他穿的衣服比较宽松,但很讲究,所穿的内衣非常精美。他那双丰满白皙的手真令人不由得要多看上几眼。右手的食指上戴着一枚贵重的钻石戒指。)在他讲故事的时候,纳斯塔西娅·费利帕夫娜专心致志地细看着自己衣袖上皱起的花边,用左手的两根指头将它扯平,因此一次也没有去看讲故事的人。

"什么最能使我轻松地完成任务,"阿法纳西·伊万诺维奇开始说,"这就是一定得讲自己一生中最坏的行为,而不是别的。这种情况下,当然,是不会有什么犹豫的:良心和心的记忆马上就会提示你,正应该讲什么。我痛心地意识到,在我一生中数不胜数的、也许是冒失的和……轻浮的行为中有一件事,在我的记忆中烙下了深刻的印象,想到它我心里甚至是非常沉重的。事情大约发生在二十年前,我当时去乡间普拉东·奥尔登采夫那里。他刚被选为首席贵族,带了年轻的妻子来度冬假。那时安菲莎·阿列克谢耶夫娜的生日刚好临近了,便举办了两次舞会。当时小仲马那本美妙的小说 *La dame aux camélias*[1] 在上流社会刚刚打响,风靡

---

[1] 法语:《茶花女》。

一时，茶花女的诗意，据我看，注定是永垂不朽、永葆青春的。在外省，所有的女士们，至少是那些读过这本书的女士们都赞叹备至，欣喜若狂。吸引人的故事，主人公命运的别具匠心的安排，对这个诱人的世界的细腻分析，最后还有分布在全书中的令人着迷的细节（例如，有关轮换使用白茶花和红茶花花束的情境），总之，所有这些美妙的部分，所有这一切加起来，几乎产生了震撼人心的效果。茶花成为不可一世的时髦花。大家都要茶花，大家都觅茶花。请问：在一个小县城里，虽然舞会并不多，可是为了参加舞会大家都要找茶花，能搞到那么多吗？彼加·沃尔霍夫斯科伊这个可怜虫当时为了安菲莎·阿列克谢耶夫娜正苦苦受着煎熬。说真的，我也不知道，他们是否有什么名堂，换句话，我是想说，彼加·沃尔霍夫斯科伊是否会有某种认真的希望？可怜的他为了在傍晚前弄到茶花供安菲莎·阿列克谢耶夫娜舞会用，急得发狂一般。从彼得堡来的省长夫人的客人索茨卡娅伯爵夫人，以及索菲娅·别斯帕洛娃，据悉，肯定是带白色茶花花束前来。安菲莎·阿列克谢耶夫娜为了得到某种特殊的效果，想用红色的茶花。可怜的普拉东几乎被搞得疲于奔命；自然，他是丈夫嘛；他担保一定搞到花束的，可是结果呢？早一天卡捷琳娜·亚历山德罗夫娜·梅季谢娃就把花都截走了，在一切方面她都是安菲莎·阿列克谢耶夫娜的冤家对头，两人结下了仇。这一来，后者自然便会歇斯底里大发作，甚至昏厥过去。普拉东这下完了。很明白，如果彼加在这个有意思的时刻能在什么地方弄到花束，那么他的事可能会有大大的进展。这种情况下女人的感激是无限的。他到处拼命奔走，但是毫无希望，这已经没什么好说的了。突然，在生日舞会的前夕，已是夜里十一点了，我在奥尔登采夫的女邻居玛利娅·彼得罗夫娜那里遇见了他。他容光焕发，颇为高兴。'您怎么啦？''找到了！埃夫里卡！'[1]'嗨，兄弟，你可真让我惊奇！在哪儿找到的？怎么发现的？''在叶克沙伊斯克（那里

---

[1] 希腊语俄译音，意为"发现了"。

有这么一个小城,离这儿总共才二十里,不是我们县),那里有个叫特列帕洛夫的商人,是个大胡子,富翁,跟老伴一起过,没有孩子,尽养些金丝雀。两人酷爱养花,他家有茶花。'得了吧,这未必可靠,喂,要是不肯给,怎么办?''我就跪下来,在他脚边苦苦哀求,直到他给为止,否则我就不走!''你什么时候去呢?''明天天一亮,五点钟。''好吧,上帝保佑你!'就这样,要知道,我为他感到高兴,回到了奥尔登采夫那里;后来,已经一点多了,我脑海里却老是浮现出这件事。已经想躺下睡觉了,忽然冒出了一个别出心裁的念头!我立即到厨房里,叫醒了马车夫萨维利,给了他十五卢布,'半小时内把马备好!'当然,过了半小时门口已停好一辆马拉雪橇;有人告诉我,安菲莎·阿列克谢耶夫娜正犯偏头痛,发烧,说胡话,——我坐上雪橇就走了。五点钟时我已经在叶克沙伊斯克了,在客店里等到天亮,也只等天亮;七点钟我就在特列帕洛夫那里了。如此这般说明了来意,就问:'给茶花吗?大爷,亲爹,帮帮忙,救救我,我给您磕头!'老头个子很高,头发斑白,神情严峻,是个厉害的老头。'不,不,无论怎样我也不答应!'我啪的一声跪在他脚下!跪着跪着最后就躺了下来。'您怎么啦,老兄,您怎么啦,我的爷?'他甚至吓坏了。'这可是人命攸关的事!'我朝他喊道。'既然这样,那就拿吧,去吧。'我马上就剪了一些红茶花!他整整一小间暖房里全是茶花,长得好极了,非常美!老头子连声叹息。我掏出了一百卢布。'不,老兄,请别用这样的方式使我感到难堪。''既然这样,我说,尊敬的大爷,就请您把这一百卢布捐给当地的医院以做改善伙食之用。''这就是另一回事了,老兄,'他说,'是好事,高尚的事,善事;为了您的健康,我会捐赠的。'知道吗,我开始喜欢这个俄罗斯老头了,可以说,是个地道的、典型的俄罗斯人,de la vraie souche.[1]我因为取得了成功而欣喜若狂,立即动身返回;我们是绕道回去的,以免遇上彼加。我一到,立即派人把花束赶在安菲莎·阿列克谢耶夫娜醒来

---

[1] 法语:直系正宗。

前送去。你们可以想象到狂喜、感谢、感激的泪水那种情景！普拉东昨天还是垂头丧气，死气沉沉的，竟伏在我胸前号啕大哭。唉，自从缔造……合法婚姻以来所有的丈夫都是这样的！我不敢添油加醋说什么，不过可怜的彼加因为这段插曲而彻底垮了。开始我以为，他一旦获悉此事，将会杀了我，我甚至做好准备见他，但发生了连我都难以相信的事：他昏厥了，傍晚时说胡话，到早晨则发热病，像孩子似的号啕大哭，浑身抽搐着。过了一个月，他刚刚痊愈，便去了高加索，真是一件风流韵事。最后，他在克里米亚阵亡。那时他还有个兄弟叫斯捷潘·沃尔霍夫斯科伊，指挥一个团，立过功。坦白说，后来甚至有许多年我都受着良心责备的折磨：为了什么又何必要使他受到这样的致命一击？当时若是我自己钟情于安菲莎·阿列克谢耶夫娜，倒也还情有可原。可是那不过是作弄人的儿戏，只是出于一般的献殷勤，别无所求，假如我不从他那里截走这花束，谁知道，也许他就活到现在，会很幸福，会有成就，他怎么也想不到会去跟土耳其人打仗。"

阿法纳西·伊万诺维奇还是带着庄重的神态静默下来，就跟开始讲时一样。大家都注意到，当阿法纳西·伊万诺维奇结束的时候，纳斯塔西娅·费利帕夫娜的眼中似乎闪射出一种特别的光芒，嘴唇甚至也哆嗦了一下。大家都好奇地望着他们俩。

"您骗了费尔迪先科！骗得可真像！不，这可是骗得太像了！"费尔迪先科用哭声哭腔嚷着。他明白，现在可以而且应该插话。

"谁叫您不明事理呢？那就向聪明人学学吧！"几乎是得意洋洋的达里娅·阿列克谢耶夫娜（她是托茨基忠实的老朋友，老搭档）断然抢白道。

"您说得对，阿法纳西·伊万诺维奇，沙龙游戏是很无聊，该快点结束它，"纳斯塔西娅·费利帕夫娜漫不经心地说，"我自己要把答应的事说说，然后大家就玩牌吧。"

"但先要讲答应讲的故事！"将军热烈地表示赞同。

"公爵,"纳斯塔西娅·费利帕夫娜出其不意地猛然转向他说,"这里都是我的老朋友,将军和阿法纳西·伊万诺维奇老是想让我嫁人。请告诉我,您是怎么想的?我究竟是嫁人还是不嫁?您怎么说,我就怎么做。"

阿法纳西·伊万诺维奇的脸色刷地变白了,将军呆若木鸡;大家都瞪着眼,伸着头。加尼亚站在原地发愣。

"嫁……嫁给谁?"公爵低声轻气地问。

"嫁给加夫里拉·阿尔达利翁诺维奇·伊沃尔京。"纳斯塔西娅·费利帕夫娜仍然像原先那样生硬、坚决和清晰地说。

沉默了几秒钟;公爵仿佛竭力想说却又说不出来,就像可怕的重负压着他的胸口。

"不……别嫁!"他终于轻声说了出来,还用力换了一口气。

"那就这样!加夫里拉·阿尔达利翁诺维奇!"纳斯塔西娅·费利帕夫娜威严地,似乎是得意地对他说,"您听见了,公爵是怎么决断的吗?好了,这也正是我的答复;让这件事就此永远了结!"

"纳斯塔西娅·费利帕夫娜!"阿法纳西·伊万诺维奇用颤抖的声音说。

"纳斯塔西娅·费利帕夫娜!"将军用劝说但又含着惊慌的口吻说。

所有的人都惶惶不安,骚动起来。

"你们怎么啦,诸位,"她似乎惊讶地看着客人们,继续说,"你们干吗这么惊慌?瞧你们大家的脸色!"

"可是……您回想一下,纳斯塔西娅·费利帕夫娜,"托茨基嗫嚅着说,"您许下的允诺……完全是自愿的,您本可以多少保留一些您的承诺……我感到很为难……当然也很尴尬,但是……总之,现在,在这种时刻,当着……当着众人的面,所有这一切就这样……就用这种沙龙游戏来结束一桩严肃的事,一桩有关名誉和良心的事……这事可是决定着……"

"我不明白您的意思,阿法纳西·伊万诺维奇;您真的完全糊涂了。

第一,什么叫'当着众人的面'?难道我们不是在非常要好的知己圈内吗?为什么是'沙龙游戏'呢?我真的很想讲讲自己的故事。喏,这不讲了吗,难道不好吗?为什么您说不认真?难道这不认真吗?您听见了,我对公爵说,'您怎么说,我就怎么做';如果他说'行',我就立即会表示同意,但他说了'不',所以我回绝了。我整个一生都维系在这千钧一发之中;还有比这更认真的吗?"

"但是公爵,这事为什么要有公爵呢?再说,公爵算什么呢?"将军喃喃地说,他几乎已经不能克制自己,对于公爵拥有这样令别人见怪的权威感到很是愤懑。

"对于我来说,公爵是我一生中第一个信得过的真正忠实的人。一见我,他就信任我,我也相信他。"

"我只能感谢纳斯塔西娅·费利帕夫娜用非常委婉客气的态度……来对待我,"可怜的加尼亚歪着嘴唇,终于用发颤的嗓音说,"当然,本来就会是这样的……但是……公爵……在这件事上公爵……"

"现在可得七万五千卢布,是吗?"突然纳斯塔西娅·费利帕夫娜打断他说,"您是想说这话吗?别矢口抵赖,您肯定是想说这话的!阿法纳西·伊万诺维奇,我忘了补充一点:请您把这七万五千卢布拿回去,而且也请您知道,我无条件让您自由。够了!您也该松口气了!九年三个月!明天将重新开始,而今天是我过生日,而且自己按自己的意愿过,这是一生中的第一次!将军,请您也把您的珍珠拿回去,送给夫人,给;而明天起我将完全搬出这套寓所。再也不会举办晚会了,诸位!"

说完这些,她突然站起身,仿佛想要离席。

"纳斯塔西娅·费利帕夫娜!纳斯塔西娅·费利帕夫娜!"四座响起了喊声。大家都激动起来,大家都离座起身,把她团团围住;大家都怀着不安的心情听她讲这些冲动、激昂、狂热的话;大家都感到纷乱无绪,谁也弄不清楚,谁也弄不明白。就在这瞬间突然传来了响亮有力的门铃声,就跟刚才加尼亚家响起的铃声一模一样。

"啊——啊!我要收场了!终于来了!十一点半!"纳斯塔西娅·费利帕夫娜高声说,"你们请坐,诸位,这是戏的结局!"

说完,她自己坐了下来。她的唇间颤动着一丝怪异的笑容。她默默地坐着,焦躁地等待着,注视着门口。

"毫无疑问,是罗戈任和十万卢布。"普季岑自言自语嘟哝着。

十五

女仆卡佳非常惊慌地走了进来。

"那里天知道是怎么回事,纳斯塔西娅·费利帕夫娜,闯进来大概十个人全都醉醺醺的,要到这儿来,说是罗戈任,还说您本人认识他的。"

"确实,卡佳,马上就放他们进来。"

"难道……放所有的人,纳斯塔西娅·费利帕夫娜?全是些不成体统的人。很不像样!"

"把所有的人都放进来,所有的人都放,卡佳,别害怕,把所有的人一个不剩地放进来,否则他们不管你也还是会进来的。瞧他们闹哄哄的,就像刚才一样。诸位,你们也许在见怪了,"她转向客人们说,"当着你们的面,我竟接待这么一伙人。我很遗憾,请你们原谅,但又必须这样,而我又非常非常希望你们在这场戏结局的时候同意当我的见证人,不过,这得由你们……"

客人们继续惊讶不已,交头接耳,相互使着眼色,但是已经完全明白,这一切是事先打算和安排好的,纳斯塔西娅·费利帕夫娜当然是完全失去了理智,可是现在也无法让她回心转意了。大家都为好奇心苦苦折磨着。同时也几乎没有人特别害怕。在座的只有两位女宾:达里娅·阿列克谢耶夫娜,这是个活络的、见过各种世面、很难使她困窘的女士,还有一位很漂亮、但沉默寡语的陌生女士。但是,默不作声的陌生女士也未必能理解什么,因为她是外来的德国人,一点也不懂俄语,此外,好像她有多美就有多蠢。她初来乍到,可是邀请她参加某些晚会已经成了惯例,她则穿上最华丽的服装,头发梳得像阵列一样,然后把她当一幅美丽的画似的安置在席间以点缀晚会,就像有些人为了在自己家里举办晚会而向熟人借一幅画、一只花瓶、一尊雕像或一座屏风用一次一样,至于说到男人,那么,比方说普季岑,他是罗戈任的好朋友;费尔迪先科则是如鱼得水;加涅奇卡仍还没有恢复常态,虽然他神志恍惚,可是却不可遏制地感到有一种炽烈的需要,要在自己的耻辱柱旁站到底;教师老头弄不清楚事情的原委,对纳斯塔西娅·费利帕夫娜犹如对自己的孙女一般宠爱,当他发觉周围以及她身上表现出的非同寻常的惊惶不安时,真的吓得打起颤来,差点要哭出来;但是这种时刻要他丢下她,莫如要他去死。至于说阿法纳西·伊万诺维奇,当然,在这类奇遇中他是不能让自己的名誉受到损害的,然而,尽管这件事来了这么一个令人发狂的转变,却与他实在是休戚相关的;再说纳斯塔西娅·费利帕夫娜口中掉出的两三句话就是有关他的,因此不彻底搞清楚事情,无论如何是不能离开的。他决定奉陪到底,而且绝对保持沉默,只做旁观者,当然,这是他的尊严要求这样做的。只有叶潘钦将军一人,在此之前刚刚因为纳斯塔西娅·费利帕夫娜用不客气和可笑的方式还给他礼物而感到莫大的难堪,现在当然为这种不同寻常的咄咄怪事,或者,比方说,为罗戈任的出现而更加生气。况且像他这样的人肯与普季岑、费尔迪先科坐在一起,已经够屈尊俯就的了,但是强烈的情感力量最终则可能被责任感,被义务、官衔、地位的意识,总的来说,被自尊心所战胜。因此,将军阁下在场的情况下,无论如何是不能放罗戈任一伙进来的。

他刚刚向纳斯塔西娅·费利帕夫娜声明这一点,她马上就打断他说:"啊,将军,我竟忘了!但请您相信,我早就料到您会这样,虽然我很希望正是现在能在自己身边看见您,但既然您这么见怪,我也就不坚持,不留您了。不论怎么样,我很感谢您与我结交,感谢您对我的抬举和关注,但是既然您怕……"

"请问,纳斯塔西娅·费利帕夫娜,"将军在慷慨大度的骑士精神的冲动下高声说道,"您这是对谁说话?光凭对您的忠诚,我现在也要留在您身边,比如,要是有什么危险……况且,坦白地说,我也十分好奇。我刚才只是想提醒,他们会弄坏地毯,也许,还会砸碎什么东西……所以,照我看,根本就不必放他们进来,纳斯塔西娅·费利帕夫娜!"

"罗戈任本人到!"费尔迪先科宣布说。

"阿法纳西·伊万诺维奇,您怎么想,"将军匆匆对他低语说,"她是不是发疯了?也就是说,这不是讽喻,而是照真正医学的说法,啊?"

"我已对您说过,她常常喜欢这样。"阿法纳西·伊万诺维奇狡黠地低声回答说。

"而且还很疯狂……"

罗戈任一伙几乎还是早晨那一班人马:只增加了一个不务正业的老家伙,当初他曾经是一张揭露隐私的淫猥小报的编辑,有一件逸事曾经讲到过他,说他把所镶的金牙拿去当了,买了酒喝;还有一名退伍少尉,就其职业和使命来说肯定是早晨那个拳头先生的对手和竞争者,他根本不认识罗戈任一伙中的任何人,只是在涅瓦大街向阳这边街上搭上来的,他在那里拦截行人,用马尔林斯基[1]的词语请求救济,还有一个狡猾的借口,说什么他自己"当年给乞讨者一次就是十五卢布"。两个竞争者立即互相采取敌对态度。在这帮人接纳"乞讨者"入伙后,原来那个拳头先生甚至认为自己受到了侮辱,他生性寡言少语,有时只会像熊一样发威吼叫,并以深深的蔑视看待"乞讨者"对他的"巴结奉承"和"讨好献媚";而少尉原来还是个善于待人接物的上流社会的人,从外表看,他更希望以机

---

[1] 马尔林斯基是俄国十二月党人作家亚·别斯图热夫的笔名。其作品语言雕琢古怪。

智灵巧而不是靠用强力来取胜,况且他的个子也比拳头先生要矮一截。他很温和,从不参与公开争论,但是拼命自我吹嘘,已经有好几次提到英国式拳击的优越性,总之是个纯粹的西方派。拳头先生在听到"拳击"这个字眼时只是轻蔑和气恼地冷笑着,从他这方面来说,也不屑与对手公开辩论,有时则默默地,仿佛无意似的出示,或者最好是说,伸出一个硕大的拳头——地道的民族玩意儿,那上面青筋累累,骨节粗大,长了一层红棕色的茸毛,于是大家便明白了,如果这个十足民族性的玩意儿命中目标的话,那么目标真的只有变成肉酱了。

他们这伙人,就像前不久那样,没有哪一个是完全"醉了"的,这是罗戈任亲自努力的结果,因为这一整天他考虑的就是拜访纳斯塔西娅·费利帕夫娜的事。他自己倒几乎已经完全清醒了,但是这乱哄哄的,与他一生度过的日子丝毫不相像的一天里所经受的印象,又几乎要把他搞糊涂了。只有一件事每一分钟,每一瞬间他都念念不忘,记在脑海里,留在心坎间。为了这件事他花去了从下午五点直至晚上十一点的全部时间,怀着无穷的烦恼和焦虑,跟金杰尔和比斯库普之流周旋,弄得他们也发了狂似的,为满足他的需要而拼命奔波。但是,纳斯塔西娅·费利帕夫娜用嘲笑的口吻完全不明确地顺口提到的十万卢布终究凑齐了,要付利息,这一点甚至比斯库普本人也因为不好意思大声说,而只是跟金杰尔悄声说了。

像下午那样,罗戈任走在众人前面,其余的人跟在他后面,虽然他们意识到自己的优势,但仍然有些畏怯。天知道是为什么,可能他们主要是怕纳斯塔西娅·费利帕夫娜。他们中有些人甚至以为,马上就会把他们所有人"从楼梯上推下去"顺便说说,这么想的人中也有穿着讲究的风流情郎扎廖热夫。但其他的人,特别是拳头先生,虽然没有讲出声,可是在心里却是以极为轻蔑甚至敌视的态度对待纳斯塔西娅·费利帕夫娜的,他们到她这儿来就像来围攻城池一般。但是他们经过的头两个房间的陈设的富丽堂皇,他们未曾听说、未曾见过的东西——罕见的家具、图画、巨大的维纳斯塑像,所有这一切都让他们产生倾倒和肃然起敬的印象,甚至还有几分恐惧。当然,这并不妨碍他们大家渐渐地不顾恐惧心理而以一种厚颜无耻的好奇跟在罗戈任后面挤进客厅;但是当拳头先生、"乞讨者"和另外几个人发现在宾客中有叶潘钦将军时,刹那间便慌得不知所措,甚至开始稍稍后缩,退向另一个房间。只有列别杰夫一个人算是最有精神、最有自信的人,他几乎与罗戈任并排大模大样地朝前走,因为他明白,值一百四十万卢布的家财以及此刻捧在手中的十万卢布实际上意味着什么。不过,应该指出,所有他们这些人,连行家列别杰夫也不例外,在认识自己威力的极限方面都有点迷糊:他们现在真的什么都能干,还是不行?有时候列别杰夫准备发誓说什么都能干,但有时却提心吊胆地感到需要暗自记住法典中的某些条款,特别是那些能"鼓舞人"和"安慰人"的条款,以防万一。

纳斯塔西娅·费利帕夫娜的客厅给罗戈任本人产生的印象与他所有的同伴截然不同。门帘刚卷起,他就看见了纳斯塔西娅·费利帕夫娜,其余的一切对他来说便不复存在,就像早晨那样,这种感觉甚至比早晨更强烈。他的脸色一下子变白了,刹那间停下脚步;可以猜得到,他的心扑通扑通跳得厉害。他目不转睛,胆怯而茫然地盯着纳斯塔西娅·费利帕夫娜。突然,他仿佛失去了全部理智,几乎是摇摇晃晃地走近桌子;半路上绊了一下普季岑坐着的椅子,肮脏的靴子还踩上了默默无语的德国美人华丽的浅蓝色裙子的花边;他没有道歉,也没有发觉。当他走到桌子跟前时,便把走进客厅时用双手捧在自己面前的一包奇怪的东西放到桌上。这是一个大纸包,高三俄寸,长四俄寸,用一张《交易所公报》包得严严实实,用绳子从四面扎得紧紧的,还交叉捆了两道,就像捆扎圆锥形的大糖块一样。然后,一言不发地垂下双手站在那里,仿佛等候对自己的判决似的。他穿的还是刚才那身衣服,除了脖子上围了一条翠绿与红色相间的全新的丝围巾,还佩戴一枚形如甲虫的钻石大别针,右手肮脏的手指上戴着一只硕大的钻石戒。列别杰夫走到离桌子三步远的地方;其余的人,如前面说的,渐渐地聚到了客厅里。纳斯塔西娅·费利帕夫娜的仆人卡佳和帕莎怀着极度的惊讶和恐惧跑来从卷起的门帘那里张望着。

"这是什么?"纳斯塔西娅·费利帕夫娜好奇地凝神打量着罗戈任并用目光"指"着那包东西问。

"十万卢布!"对方几乎喃喃着说。

"啊,你倒是说话算数的,好样的!请坐,就这里,就这把椅子;等会儿我还有话要对您说。跟您一起来的还有谁?刚才的原班人马吗?好吧,让他们进来坐吧;那边沙发上可以坐,还有沙发。那里有两把扶手椅……他们怎么啦,不想坐还是怎么的?"

确实,有些人真正是局促不安,退了出去,在另一个房间里坐下等着,但有些人留了下来,按主人所请各自坐了下来,但只是离桌子稍远些,大多坐在角落里;一些人仍然想稍稍收敛一下,另一些人则越来越亢奋,而且快活得似乎有点不自然。罗戈任也坐到指给他的椅子上,但坐的时间不长,很快就站了起来,已经再也不坐下去了。渐渐地,他开始辨认和打量起客人们来。看见了加尼亚,他恶狠狠地阴笑了一下,自言自语地咕噜着:"瞧这德性!"对于将军和阿法纳西·伊万诺维奇,他毫不困窘,甚至也不特别好奇地瞥了一眼。但是,当他发现纳斯塔西娅·费利帕夫娜身旁的公爵时,则长久地没把目光从他身上移开,感到万分惊讶,似乎对在这里见到他难以理解。可以怀疑,他有时候神志不清。除了这一天受到的一切震惊,昨天整夜他是在火车上度过的,几乎已有两昼夜没睡了。

"诸位,这是十万卢布,"纳斯塔西娅·费利帕夫娜用一种狂热的迫不及待的挑战口吻对大家说,"就在这个肮脏的纸包里。早上就是他像疯子一般嚷着晚上要给我送来十万卢布,我一直在等着他。他这里要买我:开始是一万八千,后来突然一下子跳到四万,再后来就是这十万。他倒是说话算数的!嘿,他的脸色有多苍白!……这一切全是因为刚才在加尼亚家发生的:我去拜访他妈妈,拜访我未来的家庭,而在那里他妹妹当面对我喊道,'难道没有人把这个不知羞耻的女人从这里赶走!'并对她兄长加涅奇卡的脸上还啐了一口,真是个有性格的姑娘!"

"纳斯塔西娅·费利帕夫娜!"将军责备地叫了一声。

他按照自己的理解,开始有点明白是怎么回事了。

"怎么啦,将军?不体面,是吗?算了,装腔作势够了!我像个高不可攀、端庄贞洁的闺阁千金坐在法国剧院的包厢里,这算什么!还有,五年来我如野人似的躲避所有追逐我的人,像一个纯洁无瑕的高傲公主看待他们,这种愚蠢一直折磨着我!现在,就在你们面前,来了个人并且把十万卢布放到桌子上,这是在我洁身无瑕五年之后,他们大概已经有三驾马车在等我了。原来他认为我值十万!加涅奇卡,我看得出来,您到现在还在生我的气,是吗?难道你想把我带进你的家吗?把我,罗戈任的女人带去?公爵刚才说什么来着?"

"我没有那样说,没有说您是罗戈任的女人,您不是罗戈任的人!"公爵用发颤的声音说。

"纳斯塔西娅·费利帕夫娜,够了,我的姑奶奶,够了,亲爱的,"突然达里娅·阿列克谢耶夫娜忍不住说,"既然您因为他们而感到这么难受,那么还睬他们干什么!尽管他出十万,难道你真想跟这样的人走!确实,十万——可真够意思!你就收下十万卢布,然后把他赶走,就该对他们这样;唉,我要是处在你的地位就把他们统统……就是这么回事!"

达里娅·阿列克谢耶夫娜甚至怒气冲冲。这是个善良和相当易动感情的女人。

"别生气,达里娅·阿列克谢耶夫娜,"纳斯塔西娅·费利帕夫娜朝她苦笑一下说,"我可不是生气才对他说的。难道我责备他了吗?连我也真的不明白,我怎么这么犯傻,竟想进入正派人家。我见到了他的母亲,吻了她的手。而刚才我干吗在你家要嘲弄你们呢,加涅奇卡,因为我故意想最后一次看看:你本人究竟会走到哪一步?嘿,你真使我惊讶,真的。我期待许多,却没有料到这一点!当你知道,在你结婚前夕他送了我这样的珍珠,而我也收下了,难道你还会要我?那么罗戈任呢?他可是在你的家里,当着你母亲和妹妹的面出价钱买我的,而在这以后你竟还来求婚,甚至还差点把妹妹带来!罗戈任曾经说你为了三卢布会爬到瓦西里耶夫斯基岛去,难道果真这样?"

"会爬的。"罗戈任突然轻轻说,但是显出极大的自信的样子。

"你若是饿得要死倒也罢了,可你,据说薪俸收入不错!这一切之外,除了耻辱,还要把可憎恨的妻子带进家!(因为你是憎恨我的,我知道这一点!)不,现在我相信,这样的人为了钱会杀人的!现在这样的贪婪可是会使所有的人都利令智昏的,使他们都迷上金钱,以致人都仿佛变傻了。有人自己还是个孩子,可已经拼命想当放高利贷的!要不就像我不久前读到的那样,用一块绸布包在剃刀上,扎牢,然后悄悄地从后面把好朋友像羊一般宰了。嘿,你真是个不知羞耻的人!我是不知羞耻,可你更坏。至于那个送鲜花的人我就不说了……"

"这是您吗,是您吗?纳斯塔西娅·费利帕夫娜!"将军真正觉得伤心,双手一拍说,"您本是多么温婉,思想多么细腻的人,瞧现在!用的是什么样的语言!什么样的字眼!"

"将军,我现在醉了,"纳斯塔西娅·费利帕夫娜突然笑了起来,"我想玩玩!今天是我的生日,我的假日,我的闰日,我早就期待着这一天了。达里娅·阿列克谢耶夫娜,你看见眼前这个送花人,这个Monsieur aux camélias[1]吗?瞧他坐着还嘲笑我们呢……"

"我不在笑,纳斯塔西娅·费利帕夫娜,我只是非常用心在听。"托茨基一本正经地回了一句。

"好吧,就说说他吧,为了什么我要折磨他整整五年,不把他放走!他值得那样!他就是这样的人,也应该是这样的人……他还认为是我对不起他,因为他给了我教育,像伯爵夫人那样养着我,钱嘛,花了不知多少,还在那里替我找了个正派的丈夫,而在这里则找了加涅奇卡;不论

---

1 法语:茶花男。

你怎么想：我跟他这五年没有同居，但钱是拿他的，而且我认为是拿得对的！我可真把自己搞糊涂了！你刚才说，既然那么令人厌恶，就把十万卢布收下，然后赶他走。说令人厌恶，这是真的……我本来早就可以嫁人了，但也不是嫁给加涅奇卡，他也是让人厌恶的。为了什么我让五年光阴流失在这种愤恨之中？你信不信，四年前，我有时候想过：是不是索性嫁给阿法纳西·伊万诺维奇算了？当时我是怀着一种怨愤这么想的；我那时头脑里想过的念头还少吗；真的，我能逼得他这样做的！他自己曾经死乞白赖地要求过，信不信？确实，他是撒谎，可是他也很好色，他会顶不住。后来，感谢上帝，我想到：他是只配愤恨的！这一来当时我突然对他感到很厌恶，如果他自己来求婚，我也不会嫁给他。整整五年我就是这样装样子的！不，最好还是到马路上去，那里才是我该待的地方！或者就跟罗戈任去纵情作乐，或者明天就去当洗衣工！因为我身上没有一样自己的东西；我要走的话，就把一切都扔还给他，连最后一件衣服都不留下，而一无所有了，谁还会要我，你倒问问加尼亚，他还要不要？连费尔迪先科也不会要我！……"

"费尔迪先科大概是不会要的，纳斯塔西娅·费利帕夫娜，我是个开诚布公的人，"费尔迪先科打断说，"可是公爵会要的！您就只是坐着抱怨，您倒看看公爵！我已经观察很久了……"

纳斯塔西娅·费利帕夫娜好奇地转向公爵。

"真的吗？"她问。

"真的。"公爵轻轻说。

"那就要吧，光身一个，一无所有！"

"我要，纳斯塔西娅·费利帕夫娜……"

"这可是件新的奇闻！"将军喃喃着说，"却是可以料到的。"

公爵用悲郁、严峻和动人的目光望着继续在打量他的纳斯塔西娅·费利帕夫娜的脸。

"这还真找到了！"她又转向达里娅·阿列克谢耶夫娜，突然说，"他倒真的是出于好心,我了解他。我找到了一个善心人!不过,也许人家说得对,说他是……那个。既然你这么钟情,要一个罗戈任的女人,你靠什么来养活自己,养活一个公爵呢?……"

"我娶您是娶一个正派女人,纳斯塔西娅·费利帕夫娜,而不是娶罗戈任的女人。"公爵说。

"你是说我是正派女人?"

"是您。"

"嗬,这是从小说里看来的!……公爵,亲爱的,这已经是过了时的妄言了,如今世界变聪明了,这一切也就成了无稽之谈!再说,你怎么结婚?你自己还需要有个保姆呢!"

"我什么都不知道,纳斯塔西娅·费利帕夫娜,我什么世面也没见过,您说得对,但是我……我认为,是您将使我而不是我将使您获得名誉。我是个无足轻重的人,而您受过许多痛苦,并从这样的地狱里走出来却纯洁无瑕,这是很不简单的。您何必感到羞愧,还想跟罗戈任走?这是狂热……您把七万五千卢布还给了托茨基先生,并且说这里所有的一切,您全要抛弃,这里是谁也做不到这一点的。我……爱……您,纳斯塔西娅·费利帕夫娜。我要为您而死,纳斯塔西娅·费利帕夫娜。我不许任何人讲您一句坏话,纳斯塔西娅·费利帕夫娜……如果我们穷,我会去工作的,纳斯塔西娅·费利帕夫娜……"

在公爵讲最后几句话时,可以听到费尔迪先科、列别杰夫发出的嘻嘻窃笑,连将军也不知怎么很不满意地暗自咳了一声。普季岑和托茨基很想笑,但克制住了。其余的人简直惊讶得张大了嘴。

"……但是,我们也许不会贫穷,而会很富有,纳斯塔西娅·费利帕夫娜,"公爵依然用胆怯的声音继续说,"不过,我还不能肯定,遗憾的是,一整天了,到目前为止我还什么都没能打听到,但我在瑞士收到了一位萨拉兹金先生从莫斯科寄来的信,他通知我,似乎我能得到很大一笔遗产。就是这封信……"

公爵真的从口袋里掏出了信。

"他不是在说胡话吧?"将军咕哝着说,"这里简直就是一所真正的疯人院!"

接下来有一瞬间是沉默。

"您,公爵,好像说,是萨拉兹金给您写的信?"普季岑问,"他在他那个圈子里是很有名的人,这是个很有名的事务代理人,如果确实是他通知您,那您完全可以相信的。所幸我认得他的签字,因为不久前我跟他打过交道……如果您给我看一下,也许,我能告诉您什么。"

公爵颤动着双手,默默地递给他信件。

"是怎么回事?怎么回事?"将军恍然大悟,像个疯子似的望着大家,"难道真有遗产吗?"

大家都把目光盯在正在看信的普季岑身上。大家的好奇心增添了新的强大的推动力。费尔迪先科坐不住了;罗戈任困惑不解地望着,很不放心地把目光一会儿投向公爵,一会又移到普季岑身上。达里娅·阿列克谢耶夫娜如坐针毡般地等待着。连列别杰夫也忍不住了,从他坐着的角落里走出来,把身子弯得低低的,从普季岑肩后探看着信件,他那副样子就像担心人家为此会给他一拳似的。

十六

"这事是可信的，"普季岑终于宣布说，一边把信折起来，交给公爵，"根据您姨妈立下的无可争议的财产处理遗嘱，您可以不用操任何心就得到一笔异常庞大的资产。"

"不可能！"将军喊了一声，犹如开了一枪似的。

大家又张口结舌了。

于是普季岑主要是对伊万·费奥多罗维奇解释说，五个月前公爵的姨妈故世了。公爵本人从来也不认识她，这是他母亲的胞姐，是贫困破产中死去的莫斯科三等商人帕普申的女儿。但是这个帕普申的亲哥哥不久前也离世了，他却是个有名的富商。差不多一年前，几乎是在同一个月，他仅有的两个儿子相继死去。这给了他致命一击，因此过了不多久老头自己也病倒而亡。他是个鳏夫，根本就没有继承人，只有老头的亲侄女，即公爵的姨妈，她则是个很穷的女人，过着寄人篱下的生活。在得到遗产的时候这位姨妈因为水肿病几乎已快要死了，但她立即开始寻找公爵，并把此事委托给了萨拉兹金，还赶紧立下了遗嘱。看来，无论是公爵还是在瑞士他依靠的那位医生都不想等正式的通知过来或者做一下查询，于是公爵就决定带了萨拉兹金的信亲自回国……

"我只能对您说一点，"普季岑转向公爵，最后说，"这一切是不容争议和千真万确的。萨拉兹金写信告诉您这件事情的确凿性和合法性，您可以当作口袋里的现钱一样来看待。祝贺您，公爵！也许，您也将得到一百五十万，也许甚至更多。帕普申是个非常富有的商人。"

"好一个家族里最后一个梅什金公爵！"费尔迪先科喊了起来。

"乌拉！"列别杰夫用喝酒喝得沙哑了的嗓子呼叫着。

"可我刚才还借给他这个可怜虫二十五个卢布，哈——哈——哈！世事真是变幻莫测呀，就是这么回事！"将军惊讶得几乎发呆，说，"来，恭喜恭喜！"他从座位上站起来，走到公爵跟前拥抱他。在他之后其余的人也站了起来，向公爵这边走拢来。连那些躲在门帘后面的人也出现在客厅里。响起了一片乱哄哄的谈话声和惊叹声，也传来了要求开香槟酒的喊声；所有的人推推搡搡，忙乱起来。有一会儿几乎忘了纳斯塔西娅·费利帕夫娜，忘了她毕竟是晚会的女主人这一点。但是慢慢地，大家几乎又一下子想起了，公爵刚才向她求了婚。这样，事情比起原先就有三倍的疯狂和异常。深为惊诧的托茨基耸了耸肩，几乎只有他一人还坐着，其余的人都杂乱地挤在桌子周围。后来大家都断定，正是从这一刻起，纳斯塔西娅·费利帕夫娜才精神失常的。她依然坐着，用一种奇怪的、惊讶的目光打量了大家一段时间，仿佛不明白是怎么回事而又竭力想弄清楚。后来她突然转向公爵，横眉冷对，凝神仔细端详着他，但这只是一霎时；也许，她突然觉得，所有这一切只是个玩笑，嘲弄人而已；但是公爵的神态又马上使她放弃了这个念头。她沉思起来，后来又笑了一下，却似乎并没有明确意识到为什么而笑。

"这么说，我真的是公爵夫人了！"她似乎嘲讽地喃喃自语说，无意间瞥见达里娅·阿列克谢耶夫娜后，又笑了起来。"真是出人意料的结局……我……期待的可不是这样……你们干吗都站着，诸位，请吧，请坐下，祝贺我和公爵吧！好像曾有人要喝香槟；费尔迪先科，请走一趟，吩咐一下。卡佳，帕莎，"她突然看见了在门口的女仆，"到这里来，我要嫁人了,听见了吗?嫁给公爵,他有一百五十万,他是梅什金公爵,要娶我!"

"那就让上帝保佑吧,我的姑奶奶,是时候了!没什么好放过的了!"达里娅·阿列克谢耶夫娜喊道,她为眼前发生的事深感震惊。

"公爵,就坐到我身旁来,"纳斯塔西娅·费利帕夫娜继续说,"就这样,马上就会送酒来,诸位,祝贺吧!"

"乌拉!"众多的嗓子呼喊着。许多人挤过去拿酒,所有罗戈任的人几乎都在其中,但是尽管他们喊了或者曾经准备喊叫,也不论情境和事态多么怪诞不经,他们中许多人还是感到了情势在变化。另一些人则困惑不解,不相信地等待着。不少人彼此窃窃私语,认为这是最平常不过的事,公爵们跟哪些女人结婚这种事屡见不鲜,娶流浪的茨冈女人的都有。罗戈任本人站在那里看着,扭曲的脸现出呆僵木然、莫名其妙的傻笑。

"公爵,亲爱的,你醒醒!"将军从旁边走近去,扯着公爵的衣袖,惊恐地低声唤了一声。

纳斯塔西娅·费利帕夫娜发觉了,哈哈大笑起来。

"哈哈,将军!现在我自己就是公爵夫人了,您听见了,公爵是不会让我受欺负的!阿法纳西·伊万诺维奇,您倒是祝贺我呀;我现在无论在什么地方都将与您妻子并肩而坐;有这么一个丈夫很有好处,您怎么认为?一百五十万,还是公爵,外加,据说还是个白痴,还有什么更好的?只有现在才将开始真正的生活!罗戈任,你来迟了!收起自己的纸包,我要嫁给公爵,而且我自己比你更富有!"

这时罗戈任已经弄清楚是怎么回事了。他的脸上流露出一种难以形容的痛苦。他双手一拍,从胸中发出一声呻吟。

"让开!"他对公爵喊道。

周围发出一阵哄笑。

"这是为你让路吗?"达里娅·阿列克谢耶夫娜得意洋洋地接过话茬说,"瞧你,把钱往桌上一扔,真是个老粗!公爵要娶她为妻,而你却来胡闹!"

"我也要娶她！马上就娶,就此刻！我什么都拿出来……"

"瞧你,小馆子里出来的醉汉,该把你赶出去！"达里娅·阿列克谢耶夫娜忿忿地重复说。

笑声更加厉害了。

"听着,公爵,"纳斯塔西娅·费利帕夫娜转向他说,"刚刚这汉子是怎么出价欲买你的未婚妻的？"

"他醉了,"公爵说,"他是很爱您。"

"往后你会不会觉得羞耻,因为你的未婚妻差点跟罗戈任跑了？"

"这是您情绪激亢所致,您现在也仍如发热病说胡话。"

"以后人家对你说,你的妻子曾经是托茨基的姘妇,你不觉得耻辱吗？"

"不,不会觉得羞耻的……您在托茨基那里并非出于自愿。"

"也永不责难？"

"不会责难。"

"嚄,可得留神,别担保一辈子。"

"纳斯塔西娅·费利帕夫娜,"公爵似乎怀着同情和怜悯轻轻地说,"我刚才对您说过了,我把您的同意看作是一种荣誉,是您给我荣誉而不是我给您。您对这些话付之一笑,我听到周围的人也笑了。也许,我表达得很可笑,而且我自己也很可笑,但是我总觉得,我……是理解什么是荣誉的,也深信我说的是对的。您现在想毁掉自己,不可挽回地毁掉自己,因为您今后永远不会原谅自己这件事,可是您是丝毫没有过错的。您的生活已经完全毁了？这是不可能的。罗戈任来找您,加夫里拉·阿尔达利翁诺维奇想欺骗您,这又算得了什么？您何必不断地要提这些？您所做的是很少人能做到的,这一点我现在再对您重讲一次。至于说您想跟罗戈任走,这是您在痛苦的冲动中做出的决定,您现在也仍然在冲动中,最好还是去躺下。明天您哪怕去当洗衣妇,也别留下来跟罗戈任在一起。您很高傲,纳斯塔西娅·费利帕夫娜,但是,也许您已经不幸到了真的以为自己有过错的地步。需要对您多加照料,纳斯塔西娅·费利帕夫娜。

我会照顾您的。我刚才看见了您的照片,就像看到一张熟悉的脸。我立即就觉得,您仿佛已经在召唤我了……我……我将终身都尊敬您,纳斯塔西娅·费利帕夫娜。"公爵突然结束自己的话,似乎突然醒悟过来,意识到是在哪些人面前讲这番话的,而且脸红了起来。

普季岑出于纯真和不好意思甚至低下了头盯着地面。托茨基则暗自想:"虽是个白痴,可是却知道,阿谀献媚比什么都管用;真是禀性难移!"公爵也发觉了加尼亚从角落里放射出来的灼灼目光,仿佛想用它来把公爵烧成灰烬。

"这真是个善良的人!"深受感动的达里娅·阿列克谢耶夫娜赞叹说。

"人是有教养的,但不可救药!"将军轻声低语说。

托茨基拿起了帽子,准备站起身偷偷溜走。他和将军互使眼色,以便一起出去。

"谢谢,公爵,至今没有人跟我这样谈过,"纳斯塔西娅·费利帕夫娜说,"所有的人都是出价钱买卖我,却没有一个正派人要娶我为妻。听见了吗,阿法纳西·伊万内奇?公爵所说的一切,您觉得怎样?那可几乎是不体面的……罗戈任!你等一等走。我看,你也不会走。也许,我还是跟你走。你想把我带到哪里去?"

"叶卡捷琳戈夫。"列别杰夫从角落里应答着,而罗戈任只是战栗了一下,睁大眼睛望着,似乎不相信自己。他全然变呆了,犹如头上狠狠地挨了一击。

"你怎么啦,你怎么啦,我的姑奶奶!真正是发病了:疯了还是怎么的?"达里娅·阿列克谢耶夫娜惊恐不安地跳起来说。

"难道你真的这样想?"纳斯塔西娅·费利帕夫娜哈哈笑着,从沙发上跳了起来,"去毁掉这么一个涉世不深的人?这对于阿法纳西·伊万诺维奇来说正是时机:他是喜欢不谙世事的年轻人的!我们走,罗戈任!准备好你那一包钱!你想结婚,这没什么,可钱嘛还是要给的。也许,我还不想嫁给你。你以为,既然是自己想结婚,钱也就将留在你那里?胡扯！我自己就是个不知羞耻的人！我曾经做过托茨基的姘妇……公爵！对你来说现在应该娶阿格拉娅·叶潘钦娜，而不是纳斯塔西娅·费利帕夫娜，不然连费尔迪先科也会用指头点点戳戳的！你不害怕，可我会害怕，怕把你毁了和以后你会责怪我！至于你刚才声明说，是我给你荣誉，那么托茨基是知道这一点的。而你，加涅奇卡，把阿格拉娅·叶潘钦娜错过了；你知道这一点吗？如果你不跟她做交易，她一定会嫁给你的！你们大家就是这么回事：要么与不正经的女人，要么与正经女人交往，只有一种选择！否则一定会弄糊涂的……瞧，将军张大了嘴，看着呢……"

"这真是乱了套了，乱了套了！"将军耸着肩膀，连声说，他也从沙发上站起身；所有的人又都站着了。而纳斯塔西娅·费利帕夫娜仿佛发了狂似的。

"真的吗？"公爵捏着手，痛楚地呻吟说。

"你认为不是吗？我也许就是自己高傲，其实不需要，反正是个没有廉耻的女人！你刚才称我是完美的人；光是为了夸口，把百万家财和公爵的名分踩得稀烂，而去住贫民窟，好一个完美呀！好吧，这以后我怎么做你妻子呢？阿法纳西·伊万诺维奇，我可是真的把百万家财往窗外扔！您怎么会认为，我会嫁给加涅奇卡，我会为了您的七万五千卢布而出嫁，并将此看作是幸福？七万五千您拿去吧，阿法纳西·伊万诺维奇（还不到十万，罗戈任可胜过您！）；对加涅奇卡，我会亲自安慰他的，我还有了主意。而现在我想玩乐，我本来就是个马路天使嘛！我有十年蹲的是监狱，现在则是我的幸福时光！你怎么啦，罗戈任？去准备吧，我们就走！"

"我们开路！"罗戈任欣喜若狂，拼命地喊了起来，"你们……所有的人……给她酒呀！嗨！……"

"备些酒，我要喝的。音乐有没有？"

"会有的，会有的！别走近来！"罗戈任看见达里娅·阿列克谢耶夫娜正向纳斯塔西娅·费利帕夫娜走近来，发狂地吼起来，"她是我的！全是我的！是我的女王！事情了结了！"

他兴奋得喘不过气来；他绕着纳斯塔西娅·费利帕夫娜走来走去，对所有的人嚷着："别走近来！"他那伙人已经全都挤在客厅里。一些人喝着酒，另一些人喊叫着，哈哈笑着，所有的人都极为激奋，放肆不羁。费尔迪先科开始试着与他们凑在一块儿。将军和托茨基又做出要尽快躲开的动作。加尼亚也把帽子拿在手中，但他默默地站着，似乎仍然不能摆脱在他面前演变的这一场景。

"别走近来！"罗戈任喊着。

"你喊什么呀！"纳斯塔西娅·费利帕夫娜冲着他哈哈笑着说，"我在自己这儿还是女主人；只要我想，还可以把你赶出去。我还没有拿你的钱呢，它们在桌子上；把它们拿过来，一整包！这一包里是十万？嗬，多么肮脏呀！你怎么啦，达里娅·阿列克谢耶夫娜？难道我得坑害他？（她指了一下公爵。）他哪儿能结婚，他自己还需要有保姆；这下将军就会是他的保姆了，瞧，他正缠着他呢！公爵，你看着，你的未婚妻收下了钱，因为她是个放荡女人，而你却想娶她！你哭什么呀？你痛苦，是吗？依我看你还是笑吧。"纳斯塔西娅·费利帕夫娜继续说，她自己的脸颊上挂着两滴晶莹的大泪珠。"相信时间吧，一切都会过去的！现在改变主意比以后变卦为好……你们干吗全都哭呀，连卡佳也哭了！你怎么啦，卡佳，亲爱的？我要给你和帕莎留下许多东西，我已经做了安排，而现在告别了！我让你一个正派姑娘来照料我这么一个放荡女人……这样为好，公爵，真的更好，否则以后你会鄙视我，我们就不会有幸福！别发誓，我不相信！而且这又多么愚蠢！……不，最好还是好好告别，不然是不会有好处的，因为我自己本来就是个好幻想的人。难道我自己没有幻想过嫁给你吗？这点你说对了，我早就幻想过，还是在他的村庄里，我孤零零一个人度过了五年。我想啊，想啊，常常这样，幻想啊，幻想啊，就老是想象着像你这样的人，善良，正派，心好，也是这么傻乎乎的，忽然来到我面前，说：'您是没有过错的，纳斯塔西娅·费利帕夫娜，我敬爱您！'常常这样想入非非，简直要发疯……而那时来的却是这个人，一年中住上两个月，使我蒙受耻辱,受尽委屈,他激起情欲,导致我堕落,然后就走了。我曾经上千次想投入池塘,但我又是个卑贱的人,缺少勇气;好了,现在……罗戈任,准备好了吗?"

"一切就绪!别靠近!"

"准备好了!"响起了好几个声音。

"三驾马车等着,带铃铛的!"

纳斯塔西娅·费利帕夫娜把那一包钞票一下抓在手里。

"加尼卡,我冒出了一个主意:我想补偿你,因为……何必让你失去一切呢?罗戈任,为了三个卢布他会爬到瓦西里耶夫斯基岛上去吗?"

"会爬到的!"

"好吧,那么听着,加尼亚,我想最后一次看一看你的灵魂;你自己折磨了我整整三个月;现在轮到我了。你看见这个纸包了,里面是十万卢布!我现在就把它丢进壁炉里,扔进火里,就当着大家的面,大家都是见证人!一旦火烧着了整个纸包,你就到壁炉里去拿吧,只是不许戴手套,要光着手,还要卷起袖子,把纸包从火中取出来!你取出来,就归你了。整整十万就是你的了!你只不过稍稍烫一下手指头,可是有十万呐,你倒想想!又不用很长时间!而我则要欣赏一下你的灵魂,看你怎么伸手到火中去取我的钱的。大家都是证人,这包钱将是你的!要是你不去取,那就让它烧光:谁都不许去取。走开!大家都走开!这是我的钱!作为我在罗戈任那儿一夜的代价而得到的。是我的钱吗,罗戈任?"

"是你的,亲爱的!是你的,我的女王!"

"好吧,那么请大家让开,我怎么想,就怎么干了!别妨碍我!费尔迪先科,把火弄弄旺!"

"纳斯塔西娅·费利帕夫娜,我下不了手呀!"大为震惊的费尔迪先科回答说。

"唉——"纳斯塔西娅·费利帕夫娜发出一声叹息,抓起火钳,扒开两块微燃的劈柴,等火焰刚蹿起来,就把纸包投进火中。

四周发出了喊声;许多人甚至画着十字。

"她疯啦,她疯啦!"四周叫喊着。

"是不是……我们是不是……把她绑起来?"将军对普季岑低语说,"或者是否派人……她可是疯了,她不是疯了吗?不是疯了吗?"

"不,也许,这根本不是发疯。"脸色苍白得像手绢一般的普季岑颤抖着喃喃说,他无力使自己的眼睛离开那刚燃着的纸包。

"疯了吗?不是疯了吗?"将军又缠住托茨基问。

"我对您说过,这是个很有个性的女人。"脸色也有点苍白的阿法纳西·伊万诺维奇低声含糊地说。

"可是,要知道是十万呐!……"

"上帝啊,上帝!"周围一片惊叹声。所有的人都挤在壁炉周围,大家都争相观看,大家都感叹不绝……有些人甚至跳到椅子上,好隔着别人的脑袋观看这一景象。达里娅·阿列克谢耶夫娜奔了出去到另一个房间,惊恐万状地对卡佳和帕莎低语着什么。德国美人则已逃之夭夭。

"我的姑奶奶!我的女王!万能的女神!"列别杰夫跪着爬到纳斯塔西娅·费利帕夫娜面前,双手伸向壁炉,号叫着,"十万!十万!我亲眼看见的,是当着我的面包起来的!我的姑奶奶!开开恩吧!只要吩咐我钻进壁炉去,我就整个儿爬进去,我就把自己斑白的脑袋瓜一股劲儿伸进火中去!……我有一个卧床不起的有病的妻子,有十三个全是孤苦伶仃的孩子,我上星期则刚埋葬了父亲,他是饿死的,纳斯塔西娅·费利帕夫娜!!"他大声诉说完,便向壁炉爬去。

"滚开!"纳斯塔西娅·费利帕夫娜推开他,喊道,"你们大家都让开!加尼亚,你还站着干什么?别害臊!去取吧,这是你的幸福!"

但是加尼亚在这个白天和这个晚上所经受的已经太多了,对于这出其不意的最后一个考验没有准备。人群在他面前分成两半,他就和纳斯塔西娅·费利帕夫娜面对面站着,相距只有三步路。她站在壁炉旁等着,专注的灼灼目光不离他身。加尼亚穿着燕尾服,手中拿着帽子和手套,无言以答地默默站在她面前,交叉着双手,想着火焰。疯子般的傻笑在他那白如绢帕的脸上回荡。确实,他无法使眼睛移开,从那个已经燃着的纸包上移开;但是,好像有某种新的东西在他心中萌生;他仿佛在发誓要经受住这一考验;他在原地一动也不动;过了一会儿大家便明白,他是不会去取纸包的,他不想去。

"哎,要烧光了,人家会讥笑你的,"纳斯塔西娅·费利帕夫娜向他喊着,"过后你可是会上吊的,我不是开玩笑!"

火原先在两块快烧完的木头之间燃烧,纸包掉进去压着它时,开始一度熄灭。但是小小的蓝色火苗还是从下面攀住了下面那块木头的角。终于,细长的火舌舔着了纸包,火附着后又从纸的四角向上蔓延开来,突然整个纸包在壁炉里勃然燃烧,明亮的火焰向上直蹿。大家都发出了惊叹声。

"我的姑奶奶!"还是列别杰夫在号叫。他又朝前冲去,但罗戈任把他拖回来,推开。

罗戈任自己整个儿变成了一道一动不动的目光。他无法把目光从纳斯塔西娅·费利帕夫娜身上移开。他完全陶醉了,飘飘然如在七重天。

"这就是女王的气派!"不管碰上谁,他朝周围见到的人不断重复说,"这才是我们的气派!"他忘乎所以,高声嚷嚷着,"嘿,你们这些骗子手,哪个能干出这样的花样来,啊?"

公爵忧郁而默默地观察着。

"只要给一千,我就用牙齿去叼出来!"费尔迪先科提议说。

"用牙齿叼,我也会干!"拳头先生毅然不顾死活,咬牙切齿冲动地说。"真见鬼,烧着了,全要烧光了!"他看见火焰后高呼起来。

"烧着了,烧着了!"众人异口同声地喊起来,几乎全都向壁炉这边拥去。

"加尼亚,别扭扭捏捏,我说最后一次!"

"快去!"费尔迪先科全然如痴若狂一般奔向加尼亚,扯着他的衣袖,吼着,"去呀,你这不知好歹的人!要烧光了!哦,真——该——死!"

加尼亚用力推开费尔迪先科,转过身,向门口走去;但是,没有走两步,摇晃了一下,便扑通一声倒在地上。

"昏倒了!"四周喊了起来。

"姑奶奶,要烧光了!"列别杰夫号叫着。

"要白白烧光了!"四面八方吼着。

"卡佳,帕莎,给他喝点水、酒!"纳斯塔西娅·费利帕夫娜喊了一声,抓起火钳,夹出了纸包。

外面整张纸几乎已烧光,仍阴燃着,但是立刻就可看到,里面没有烧着。纸包包着三层报纸,因此钱还完好无损。大家都轻快地松了口气。

"顶多损坏千把卢布,剩下的都好好的。"列别杰夫激动地说。

"全都是他的!整包钞票都是他的!听见了吧,诸位?"纳斯塔西娅·费利帕夫娜宣布说,并把纸包放到加尼亚身边,"他到底没有去拿,坚持住了!这么说,自尊心还是比对钱的贪婪心要多一点。没关系,会苏醒过来的!不然的话,也许还会杀人……瞧他已经在恢复知觉了。将军,伊万·彼得罗维奇,达里娅·阿列克谢耶夫娜,卡佳,帕莎,罗戈任,你们都听到了吗?钱包是他的,是加尼亚的。我把它给他,归他所有,作为补偿……好了,不管它了!请告诉他!就让纸包放在他身边……罗戈任,开路!告辞了,公爵,我第一次看到了人!别了,阿法纳西·伊万诺维奇,merci[1]!"

罗戈任的一伙人跟在罗戈任和纳斯塔西娅·费利帕夫娜后面,吵吵嚷嚷,哇里哇啦,靴声橐橐地穿过房间,向大门口走去。在厅屋里侍女把皮大衣递给女主人;厨娘玛尔法从厨房里跑了出来。纳斯塔西娅·费利帕夫娜与她们一一吻别。

"小姐,难道您要完全离开我们了?您要去哪里呀?而且还是生日,

---

[1] 法语:谢谢。

在这样的日子走!"侍女吻着她的手,恸哭着问。

"到马路上去,卡佳,你听见了吧?那里才是我该去的地方,要不就去当洗衣妇!跟阿法纳西·伊万诺维奇在一起受够了!代我向他致意,而我有什么对不住的地方,请原谅……"

在大门口众人已经分坐在四辆带铃铛的三驾马车上。公爵拼命朝那里奔去,可是还在楼梯上将军就已经赶上了他。

"得了,公爵,清醒一下!"他抓住他的手,说,"抛弃这念头吧!你也看见了,她是个什么样的女人,我是像父亲一样对你说……"

公爵向他瞥了一眼,但是什么话也没说,便挣脱开,朝下跑去。

三驾马车刚刚驶离大门口。将军看见,公爵抓住他遇上的第一个马车夫,对他喊了一声,要他跟上前面的三驾马车,去叶卡捷琳戈夫。紧接着将军的大灰马把车拉过来,把将军载回家,同时也载着新的希望和打算,还载着将军毕竟没有忘记拿回去的、不久前送给纳斯塔西娅·费利帕夫娜的珍珠。在他做着新的打算之际,曾经有两次闪现出她那迷人的芳影;将军发出一声叹息:

"真可惜!真正可惜!不可救药的女人!疯狂的女人!……这样嘛,现在公爵就不会要纳斯塔西娅·费利帕夫娜了……"

说这类有点劝谕性的临别赠言似的话还有纳斯塔西娅·费利帕夫娜的另两位客人,他们决定步行一程,便一路交谈着。

"知道吗,阿法纳西·伊万诺维奇,据说,日本人也常有这类事,"伊万·彼得罗维奇·普季岑说,"那里受了侮辱的人好像要去找侮辱他的人,并对他说,'你侮辱了我,为此我来要当着你的面剖腹。'说完这些话便真的当着侮辱者的面剖开自己的肚子,大概还感到非常满足,就像真的报复了一样。世上常有各种奇怪的性格,阿法纳西·伊万诺维奇!"

"您认为,这里的事也是这种情况啰,"阿法纳西·伊万诺维奇微笑着说,"嗯!不过您很敏锐……打了个很好的比方。但是您看见了,还是亲自看见了,亲爱的伊万·彼得罗维奇,我做了我所能做的一切;我无法做到超过我所能的事，您同意吗？然而，您也会同意下面这一点：这个女人具有一些非凡的品格……卓越的品质。如果在乱成一团的情况下我允许自己做的话，刚才我甚至会朝她大声喊出来，她自己就是我对人们向她提出的所有非难的最好辩解。唉，谁会不迷恋这个女人，有时甚至迷得忘却了理智……和一切！瞧这个大老粗罗戈任竟然为她弄来了十万！假如说，刚刚在那里所发生的一切是昙花一现，罗曼蒂克，不太体面，但是精彩生动，别出心裁，您自己也会同意这点的。上帝啊，这样的性格加上这样的美貌本来能出落成什么样的人呵！可是，尽管做了一切努力，甚至还给她受了教育，全都枉费心机了！这是一颗未经琢磨的金刚钻，这话我已经说过几次了……"

阿法纳西·伊万诺维奇发出一声深深的叹息。

第二部

一

我们用以结束故事第一部的是纳斯塔西娅·费利帕夫娜晚会上的奇遇。此后两天，梅什金公爵便急匆匆赶往莫斯科，去办理接受那意想不到的遗产的事宜。那时人家说，他这么仓促离开可能还有其他原因，但是关于这一点，就像关于公爵在莫斯科以及他离开彼得堡期间的经历一样，我们能奉告的消息相当少。公爵离开彼得堡整整六个月，连那些有某种原因而对他的命运感兴趣的人，在这段时间里所能获悉的关于他的情况也都是太少了。确实，虽然很难得，可还是会有些传闻传到有些人那里，但大部分也是很怪诞的，而且几乎总是互相矛盾的。比所有的人都更关心公爵的，当然是叶潘钦家，他走的时候甚至都来不及与他们告别一声。不过，将军那时曾经见过他，甚至还见了两三次，他们认真地谈论过什么事情。但是，如果叶潘钦自己见过他，那么他是不会告诉自己家里这种事的。再说，最初，也就是公爵离开后差不多整整一个月内，叶潘钦家根本就没有谈到他。只有将军夫人叶莉扎维塔·普罗科菲耶夫娜一个人在一开始说过，她"对公爵是大大看错了"。后来，过了两三天她又做了补充，这次已经不指名是公爵了，而是笼统地说，她"一生中最主要的特点便是不断地看错人"。最后，已经过了十天，她不知为什么事情对女儿生气，便以富有教训意味的话总结说："错够了！今后再也不犯了。"与此同时不能不指出，在他们家中相当长时间笼罩着一种不愉快的情绪。有某种沉重的、不自然的、有话憋在心里的、不和睦的气氛，大家都皱眉蹙额的。将军不分白天黑夜地忙着，为事务奔波，很少有人看见他比现在更忙碌、有更多活动，尤其是公务方面的事情。家里人也好不容易才能见到他。至于叶潘钦的三位小姐，她们当然什么也没说出口。也许，光就她们姐妹间也很少说话。这几位小姐自尊心很强，也很高傲，即使她们之间有时也不好意思，不过，她们只要听上一句，甚至看上一眼，就能互相了解，因此有时候也就不必再说上许多话了。

旁观者——如果有这样的人的话——只可以得出一个结论：从上述虽然不多的所有情况来看，公爵到底还是在叶潘钦家留下了特别的印象，尽管他在那里只出现了一次，而且还是昙花一现。也许，这是公爵那有点奇特的际遇所引起的纯粹的好奇心所造成的印象。不论怎么说，反正是留下了印象。

渐渐地，本来已在城里传开的流言蒙上了一层真相不明的色彩。确实，一种说法是，某个公爵和傻瓜（谁也讲不出他的确切姓名）忽然得到了一笔巨额的遗产，跟一个外来的法国女人、在巴黎"夏朵—德—弗勒尔"[1]跳康康舞[2]的著名舞星结了婚。另一些人说，得到遗产的是某个将军，而跟外来的法国女人、著名的康康舞舞星结婚的是一个俄国商人、有数不清财产的巨富，他在自己婚礼上他喝醉了，仅仅为了夸口，便在蜡烛上把整整七十万最近一期有奖公债券烧掉了。但是所有这些传闻很快就平息了，这是因为某些情况在很大程度上促成了这一点。比如，罗戈任一伙人中有许多人是能讲点什么的，当初他们在叶卡捷琳戈夫车站纵酒狂饮、大闹一通，纳斯塔西娅·费利帕夫娜那时也在场，但过了整整一星期后，他

1　法语俄译音，意为"花之宫"，巴黎一家游乐场。
2　法国游艺场中一种大腿踢得很高的舞。

们这一大群人在罗戈任亲自率领下全都出动去了莫斯科。极少数有兴趣的人根据某些传闻知道,在叶卡捷琳戈夫闹了一通之后第二天,纳斯塔西娅·费利帕夫娜便跑了,消失得无影无踪,后来又似乎探出了去向,她去了莫斯科;因此罗戈任去莫斯科与这一传闻有些吻合。

也有些传闻是关于加夫里拉·阿尔达利翁诺维奇·伊沃尔京的,他在自己的那个圈子里也是相当有名的人物。但是他也遇到了一个情况,这情况后来很快地就使所有关于他的不好的说法冷了下来,最后完全绝迹了。原来他病得不轻,不仅在社交界哪儿也不露面,甚至也未到职。病了一个月左右他痊愈了,但是不知为什么全然拒绝了在股份公司的职务,于是他的位置就由另一人占了。叶潘钦将军家他一次也不去,因此另一个官员开始常去将军家。加夫里拉·阿尔达利翁诺维奇的敌人可能会认为,由于所发生的一切他已经无脸见人,以至于不好意思上街,但实际上他是害了什么病:抑郁寡欢,老沉思冥想,好生气动怒。瓦尔瓦拉·阿尔达利翁诺夫娜在那年冬天嫁给了普季岑;所有了解他们的人都认为这一婚姻是由这种情况造成的:加尼亚不想回到原来的职务上去,不仅不再能维持家庭,甚至连自己也需要帮助,并且也几乎是处于人家的照顾之中。

附带要指出,关于加夫里拉·阿尔达利翁诺维奇,叶潘钦家里甚至从来也没有提到他,仿佛不仅仅在他们家不存在这个人,而且在整个世上也没有这个人似的。同时,那里大家又都知道有关他的(甚至相当快就知道了)一个非常值得注意的情况:在纳斯塔西娅·费利帕夫娜那儿的不愉快遭遇以后,就是那个对他来说是决定命运的夜里,加尼亚回到家,没有躺下睡觉,而是以迫不及待的焦躁情绪等待公爵归来。去叶卡捷琳戈夫的公爵从那里回来已是早晨五点多。于是加尼亚走进他的房间,把自己昏厥时纳斯塔西娅·费利帕夫娜给他自己的烧过的那一包钱放在公爵面前的桌子上。他坚决请求公爵一有可能便把这件礼物归还给纳斯塔西娅·费里帕夫娜。在加尼亚走近公爵的时候,他怀着一种敌视和几乎是不顾一切的情绪;但是,在他和公爵之间似乎说了一些什么话,这以后他在公爵那里坐了两个小时，一直十分伤心地痛哭着。两人在很友好的情况中分了手。

传到叶潘钦全家的这个消息，后来证实，完全是确实的。当然，这样的消息能这么快就传到这儿被他们知道，这是令人奇怪的；比方说，在纳斯塔西娅·费利帕夫娜那里发生的一切几乎在第二天叶潘钦家里便已知悉，而且相当确切详尽。就有关加夫里拉·阿尔达利翁诺维奇的消息来说可以料想，它们是由瓦尔瓦拉·阿尔达利翁诺夫娜带到叶潘钦家的，不知怎么的她突然出现在叶潘钦小姐们那里，甚至很快就与她们搞得十分亲热，这使叶莉扎维塔·普罗科菲耶夫娜大为惊讶。但是，即使瓦尔瓦拉·阿尔达利翁诺夫娜不知为什么认为有必要与叶潘钦家的小姐亲近相处，她也一定不会跟她们谈论自己的兄长。这也是个自尊心相当强的女人，只不过在某一点上是这样，因为她就不管现在结交的正是差点没把她兄长赶出来的人家。在此以前虽然她也认识叶潘钦家的小姐，但她们很少见面。不过，就是现在她也几乎不到客厅去，而是从后面台阶进出，简直就是来去匆匆。叶莉扎维塔·普罗科菲耶夫娜无论过去还是现在一直不大赏识她，尽管她很尊重尼娜·亚历山德罗夫娜，即瓦尔瓦拉·阿尔达利翁诺夫娜的母亲。她惊讶，生气，把跟瓦里娅的结交看作是女儿们的任性和好自作主张，说瓦里娅"已经不知道想出什么来与她作对"，而瓦尔瓦拉·阿尔达利翁诺夫娜在结婚前和后始终继续上她们那儿去。

但是公爵离开后过了一个月光景，叶潘钦将军夫人收到了别洛孔斯卡娅老公爵夫人的来信，两星期前她去莫斯科已出嫁的大女儿那里了。这封信显然对将军夫人产生了影响。尽管她既没有对女儿，也没有对伊万·费奥多罗维奇说什么，但是从许多迹象来看家里人都发觉，她似乎特别兴奋，甚至异常激动。她跟女儿们的谈话不知怎么的特别奇怪，而且老是讲那些异乎寻常的话题；她显然很想说出来，可又不知为什么克制着自己。在收到信的那一天，她对大家都很温顺，甚至还吻了一下阿格拉娅和阿杰莱达，说她自己有件事情要向她们认错，但究竟是什么事情，她们却不明白。甚至对伊万·费奥多罗维奇也忽然宽容起来,而原来已有整整一个月对他颇为冷淡。当然,第二天她又为自己昨天的好动感情而大为恼火,午餐前就跟所有的人都吵过了,但到傍晚又雨过天晴。总之整个星期她基本保持着相当开朗的心境,这已是很久未曾有过的了。

但是又过了一星期,又得到一封别洛孔斯卡娅的信,这一次将军夫人已经决定讲出来了。她郑重其事地宣布:"'别洛孔斯卡娅老太婆'(背地里讲到她时从不称她公爵夫人)告诉我相当令人宽慰的消息,是关于这个……怪人,喏,就是那个公爵!老太婆在莫斯科到处寻觅,打听他,终于获悉了很好的情况;公爵后来亲自去她那儿,给她留下了几乎是异常好的印象。这从这一点看得出来:她邀请公爵每天中午一点到两点去她那里,于是公爵每天都上她那儿去,至今没有让她感到讨厌。"她补充说,"通过'老太婆'已有两三户体面人家开始接待公爵。"将军夫人接着作了结论,"他没像呆瓜那样老坐在家里和感到害羞,这很好。"被告知了这一切的小姐们马上就觉察到,母亲对她们还隐瞒了信件的许多内容。也许,她们是通过瓦尔瓦拉·阿尔达利翁诺夫娜了解到这一点的,因为她能知道,当然,也是知道普季岑所知道的有关公爵及他在莫斯科的一切情况的。而普季岑能够获悉的情况甚至比其他所有的人更多。但他在事务方面是个过分保持缄默的人,不过他自然会告诉瓦里娅的。为此将军夫人立即更加不喜欢瓦尔瓦拉·阿尔达利翁诺夫娜了。

但不论怎么样,坚冰已经被打破,忽然已经可以出声地谈论公爵了。此外,又一次明显地表现出公爵在叶潘钦家留下的不同寻常的印象和他所激起的已经超过分寸的巨大兴趣。将军夫人对莫斯科来的消息给她的女儿们造成的印象甚至感到惊奇。而女儿们也对自己母亲感到奇怪,因为她一方面郑重地向她们宣称,"她一生中最主要的特征是不断地看错人",而另一方面却又委托在莫斯科的"神通广大的"别洛孔斯卡娅老太婆对公爵多加关照,而且,所谓要她关照,当然是再三苦苦恳求,因为在有些情况下"老太婆"是不太爽快答应办事的。

但是坚冰刚被打破,新风刚一拂起,将军也急于说出自己的想法。原来,他也有异常的兴趣。不过,他告知的只是"对方的事务方面"。情况是这样的:为了公爵的利益,他委托在莫斯科的两位非常可靠、又在某方面颇具影响的先生注意公爵,特别是注意他的谋划者萨拉兹金。所有说到遗产的事,即"所谓遗产的事实",都是确实的,但是,弄到最后,遗产本身根本不像开始传说的那么可观。财产的一半是笔糊涂账;突然冒出了债务,冒出了一些声称有权得到一份遗产的人,而公爵不管人家替他谋划的主意,自己的做法又极不精明。"当然,愿上帝保佑他";现在,"沉默的坚冰"已经打破,将军很高兴"真心诚意地"声明这一点,因为"小伙子虽然有点那个",但毕竟是值得多加关注的。事实上他在这件事上还是干了不少蠢事,比方说,冒出了一些已故商人的债主,他们就凭一些颇有争议的不足为凭的文件来索债,而另有些人则摸透了公爵的底细,根本就没有文件,也跑来了,怎么办呢?尽管朋友们提醒说这些人和债主根本没有权利,公爵还是几乎满足了所有人的要求;他满足他们,仅仅因为确实是他们中间有些人真的曾经吃过亏。

将军夫人对此回答说,别洛孔斯卡娅给她写的信上也这么说,她还尖刻地补了一句说,"这是愚蠢的,很愚蠢;不可救药的傻瓜",但从她的脸上可以看出,她对这个"傻瓜"的行为感到高兴。最后将军发觉,他的夫人关心公爵宛如关心自己的亲生儿子,而且不知怎么的开始对阿格拉娅钟爱异常;看到这种情景,伊万·费奥多罗维奇一度做出相当认真的姿态。

但是所有这种愉快的情绪又没能存在很久。总共就过了两个星期,不知怎么的忽然又起了变化,将军夫人皱眉蹙额,而将军则耸了好几次肩膀,又服从于"沉默的坚冰"了。事情是这样的:两星期前他偶然得到一个消息,虽然简短,因此也不完全清楚,但是是可靠的。消息说,纳斯塔西娅·费利帕夫娜最初在莫斯科销声匿迹,后来被罗戈任在莫斯科找到,后来她又不知去向,又被罗戈任找到,最后她几乎信誓旦旦答应嫁给他。才不过两个星期,突然将军阁下又得到消息说,纳斯塔西娅·费利帕夫娜第三次逃跑,是几乎就要在教堂举行婚礼之际跑掉的,这一次不知躲到外省的什么地方去了,而与此同时梅什金公爵也在莫斯科消失了,把自己的全部事务撂给萨拉兹金去处理,"是跟她一起走了,还是不过是去追她了,这不得而知,但是这里总有点名堂",将军结束说。叶莉扎维塔·普罗科菲耶夫娜从自己方面也得到了一些不尽愉快的消息。最终,在公爵离开两个月后关于他的所有传闻在彼得堡几乎完全沉寂了,而叶潘钦家中"沉默的坚冰"已经不再打破了。不过,瓦尔瓦拉·阿尔达利翁诺夫娜依然常来探访小姐们。

为了结束所有这些传闻和消息,还要补充一点:春天即将来临时,叶潘钦家发生了许多大变化,因而很难让他们不忘记公爵,而公爵自己却不留音讯,也许,他也不想让人家知道他的下落。在冬天期间叶潘钦家渐渐地终于决定去国外消夏,也就是叶莉扎维塔·普罗科菲耶夫娜与女儿们去;将军嘛,自然是不能把时间花费在"无聊的消遣"上的。决定是在小姐们异常执拗的坚持下才作出的,她们完全确信,父母不想带她们到国外去,是因为他们老是操心着为她们找夫婿和把她们嫁出去。也许,父母后来深信,在国外也能遇上夫婿,去做一次夏天的旅行不仅不会碍什么事,也许还反而"能促成此事"。这里顺便得提一下,原来拟议中的阿法纳西·伊万诺维奇·托茨基和叶潘钦家大小姐的婚事完全告吹了,托茨基也根本没有正式求婚。这事似乎是自然而然发生的,没有多费口舌,也没有任何家庭的争斗。从公爵离去那时起,双方之间一切突然停了下来。这一情况也正是叶潘钦家当时情绪低沉的原因之一,虽然将军夫人那时也说,她现在乐于"举双手画十字"。将军虽然遭冷落并感到自己有过错,但还是生了很长时间闷气;他很舍不得阿法纳西·伊万诺维奇,"这么大的财产和这么精明的一个人!"过了不久将军获悉,阿法纳西·伊万诺维奇被一个来自法国上流社会的保皇派女侯爵迷住了,即将举行婚礼,而且阿法纳西·伊万诺维奇也将被带到巴黎去,然后再去布列塔尼的什么地方。"嘿,跟一个法国女人搞在一起,必将完蛋!"将军这么认定。

而叶潘钦小姐们准备着夏季外出旅行。忽然发生了一个情况，又使一切重新变了个样，旅行又被搁置起来，这使将军和将军夫人大为高兴。一位公爵——Щ公爵，从莫斯科光临彼得堡，这是一位名人，从相当相当好的观点来看的名人。他属于那样一种人，或者，甚至可以说，是属于当代的活动家这一类人，他们正直、谦虚、真诚和自觉地愿意做好事，始终在工作并具有一种难能可贵的品质，即总是找得到工作做。Щ公爵不炫耀自己，避开冷酷无情和夸夸其谈的党派之争，也不认为自己是第一流的角儿，但是他明白，近来所做的许多事是相当坚实可靠的。他先前曾任公职，后来参加了地方自治活动。此外，他还与好几个俄罗斯学会保持有益的通讯关系。他与一个熟识的技术员一起，通过调查考察和搜集到的资料，促成了一条设计中的重要铁路选取更为正确的走向。他三十五岁，是个"最最上流社会"的人，除此以外，还有着"很好的，不可小看的，无可争议的"家财，这是将军做出的评价。有一次因为一件相当重要的事情他去自己的上司伯爵那里，便结识了Щ公爵，而公爵出于某种特别的好奇，从来也不放过结交俄国的"实业界人士"。结果，公爵就结识了将军一家。三个女儿中的中间一个，阿杰莱达·伊万诺夫娜使他产生了相当深刻的印象。临近春天时公爵表白了爱情。阿杰莱达很喜欢他，叶莉扎维塔·普罗科菲耶夫娜也喜欢他。将军非常高兴。自然，旅行就推迟了。婚礼定于春天举行。

其实，本来也可以在仲夏或夏末去旅行，哪怕叶莉扎维塔·普罗科菲耶夫娜只是带着留在她身边的两个女儿去做一个月或两个月的散心也好——以驱散阿杰莱达留下她们而产生的忧伤。但是又发生了某个新的情况：已经是在春末了（阿杰莱达的婚礼稍稍延缓，推迟到仲夏），Щ公爵带了他很熟悉的一个远亲来到叶潘钦家里。这是叶甫盖尼·帕夫洛维奇·P.，还是个年轻人，二十八岁左右，侍从武官，如画一般的美男子，"出身名门"，为人机智，出类拔萃，"非常新派"，"受过异常好的教育"，还有闻所未闻的巨大财富。关于这最后一点将军总是非常谨慎的。他做了打听:"确实,是有这么一回事,不过还得再核实一下。"这个"前程远大"的年轻侍从武官因为别洛孔斯卡娅老太婆从莫斯科反映来的情况而被大大抬高了身价。只是他有一种名声倒是需要稍加慎重对待:据人家担保,他有若干暧昧关系,"征服过"好几颗可怜的心。在见到阿格拉娅后,他便在叶潘钦家不同寻常地久坐不走。确实,什么都还没有说,甚至也没有作任何暗示,父母亲还是认为,今夏没有必要去考虑出国旅行的事了。而阿格拉娅本人也许是另一种意见。

这事几乎就发生在这个故事的主人公再次登场之前。从表面上看,到这个时候彼得堡的人已经完全忘记了可怜的梅什金公爵。如果他现在忽然出现在他的熟人之间,那就仿佛是从天上掉下来一般。但是,我们还是得告知一件事实,以此结束本书第二部的引言。

科利亚·伊沃尔京在公爵离去之后,继续过着原先那样的生活,也就是上学,去看自己的好朋友伊波利特,照料将军和帮助瓦里娅做家务,也就是在她那儿跑跑腿。但是房客很快都消失了:费尔迪先科在经历了纳斯塔西娅·费利帕夫娜家的奇遇三天后不知搬到哪儿去了,很快就杳无音讯,因此有关他的各种传闻也就停了;据说在什么地方喝酒,但不能肯定。公爵去了莫斯科;房客的事也就此了结。后来,瓦里娅已经出嫁,尼娜·亚历山德罗夫娜和加尼亚跟她一起搬到普季岑家去了,在伊兹马伊洛夫斯基团[1]那里;至于伊沃尔京将军,那么几乎就在那个时候发生了完全预料不到的一个情况:他蹲了债务监狱。他是被自己的相好、大尉夫人凭各种时候他开给她的总值两千卢布的借条打发到那里去的。这一切对他来说发生得完全出乎意外,可怜的将军"总的来说全然成了过分相信人心高尚的牺牲品"。他已习惯于心安理得地在借钱的信件和字据上签字,从来也不曾料想过有朝一日会起作用,始终认为仅签字而已,结果却并非仅此而已。"这以后再去相信人吧,再去表示高尚的信任吧!"

---

1 彼得堡一地名。

他跟新结交的朋友坐在塔拉索夫大楼[1]里喝酒时痛苦地发着感慨,同时还对他们讲着围困卡尔斯和一个士兵死而复生的故事。其实,他在那里过得还挺好。普季岑和瓦里娅说,这才是他真正该待的地方;加尼亚也完全肯定了这一点。只有尼娜·亚历山德罗夫娜一人痛苦地偷偷哭泣(这甚至使家里人感到惊奇),而且不断害着病,还尽可能经常地去伊兹马伊洛夫斯基团探视丈夫。

但是,照科利亚的说法,从"将军出事"起,或者一般来说是从姐姐出嫁起,科利亚就几乎完全不再听他们的话,而且发展到很少在家过夜。据传,他结交了许多新朋友,此外,在债务监狱也非常出名。尼娜·亚历山德罗夫娜去那里少了他不成;家里现在甚至也不再好奇地追问他、干预他。过去曾经非常严厉地对待他的瓦里娅,现在也丝毫不问他在哪儿游荡;而令家人大为惊讶的是,加尼亚尽管自己抑郁寡欢,可是有时与科利亚在一起和说起话来十分友好,这是从来也没有过的事,因为此前二十七岁的加尼亚自然对自己十五岁的兄弟丝毫没有友善的关切,对待他很粗暴,还要求全体家人光用严厉的态度对待他,经常威吓要"揪他的耳朵",使科利亚失去"人的最后一点忍耐心"。可以想得到,现在对加尼亚来说,科利亚有时甚至是必不可少的人。加尼亚当时把钱归还给纳斯塔西娅·费利帕夫娜,此举使科利亚非常惊诧,为此他在许多事情上可以原谅兄长。

公爵离开后过了三个月,伊沃尔京家里听说,科利亚忽然结识了叶潘钦家的小姐,并受到了她们很好的接待。瓦里娅很快就获悉了这一情况;不过,科利亚并不是通过瓦里娅结识她们的,而是"自己代表自己"。慢慢地,叶潘钦家的人喜欢上了他。将军夫人起先对他很不满,但很快就"因为他的坦诚和不巴结奉承"而钟爱起他来。说到科利亚不巴结奉承,这是十分公正的;虽然他有时为将军夫人念念书报,但他在她们那里善

---

[1] 债务监狱就在那里。

于保持一种平等和独立的姿态，不过他经常总是热心帮忙的。但是他曾有两次与叶莉扎维塔·普罗科菲耶夫娜吵得很厉害，向她声称，她是个专制女王，他再也不跨进她家的门。第一次争吵是由"妇女问题"引起的，第二次则是由哪个季节逮金翅雀最好这个问题引起的。无论多么不可思议，将军夫人还是在争吵后的第三天派仆人给他捎去了字条，请他一定光临；科利亚没有使性子、摆架子，立即就去了。唯独阿格拉娅一个人不知为什么经常对他举止傲慢，没有好感。可是偏偏是他多多少少让她吃惊。有一次，那是在复活节后一周内，科利亚找到只有他和阿格拉娅单独在场的那一刻，递给她一封信，只说了一句，吩咐只交给她个人。阿格拉娅威严地打量了一下"自命不凡的小子"，但科利亚不等她说什么就走了出去。她展开便笺读了：

　　我曾经荣幸地得到您的信任。也许，您现在已经完全把我忘了。我怎么会给您写信的呢？我不知道，但我有一种遏制不住的愿望，想使您，而且正是使您想起我。有多少次我是多么需要你们三姐妹，但是想象中我见到的三姐妹唯有您一人，我需要您，非常需要您。关于我自己，我没什么可以写的，也没什么可以奉告。我也不想那样做；我万分祝愿您幸福。您幸福吗？只有这点是我想对您说的。

您的兄弟
列·梅什金公爵

　　读完这封简短而让人摸不着头脑的便笺，阿格拉娅忽然满脸绯红，陷于深思。我们很难表达她的思维流程。顺便说一句，她曾问自己："要不要给谁看？"她似乎感到不好意思。不过，最后她还是脸带嘲弄和奇怪的微笑把信扔进自己的小桌抽屉了事。第二天她又拿出来，将它夹到一本书脊装订得很坚固的厚书里（她总是这样处理她的文书，以便需要的时候尽快就能找到）。只是过了一星期她才看清楚，这是一本什么书，原来是

《拉曼恰的堂吉诃德》。阿格拉娅发狂地大笑一阵,不知道为什么。

同样不知道,她有没有把自己收到的便笺给哪个姐姐看过。

但是,当她再次看信时,她忽然想到:难道这个"自命不凡的小子"被公爵选作通讯员,而且,也许,恐怕还是他在这里的唯一通讯员?尽管她摆出一副异常轻蔑的样子,但她还是叫来了科利亚进行盘问。而一向很容易见怪别人的"小子"这次却对她的轻蔑丝毫不作计较,还相当简短、相当冷淡地对她解释:虽然在公爵临离开彼得堡时他把自己的永久性地址给了公爵并表示愿为他效劳,但这还是他接受的第一次委托、第一封便笺。为了证明自己的话,他出示了他本人收到的信。阿格拉娅并没感到不好意思就拿过来看了。公爵在给科利亚的信中写道:

亲爱的科利亚,劳驾,请把附在这里、封了口的便笺转交给阿格拉娅·伊万诺夫娜。祝您健康。

爱您的

列·梅什金公爵

"信赖这样的娃娃终究是可笑的。"阿格拉娅把便笺给科利亚时抱怨说,一边轻蔑地从他身边走了过去。

这一下科利亚可再也不能忍受了,为了这次见面他也没向加尼亚说明原因,特地从他那儿央求来一条绿色的新围巾围在脖子上。现在他可是大大见怪了。

二

6月最初几天,彼得堡难得已有整整一星期好天气了。叶潘钦家在帕夫洛夫斯克有一处富丽的私人别墅。叶莉扎维塔·普罗科菲耶夫娜忽然心血来潮决定去那里,说走就走,忙了不到两天,就动身前往了。

叶潘钦家走后第二天或第三天,列夫·尼古拉耶维奇·梅什金公爵坐早班车从莫斯科抵达彼得堡。车站上没有人迎接他,但在走出车厢的时候忽然觉得就在围住这趟车来客的人群中,有什么人的两只眼睛射出奇怪而炽烈的目光。他又注意看看,却再也没有辨认出什么。当然,仅仅是幻觉而已,但是留下的印象却是不愉快的。况且公爵本来就已很郁悒,若有所思,似乎为什么事而忧心忡忡。

马车把他载到一家离利捷伊纳亚街不远的旅馆。这家旅馆条件很差。公爵要了两个小房间,光线幽暗,陈设也差。他盥洗更衣完毕,什么话也没问便匆匆外出,仿佛怕过了时间或者怕遇不上人家在家里。

如果半年前在他第一次来彼得堡时认识他的人中有谁现在朝他看上一眼的话,那么,大概会得出结论说,他的外表变得比过去好得多。但是实际上未必如此。只有衣服全都换过了:全部服装都是在莫斯科由好裁缝制作的,但是衣服还是有缺点:缝制得太时髦了(做工很到家,但是不太有才干的裁缝往往如此),此外穿在对此丝毫不感兴趣的人身上,那么,一个十分爱嘲笑的人只要仔细地看一眼公爵,大概就会发现有什么值得一笑了。但是世上可笑的事情难道还少吗?

公爵雇了马车去彼斯基。在罗日杰斯特文斯基街区的一条街上他很快找到了一座不大的小木屋,使他颇为惊讶的是,这座小木屋看起来还挺漂亮,干干净净,井井有条,还有一个种着花的庭前花圃。朝街的窗户敞开着,里面传出接连不断的激烈的说话声,甚至是叫喊声,好像谁在那里高声朗读,甚至在作演讲;这声音有时被几个嗓门发出的清脆笑声所打断。公爵走进院子,登上台阶,求见列别杰夫先生。

"这就是他们。"袖子捋到肘部的厨娘开了门,用指头朝"客厅"戳了一下,回答说。

在这间糊着深蓝色壁纸的客厅里收拾得很是洁净,还颇有些讲究:一张圆桌和沙发,带玻璃罩的一座青铜台钟,窗间壁上挂着一面狭长的镜子,天花板上用铜链悬挂着一盏有许多玻璃坠子的枝形吊灯。房间中央站着列别杰夫本人,他背朝进来的公爵,穿着背心,没穿上装,像是夏天的衣着。他正拍打着自己的胸脯,正就某个题目痛心疾首地演说着。听众是:一个十五岁的男孩,有着一张快活和聪颖的脸蛋,手中拿着一本书;一个二十岁左右的年轻姑娘,全身丧服,还抱着一个婴儿;一个十三岁的女孩也穿着丧服,她笑得很厉害,而且还把嘴巴张得大大的;最后是一个异常奇怪的听众,小伙子二十岁左右,躺在沙发上,长得相当漂亮,微黑的皮肤,浓密的长发,黑黑的大眼睛,鬓角和下巴上刚刚露出些许胡子。似乎就是这个听客经常打断滔滔不绝的列别杰夫,并与他争论,其余的听众大概笑的正是这一点。

"鲁基扬·季莫菲伊奇,哎,鲁基扬·季莫菲伊奇!瞧瞧嘛!往这边瞧!……嘿,你们可真该死!"

厨娘挥了一下双手,气得满脸通红,走开了。

列别杰夫回头一看,看见了公爵,仿佛被雷打似的怔怔地站了片刻,

接着就堆起谄媚的微笑朝他奔去,但在途中又仿佛愣住了,不过还是叫出了:

"公爵阁——下!"

但是,突然他似乎仍未能做到自在洒脱,转过身去,无缘无故地先是斥责手上抱着婴儿的穿丧服的姑娘,以致她因为出其不意而急忙闪开,但列别杰夫立即就撇开她,冲着站在进另一个房间门口的十三岁女孩喊骂,而她刚才的笑兴未尽,脸上还带着微笑,现在则受不了喊骂,急忙逃到厨房去了,列别杰夫甚至还在她背后跺了几脚,为的是进一步吓唬吓唬她,但是,当他遇到公爵忸怩不安的目光后,便解释说:

"这是为了……恭敬,嘻……嘻!"

"您用不着这样的……"公爵刚开始说。

"马上,马上,马上……就像一阵风!"

列别杰夫很快就从房间里消失了。公爵惊讶地看了一眼姑娘、男孩和躺在沙发上的小伙子。他们全都在笑,于是公爵也笑了起来。

"他穿燕尾服去了。"男孩说。

"这一切可真遗憾,"公爵开始说,"我本来以为……请告诉我,他……"

"您以为他醉了?"沙发上的小伙子喊出了声音,"一点也没醉!不过喝了三四杯,嘿,就算五杯吧,这算得了什么,老规矩!"

公爵本要朝向沙发上的小伙子,但是姑娘说起话来,她那可爱的脸上现出最坦诚的神情。

"他早晨从不多喝酒,如果您找他有什么事,那么就请现在谈,正是时候。只是傍晚回来时,他就喝得醉醺醺的;而且现在临睡前常常要哭,给我们念《圣经》,因为我们的妈妈五星期前去世了。"

"他跑开是因为他确实难以应付您,"沙发上的年轻人笑了起来说,"我敢打赌,他马上就要哄骗您,正是这会儿在动脑筋呢。"

"才五个星期!才五个星期!"列别杰夫已经穿了燕尾服回来,接过话茬说。他一边眨着眼睛,一边从口袋里掏出手绢擦眼泪。"剩下了一堆孤儿！"

"您干吗穿着补窟窿的衣服出来？"姑娘说，"这儿门背后不是放着一件崭新的外套吗，您没看见？"

"闭嘴！多事的丫头！"列别杰夫朝她喊道，"哼，你呀！"他本想对她跺脚，可这一次她只是放声大笑。

"您干吗要吓唬，我可不是塔尼娅，我不会逃开。而柳芭奇卡看来要被您吵醒了，还会得个急惊风……您嚷嚷什么呀！"

"不许说，不许说！叫你烂舌头，烂舌头……"列别杰夫忽然吓坏了，奔向姑娘手上抱着的睡着的孩子，带着惊恐的神情几次给她画十字。"上帝保佑，上帝大大保佑！这是我的襁褓中的婴儿，女儿柳波芙，"他对公爵说，"是合法婚姻所生，我那刚死去的妻子叫叶列娜，是分娩时死的。而这个丑丫头，穿丧服的，是我的女儿维拉……而这个，这个，哦，这一个是……"

"怎么停住了？"年轻人喊了起来，"你接着说呀，别不好意思。"

"阁下！"突然列别杰夫冲动地嚷了起来，"您注意到报上关于热马林一家被害[1]的消息没有？"

"我看过。"公爵有几分惊讶地说。

"喏，这就是杀害热马林一家的真正凶手，就是他！"

"你这是说什么呀？"公爵说。

"也就是一种隐喻说法，未来第二个热马林家的未来第二个凶手，如果会有这样的事的话。他正准备走这样的路……"

大家都笑了起来。公爵想起了，列别杰夫大概真的在踌躇斟酌和装腔作势，就因为他预感到公爵要向他提问题，而他不知道怎么回答，因此就设法赢得时间来考虑。

---

[1] 1868年3月商人热马林一家六口被十八岁的中学生维托尔德·戈尔斯基所杀。作者认为凶手是受"虚无主义"思想的影响。

"他要造反！他在策划阴谋！"列别杰夫似乎已经不能克制自己，高声嚷着。"哼，这么一个造谣中伤的人，可以说是个浪子和恶棍，难道我能，嘿，难道我有权可以把他看作是自己的亲外甥，看作是已故姐姐阿尼西娅的独生子吗？"

"住口吧，你这个喝醉的人！您相信吗，公爵，现在他想出来当律师，去担任法律诉讼的代理人；于是就开始练起口才来，在家里老是跟孩子们高谈阔论。五天前他在民事法官们面前做过一次讲话。可是他为谁辩护？不是为老太婆，她曾经央告他，请求他，有一个放高利贷的无赖向她勒索了五百卢布，这是她的全部财产，可那无赖把它占为己有。他却为这个放高利贷的犹太人扎伊德列尔辩护，就因为这家伙答应给他五十卢布……"

"如果我赢了才给五十，如果输了只给五个卢布。"列别杰夫忽然用跟刚才完全不同的声调解释说，仿佛他从来也没有叫喊过。

"嘿，他就胡扯一通，当然，现在可不是老套的制度，在那里他只受到人家的嘲笑。但他却满意得很；他说，铁面无私的法官先生们，请你们想想，一个境遇凄凉的老头，经常卧床不起，靠诚实的劳动为生，正要失去最后一块面包。请你们想想立法者的一句明理之言：'让仁慈主宰法庭。'你相信不，每天早晨在这里他就向我们翻来覆去讲这几句话，就像在那边说的一模一样；今天是第五次了，就在您光临之前还在说，他是那样喜欢这段话，孤芳自赏得不得了。还打算为什么人辩护呢。您好像是梅什金公爵吧？科利亚向我谈起过您，说至今世上还没有遇到过比您更聪明的人……"

"是的，是的！世上没有更聪明的了！"列别杰夫随即附和说。

"嘿，这一个是撒谎。科利亚是爱您，而他是巴结您。我则根本不打算奉承您，您会知道这点的。您可不是没有理智的人：您倒评判评判我和他。喂，想不想让公爵给我们评评理？"他转向舅舅问。"我甚至很高兴，公爵，您来得正好。"

"想！"列别杰夫毅然喊了一声，又不由自主地回头看了一下重又开始慢慢挪近前来的听众。

"你们在这里干什么？"公爵皱了下眉说。

他真的在头痛，而且他越来越确信，列别杰夫是在蒙骗他并为能延缓谈正事而乐滋滋的。

"我来说一下事情。虽然他满口谎言，我是他的外甥这一点，他没有撒谎。我没有结束学业，但是想念完它并且将坚持实现自己的意愿，因为我有性格。为了实现这一愿望，暂时我找到了铁路上月薪二十五卢布的一个位置。此外，我承认，他已经帮助过我两三回。我曾经有二十卢布，但却给赌输了。哎，您相信吗，公爵，我有多无赖，多卑贱，竟把这些钱赌输了！"

"输给了恶棍，恶棍！就不应该把钱付给他！"列别杰夫喊道。

"是的，是输给了一个恶棍，但是应该付钱给他，"年轻人继续说，"说他是个恶棍，我也能证明，这不只是因为他狠狠地揍了我一顿。公爵，他是个被淘汰的军官，过去罗戈任一伙里的退役中尉，现在在教拳击。罗戈任把他们赶走后，他们现在都四处漂泊。但最糟糕的是，我明明知道他，知道他是恶棍、无赖和小偷，我却仍然坐下来跟他一起赌。赌到最后一个卢布时（我们玩的是帕尔基牌），我暗自想：要是输了，就去找鲁基扬舅舅，向他鞠个躬，他是不会拒绝的。这很卑鄙，的确很卑鄙！这已经是自觉的卑劣行径了！"

"这不就是自觉的卑鄙行径嘛！"列别杰夫重复说。

"算了，别得意，再等一下，"外甥气呼呼地喊着，"他还高兴呢。我到他这里，公爵，向他承认了一切；我采取的是高姿态，我没有宽恕自己，在他面前尽我所能咒骂自己，这里大家都是见证人。为了占据铁路上这个位置，我怎么也得置办些衣服，因为我浑身上下都穿得破破烂烂。瞧！这双靴子！不然的话我无法去上班，要是不在指定的期限去报到，别人就会占了那个位置，那时我又一场空，不知什么时候能再找到另一份工作。现在我向他求借就十五个卢布，保证今后再也不借，而且，在头三个月里把所有的债务分文不少付清给他。我说话算数。我会靠面包和克瓦斯熬它几个月，因为我有性格。三个月我将得到七十五个卢布。连同过去的钱，我一共应该还给他三十五个卢布，也就是说，我会有钱偿付的。嘿，让他随便要多少利息也行，真见鬼！他不认识我还是怎么的？您问问他，公爵，过去他帮助我的时候，我是不是还清了？为什么现在他不愿意了？就因为我把钱付给了那个中尉，他就发脾气了。没有别的原因！瞧这是个什么人，既不为自己着想，又不肯给别人方便！"

"他还赖着不走！"列别杰夫嚷道，"躺在这里，赖着不走！"

"我就是这么对你说的：你不给，我就不走。您笑什么，公爵？好像您认为我不对？"

"我没有笑，但是，照我看，您确实有点不大对。"公爵勉强回答。

"那您就直截了当说我完全不对，别转弯抹角说'有点'！"

"如果您愿意听，那么就是完全不对。"

"如果我愿意！真可笑！难道您以为，我自己不知道，这样做不大正当，钱是他的，该由他做主，从我这方面来说是强人所难。但是，公爵……您不了解生活。不教训教训他们，他们就不会明白事理。应该教训他们。我的良心是清白的。凭良心说，我不会使他吃亏的，我会连本加利归还的。精神上他也得到了满足：他看见了我这种低三下四的屈辱相。他还要什么？不给自己带来好处，他还能干什么？得了吧，他自己在干什么？您倒问问他，他怎么捉弄人家，怎么欺骗人家？他靠什么赚来了这套房子？如果他已经不蒙骗您，已经不再动脑筋怎么进一步欺骗您，我就把头砍下来！您在笑，不相信吗？"

"我觉得，这跟您的事反正没多大关系。"公爵指出。

"我躺在这里已经第三天了，我看够了！"年轻人不睬公爵的话，高声说道，"您倒想想，他竟对这么一个天使，就是这个姑娘，现在是孤儿，我的表妹，他自己的女儿也疑神疑鬼，每天夜里在她房里搜索情郎！他也蹑手蹑脚到我这儿来，在我睡的沙发底下寻找。疑心得简直发了疯，每个角落都见到有小偷。整夜一刻不停地从床上跳起来,一会看看窗户,是不是都关好了,一会儿试试门,还朝炉子探头探脑看一番,这样子一夜里要有七次,在法庭上他为骗子辩护,而夜里他自己起来做三次祷告,就在这厅里,跪着,每次磕头要磕半小时,而喝醉的时候,为谁不做祈祷,为什么事不哭诉?他为杜巴里伯爵夫人[1]的灵魂得到安息祈祷过,我亲耳听到的,科利亚也听到过。他完全疯了!"

"公爵,你看见了,也听见了,他是怎么侮辱我的?"列别杰夫脸红了,他真的怒不可遏,大声嚷了起来,"可是他不知道,我这个酒鬼、淫棍、强盗和歹徒,也许就凭一点就是有价值的人:就是这个挖苦嘲笑的人,当初还是婴儿的时候,我经常替他包襁褓,给他在澡盆里洗澡,在贫寒寡居的阿尼西娅姐姐那里,同样贫穷的我夜里就坐着,通宵不睡,照看着他们两个病人,我偷下面看门人的木柴,给这个小子唱歌,用手指打榧子哄他,我自己饿着肚子把他抚养大,可现在他却嘲笑我!再说,即使我真的有一天什么时候在额头上画十字祈求杜巴里伯爵夫人灵魂得到安息,又关你什么事?公爵,三天前我平生第一次在词典里读到了她的生平。你知道吗,杜巴里夫人是个什么人?你说呀,知道不知道?"

"嘿,就你一个人知道不成?"年轻人讥讽而又勉强地嘟哝着。

"这是这么一位伯爵夫人,她摆脱耻辱的地位,取代王后掌管大事,一位伟大的女皇在写给她的亲笔信中称她是'ma cuosine'[2]。红衣主教、罗马教皇使节在列维—久—鲁阿[3]时(你知道什么是列维—久—鲁阿吗?)自告奋勇给她的光腿穿长丝袜,还将此看作是荣幸,尚且是这么一位崇高和神圣的人物!你知道这回事?从脸上我就看得出你不知道!那么她是怎么死的呢?既然你知道,就回答吧!"

"打住吧!别老缠着人。"

---

[1] 让娜-玛丽·杜巴里(1743—1793),伯爵夫人,法国国王路易十五的情人,法国大革命时被处决。
[2] 法语:意为堂姐妹、表姐妹。此处女皇用此称呼,表示与她亲近。
[3] 法语俄译音,意为早晨穿衣的仪式。

"她是这么死的,在这样的荣耀之后,这位过去权势显赫的女人却被刽子手莎姆松无辜地拖上了断头台,让那些巴黎的普阿萨尔德[1]开心。而她却吓得莫名其妙,不知发生了什么事。她看到,他把她的脖子往铡刀下面按,用脚乱踢她一通,而那些婆娘则笑着,她就喊了起来:'Encore un moment, monsieur le bourreau, encor un moment!'这意思是'再等一会儿,布罗[2]先生,就一会儿!'也许,就在这一会儿里上帝会宽恕她,因为不能想象人的灵魂还能承受比这更甚的米泽尔[3],你知道'米泽尔'这个词的意思吗?喏,喊声就是'米泽尔'。我读到伯爵夫人'等一会儿'的呼叫时,我的心就像被钳子夹住似的。我睡觉前祈祷时提一下她这个罪孽深重的人,又与你这个卑鄙小人有什么相干?也许,之所以要提一下,是因为有史以来大概从来也未曾有人为她在额头上画十字,而且也没有想到过那样做。可是她在那个世界会感到高兴,因为总算有这么一个跟她一样的罪人,为她在人世间哪怕是做了一次祈祷。你干吗笑?你不相信,是个无神论者。那你又怎么知道呢?既然你偷听了我祈祷,可是却胡说,我不只是为杜巴里夫人祷告,我是这样念的:'求上帝让罪孽深重的杜巴里伯爵夫人和所有像她那样的人的灵魂得到安息。'这可完全是另一回事,因为有许多这样的罪孽深重的人和命运变幻无常的典型,他们尝尽煎熬,现在正在那边慌乱不安,呻吟,等待;而且我当时也曾为你,为你这样厚颜无耻和欺人的无赖祈祷过,既然你偷听我怎么祷告……"

"好了,够了,够了,你想为谁就为谁祷告吧,见你的鬼,还大声嚷嚷呢!"外甥烦恼地打断了他。"公爵,您不知道吧,他可是我们这儿博学多识的人,"外甥带着一种尴尬的冷笑补充说,"现在他老是读这一类的各种书籍和回忆录。"

"您舅舅毕竟……不是冷酷无情的人。"公爵不太愿意地说。这个年

---

[1] 法语俄译音,意为女商贩。
[2] 法语俄译音,意为刽子手。
[3] 法语:痛苦。

轻人使他相当反感。

"看来您要把他捧上天了！您看见了，他已经把手按在心口上了，嘴巴张成V形，马上他还想听好话呢！也许，他不是冷酷无情的人，但是个骗子，糟就糟在这里；加上还酗酒，全身摇摇晃晃，支持不住，就如任何喝了多年酒的人一样，所以他老是叽里呱啦乱叫。就算他是爱孩子的，也尊重死去的舅妈……甚至也爱我，他可是在遗嘱里给我也留了一份，真的……"

"我什么也不会留！"列别杰夫冷漠无情地嚷道。

"听着，列别杰夫，"公爵转身不理睬年轻人，坚定地说，"我可是凭经验知道，当您愿意的时候，您就是一个实干的人……我现在时间很少，如果您……对不起，怎么称您的名字和父称？我忘了。"

"季——季——季莫菲。"

"还有呢？"

"鲁基扬诺维奇。"

所有在屋子里的人又大笑起来。

"他撒谎！"外甥喊了起来，"连这也撒谎！公爵，他根本不叫季莫菲·鲁基扬诺维奇，而叫鲁基扬·季莫菲耶维奇！嘿，说吧，你为什么要撒谎？算了吧，对你来说，叫鲁基扬还是季莫菲都是一个样，公爵哪儿管得了这个！公爵，我请您相信，他说谎只是积习难改！"

"难道这是真的？"公爵迫不及待地问。

"鲁基扬·季莫菲耶维奇，这是真名。"列别杰夫承认并感到不好意思。他顺从地垂下双眼，又一次把手放到心口上。

"您为什么要这样，啊，我的上帝！"

"这是出于自谦。"列别杰夫喃喃着说，越来越恭顺地低下自己的头。

"哎，这里要什么自谦！我只想知道，现在在哪里可以找到科利亚！"公爵说着，转过身准备离去。

"我会告诉您，科利亚在什么地方。"年轻人又自告奋勇说。

"不许说,不,绝不要讲!"列别杰夫气冲冲地急忙说,显得很是慌乱。

"科利亚在这里过过夜,但第二天早晨便去寻找自己的将军父亲了。公爵,天知道为了什么您把他从'债务监狱'里赎出来。昨天将军还答应光临这儿过夜,可是没有来。最可能是在'天平旅馆'过的夜,离这儿很近。因而,科利亚或者是在那里或者是在帕夫洛夫斯克叶潘钦家。他有钱,他昨天就想去的。就这么回事,在'天平旅馆'或者在帕夫洛夫斯克。"

"在帕夫洛夫斯克,在帕夫洛夫斯克!……我们先在这里,到花园里去……喝咖啡……"

列别杰夫拽住公爵的手。他们走出房间,穿过院子,走进篱笆门。这里真的有一个很小很小的花园,由于天气好所有的树木都已叶芽满枝了。列别杰夫让公爵坐到绿色的木条椅上,就在一张支撑插入地中的绿色桌子旁边,自己则坐在他对面。过了一会儿,咖啡也真的端上来了,公爵没有拒绝。列别杰夫谄媚和贪婪地继续望着他的眼睛。

"我不知道,您有这样的家业。"公爵说,他那副样子显示他想的却完全是另一回事。

"全是孤——儿。"列别杰夫蜷缩一下身子,刚开始说就停住了,因为公爵心不在焉地望着自己面前,当然,他已忘记了自己的问题。又过了一会儿;列别杰夫观察着他,期待着。

"那又怎么啦?"公爵仿佛醒悟过来,说,"啊,对了!您自己也知道,列别杰夫,我们有什么事情:我是因为您的来信才来的。说吧。"

列别杰夫十分困窘,想要说什么,但只是支支吾吾一下,什么也没有说出来。公爵等了一会儿,忧郁地笑了一下。

"我好像非常理解您,鲁基扬·季莫菲耶维奇,大概,您并没期待我来。您认为,我不会因为您的第一个通知就从偏僻角落里赶来,您写信只是为了洗刷良心。而我却就赶来了。好了,够了,别欺骗了,一仆事二主的把戏该结束了。罗戈任在这里已经三个星期了,我全都知道。您已经像那次那样把她出卖给他了还是没有?说真话。"

"是那个恶棍自己打听到的,是他自己。"

"别骂他;当然,他对您是很坏……"

"他狠狠地打了我,毒打了我!"列别杰夫激动万分、接过话茬说,"在莫斯科他还放狗整条街地追我,是条跑得非常快的猎犬,一条凶猛异常的母狗。"

"您把我当小孩了,列别杰夫。您说,她现在真的抛下他了,在莫斯科?"

"真的,真的,又是在快要举行婚礼的时候。那家伙已经在一分钟一分钟地数时间了,可她却到了彼得堡这里,而且径直来找我,说:'救救我,保护我,鲁基扬,也别告诉公爵……'公爵,她怕您比怕罗戈任更厉害,这一点实在深奥莫解!"

列别杰夫还狡黠地把一根手指按到脑门上。

"现在您又把他们弄到一起了?"

"公爵阁下,我怎么能……怎么能不让呢?"

"算了,够了,我自己会全弄清楚的。只不过你要告诉我,现在她在什么地方。在他那里吗?"

"哦,不!绝对不在那里!她是独立的。她说,'我是自由的。'公爵,您要知道,她强烈地坚持这一点,她说,'我还完全是自由的!'她仍然在彼得堡岛[1]上,住在我小姨子家里,我已经写信告诉过您了。"

"现在还在那里?"

"除非因为好天气去位于帕夫洛夫斯克的达里娅·阿列克谢耶夫娜的别墅,就会在那里。她说,'我是完全自由的。'昨天她还对尼古拉·阿尔达利翁诺维奇[2]大谈特谈了一通自己的自由。这是不祥之兆啊!"

列别杰夫咧嘴大笑。

---

[1] 圣彼得堡的一个行政区。
[2] 即科利亚。科利亚是尼古拉的昵称,阿尔达利翁诺维奇是其父称。

"科利亚常在她那里吗?"

"他有点冒失和莫名其妙,还不大保守秘密。"

"您很久没去那里了?"

"每天都去,每天都去。"

"这么说,昨天也去了?"

"不,三天以前。"

"真遗憾,您有点喝醉了,列别杰夫!不然我有事要问您。"

"不,不,我一点也没醉!"列别杰夫两眼盯着他。

"告诉我,您留下她时她是什么样的?"

"心神不定,若有所失。"

"若有所失?"

"她似乎老在寻找什么,似乎丢了什么似的。对于即将举行的婚礼,甚至想起来她就厌恶,而且将它看作是一种侮辱。把罗戈任本人看得像一块橘子皮,根本就不放在眼里,但是也放在眼里,既害怕又恐惧,甚至不许人家说到他,只有在不得已的情况下他们才见面……罗戈任对此非常多愁善感!可是又无法避免!……而她心烦意乱。好嘲弄人,言行不一,好发脾气……"

"言行不一和好发脾气?"

"是好发脾气,因为上一回为了一次谈话差点没揪我的头发。我用《启示录》为她祈求平安。"

"怎么回事?"公爵以为自己听错了,重问了一遍。

"我给她念《启示录》。这是个有着令人不安的想象力的女士,嘻——嘻!而且我观察结果,她对一些严肃的话题,尽管与她毫不相干,却过分热衷。她喜欢,非常喜欢谈这些话题,甚至把这看作是人家对她的特别尊敬。是的。我在解释《启示录》方面是很在行的,而且已经讲了十五年了。她也同意我的说法,我们现在是在第三匹马即黑马的时代,是在手里拿着俄斗的骑士时代,因为如今一切都要用俄斗量,都要签合同,所有的人都只寻求自己的权利：'一个银币换一俄斗小麦，一个银币换三俄斗大麦……'可在这同时人们还想保留自由的精神和纯洁的心灵，健康的肉体和上帝赐予的一切。但是靠唯一的权利是保不住的，随后接踵而至的是一匹浅色马，而马上骑士的名字则是死神，再后面已经是地狱了……我们遇在一起时，就讲这些，对她很有影响。"

"您自己相信是这样吗？"公爵用奇怪的目光瞥了一眼列别杰夫，问。

"我相信，也就这样解释。因为我是个穷光蛋，是人们循环轮转中的一个原子。谁会尊敬列别杰夫？人人都可以嘲笑他，人人几乎都可以踹他一脚。在这件事上，即解释语义方面，我跟王公贵族没什么两样，因为我有智慧！王公贵族即使领悟到，在我面前……坐在安乐椅上照样要颤抖。尼尔·阿列克谢耶维奇大人阁下两年前复活节前夕听说了（当时我还在他的司里当差），便通过彼得·扎哈雷奇特地要我从值班室到他自己办公室去，只剩下我们两人时问我：'你是解释反基督者的专家，真的吗？'我没有隐瞒，'是我'，我向他说了，阐述了，形容了，也没有减少恐惧的因素，而且还展开比喻的画卷，故意加强这种色彩，引用了许多数字。大人他微微含笑，但是听到数字和类似的地方便会打颤，就要我合上书，要打发我走。到复活节给我颁了奖赏，可是此后一星期他就去见上帝了。"

"您在说什么，列别杰夫？"

"正是这样。在一次午宴后他从马车里跌出来……太阳穴撞在路边矮石柱上，就像小孩一样，就像小孩一样，马上就上西天了。照履历表上算享年七十三。在世时他满脸红光，一头银丝，全身洒遍香水，总是笑容可掬，像小孩似的笑眯眯的。当时彼得·扎哈雷奇回忆说，'这是你的预言。'"

公爵站起身。列别杰夫很觉惊讶，甚至对公爵已经要起身告辞感到不知所措。

"您变得很淡漠，嘻嘻！"他斗胆诌媚地说。

"确实，我觉得不大舒服，我的头昏沉沉的，不知是旅途劳累了还是怎么的。"公爵皱着眉头回答。

"您最好是去别墅。"列别杰夫怯生生地引着话题。

公爵若有所思地站在那里。

"我自己再等三天要带全家去别墅,为的是保护好我那初生的幼儿,同时也把这里的屋子整修一下,而且也要去帕夫洛夫斯克。"

"你们也要去帕夫洛夫斯克?"公爵忽然问,"这是怎么回事,这里所有的人都去帕夫洛夫斯克吗?您说,您在那里有自己的别墅?"

"不是所有的人都去帕夫洛夫斯克。伊万·彼得罗维奇·普季岑把他便宜搞来的别墅让了一座给我。那是胜境宝地,居高临下,绿荫连片,价格便宜,环境优雅,乐声悠扬,因此大家都往帕夫洛夫斯克去。不过,我只住厢房,别墅正房……"

"出租了?"

"没——有,还没……没全部租出去。"

"租给我吧。"公爵忽然提议说。

看来,列别杰夫就是要引到这一点上来。这个念头是三分钟前闪过他脑海的。实际上他已经不需要房客了;已经有想租别墅的人到他这儿来过,而且声称他也许要租下别墅的。列别杰夫则很有把握地知道,不是"也许"而是一定。但是现在他却冒出了一个据他盘算是有利可图的念头:利用前面那个租赁者没有明确表示的机会,把别墅放租给公爵。突然在他想象中呈现出"一场冲突,事业的一个新转折"的景象。他几乎是十分欣喜地接受了公爵的提议,以致当公爵率直问他租金时,他甚至连连摇手。

"算了,随您;我就打听一下;您不会吃亏的。"

他们俩已经开始朝花园出口走去。

"假如您想知道,深受尊敬的公爵,我可以向您……可以向您……通报一个相当有意思的情况,是有关那个人的。"列别杰夫低语道,他高兴得在公爵身边转来转去。

公爵停了下来。

"达里娅·阿列克谢耶夫娜在帕夫洛夫斯克也有一幢别墅。"

"那又怎么样?"

"某位女士跟她是好朋友,看来,在帕夫洛夫斯克常常打算去拜访她。是有目的的。"

"又怎么呢?"

"是阿格拉娅·伊万诺夫娜……"

"啊,够了,列别杰夫!"公爵怀着一种不愉快的感受打断说,犹如触及他的痛处一般,"这一切……不是那么一回事,最好告诉我,您什么时间搬到那儿去。对我来说越快越好,因为我住旅馆……"

他们边说边走出了花园,没有朝房间里走,而是穿过小院子,走向篱笆门。

"最好是,"列别杰夫末了又想出主意说,"今天就从旅馆直接搬到我这儿来,后天我们大家再一起去帕夫洛夫斯克。"

"我再想想。"公爵若有所思地说着,就走出了大门。

列别杰夫望了一下他的背影。公爵突然显得那样漫不经心,使他颇感惊讶。出去时公爵竟忘了说声"再见",连头也没点一下,这跟列别杰夫所知道的公爵的彬彬有礼、殷勤周到是不吻合的。

三

已经是十一点多了,公爵知道,此刻去叶潘钦家,他只能遇上因公事留在城里的将军一人,而且也未必一定能遇上。他想道,将军大概还会带他立即驱车前往帕夫洛夫斯克,而在此以前他却很想先做另一次拜访。公爵甘愿迟去叶潘钦家和把去帕夫洛夫斯克的行程推迟到明天,决定去寻找他非常想去的那一幢房子。

不过,这次拜访对他来说在某些方面是很冒险的。他感到为难,并有点犹豫。他所知道的那幢房屋在豌豆街,离花园街不远,他决定先朝那里走,寄希望于在到达要去的地方前能最终彻底地下个决心。

走近豌豆街和花园街的十字路口时,他自己对自己那种异常的激动感到惊奇;他没有料到他的心会带着那样的痛楚跳动。有一座房屋大概因其独特的外表老远就开始吸引他的注意,公爵后来记起了,他对自己说:"这一定就是那座房子。"他怀着极大的好奇心走近去检验自己的猜测;他感到,如果他猜对了,不知为什么将会特别不愉快。这座房子很大,阴森森的,有三层楼,呈灰绿色,没有任何建筑风格。不过,建于上个世纪末的这类房屋只有很少几幢正是在一切都变得很快的彼得堡的这几条街道上保存了下来,而且毫无变样。它们建得很牢固,墙很厚,窗户非常少；底下一层的窗户有的还装有栅栏。这下面一层大部分是兑换货币的铺子。掌柜的往往是个冷酷无情的人，他租用了楼上作住房。不知为什么这类房屋的外面和里面都给人一种冷漠呆板，拒客门外的感觉，一切都仿佛掩藏着，隐瞒着，至于为什么是这样，似乎光凭其外观是很难解释的。当然，建筑的线条结合有自己的秘密。在这类房子里居住的几乎全是清一色的生意人。公爵走近眼前这幢的大门，看了一下名牌，上面写着"世袭荣誉公民罗戈任宅"。

他不再犹豫，推开玻璃门进去，门在他身后砰的一声很响地关上了，他从正梯上二楼。楼梯很暗，是石砌的，结构粗笨，而楼梯壁漆成红色。他知道，罗戈任和母亲及兄长占据了这幢沉闷的房屋的整个二层楼。为公爵开门的人不经通报就带他往里走了很久，他们走过了一个正厅，那里的墙壁仿制成大理石一般，铺着橡木拼花地板，陈设着20年代粗陋而笨重的家具；他们还穿过了一些小斗室，就这样弯弯绕绕，后来登上两三级台阶，又向下跨了同样的级数，最终敲响了一扇门，开门的是帕尔芬·谢苗内奇本人。他看见是公爵，脸色一下子变得刷白，站在原地呆住了，一段时间宛如一尊石像。他双眼木然，目光惊惧，咧着嘴，露出一种极度困惑不解的微笑，仿佛认为公爵的来访是一件不可能的，几乎是奇迹的怪事。虽然这样的反应在公爵意料之中，但还是使他感到吃惊。

"帕尔芬，也许我来得不是时候，我可以就走。"终于他窘困地说。

"来得正好！来得正好！"帕尔芬终于恢复常态，"欢迎光临，请进！"

他们彼此用"你"相称。在莫斯科很长时间他们有机会经常碰头，在他们的会面中甚至有不少时刻在彼此心里烙下了令人难忘的记忆。现在他们已经有三个多月没有见面了。

罗戈任的脸色仍然苍白，脸上瞬息即逝的微微抽搐始终不停。他虽然招呼了客人，但是异常的窘困还没有消失。他把公爵带到扶手椅旁，请他坐到桌边，公爵无意中朝他转过身去，在他异常奇怪和沉重的目光影响下停住了。他想起了不久前令人痛苦、令人忧郁的事。他没有坐下来，一动不动地站着,直盯着罗戈任的眼睛好一会儿;这双眼睛在最初一瞬间射出的目光似乎更为咄咄逼人。最后,罗戈任讪笑了一下,但还有点不好意思而且似乎不知所措。

"你干吗这样盯着我看?"他喃喃着说,"请坐!"

公爵坐下了。

"帕尔芬,"他说,"对我直说,你知道我今天要来彼得堡还是不知道?"

"你要来,我就是这么想的,你瞧见了,我没有错,"他刻毒地冷笑了一下,补充说,"但是凭什么我知道你今天要来?"

罗戈任回话中的反问含着一种强烈的冲动、奇怪的气恼,这更使公爵惊讶。

"即使你知道我今天要来,又为什么这样恼怒呢?"公爵不好意思地低声说。

"那你何必要问呢?"

"刚才我下火车的时候,看见了一对眼睛跟你现在从背后看我的眼睛完全一样。"

"瞧你说的!这是谁的眼睛呢?"罗戈任怀疑地喃喃说。公爵觉得他打了个颤。

"我不知道,那人在人群中,我甚至觉得是我的幻觉;不知怎么的我开始老是产生幻觉。帕尔芬兄弟,我感到自己几乎就跟五年前的情况差不多,那时毛病经常发作。"

"也许,那就是幻觉;我不知道……"帕尔芬嘟哝说。

此时他脸上的亲切微笑跟他并不相称,就如这微笑的某个地方被折断了,不管帕尔芬怎么努力,要把它弥合起来却无能为力。

"怎么,又要去国外吗?"他问道,忽然又补充说,"你还记得我们坐火车的情景吗?秋天,我从普斯科夫乘车,我到这里,而你……穿着风衣,鞋罩。"罗戈任突然笑了起来,这一次带着一种毫不掩饰的怨恨,并且似乎很高兴终于能以某种方式来表达这种怨恨。

"你在这里定居了?"公爵环顾着书房,问。

"是的,就在自己家里。我还能住在什么地方?"

"我们很久没有见面了。我听到一些关于你的说法,说的几乎不是你了。"

"人家说的还少吗?"罗戈任冷漠地说。

"不过你把那一伙人赶跑了,自己待在父母的房子里,不再胡闹,这不很好吗?这是你的房子还是你们大家的?"

"是母亲的房子。从这里穿过走廊就到她的房间。"

"那你哥哥住哪里?"

"谢苗·谢苗内奇哥哥住左厢房。"

"他有家吗?"

"是个鳏夫。你干吗要打听这些?"

公爵瞥了一眼,没有回答。他忽然陷于沉思,似乎没有听到问话。罗戈任没有盯着问,但等待着。他们沉默了一会儿。

"刚才我来的时候,一百步远的地方就猜到这是你家的房子。"公爵说。

"为什么?"

"我完全不知道。你的房子具有你们整个家庭以及你们整个生活的外貌。你问为什么我得出这样的结论,我没法解释。当然,这是随便瞎说的。我甚至觉得害怕,我怎么这样忐忑不安。过去我没有想到,你住在这样的房子里,而当一看见它,马上就想到:'他的房屋一定就是这样的!'"

"原来这样!"罗戈任不完全理解公爵没有明说的想法,含糊地憨笑了一下。"这一幢房子还是祖父建造的,"他说,"这里住的全是阉割派教徒,有一家姓赫鲁佳科夫,现在还租住我们的房子。"

"多暗哪。你就待在这昏暗中。"公爵打量着书房,说。

这是一个大房间,虽然很高,可是幽暗,堆满了各种家具,大多是一些大办公桌、写字台、橱柜,里面保藏着账册文件。一张宽大的羊皮红沙发显然是罗戈任睡觉用的。公爵发现罗戈任让他坐到其旁边的桌子上有两三本书;其中一本是索洛维约夫著的《俄国史》,正翻开在那里,还夹了东西作记号。四周墙上挂着几幅油画,金色的框架已经黯然无光,画面灰蒙蒙、黑糊糊的,很难辨清画的是什么。有一张全身肖像吸引了公爵的注意:画上是一个五十岁左右的人,穿着德国式样的外套,不过是长襟的,颈子上挂着两枚奖章,皱纹累累的黄脸上留着稀疏灰白的短须,目光显得多疑、隐秘和哀伤。

"这是你父亲吗?"公爵问。

"正是他。"罗戈任带着不愉快的苦笑回答说,仿佛准备着马上就将听到拿他已故的父亲作谈资的无礼的玩笑话。

"他不是旧派教徒吧?"

"不是,他上教堂,他说,旧的信仰比较正确,这是真的。他也很尊重阉割派。这就是他的书房,你为什么要问是否信旧信仰?"

"你将在这里办喜事?"

"在——这里。"罗戈任回答说,因为这出乎意料的问题差点为之一颤。

"快了吗?"

"你自己也知道,这难道取决于我?"

"帕尔芬,我不是你的敌人,无论如何我也不想妨碍你。我现在重复说这点,就像过去有一次,几乎也在这样的时刻我曾经申明的一样。在莫斯科你举行婚礼时,我没有妨碍你,你是知道的。第一次,几乎就是从婚礼上,她自己跑来找我,请求我'救救'她摆脱你。我向你复述的是她自己的话。后来她也从我这儿逃走了,你又找到她并带她去准备结婚,于是,据说她又从你那里逃到这里。这是真的吗?是列别杰夫这么告诉我的,所以我也就来了。至于你们在这里又谈妥了这一情况,我只是昨天在火车上才第一次从你过去的一个好朋友那里获悉的,如果想知道,那是扎廖热夫说的。我到这里来是有打算的:我想最终说服她去国外恢复一下健康;她身心交瘁,特别是头脑受到很大的刺激,照我看,需要非常精心的照料。我自己不想陪她去国外,我指的是没有我的情况下安排这一切。我对你说的是真心话,如果你们这件事又谈妥了完全属实的话,我就再也不会在她眼前露面,而且再也不会到你这里来。你自己也知道,我是不欺骗你的,因为我跟你总是赤诚相见的。我从来也不向你隐瞒自己对这件事的想法:跟着你她必将毁灭,你也会毁灭……也许,比她更惨。假如又再分手,我会感到很满意;但是我自己并不打算挑拨离间。你可以放心,不用怀疑我。再说,你自己也知道:什么时候我做过你的真正对手?甚至在她跑到我这里来的时候也没有过。你现在笑了,我知道,你在笑什么。是啊,我们在那里各住东西,后来又不在一个城市,这一切你必定知道的。我可是以前就对你解释过,我对她的爱'不是爱情而是怜悯'。我认为,我这样说是确切的。你那时说,你明白我的这句话,真的吗?真明白吗?瞧你多么敌视地望着我!我来是让你放心,因为你对我来说也是宝贵的。我很爱你,帕尔芬。而现在我就走,并且永远也不会再来。再见。"

公爵站起来。

"跟我一起坐一会儿,"帕尔芬轻轻地说,他没有从座位上起身,把头俯向右手掌,"我很久没有见到你了。"

公爵坐了下来。两人又沉默了。

"只要你不在我面前,我马上就会感到对你的怨恨,列夫·尼古拉耶维奇,这三个月里我没有看见你,每时每刻我都恨你,真的。巴不得抓住你,把你害死!就是这么回事。现在你和我一起坐了不到一刻钟,我所有的怨恨便都消失了,对我来说你又像原先那样惹人爱。陪我坐一会儿吧……"

"我跟你在一起时,你是相信我的,当我不在时,你马上就不再相信我,还怀疑我。你就像你老子!"公爵友好地笑了一下,竭力掩饰着自己的感情,回答说。

"我和你一起坐着的时候,我相信你的声音。我可是很明白,我和你不能相提并论,我和你……"

"你何必要添上这一句呢？你又着恼了。"公爵说，他对罗戈任觉得奇怪。

"这件事，兄弟，可不是问我们的意见，"罗戈任回答说，"无需我们就决定了。我们爱的方式也不一样，在所有各方面都有差异。"沉默一会儿以后，罗戈任轻轻地继续说，"你说，你爱她是出于怜悯。我对她却没有丝毫这样的怜悯，而且她恨我甚于一切。我现在每天夜里都梦见她，梦见她跟另一个男人嘲笑我的情景。兄弟，就是有这样的事。她答应与我结婚，可是根本就不会想着我，就像换双鞋似的。你相信吗，我已经有五天没有见到她了，因为我不敢到她那儿去，她会问：'你来干吗？'她羞辱我还少吗……"

"羞辱你？你说什么呀！"

"你仿佛不知道似的！她可是'就从婚礼上'从我那里逃走，与你一起私奔的，你自己刚刚说的。"

"可是你自己也不相信……"

"在莫斯科时她与一个叫泽姆久日尼科夫的军官在一起，难道没有丢我的脸？我肯定她丢了我的脸。在那以后她自己确定婚期的。"

"不可能！"公爵喊了起来。

"我确切知道的，"罗戈任把握地肯定说，"怎么，她不是这种人还是怎么的？兄弟啊，她不是这种人这样的话无须再说了。这纯粹是无稽之谈。她跟你不会是这样的，而跟我恰恰就是这样的。就是这么回事。她看我就像看最无用的废物一样。跟凯勒尔，就是那个打拳击的军官，我肯定她跟他有名堂，就为了笑话我……你还不知道，她在莫斯科耍了我多少回！而我又给她汇了多少钱，多少钱呀……"

"那……那你现在又怎能结婚呢！……以后怎么办？"公爵惊骇地问。

罗戈任苦恼和可怕地望了一眼公爵，什么话也没回答。

"我现在已经是第五天没去她那儿了，"沉默少顷，他继续说，"我老是怕被她赶出来。'我，'她说，'还是自己的主人，只要我想，就可以把你赶走，自己到国外去。'（这是她对我说要到国外去——罗戈任仿佛用括弧作说明似的指出，并且有点特别地看了一眼公爵的眼睛。）确实，有时候仅仅是吓唬吓唬人的，但不知为什么老是要嘲笑我。有一次她真的皱眉蹙额，阴沉着脸，不说一句话，我就怕她这样。我甚至还想，不能空着手去见她，结果只惹得她嘲笑，后来甚至恼恨起来。她把我送给她的那么一条高级的披巾送给了侍女卡季卡，虽然她以前过惯了奢华阔绰的生活，但是，也许，还没有见到过这么好的披巾。要说到什么时候举行婚礼，连一个字也不能提。连到她那儿去都害怕，哪还能算是未婚夫？我就这么待着，忍不住了就偷偷地在她那条街上悄悄走过她的屋子或者躲在哪个角落里望着那里。有时候在她住的屋子大门旁差不多一直守到天亮，当时我仿佛觉得看到了什么。而她，大概，从窗口瞥见了我，就说：'如果你看见我欺骗了你，你会拿我怎么办？'我忍无可忍，就说：'你自己知道。'"

"她知道什么？"

"为什么我就知道！"罗戈任怨恨地笑了起来，"在莫斯科那时，虽然我捉了很久，可是未能捉住任何人与她在一起。于是有一天我抓住她，说：'你答应跟我举行婚礼，走进正派人家，可你知道自己现在是什么人吗？'我说，'你算什么东西！'"

"你对她说了？"

"说了。"

"后来呢？"

"'现在，'她说，'把你当仆人也许我也不想要，不必说当你的妻子了。'我说：'那我就不出去，反正一样下场！'她说，'我马上叫凯勒尔来，告诉他，让他把你扔到大门外。'我就扑向她，马上就把她身上打得青一块紫一块的。"

"不可能！"公爵喊了起来。

"我说，有过这回事，"罗戈任目光炯炯，轻声肯定说，"整整一天半我不吃不喝不睡，不走出她的房间，跪在她面前，我说：'只要你不宽恕我，我就是死也不出去，要是你吩咐把我拖出去，我就去投河，因为没有你我现在算什么？'那一整天她就像疯了似的，一会儿哭，一会儿想要用刀杀死我，一会儿骂我。她把扎廖热夫、凯勒尔和泽姆久日尼科夫等所有的熟人都叫来了，指着我向他们数落，羞辱我。'诸位，今天我们大家结伴上剧院去，既然他不想出去，就让他在这里待着，我可不会为了他而受束缚。而在这里，帕尔芬·谢苗内奇，我不在也会给您送茶的，今天您大概饿了。'她从剧院回来是一个人。她说：'他们都是胆小鬼和卑鄙小人，怕你，还吓唬我，说什么你不会就这样走的，说不定会杀人。而我偏要走进卧室，偏不锁门，瞧我怕不怕你！也要让你知道和看到这点！你喝过茶了吗？''没有，'我说，'也不要喝。''随你的便，不过这跟你很不相称。'她怎么说就怎么做，房间门没有上锁。第二天早晨她走出来，笑着说：'你疯了还是怎么的？你这样是会饿死的！'我说：'宽恕我吧！''我不想宽恕，我也不嫁给你，这话已经说过了。难道你整夜就坐在这张扶手椅上，没有睡觉？''没有，'我说，'没有睡。''真太聪明了！又不打算喝茶，吃饭？''我说了不，宽恕我吧！''这跟你可真不相称，'她说，'这就像给母牛配马鞍一样，你要知道这点就好了。你这不是想出来吓唬我的吧？你饿着肚皮老这么坐下去，跟我又有什么关系，你就这么吓人好了！'她很生气，但时间不长，又开始挖苦我。这时我对她感到好生奇怪，难道她根本就不怨恨？她本来是个记仇的人，而且会很长时间对别人的恶耿耿于怀！于是我头脑里有了一个想法：她把我看得卑贱到不值得对我大动肝火的地步。确实是这样。'你知道吗，'她说，'罗马的神父是怎么回事吗？''听说过。'我说。'你，'她说，'帕尔芬·谢苗内奇，一点也没有学过通史。'我说：'一点也没有学过。'她说：'那么我给你一本书读：曾经有过这样一个神父，他很生一个皇帝的气，那皇帝在他那儿三天不吃不喝，光着脚跪着，在神父宽恕他以前，他就一直跪着；你倒想想，在这三天中他跪着，反复暗自思忖，发出了什么誓言？⋯⋯等一下，'她说，'我来把这一段念给你听！'她跳起身，拿来了书。'这是诗。'她说着就开始给我念起诗来，诗里讲这个皇帝在这三天里发誓要对那个神父报复。她说：'难道你不喜欢这故事，帕尔芬·谢苗内奇？'我说：'你读的这一切都是对的。''啊，你自己说是对的，也就是说，你大概也在发誓：等她嫁给我，到那时我会记起她的桩桩件件，到那时非对她嘲弄个够！''我不知道，'我说，'也许是这样想的。''怎么不知道？''我是不知道，'我说，'现在我想的全不是这个。''那你现在在想什么？''当你从座位上站起来，从我身边走过时，我就望着你，注视着你；你的裙子发出一阵窸窸窣窣声，我的心就沉了下去，当你走出房间后，我就回想着你的每一句话，回想着你讲话的声音，讲了什么；整个夜里我什么都不想，老是谛听着，你睡着时怎么呼吸，怎么动弹两次……''你呀，'她笑了起来说，'大概也想到了打我的事，没想还是没记住？''也许，'我说，'会想，我不知道。''如果我不宽恕，也不嫁给你呢？''我说过了，我就去投河。''也许，在这之前先打死我。'她说完就沉思起来。后来她发火了，走出了房间。过了一小时她走到我面前，她是那样的阴郁。'我，'她说，'嫁给你，帕尔芬·谢苗内奇，并不是因为我怕你，而是反正一样是毁灭。可哪里更好呢？请坐下。'她说，'马上给你送饭来。既然将嫁给你，'她补充说，'我将做你的忠实妻子，在这一点上你不用怀疑，也不用担心。'接着她沉默了一会儿，又说：'你终究不是奴才，我过去以为，你完全是个十足的奴才。'她当即就确定了婚期，而过了一个星期她就从我这儿逃到这里列别杰夫家。我一来，她就说：'我根本不是要与你脱离关系；我只是还想等一等，我愿等多久就多久，因为我依然还是自己的主人。如果你愿意，你就等着吧。'这就是我们目前的情况……列夫·尼古拉耶维奇，你对这一切是怎么想的？"

"你自己是怎么想的？"公爵忧郁地望着罗戈任，反问道。

"难道我还能想什么？"罗戈任脱口而出。他本来还想补充说些什么，但是在无穷的烦恼中，又缄默了。

公爵站起身，又想离开了。

"反正我不会妨碍你。"他几乎是若有所思地说,仿佛是在回答自己内心的隐秘的思想。

"知道吗,我要对你说什么?"罗戈任忽然振奋起来,目光熠熠,"我不明白,你怎么这样对我让步?难道已经完全不再爱她了?过去你毕竟害过相思的,我可是看得出的。那么现在你拼命跑到这儿来又是为了什么?是出于怜悯?(他的脸变扭曲了,露出恶意的嘲笑。)嘻嘻!"

"你认为,我是在欺骗你?"公爵问。

"不,我相信你,只不过一点也不明白其中的缘由。最正确的解释大概是你的怜悯比我的爱情更强烈。"

他的脸上燃起一种怨恨的、一定要立即说出来的愿望。

"怎么,你不能区分爱和恨,"公爵莞尔一笑,"要是爱情消逝,也许会有更大的不幸。帕尔芬兄弟,我现在就对你说明这点……"

"难道我会杀了她?"

公爵打了个寒颤。

"为了目前这种爱情,为了眼前承受的所有这一切痛苦,你会非常恨她。对于我来说最为奇怪的是,她怎么又会答应嫁给你?昨天一听到这个消息,几乎难以相信,而且心头感到非常沉重。要知道她已是两次拒绝了你,而且是在快要举行婚礼时逃走的。这就是说,她是有预感的!……她现在看中你什么?难道是你的钱?这是荒谬的。再说你的钱花得也够厉害的了。难道仅仅是为了找个丈夫?除了你她可也能找得到的。她嫁给任何人都比嫁给你好,因为你也许真的会杀了她,大概,她现在对这一点是太明白了。是因为你爱她爱得这么强烈?真的,莫非就是这一点……我常听说,是有这么一种人寻找的正是这样的爱情……只是这样的……"

公爵顿住不说了,陷于沉思之中。

"你干吗又笑起我父亲的画像来了?"罗戈任问,他非常留神地观察着公爵脸上的任何一点变化,任何一个瞬息即逝的细微的表情。

"我笑什么？我想到，如果你没有这件伤脑筋的事，不产生这种爱情，那么你大概会跟你父亲一模一样，而且就在不久的将来。你会一个人默默地跟驯服恭顺、不敢吭声的妻子住在这幢房子里，只会有很少的但是严厉的话语，对谁也不相信，而且也根本不需要这一点，只是默默地、阴郁地聚敛财富。顶多就是有时候对古书大大赞扬一番，对旧派教徒用两根指头画十字感兴趣，就这些大概也要到老时才会这样……"

"你嘲笑吧。不久前她也细细看过这幅画像，说的那些话也一模一样。真怪，你们现在在所有方面都协调一致……"

"难道她已经到你这里来过？"公爵好奇地问。

"来过，她对画像看了很久，打听了许多有关先父的事情，最后她朝我莞尔一笑，说，'你会成为完全像他一样的人。帕尔芬·谢苗内奇，你有强烈的欲望，如果你也没有头脑的话，你正好带着这样的欲望飞去西伯利亚，去做苦工，可是你很有头脑。(你相不相信她会这么说？我第一次从她那儿听到这样的话！)'她说，'你也会很快抛弃现在这一切胡作非为，因为你是个完全没有教养的人，因此你会开始积攒钱财，会像你父亲一样跟那些阉割派教徒一起住在这幢房子里，最后大概自己也转到他们的信仰上，并且你也会那样地爱自己的钱财，也许会积上不是两百万而是一千万，但是会饿死在自己的钱袋上，因为你在所有方面都存有欲望，你把一切都引向欲望。'她就是这么说的，几乎原话就是这些话。这以前她还从来也没有跟我这样谈过！她以前跟我尽说些无聊话，要不就是嘲笑话；而这次开始时是笑着讲的，后来却变得非常忧郁；整个这幢房屋她都走遍看遍，好像害怕什么似的。'我要改变这一切，'我说，'重新装修，不然，也许还是另外买一幢房子结婚。''不，不，'她说，'这里什么也不要改变，我们就将这样生活，等我做了你的妻子。我想在你妈妈身边过日子。'我带她去见母亲，她对母亲很敬重，就像亲生女儿一般。母亲在以前精神就不完全正常，她有病已经两年了，父亲去世后她完全变成小孩一样，没有话语，坐着不能动弹，一看见人，只会在原地朝人家行礼；似乎你不喂她吃，她三天也想不起来。我拿起母亲的右手，替她捏好指头，对她说，'妈妈，祝福吧，她要与我结婚了。'她则充满感情地吻了我母亲的手。'你母亲，'她说，'一定受了许多苦。'她看见我的这本书，说，'你这是怎么了，开始看起《俄国史》来了？'（其实，在莫斯科有一次她自己对我说过：你哪怕是充实一点自己也好，哪怕是读读索洛维约夫的《俄国史》，你实在是什么也不知道。）你这样很好，'她说，'就这样做下去，读下去。我自己来给你写一份书单，哪些书你首先应该看，你愿不愿意？'以前她从来也没有这样跟我讲过话，从来也没有过，因此我简直是受宠若惊，第一次像个活人一样喘了一口气。"

"帕尔芬，我对此感到很高兴，"公爵怀着真挚的感情说，"很高兴。谁知道呢，也许，是上帝要把你们安排在一起。"

"永远也不会有那样的事！"罗戈任激动地喊了起来。

"听着，帕尔芬，既然你这样爱她，难道你不想赢得她的尊敬？如果你想，难道不希望这样？我刚才就说，对我来说有一道奥妙的题目：她为什么愿意嫁给你？虽然我解不出来，但我仍然毫不置疑，这里一定有充足的、有理的原因。她相信你的爱情，但是也一定相信你的一些长处。否则是不可能的！你刚才所说的话证实了这一点。你自己说，她发现了有可能跟你用完全不同于过去对你讲的语言来讲话。你好疑心好嫉妒，因此夸大了你所发觉的一切不好的方面。反之，当然，也并没有像你说的那样把你想得那么不好。不然就意味着，她嫁给你是自觉地上刀山赴火海去找死。难道这可能吗？谁会自觉地上刀山赴火海去找死呢？"

帕尔芬带着一丝痛苦的微笑听着公爵这一番热烈的话。看来，他的信念已经不可动摇。

"帕尔芬，你现在望着我的样子多么令人难受呀！"公爵怀着沉重的感情脱口而出说。

"上刀山赴火海！"罗戈任终于说，"嘿，她之所以嫁给我，就因为料定要挨我的刀子！公爵，难道你真的至今还没悟到，整个这件事的症结在哪里?"

"我不明白你的话。"

"好吧,也许你真的不明白,嘿嘿!怪不得人家说你有点儿……那个。她爱的是另一个人,这下明白了吧!就像我现在爱她一样,她也这样爱着另一个人。这另一个人你知道是谁吗?这就是你!怎么,你不知道还是怎么的?"

"是我?"

"是你。还是从生日那天开始,从那时起她就爱上你了。只不过她认为,她不可能嫁给你,因为她似乎觉得会使你蒙受耻辱,毁了你的整个命运。她说:'大家都知道我是个什么人。'至今她自己还经常重申这一点。这一切都是她亲自当着我面说的。她怕毁了你,使你蒙受耻辱,而嫁给我,这么说吧,是没什么关系的,是可以的,瞧她把我看作什么样的人,这也是显而易见的!"

"那她怎么从你这儿逃到我那里,又……从我那里……"

"从你那里跑到我这儿!嘿!她一时突发奇想的事还少吗!她现在整个人儿就像发热病一样。一会儿冲着我喊:'嫁给你等于投河一样,快点结婚吧!'她自己催促我,选定日期,可一旦接近婚期,又害怕了,或者又冒出别的念头来,天晓得是怎么回事,你不也是看到的吗:又是哭,又是笑,激狂得打哆嗦。她从你那里逃走,这又有什么奥妙可言呢?当时她从你那里逃走,是因为她自己醒悟到,她是多么强烈地爱你。她不能待在你那里。你刚才说,那时我在莫斯科找到了她;不是这么回事,是她自己从你那里逃到我这儿来的。'你定日子吧,'她说,'我准备好了!拿香槟酒来!我们去吉卜赛人那儿!'她这么嚷着……如果没有我,她早就投河了,我说的是实话。她之所以没有投河,也许是因为我比水更可怕。她是怀恨答应嫁给我的……如果她嫁给我,我已经老实说过了,那么她是怀恨嫁的。"

"你怎么这样说……你怎么这样!……"公爵嚷了起来,没有把话说完。他惊恐地望着罗戈任。

"你怎么不讲完,"罗戈任咧嘴笑着,补充说,"你想不想听,我来说,此刻你暗自在考虑:'唉,现在她怎么能做他的妻子?又怎么能放任她走这一步?'我知道你在想什么……"

"我不是为这个目的到这儿来的,帕尔芬,我对你说,我头脑里没有这种想法……"

"可能不是为这个目的,也没有这种想法,只不过现在一定已经成为目的了,嘿——嘿!好了,够了!你干吗这样否认?难道你真的不知道?你真使我惊奇!"

"所有这一切都是嫉妒,帕尔芬,所有这一切都是病态,所有这一切你都做了过分的夸大……"公爵异常激动地嘟哝着,"你怎么啦?"

"放下。"帕尔芬说着从公爵手中很快夺过他在桌上书旁拿起的小刀,将它又放回原处。

"当我要到彼得堡时,我仿佛知道,仿佛有预感……"公爵继续说,"我不想到这儿来!我想把所有这里的一切都忘掉,从心里掏光铲尽!好了,再见……你怎么啦?"

公爵说着,漫不经心地又从桌上把小刀拿到手里,罗戈任又从他手里夺过来,扔到桌上。这是样式很普通的一把小刀,刀柄是鹿角做的,不能折叠,刀长三俄寸半,宽则与之相应。

看到公爵特别注意到他两次从公爵手里夺出这把小刀,罗戈任气愤而烦恼地抓起它,把它夹在书里,又把书甩到另一张桌子上。

"你是用它来裁纸还是怎么的?"公爵问道,但似乎心不在焉,依然仿佛陷于深深的沉思之中。

"是的,裁纸……"

"这不是园艺用的刀吗?"

"是的,是园艺用刀。难道园艺刀就不能用来裁纸吗?"

"它……完全是新的。"

"新的又怎么啦？难道我现在不能买新刀？"罗戈任越说越恼火，终于气愤地喊了起来。

公爵打了个颤，凝神望了一下罗戈任。

"嗨，我们呀！"公爵完全醒悟过来了，忽然笑起来说，"兄弟，像现在这样我的脑袋昏沉沉的时候，还有这病……请原谅我，我完完全全变得那么心不在焉，十分可笑。我根本不想问这种事……我不记得要问什么。再见……"

"不是往这里！"罗戈任说。

"我忘了路！"

"往这里，往这里，我们一起走吧，我来指路。"

四

他们经过了公爵原先已经走过的房间；罗戈任稍走在前，公爵跟在他后面。他们走进了一间大厅。这里四周墙上挂着一些画，全是些主教的肖像画和风景画，但是画面已经模糊不清了。在通向接下来要经过的一个房间的门上方，挂着一幅样式很奇特的画，长两俄尺半左右，高无论如何也不超过六俄寸。上面画的是刚从十字架上取下来的救世主。公爵扫了一眼这张画，仿佛想起什么似的，但是他没有停留，想走进门去。他心里很沉重，想尽快离开这幢房子。但是罗戈任忽然在这幅画前停了下来。

"这里所有这些画，"他说，"全是先父在拍卖行里花一个或两个卢布买下来的，他喜欢这些画。一个懂行的人把这里所有的画都一一看过，他说，是些低劣货。而这一幅，就是门上这幅画，也是花两个卢布买来的，他说不是低劣之作，居然有一个人寻觅这张画，还对父亲说，愿出三百五十卢布的价，而萨维利耶夫·伊万·德米特里奇，一个商人，是个非常喜欢画的人，出价到四百卢布，上个星期则向谢苗·谢苗内奇哥哥提议五百卢布买它。我留下自己要。"

"噢，这……这是临摹汉斯·霍尔拜因的画，"公爵已经仔细看过这幅画的原画，说，"虽然我不太在行，但是，我觉得这是很出色的一幅临摹

249

画。我在国外看到过原画,便忘不了。但是……你怎么啦……"

罗戈任突然撤下画,照原路向前走去。当然,心不在焉和突然表露出来的特别奇怪的焦躁情绪也许可以解释他这种突然的行为;但毕竟使公爵感到有点纳闷,并非由他开始的谈话就这么中断了,而且罗戈任甚至都没有回答他。

"列夫·尼古拉伊奇,我早就想问,你信不信上帝?"走了几步,罗戈任忽然又说起话来。

"你问得真怪,还有……你看人的这种神情!"公爵不由得指出。

"可我喜欢看这幅画。"罗戈任好像又忘了自己提出的问题,沉默了一会儿,然后低声说。

"看这幅画!"公爵在一个猛地冒出的想法的支配下,忽然喊了起来,"看这幅画!有的人会因为这幅画而失去信仰!"

"信仰是在失去。"罗戈任忽然出人意料地肯定了这一点。他们已经走到出去的那扇门的门口了。

"怎么呢?"公爵忽然站住,"你说什么呀?我几乎是开玩笑说的,你却这么当真!你干吗要问信不信上帝?"

"没什么,随便问问。我过去就想问。现在不是有许多人不信吗?有一个人喝醉了酒对我说,'在我们俄罗斯不信上帝的人比所有别的地方要多,是真的吗?你在国外生活过,你说呢?'他说,'我们,在这点上比他们轻松些,因为我们走得比他们远'……"

罗戈任刻薄地笑了一下;说完自己的问题,他突然打开了门,抓住门锁的把手,等公爵走出去。公爵很惊奇,但还是走了出去。罗戈任跟在他后面走到楼梯口,在身后关上了门。两人面对面站着,那样子好像两人都忘了,要往哪儿走,现在该做什么。

"再见。"公爵伸过手说。

"再见。"罗戈任紧紧地但完全是机械地握着公爵递给他的手,说。

公爵走下一级,又转过身来。

"说到信仰,"他莞尔一笑(他显然不想就这样留下罗戈任),此外也受到突如其来的回忆的影响而有了兴致,开始说,"说到信仰,我在上星期两天之内遇见过四个不同的人。早晨我乘一条新铁路线上的火车,四个小时都跟一个C先生坐在车厢里聊天,立即就熟识了。还在以前我就听说过有关他的许多事情,顺便说一下,那都是讲他是无神论者的事。他这个人确实很有学问,我也很高兴跟一个真正有学问的人谈话。而且,他是个少有的教养好的人,跟我谈话完全就像跟一个在知识水平和理解能力上跟他一样的人那样。他不信上帝。只是有一点使我惊讶:他仿佛根本不是谈那个问题,始终都是这样,之所以使我惊讶,是因为过去,不论我遇见过多少不信上帝的人,也不论我读过多少这种书,我总觉得,他们说的和他们在书上写的仿佛根本不是在谈那个问题,至少表面上看来不是在谈那个问题。当时我就向他谈了这种感受,但是,想必我没有讲清楚或者不善于表达,因为他什么也不明白……晚上我在一家县城的旅馆里住宿,这家旅馆刚发生了一起杀人事件,就发生在我到的前一夜,大家都在谈论这件事。两个农民,都已有了点年纪,没有喝醉,彼此已经相知甚久,是好朋友,喝够茶以后,他们想一起睡在一间斗室里。但是在最后两天,一个看见另一个有一块银表,系在穿着黄色玻璃珠子的细绳上,显然他过去不知道对方有表。这个人并不是小偷,甚至还很老实,就农民的生活来说根本不穷。但是这块表那样叫他喜爱,又那样诱惑他,最后,他就克制不住了:拿起了刀,等好朋友翻过身去后,他就从背后小心翼翼地走近去,把刀对准他的朋友,眼睛朝天,画着十字,痛苦地暗自祷告:'主啊,看在基督面上宽恕我吧!'接着就像宰一头羊似的一下子把朋友杀了,掏走了那块表。"

罗戈任纵声大笑。他笑得非常厉害,就像毛病发作似的。刚才他还怀着阴郁的情绪,现在看着他这样狂笑,甚至不由得让人感到奇怪。

"我就喜欢这样!不,这是最精彩的了!"他痉挛一般喊道,几乎喘不过气来。"一个根本不信上帝,另一个却信到杀人还要祷告……不,公爵兄弟，这不是虚构杜撰！哈——哈——哈！不，这是最精彩的了！"

"第二天早晨我在城里闲逛，"罗戈任一停下来，公爵就继续说，虽然对方痉挛的笑仍然阵阵发作，使其双唇不住地哆嗦。"我看见，一个喝醉酒的士兵，样子十分邋遢，跌跌撞撞在木头人行道上走着。他走到我跟前说，'老爷，买了这个银十字架吧，二十戈比我就卖给您，是银的呀！'我看见他手中有一个十字架，大概刚从自己身上取下来，用一条很脏的淡蓝色带子系着，但是一看就知道，只是真正的锡做的，大号的，有八端，有完整的拜占庭图画。我掏出二十戈比给了他，当即把十字架戴到自己身上。从他脸上看得出，他是多么得意，因为骗过了一个愚蠢的老爷，而且立即就拿用十字架换来的钱去喝酒了，这是毋庸置疑的。兄弟，回俄罗斯后向我涌来的一切，当时留给我十分强烈的印象；过去我对俄罗斯毫不了解，就像是个聋哑人似的，在国外这五年里常常有点带着幻想怀念着它。我一边走一边想：不，还是等一等再谴责这个出卖基督的人。上帝可是知道的，在这些醉醺醺的虚弱的心灵中包含着什么。过了一小时，在回旅馆的路上，我碰上了一个怀抱婴儿的女人。这女人还年轻，小孩刚六个星期大。孩子朝她笑了一下，据她观察，这是他生下来第一次笑。我看到，她突然虔诚虔敬地画了个十字。'你这是干什么，大嫂？'我说。（我那时什么都要问。）她说，'这跟别的母亲一样，当她发现自己的小宝贝第一次微笑时，她会多么高兴，上帝也会这样，每次当他从天上看到有罪的凡人在他面前诚心诚意地祈祷，他也会这样高兴。'这是那个女人对我说的，差不多就是这么说的，她说出了这么深刻、这么细腻的真正是宗教的思想，一下子表达了基督教的全部实质，也就是这样一个概念：上帝就像我们的生身父亲，上帝因人而高兴犹如父亲因自己的亲生孩子而高兴一样，这就是基督教最主要的思想！一个普通的乡下女人！真的，是个母亲……谁知道，也许这个女人就是那个士兵的妻子。听着，帕尔芬，你刚才问过我，我的回答是这样：宗教感情的实质与任何高谈阔论，与任何过错和犯罪，与任何无神论都不相干，这里好像不是那么回事，而且永远不是那么回事；这里似乎是这么回事，即有关它的问题各种各样的无神论将永远只是一滑而过，将永远说不到要害上。但主要的是，在俄罗斯人的心灵上可以最明显、最快地发现这一点，这就是我的结论！这是我从我们俄罗斯得出的最早的信念之一。要做的事情有的是，帕尔芬！在我们俄罗斯这块天地里大有事情可做，相信我！你回想一下在莫斯科有一段时间我们常碰头和谈天的情景……现在我根本不想回到这里来！根本不想这样跟你见面，根本不想！算了，说这干什么！……告辞了，再见！愿上帝不会撇下你！"

他转过身，开始下楼梯。

"列夫·尼古拉耶维奇！"当公爵走到楼梯第一处拐弯的小平台时，帕尔芬在上面喊他，"你向士兵买的那个十字架，是不是戴在身上？"

"是的，我戴着。"

公爵又停了下来。

"到这里来拿出来看看。"

又是新奇事儿！公爵想了想，又朝上走，把自己的十字架拿出来给他看，但是没有从脖子上取下来。

"给我吧。"罗戈任说。

"为什么？难道你……"

公爵不想割舍这个十字架。

"我要戴它，我把自己的拿下来给你，你戴。"

"你想交换十字架？既然这样，帕尔芬，请拿去吧，我很高兴；我们做弟兄吧！"

公爵摘下了自己的锡十字架，帕尔芬则取下了自己的金十字架，互相交换了。帕尔芬沉默不语。公爵怀着沉重而又惊讶的心情发觉，过去的不信任，过去那种近乎嘲笑的苦笑似乎依然没有从他的结拜兄弟的脸上消失，至少有好几回在一瞬间强烈地流露出来。最后，罗戈任默默地握着公爵的手，站了一会儿，仿佛下不了决心做什么，末了，忽然拽住公爵，用勉强听得见的声音说:"我们走。"他们穿过一楼的平台,在他们刚才走出来的那扇门对面的门旁打了铃。很快就有人为他们开了门。一个系着头巾,穿一身黑衣服的驼背老妇人默默地低低地向罗戈任鞠着躬;他则很快地问她什么,也不停下来听回答,继续带公爵走过房间。他们又走过一个个幽暗的房间,那里有一种异常的、冷清的洁净,蒙着清洁白套子的古老家具透出一种寒森森、阴沉沉的气息。罗戈任未经通报,径直把公爵带到一间像是客厅的不大的房间,那里隔着一道明亮的红木板壁,两侧各有一扇门,板壁后面大概是卧室。在客厅角落里,炉子旁边,有一位小个子老太坐在扶手椅里,从外貌来看她还不算很老,甚至还有一张相当健康、讨喜的圆脸,但是已经满头银丝,而且看一眼就可以断定,她患有老年痴呆症。她穿着黑色毛料衣裙,脖子上围着一条黑色大围巾,头戴一顶有黑色丝带的洁白的包发帽。她的脚搁在一张小凳上。她身旁还有一位整洁干净的老太婆,比她还老,穿着丧服,也戴着白色发帽,想必是寄居这里的,正默默地织着袜子。她们俩大概一直默默无语。第一个老太一看见罗戈任和公爵,就朝他们笑了一下,并好几次朝他们亲切地点头表示高兴。

"妈妈,"罗戈任吻了她的手,说,"这是我的好朋友,列夫·尼古拉耶维奇·梅什金公爵。我跟他交换了十字架,在莫斯科有一段时间他对于我来说就像是亲兄弟,为我做了许多事。妈妈,为他祝福吧,就像为你亲生儿子祝福一样。等等,老妈妈,是这样,让我来帮你把手指捏捏……"

但是帕尔芬还没有动手以前,老太婆就抬起自己的右手,捏拢三个手指头,为公爵虔诚地画了三次十字。后来又一次朝他亲切和温柔地点了点头。

"好,我们走吧,列夫·尼古拉耶维奇,"替母亲捏完手指后帕尔芬说,"我就是为此才带你来的……"

当他们又来到楼梯口的时候,他补充说:

"瞧她根本就不明白人家说什么,也丝毫不懂我的话,可是却为你祝福了;这就是说,是她自己愿意的……好了,再见吧,我和你都到该分手的时候了!"

他打开了自己的门。

"让我至少拥抱你一下作为告别吧,你真是个奇怪的人!"公爵含着温和的责备望着罗戈任大声说,并且想要拥抱他。但是帕尔芬刚抬起双手,立即又放下了。他没有决心,并且转过身去,免得看着公爵。他不想拥抱他。

"不要因为我不拥抱你而害怕!我虽然拿了你的十字架,但不会为了表而杀了你!"他不知为什么奇怪地笑着,含混不清地嘟哝说。但是,忽然他的脸整个儿变了样:脸色白得吓人,双唇哆嗦着,眼睛熠熠发光。他抬起双手,紧紧地拥抱了公爵,喘着气说:

"你就把她拿去吧,既然命运是这样!她是你的!我让给你!……记住罗戈任!"

他撇下公爵,也不朝他看一眼,匆匆走进自己房间,砰的一声在身后关上了门。

五

　　已经很晚了，差不多是两点半的时候，公爵在叶潘钦家没有遇上将军。他留下名片后，决定去一趟"天平旅馆"问问科利亚；如果他不在那里，就给他留张字条。在"天平旅馆"人家对他说，"尼古拉·阿尔达利翁诺维奇还是一大早就出去了，但是走的时候预先关照了，万一有人来找他，那么就告诉人家，他大概在三点钟左右回来。如果到三点半他还不回来，那就是坐火车去帕夫洛夫斯克和上叶潘钦将军夫人的别墅了，而且也就在那儿用饭了。"公爵便坐下等待，顺便就给自己要了午餐。
　　到了三点半甚至四点钟科利亚还没有来。公爵走到外面，无意识地随意走着。夏初，彼得堡偶尔会有一些美妙的日子——阳光明媚，天气炎热，四周宁静。好像故意似的，这一天就是这种难得的好天气。公爵漫无目的地闲逛了一阵。他对这个城市不太熟悉。他不时地在街道的十字路口，在陌生的房屋前，在广场上，在桥上停步驻足；有一次还顺便走进了一家点心店休息了一下。有时他怀着极大的好奇心开始观察过往行人，但是往往既没有注意行人，也没有注意自己究竟在什么地方走，他处于痛苦的紧张和不安之中，同时又感到非常需要独自待着。他很想就只有他一个人，完全消极地顺从这种令人痛苦的紧张而不去寻求出路。他怀着厌恶的心情不想去解决涌向他心灵的一连串问题。"怎么，难道这一切是我错了？"他暗自嘀咕着，但又几乎没有意识到自己在讲话。

快近六点钟时，他出现在去皇村的铁路站台上。孤独很快就使他难以忍受，一阵新的冲动强烈地袭往他的心间，有一瞬间一道明亮的光线照亮了他那忧愁的灵魂困居其间的黑暗。他打了去帕夫洛夫斯克的票，迫不及待地急于去那里；但是，无疑地，有什么东西总是使他心绪不宁，这就是现实，而不是如他所喜欢的那种幻想。他几乎已经在车厢里坐了下来，又突然把刚刚买的车票丢到地上，重又从车站走了出来，一副窘困和沉思的神态。过了一会儿，在街上，他似乎忽然想起了什么，似乎猛然揣度到什么很奇怪的、久久使他不得安宁的事情。突然他不由得意识到自己在做的一件事已经持续很久了，可是直到此刻他却一直没有关注这件事：已经有好几个小时了，甚至还是在"天平旅馆"时，好像还是在抵达"天平旅馆"之前，他间或突然会开始在自己周围似乎寻找什么，随后就忘了，忘的时间还挺长，有半小时，接着又怀着不安的心态四面环顾，在周围寻觅着。

但是他刚刚发现自己这种病态的、至今还完全是不自觉的、却又早已左右着他的行动，突然在他眼前闪过了另一个回忆，引起他莫大的注意。他回想起，就在他发觉自己老是在周围寻找什么的那一刻，他曾站在人行道上一家店铺的窗前，并以很大的好奇仔细打量着陈列在橱窗里的商品。现在他想一定要检验一下：他刚才是否真的在那里站过，大概就只是在五分钟前，就在这家店铺的橱窗前，莫不是他的幻觉，莫不是他搞混了？这家店铺和这种商品是否真的存在？因为他确实感到，今天他自己的情绪特别不正常，差不多就跟过去毛病要开始发作时的情况一样，他知道，在病要发作的前期他总是异常心不在焉，如果不加特别高度的注意去看人和物，甚至常常会弄错。为什么他这么想检验一下自己当时是否曾经站在店铺的橱窗前，是有特殊原因的：在店铺橱窗里陈列的许多东西中，有一件他曾看过，而且还估价六十个银戈比，尽管他完全漫不经心和忐忑不安，可是他记得有这么回事。因此，如果这家店铺是存在的，这件东西真的陈列在商品之中，那么，也就是说，他确实曾经为了这件东西而停留。这么说，这件东西引起了他的强烈兴趣，以致在他刚走出火车站、心情那样沉重惶惑的时候，竟还吸引了他的注意。他走着，几乎烦恼地朝右边望着，他的心因为焦躁的迫不及待而激烈地跳动着。但是，这就是店铺，他终于找到了它！当他突然想要往回走时，他距它已经只有五百步光景了。这就是值六十个银戈比的东西。"当然，就值六十戈比，不会更多！"他现在证实着，笑了起来。但他的笑是歇斯底里的，他觉得非常难受。他现在清楚地回想起，正是在这里，他站在这橱窗前的时候，曾经突然转过身来，就像下火车时捕捉到罗戈任的目光射在自己身上一样。他确信他没有错（其实，就是在检验以前他也完全是有把握的），他撇下了店铺，并且尽快离开它。所有这一切应该快点好好思考一下，一定要好好想想。现在很清楚，在车站上他见到的并不是幻觉，所发生的一切一定是确有其事的，也一定是与他过去所有的不安相联系的。但是一种发自内心的不可抗拒的厌恶又占了上风：他什么也不想考虑，也不去思索，他开始思忖的完全是另一回事。

顺便说一下，他想的是，在他处于癫痫状态时，几乎就在发病前，有那么一个阶段（如果不是梦中发作的话），在忧郁、压抑和精神上的黑暗之中他的大脑经常会突发性地振奋起来，就如突然燃起瞬息即逝的火焰一般，而他的全部生命力也会以不同寻常的冲动一下子鼓舞起来。在闪电一般短促的这些瞬间，生命的感受、自我的意识几乎增长十倍。智慧、心灵都被异常的光芒照得透亮；他所有的激动，所有的怀疑，所有的不安仿佛一下子都平息了下来，化成一种最高级的宁静，充满着明朗、和谐的欢欣和希望，充满着理智和最终的缘由。但是这些时刻，这些闪光还只是那最后一秒钟（从来也不超过一秒钟）的预感，而发作本身就是从那时开始的。这一秒钟自然是难以忍受的。当后来处于健康状况下再来思考这些瞬间时，他常常自己对自己说，所有这些最高级的自我感受和自我意识亦即"最高级存在"的闪电和闪光不是别的，而正是疾病，是对正常状态的一种破坏，如果是这样的话，那么这就根本不是最高级存在；相反，应该列为最低级。然而，最后他还是冒出了一个颇为离奇的想法。"这是病又怎么样？"他最后认为，"如果已经是在健康状况下想起来的和弄明白的那一刻的感受，如果结果本身是使你处于最高级的和谐和美之中，是能赋予至今尚未体验的、料想不到的充实感、分寸感，是能在充满激情的虔诚中同最高级的生命综合体调和与融合，那么这种不正常的亢奋又有什么关系呢？"这些模模糊糊的话语虽然表达得含混不清，但是他自己心中是明白的。对于这确实是"美和虔诚"，这确实是"最高级的生命综合体"，他不能怀疑，也不容许怀疑。在这种时刻他如做梦一般看见的是不是如同由大麻膏、鸦片或酒所引起的什么幻象？这种不正常的、不存在的幻象损害理智，扭曲灵魂。在病态状况结束后，他能正确地对此作出判断。这些瞬间恰恰仅仅是自我意识的非同一般的强化——如果要用一个词来表达这种状态的话，那就是自我意识，同时也是最高级的直接的自我感受。如果在那一秒钟，也就是在发病前有意识的最后一刻，他还来得及清晰而自觉地对自己说，"是啊，为了这一瞬间是可以献出整个生命的！"那么，这一瞬间本身当然是值全部生命的。不过，他并不坚持自己这一结论的辩证部分：神志不清、精神愚钝、麻木痴呆是这些"最高级瞬间"的明显的后果。当然，他不会认真地进行争论。在这个结论中，也就是在他对这一瞬间的评价中，毫无疑问，包含着错误，但是感受的真实性毕竟使他有点困惑。实际上对这种真实性又有什么办法呢？要知道这本身就是这样，他可是来得及就在那一瞬间自己对自己说，这一秒钟他完全能感觉到无限的幸福，凭这一点，这一瞬间大概也是值整个生命的。"在这一瞬间，"在莫斯科他与罗戈任经常碰头，有一次他对他说，"在这一瞬间我似乎明白了一句不平常的话：'不再有时间。'大概，"他笑着补充说，"这正是患癫痫的穆罕默德打翻了盛水的瓦罐、水还没来得及流淌的那一瞬间，可是他却来得及在这一刹那一览无余地观察了安拉的住处。"是的，在莫斯科他经常跟罗戈任聚会，谈的也不只是这一点。"罗戈任刚才说，那时对他来说我即是他兄弟；今天是他第一次这么说。"公爵暗自思忖着。

他坐在夏园一棵树下的长椅上想着这件事。已经七点钟左右了。夏园里空荡荡的，夕阳有一瞬间被阴暗遮掩了。空气很是窒闷，就像预告遥远的雷雨即将来临。此刻他这种沉思默想状态对他来说有某种诱惑。他的回忆和理智沉湎于外部的每一件事物，他也喜欢这样：他始终想忘掉什么真正的重要的事情，但只要看一眼自己周围，他马上就又意识到自己的阴暗的念头，而他又非常想摆脱这种念头。他本来已回想起刚才在小饭馆里用餐时跟跑堂的谈起的不久前发生的异常奇特的杀人案，这件案子曾闹得满城风雨，流言四起，但是他刚一想起这件事，于他又突然发生了某种特别的情况。

一种异常的不可抗拒的愿望，近乎是诱惑，突然使他的全部意志都麻木了。他从长椅上站起来，从夏园径直朝彼得堡岛方向走去。刚才在涅瓦河滨，他曾请一位过路人隔着涅瓦河指给他看彼得堡岛的方向。人家指给他看了；但是当时他没有朝那里走。再说不论怎么样今天是没必要去了。他知道这一点。地址他早就有了，他很容易就能找到列别杰夫亲戚家的屋子，但他几乎肯定地知道，他不会在这家里碰上她。"她一定去帕夫洛夫斯克了，不然的话，照约定的办法，科利亚会在'天平旅馆'留下什么话的。"因此，如果他现在去，那么当然不是为了见到她，另一种阴暗的折磨人的好奇心诱惑着他。他的头脑里冒出一个新的突如其来的念头……

但是，对他来说，他开始走并且知道往何处走，这已经足够了：过了一分钟他又已经走路了，甚至几乎没有去注意自己走的哪条路。继续去想那"突如其来的念头"使他立即感到万分厌恶，甚至是不可能的。他带着折磨人的紧张的注意去观察映入眼帘的一切，仰望天空，俯视涅瓦河。他本想与遇到的一个小孩子讲话，但是没有讲。大概，他那癫痫状态越来越严重了。雷雨好像真的临近了，虽然来得很慢，远处的雷声已经开始滚来。空气变得非常窒闷……

不知为什么,现在他老是想起刚才见到的列别杰夫的外甥,就像有时会想起缠绵不休、无聊到让人厌烦的曲调一样。奇怪的是,他老是把他想成列别杰夫本人刚才向他介绍外甥时提到的那个杀人凶手的形象。确实,有关这个杀人犯的事他还是不久前在报上看到过报道。自从他来到俄国以后,他读到和听到过许多这一类事情,他也执著地注视着这一切。刚才他跟跑堂谈的也正是热马林一家被杀的案件,他甚至表现出过分强烈的兴趣。跑堂同意他的看法,他记得这一点。他也想起了这个跑堂,这个小伙子并不蠢,稳重并谨慎,"不过,天知道他究竟是个什么样的人,在陌生的地方要看透陌生的人是很困难的。"不过,他开始满怀热情地相信俄罗斯的心灵,呵,这六个月中他经历了多少对他来说是完全新鲜的、始料不及的、闻所未闻的、出人意料的事啊!但是,知人知面不知心,俄罗斯的心灵也是深不可测的,对许多人来说是不可理解的。就说他与罗戈任吧,他们来往很久,交往甚密,"像兄弟般"相处,可是他了解罗戈任吗?其实,在这方面,在所有这一切中,有时是多么混乱,多么冗杂,多么纷纭呀!但是,方才列别杰夫的这个外甥又是个多么事事如意的坏东西!不过,我在干什么呀?(公爵继续遐想着)难道是他杀死了这几条命,这六个人?我似乎搞混了……这多么奇怪!我好像有点头晕……列别杰夫的大女儿,就是抱着小孩站在那里的那个姑娘,有一张多么讨人喜的可爱的脸蛋呀!多么天真无邪!几乎是孩子一般的表情,几乎是孩子一般的笑声!奇怪的是,他几乎忘记了这张脸,现在才想起它来。列别杰夫虽然朝他们跺脚,大概,对他们一个个还是非常宠爱的。但最没有疑问的,就像二乘二等于四一样,这便是列别杰夫也十分宠爱自己的外甥。

不过,干什么他要对他们做这样的最终审判,他今天初来乍到,干吗要做这样的判决呢?是的,列别杰夫就给了他难堪:嘿,他料到列别杰夫是这样的吗?难道他过去了解到列别杰夫是这样的?列别杰夫和杜巴里夫人,——我的天哪!不过,罗戈任如果要杀人,那么至少也不会这样胡乱杀人,不会弄得这么乱糟糟的。凶器会是按图样定制的,把六个人完全置于死地!难道罗戈任有按图样定制的凶器……他有……但是……难道能断定罗戈任要杀人?!公爵突然打了个寒颤。"我这样恬不知耻、毫无顾忌地做这样的猜测,岂不是犯罪行为,岂不是卑劣行径!"他失声呼叫起来,羞涩的红晕一下子涌上了他的颜面。他惊愕了,纹丝不动地站在路上。他一下子又想起了刚才经过的帕夫洛夫斯克车站和尼古拉耶夫车站,想起了向罗戈任当面直截了当提出的眼睛的问题,想起了现在戴在他身上的罗戈任的十字架,想起了罗戈任亲自带他去见母亲以及她的祝福,想起了刚才在楼梯口罗戈任的最后一次神经质的拥抱和最后放弃纳斯塔西娅·费利帕夫娜的声明。还想起了在这一切以后他发现自己在周围不断寻找着什么,想起了这家店铺,这件东西……这是多么卑鄙呀!这一切以后,现在他带着"特别的目的"、特别的"意想不到的念头"正在走去!绝望和痛苦攫住了他的整个灵魂。公爵立即就想转身回自己的旅馆去,他甚至已经转过身去开始走了;但是过了一分钟他又停下来了,思考了一阵,又转回身朝原先的路走去。

他已经在彼得堡岛上了,离那幢屋子很近。但现在他去那里已经不是抱着原先的目的,不是带着"特别的念头"!刚才怎么会是这样!是啊,刚才他的毛病正在复发,这是肯定无疑的;也许,今天就一定要发作。由于发病才有这精神上的愚钝黑暗,由于发病才有"念头"!现在黑暗已经消散,魔鬼已被驱除,怀疑已不存在,欢悦留在心间!还有,他已经很久没有见到她了,他需要见到她,还有……对了,他现在很希望能遇见罗戈任,这样他就会挽起他的手,他们就一起去……他的心地是纯洁的,难道他是罗戈任的情敌吗?明天他将自己去对罗戈任说,他看见她了,正如刚才罗戈任说的,他飞一般地赶到彼得堡来,只是为了见到她!也许,他真会遇上她,因为她不一定就在帕夫洛夫斯克!

是啊,应该在现在使这一切都摊开来,使彼此都明白对方的全部心思,免得再有这些阴郁而又激狂的放弃声明,就像刚才罗戈任宣布放弃一样,要让这一切做得轻松畅快和……光明磊落。难道罗戈任就不能光明磊落?他说,他不像我那样爱她,他没有同情心,没有"丝毫这样的怜悯"。确实,他后来补充说,"也许,你的怜悯比我的爱情更强烈",但他是在诽谤自己。嗯,罗戈任在读书,难道这不是"怜悯",不是"怜悯"的开端?难道光有这本书还不能证明他是完全意识到自己对她的态度吗?还有他刚才讲的故事,不,这比光有情欲要深刻得多。难道她的脸只会激起情欲?再说这张脸现在难道能激起情欲?它只会唤起痛苦,它只会令人揪心,它……一阵灼痛、苦涩的回忆突然掠过公爵的心头。

是啊,是痛苦的回忆。他回想起,还是不久前,当他第一次发现她有失去理智的征兆时,他是多么痛苦。当时他几乎感到绝望了。当她那时从他这里逃到罗戈任那儿去时,他怎么能撇下她不管呢?他应该亲自去追她,而不是等消息。但是……难道到目前为止罗戈任还没有发觉她身上的疯狂?……嗯……罗戈任在所有的事情上看到的是别的原因,情欲的原因!他又有多么疯狂的嫉妒呀!不久前他做的推测又想说明什么呢?(公爵突然脸红了,仿佛有什么东西在他心间战栗了一下。)

不过,回忆这个干什么?这件事上双方都有疯狂。而对于他公爵来说,若是以情欲去爱这个女人,几乎是不可思议的,几乎是残酷的、没有人性的。是的,就是这样!不,罗戈任是在诽谤自己,他有宽广的襟怀,既能承受痛苦,又能表示同情。当他了解到全部真情,当他确认这个被损害的疯狂的女人是个多么可怜的人,难道到那时他还不能原谅她的全部过去,不能忘掉自己的所有痛苦?难道他不会成为她的奴仆、兄长、朋友、神明?同情会使罗戈任自己明白事理,会使他得到教育。同情是全人类生活的最主要的法则,也许,也是唯一的法则。哦,他在罗戈任面前是有过错的,这是多么不可原谅,多么不光彩呀!不,不是"俄罗斯的心灵深不可测",既然他能想象出这么可怕的情景,那也就是他自己的心灵深不可测。在莫斯科时就因为他讲了几句热情诚挚的话,罗戈任已经把他称为自己的兄弟,而他……但这是疾病和谵妄!这一切都会得到解释的!……刚才罗戈任多么阴沉地说,他自己"正在失去信仰"!这个人一定十分痛苦。他说,"他喜欢看这幅画;而实际上并不喜欢,只是感到需要。"罗戈任不光是一颗只有情欲的灵魂,也毕竟是个斗士:他想努力恢复自己失去的信仰。现在他非常需要信仰,甚至到了万般痛苦的地步……是的,是应该信仰什么!是应该信仰什么人!可是,霍尔拜因这幅画是多么奇怪呀……啊,就是这条街!大概,就是这幢房子,正是这样,十六号,"十级文官之妻费利索娃宅",就在这里!公爵打了铃,询问纳斯塔西娅·费利帕夫娜是否住这里。

这幢房屋的女主人亲自回答他说,纳斯塔西娅·费利帕夫娜还是早晨就去帕夫洛夫斯克达里娅·阿列克谢耶夫娜家了,"甚至可能在那里留几天"。费利索娃是个个子矮小、尖眼尖脸的女人,四十岁光景,看起人来既狡黠又专注。对于她问姓名(她似乎有意使这个问题带有神秘色彩),公爵起先不想回答,但马上回转来并坚决请求把他的名字转告给纳斯塔西娅·费利帕夫娜。费利索娃接受了这一坚决的请求,并表现出一副非常用心专注和异常神秘的样子,看来是想以此表明:"请放心,我明白了。"公爵的名字显然给她产生了强烈的印象。公爵心不在焉地瞥了她一眼,转过身,就回自己的旅馆去了。但是他从费利索娃家走出来时的神情已经不是打铃叫她时那种样子了。仿佛霎时间在他身上又发生了异常的变化:他走着,又变得脸色苍白,身体虚弱,内心痛苦,心情激动;他的双膝打着颤,一丝淡淡的忧愁的微笑在他那发青的嘴唇上游移:他那"突如其来的念头"忽然得到了证实,并且证明是正确的,可是——他又相信自己的魔鬼了!

但是真的得到证实了吗?真的证明是正确的吗?为什么他又会有这种打颤,这种冷汗,这种精神上的黑暗和冷漠?是因为他现在又看见这双眼睛了吗?但是,他从夏园到这儿来唯一的目的不正是为了见到这双眼睛吗?他的"突如其来的念头"不也正在于此吗?他执意想要看见这双"刚才见过的眼睛",是为了最终能确信,他一定会在这幢房子附近遇到这双眼睛。这是使他焦躁不安的愿望,现在他真的见到了这双眼睛,又为什么这样压抑和震惊?仿佛完全出乎意料一般!是的,这正是那双眼睛(正是那双眼睛,这一点现在已经没有丝毫怀疑!),早晨当他从尼古拉耶夫站下火车时,正是那双眼睛在人群中朝他闪了一下;后来,就刚才坐在罗戈任的椅子上时,他曾捕捉到自己肩后那一双眼睛的目光(绝对就是那双眼睛!)。罗戈任刚才否认了,他歪着嘴,冷冰冰地笑着问:"到底是谁的眼睛呢?"不久前在皇村车站上,当他坐进车厢要去阿格拉娅那里时,突然又看见了这双眼睛,这已经是这一天里的第三次了,公爵当时非常想走到罗戈任跟前,对他说,"这是谁的眼睛!"但他逃出了车站,只是当他站在刀剪铺前并对有鹿角柄的一件东西估价六十戈比那一会儿,他才神志清醒过来。奇怪和可怕的魔鬼终于缠住了他,已经再也不想离开他了。当他坐在夏园的菩提树下沉思遐想的时候,这个魔鬼对他悄声低语说,既然罗戈任从一早起就这样盯他的梢,每一步都不放过他,那么,当罗戈任知道他没有去帕夫洛夫斯克(当然,这对罗戈任来说已经是不幸的消息了),就一定会去那里,即彼得堡岛上的那所屋子,也一定会在那里伺守着他,而他在早晨还发誓说"不去见她","不是为了她才到彼得堡来的"。现在公爵却慌急慌忙地赶到那所屋子去,在那里他真的遇上了罗戈任又怎么办呢?他看见的只是一个不幸的人,他心绪阴郁,但又很可以理解。这个不幸的人现在甚至不再躲躲闪闪。确实,罗戈任刚才不知为什么矢口抵赖和撒谎,但是在车站上他几乎不加躲闪地站在那里。倒不如说公爵他自己在躲藏,而不是罗戈任。现在他就站在街的另一面,在距离五十步左右的斜对面的人行道上,交叉着双手,在屋子旁等着。这一次他完全暴露无遗,而且好像故意想让人家看到似的。他站在那里就像个揭发者,像个法官,而不是……不是什么呢?

可是为什么公爵他自己现在不向罗戈任走去?虽然他们的目光相遇了,他又为什么似乎什么也没看见似的,转身离开他呢?(真的,他们的目光相遇了!他们还彼此望了一会儿。)刚才他自己不是还想挽着他的手,跟他一起去那里吗?他自己不是还想明天去他那里并对他说自己曾经在她那里吗?还在去那里的途中,当时欢悦突然充溢心间,他自己不是已经否决了自己的魔鬼了吗?要不,要是罗戈任身上真的有什么东西,也就是说,在这个人今天的整个形象中,在他的言语、动作、行为、目光的整个总体中真有什么能证实公爵那可怕的预感和他的魔鬼所说的纷扰人的低语呢?有某种东西本身能被看见,但是很难分析和叙述,也不可能用充分的理由来解释,但是,尽管有这样的困难和不可能,它还是能产生十分完整和不可抗拒的强烈印象,这种印象不知不觉地转变为完全的确信,是什么东西呢?……

确信——什么呢?(哦,这种确信、"这种卑鄙的预感"的荒唐性、"侮辱性"使公爵多么痛苦,他又多么强烈地谴责自己!)"如果有勇气,你就说,到底确信什么?"他带着责备和挑战的心理不断对自己说,"说出来,勇于把自己的全部思想明白、确切、毫不犹豫地表达出来!哦,我真是个无耻的人!"他满脸红晕,忿忿地重复着,"现在我这辈子还能用什么眼睛去瞧这个人!唉,这算是什么样的一天!上帝啊,多么可怕呀!"

在从彼得堡岛回去的这条漫长而痛苦的道路快要走完的时候,曾经有一刻一种强烈的愿望忽然袭住了公爵——马上到罗戈任那儿去,等到他,带着羞愧、眼泪拥抱他,告诉他一切,然后一下子了结一切。但是他已经站在自己住的旅馆门前了……刚才他是多么不喜欢这家旅馆,这些走廊,整个这幢房屋,他的房间,从看第一眼起就不喜欢;这一天里他怀着特别厌恶的心情曾经好几次想起必须回到这里来……"我这是怎么啦,像个生病的女人似的,今天对所有的预感都相信起来了!"他停在门口,以自嘲的态度生气地想。一阵难以忍受的新的羞愧感,几乎是绝望感涌上心头,使得他凝立在原地,就在大门口。他待了一会儿。有时候人们常常会这样的:难以忍受的突如其来的回忆,特别是交织着羞愧的回忆,通常总会使人在原地停下来一会儿。"是的,我是个没有心肝的人,胆小鬼!"他阴郁地重复说,急遽地朝前走,但是……又停了下来……

大门里本来就幽暗,此刻更是黑糊糊的:即将来临的雷雨前的乌云吞噬了日暮时分的微明,就在公爵走近屋子的那一刻,乌云突然散漫了,下起了倾盆大雨。在他停了一会儿以后急促地离开原地,来到并正站在大门口,就在从街上进门的入口处。突然他在门洞的深处,在昏暗的通向楼梯口的地方,看见了一个人。这个人仿佛在等待什么,但是很快地闪现一下就消失了。公爵未能看清楚这个人,当然,怎么也不能肯定他是什么人。何况这里过往的行人又这么多;这里是旅馆,不停地有人走出走进,在走廊里跑来跑去。但他忽然感到能够最充分地、不容反驳地确信:他认识这个人,而且这个人一定是罗戈任。过了一瞬间公爵便紧跟着他奔上楼梯。他的心都屏息不跳了。"马上一切都会得到解决了!"带着一种奇怪的信念,他暗自说着。

公爵从大门口奔上去的楼梯通向一楼和二楼之间的走廊,旅馆的房间就设在这两层楼面上。正像所有建造年代久远的房屋一样,这座楼梯是石砌的,又窄又暗,绕着一根粗石柱盘旋而上。在楼梯第一个拐弯的平台处,这根石柱上有一个像壁龛那样的凹进去的地方,一步宽,半步深,可是这里能容纳一个人。不论光线多么暗,公爵跑上平台后就分辨出,在这个壁龛里不知为什么有人躲在这里。公爵忽然想不朝右边看,就这么从旁边走过去。他已经跨出了一步,但克制不住,还是转过身来。

刚才那两只眼睛,就是那双眼睛,突然与他的目光相遇了。躲在壁龛里人也已经从里面跨出了一步。两个人面对面,几乎是紧贴着站了有一秒钟。公爵忽然抓住了他的肩膀,朝楼梯这边折回去,靠明处近些:他想看清楚这张脸。

罗戈任的眼睛闪闪发光,狂笑使他的脸都变了样。他的右手举了起来,手中什么东西亮晃晃闪了一下。公爵没有想去阻挡这只手。他只记得,他好像喊了一声:

"帕尔芬,我不相信!……"

接着,仿佛有什么东西忽然在他面前裂开了:一股非同寻常的内心的光芒照亮了他的灵魂。这一瞬间持续了大概半秒钟；但是他却清楚和有意识地记住了这开端，这可怕的号叫的第一声，它是自然而然地从胸中迸发出来的，他用任何力量都无法遏制住。接着他的意识刹那间消失了，笼罩着一片漆黑。

他的癫痫病发作了，这病已有很久没有复发了。大家都知道，癫痫病，亦即是羊痫风，是一瞬间突然发作的。在这一瞬间突然脸变得十分异样，特别是眼光。抽搐和痉挛遍及全身和面目五官。难以想象的、跟什么都不一样的可怕的号叫从胸口迸发出来；在这声号叫里似乎一切人性的东西都骤然消失了，旁观者无论怎样也不可能，至少是非常困难去想象和假设——喊出这声音的就是眼前这个人。这一情况甚至使人觉得，仿佛在这个人的身体里面另外有一个什么人在喊叫。至少有许多人是这样说明自己的印象的，癫痫病人发作的样子引起许多人肯定无疑和难以忍受的恐怖，甚至还包含着某种神秘。应该推测到，那一刻突如其来的恐怖感觉再夹杂着所有其他可怕的印象猛地使罗戈任在原地怔住了，因而也就使公爵幸免于本来已经朝他戳下来的不可避免的一刀。接着，罗戈任还没来得及想到这是癫痫发作，看到公爵身子离开他一晃，突然在楼梯上直挺挺仰面朝下倒去，后脑重重地撞在石级上，他就拼命朝下奔去，绕过躺着的病人，几乎丧魂落魄地逃出了旅馆。

抽搐、扭动、痉挛使病人的身体顺着不少于十五级的楼梯一直滚到楼梯末端。很快，不超过五分钟就有人发现了躺在地上的人，一群人围拢了来。头旁的一汪血引起人们的困惑：是这个人自己撞破的，还是"有人作了什么孽"。但是很快就有些人看出是羊痫风；一名侍者认出公爵是刚来的住客。一个侥幸的情况终于使这一场慌乱解决得相当顺利。

原来允诺四点钟左右回到"天平旅馆"、结果却去了帕夫洛夫斯克的科利亚·伊沃尔京突发了一个念头，因此没有在叶潘钦将军夫人那里"用饭"而回到了彼得堡，并急匆匆赶往"天平旅馆"，到那里时已是晚上七点钟左右。根据留给他的字条，他知道公爵在城里，于是急忙向字条里告知的地址赶去找他。在公爵住的旅馆里他了解到公爵出去了,就到下面小吃部,一边喝茶听管风琴,一边等待。偶然听到人家谈论有人羊痫风发作,他凭准确的预感奔向出事地点,便认出了公爵。立即就采取了必要的措施。人们把公爵抬到他的房间里;他虽然已经醒了过来,可是相当长时间都不能完全恢复意识。被请来检查头部损伤的医生给他做了湿敷并告知,碰伤没有丝毫危险。过了一小时,当公爵已经非常清楚地明白身边发生的一切时,科利亚就用马车把他从旅馆转送到列别杰夫那儿去。列别杰夫以非凡的热情和恭敬接待了病人。为了公爵,他还加快了搬去别墅的准备:第三天所有的人已经在帕夫洛夫斯克了。

六

列别杰夫的别墅并不大，但是舒适，甚至漂亮。用作出租的那一部分特别做了装饰。在相当宽敞的露台上，就在从外面走进房间的地方，放着好些个绿色大木桶，里面栽着香橙、柠檬、茉莉树，按照列别杰夫的设想，这应构成最具魅力的景观。有些树是连同别墅一起买下的，它们摆在露台上所产生的效果使列别杰夫甚为赞赏，因而，当凑巧在拍卖市场看到也有这些栽在木桶里的树时，他就下决心买下来与原有的配套。在终于将所有的树都运到别墅并布置好的那一天，列别杰夫好几次走下露台台阶跑到街上，然后从街上欣赏自己的房产，每一次他都在思想里增加着准备向未来租住别墅的房客索要的房租。虚弱无力、内心苦闷、身体受伤的公爵很喜欢这别墅。其实，在搬到帕夫洛夫斯克的那天，也就是他的病发作后的第三天，从外表来看，公爵已经和健康人的样子差不多了，虽然内心里仍觉得自己还没有康复。他对这三天里在自己身边见到的所有的人都感到高兴，他喜欢寸步不离他的科利亚，喜欢列别杰夫一家人（他的外甥不在，不知到哪儿去了），他也喜欢列别杰夫本人；甚至还高兴地接待了还在城里时就拜访过他的伊沃尔京将军。在搬来的那一天，已经近傍晚了，在他周围许多客人聚集在露台上：第一个来的是加尼亚，公爵几乎认不出他了——这段时间里他变得很厉害，人也瘦了许多。接着是瓦里娅和普季岑，他们也在帕夫洛夫斯克住别墅。伊沃尔京将军几乎常住在列别杰夫家里，甚至好像是跟他一起搬过来的。列别杰夫竭力不让他到公爵那儿去，让他待在自己屋里；他像好朋友一样对待将军，看来他们早就已经熟识了。公爵发现，这三天里他们有时候彼此进行长谈，常常大声嚷嚷着，甚至好像是为一些学术问题而争论不休，而这却似乎使列别杰夫感到满足。可以想到，他甚至需要将军这个人，但是从一搬到别墅起他就对将军采取了像对全家那样的防范措施：他借口不要打扰公爵，不放任何人到公爵那儿去。他对自己的女儿们，包括抱着婴儿的维拉，也是这样，只要稍稍怀疑她们要走到公爵所在的露台上去，便对她们又是跺脚，又是追奔，又是驱赶。尽管公爵一再请求不要赶走任何人。

"第一，如果这样放纵她们，就一点也没有恭敬的态度了；第二，对她们来说甚至也有失体统……"对于公爵直截了当的诘问，他终于做了以上的解释。

"为什么呢？"公爵感到很内疚，"真的，您这一切监视和守护只会折磨我。我一个人感到很寂寞，我对您说过好几次了，而您自己不停地挥手和跺着脚走来走去更使我感到烦闷。"

公爵指的是，虽然在病人需要静养的借口下赶开了所有家里的人，可是列别杰夫自己在这三天里差不多一刻不停地走到公爵这里来，每次先是打开门，探进个头来，环顾着房间，就像想确信，公爵是否在这里？有没有逃走？然后就踮着脚，悄悄地、慢慢地走近扶手椅，因而往往无意中吓着自己的房客。他不断地询问，公爵是否需要什么，当公爵终于向他指出，请他别打扰他时，他就顺从地、默默无言地转过身，踮着脚向门口移步，一边走一边连连挥手，仿佛是要人知道，他仅仅如此而已，一句话也没有说，马上就走出去，而且不再来了，可是过了十分钟或者至多一刻钟便又出现了。科利亚有进公爵房里去的自由，这一点使列别杰夫深为伤感，甚至颇为见怪和忿忿不平。科利亚注意到，他经常在门口站上半小时，偷听他和公爵的谈话,当然他把这件事告诉了公爵。

"您简直就把我据为己有,把我锁了起来,"公爵表示反对说,"至少在别墅我想不要这样子,请您明白一点,我将爱见谁就见谁,想去哪儿就去哪儿。"

"这丝毫不成问题。"列别杰夫挥手说道。

公爵把他从头到脚专注地打量了一番。

"鲁基扬·季莫菲耶维奇,您是否把吊在您床头的一个小柜搬到这儿来了?"

"没有,没搬来。"

"难道就把它留在那儿了?"

"不好搬,要把它从墙里拔出来……嵌得很牢很牢。"

"也许,这里也有这样的吊柜?"

"甚至更好,甚至更好,是和别墅一起买下来的。"

"啊……啊,您刚才不让谁到我这儿来的?一小时以前。"

"这是……这是将军。确实没让他进来,他也不该到您儿来。公爵,我对这个人怀着深深的敬意,这是个……这是个了不起的人物,您不相信吗?好吧,您以后就会知道的,可是反正……尊敬的公爵,您最好还是不要在自己这儿接待他。"

"请问,这是为什么?还有,列别杰夫,您现在为什么老是要踮着脚走近我跟前,就像想在我耳边告诉什么秘密似的?"

"我卑贱,我卑贱,我自己也感觉到,"列别杰夫很动感情地捶着自己的胸脯,突然回答说,"对您来说,将军是不是太好客了?"

"太好客?"

"是太好客。第一,他已经打算住我这里,这倒也随他去,他还很好激动,马上攀起亲戚来了。我跟他已经算过好几次亲戚,原来我们还是自家人。您也原来是他的表外甥呢,还是昨天他才向我讲清楚。既然您是他的表外甥,这么说,尊敬的公爵,我和您也成了亲戚。这也没什么,是他的小毛病,但是他刚才要人相信,他这一生,从当准尉开始到去年6月11日,每天他家里坐下来吃饭的人总不少于二百人。最后竟把话说到这样:这些人甚至都不站起来了,就这样吃了中饭吃晚饭,再喝茶,一昼夜十五个小时坐在餐桌旁,三十年连续不断,没有丝毫间歇,几乎连换台布的时间也没有。一个起身走了,另一个则来了,而在假日和皇家节日时来者达三百人。俄罗斯建立千年纪念日那天他统计了,竟有七百人。这可真是不得了!这样的情况是很糟糕的迹象;要接待这样好客的人简直可怕,所以我才想:对于您和我来说,这样的人是不是太好客了?"

"但是,您和他好像关系挺不错的嘛。"

"像兄弟一般,是闹着玩的,就算是自家人,对我来说也只会更光彩。通过二百个人吃饭和俄罗斯千年纪念的事,我甚至看出他是个非常出色的人。我这是说的真心话。公爵,您刚才说到秘密,也就是,说我走近来似乎想告诉您什么秘密。就像故意似的,倒也真的有秘密:那位知名人物刚才表示,很想跟您秘密会面一次。"

"为什么要秘密呢?绝不需要。我自己到她那里去,哪怕是今天就去。"

"绝对不行,绝对不行,"列别杰夫连连挥起手来,"她怕的并不是您所想的事。顺便告诉您:那个恶棍简直是每天都来探询您的健康状况,您知道吗?"

"您好像常常称他是恶棍,对此我很表怀疑。"

"您不用任何怀疑的,不用的,"列别杰夫赶快把话岔开,"我只想说明,那位知名人物怕的不是他,而完全是另一个人,完全是另一个人。"

"到底怕什么,快说呀。"公爵望着装模作样、故作神秘的列别杰夫,不耐烦地问道。

"秘密就在这里。"

列别杰夫窃笑了一下。

"谁的秘密?"

"您的秘密。尊敬的公爵,您自己禁止我在您面前说……"列别杰夫嘟哝着说,他把公爵的好奇心逗到近乎病态的、难以忍耐的程度,以此而感到一种满足,未了突然说,"她怕阿格拉娅·伊万诺夫娜。"

公爵皱了一下眉头,沉默了一会儿。

"说真的,列别杰夫,我要放弃住您的别墅,"他突然说,"加夫里拉·阿尔达利翁诺维奇和普季岑夫妇在哪里?您把他们也招引来了?"

"马上就到,马上就到。紧跟着他们甚至将军也要来。我要把所有的门都打开,把所有的女儿都叫来,马上叫来,马上统统都叫来。"列别杰夫惊慌地低语着,一边不停地挥动双手,从一扇门奔向另一扇门。

就在这时科利亚来到了露台,他是从外面进来的,并且宣布,他后面要有客人来,是叶莉扎维塔·普罗科菲耶夫娜及其三个女儿。

"让不让普季岑夫妇和加夫里拉·阿尔达利翁诺维奇进来?让不让将军进来?"列别杰夫听到消息大为惊讶,急忙跑近来问。

"为什么不?让所有愿意来的人都进来!列别杰夫,请您相信,您好像一开始就没有正确理解我的态度;您总是不断地犯错误。我没有丝毫缘由要隐藏和躲避谁。"公爵笑着说。

看着公爵笑,列别杰夫认为有义务跟着他笑。尽管他异常激动不安,但仍然看得出他非常满意。

科利亚报告的消息是准确的,他赶在叶潘钦家的人前面仅仅早到几步,以便通知她们来到,因此客人们一下子就从两面出现了,叶潘钦家的人从露台上来,普季岑夫妇、加尼亚和伊沃尔京将军从房间里来。

叶潘钦家知道公爵发病和他在帕夫洛夫斯克,是刚从科利亚那里获悉的,在这以前将军夫人还在苦恼和困惑。前天将军把公爵的名片带给了家里人,这张名片激发起叶莉扎维塔·普罗科菲耶夫娜绝对的信心,认为公爵本人一定会在这张名片之后来彼得堡与他们见面。小姐们则要她相信,一个半年没有写信的人,也许,现在也远远不会这么急于来见他们,大概,没有他们他在彼得堡也有够多忙碌的事,谁知道呢?可是这些劝说是白费口舌。将军夫人对于这些意见大为生气并准备打赌,认为公爵至少第二天一定会来,虽然"这已经是姗姗来迟了"。第二天她等了一上午;等他来吃午餐,又等他到傍晚。当天色已经完全黑下来时,叶莉扎维塔·普罗科菲耶夫娜对什么都大发脾气,跟谁都大吵一通,当然,在吵架原因上根本不提公爵。整个第三天也只字不提他。阿格拉娅在用午餐时无意间脱口说,妈妈生气是因为公爵没有来,对此将军立即指出,"他在这件事上可没有错",——叶莉扎维塔·普罗科菲耶夫娜马上站起身,忿忿地从桌旁走开了。终于,傍晚时分科利亚来了,带来了所有的消息,还描述了他所知道的公爵的全部遭遇。结果叶莉扎维塔·普罗科菲耶夫娜高兴极了,但是不管怎么样,科利亚还是被狠狠地数落了一通:"要不整天整天在这里转悠,赶也赶不走,可这一回,即使你自己决定不来,哪怕告诉一声也好。"科利亚本来真想为"赶也赶不走"这句话生气,但是他还是准备把这句话搁到下一次再说,要不是这句话太叫人见怪,他也许也就不计较了,因为叶莉扎维塔·普罗科菲耶夫娜在获悉公爵发病的消息时所表现出来的激动不安,他还是喜欢的。她很长时间坚持必须马上派专人去彼得堡,请某个一流名医乘第一趟火车赶来,但是女儿们劝阻了她,不过,当母亲一下子又打算去探望病人时,她们也不甘落后。

"他生命垂危,"叶莉扎维塔·普罗科菲耶夫娜一边忙乱着一边说,"可我们还在这里讲究礼仪!他是不是我们家的朋友?"

"未知深浅,且莫涉水。"阿格拉娅刚开始发表意见。

"那好吧,你就别去了,甚至这样还很好,不然,叶甫盖尼·帕夫雷奇来了,没人接待他。"

有了这几句话,阿格拉娅当然立即跟着大家走了,其实,即使没有这番话她也是打算去的。坐在阿杰莱达旁边的Щ公爵应她的请求马上就同意陪她们去。还是以前刚开始结识叶潘钦家人的时候,听他们说起公爵,他就表现出异常的兴趣。原来他认识公爵,他们是不久前结识的,还一起在某个小城住过两个星期。这大约是三个月前的事。Щ公爵甚至讲了许多有关公爵的情况,总的来说他对公爵相当有好感,因此现在由衷地高兴去探望老相识。伊万·费奥多罗维奇将军这次不在家。叶甫盖尼·帕夫洛维奇也还没有来。

从叶潘钦家到列别杰夫的别墅不超过三百步,叶莉扎维塔·普罗科菲耶夫娜到公爵这儿,第一个印象便是不愉快的,在他周围遇见了一大群客人,已经不用说,在这一群人中有两三个人是她十分痛恨的;第二个则是惊讶,因为她看到向她们迎面走来的是个乍看起来完全是健康的年轻人,而不是她意料中会见到的躺在病榻上、生命垂危的人,而且他衣着讲究,笑容可掬。她甚至茫然不知所措地停住了。科利亚则非常满足。当然,在将军夫人尚未从自己别墅动身的时候,他本可以解释清楚,没有谁奄奄一息,也没有人生命垂危,但是他没作解释,他狡猾地预感到,将军夫人看到自己诚挚的朋友身体健康,一定会大发脾气,会可笑地气忿难平。科利亚甚至很不客气地说出了自己的猜测,想要惹恼叶莉扎维塔·普罗科菲耶夫娜;尽管他与将军夫人存在着友谊,但他还是常常招惹挖苦她。

"等一等,亲爱的,别急,别扫了自己的兴!"叶莉扎维塔·普罗科菲耶夫娜回答说,一边坐到公爵为她摆好的扶手椅上。

列别杰夫、普季岑、伊沃尔京将军急忙奔过去为小姐们搬椅子。将军为阿格拉娅搬了椅子,列别杰夫也给Щ公爵摆了椅子,与此同时弯着腰以表示其异常恭敬的态度。瓦里娅像通常那样欣喜而又低声地与小姐们打了招呼。

"公爵,我真的以为大概会看见你躺在床上,是因为害怕才在想象中夸大了,我现在也决不撒谎,看着你一脸喜气洋洋的样子,我反而气恼得要命,但是我向你起誓,这不过是没有来得及好好思考前那一会儿的情绪。一经思考,我说话做事总是更聪明些,我想你也是这样。说真的,假如我有亲生儿子,也许对他身体康复还不会像见到你恢复健康这样高兴;如果你对此不相信,那么你应该感到羞愧,而不是我。而这个恶小子跟我还不只是这样闹着玩。好像你是庇护他的,那么我警告你,总有一天我会更乐意放弃与他结交的荣幸,请相信我的话。"

"我又什么地方得罪您了?"科利亚嚷起来,"无论我说了多少回要您相信,公爵几乎已经恢复健康,您却不愿相信,因为您设想他生命垂危躺在病床上,这会有意思得多。"

"到我们这儿来住多久?"叶莉扎维塔·普罗科菲耶夫娜转向公爵问。

"整个夏天,也许更长些。"

"你还是一个人?没有结婚?"

"没有,没有结婚。"公爵对她这种幼稚的挖苦话付之一笑。

"这没什么好笑的,这是常有的事。现在我说别墅,为什么不搬到我们那儿去住?我们有整间厢房是空着的。不过,随你便。你现在是租他的住吗?租这个人的?"她朝列别杰夫那儿点了下头,低声追问道,"他干吗老是做鬼脸?"

这时维拉像通常一样抱着孩子从房间里走到露台上来。列别杰夫在椅子旁点头哈腰张罗,同时却不知道干什么是好,但又极不愿意离开,这时便奔向维拉,朝她连连挥手,赶她离开露台,甚至忘了场合,连连跺脚。

"他疯了吗?"突然将军夫人补充问。

"不,他……"

"也许是喝醉了?你的伙伴可不怎么样,"她扫视了其余的客人后断然说,"不过,姑娘却多么可爱呀!她是谁?"

"这是维拉·鲁基扬诺夫娜。这个列别杰夫的女儿。"

"啊!……非常可爱。我想跟她认识一下。"

但是,列别杰夫听到了叶莉扎维塔·普罗科菲耶夫娜的夸赞,自己已经拖着女儿过来介绍了。

"孤儿,全是孤儿!"他走到跟前,有气无力地凄然说,"她抱着的这个孩子也是孤儿,是她的妹妹,叫柳波芙,完全是合法婚生的,我那刚去世的妻子叶列娜六个月前死于分娩,这是上帝的旨意……是啊……虽然她只是姐姐,可就得代替母亲照料妹妹了,她不过是姐姐……不过是……不过是……"

"而你这个当爹的不过是个傻瓜,对不起。好,够了,我想你自己也明白。"叶莉扎维塔·普罗科菲耶夫娜突然异常气愤地断然说。

"千真万确!"列别杰夫恭敬地深深鞠了一躬。

"听着,列别杰夫先生,有人说你在阐释《启示录》,是真的吗?"阿格拉娅问。

"千真万确……第十五个年头了。"

"我听说过你的事。好像还在报上刊载过有关您的报道,是吗?"

"不,这是讲的另一个人,是另一个人,那人已经死了,而在他之后就剩下我了。"列别杰夫得意忘形地说。

"看在邻居的分上,劳驾您近日内什么时候给我讲讲,我一点也不懂《启示录》。"

"我不能不提醒您,阿格拉娅·伊万诺夫娜,这一切在他来说纯粹是招摇撞骗,请相信我。"伊沃尔京突然很快地插进来说。他千方百计地想怎么开口讲话,等得焦急,如坐针毡;现在他在阿格拉娅·伊万诺夫娜身旁坐下。"当然,住别墅的人有自己的权利,"他继续说道,"也有自己的乐趣,接受这一位不同寻常的因特鲁斯[1]来阐释《启示录》,这也未尝不是一种娱乐,跟别的娱乐一样,甚至还是绝妙的智力游戏,但是我……您望着我好像很惊讶?我很荣幸向您作自我介绍——伊沃尔京将军。我还曾经抱过您呢,阿格拉娅·伊万诺夫娜。"

"见到您非常高兴。我认识瓦尔瓦拉·阿尔达利翁诺夫娜和尼娜·亚历山德罗夫娜。"阿格拉娅竭力克制自己不要放声大笑出来,低声咕噜着说。

叶莉扎维塔·普罗科菲耶夫娜发火了。早就蓄积在心中的怒气突

---

[1] 因特鲁斯,此处原为法语俄译音,意为"冒名者"。

然要求宣泄。她无法忍受伊沃尔京将军,她过去认识他,但已是很久前的事了。

"你在胡说,老爷,这是家常便饭了,你从来也没有抱过她。"她忿忿然不客气地对他说。

"妈妈,您忘了,他真的抱过我,在特维尔,"阿格拉娅忽然证实说,"我们那时住在特维尔。我当时六岁,我记得。他给我做了弓和箭,教我射箭,我还射死了一只鸽子。您记得吗,我和您一起射死鸽子的事?"

"当时他给我带来了硬板纸做的头盔和木剑,我还记得!"阿杰莱达喊了起来。

"我也记得这一点,"亚历山德拉证实说,"你们那时还为了受伤的鸽子而吵嘴,结果被分开罚站墙角,阿杰莱达就戴着头盔、拿着木剑站着。"

将军对阿格拉娅声称,他曾经抱过她,他之所以这么说,只是为了开始谈话,也仅仅是因为他跟所有的年轻人攀谈几乎总是这样开始的,如果他认为有必要跟他们结识。可是这一次,仿佛故意似的,他说的恰恰是真话,又仿佛故意似的,他自己又偏偏忘了这一件事。因此,当阿格拉娅此刻忽然证实,她与他两人一起射死了鸽子时,他的记忆一下子豁然洞开,自己也回忆起所有这一切乃至细枝末节,已是暮年的人回忆起遥远过去的某件事时往往是这样的。很难表述这种回忆对这个可怜的,通常带着几分醉意的将军产生了多么强烈的作用,但是他终究猛然大受感动。

"我记得,全部记得!"他喊了起来,"我当时是上尉。您是这么一丁点儿小,非常讨人喜欢。尼娜·亚历山德罗夫娜……加尼亚……我们常到你们家……去做客。伊万·费奥多罗维奇……"

"瞧你,你现在都落到什么地步了!"将军夫人接过话茬说,"既然你这么受感动,这么说,你到底还没有把自己的高尚感情都喝光!把妻子折磨苦了。本该给孩子们作出表率,可你却坐进监狱。老爷,从这儿走开吧,随便走到哪儿,站到门背后角落里去哭一通,回忆一下自己清白的过去,也许上帝会宽恕你。去吧,去吧,我对你可是说正经的。改邪归正的

279

最好办法莫过于带着追悔的心情回忆过去。"

但是无须重复说对他说的是正经话。正像所有经常醉醺醺的人一样，将军非常容易动感情，又像所有堕落太甚的酒鬼那样，不那么容易承受得住对昔日幸福的回忆。他站起身，温顺地向门边走去，以致叶莉扎维塔·普罗科菲耶夫娜马上又可怜起他来。

"阿尔达利翁·亚历山德雷奇，老爷！"她冲着他背后喊了一声，"停一下；我们大家都是有罪过的人，等你感到自己较少受到良心责备时，再到我这儿来，我们一起坐一会儿，聊聊过去。也许，我自己的罪孽比起你来要深重五十倍；而现在再见吧，走吧，这儿没你的事……"她忽然害怕他又回转来。

"您暂时最好别跟着他，"公爵制止了本已跟在父亲后面跑去的科利亚说，"不然，这一会儿他就会懊恼起来，一切便前功尽弃了。"

"这倒是真的，别去碰他，过半小时再去。"叶莉扎维塔·普罗科菲耶夫娜决定了说。

"瞧，一生中哪怕说一次真话有多大意义，竟感动得流泪！"列别杰夫壮着胆子插话说。

"如果我听到的都属实的话，那么你这个爷们大概也是个好样的。"叶莉扎维塔·普罗科菲耶夫娜马上就止住了他。

聚集在公爵这里的所有客人之间的相互关系渐渐地确定了下来。公爵自然能够认识并且也已经认识到将军夫人及其女儿们对他十分关切，当然也诚挚地对她们说，在她们来拜访前，他自己就打算拜访她们，尽管自己有病，时间又已经晚了，今天可一定要到她们那里去。叶莉扎维塔·普罗科菲耶夫娜瞥了一眼公爵的客人，回答说，就现在也可以这样做。普季岑为人很有礼貌也很知趣，很快便起身告退，要到列别杰夫的厢房去，而且也很想把列别杰夫本人一起引走。列别杰夫应允马上就来；此时瓦里娅正跟小姐们在交谈，因此留了下来。她和加尼亚为自己的将军父亲离开感到相当高兴；加尼亚自己后来也很快地跟在普季岑后面走了。在露台上逗留的那一会儿,虽然叶潘钦家的人在场,但他举止谦恭温顺又不失尊严,叶莉扎维塔·普罗科菲耶夫娜两次把他从头到脚打量个遍,他也丝毫没有因为她那咄咄逼人的目光而显得不知所措。确实,过去了解他的人会想,他变了许多。阿格拉娅很喜欢这种变化。

"这是加夫里拉·阿尔达利翁诺维奇出去了吗?"她突然问。她有时候喜欢这样做:用自己的问题大声、生硬地打断别人的谈话,同时又不是向哪个人提问。

"是他。"公爵回答说。

"我差点没认出他来,他变了许多……变好得多了。"

"我很为他高兴。"公爵说。

"他大病了一场。"瓦里娅怀着欢悦和同情补充说。

"哪一点上他变好了?"叶莉扎维塔·普罗科菲耶夫娜几乎大为惊吓和困惑不解,怒冲冲地问着,"哪来的根据?丝毫也没有变好。你觉得他究竟什么变好了?"

"再没有比'可怜的骑士'更好的了!"科利亚一直站在叶莉扎维塔·普罗科菲耶夫娜的椅子旁,这时却突然宣称说。

"我自己也这么想。"Щ公爵说完,笑了起来。

"我完全赞同这个意见。"阿杰莱达郑重宣布。

"什么'可怜的骑士'?"将军夫人问,一边困惑和烦恼地打量着所有说话的人,当她看见阿格拉娅满脸通红时,生气地补充说,"简直是胡说八道!什么'可怜的骑士'?"

"你宠爱的这个男孩难道是第一次歪曲别人的话吗?"阿格拉娅傲慢而愤懑地回答。

阿格拉娅每次发怒的时候(而她经常发怒)尽管正言厉色、毫不容情,但也几乎每次都流露出还有点孩子气的、不耐烦的学生样,并且掩饰得也不高明,因此别人瞧着她,有时不能不发笑,这又使她异常恼火,因为她不明白人家笑什么,"他们怎么能,怎么敢笑!"现在连姐姐们,Щ公爵也在笑,甚至列夫·尼古拉耶维奇公爵本人也莞尔一笑,也不知为什么涨红了脸。科利亚哈哈大笑,得意非凡。阿格拉娅这回生气可不是闹着玩的,这倒反而使她变得格外妩媚动人了。她的窘态对她非常相称,于是随即她又为自己这种窘态而暗自着恼。

"他歪曲您的话还少吗!"她又添了一句。

"我是以您自己的赞叹为根据的!"科利亚嚷了起来,"一个月前您翻阅《堂吉诃德》时发出了这样的感叹,说再没有比'可怜的骑士'更好的了。我不知道您那时说的是谁:是堂吉诃德还是叶甫盖尼·帕夫雷奇,或者还有什么人,反正是说的某个人,当时我们还交谈了很久……"

"我看,你妄自猜测是不是太多了点,亲爱的。"叶莉扎维塔·普罗科菲耶夫娜烦恼地阻止他说下去。

"难道仅仅是我一个人这么想吗?"科利亚不甘闭口不言,"那时大家都这么说,就是现在也是;就刚才Ш公爵,阿杰莱达·伊万诺夫娜,还有所有的人都宣布支持'可怜的骑士'一说,这么说'可怜的骑士'是存在的,而且也一定是有的,据我看,要不是阿杰莱达·伊万诺夫娜,那么我们大家早就会知道,谁是'可怜的骑士'了。"

"我又哪里做错了?"阿杰莱达笑着说。

"您不愿意画肖像,这就是您的错!阿格拉娅·伊万诺夫娜当时请您画一幅'可怜的骑士'的肖像画,甚至还说了她自己构思的画的素材,您记得那素材吗?您不愿意……"

"可是叫我怎么画呢?画谁呢?根据素材来画,这位'可怜的骑士'

　　无论在谁的面前
　　都不除去钢面罩

这样能得出一张什么样的脸呢?画什么?面罩吗?蒙面人?"

"我一点也不明白,什么面罩!"将军夫人很生气,其实她心里开始很清楚地明白,"可怜的骑士"这个称号指的是谁(看来,这是早就约定的称呼)。但是特别使她恼火的是,列夫·尼古拉耶维奇公爵也在不好意思,后来完全窘得像个十岁的孩子。"怎么啦,这种愚蠢的把戏有完没完?到底给不给我讲清楚这个'可怜的骑士'是怎么回事?是不得了的秘密,绝不能让别人知道还是怎么的?"

但大家只是继续笑着。

"这是最简单不过的,有一首奇怪的俄罗斯诗歌,"终于Щ公爵插进来说,显然他想尽快了结这场谈话,改换一个话题,"是关于'可怜的骑士'的,没有开端和结尾的一个片段。一个月前光景,有一次午餐后大家在一起说笑,照例为阿杰莱达·伊万诺夫娜未来的画寻找素材,您知道,为阿杰莱达·伊万诺夫娜的画寻找素材早已成为全家的共同任务了。于是就谈到了'可怜的骑士',谁是第一个说的,我不记得了……"

"是阿格拉娅·伊万诺夫娜!"科利亚嚷了起来。

"也许是,只不过我不记得了,"Щ公爵继续说,"有的人嘲笑这个素材,另一些人则宣称,没有比这更高级的了,但是要画'可怜的骑士',无论怎样总得要画脸,于是便开始逐个挑选所有熟人的脸,结果却一张也不合适,事情也就到此为止。这就是全部经过。我不明白,为什么尼古拉[1]·阿尔达利翁诺维奇忽然想起来提这件事而且还加以引申。这在当时是顺便说起,很可笑,而在现在则根本没有什么意思了。"

"因为又有了另有所指的愚蠢的新花招,既刻薄又欺人。"叶莉扎维塔·普罗科菲耶夫娜毫不客气地说。

"除了深深的敬意,没有丝毫愚蠢。"突然阿格拉娅完全出人意料地郑重而又严肃地说。她已经恢复常态,克服了刚才窘迫的神态。不但如此,你看着她,根据某些迹象可以认为,现在她自己也乐意这玩笑开下去,最好能越开越玄妙。她身上发生这一转折的瞬间,正是在公爵窘态毕露

---

[1] 科利亚为尼古拉的爱称。

而且越来越厉害,达到非常明显的地步之时。

"一会儿像个疯子似的放声大笑,一会又突然表示深深的敬意!真是疯了!为什么要尊敬?马上给我说,为什么你无缘无故忽然就有了深深的敬意?"

"之所以有深深的敬意,"阿格拉娅依然那样郑重和严肃地回答母亲那几乎是充满愤恨的问题,"是因为在这首诗里就描写了一个有理想的人;其次,既然确立了理想,就会把它作为信仰,而有了信仰,就会不顾一切地把自己的一生奉献给它。在我们这个时代这是不常有的。在这首诗里没有说'可怜的骑士'的理想究竟是什么,但可以看得出,这是一个光明的形象,'纯洁的美的形象',而热衷于自己信仰的骑士脖子上不是系着围巾而是挂着念珠。确实,那诗里还有一句令人费解、词意未尽的箴言,他写在自己盾牌上的三个字母:А.Н.Б.……"

"是А.Н.Д.。"科利亚纠正说。

"可我说是А.Н.Б.,而且我愿意这样讲。"阿格拉娅烦恼地打断他说。"不论怎么样,有一点是很清楚的:不论他的女士是什么人,也不管她做什么事,对这个可怜的骑士来说都无所谓。是他选择了她而且相信她的'纯洁的美',这已经足够了。后来他已经永远拜倒在她的石榴裙下了;他的功勋就在于,即使她后来成为小偷,他也仍然相信她,而且为了维护她那纯洁的美而甘愿折戟沉沙。诗人好像想把某个纯洁高尚的骑士那中世纪骑士的、柏拉图式爱情的全部宏大的概念综合进一个非同寻常的形象中去。当然,这一切是理想。在'可怜的骑士'身上这种情操已经达到极限,到了禁欲主义的地步。应该承认,具备这样的情操意味着许多东西,而且这样的情操留下的是相当深刻的特点,从某方面来讲,是值得称道的,更不用说堂吉诃德了。'可怜的骑士'也是一个堂吉诃德,只是很严肃、不可笑罢了。我开始不理解而嘲笑,现在我却爱'可怜的骑士',而主要的是,我敬重他的高尚行为。"

阿格拉娅说到这里结束。望着她,甚至难以相信,她是当真说的还是在嘲笑。

"嘿,他是个傻瓜,他的行为也是傻的!"将军夫人决断说,"还有你,我的姑奶奶,胡吹一通,简直就像是上课;照我看,于你甚至是很不相称的。无论如何是不能容许的。什么诗?你背诵一下,你肯定是记得的!我一定要知道这首诗。我这一辈子就是不能容忍诗歌,仿佛早有预感似的。看在上帝分上,公爵,忍耐一下,看来我和你不得不一起忍受了。"她对列夫·尼古拉耶维奇说。她非常气恼。

列夫·尼古拉耶维奇本想说什么,可是因为始终窘困不安而什么话也说不出来。只有阿格拉娅一个人,如此信口开河地大讲一通,却一点也没有不好意思,甚至还好像很高兴。她随即站起身,仍然像原来那样郑重和严肃,而且显出一副早就准备好和只等邀请的样子,走到露台中央,站到还坐在扶手椅里的公爵面前。大家有些惊讶地看着她,几乎是所有的人——Ш公爵、姐姐、母亲都怀着一种不快的感觉看着这一新想出来的淘气行为,无论如何这样做是走得太远了。但是可以看得出,阿格拉娅喜欢的正是这种故作姿态,她就用这副样子像模像样地开始朗诵诗歌。叶莉扎维塔·普罗科菲耶夫娜差点没把她赶回原座去,但就在阿格拉娅刚要开始有腔有调朗诵那首著名的叙事诗时,两位新来的客人一边高声讲着话,一边从街上走进了露台。这是伊万·费奥多罗维奇·叶潘钦将军,紧跟在他后面的是位年轻人。他们的来到引起了一阵小小的骚动。

七

陪同将军来的年轻人二十八岁左右，高挑的个子，身材匀称，有一张漂亮而聪明的脸蛋，乌黑的大眼睛目光炯炯，充满着俏皮和嘲弄的神色。阿格拉娅甚至都没有朝他看一眼，继续朗诵着诗，依然正儿八经她只望着公爵一个人，也只面对着他一个人。公爵开始明白，她做这一切是别有用心的。但是起码新来的客人使他多少调整了尴尬的状态。看见他们后，他欠身站起，从远处亲切地朝将军点了点头，示意不要打断朗诵，自己则退到扶手椅后面，左手搁在椅背上继续听着朗诵，这样他就比较自然，不像坐在扶手椅里那样"可笑"了。叶莉扎维塔·普罗科菲耶夫娜则用命令式的手势朝进来的人挥了两次手，让他们停在那里。而公爵对于陪同将军来的新客则产生了极大的兴趣，他明确地肯定这人是叶甫盖尼·帕夫洛维奇·拉多姆斯基，因为已经听说了不少有关此人的事，也不止一次想到他。只有他穿的那件便装使他感到困惑，因为他听说，叶甫盖尼·帕夫洛维奇是个军人。在诗朗诵这段时间里这位新客的唇间始终挂着嘲弄的微笑，似乎他已经听说过有关"可怜的骑士"的事儿。

"也许，这是他自己想出来的名堂。"公爵暗自想道。

但是阿格拉娅的情况却完全不同。她开始表演朗诵时那种装模作样和故意夸张的姿态已为严肃认真所掩盖。她已全神贯注于诗歌作品的精神内涵,并且就是以对这种内涵的理解来念出每一个词,以高度的朴实来朗读每一个诗句,因此当朗诵结束的时候,她不仅仅吸引了全体的注意,而且通过表达诗歌的高尚精神仿佛证明了她那么一本正经走到露台中央时竭力显示的装模作样和郑重其事多多少少是正确的。现在可以认为,这种郑重其事的姿态仅仅反映了她对于自己所要表达的那种高尚精神无限的,也许甚至是天真的敬意。她的眼睛闪闪发亮,灵感和欣喜引起的几乎不为人注意的轻微的肌肉抽动两次掠过她那漂亮的脸庞。她朗诵着:

> 世上有位可怜的骑士,
> 沉默寡言又单纯朴实,
> 外表忧郁,脸色苍白,
> 精神勇敢,禀性耿直。
> 一个不可理喻的幻影,
> 在他的眼前萦绕浮现,
> 它那魅人的深刻印象,
> 深深地嵌入他的心扉。
> 从此他的心熊熊燃烧,
> 再不对女人瞧上一眼,
> 至死对任何一个女人,
> 也不想吐露片言只语。
> 他在自己的脖颈上面,
> 戴上念珠而不是围巾,
> 无论在什么人的面前,
> 都不掀起脸上的钢罩。
> 他充满着纯洁的爱情,
> 他忠实于甜美的理想,

他用自己赤红的鲜血,
在盾牌上写上 A. H. D.。
此时在巴勒斯坦荒漠,
骑士们攀登悬崖峭壁,
高呼着心上人的芳名,
跃马驰骋飞奔上战场,
Lumen coeli, sancta Rosa！[1]
他高声吼叫又狂又烈,
他的声威如巨雷灌耳,
使敌对者们惊魂丧胆。
他回到遥远的城堡后,
离群索居囚禁般度日,
默默无言、郁郁不乐,
终如痴如狂命归黄泉。

后来公爵回想起这一刻的情景,长久地感到困惑,并且为一个他百思不得其解的问题而苦恼不堪:怎么可以把如此真挚、美好的感情和这种明显的恶意嘲笑结合起来？这是一种嘲弄,对此公爵毫不怀疑;他清楚地理解这一点并且也有推断的理由;在朗诵的时候阿格拉娅擅自把A. H. D.三个字母换成 Н. Ф. Б.。[2] 他没有弄错,也没有听错,这一点他是没有怀疑的(后来也证实了这一点)。不论怎么说,阿格拉娅的举动是有用心的,当然,她是开玩笑,尽管开得过于尖刻和轻率。还是一个月前大家就在议论(和"笑话")"可怜的骑士"。然而不论公爵后来怎么回忆,结果是,阿格拉娅说出这几个字母时不仅没有丝毫开玩笑的样子或是什么讥

---

[1] 拉丁文,意为"天国的光明,圣洁的玫瑰"。
[2] 这是纳斯塔西娅·费利帕夫娜·巴拉什科娃的俄语缩写。

笑,甚至也没有特别强调这几个字母来突出其隐秘的含意,而是相反,她始终是那么认真、纯洁无瑕和天真纯朴地朗诵,以致可以认为这些字母就是诗里的,书上就是这么印的。有一种沉重的和不愉快的感觉刺痛了公爵的心。叶莉扎维塔·普罗科菲耶夫娜当然既不明白换了字母也没有发现什么用意。伊万·费奥多罗维奇只知道他们是朗诵诗歌。其余的听众中有很多人是明白的,他们对阿格拉娅的大胆举动和用意感到惊讶,但是都保持沉默,尽量不露声色。但是叶甫盖尼·帕夫洛维奇(公爵甚至准备打赌)不仅仅明白,甚至还竭力要显露出他是明白底蕴的:他那莞尔一笑带有的嘲弄意味太明显了。

"多么美妙呀!"将军夫人真正陶醉了,朗诵刚一结束便赞叹说,"是谁写的诗?"

"是普希金,妈妈,别让我们丢丑,这有多不好意思!"阿杰莱达高声说。

"有你们在一起还不至于变得这么笨!"叶莉扎维塔·普罗科菲耶夫娜苦恼地抢白说,"真羞耻!回去以后,马上把普希金的这首诗给我拿来!"

"可我们家里好像根本就没有普希金的书。"

"不知什么时候起,"亚历山德拉补充说,"有两卷破书搁在那里。"

"马上派人去城里买,叫费多尔或者阿列克谢去,坐第一班火车,最好是阿列克谢去。阿格拉娅,到这儿来!吻吻我,你朗诵得很出色,但是,如果你是出于真心朗诵这首诗的话,"她几乎是低声耳语着补充说,"那么我为你感到惋惜;如果你朗诵是嘲笑他,那么我也不赞成你的这种感情,因此不论怎样,最好是根本不朗诵。你懂吗?去吧,小姐,我以后再跟你说,我们在这里已经坐很久了。"

与此同时,公爵正跟伊万·费奥多罗维奇致意问候,而将军则向他介绍了叶甫盖尼·帕夫洛维奇·拉多姆斯基。

"是在路上把他抓来的,他刚下火车;他获悉我要来这里,我们一家人都在这里……"

"我获悉您也在这里,"叶甫盖尼·帕夫洛维奇打断将军的话说,"因为我早就认为一定要寻找机会不仅仅结识您,而且还要得到您的友谊,所以我不想失去时机。您贵体不适?我刚刚才知道……"

"现在完全好了,我很高兴认识您,久闻大名了,甚至还跟Щ公爵谈起过您。"列夫·尼古拉耶维奇一边递过手去,一边回答说。

两人互相客套一番,握了握手,彼此都专注地看了一眼对方。霎时间谈话就变得很一般。公爵发现(他现在会既迅速又急切地发现一切,甚至也许还能注意到根本没有的事),叶甫盖尼·帕夫洛维奇穿的便服使大家产生异常强烈的惊诧,以至于所有其他的印象一时都被忘却和磨灭了。可以认为,改换服装包含着某种特别重要的意义。阿杰莱达和亚历山德拉困惑不解地向叶甫盖尼·帕夫洛维奇询问着什么。他的亲戚Щ公爵甚至大为不安;将军跟他说话则显得很激动。只有阿格拉娅一个人好奇而又十分平静地对叶甫盖尼·帕夫洛维奇打量了一会儿,仿佛想比较一下,是穿军装还是穿便服对他更合适,但过了一会儿她就转开脸,再也不朝他瞧一眼了。叶莉扎维塔·普罗科菲耶夫娜虽然可能有点不安,但是她也什么都不想问。公爵觉得,叶甫盖尼·帕夫洛维奇似乎不受将军夫人的青睐。

"他使我吃惊,大为惊讶!"伊万·费奥多罗维奇在回答大家提出的问题时反复说,"刚才在彼得堡遇见他时,我简直不敢相信。为什么突然这样改变?真是令人无法理解。他可是自己首先高呼不要砸坏椅子[1]的。"

从热烈起来的谈话中可以知道,原来叶甫盖尼·帕夫洛维奇很久很久前就已宣告要退役;但每次他都不是那么当真说的,因此使人不能相信。而且就是讲严肃正经的事,他也总是带着一副开玩笑的样子,叫人怎么也无法弄得清真假,当他自己想叫人分辨不清时,尤其如此。

---

[1] 果戈理《钦差大臣》里的话,后用来表示"做过头"的意思。

"我不过是一时的,就几个月,顶多退役一年。"拉多姆斯基笑着说。

"没有任何必要,至少据我对您的事务多少了解的情况来看是这样。"将军仍然很激动。

"不是要去田庄转转吗?还是您自己建议我的,何况我还想去国外……"

不过话题很快就改变了;但是非常特别的依然继续的不安情绪,在旁观的公爵看来,毕竟失去了分寸,这里一定有什么蹊跷。

"这么说,'可怜的骑士'又登台了?"叶甫盖尼·帕夫洛维奇走到阿格拉娅跟前问。

使公爵大为惊诧的是,阿格拉娅困惑不解和疑问地打量着他,好像要他知道,他们之间是不可能谈什么"可怜的骑士"的话的,她甚至不明白他的问话。

"太晚了,太晚了,现在差人到城里去买普希金的书是太晚了!"科利亚费尽力气与叶莉扎维塔·普罗科菲耶夫娜争辩,"我对您说了三千遍了:太晚了。"

"是的,现在派人去城里确实太晚了,"叶甫盖尼·帕夫洛维奇立即撇下阿格拉娅,突然凑到这边来说,"我想,彼得堡的店铺也已打烊了,八点多了。"他掏出怀表证实说。

"多少日子等过去了,也没想起来,等到明天也可以忍耐的。"阿杰莱达插了一句。

"再说,上流社会的人对文学太感兴趣也不体面,"科利亚补充说,"您问问叶甫盖尼·帕夫洛维奇,对红轮子的黄敞篷马车感兴趣要体面得多。"

"您又是从书上看来的,科利亚。"阿杰莱达指出。

"除了从书上看来的,他不会说别的,"叶甫盖尼·帕夫洛维奇接过话头说,"他希望整句整句引用评论文章。我早已有幸了解尼古拉·阿尔达利翁诺维奇的谈话,但是这次他说的却不是从书本上看来的。尼古拉·阿尔达利翁诺维奇显然指的是我那辆红轮子的黄敞篷马车。只不过我已经将它换了，您说的是过了时的新闻。"

公爵倾听着拉多姆斯基说的话……他觉得，叶甫盖尼·帕夫洛维奇举止潇洒，谦逊，活泼，他特别喜欢他对招惹他的科利亚说话所持的那种完全平等和友好的态度。

"这是什么？"叶莉扎维塔·普罗科菲耶夫娜问列别杰夫的女儿维拉，她站在将军夫人面前，手里拿着几本书，大开本，装潢精美，几乎还是新的。

"普希金的书，"维拉说，"我家藏的普希金的书。爸爸吩咐我给您拿来的。"

"怎么能这样？这怎么可以？"叶莉扎维塔·普罗科菲耶夫娜很是惊奇。

"不是作为礼物，不是作为礼物！我不敢！"列别杰夫从女儿身后跳出来说，"照原价便是。这是我家自己的藏书，安年科夫的版本，现在已经找不到这样的了，就照原价让给您。我是怀着敬意献上这些书的，愿意卖给您，使将军夫人阁下对文学的崇高感情和高尚的迫不及待心情得到满足。"

"啊，你要卖，那么就谢谢了。不过，别担心，不会让你吃亏的。只是请别装腔作势，先生。我听说过你，据说，你读了许多书，什么时候来聊聊；你自己把书送到我那里去，是吗？"

"遵命……恭敬从命！"列别杰夫从女儿那里夺过书，十分满意地装腔作势说。

"算了，只不过别给我弄丢了，送来吧，不必恭敬，但是有一个条件，"她专注地打量着他，补充说，"我只许你到门口，今天我不打算接待你，要是派女儿维拉，哪怕现在就去也成，我很喜欢她。"

"您怎么不说那些人的事？"维拉焦急不堪地对父亲说，"要是这样的话，他们可是会自己闯进来的：已经开始在那里闹了。列夫·尼古拉耶维奇，"她向已经拿起自己帽子的公爵说，"那里有几个人早就要到您这儿来，有四个人，在我们那里等着骂着，可爸爸却不让他们来见您。"

"是什么客人?"公爵问。

"说是有事找您,只不过他们这种人,现在不放他们进来,也会在路上拦住您的。列夫·尼古拉耶维奇,最好还是现在放他们进来,以后就免得麻烦。现在加夫里拉·阿尔达利翁诺维奇和普季岑在劝说他们,他们不听。"

"是帕夫利谢夫的儿子!帕夫利谢夫的儿子!不必睬他们!不必睬他们!"列别杰夫连连挥动双手说,"他们的话也不值一听;最尊敬的公爵阁下,您为了他们伤自己的神也有失体面。就是这样。他们是不配……"

"帕夫利谢夫的儿子!我的上帝!"公爵异常窘困地惊呼起来,"我知道……但是我不是……已经把这件事委托加夫里拉·阿尔达利翁诺维奇去办了吗?刚才加夫里拉·阿尔达利翁诺维奇对我说……"

但是加夫里拉·阿尔达利翁诺维奇已经从房间里走到露台上来了;普季岑跟在他后面。在最近的一个房间里可以听到喧闹声和伊沃尔京将军的大嗓门,他似乎是想盖过几个嗓子的声音。科利亚立即朝喧闹声那里跑去。

"这非常有意思!"叶甫盖尼·帕夫洛维奇大声说。

"这么说,他是知情的!"公爵思忖着。

"哪个帕夫利谢夫的儿子?……哪来的帕夫利谢夫的儿子?"伊万·费奥多罗维奇将军困惑地问。他好奇地打量着大家的脸并惊讶地发现,只有他一个人不知道这一新的事情。

实际上,在场的人都很紧张,等待着事态的发展。这件纯属个人的私事竟这般强烈地引起这里所有人的关注,这使公爵深为诧异。

"如果您马上而且亲自了结这件事的话,这将是很好的,"阿格拉娅带着一副特别严肃的神情走近公爵说,"而且请允许我们做您的见证人。有人想玷污您的名誉,公爵,您应该理直气壮地证明自己是正确的,我先为您感到万分高兴。"

"我也想最终了结这种卑劣的无理要求,"将军夫人高声嚷道,"公爵,好好教训教训他们,别留情!这件事已听得我耳里嗡嗡直响,为了你我也弄得十分烦恼。不过看一看也挺有趣。把他们叫来,我们坐下。阿格拉娅出的主意很好。您听说过有关这件事的什么没有,公爵?"她转向Щ公爵问。

"当然听说过,就在你们这儿。但我特别想要瞧瞧这些年轻人。"Щ公爵回答说。

"这就是那些虚无主义者,是吗?"

"不,他们也不能说是虚无主义者,"列别杰夫跨前一步说,他也不安得几乎要打哆嗦,"这是另一些特殊的人,我外甥说,他们走得比虚无主义者还远。将军夫人阁下,您以为您在场就能使他们不好意思,这可是枉然,他们不会不好意思的。虚无主义者有时候毕竟是知书达理的,甚至是学者,可这些人走得更远,因为他们首先是实干的人。其实,这是虚无主义的某种后果,但不是通过直接的途径,而是由传闻间接造成的,他们也不是在哪家杂志上发表什么文章宣布自己的主张,而是直接付诸行动;比如,他们不会谈什么普希金毫无意义,也不会议论俄罗斯分解成几部分的必要性;不,他们现在已经理所当然地认为,如果很想做什么事,那么无论什么障碍都不能阻止他们,哪怕干这件事时必须得杀死八个人。所以,公爵,我劝您还是……"

但是公爵已经走去为客人们开门了。

"您在诽谤,列别杰夫,"他微笑着说,"您外甥使您感到非常痛心。叶莉扎维塔·普罗科菲耶夫娜,您别信他的。我请您相信,戈尔斯基和达尼洛夫[1]之流只不过是例外,而这些人仅仅是……弄错了……只是我不想在这里当着大家的面处理这件事。对不起,叶莉扎维塔·普罗科菲耶夫娜,他们就要进来,我让您见一见他们,然后就把他们带开。请吧,先生们。"

其实更使他不安的是另一个折磨人的念头。他模模糊糊感到,这件

---

[1] 戈尔斯基和达尼洛夫系19世纪60年代两起杀人案的凶手。

事会不会是有人暗中事先指使的？就是要在此时此刻，就是要有这些人见证，也许，正是为了等着出他的丑，而不是希望他胜利？但是他又为自己有这种"古怪和恶意的疑心"而感到惆怅忧郁。他觉得，如果有人知道他头脑里有这样的念头，他宁肯死去。在他的新客人进来的那一刻，他真心诚意地愿意把自己看作是他周围所有的人中间道德上最最卑劣的人。

走进来有五个人，四个是新客人，跟在他们后面的第五个是伊沃尔京将军，他焦躁激动，正在大发言辞。"此人一定是帮我说话的！"公爵脸带微笑想。科利亚跟这些人一起溜了进来，他正跟来访者中的伊波利特热烈地说着话，伊波利特听着，不时冷笑着。

公爵请客人们坐下。所有这几个人都很年轻，甚至还未成年，因此眼前的事情以及由此而产生的礼仪，实在是很令人惊奇的。比如，伊万·费奥多罗维奇·叶潘钦对这桩"新事情"毫无所知也不甚明白，望着这些黄口小儿，他甚至很愤懑，要不是他夫人对公爵私人的利益表现出出奇的热心，从而抑制了他的发作，否则他一定会以某种方式表示反对的。不过他留下来，部分是出于好奇，部分是出于好心，甚至准备助公爵一臂之力，无论怎么样他的威望还是管用的；但是刚进来的伊沃尔京将军老远就朝他鞠躬又惹得他气呼呼的；他皱眉蹙额，打定主意坚决保持沉默。

其实，四个年轻来访者中有一人已三十岁左右，是"罗戈任那一伙人中的退役中尉，自己给别人一次就是十五个卢布的拳击手"。可以料想，他是作为其余几人的知心朋友陪他们来的，是为他们壮胆的，必要时可给他们支持。在那几个人中被称作"帕夫利谢夫的儿子"的那一个处于首要地位并起着首要作用，虽然他自报姓名是安季普·布尔多夫斯基。这是个衣着寒酸、不修边幅的年轻人，礼服上的袖子油光光如镜子一般可以照人，油腻的背心的扣子一直扣到上面，衬衫却不知去向，黑色的丝围巾卷成了细带子，油污得无以复加，一双手也久未洗涤，脸上长满粉刺，头发是淡黄色的，目光既天真又无赖，如果可以这样形容的话。他个子不矮，身材消瘦，二十二岁左右。他的脸上既没有丝毫的讽刺，也没有半丁点儿踌躇；相反流露出完全坦然的陶醉于自己拥有的权利的神情，与此同时还显示出必须始终使自己做一个受欺侮的人，并觉得自己经常受欺侮，这已到了令人奇怪的地步。他说话很激动，很着急，结结巴巴，仿佛不能完全把词讲出来，就像是个口齿不清的人或者甚至像外国人说话，虽然他是地道的俄罗斯人。

陪他来的首先是读者已经知道的列别杰夫的外甥，其次是伊波利特。伊波利特还很年轻，十七岁，也许是十八岁左右，他的脸相聪颖，但又经常带着恼火的神情，疾病也在上面留下了可怕的痕迹。他瘦得皮包骨头，肤色蜡黄，眼睛倒闪闪发亮，颧骨上燃着两团红晕。他不停地咳嗽；每讲一个词，每做一次呼吸几乎总伴有嘶哑的声音。显然肺病已经到了相当厉害的程度。看来，他至多还能活两三个星期。他已经非常劳累；比大家都先要紧地坐到椅子上。其余的人进来时还略为客套一下，几乎有点拘谨，可是，看起人来却摆出一副架子，显然是怕有失尊严，这跟他们的名声出奇地不相符合，因为他们被看作是否定上流社会所有无用的繁文缛节、世俗偏见的人，除了自身的利益之外，他们几乎否定世上的一切。

"安季普·布尔多夫斯基。""帕夫利谢夫的儿子"性急和结巴地申报着。

"弗拉基米尔·多克托连科。"列别杰夫的外甥发音清晰、口齿清楚地自我介绍说，甚至像是在夸耀他是多克托连科。

"凯勒尔！"退役中尉低低说了一声。

"伊波利特·捷连季耶夫。"最后一个出人意料地发出了尖声尖气的声音。终于大家在公爵对面的一排椅子上落座。在自我介绍以后，现在大家又立即现出阴郁的脸色，为了振作精神他们把帽子从一只手换到另一只手，大家都准备好了要说话，可是大家又都沉默着，做出一副挑衅的姿态等待着什么，这种样子分明是表示："不，兄弟，你在撒谎，你蒙骗不了人！"可以感觉到，只要随便什么人说出一个词开个头，马上所有的人便会七嘴八舌、争先恐后一起说起来。

八

"先生们,我没有料到你们中任何一位会来,"公爵开始说,"我本人直至今天一直有病,而您的事(他转向安季普·布尔多夫斯基)还在一个月前我就委托加夫里拉·阿尔达利翁诺维奇·伊沃尔京去办,这一点我当时就通知过您。不过,我现在也不回避亲自作出解释,只是,想必您也同意,在这种时刻……我建议跟我到另一个房间去,如果不用很长时间的话……这里现在有我的朋友在,请相信……"

"朋友……有多少都无所谓,但是,请……"虽然列别杰夫的外甥还没有把嗓门提得很高,但却用十足教训人的腔调突然打断公爵说,"请让我们声明一下,您最好对我们有礼貌一点,别让我们在您仆人的屋子里等上两个小时……"

"而且,当然……而且我……而且这是摆公爵派头!而且这……看来,您是将军!而我可不是您的仆人!而且我,我……"安季普·布尔多夫斯基突然异常激动地嘟哝说。他双唇哆嗦,像受了大委屈似的声音发颤,口中唾沫飞溅,仿佛整个儿绷裂或爆发似的,但是突然又着忙起来,以至于没说几句话就已经无法使人明白了。

"这是摆公爵派头!"伊波利特用尖细和颤抖的声音叫嚷着。

"假如我遇上这种事，"拳击手咕噜着说，"也就是说，如果用这种态度对待一个高尚的人，直接冲着我来，我要是处在布尔多夫斯基的地位……我就……"

"先生们，我获悉你们在这里总共才一分钟，真的。"公爵又再次说明。

"公爵，我们不怕您的朋友们，无论他们是什么人都不怕，因为我们是在维护自己的权利。"列别杰夫的外甥又声明说。

"可是，请问您又有什么权利把布尔多夫斯基的事提交给您的朋友作评断？"伊波利特又尖声嚷着，他已经非常焦躁了，"而且，我们也许不愿意让您的朋友们来评断；您朋友们的评断会有什么结果，这是太清楚不过了！……"

"可是，布尔多夫斯基先生，如果您始终不愿意在这里谈话，"公爵终于能插进去说话了，对于这样的开端他异常惊诧，"那么，我现在告诉您，我们马上就到另一个房间去，至于说你们诸位，我再重申一下，我只是一分钟前才听说……"

"但是您没有权利，没有权利，没有权利！……叫您的朋友们……就是这么回事！……"布尔多夫斯基突然重新嘟哝起来，惊恐而又担心地打量着周围，越是急躁越是不相信人，越是怕见生人。"您没有权利！"说出这句话后，他戛然停住，就像是猝然而止，默然地瞪出那双近视的、布满了又粗又红血丝的暴突的眼睛，疑问地盯着公爵看，整个身体则向前倾着。公爵这一次吃惊得也闭口不语，也瞪眼望着他，一言不发。

"列夫·尼古拉耶维奇！"突然叶莉扎维塔·普罗科菲耶夫娜叫唤他，"你马上把这个读一下，马上读，这事跟你直接有关。"

她急忙递给他一份幽默周报，手指指了下一篇文章。在那几个客人走进来时，列别杰夫就从旁边急急走近他所竭力奉承讨好的叶莉扎维塔·普罗科菲耶夫娜，一句话也不说，从自己的侧袋里掏出这份周报，指着用笔画出的地方，径直送到她的眼前。叶莉扎维塔·普罗科菲耶夫娜已经看完了文章，她为所读到的内容感到万分惊诧和激动。

"可是,不念出来不是更好吗,"公爵非常困窘,含混地说,"过后……我一个人时再读……"

"你最好就这么念吧,马上就念,念出声来!念出来!"叶莉扎维塔·普罗科菲耶夫娜迫不及待地把公爵刚来得及到手的报纸一把夺了过去,转向科利亚说,"念给大家听,让每个人都听到。"

叶莉扎维塔·普罗科菲耶夫娜是个急躁和冲动的女人,因此往往不加深思熟虑,不顾天气好坏,一下子贸然决定起锚出海。伊万·费奥多罗维奇不安地移动着身子。但是在最初那一刻,在大家不由得愣住并困惑不解地等待的时候,科利亚打开了报纸,开始朗读起走近前来的列别杰夫指给他看的地方:

无产者和贵族后裔,每天发生的光天化日之下的抢劫事件之一例!**进步!改革!公正!**

在我们所谓的神圣的俄罗斯,在我们改革和共同发挥主动性的时代,在发扬民族性和每年输出国外几亿卢布的时代,在鼓励工业和劳动力陷于瘫痪的时代!等等,等等,在这个其特征不胜枚举的时代,怪事层出不穷,因此,先生们,还是言归正传。这件奇闻逸事发生在过去我国的地主贵族(de profundis[1]!)的一位后裔身上。他属于这样一类后裔:他们的祖父在轮盘赌中输了个精光,他们的父亲迫不得已去当士官、尉官,通常因无意弄错了公款受到审判而死去,这些孩子犹如我们故事的主人公:或者长成白痴,或者甚至陷进刑事案件中,不过,陪审员们总希望他们吸取教训和改正,因此为之辩解开脱;或者,最后则做出一些使公众惊讶和使我们这个本来已够可耻的时代再添加耻辱的事来。我们的后裔在半年前像外国人那样套着鞋罩,穿着什么里衬都没有的外套,冻得瑟瑟发

---

[1] 法语,原为"深度、深奥"等意,此处可理解为"真奥妙"。

抖,冬天里从瑞士回到俄罗斯,他是在那里治白痴病的(sic[1]!)。应该承认,他是很走运的人,且不说他在瑞士治疗的那种有趣的疾病(请设想一下,白痴病能治好吗?!!),他自身的经历倒颇能证明俄罗斯一句谚语的正确性:"福星只照有福人!"你们自己想想:这位爵爷的父亲是个中尉,据说,他玩牌时把全连的军饷都"突然弄丢"了,也可能是因为对下属滥用体罚(诸位还记得旧时代吧!),于是受到了审判,随后便亡故了。当时我们的主人公还是个襁褓中的婴儿。一位十分富有的俄罗斯地主出于慈悲收养了他。这位俄罗斯地主……我们暂且称他帕某,在过去的黄金时代拥有四千魂灵[2](四千魂灵!诸位,你们明白这种表达的含义吗?我不明白。应该查查详解辞典,真是"往事历历,却欲信还疑")。他看来是属于俄罗斯游手好闲的寄生虫这一类人,一直在国外过着花天酒地的生活,夏天在矿泉地疗养,冬天在巴黎的夏朵—德—弗勒尔[3]寻欢作乐,一辈子不计其数的钱财花在那里。可以肯定地说,过去农奴的全部租赋至少有三分之一落到了夏朵—德—弗勒尔的老板手中(真是个有福之人呀!)。不论怎么说,无忧无虑的帕某照公爵的那一套培养着这个孤苦伶仃的小爷们,为他雇了家庭教师,无疑,还有漂亮的家庭女教师,那都是顺便从巴黎带回来的。可是这末代贵族后裔却是个白痴。夏朵—德—弗勒尔来的家庭女教师也无能为力,一直到二十岁我们的受教育者还没有学会任何语言,包括俄语在内。不过,后面这一点是情有可原的。后来,帕某那俄罗斯农奴主的头脑里突发奇想,认为在瑞士可以把白痴教聪明,这种幻想其实也是合乎逻辑的,因为这位寄生虫和大财主自然会认为,只要有钱连聪明也可以在市场上买得到,何况是在瑞士。结果在瑞士一位

---

1 英语,意为:"原来如此"。
2 俄语里 душа 一词可作"魂灵""农奴"等解。果戈理的小说《死魂灵》意即"死农奴"。
3 法语俄译音,意为"花之宫"。

著名的教授那里治疗了五年,钱花了成千上万,白痴当然并没有变聪明,但据说毕竟开始像个人样了,无疑,这是勉勉强强的。不久帕某猝然去世,当然,没有任何遗嘱;产业方面的事务照例是一团乱麻,贪婪的继承者有一大堆,对他们来说已经丝毫也顾不上靠接济在瑞士治痴呆病的末代贵族后裔了。这后裔虽说是白痴,却也曾试着蒙骗自己的教授,据说,他对教授隐瞒了自己恩人的死讯,有两年在那里白白揩油接受治疗。但是教授本人就是个十足的大骗子,终于被自己这个二十五岁的寄生虫身无分文的实情,尤其是惊人的食欲吓坏了,于是便让他穿上自己的旧鞋罩,送给他自己的旧外套,出于慈悲打发他上了三等车厢,nach Russland[1],——将他逐出瑞士,如释重负。我们的主人公似乎是要背运了。可事实却并非如此:命运女神弗尔图娜让整省整省的人饿死,却把自己全部的圣餐一下子都赐给了这位贵族后裔,就如克雷洛夫寓言中的乌云飞越干旱的田野,却化作倾盆大雨落进了大洋。几乎就在他从瑞士来到彼得堡的那一刻,他母亲(当然,是商人家庭出身)的一个亲戚在莫斯科死了,这是个没有子嗣的孤老头、商人、大胡子、分裂派教徒,他留下了好几百万的遗产,这是不容争议的、不折不扣的、现成提供的一笔遗产(要是给你我有多好,读者!),就这么全都留给了我们这位后裔,我们这位在瑞士治痴呆病的贵族!这一下就完全是另一回事了。在我们这位套着鞋罩、曾经追求一位有名的美人兼情妇的后裔周围,突然麇集起一大群亲朋好友,甚至也还有攀亲附戚的,尤其值得一提的是一群名门千金,她们渴望能与这位爵爷缔结合法婚姻,还有谁比他更好呢:贵族、百万富翁、白痴,集所有的身份于一身,这样的丈夫打着灯笼也无处找呀,定做也做不出来呀!……

---

1 德语,意为"回俄罗斯去"。

"这个……这个我可不明白!"伊万·费奥多罗维奇异常愤懑地高声嚷道。

"别念了,科利亚!"公爵用恳求的声音喊着。四周响起一片惊叹声。

"念!无论如何要念下去!"叶莉扎维塔·普罗科菲耶夫娜斩钉截铁地说。看得出,她是以极大的努力克制着自己。"公爵!如果不念下去,我们是会争吵的。"

没有办法,科利亚焦躁不安,满脸绯红,用激动的声音继续念下去:

但正当我们的暴发户百万富翁过着所谓神仙般的日子的时候,发生了一件完全是不相干的事情。在一个美好的早晨,一位来访者去找他。此人一副安详、严峻的脸色,穿着朴素但很体面,说话彬彬有礼,得体而有理,思想显然带有进步色彩。他用两三句话就说明了造访的来意:他是个著名的律师,受一位年轻人委托办理一件事,现在是代表他来的。虽然这个年轻人用的是别的姓氏,可他不是别人,正是已故帕氏的儿子。淫荡的帕氏在年轻时代曾经诱骗了奴婢中一个清白贫穷,但却受过欧洲式教育的姑娘(当然,过去的农奴主男爵的权利起了作用)。当帕氏发现自己这种关系造成的后果不可回避又近在眼前的时候,就赶快把她嫁给了一个有手艺的,甚至是有公职的人,此人性格高尚,早就爱上了这个姑娘。开始帕氏曾帮助过新婚夫妇,但不久这位性格高尚的丈夫便拒绝接受他的帮助。过了一些时候帕氏也渐渐地忘了这位姑娘以及与她所生的儿子。后来,众所周知,他没有做出安排就死去了。而他的儿子虽是在合法婚姻下出生,却是在别人的姓氏下长大的,他母亲的丈夫性格高尚,完全把他当作亲生儿子,但后来也去世了,这样他就只有自己的财产了,还有在遥远的外省被病魔缠身、卧床不起、受着煎熬的母亲。他自己在首都给一商人的孩子上课,靠每天的高尚劳动挣钱,先是维持自己上中学,后来抱着进一步深造的目的,又去听对他有用的讲座。但是十戈比教一节课又能从俄罗斯商人那里挣得多少钱？加上他还有一个患病卧床的母亲，后来她在遥远的外省死去，这却几乎没有减轻他的负担。现在的问题是：我们的贵族后裔应该如何公正地考虑这件事？你们读者当然会想，他会这样对自己说："我一生享用了帕氏的恩惠，他为我的教育、为请家庭女教师、为在瑞士治我的痴呆病花去了许多万，现在我有百万家产，而帕氏的儿子正把高尚的性格埋没在教课上，他对他那轻浮的、忘了他的父亲的行为是丝毫没有责任的。所有花在我身上的钱，说句公道话，是应该花在他身上的。耗费在我身上的巨大款额，实际上并不是我的。这不过是弗尔图娜命运女神一时盲目造成的错误。那些钱是应该属于帕氏的儿子的。应该用在他身上，而不是用在我身上，这是轻浮和健忘的帕氏荒诞不经和古怪任性的结果。假若我真正是个高尚、知礼、公正的人，那么我就应该把我所得到的全部遗产的一半给他；但是因为我首先是个精明的人，我太清楚不过地明白，这件事法律是管不着的，所以我不会把几百万财产的一半给他。但是，如果现在不把帕氏花在我身上治痴呆病的好几万还给他的儿子，从我这方面来说至少也是太卑鄙无耻了（贵族后裔忘了，这样也是不精明的）。这件事只能凭良心和公道！假如帕氏不抚育我，假如他不关心我而关心自己的儿子，我又会怎样呢？"

但是，不，诸位！我们的贵族后裔可不是这样考虑的。年轻人（帕氏儿子）的律师接手为他奔走处理这件事纯粹是出于友谊，而且几乎是违背自己意愿的，几乎是被迫的。无论他怎么对贵族后裔说明理由，无论他怎么在贵族后裔面前提出应负的正直、高尚、公正的责任，甚至最起码是为自身考虑，这位瑞士来的受抚育者却毫不动摇，这又算什么呢？这还算不了什么。这位刚刚脱去自己教授送的鞋罩的百万富翁竟然不能领悟，把自己高尚的性格耗竭在教课上的年轻人并不是为了乞求施舍和帮助，而是为了得到他自己的权利以及虽不是法律所承认、但却是他应得的一切，甚至这还不是他自己提出的要求，而只是他的朋友们为他说情。这就真正是不可原谅的，也不是用患任何稀奇古怪的疾病为理由而可以宽恕的。我们的贵族后裔飘飘然于所得到的权力，可以仗着几百万家财无所顾忌地欺压别人，摆出一副傲慢的姿态，掏出一张五十卢布的钞票作为厚颜无耻的施舍寄给高尚的年轻人。诸位，你们不相信吧？你们会愤慨，你们会觉得受到了侮辱，你们会发出气愤的呐喊；可是他这么做了！当然，钱立刻就退回给了他，可以说是扔回到他脸上的。这件事将怎么解决呢？这事法律管不了，剩下的只有诉诸舆论！我们把这件奇闻交付给公众，我们担保此事确凿可靠。据说，我们一位著名的幽默家据此顺口就做了一首绝妙的讽刺诗，在描写我们世态人情的作品中，它不仅在外省，而且在首都也不愧占有一席之地：

施奈德[1]一件外套
廖瓦[2]一穿整五年
无所事事平庸辈
碌碌无为度年华。
脚穿鞋罩回祖国，
百万遗产猛到手，
祈祷上帝用俄语，
轻取豪夺穷学生。

科利亚念完后，便赶快把报纸交给了公爵。他一言不发奔往角落，双手捂着脸，钻在角落里。他羞愧得难以忍受，他那还未及习惯于世间卑

---

1 瑞士教授的名字。
2 贵族后裔的小称。

鄙勾当的敏感童心气愤难平,甚至失去分寸。他觉得发生的是一件异乎寻常,一下子毁了一切的事情,而光凭他念出来这一点,他自己差不多就是这件事的原因了。

而且大家好像都有类似的感觉。

小姐们感到很尴尬和羞愧。叶莉扎维塔·普罗科菲耶夫娜克制着自己极大的愤怒,也许,也痛悔干预了这件事,现在她沉默不语。公爵此时的反应跟十分羞怯的人在类似场合下常有的反应是一样的:他为别人的行为感到羞耻无比,为自己的客人羞愧得无地自容,以至于在最初一瞬间他甚至都怕望他们一眼。普季岑、瓦里娅、加尼亚,甚至列别杰夫——大家都似乎有点尴尬的样子。最奇怪的是,伊波利特和"帕夫利谢夫的儿子"仿佛也有点吃惊;列别杰夫的外甥显然也很不满意。唯有拳击手坐在那里完全泰然处之,一边捻着小胡子,一边摆出一副傲慢的样子。他微微垂下眼睛,但并不是因为困窘,相反,仿佛是出于一种居高临下的谦逊大度和过分明显的洋洋得意。从一切迹象看来,他异常喜欢这篇文章。

"鬼知道这是什么名堂,"伊万·费奥多罗维奇低声嘀咕着说,"就像是五十名仆役聚在一起凑出来的。"

"请问,阁下,您怎么可以用这样的假设来侮辱人?"伊波利特浑身战栗着问。

"这,这,这对于一个高尚的人来说……将军,您自己也会同意,如果是一个高尚的人写的,那么您这就是侮辱!"拳击手抱怨说。他也不知怎么的突然战栗了一下,一边捻着小胡子,一边抽动着肩膀和身体。

"第一,我不是你们的'阁下';第二,我不想对你们做任何解释。"伊万·费奥多罗维奇火冒三丈,断然回答说。然后他一句话也不说,从座位上站起来,从露台朝出口走去,背对着众人,站在上面一级台阶上。他对于甚至现在也还不想从原地离开的叶莉扎维塔·普罗科菲耶夫娜感到十分恼怒。

"诸位,诸位,最后请允许我讲几句话,诸位,"公爵忧心忡忡、激动不安地喊了起来,"请费心,让我们能互相理解地来谈话。诸位,关于这篇文章我什么都不想说,随它去吧;只不过,诸位,文章里所讲的全不是事实。我之所以要说,是因为你们自己也知道这一点;这简直是可耻的。如果这是你们中间哪位写的,我真感到十分惊讶。"

"直到此刻之前,我一点也不知道这篇文章,"伊波利特声明说,"我不赞同这篇文章。"

"我虽然知道已经写了这篇文章,但是……我也不主张发表,因为为时过早。"列别杰夫的外甥补充说。

"我知道,但是我有权利……我……""帕夫利谢夫的儿子"喃喃地说。

"什么!这一切全是您自己编造的?"公爵好奇地望着布尔多夫斯基问,"这不可能!"

"可是,可以不承认您有权提这样的问题。"列别杰夫的外甥插嘴说。

"我只是觉得惊奇,布尔多夫斯基先生竟能……但是……我想说,既然您已经把这件事公之于众,那么刚才我当着我朋友们的面谈起这件事的时候,您又为什么这么生气呢?"

"终于开始了!"叶莉扎维塔·普罗科菲耶夫娜气愤地嘟哝着。

"公爵,您甚至忘了,"列别杰夫几乎焦急得像热锅上的蚂蚁,忍不住突然从椅子间钻出来说,"您忘了,只是凭您的善良的意愿和无比的好心才接见他们并听取他们的意见,他们是没有权利要求这样做的,何况这件事您已经委托加夫里拉·阿尔达利翁诺维奇去办了,连这也是出于您那过分的善良才这么做的,而现在,尊敬的公爵阁下,您处在经过选择的您的朋友中间,您不能为了这些先生而牺牲这样的伙伴,这么说吧,您可以把这些先生立刻从台阶上送走,而我作为房东甚至是很乐意……"

"完全有理!"伊沃尔京将军突然从房间角落里大声喊着。

"算了,列别杰夫,算了,算了……"公爵本已开始说,但是一阵突发的愤慨声淹没了他的话。

"不,对不起,公爵,对不起,现在这事可不能算了!"列别杰夫的外甥嚷着，几乎盖过了所有人的声音。"现在应该明确肯定地来决定这件事，因为事情显然未弄清楚。这里牵涉到法律的借口，根据这些借口有人威胁说要把我们从台阶上推出去！公爵，难道您认为我们傻到这种地步，连我们自己也不明白，我们的这种事在多大程度上与法律无关，如果从法律上来分析，我们连要您拿出一个卢布的合法权利都没有？可是我们恰恰是明白的，如果这件事上我们没有法律权利，可也有人的权利，合乎自然的权利，合情合理的权利和良心的声音。纵然我们这种权利没有写进任何一部腐朽的人类法典，但是一个高尚和正直的人，反正只要是理智健全的人，即使有些条款没有写进法典，也应该在这些方面仍然做一个高尚正直的人。因此我们才到这里来，我们不怕要把我们从台阶上扔下去，刚才你们威吓着要轰我们走，就因为我们不是乞求，而是要求；就因为这么晚（虽然我们来的时候还不晚，是你们迫使我们在仆人的屋子里等晚了）还来做不合时宜的拜访，我再说一遍，我们之所以什么都不怕地到这里来，就因为我们认为您正是一个合情合理的人，也就是正直的有良心的人。确实，我们进来时不怎么谦恭，不像您的那些奉承巴结、拍马逢迎的人，而是像自由人那样，高昂着头，绝不乞求，而是自由地高傲地要求（您听着，不是乞求，而是要求，好好牢记这一点！）。我们庄重和直截了当地向您提出这样的问题：在布尔多夫斯基的事上您承认自己是对的还是错的？您是否承认自己是帕夫利谢夫的受惠者，也许甚至还是他挽救了您的生命？如果您承认（这是明摆着的），那么在自己得到几百万后，您是否打算，或者，给帕夫利谢夫贫穷的儿子作补偿，凭良心您是否认为自己是公正的？是还是不？如果认为是，换句话说，如果在您身上有您称之为正直和良心、而我们更确切地叫作合情合理的东西，那么您就会满足我们，事情也就可以了结。不用我们请求，不用我们感谢就满足我们，也不要期待从我们这里得到它们，因为您这样做不是为了我们，而是为了公正。如果您不想满足我们，也就是回答不，那么我们马上就走，事情也到此为止；我们要当着您所有的见证人当面对您说，您是个头脑简单、智力低下的人;今后不许您、您也无权自诩为正直和有良心的人,您想购买这一权利也太廉价了。我说完了。我把问题提出来了。只要您敢,现在就把我们从台阶上赶下去吧。您可以这样做,您能办得到。但是您要记住,我们仍然是要求,而不是乞求。是要求,而不是乞求!……"

列别杰夫的外甥非常激动,说到这儿停住了。

"是要求,要求,要求,而不是乞求!……"布尔多夫斯基嘟哝着说,脸红得像煮熟的龙虾。

列别杰夫的外甥讲完话后,大家都动弹起来,甚至还响起一片絮语声,虽然看得出在场的人都回避干预这件事,唯独像热锅上的蚂蚁般的列别杰夫例外。(奇怪的是,显然站在公爵一边的列别杰夫,在自己外甥说了那一番话后,现在好像因为感受到了家族的骄傲而觉得高兴,至少是以某种特别满足的神态打量着周围的人。)

"按照我的意见,"公爵相当平静地开始说,"按照我的意见,您,多克托连科先生,在刚才所说的话中有一半是完全正确的,我甚至同意有一大半是对的,要不是您在自己那番话中忽略了什么,我是会完全同意您的。您究竟忽略了什么,我没法也没能力向您确切地表达,但是,要说全部正确,那么在您的话里当然还缺了点什么。但是,我们最好还是言归正传,诸位,请说吧,为了什么你们要刊登这篇文章?这里无论哪一句话都是诽谤;因此,照我看,诸位,你们这样做是卑鄙的。"

"什么?!……"

"阁下!……"

"这……这……这……"一下子从客人们那边传来了激动万分的声音。

"说到文章,"伊波利特尖声尖气接过话茬说,"关于这篇文章我已经对您说过了,我和别的人都不赞成!写文章的就是他,"他指着坐在他旁边的拳击手,"他写得很不得体,我承认,写得文理不通,就像他那样的退役军人写的那种文笔。他很愚蠢,加上还是个招摇撞骗的人,我承认,我每天都当面对他这样说的,但是,毕竟他有一半是对的:把真相公之于众是每个人的合法权利,因而也是布尔多夫斯基的权利,而他那些荒谬的话让他自己去负责吧。关于说到[1]刚才我代表大家抗议您的朋友在场,那么我认为有必要向你们,诸位阁下,解释一下,我提出抗议,唯一的目的是申明我们的权利,而实际上我们甚至希望有见证人在场,刚才在还没有走进这里的时候,我们四人都同意这一点的。不论您的见证人是谁,即使是您的朋友,他们也不能不承认布尔多夫斯基的权利(因为这一权利是明摆着的,像算术一样清楚),这些证人是您的朋友,这甚至还更好;真理就显得更加明白。"

"这是真的,我们是同意这样的。"列别杰夫的外甥证实说。

"既然你们这么想,那又出于何种原因刚才一开口就大吵大嚷?"公爵惊奇地问。

"关于文章,公爵,"拳击手插嘴说,他拼命想插进来说,而且显得愉快活跃(可以怀疑,女士们在场对他产生了明显和强烈的影响),"关于文章,我承认,我确实就是其作者,虽然我这位患病的朋友刚才狠狠批评了这篇文章,而我则因为他身体太虚弱,总是习惯于原谅他。但是我写了文章,而且将它作为一篇通讯发表在一位知心朋友办的杂志上。只有那首诗确实不是我写的,真的是出于一位有名的幽默作家的手笔。我只给布尔多夫斯基念过,也没有全念,马上就得到他的同意去发表,但是没有他的同意我也可以去发表,这点你们也会认同的。把真相公之于众是大家的、高尚的、有益的权利。我希望,公爵您自己也是够进步的,不至于会否认这一点……"

"我丝毫也不否认,但是您应该承认,在您的文章里……"

"很尖刻,您想说这一点,是吗?但是要知道,这么说吧,这对社会有好处,您自己也会同意的,再说,能放过这种令人发指的事情吗?那样对

---

[1] 这里的"关于说到"和下文的"诸位阁下"都有明显语病,显示了说话人文化程度不高却故意拽文的毛病。

有罪的人更不利，但是首先要考虑的是社会的好处。至于说某些不确切的地方，那是所谓夸张，您也会同意，首先重要的是动机，首要的是目的和意图；重要的是有良好教育效果的例子，然后再分析个别细节，还有文章，这里也有所谓幽默的任务，还有，大家都是这样写的，这您自己也会同意的！哈——哈！"

"这完全是错误的途径！诸位，我请你们相信，"公爵大声说，"你们发表文章是假设我怎么也不会同意满足布尔多夫斯基先生的要求，因而就想吓唬我，用某种方式报复我。但是你们又怎么知道呢，也许，我已经决定满足布尔多夫斯基先生的要求。现在当着大家的面我直截了当向你们宣布，我会满足……"

"终于说了，这才是聪明高尚的人说的聪明高尚的话！"拳击手声称。

"天哪！"叶莉扎维塔·普罗科菲耶夫娜脱口呼喊。

"这简直难以容忍！"将军喃喃说。

"请允许，诸位，请允许我说明一下事情的经过，"公爵恳求说，"五个星期前，布尔多夫斯基先生，您的代理人和律师切巴罗夫到Э地找我。凯勒尔先生，您在您的文章里对他赞不绝口，"公爵突然笑起来对拳击手说，"但我完全不喜欢他。仅仅第一次接触我就明白，所有主要的关键全在这位切巴罗夫身上。坦率地说，布尔多夫斯基先生，他是利用了您的呆傻，唆使您开始做这一切的。"

"这个您没有权利……我……不呆傻……这……"布尔多夫斯基激动地嘟哝说。

"您没有丝毫权利做这样的假设。"列别杰夫的外甥用教训的口吻插嘴说。

"这是莫大的侮辱！"伊波利特尖声嚷道，"这样的假设是侮辱人的，虚假的，也不符合事实。"

"请原谅，诸位，请原谅，"公爵急忙认错说，"对不起，这是因为我想，我们彼此完全开诚布公不是更好吗，但是随你们便，你们做主。我对切巴罗夫说，因为我不在彼得堡，所以立即全权委托一位朋友来处理这件事，而您，布尔多夫斯基先生，我会通知的。我直截了当对你们说，诸位，我觉得这件事是十足的骗人勾当，正是因为这里有切巴罗夫干预……哦，诸位，别见怪！看在上帝分上，别见怪！"公爵看到布尔多夫斯基又表现出手足无措的气恼样子以及他的朋友们的激动和抗议的神情，惊惧地大声说，"如果我现在说，我过去认为这件事是骗人的勾当，这不是冲着你们自己说的！要知道，我当时不认识你们中间的任何人，你们的姓氏我也不知道；我仅凭切巴罗夫一个人来判断；我是一般地说，因为……自从我得到遗产以后，我受到过多少恶劣的欺骗，如果你们知道就好了！"

"公爵，您天真得可怕。"列别杰夫的外甥嘲笑地指出。

"与此同时又是公爵又是百万富翁！尽管您也许真有善良和纯朴的心，您反正还是摆脱不了一般的规律，当然是摆脱不了的。"伊波利特宣称说。

"可能，很可能，诸位，"公爵急忙说，"虽然我不明白，你们说的一般规律是什么，但我还是要继续说下去，只是请别无端生气；我发誓，我没有丝毫想侮辱你们的意愿。诸位，事实上这是这么回事：不能说一句真心话，否则你们马上就认为受了侮辱！但是，第一，使我惊讶万分的是存在着一个'帕夫利谢夫的儿子'，而且照切巴罗夫向我说明的情况来看，他处于非常困苦的状况之中。帕夫利谢夫是我的恩人，我父亲的朋友。（咳，凯勒尔先生，您在自己的文章里提到我父亲时，为什么要骂出那种歪曲事实的话？任何盗用连队公款、任何侮辱下属的事都是没有的，我坚信这一点。您怎么抬得起手来写这样的诬蔑之词？）而您所写的有关帕夫利谢夫的事，那完全是无法容忍的：您把这位高尚正派的人称为贪淫好色的轻狂之徒，而且说得这么果敢，这么肯定，仿佛您真的说了实话，而事实上他是世上最纯洁的人！他甚至还是个卓越的学者；他与科学界许多受尊敬的人有通信关系，并且花了许多钱资助科学事业。说到他的心地，他的善事，哦，当然了，您写得对，我当时几乎是白痴，什么也不明白（虽然我还是说俄语,而且是能明白的),但是现在我能够评价我所能回忆起的一切……"

"对不起,"伊波利特尖声说,"这是不是太感情用事?我们不是孩子。您是想直接谈正事的,现在九点多了,请记住这点。"

"请原谅,请原谅,诸位,"公爵立即表示同意道,"一开始我有过怀疑,我认为,现在我可能是错了,帕夫利谢夫非常可能有儿子。但使我惊诧不已的是,这位儿子竟这么轻率地,也就是,我想说,竟这么公开地泄露自己出生的秘密,主要的是,他竟使自己的母亲蒙受了耻辱。因为当时切巴罗夫就以公开此事来威吓我……"

"多么愚蠢!"列别杰夫的外甥喊了起来。

"您没有权利……没有权利!"布尔多夫斯基大声嚷道。

"儿子是不为父亲的放荡行为负责的,母亲也是无辜的。"伊波利特激亢地尖声喊着。

"而且似乎应该宽恕……"公爵怯生生地说。

"公爵,您不仅仅天真,而且,也许还走得更远。"列别杰夫的外甥恶狠狠地冷笑道。

"您有什么权利!……"伊波利特用极不自然的尖细声说着。

"<u>丝毫没有,丝毫没有</u>!"公爵急忙打断他说,"说到感情用事这一点,我承认,您是对的,但这是不由自主的,而且当时我就对自己说,我个人的感情不应该影响事情,因为我既然承认自己有义务满足布尔多夫斯基先生的要求,这是看在我对帕夫利谢夫有感情的分上,那么,不论我尊重还是不尊重布尔多夫斯基先生,我都应该满足其要求的。诸位,我之所以开始说及这一点,仅仅是因为儿子这么公开披露自己母亲的秘密,我总觉得不合情理……总之,主要的是,我因此而确信,切巴罗夫一定是个坏蛋,他用欺骗的手段唆使布尔多夫斯基先生干这种骗人的勾当。"

"这可是不能容忍的!"从客人那边传来了喊声,其中有些人甚至从椅子上跳了起来。

"诸位,因此我才认为,不幸的布尔多夫斯基先生一定是个头脑简单、软弱无力的人,是个很容易听从骗子摆布的人,因而我更应该像帮助'帕夫利谢夫的儿子'那样帮助他,这首先是对切巴罗夫做出的一种反应;其次是凭我的忠诚和友谊来引导他;第三,我决定给他一万卢布,照我的估算,也就是帕夫利谢夫可能花在我身上的全部数额……"

"怎么!才一万!"伊波利特喊了起来。

"得了吧,公爵,您的算术很差劲,要不就是太精了,虽然您装成憨头憨脑的人!"列别杰夫的外甥大声说道。

"我不同意一万这个数!"布尔多夫斯基说。

"安季普!同意吧!"拳击手从伊波利特的椅子背后面探出身子向布尔多夫斯基提示说,他说得又低又快,但很清楚。"答应吧,答应下来再说!"

"听着,梅什金先生,"伊波利特尖声说,"您要明白,我们不是傻瓜,不是庸俗的蠢货,而您所有的客人大概是这么看我们的,还有这些女士,她们以这样愤懑的神情讥笑着我们,特别是这位上流社会的先生(他指了下叶甫盖尼·帕夫洛维奇),当然,我没有结识他的荣幸,但是好像也多少听说过什么……"

"请原谅,请原谅,诸位,你们又没有理解我的意思!"公爵激动地对他们说,"首先,凯勒尔先生,您在自己的文章里对我的财产作了非常不准确的报道,我根本没有得到几百万。我大概只有您估计的八分之一或十分之一;其次,在瑞士他在我身上花的钱也根本没有几万,施奈德,每年收六百卢布,那也仅仅是头三年的事,而帕夫利谢夫也从来没有去巴黎找什么漂亮的家庭女教师,这又是诽谤。照我估计,他在我身上花的钱总共还远远低于一万,但是我决定给一万,你们也会同意,作为偿还债务,我无论如何也不能给布尔多夫斯基先生更多的钱,即使我爱他爱得不得了,光凭照顾面子和礼貌我也不能再给,因为是偿还他债务,而不是给他施舍。我不知道,诸位,你们怎么连这一点都不明白!但是我想今后用我的友谊来补偿这一切,我要切实关心不幸的布尔多夫斯基先生的命运,他显然是受骗了,因为在没有被欺骗的情况下他自己是不可能同意这种卑鄙的做法的，就像今天凯勒尔先生的文章中把他母亲的事大肆张扬那样……你们怎么啦，诸位，终于又发火了！可见，我们终究是根本不能互相理解的！结果可真在我意料之中！我现在是亲眼所见，因而也确信，我的猜测是正确的。"公爵焦躁地要使他们信服。他想平息他们的激动，却没有想到只是更增添了这种激动。

"什么？您确信什么？"他们几乎是凶暴地逼近他问。

"得了吧，第一，我自己已经把布尔多夫斯基先生看得清清楚楚，现在我可知道了，他是个怎样的人……这是个无辜的人，但是大家都在欺骗他！他不能保护自己……所以我应该怜惜他；第二，我把这件事委托给加夫里拉·阿尔达利翁诺维奇，已经有很久没有从他那里得到消息了，因为我在旅途中，后来在彼得堡又病了三天。现在，就一小时以前，在我们第一次会面的时候，他突然告诉我，切巴罗夫的意图他全摸清楚了，而且有证据表明，切巴罗夫正是我所推测的那号人。诸位，我可是知道的，许多人认为我是白痴，因此切巴罗夫根据我的这种名声以为我会轻易地给钱，以为很容易欺骗我，而且主意就打在我对帕夫利谢夫的感情上。但是主要的是，请听下去，诸位，请听下去！主要的是，现在突然发现，布尔多夫斯基先生根本就不是帕夫利谢夫的儿子！刚才加夫里拉·阿尔达利翁诺维奇告诉我这个情况并且要我相信，他搞到的证据是确凿的。好了，你们对此怎么想？在已经发生这一切之后简直不可能相信！听着，证据是确凿的！我现在还不相信，我自己还不相信，请你们相信我；我现在还怀疑，因为加夫里拉·阿尔达利翁诺维奇还来不及告诉我全部详情，但是切巴罗夫是坏蛋，这一点现在已经没有丝毫疑问了！他蒙骗了不幸的布尔多夫斯基先生和你们大家，诸位，你们怀着高尚的动机来帮助自己的朋友（因为他显然需要帮助，我可是理解这一点的！），他却欺骗了你们大家，把你们都卷进了骗人的勾当里，因为实质上这就是诈骗、欺骗！"

"怎么是诈骗！……怎么不是'帕夫利谢夫的儿子'？……这怎么可能！……"惊叹声四起。布尔多夫斯基一伙陷于难以形容的慌乱之中。

"当然是诈骗!要知道,既然布尔多夫斯基先生现在不再是'帕夫利谢夫的儿子',那么在这种情况下布尔多夫斯基先生的要求就成了实实在在的诈骗(当然,要是他知道真相就好!),但是,要知道,问题就在于他受了欺骗,所以我才坚持为他辩解,所以我才说,就他的头脑简单而言,他是值得同情的,并且不能不给予帮助;不然的话这件事的结果就是他也成了骗子。不过我自己已经深信,他什么都不明白!在去瑞士之前我自己也曾处于这样的状态,也是这样嘀咕着一些不连贯的词语,想要表达却表达不出来……我明白这一点;我能够非常同情他,因为我自己差不多也是这样的人,我可以这样说!最后,我还是……尽管现在已经不存在'帕夫利谢夫的儿子',这一切是愚弄的把戏一场,我还是不改变自己的决定,准备还一万卢布作为对帕夫利谢夫的纪念。在布尔多夫斯基先生这件事之前,我本来想把这一万卢布用在兴办一所学校上以纪念帕夫利谢夫,但现在办学校也罢,给布尔多夫斯基先生也罢,这都一样,因为布尔多夫斯基即使不是'帕夫利谢夫的儿子',也差不多是'帕夫利谢夫的儿子':因为他本人被别人心怀叵测地骗了,他自己也真以为自己是帕夫利谢夫的儿子!诸位,请仔细听听加夫里拉·阿尔达利翁诺维奇怎么讲,我们来了结这件事,别生气,别激动,请坐下!加夫里拉·阿尔达利翁诺维奇马上就给我们解释清楚这一切,我承认,我也非常愿意亲自了解所有的详情。他说,他甚至去过普斯科夫您母亲那里,布尔多夫斯基先生,她根本不像文章里写的那样快要死了……请坐下,诸位,请坐下!"

公爵坐了下来,并且又一次让从座位上跳起来的布尔多夫斯基先生一伙人重新坐下。最后一二十分钟他说话心浮气躁,又急又快,声音又大,只顾说话,只想盖过别人,当然,过后又必是痛悔刚才冲口而出的某些词语和假设。要不是他们惹急了他,几乎使他要发火,他是不允许自己这么袒露、仓促地说出自己的某些猜测和过于坦诚的话。但是他刚坐到位子上,一阵火辣辣的悔恨感刺痛了他的心。且不说他得罪了布尔多夫斯基先生,因为他这么公开地猜测他患有他自己曾在瑞士治过的那种病,除此之外，取代办学校而提供给他一万卢布，在他看来此事办得也很粗俗，不够谨慎，这像是一种施舍，而且正是当着大家的面说出来的。"应该等一等，可以在第二天单独向他提供，"公爵马上就想到了自己的疏忽，"而现在看来是难以挽回了！是啊，我是个白痴，真正的白痴！"

这时，一直站在旁边始终保持沉默的加夫里拉·阿尔达利翁诺维奇应公爵之邀，走到前面站在他身旁，开始从容和清楚地报告公爵委托他办的事。一切谈话刹那间都停了下来。大家都异常好奇地听着，尤其是布尔多夫斯基那一伙人。

九

"您当然不会否认,"加夫里拉·阿尔达利翁诺维奇直接对全神贯注听着他讲话的布尔多夫斯基开始说,而布尔多夫斯基却对他惊讶得瞪着眼,并明显地处于强烈的慌乱之中,"您不会,当然也不想正式否认,您是在您尊敬的母亲和十等文官布尔多夫斯基先生即您的父亲合法结婚后过了整整两年才出生的。您出生的时间在事实上是太容易证实了,因此在凯勒尔先生的文章中歪曲这一事实,对您和您母亲来说是莫大的侮辱,这只能解释为凯勒尔先生本人的想象力太轻飘,他以为这样可以更能说明您的权利无可争议,也就能维护您的利益。凯勒尔先生说,他事先给您念过文章,虽然没有全念……毫无疑问,他没有给您念到这个地方……"

"没有念到,确实如此,"拳击手打断说,"但是所有的事实都是一位权威人士告诉我的,我就……"

"对不起,凯勒尔先生,"加夫里拉·阿尔达利翁诺维奇阻止他说,"请让我说。请相信,到时候还会谈到您的文章,那时您再作解释。现在最好还是按顺序继续说下去。十分偶然,在我妹妹瓦尔瓦拉·阿尔达利翁诺夫娜·普季岑娜帮助下,我从她好友,一位孀妇,女地主维拉·阿列克谢耶夫娜·祖布科娃那里得到已故的尼古拉·安德列耶维奇·帕夫利谢夫的一封信,这是二十四年前他从国外写给她的。在与维拉·阿列克谢耶夫娜结识以后,按照她的指点,我找了退役上校季莫菲·费奥多罗维奇·维亚佐夫金,他是帕夫利谢夫先生的远亲,当时是他的十分要好的朋友。从他那里我又得到尼古拉·安德列耶维奇从国外写来的两封信,根据这三封信,根据信中所写的日期和事实,没有任何反驳和怀疑的可能,可以确凿地证明,尼古拉·安德列耶维奇当时到国外去了(在那里连续待了三年),布尔多夫斯基先生,那是在您出生前一年半的事。您也知道,您母亲从来也没有离开过俄国……此刻我不想念这几封信,现在已经不早了。我只是宣布了起码的事实。但是,布尔多夫斯基先生,如果您愿意约定个时间,哪怕是明天上午到我那里会晤,并把您的证人(人数随便)以及鉴定笔迹专家带来,我也丝毫不怀疑,您会不能不相信我所说的事实是无可争议的真情。既然这样,那么这一件事当然也就不攻自破,自然而然终止了结。"

接着大家又是一阵骚动,人人显得极为激动。布尔多夫斯基本人突然从椅子上站了起来。

"如果是这样,那么我受骗了,受骗了,但不是受切巴罗夫的骗,而是很久很久前就受骗了;我不要鉴定专家,也不要证人,我相信,我放弃……一万卢布我也不要了……告辞了……"

他拿起帽子,移开椅子,准备离去。

"如果可能的话,布尔多夫斯基先生,"加夫里拉·阿尔达利翁诺维奇温和地留住他,"那么就再留哪怕五分钟。因为这件事还发现了几件非常重要的事实,特别对于您来说很有关系,无论如何是相当令人好奇的。照我看来您不能不了解这些事实,如果事情完全弄清楚,也许您本人会更感到高兴的……"

布尔多夫斯基默默地坐了来,稍稍低着头,仿佛陷于深深的沉思之中。列别杰夫的外甥本来站起来打算送布尔多夫斯基的,现在紧随其后也坐了下来,他虽然没有张皇失措和失去勇气,但看得出来,显得十分困惑不解。伊波利特皱着眉头,忧心忡忡,仿佛非常惊讶。不过就在此刻他咳得十分厉害,甚至咯出的血都弄脏了手帕。拳击手则几乎惊惧不已。

"哎,安季普!"他苦恼地喊着,"我那时……即前天就对你说过,你可能真的不是帕夫利谢夫的儿子!"

响起了一阵有克制的笑声,有两三个人笑得比别人响。

"凯勒尔先生,刚才您所说的这一事实相当宝贵,"加夫里拉·阿尔达利翁诺维奇接过话茬说,"然而,根据最确切的材料,我有充分的理由肯定,布尔多夫斯基先生虽然无疑十分清楚自己出生的时间,但是却根本不了解帕夫利谢夫先生在国外定居而且在那里度过了大半生、只是短期回国这一情况。此外,当时他去国外这件事本身也十分平常,因此在二十多年以后连跟帕夫利谢夫很熟的人也不记得这一点,更不用说布尔多夫斯基先生了,因为他那时还未出世。当然,现在要进行查询也不是不可能;但是我应该承认,我所得到的查询结果完全是很偶然搞来的,而且本来很可能搞不到;因此,对于布尔多夫斯基先生,甚至对于切巴罗夫来说,假如他们想要查询,那么这种查询也确实几乎是不可能的。但是他们可能也没有想到要……"

"请问,伊沃尔京先生,"突然伊波利特气呼呼地打断他说,"说这一大堆废话(请原谅)干什么?现在事情已经解释清楚了,我们也愿意相信主要的事实,何必还要把这令人难受和使人委屈的无聊事继续拖延下去呢?也许,您是想炫耀您调查手段之高明,想在我们面前和公爵面前显示出您是多好的侦探、包打听?或者因为布尔多夫斯基不知究竟就卷进了这件事里,您打算原谅他和为他开脱?但是,阁下,这太胆大妄为了!布尔多夫斯基不需要您的辩解和原谅,但愿您知道这一点!他感到屈辱,他现在已够难受的了,他处境很尴尬,您应该估计到、理解到这一点……"

"够了,捷连季耶夫先生,够了,"加夫里拉·阿尔达利翁诺维奇总算打断了他的话,"您镇静些,别使自己发火;好像,您身体很不好吧?我很同情您。这种情况下,如果您愿意,我就结束,也就是说,我不得不只是扼要地告诉你们那些我确认即使是了解全部详情也不为多余的事实，"他发现大家似乎不耐烦而有所动弹，便补充说，"我只想凭证据让所有与此事有关的人知道，布尔多夫斯基先生，您的母亲之所以是唯一赢得帕夫利谢夫好感和关心的人，是因为她是尼古拉·安德列耶维奇·帕夫利谢夫在青春年少时爱上的那个婢女的亲妹妹，他当时爱得那么深，要不是她突然夭逝，他一定会跟她结婚的。我有证据表明，这一完全确凿和可靠的家庭事实很少为人所知，甚至完全被遗忘了。下面我可以解释，您母亲还是个十岁的孩子时就由帕夫利谢夫先生当作亲属加以抚养，给她拨出相当可观的款项作嫁妆，所有这些关心在帕夫利谢夫众多的亲属中产生了异常令人惶惶不安的传闻；他们甚至认为，他会跟自己抚养的女孩结婚，但是结果是，她按自己的意愿（我可以以最确凿的方式来证明这一点）嫁给了测地公务员布尔多夫斯基先生，那是她二十岁那年。我这里搜集了几件确切的事实可以证明，布尔多夫斯基先生，您的父亲根本就不是一个能干的人，他得到您母亲一万五千卢布的陪嫁以后，放弃了公职，投身于商业，却受了欺骗，丢掉了资本，他经不住痛苦，便开始喝酒，结果就病了，最后过早就离世了，那是他跟您母亲结婚后的第八年。后来，据您母亲亲口所说，她落得非常贫困，假如没有帕夫利谢夫经常慷慨地资助，每年提供给她六百卢布，她肯定早死了。后来有无数材料证明，他异常爱孩提时的您。根据这些材料又加上您母亲的证实可以得出结论，他爱您主要是因为，您在童年时说话口齿不清，像个残疾人，一副可怜不幸的样子（而帕夫利谢夫，据确凿的证据我认为，是个一生对所有受压迫的和生来就有缺陷的人，特别是孩子，怀有一种特别柔爱心肠的人，这个事实，我确信，对于我们这件事是异常重要的了）。最后，我凭所作的确切调查可以夸口说弄清了一个主要事实，即帕夫利谢夫对您的这种异常的关切怜爱（他设法让您进了中学并使您在特殊监护下进行学习）渐渐地终于在亲戚和家人中间产生了一种想法：您是他的儿子，您的父亲只是个受骗的丈夫。但是，主要的是，这个想法只是在帕夫利谢夫生前最后几年才加强并成为一种大家都接受的确凿无疑的观念而固定下来,这时大家都为遗嘱担惊受怕,而原始的事实却被遗忘了,查询又不可能。毫无疑问,这一想法也传到了您这儿,布尔多夫斯基先生,而且完全左右着您。我有幸亲自认识您的母亲,她虽然知道这一切流言蜚语,但是却至今还不知道(我也向她隐瞒了),您,她的儿子,居然还受这种流言的诱惑。布尔多夫斯基先生,我在普斯科夫见到您那令人尊敬的母亲,她正疾病缠身,在帕夫利谢夫死后陷于极为贫困的境地,她流着感激的眼泪告诉我,她现在靠您和您的帮助才活在世上;她对您的未来寄予厚望,并且热烈地相信您在未来会取得成就……"

"这实在叫人难以容忍!"突然列别杰夫的外甥不耐烦地大声宣称道,"说这一套长篇大论干什么?"

"令人厌恶,不成体统!"伊波利特做着强烈的动作忿忿说。但布尔多夫斯基却什么也没说,甚至也没动一下。

"干什么?为了什么?"加夫里拉·阿尔达利翁诺维奇狡黠地表示惊讶说,他已准备好说出自己毫不留情的结论,"第一,布尔多夫斯基先生现在也许能完全相信,帕夫利谢夫先生是出于慷慨大度才爱他,而不是把他作为儿子。布尔多夫斯基先生必须知道这一事实,因为刚才读了文章后他曾肯定并赞同凯勒尔先生。我之所以这样说,是因为我认为您是个高尚的人,布尔多夫斯基先生。第二,这件事原来根本不存在丝毫欺诈和欺骗,甚至连切巴罗夫也没有。这一点甚至对我来说也很重要,因为刚才公爵一时焦躁地提到,似乎我也认为这件不幸的事是欺诈和欺骗。相反,这件事从各个方面来看都可以使人充分相信,即使切巴罗夫也许真的是个大骗子,但在这件事中他顶多是个刁钻狡猾的讼吏,卖弄笔杆的墨客,图谋非利的小人。他作为律师企望榨取大钱,而他的盘算不仅精明、老练,而且极为可靠:他认准了公爵给钱出手松,认准了他对已故的帕夫利谢夫怀有感激敬佩之情,最后,也是最重要的,他认准了公爵在正直和良心的责任感这点上持有一定程度的骑士观点。至于说到布尔多夫斯基先生本人,那么甚至可以说,由于他自己深信不疑,因此完全受切巴罗夫和他周围一伙人的影响,以至于他开始做这件事几乎完全不是为了得到利益,而差不多是将这件事看作是为真理、进步和人类效劳。现在,在告知了事实以后,大家想必明白,尽管有种种表面现象,布尔多夫斯基先生却是个清白的人,而公爵也会比原先更情愿、更乐意向他提供友好的帮助,以及刚才在谈到创办纪念帕夫利谢夫的学校时他所提出的实际的支持。"

"请停下来,加夫里拉·阿尔达利翁诺维奇,请别说了!"公爵真正惊恐地喊道,可是已经晚了。

"我说了,我已经说了三遍了,"布尔多夫斯基气急败坏地嚷道,"我不要钱。我不会接受……为了什么……我不要……就是这么回事!……"

说完他几乎要从露台上跑下去。但列别杰夫的外甥抓住了他的手,对他轻声低语了什么。他很快又折了回来,从口袋里掏出一只未加封的大信封,将它丢在公爵旁边的小桌子上。

"这是钱!……不许您……不许您!……钱!……"

"二百五十卢布,就是您竟敢通过切巴罗夫以施舍的方式寄给他的钱。"多克托连科解释说。

"在文章里说是五十!"科利亚喊道。

"是我不好!"公爵走近布尔多夫斯基说,"布尔多夫斯基,我很对不起您,但我绝不是作为施舍给您的,请相信我。我现在也不好,刚才也有不是。(公爵情绪很激动,看起来很疲惫、虚弱,说话也不连贯。)我说过欺骗的事……但这不是讲您,我错了。我说,您……像我一样,是个有病的人。但是实际上您并不像我这样,您……给人上课,您赡养母亲。我说,您败坏了您母亲的名声,但是实际上您是爱她的;这是她亲自说的……我不知道……刚才加夫里拉·阿尔达利翁诺维奇没有对我说完……我有过错。我还胆敢向您提供一万卢布,可是我错了,我本应该不以这样的方式来做,而现在……不能做了,因为您鄙视我……"

"这里真是所疯人院了!"叶莉扎维塔·普罗科菲耶夫娜喊了起来。

"当然是疯人院!"阿格拉娅忍不住也尖刻地说,但她的话淹没在众人的喧哗声中,大家已经大声地谈起话来,人人都在议论,有的在争辩,有的在笑。伊万·费奥多罗维奇·叶潘钦已到了怒不可遏的地步,摆出尊严受到侮辱的神态等待着叶莉扎维塔·普罗科菲耶夫娜。列别杰夫的外甥插嘴说了最后几句话:

"是的,公爵,应该为您说句公道话,您确实很善于利用您的……这么说吧,疾病(这样说体面些);您以这样活络的形式提供您的友谊和金钱,使得任何一个高尚的人无论如何也不会接受它们。这样做要么是太天真,要么是太狡猾……您其实心里更清楚。"

"对不起,诸位,"加夫里拉·阿尔达利翁诺维奇把装在信封里的一包钱打开,高呼道,"这里根本不是二百五十卢布,总共只有一百。公爵,我是为了免得造成什么疑惑。"

"别管它,算了。"公爵朝加夫里拉·阿尔达利翁诺维奇直挥手。

"不,不能'算了',"列别杰夫的外甥立即盯住不放说,"公爵,您这一声'算了'是对我们的侮辱。我们不会躲躲闪闪,我们公开宣布:是的,这里只有一百卢布,而不是二百五十卢布总数,但是,这难道不一样吗……"

"不,不一样。"加夫里拉·阿尔达利翁诺维奇故作莫名其妙的样子插嘴说。

"请别打断我;我们不是您认为的那种傻瓜,律师先生,"列别杰夫的外甥又气愤又恼恨地高声说,"当然,一百卢布不等于二百五十卢布,不是一样的,但是重要的是原则;这里主动精神是首要的,而缺一百五十卢布,这只是细节问题。重要的是,布尔多夫斯基没有接受您的施舍,阁下,他当面扔回给您,在这种意义上一百和二百五十是一样的。布尔多夫斯基没有接受一万卢布;您是看到的;假若他不是个正直的人,那么他也不会带来一百卢布!另外一百五十卢布是用在切巴罗夫到公爵那儿去的开销上。您尽可以笑我们不精明,笑我们不会办事;没有这些您也已竭尽全力把我们弄成极为可笑的人了;但是不许您说我们是不正直的人。这一百五十卢布,阁下,我们大家一起会付还给您的;我们哪怕是一个卢布一个卢布地也要还,而且要付利息。布尔多夫斯基是个穷光蛋,布尔多夫斯基没有百万家财,而切巴罗夫在出差后提交了账单,我们原指望会赢……谁处在他的地位会不这样做?"

"谁会怎么样?"Щ公爵嚷了起来。

"我在这儿真要发疯了!"叶莉扎维塔·普罗科菲耶夫娜喊道。

"这使人想起,"长时间站在一旁观察着的叶甫盖尼·帕夫洛维奇笑起来说,"不久前那位律师的有名的辩护词。他的当事人欲抢劫而一下子杀害了六口人。律师却搬出他贫穷这一点作为理由,并一下子作了这一类的结论:'很自然,'他说,'我的当事人因为贫穷而冒出了杀害六口人的念头,处在他的地位谁不会冒出这种念头呢?'这样的话,只不过很可笑。"

"够了!"几乎气愤得打颤的叶莉扎维塔·普罗科菲耶夫娜突然宣布说,"该中断这种胡言乱语了!……"

她激愤万分,威严地仰着头,摆出一副高傲、热切和急迫的挑衅姿态,用炯炯目光扫视着所有在场的人,此刻她未必能区分开谁是朋友谁是敌人。这正是克制了很久但终于陡起愤怒的爆发点。在这种时候渴求立即投入战斗、立即尽快地朝什么人扑去,成为主要的动机。了解叶莉扎维塔·普罗科菲耶夫娜的人马上就感觉到,她身上发生了某种异常的情况。伊万·费奥多罗维奇第二天曾对Щ公爵说过,"她有时是会有这种状况,但是像昨天这种程度她却是少有的,大概三年发一次,无论如何不会更多了!无论如何不会更多了!"他为了使人明白添加了一句。

"够了,伊万·费奥多罗维奇!别管我!"叶莉扎维塔·普罗科菲耶夫娜高声喊着,"您干吗现在才把您的手凑近来?您不会刚才就带我走?您是丈夫,是一家之主,如果我不听您的,不肯走,您应该揪住我这个傻女人的耳朵把我拖走。哪怕是为了女儿操操心!而现在没有您我们也找得到路,这种耻辱够我消受整整一年……等一等,我还想感谢公爵!……谢谢您的款待,公爵!而我却随便坐在这里听年轻人讲话……这简直是卑鄙,卑鄙!这简直是乱七八糟,不成体统,连做梦也不曾见到过这种样子!难道他们这样的人很少?……别作声,阿格拉娅!别作声,亚历山德拉!这不关我们的事!……别在我身边转来转去,叶甫盖尼·帕夫雷奇,您使我讨厌!……这么说,亲爱的,您是在请求他们原谅,"她转向公爵,重又接着前面的话题说,"说什么'是我不好,竟胆敢向您提供钱财'……你你这张贫嘴有什么好笑的!"她突然又冲着列别杰夫外甥说,"说什么,我们拒绝钱财,我们是要求,而不是乞求!仿佛不知道,这个白痴明天就会到他们那里去向他们提供友情和金钱!你会去吗?去还是不去?"

"我会去的。"公爵心平气和地说。

"听到了吧!你也正是估计到了这一着,"她又转向多克托连科说,"现在钱就跟在你口袋里一样,所以你尽可以耍贫嘴来蒙骗我们……不,小伙子,去找别的傻瓜吧,我可是看透你们了……我看穿了你们的整套把戏!"

"叶莉扎维塔·普里科菲耶夫娜!"公爵大声喊着。

"我们离开这儿吧,叶莉扎维塔·普罗科菲耶夫娜,早就该走了,我们把公爵也带走。"Ш公爵尽量平静地微笑着说。

小姐们站在一旁,几乎被吓坏了;将军则完全被吓坏了;所有的人都惊诧不已。站得远些的人暗自好笑,窃窃私语;列别杰夫脸上流露出极为欣喜的神色。

"夫人,不成体统和乱七八糟到处都可以找到。"列别杰夫的外甥相当窘困地说。

"可是不像这样的!不像你们现在这样的,先生们,不是这样的!"叶莉扎维塔·普罗科菲耶夫娜像歇斯底里发作似的幸灾乐祸地接口说,"你们别管我,"她对劝说她的人喊叫着,"不,叶甫盖尼·帕夫雷奇,连您自己刚才也声称,在法庭上甚至辩护律师本人都宣告,因为贫穷而杀死六口人是最自然不过的事,那么真的世界末日来临了。我还没有听说过这样的立论。现在我是一切都明白了!瞧这个话也说不清楚的人,难道他不会杀人（她指着大惑不解地望着她的布尔多夫斯基）？我敢打赌，他会杀的！你的钱，一万卢布，他大概是不会拿的，也许是出于良心的考虑而不拿，而夜里他会再来并杀人，再从匣子里取走钱。也是出于良心的考虑而取走钱！这对他来说并不觉得可耻！这是'高尚的绝望的冲动'，这是一种'否定'，或者鬼知道是什么说法……去它的！……一切都反过来了，一切都颠倒了。一个姑娘在家里长大了，突然在街中间跳上了轻便马车，喊着：'妈妈，前几天我嫁给了某个卡尔雷奇或者伊万内奇，再见了！'照你们看来，这样做也是好的啰？自然，也是值得尊敬的啰？妇女问题？瞧这个男孩（她指着科利亚），不久前他也在争辩说，这就是'妇女问题'。即使母亲是傻瓜，你终究会像人一样对待她！……你们刚才进来的时候凭什么神气活现的？一副'不许挡道，我们来了'的架势。'把所有的权利都给我们，可是不许你在我们面前吭一声。把所有的恭敬，甚至过去也没有的敬意给我们，而我们将把你当作最下等的奴仆也不如！'一直在探求真理，维护权利，可是在文章中却又像异教徒那样诬蔑它。'是要求而不是乞求，而且您不会从我们这儿听到任何感谢的，因为您是为了满足自己的良心才这么做的！'好一种德性呀：既然从你那里不会有任何感谢，那么公爵也可以回答你说，他对帕夫利谢夫没有丝毫感激之情，因为帕夫利谢夫做的善事也是为了满足个人的良心。可是你算计的又恰恰就是他对帕夫利谢夫的感激之情。要知道，他既没有向你借钱，也没有欠你债，你不在他的感激之情上打主意又能打什么主意？你怎么能自己否定它呢？真是一群疯子！社会被认为野蛮、不人道是因为它污辱了一个受诱骗的姑娘，可是既然你承认社会不人道，那么也就会承认这个社会使这个姑娘感到痛苦。而既然痛苦，那你自己又怎么在报上把她的事端到这个社会面前并要求她对此不要感到痛苦？真是一群疯子！一群好虚荣的疯子！不信上帝，不信基督！要知道，虚荣和骄傲把你们蛀蚀透了，结果你们便互相蛀蚀光，我这是预先警告你们。这不是乱了套了，不是乱七八糟，不是不成体统吗？可是发生了这一切之后这个不顾脸面的人竟还拼命求着他们原谅!像你们这样的人有许多吗?你们笑什么,笑我跟你们在一起丢了自己的脸吗?我反正已经丢了脸。没有别的办法了!……你别笑,坏东西!(她突然冲着伊波利特喊道)自己都只剩一口气了,还要腐蚀别人。你腐蚀了我这个孩子(她又指了下科利亚);他一个劲地说胡话夸你,你教他无神论,你不信上帝,简直可以打你一顿,阁下,去你们的吧!……这么说,列夫·尼古拉耶维奇,你明天要去他们那儿,去吗?"她几乎上气不接下气地又问公爵。

"我要去的。"

"要是这样,我不想认识你了!"她本已很快地转过身走了,但又突然回来,"你要到这个无神论者那里去吗?"她指着伊波利特问,"你冲我笑什么!"她有点不自然地大声嚷着,受不了他那刻毒的冷笑,突然朝他扑去。

"叶莉扎维塔·普罗科菲耶夫娜!叶莉扎维塔·普罗科菲耶夫娜!叶莉扎维塔·普罗科菲耶夫娜!"顿时四周响起一片呼声。

"妈妈,这多难为情呀!"阿格拉娅大声喊了起来。

"别担心,阿格拉娅·伊万诺夫娜,"伊波利特平静地回答说(叶莉扎维塔·普罗科菲耶夫娜跳到他身边,抓住他,且不知为什么紧紧地抓住他的一只胳膊;她站在他面前,用疯狂的目光逼视他),"别担心,您妈妈会明白,不能扑向一个垂死的人……我愿意解释,为什么我笑……我将很乐意得到许可……"

这时他突然拼命咳嗽起来,整整一分钟都未能平息。

"人都快要死了,还老是夸夸其谈!"叶莉扎维塔·普罗科菲耶夫娜嚷着,她放了他的胳膊,几乎是恐惧地望着他擦去自己嘴唇上的鲜血,"你还说什么呀!你干脆去躺着吧……"

"会这样做的,"伊波利特轻轻地回答,他声音沙哑,几乎是喃喃着说,"我今天一回去,马上就躺下……过两个星期,据我所知,就会死的……上星期博特金亲自对我宣布的……所以,如果允许的话,我要对你们说两句话以作告别。"

"你疯了怎么的？尽胡说！应该治病，现在还说什么话！走吧，走吧，去躺着！……"叶莉扎维塔·普罗科菲耶夫娜惊惶地喊着。

"我会去躺的，可是就不会再起来了，直至死去，"伊波利特凄然一笑，"昨天我就已经想这么躺下，不再起来，直至死去，可又决定延迟到后天，趁两条腿还能撑得住……为的是今天跟他们一起到这里来……只不过已经很累了……"

"坐下吧，坐下吧，干吗站着！喏，给你椅子。"叶莉扎维塔·普罗科菲耶夫娜急忙奔过去，亲自给他放了把椅子。

"谢谢您，"伊波利特轻轻地继续说着，"您请坐在对面，我们这就谈谈……我们一定得谈谈，叶莉扎维塔·普罗科菲耶夫娜，现在我可是坚持这一点……"他又朝她莞尔一笑，"请想想，今天我是最后一次到外面来和跟人们在一起，而过两个星期大概就入土了。就是说，这好像是跟人们、跟大自然的告别。我虽然不太易动感情，可是，你们瞧，这一切发生在帕夫洛夫斯克这里，我很高兴，因为毕竟可以看看树叶婆娑的树木。"

"现在还说什么话呢？"叶莉扎维塔·普罗科菲耶夫娜越来越骇怕，"你浑身发烧。刚才叽里叽里尖声尖气说一通，现在勉强才能换口气，气都喘不过来了！"

"马上就休息。为什么您想拒绝我这最后的愿望呢？……您知道吗，叶莉扎维塔·普罗科菲耶夫娜，我早就已经怀着无论如何要跟您见一见的愿望了；我从科利亚那儿……听说了不少有关您的事；他几乎是唯一没有撇下我的人……您是位独特的妇女，古怪的妇女，我现在亲自见到了……知道吗，我甚至有点喜欢您。"

"上帝啊，我刚才差点打了他，真的。"

"阿格拉娅·伊万诺夫娜阻止了您；我没有说错吧？这是您女儿阿格拉娅·伊万诺夫娜？她是这么漂亮，我刚才一眼就猜到是她了，虽然过去从未见过面。请让我哪怕是活着最后一次看看这位美人，"伊波利特有点不自然地强笑了一下，"公爵也在这里，还有您丈夫，大伙儿都在。为什么您要拒绝我的最后愿望呢？"

"椅子！"叶莉扎维塔·普罗科菲耶夫娜喊了一声，但她自己抓了一把椅子，就在伊波利特对面坐下了。"科利亚，"她吩咐说，"你马上就陪他走吧，送送他，明天我一定亲自……"

"如果您许可，我想请公爵给我一杯茶……我非常累。知道吧，叶莉扎维塔·普罗科菲耶夫娜，您好像想把公爵带到自己那里去喝茶，您请留在这儿，我们一起再度过些时光，公爵一定会给我们大家上茶的。请原谅我这样安排……但是我了解您，您很善良，公爵也是……我们大家都是善良得可笑的大好人……"

公爵非常惊恐不安，列别杰夫慌忙从房间里飞奔出去，维拉跟在他后面跑了出去。

"真的，"将军夫人断然决定，"你说吧，只是说轻些，别冲动。你真让我怜悯……公爵！你本来是不配留我在你这儿喝茶的，可是就这样吧，我留下来，虽然我不想向任何人道歉！不向任何人！那简直是荒谬！……不过，如果我骂了你，公爵，那么就请原谅……不过，假如你愿意的话。其实，我谁也不强留，"突然她异常愤怒地对丈夫和女儿们说，仿佛他们在什么事情上大大得罪了她似的，"我一个人到得了家的……"

但是没有让她讲完。大家都走近跟前，乐意地围住她。公爵马上恳求大家留下来喝茶，并且一再表示歉意，因为直到现在才想到这一点。连将军也非常客气，嘀咕着说了些劝慰的话，又亲切地问叶莉扎维塔·普罗科菲耶夫娜："在露台上是不是太凉了？"他甚至几乎要问伊波利特："上大学是否很久了？"但是他没有问。叶甫盖尼·帕夫洛维奇和Щ公爵也忽然变得殷切可亲、高兴快活，阿杰莱达和亚历山德拉脸上除了依然留有一丝惊讶，竟然也流露出满意的神色，总之，大家显然都为叶莉扎维塔·普罗科菲耶夫娜的危机过去了感到高兴。唯有阿格拉娅一人皱眉蹙额，默默地坐在稍远些的地方。所有其他的人也都留下了；谁也不想离开，连伊沃尔京将军也是，不过列别杰夫顺便对他低语了什么，想必是不大愉快的事，因此将军立即退到角落里去了。公爵也走到布尔多夫斯基及其伙伴们跟前，一个也不遗漏地请喝茶。他们显出不自然的样子低声说要等伊波利特，便立即躲到露台最远的一个角落里去，又一起并排坐了下来。大概列别杰夫早就为自己准备好了茶，因此立即就端了上来。这时敲响了十一点。

十

伊波利特在维拉·列别杰娃递给他的茶杯里润了润嘴唇,将茶杯放到小桌上,忽然似乎忸怩起来,几乎是困窘地环视着四周。

"您瞧,叶莉扎维塔·普罗科菲耶夫娜,这些茶杯,"他有点奇怪地急着说,"这些瓷杯,好像是精美的瓷器,总是放在列别杰夫餐具柜的玻璃门里,还上了锁;从来也不用……通常是这样,这是他妻子的陪嫁……他家这是惯例……现在他把它们拿出来给我们用,当然是表示对您的敬意,可见他多么高兴……"

他还想补充说什么,但是一时没有找到话。

"他到底不好意思了,我就料到是这样!"忽然叶甫盖尼·帕夫洛维奇在公爵耳边低语说,"这可是危险的,是吧?这是极可信的一种征兆,表明他出于怨恨马上就会做出这样那样的古怪行为,叶莉扎维塔·普罗科菲耶夫娜大概会坐不住的。"

公爵疑问地瞥了他一眼。

"您不怕古怪的行为?"叶甫盖尼·帕夫洛维奇补充说,"要知道我也不怕,甚至还巴不得会有这种事;对我来说,其实就希望我们可爱的叶莉扎维塔·普罗科菲耶夫娜受到惩罚,而且一定得在今天,马上就受惩罚,不然我就不走。您好像是在发烧。"

"以后再说,您别碍事。是的,我身体不好。"公爵心不在焉,甚至不耐烦地回答着。他听到在说自己的名字,伊波利特在讲他。

"您不相信?"伊波利特歇斯底里地笑着,"我知道就会是这样,可公爵一开始就相信了,丝毫也不惊奇。"

"你听见了,公爵?"叶莉扎维塔·普罗科菲耶夫娜转向他问,"听见了?"

四周的人都笑着。列别杰夫忙乱地挤到前面去,在叶莉扎维塔·普罗科菲耶夫娜面前转来转去。

"他说,这个矫揉造作的人,就是你的房东……为那个先生改过文章,就是刚才念过的针对你的文章。"

公爵惊讶地扫了列别杰夫一眼。

"你干吗不作声?"叶莉扎维塔·普罗科菲耶夫娜甚至跺了一下脚。

"那又怎么,"公爵继续打量着列别杰夫,喃喃说,"我现在才知道,他是替他们改过的。"

"真的吗?"叶莉扎维塔·普罗科菲耶夫娜很快地转向列别杰夫问。

"千真万确,将军夫人阁下。"列别杰夫把一只手贴在胸口,毫不犹豫地坚定答道。

"简直是在夸耀!"她几乎要从椅子上跳起来。

"我卑鄙,我卑鄙!"列别杰夫嘟哝着说,一边开始捶胸,一边越来越低地垂下了头。

"你卑鄙与我有什么相干!他以为,他说了自己卑鄙,这样也就可以解脱了。公爵,我再说一次,跟这样的人结交,你不觉得羞耻吗?我永远也不会原谅你!"

"公爵会原谅我的!"列别杰夫很有把握又很让人怜悯地说。

"仅仅是出于义气,"凯勒尔突然跳到跟前,直接对叶莉扎维塔·普罗科菲耶夫娜大声地说,"仅仅是出于义气,夫人,我才没有出卖名声不好的朋友,我刚才隐瞒了修改文章的事,尽管正是他提出要把我从楼梯上摔下去,正如您自己听到的。为了恢复事情的真相,我承认,我确实找过他,付了六个卢布,但绝不是要他润色,说实在的,是向他这个知情人了解事实,因为大部分情况我都不知道。关于鞋罩,关于在瑞士教授那里吃饭的胃口,关于五十卢布而不是二百五十卢布,总之,所有这桩桩件件,这一切都是他提供的,就为了六个卢布,但是不是润色。"

"我应该指出,"在越来越传播开来的笑声中,列别杰夫以一种曲意逢迎的声音迫不及待地、焦躁地说,"我只修改了文章的前一半,但是因为改到中间的时候我们意见不合,为了一个想法我们争吵起来,所以我就没有再改后面一半,因而那里所有文理不通的地方(那里确有文理不通的地方!),不能算到我的头上……"

"瞧他忙着干什么!"叶莉扎维塔·普罗科菲耶夫娜喊了起来。

"请问,"叶甫盖尼·帕夫洛维奇问凯勒尔,"你们什么时候改文章的?"

"昨天早晨,"凯勒尔回答说,"我们见了面,双方都老老实实保证保守秘密。"

"当时他在你面前低声下气并要你相信他的忠诚!嘿,真是些小人!我不要你的普希金文集,你女儿也不要到我这儿来了!"

叶莉扎维塔·普罗科菲耶夫娜本想站起来,但突然又气冲冲地对正在笑的伊波利特说:

"亲爱的,你是想让我在这里招人笑话,是吗?"

"千万别这么想,"伊波利特尴尬地微笑着说,"但最使我惊讶的是您的古怪脾气,叶莉扎维塔·普罗科菲耶夫娜,我承认,我是故意把话引到列别杰夫身上的,我知道,怎么才会影响您,影响您一个人,因为公爵确实会原谅的,而且大概已经原谅了……甚至,可能已经在脑袋里搜寻到了原谅的话,是这样吧.公爵,对吗?"

他喘着气,异常的激动随着他的每一句话而增强。

333

"唉?……"叶莉扎维塔·普罗科菲耶夫娜对他说话的口气感到惊讶,忿忿地说,"唉?"

"有关您的事我已经听了许多,都是这一类的……我非常高兴……很好地学会了尊敬您。"伊波利特继续说。

他说的是一回事,可是,他用这些话想说的似乎是另一回事。他说这话时带着一种嘲笑的口气,同时又激动得不合时宜,神秘地四处打量,显然颠三倒四,每句话都语无伦次,所有这一切连同他害肺病的模样和怪异的仿佛发狂一般的灼灼目光,仍然吸引着人们不由得对他注意。

"我不谙世故(我承认这一点),不过,我十分惊讶的是,您不仅自己留在您认为是不体面的刚才我们这一伙人中,而且还把这些……小姐留下来听这种丑闻,虽然她们在小说里已经读到过一切。不过,我也许不了解……因为我说话离题了,但是不论怎样,除了您,谁会因为一个孩子的请求(是啊,是个孩子,我再次承认)而留下来……与他一起度过一个晚上并参与……一切……而且……第二天就感到羞耻……(不过,我承认,我要说的不是这样),我对所有这一切异常赞赏和深表敬意,虽然光凭您丈夫阁下的脸色就已经可以看出,这一切对他来说是多么不愉快……嘻嘻!"他咻咻笑了起来,完全语无伦次,突然又咳嗽起来,有两分钟无法继续说话。

"甚至都喘不上气来了!"叶莉扎维塔·普罗科菲耶夫娜冷漠而尖刻地说,一边用严峻和好奇的目光打量着他,"算了,亲爱的孩子,你说够了,该走啦。"

"请允许我,先生,向您指出,"突然伊万·费奥多罗维奇忍无可忍,怒冲冲地说道,"我妻子在我们的共同朋友和邻居列夫·尼古拉耶维奇这里,无论如何,年轻人,用不到您来评判叶莉扎维塔·普罗科菲耶夫娜的行为,同样也不用您当着我的面大声地议论我的脸色表明什么。确实这样。如果我的妻子留在这里,"他继续说,随着每一句话火气也越来越大,"那不如说是出于惊讶和大家都能理解的当今的好奇心,想看看怪诞的年轻人。我自己也留下了,就像有时看见什么东西,有什么东西可以看就在街上停下来一样,比如……比如……比如……"

"比如看稀罕东西。"叶甫盖尼·帕夫洛维奇提示说。

"好极了,对极了,"想不出比喻而卡住说不下去的将军阁下高兴地说,"正是如看稀罕东西一样。但不论怎样,最使我惊讶、甚至痛心的是,如果语法上可以这样表达的话,您,年轻人,竟然不会理解,叶莉扎维塔·普罗科菲耶夫娜现在留下来跟您在一起,是因为您有病,既然您真的生命垂危,这么说吧,她是出于怜悯,是因为您说的那些可怜话,先生,因此任何污言脏语无论如何都不会玷污她的名声,品质和身份……叶莉扎维塔·普罗科菲耶夫娜!"满脸通红的将军结束说,"如果想走,那么就跟我们善良的公爵告别……"

"谢谢您的教诲,将军。"伊波利特若有所思地望着他,严肃和出人意料地打断说。

"我们走吧,妈妈,还要待多久!……"阿格拉娅从椅子上站起来,不耐烦和气愤地说。

"再等两分钟,亲爱的伊万·费奥多罗维奇,如果你允许的话,"叶莉扎维塔·普罗科菲耶夫娜很有尊严地转向自己的丈夫说,"我觉得,他浑身在发烧,尽说胡话;我根据他的眼神深信这一点;不能这样撂下他。列夫·尼古拉耶维奇!今天不送他去彼得堡,可以让他住您这儿吗?Cher prince[1],您觉得无聊吗?"不知什么缘故她突然问Ш公爵,"到这儿来,亚历山德拉,把头发整理一下,我的孩子。"

她为亚历山德拉整理了一下没什么必要整理的头发,吻了她;叫她就是为了这点。

"我认为您在精神上是能发展的……"伊波利特从沉思状态中醒悟过来,又说起来,"对!我想要说的是,"他仿佛突然回忆起什么,兴奋地

---

[1] 法语:亲爱的公爵。

说,"布尔多夫斯基真心想维护自己的母亲,不对吗?结果他却使她蒙受了耻辱。公爵想要帮助布尔多夫斯基,出于一颗纯洁的心向他提供温柔的友情和金钱,大概,他是你们所有的人中唯一没有厌弃布尔多夫斯基的人,可是他们俩都像真正的敌人一样彼此势不两立……哈——哈——哈!你们全都敌视布尔多夫斯基,就因为在你们看来他对待自己的母亲不体面,不优雅,是这样吗?是这样吗?是这样吗?因为所有你们这些人都十分喜爱形式的优美和高雅,只赞成这点,不对吗?(我早就料想,你们就只要这点!)好吧,那么你们要知道,你们中也许没有一个人像布尔多夫斯基那样爱他的母亲!公爵,我知道,您通过加涅奇卡暗中寄钱给布尔多夫斯基的母亲,我敢打赌(嘻——嘻——嘻!他歇斯底里地笑着),我敢打赌,布尔多夫斯基现在都要指责您采取的形式不得体和不尊敬他的母亲,真的是这样,哈——哈——哈!"

这时他又喘不过气来,咳起嗽来。

"怎么,完了!现在全说出来了,说完了?好了,现在去睡觉吧,你有烧,"叶莉扎维塔·普罗科菲耶夫娜一直不安地望着他,这时便迫不及待地打断说,"啊,天哪!他还在说!"

"您好像在笑吧?您干吗老是笑话我?我发觉,您一直在嘲笑我。"突然他惴惴不安和气冲冲地对叶甫盖尼·帕夫洛维奇说,而他确实是在笑。

"我只是想问您,先生……伊波利特……对不起,我忘了您的姓了。"

"捷连季耶夫先生。"公爵说。

"对了,是捷连季耶夫,公爵,谢谢您,您刚才说过了,可我却忘得一干二净……我想问您,捷连季耶夫先生,我听说,您认为,您只要从窗口向老百姓讲上一刻钟话,他们马上就会同意您的一切主张,而且立即跟在您后面走,这是真的吗?"

"非常可能,我是说过的……"伊波利特仿佛想起了什么,回答说。"肯定说过的!"他突然又补了一句,又活跃起来,坚定地望了一眼叶甫盖尼·帕夫洛维奇,"那又怎么样?"

"完全没什么；我只是想知道一下,补充一下情况。"

叶甫盖尼·帕夫洛维奇不再说了,但伊波利特仍然望着他,不耐烦地等着他继续说。

"怎么了,说完了,是吗?"叶莉扎维塔·普罗科菲耶夫娜问叶甫盖尼·帕夫洛维奇,"快点说完吧,老兄,他该去睡了。是不是不会结束?"(她恼火得不得了。)

"也许,我很不反对补充几句,"叶甫盖尼·帕夫洛维奇微笑着继续说,"我从您的同伙那里听到的一切,捷连季耶夫先生,还有刚才您以不容置疑的才华阐明的一切,据我看,可以归结为权利至上论,首先是权利,不顾一切,甚至排除一切,甚至可能在研究权利是什么之前就要求权利。也许我说得不对?"

"当然您错了,我甚至不明白您说的……接下去呢?"

在露台角落里也响起了絮语声。列别杰夫的外甥低声咕噜着什么。

"接下去几乎没有什么了,"叶甫盖尼·帕夫洛维奇继续说,"我只想指出,由此出发事情可能会直接转到强权论上面去,也就是个人的拳头和个人的欲望的权利,其实,世界上很多事情就常常是这样告终的。普鲁东就是主张强权的。美国南北战争中许多最进步的自由主义者宣布自己拥护农场主,他们认为,黑奴总是黑奴,是比白种人低等的种族,因此强权应属白人……"

"怎么呢?"

"也就是说,看来,您并不否认强权?"

"下面怎么说?"

"您真是个打破砂锅问到底的人;我只想指出,强权离老虎和鳄鱼的权利,甚至于离达尼洛夫和戈尔斯基已经不很远了。"

"我不知道,再下去呢?"

伊波利特勉强听叶甫盖尼·帕夫洛维奇说话。虽然他对他不时说"怎么样","接着说",但是,这主要是交谈中养成的老习惯,而并不是对谈话表示关注和好奇。

"下面没什么要说了……完了。"

"不过,我并不生您的气。"忽然伊波利特完全出人意料地收尾说。他未必完全自觉地递过手去,甚至还带着微笑。叶甫盖尼·帕夫洛维奇起先感到惊讶,但马上就以最认真的样子碰了碰伸给他的手,就像接受对方的宽恕那样。

"我不能不补充,"他还是用那种又恭敬又不恭敬的语气说,"我要说一声向您表示感谢,感谢您对我的关注,允许我说话,因为,据我的许多观察来看,我们的自由主义者从来也不允许人有自己的独特的信念,只要一听到有反对意见,马上就回之以辱骂或者甚至于更糟……"

"您说的这点十分正确,"伊万·费奥多罗维奇指出。他双手抄在背后,显出极为无聊的样子从露台退向出口,在那里烦恼地打了个呵欠。

"好了,你够了,兄弟,"叶莉扎维塔·普罗科菲耶夫娜突然对叶甫盖尼·帕夫洛维奇宣告说,"您都让我厌烦了……"

"该走了,"突然伊波利特忧心忡忡、几乎是惊惧地站了起来,局促不安地望着周围的人,"我耽搁了你们;我想把所有的话都对你们说……我想,最后一次了……所有的话……这是空想……"

看得出,他精神振奋是一阵一阵的,从那几乎是真正梦呓的状态中忽然解脱出来,仅仅一会儿,他是完全清醒地一下子想起了什么就说起话来,多半是些片段,也许,这是病中躺在床上,在长久的寂寞中,在孤独和失眠时早已反复想过和记熟了的内容。

"好了,别了!"他突然断然说,"你们以为,我对你们说一声'别了'容易吗?哈——哈!"他自己对所提出的尴尬的问题感到懊恼而讪笑着,突然,仿佛对老是词不达意感到恼火,他气呼呼地大声说,"阁下!我荣幸地请您参加我的葬礼。如果您肯赏光的话,还有……请诸位也随将军前往!……"

他又笑了起来;但这已经是发狂的笑声。叶莉扎维塔·普罗科菲耶夫娜惊恐地走到他跟前,抓住他的一只手。他凝神望着她,还是那样笑着,但是笑声没有继续下去,仿佛在他脸上停住了,凝固了。

"您知道吗?我到这儿来是为了看看树木,就是这些……(他指着花园里的树木)这不可笑吗,啊?可是这事一点也不可笑,是吧?"他一本正经地问叶莉扎维塔·普罗科菲耶夫娜,突然又沉思起来;接着,过了一会儿,他抬起头,好奇地用目光在人群中搜寻着。他找叶甫盖尼·帕夫洛维奇,后者就站在右边不远的地方,就在原来的地方,但他已经忘了,所以在周围寻找。"啊,您没有走!"他终于找到了他,"您刚才始终在笑话我想从窗口对老百姓讲一刻钟……您知道,我不是十八岁:我枕着枕头躺了这么多年,朝这窗口望了这么多年,各种各样的事情……想来想去……这么多年……死人是没有年龄的,您也知道。我还是在上星期才想到这一点,那天夜里我醒了……知道吗,您最怕什么?您最怕我们的真诚,尽管您蔑视我们!这一点我也是在那天半夜里躺在枕头上时想到的……您以为,我刚才想嘲笑您吗,叶莉扎维塔·普罗科菲耶夫娜?不,我不是笑您,我只想称赞……科利亚说,公爵称您是个孩子……这很好……对了,我究竟……还想说什么……"

他双手捂住脸,沉思起来。

"瞧我想到什么了:刚才跟您告别的时候,我突然想,就这些人,今后会再也见不到他们了,永远见不到了!连树木也见不到了,剩下的将只是一垛红色的砖墙,梅耶尔的房子……就在我窗口对面……好吧,就把这一切讲给这些人听吧……你倒试试讲讲看;这位是美人……可是你却是个死人,就自我介绍是死人,说,'死者什么都可以说'……玛利娅·阿列克谢耶夫娜公爵夫人不会骂的[1],哈——哈!你们不笑?"他不信地扫视着周围的人。"知道吗,靠在枕头上我想到过许多念头……要知道,我深信大自然是很会嘲弄人的……您刚才说,我是个无神论者,要知道,这个大

---

[1] 《聪明误》一剧里有一句台词:"玛利娅·阿列克谢耶夫娜会怎么说?"后来这句话常用来代替"人家会怎么说呢?"。

自然……你们为什么又笑了？你们太残酷了！"他打量着大家，突然忧郁而愤然地说，"我没有腐蚀科利亚。"他用的完全是另外一种语气，仿佛也是猛然想起似的，严肃而坚定地结束道。

"这里无论哪一个都没有笑你，没有，你放心！"叶莉扎维塔·普罗科菲耶夫娜几乎是受着折磨，"明天会有新的大夫来；原来那个看错了病；坐下吧，别站着！你在说胡话……唉，现在拿他怎么办！"她张罗着让他坐到扶手椅里。她的脸上闪烁着泪花。

伊波利特几乎是惊讶得愣住了，他抬起手，胆怯地伸过去，触及了那颗泪花，他像孩子般的嫣然一笑。

"我……您……"他高兴地说了起来，"您不知道，我……您……他总是异常欢欣地向我谈起您，就是他，科利亚……我喜欢他那种欢欣的样子。我没有腐蚀他！我只是使他没有变样……我想使大家都不变样，使大家，可是他们中没有这样的人，一个都没有……我想当个活动家，我有这个权利……啊，我想做的事情太多了！我现在却什么也不想做，什么也不想做，我向自己发誓什么也不想做；就让人家去寻求真理吧，让他们没有我吧！是啊，大自然是嘲弄人的！为什么它，"他忽然又激动起来说，"为什么它创造了最优秀的人，又为了以后嘲笑他们？它创造成这样，使其成为世界上公认的唯一完善的生物……它创造成这样，把他展示给人们看，又规定他说出，为什么要流这么多鲜血，如果一下子都流光，那么人们必会呛死！啊，我就要死了，这多好！也许，我也会说出什么可怕的谎言来，大自然是会这样作弄人的！……我没有腐蚀任何人……我想为所有的人的幸福，为发现和传播真理而活着……我望着窗外梅耶尔房子的墙并想就讲一刻钟，并且要使大家，使大家都信服，虽然没有遇上人们，可一生中就这么一次遇上了……你们！有什么结果呢？没什么！结果是，你们蔑视我！因此我就是个你们不需要的人，因此我就是傻瓜，因此我就到时候了！我不会留下任何回忆！没有声音，没有痕迹，没有一件事业，也没有传播过任何信仰！……别嘲笑一个愚昧的人！忘掉吧！忘掉一切……请忘掉,别这样残酷!您知道吗,要不是染上这肺病,我也会自己杀了自己……"

他似乎还有许多话想说,但没有说完,倒在扶手椅里,手捂着脸,像小孩子似的哭了起来。

"嘿,现在可拿他怎么办?"叶莉扎维塔·普罗科菲耶夫娜高喊了一声,奔到他跟前,捧住他的头,把它紧紧地搂在自己胸前。他一抽一抽地恸哭着。"好了,好了!好了,别哭了,好了,够了,你是个善良的孩子,上帝会原谅你的无知的;好了,够了,坚强些……再说,过后你会觉得不好意思的……"

"我家里,"伊波利特用力抬起头来,说,"我家里有弟弟和妹妹们,都还很小,很可怜,天真无邪……她会把他们教坏的!您是个圣徒,您……自己也是个孩子,救救他们吧!把他们从这个女人手里夺过来……她……羞耻……哦,帮帮他们吧,帮帮吧,上帝会为此给您百倍的奖赏,看在上帝分上,看在基督分上!……"

"您倒是说呀,伊万·费奥多罗维奇,现在怎么办?"叶莉扎维塔·普罗科菲耶夫娜气呼呼地说,"您就费费心,打破您那架子十足的沉默吧!如果您不拿主意,那么您就得知道,我就亲自留在这儿过夜,在您的专制下您把我虐待得够了!"

叶莉扎维塔·普罗科菲耶夫娜激烈而又气愤地问,并等着迅速回答。但是在类似的场合下大部分在场的人(甚至有许多人)都是以沉默不语、消极观望作答,他们丝毫不想把事情搅到自己身上,往往事后很久才表露自己的想法。在在场的人中这里也有这样的人,他们准备在这里哪怕坐到第二天早晨,也不愿意说出一句话来,比如瓦尔瓦拉·阿尔达利翁诺夫娜,整个晚上她就坐在离人家稍远些的地方,不吭一声,始终怀着不同寻常的好奇心听人家讲话,这样做也许有她自己的原因。

"我的意见,亲爱的,"将军开口说,"现在这里需要的,这么说吧,是位护士,而不是我们的激动不安,大概,还需要有一位可靠的、头脑清醒的人陪夜。不论怎样,应该问一下公爵……并马上让病人休息。明天还可以再表示关心。"

"现在十二点,我们要走了。他跟我们一起走还是留在您这儿?"多克托连科气冲冲地问公爵。

"如果你们愿意的话,就留下来,你们可以陪他,"公爵说,"这儿有地方。"

"阁下,"凯勒尔先生出人意料和兴高采烈地跳到将军跟前说,"如果要求一个可以让人满意的人陪夜,我准备为了朋友作出牺牲……这是个多好的人啊!我早就已经认为他是个伟大的人,将军阁下!当然,我才疏学浅,但是,如果他批评起来,那可真是字字珠玑,字字珠玑呀,将军阁下!……"

将军绝望地转过身去。

"如果他留下来,我很高兴,赶路的话,当然他是困难的。"公爵对叶莉扎维塔·普罗科菲耶夫娜气呼呼的问题作出表示。

"你睡着了怎么的?如果你不愿意,爵爷,我就把他带到自己家里!天哪!你自己也是勉强站得住!你病了还是怎么啦?"

刚才叶莉扎维塔·普罗科菲耶夫娜发现公爵并不是躺在床上奄奄一息,仅凭外表确实大大夸大了他那过得去的健康状况。但是,不久前的疾病、伴随它而来的痛苦的回忆,这个晚上忙忙碌碌造成的疲劳、"帕夫利谢夫儿子"事件、现在又是伊波利特事件——这一切刺激了公爵的疾病的感受力,确实使他达到了激狂的状态。但是,除此以外,在他的眼神中现在还有另一种操心,甚至害怕;他担心地望着伊波利特,仿佛等待着他还会弄出什么名堂来。

突然伊波利特站了起来,脸色苍白得吓人,变了样的脸上露出可怕的、绝望的羞愧。这尤其表现在他那敌视和恐惧地望着众人的目光中,表现在抽搐的唇间那茫然、扭曲、蠕动的苦笑中。他立即垂下眼,跌跌撞撞跟跄着,一直这样苦笑着,朝站在露台出口的布尔多夫斯基和多克托连科走去,他要跟着他们离去。

"哎,我害怕的正是这一点!"公爵高呼着,"事情就会是这样!"

伊波利特满怀着疯狂的仇恨很快地转向他,脸上的每一根线条似乎都在颤动和说话。

"啊,原来您怕的是这一点!照您看来,'事情就会是这样'?那么您要知道,如果我仇恨这里的什么人,"他吼着,声嘶力竭,尖声尖气,唾沫飞溅,"(我恨你们所有的人,所有的人!)那么就是您,您这个虚情假意、甜言蜜语的小人,白痴,百万富翁加慈善家,我更恨您,您比世上所有的人和所有的一切都更可恨!我早就了解您和恨您了,当我还只是听说您的时候,我就怀着心中的全部仇恨来恨您了……现在这一切全是您造成的!这是您逼得我发火的!您把一个垂死的人羞得无地自容,我表现出卑鄙的怯懦是因为您的过错。是因为您!如果我能活下去,我会杀死您!我不需要您的慈善,也不接受任何人的善行,听到了吧,我不要任何人的任何恩赐!我刚才是在说胡话,不许你们洋洋得意!……我永远诅咒你们大家!"

此时他完全喘不过气来了。

"他为自己流泪感到难为情了!"列别杰夫向叶莉扎维塔·普罗科菲耶夫娜低语着,"'事情就会是这样!'公爵说得真对!他看透了……"

可是叶莉扎维塔·普罗科菲耶夫娜连瞧都没有瞧他一眼。她昂首挺胸高傲地站着,好奇而轻蔑地打量着"这些小人"。伊波利特说完的时候,将军曾耸了下肩膀;她愤怒地从头到脚端详着他,似乎是在询问他的动作有什么意思,但马上她又转向了公爵。

"谢谢您,公爵,我们家的怪朋友,谢谢您使我们大家过了一个愉快的晚上。现在想必您心里很高兴,因为您把我们也扯进您的这场闹剧中去了……够了,我家亲爱的朋友,谢谢,至少您让我们终于把您好好看清楚了!……"

她气愤地整理起自己的披肩来,等待着"那一伙人"动身。这时一

辆轻便马车驶近了"那一伙人",那是一刻钟前多克托连科吩咐列别杰夫的中学生儿子去叫来的。将军马上跟在自己妻子后面插话说:

"确实,公爵,我甚至没有料到……在过去那一切之后,在种种友好的交往之后……最终,叶莉扎维塔·普罗科菲耶夫娜会……"

"怎么能这样,怎么可以这样!"阿格拉娅快步走到公爵跟前,向他伸出手,感叹地说。

公爵茫然地朝她笑了一下。突然一阵热烈而迅速的低语简直像烧灼了他的耳朵。

"如果您不马上甩掉这些卑鄙可恶的人,我会一辈子,一辈子恨您一个人的!"阿格拉娅低声说。她仿佛狂怒至极,但是还没来得及看她一眼,她已经转过身去了。其实,他已经没有什么也没有人可以甩掉了:当时他们已经把病着的伊波利特好歹安顿到马车上,马车接着就驶离了。

"怎么,伊万·费奥多罗维奇,这还要继续多久?您怎么看?我还要忍受这些可恶的小子多久?"

"是啊,亲爱的……我当然愿意……还有公爵……"

然而伊万·费奥多罗维奇还是向公爵递过手去,但没来得及握手,就跟在忿忿然噔噔响地从露台上走下去的叶莉扎维塔·普罗科菲耶夫娜后面跑了。阿杰莱达、她的未婚夫和亚历山德拉诚挚亲切地跟公爵告别。叶甫盖尼·帕夫洛维奇也是这样,只有他一个人是快活的。

"果然如我所料!只不过遗憾的是,您这个可怜人这下可受苦了。"他带着最可爱的笑容低声说着。

阿格拉娅是不辞而别。

但是这天晚上的奇遇至此还没有结束;叶莉扎维塔·普罗科菲耶夫娜还必须得承受一次相当意外的路遇。

她还没有来得及从露台的台阶上走到环绕公园的路上,突然一辆套着两匹白马的流光溢彩的轻便马车从公爵别墅旁奔驰而过。马车里坐着两位雍容华贵的妇人。但是马车驰过不到十步远又突然停住了;其中一位女士很快地回过头来,仿佛突然发现了她所必须要找的某个熟人。

"叶甫盖尼·帕夫雷奇!这是你吗?"一个清脆悦耳的声音突然喊了一下,这声音使公爵,也许还使什么人战栗了一下。"嗨,我真高兴,终于找到了!我派人去城里送信,派了两个!找了你一整天!"

叶甫盖尼·帕夫洛维奇站在台阶上像是被雷声惊呆了似的。叶莉扎维塔·普罗科菲耶夫娜也站在原地不动,但不像叶甫盖尼·帕夫洛维奇那样吓得木呆呆的。她用五分钟前看那些"小人"的高傲和冷若冰霜的鄙视目光瞥了一眼这个毫无顾忌的女士,立即又把目光移到叶甫盖尼·帕夫洛维奇身上。

"有个消息!"那清亮的嗓音又继续说,"你不用为库普费尔手中的借据担心;罗戈任用三万卢布买了下来,是我劝他买的。你还可以哪怕安心三个月。至于跟比斯库普及那一伙坏蛋想必是能讲妥的,因为是熟人嘛!好了,就这么回事,也就是说,一切顺利。你就开心吧!明天见!"

马车起动,很快就消失了。

"这个疯女人!"叶甫盖尼·帕夫洛维奇终于嚷了一声。他气得满脸通红,困惑不解地打量着周围的人,"我一点也不知道她说的是什么!什么借据?她到底是什么人?"

叶莉扎维塔·普罗科菲耶夫娜又继续望了他两秒钟,终于断然迅速地朝自己的别墅走去,大家跟在她后面。整整过了一分钟,叶甫盖尼·帕夫洛维奇异常不安地又回到露台上公爵这儿。

"公爵,说真的,您是否知道,这是什么意思?"

"我一点也不知道。"公爵回答说,他自己也异常紧张和十分难受。

"不知道?"

"是的。"

"我也不知道,"叶甫盖尼·帕夫洛维奇突然笑了起来,"真的,我跟这些借据没有任何关系,请相信这是老实话!……您怎么啦,您要晕倒了吗?"

"噢,不,不,您放心,不会的……"

十一

直到第三天叶潘钦一家才完全平心静气下来。公爵虽然在许多方面通常都怪罪于自己,并真诚地期待着惩罚,但是开始时他内心里依然怀着充分的信念,认为叶莉扎维塔·普罗科菲耶夫娜不可能认真生他的气,而多半是生她自己的气。可是这么长久的不和到了第三天已使公爵陷于茫然不知所措、郁郁寡欢的境地。造成这种境况的还有其他种种情形,但是其中一个情况是主要的。整整三天这一情况日益加重了公爵的疑心(不久前公爵谴责自己有两个极端:既责备自己那"毫无意义、令人讨厌的"异常的轻信,与此同时也责怪自己"阴鸷、卑劣的"多疑)。总之,第三天快要结束的时候,从马车里跟叶甫盖尼·帕夫洛维奇说话的那个古怪女士突然出现这件奇事,在他的头脑里则达到了令人害怕和神秘莫测的程度。这神秘莫测的实质,除了事情的其他诸多方面,对于公爵来说是一个可悲的问题:这件新的"荒唐之举"是否也正该归罪于他,或者仅仅……但是他没有说完还有谁。至于Н.Ф.Б.这三个字母,那么,在他看来,这纯粹不过是毫无恶意的淘气行为,甚至是十足孩子气的淘气行为,因此有一点点是她有错的想法也是该惭愧的,在某个方面来说甚至是不正直的。

不过，在那不成体统的"夜晚"（那晚乱糟糟，他是所谓罪魁祸首）后的第一天，公爵上午就很高兴地在自己家里接待了Щ公爵和阿杰莱达："他们来主要是为了打听一下他的健康情况"，他们俩是散步顺便来的。阿杰莱达刚才在公园里发现了一棵树，是一棵奇美的古树，树叶繁茂，枝杈伸展，弯弯曲曲，树身上有窟窿和裂缝，可是满树绿莹莹的嫩叶。她一定要画这棵树，一定要画！在他们来访的整整半小时中她几乎就只谈这件事。Щ公爵仍像往常一样和蔼可亲，他问公爵过去的事，回忆他们第一次相识时的情景，对于昨天的事几乎一语不发。最后阿杰莱达忍不住了，苦笑着承认，他们是顺道而来，incognito[1]，但是她的承认也就至此为止，虽然从incognito这个词已经可以看出，她父母，也就是说，主要是叶莉扎维塔·普罗科菲耶夫娜眼下情绪特别不好。但是，无论是关于她，还是阿格拉娅，甚至伊万·费奥多罗维奇，阿杰莱达和Щ公爵在这次拜访中却都只字未提。他们继续去散步，临走也没有邀请公爵同行。至于说请他去他们家，更是毫无表示；关于这一点阿杰莱达嘴里甚至冒出一句很能说明问题的话：在讲到她的一幅水彩画时，她突然表示很想给公爵看看这幅画。"怎么才能快点办这件事？等一等？如果科利亚来，我或者就让他给您送来，或者明天与Щ公爵散步时我自己带来。"她终于结束了自己的困惑，并对于她能这么灵活而且对大家都合适地解决这个难题感到高兴。

最后，几乎已经是告辞后，Щ公爵像是突然回忆起似的说：

"对了，"他问，"您是否知道，亲爱的列夫·尼古拉耶维奇，昨天从马车里朝叶甫盖尼·帕夫洛维奇喊叫的那个女人是什么人？"

"这是纳斯塔西娅·费利帕夫娜，"公爵说，"难道您还不知道这是她？跟她在一起的是谁，我却不知道。"

"我知道，我听说过！"Щ公爵接过话茬说，"但是这喊声是什么意思？

---

[1] 意大利语：别人不知道的。

我承认,对于我来说,这真是个谜……对于我和对于其他人来说都是。"

Щ公爵说话时明显带着一种异常惊讶的神情。

"她说了叶甫盖尼·帕夫洛维奇什么借据的事,"梅什金公爵非常简单地回答说,"这些借据从某个高利贷者那里转到了罗戈任手中,是因为她的请求,并说罗戈任将等叶甫盖尼·帕夫洛维奇一段时间。"

"我听到的,听到的,亲爱的公爵,要知道这是不可能的!叶甫盖尼·帕夫洛维奇不可能有什么借据的!他拥有这么多的财产……确实,他过去做出过一些轻率的事,我甚至还帮过他摆脱困境……但是凭他有的财产却向高利贷者立借据并为此提心吊胆,这不可能。而且他也不可能对纳斯塔西娅·费利帕夫娜称'你',不可能与她有这般友好的关系。主要的谜就在这里。他发誓一点也不明白,我完全相信他。但问题在于,亲爱的公爵,我想问您,您是否知道什么?也就是说,哪怕是有什么传闻奇迹般地传到您这儿?"

"不,我什么也不知道,请您相信,我丝毫没有干预这件事。"

"啊,公爵,瞧您成了什么人了!今天我简直不认得您了。难道我会认为您干预了这样的事?……算了,您今天情绪不佳。"

他拥抱并吻了公爵。

"干预什么样的'这样的'事?我看不出任何'这样的'事。"

"毫无疑问,这个女人想以某种方式和在某个方面给叶甫盖尼·帕夫洛维奇制造麻烦,当着人家的面强加给他本来没有也不可能有的品质。"Щ公爵回答说,语气相当冷淡。

列夫·尼古拉耶维奇公爵非常窘困,但是,Щ公爵仍然疑问地凝视着他,而他却缄默不语。

"也许不仅仅是借据?不真正像昨天她说的那样?"公爵终于不耐烦地嘀咕说。

"我对您说,您自己判断,可能在叶甫盖尼·帕夫洛维奇和……她之间,加上罗戈任,有什么共同的东西?我再对您说一遍,他拥有巨大的财产,这点我完全知道;他还等着从伯父那里得到另一笔财产。不过纳斯塔西娅·费利帕夫娜……"

Щ公爵忽然又闭口不语了,显然是因为他不想向公爵继续谈论纳斯塔西娅·费利帕夫娜。

"这么说,至少他是认识她的喽?"列夫·尼古拉耶维奇沉默了一分钟左右,突然问。

"好像是这么回事,是个轻浮的人嘛!不过,即使有这回事,也已经是很久前了,是过去,也就是两三年前,要知道他跟托茨基也相识。现在可丝毫也不可能有这类事,他们从来也不可能用'你'相称!您自己知道,她一直不在这里,无论什么地方都见不着她。许多人还不知道,她又出现了。我发现她的马车也就三天左右,不会更多。"

"多么富丽堂皇的马车!"阿杰莱达说。

"是的,马车很富丽堂皇。"

他们俩走了,不过,可以说,他们是怀着对列夫·尼古拉耶维奇公爵最友好的兄弟般的好感离开的。

而对我们的主人公来说这次拜访甚至包含着相当重大的意义。比方说,从昨天起(也许还更早)他自己也有许多疑惑,但是在他们来访以前他完全不想为自己的担忧辩解。现在则明白了:Щ公爵当然是错误地解释了事情,但终究已经徘徊在真相的周围了,他毕竟明白这里有阴谋。("不过,也许他暗自完全正确地明白了事情的真相,"公爵思忖着,"只不过不想说出来,因而故意作错误的解释。")最明显的是,刚才他们来看他(而且正是Щ公爵),是希望他做出某些解释;如果是这样,那么他们简直就认为他参与了阴谋。此外,如果这一切真的这么重要,那么,看来她有某种可怕的目的,是什么目的呢?真可怕!"再说怎么阻止她呢?当她认定了自己的目标后,要制止她是丝毫不可能的!"公爵凭经验已经知道这一点。"真是疯了,疯了!"

但是这个上午汇集来的其他悬而未决的问题是太多了,太多了,而且所有的问题都在同一个时间涌来，全都要求立即解决，因此公爵甚是忧心忡忡。维拉·列别杰娃抱了柳芭奇卡到他这儿来，笑着跟他聊了好半天，稍微消解了他的愁思。跟着她来的是张大了嘴的妹妹，在她们后面则是列别杰夫的中学生儿子。他要公爵相信，《启示录》里讲到的落到地面水源上的"茵陈星"，据他父亲阐释，就是分布在欧洲的铁路网。公爵不相信列别杰夫是这样解释的，决定一有合适机会就问他本人。从维拉·列别杰娃那里公爵获悉，凯勒尔昨天起就到他们这儿来落脚，从所有的迹象来看，短期内他不会离开他们家，因为找到了伙伴，跟伊沃尔京将军交起朋友来了；不过，他声称，他留在他们那里唯一的目的是为了补充自己的教育。总的来说，列别杰夫的孩子们开始使公爵越来越喜欢。科利亚一整天都不在家：他一大早就去了彼得堡。(列别杰夫也是天刚亮就去办自己的事了。)但是公爵迫不及待地等待的是加夫里拉·阿尔达利翁诺维奇的来访，他今天非得来找公爵不可。

他在下午六点多刚用完餐后就来了。看了他第一眼，公爵就思忖，至少这位先生是应该正确无误地了解全部底细的。再说他有瓦尔瓦拉·阿尔达利翁诺夫娜及其丈夫这样的帮手，他怎么会不知道呢？但是公爵跟加尼亚的关系仍然有些特别。比如，公爵托他办布尔多夫斯基这件事，是特别请求他办的；但是，尽管有这种信任和往昔的交情，在他们之间仍留有某些仿佛决定彼此绝不谈及的敏感点。公爵有时候觉得，从加尼亚这方面来说，他也许愿意以最彻底和友好的真诚相待；例如现在，他刚走进来，公爵马上就觉得，加尼亚充满信心地认为，正是此刻该是打破他们之间在所有那些敏感点上的坚冰的时候了。(可是加夫里拉·阿尔达利翁诺维奇急于要走，他妹妹在列别杰夫那里等他；他俩急着要去办什么事。)

但是如果加尼亚真的期待会有一连串迫不及待提出的问题、情不自禁的诉说、赤诚友情的吐露，那么他当然是错了。在他拜访的整个二十分钟过程中公爵甚至非常沉静，几乎心不在焉。原来期待他提出的许多问题,或者最好是说加尼亚等待他提出的主要问题,并没有提出来。于是加尼亚也就决定谈话时做较多的保留。他一刻不停地讲了整整二十分钟,一边笑着,一边很快地扯着一些最轻松愉快的闲话,可是却避而不谈主要的事。

加尼亚只是顺便讲到,纳斯塔西娅·费利帕夫娜到帕夫洛夫斯克这里总共才四天,可是已经引起了大家的注意。她住在水手街某个地方一幢不怎么好的小房子里。是在达里娅·阿列克谢耶夫娜那里,而她的轻便马车几乎是帕夫洛夫斯克首屈一指的。她周围已经麇集了一大群老老少少的追求者;有时还有骑手伴送她的马车。纳斯塔西娅·费利帕夫娜仍像以前那样非常挑剔,到她这儿来的都是经过选择的人。但是在她旁边仍然形成了一支队伍,逢到需要的时候总有人会站出来保护她。一位消夏的别墅客是个已订了婚约的未婚夫,为了纳斯塔西娅·费利帕夫娜而跟自己的未婚妻吵架;一位将军老头为了她几乎诅咒自己的儿子。她常常把一个美妙的少女带在身边兜风,那少女刚十六岁,是达里娅·阿列克谢耶夫娜的远亲,她唱歌唱得很好,因此,每到夜晚她们的小屋总吸引人们的注意。不过,纳斯塔西娅·费利帕夫娜操守非常规矩,穿得也不华丽,但异常有风度,所有的女士们都"羡慕她的风度、美貌和马车"。

"昨天那件怪事,"加尼亚低声说,"当然是有用意的,当然,是不应该计较的。要对她吹毛求疵什么的,那就得故意找她的碴儿,或者造谣中伤,不过,这些也马上就会来的。"加尼亚结束道。他本来期待着公爵这时一定会问:"为什么称昨天的那件事是有用意的?又为什么说那种事马上就会来?"但是公爵却没有问。

关于叶甫盖尼·帕夫洛维奇的情况也是加尼亚自己说开的,没有特别的询问,这显得非常奇怪,因为他在谈话中插进这个话题是不伦不类的。照加夫里拉·阿尔达利翁诺维奇的说法,叶甫盖尼·帕夫洛维奇不认识纳斯塔西娅·费利帕夫娜,就是现在也只是稍稍有点认识她。因为四天前散步时才有人向她介绍了他,恐怕一次也没有跟其他人一起去过她的家。关于借据的事也是可能的(这一点加尼亚甚至知道得很肯定);叶甫盖尼·帕夫洛维奇当然是有一份巨额的家财,但是"庄园方面的某些事务确实搞得乱七八糟"。在这个令人颇感兴趣的话题上,加尼亚却忽然住了口。关于纳斯塔西娅·费利帕夫娜昨夜的出格的举动,除了前面顺便提到的,他没有再说一句话。后来瓦尔瓦拉·阿尔达利翁诺夫娜来找加尼亚,她待了一会儿,也是未经询问就谈的,说叶甫盖尼·帕夫洛维奇今天,也可能明天,要去彼得堡,而她的丈夫(伊万·彼得罗维奇·普季岑)也在彼得堡,也好像是为叶甫盖尼·帕夫洛维奇的事,那边确实出了什么事。临走时,她又补充说,叶莉扎维塔·普罗科菲耶夫娜今天心境极为恶劣,但最奇怪的是,阿格拉娅跟全家都吵遍了,不仅跟父亲母亲,而且跟两个姐姐也吵架了,"这可完全不好。"仿佛是顺便告诉这最后一个消息(对于公爵来说却是极为意味深长的),兄妹俩便走了。有关"帕夫利谢夫儿子"的事,加涅奇卡也只字未提,也许是出于虚假的谦逊,可能是"顾惜公爵的感情",但是公爵还是再一次感谢他尽力办完了这件事。

公爵非常高兴,终于只剩下他一个人了。他走下露台,穿过路径,走进了花园;他想好好思考一下,做出下一步的决定,但是这"一步"不是可以反复考虑的一步,而恰恰是不容斟酌、只能下决心干的一步:他忽然非常想撇下这里的一切,回到自己来的地方去,去遥远的僻静的地方,立即动身,甚至跟谁都不告而别。他预感到,只要他在这里哪怕再待上几天,就一定会无可挽回地被牵进这个圈子里去,并且这个圈子今后就将落在他身上。但是他考虑还没有十分钟便当即做出决定,要逃走是"不可能的",这几乎是畏缩怯懦,因为如果摆在他面前的这些难题,不去解决或者至少是不竭尽全力去解决,那么现在他甚至没有丝毫权利可以这样做。带着这样的思绪他回到家,算下来散步时间未必有一刻钟。此刻他完全是不幸的。

列别杰夫仍然不在家,因而傍晚的时候凯勒尔得以闯到公爵这儿来。他没有喝醉,而是来吐露心曲和做自我表白的。他直截了当声称他来是向公爵讲述自己的一生,为此他才留在帕夫洛夫斯克的。要赶他走是没有一丝可能的:他是怎么也不会走的。凯勒尔本准备讲上很久,讲得也很不连贯,但是几乎刚开始说就突然跳到了结尾,并且说,他失去了"道德的所有幽灵"(纯粹是由于不信至高无上的上帝的缘故),以至于曾经偷过东西。"您能想象到这点吗?"

"听着,凯勒尔,要是我处在您的地位,没有特别的需要最好别做这样的自供,"公爵开始说,"不过,您也许是故意往自己身上抹黑?"

"只对您,唯一对您一个人供认,只是为了帮助自己发展!我再也不会告诉任何人;至死也要把我的秘密藏在白色尸衣下带去!但是,公爵,您要是能知道我们这个时代弄到钱有多难就好了!说了这些,请问您,到哪儿去弄钱?只有一个回答,'拿黄金和钻石来作抵押,我们就给',也就是说,恰恰是我所没有的,您能想象这点吗?最后我生气了,就么站在那里不走。'绿宝石作抵押,给不给?'我说。'绿宝石作抵押也给。'他说。'好,好极了。'我说完,戴上帽子就走了出去;见你们的鬼,你们这帮无赖!真是这样!"

"难道您有绿宝石?"

"我哪有什么绿宝石!嗨,公爵,您还以那么光明和天真的眼光来看待事物,甚至可以说,用田园牧歌式的态度来对待生活!"

最后,公爵与其说是怜悯,不如说是感到不好意思。他甚至闪过这么一个念头。"难道不能通过某个人的好影响使这个人做成什么事吗?"他认为鉴于某些原因自己的影响是完全不适用的,这并非是妄自菲薄,而是因为对事物的某种特殊的看法。渐渐地他们谈得拢了,以至于都不想分手了。凯勒尔异常情愿地承认了一些事情,简直令人不可想象,这些事情怎能讲得出口。每当开始讲一个故事前,他总是真正要你相信,他是多么悔恨,内心"充满泪水",可是一讲起来则又仿佛为这些行为而自豪,同时,有时又显得那么可笑,乃至他和公爵最后都像疯了似的哈哈大笑。

"主要的是,在您身上有一种孩子般的易信任和不同寻常的诚实,"

公爵最后说,"要知道,就凭这一点您就能补偿许多不足。"

"气度高尚,气度高尚,骑士般的高尚气度!"凯勒尔非常感动地加以肯定,"但是,公爵,您要知道,一切仅是幻想,这么说吧,是海市蜃楼,实际上永远也不会有什么结果!为什么会这样?我无法理解。"

"别失望。现在可以肯定地说,您向我和盘托出了您的全部底细,至少我觉得,对于您所讲的,现在已经不能再补充什么了,不是这样吗?"

"不能?!"凯勒尔带着怜惜的口吻感叹说,"哦,公爵,您对人的理解在很大程度上可以说还是瑞士式的。"

"难道还可以补充?"公爵惊讶而羞怯地说,"那么您期待从我这里得到什么呢?凯勒尔,请说吧,您来忏悔是为了什么?"

"从您这里得到什么?期待什么?第一,单是望着您这副心地忠厚的样子就让人愉快,跟您一起坐一会儿,聊一聊,也让人心里高兴;至少我知道,我面前是位最具美德的人,而第二嘛……第二……"

他语塞了,没有说下去。

"也许,您是想借钱?"公爵非常认真和憨厚地提示说,甚至还有点羞怯。

凯勒尔猛然一震;他带着先前的惊讶直盯着公爵的眼睛,很快地瞥了一眼,用拳头重重地猛击了一下桌子。

"嘿,您这一着可真把人搞懵了!得了吧,公爵,像您这样单纯忠厚、这样天真纯朴的人,就是在黄金时代也没有听说过,同时,您又用这样深刻的心理观察像利箭一般一下子把人刺穿。但是,请原谅,公爵,这需要解释,因为我……我简直弄糊涂了!当然,说到底,我的目的是借钱,但是您问我借钱的事时,仿佛并不认为这是应受谴责,而认为这是应该似的。"

"是的……对您来说这是应该的。"

"您不气愤吗?"

"不……有什么可气愤的呢?"

"听着,公爵,昨晚起我就留在这儿了,第一,是出于对法国大主教布尔达鲁[1](我们在列别杰夫那里开了一瓶又一瓶,直喝到三点钟)的特别的敬意;第二,主要的(我可以画十字起誓,我说的是千真万确的真话!),我之所以留下来,这么说吧,是想向您做全部的诚心诚意的忏悔,以此来促进自己的成长,我就带着这样的想法泪流满面地在三点多钟睡着了。您现在相信一个正人君子吗?在我入睡那一刻,真正充满了内心的泪水,可以说,也泪流满面(因为最后我号啕大哭了,我记得这一点!),我冒出了一个可恶的念头:'怎么,在做过忏悔以后,末了不向他借点钱吗?'这样,我就准备好了忏悔,这么说吧,犹如一道'泪汁肉丁',目的就为了用这些泪水泡软通路,使您被感化以后数给我一百五十卢布。在您看来,这不卑鄙吗?"

"可是这大概不是真话,而不过是一件事跟另一件事碰到一起了。两个念头汇合到一起,这是常会发生的情况。我身上就不断出现这种情况。不过,我认为这不好,您要知道,凯勒尔,在这点上我首先总是责备自己。您现在向我讲的就像是我自己的事,我有时候甚至认为,"公爵很严肃、真诚和饶有兴味地继续说,"所有的人都是这样的,于是我就开始赞许自己,因为要跟这两种念头作斗争困难得不得了,我有体会。上帝才知道,这两种念头怎么来的;怎么产生的。您就直截了当称这是卑鄙!现在我又将开始怕这些念头。无论怎么样,我不是您的法官。但是,据我看,终究不能就这么直截了当地称之为卑鄙,您怎么想?您要耍滑头,想通过眼泪来骗取钱财,但是您可是自己起的誓,说您的忏悔还有别的目的,是高尚的目的,而不单是弄钱的目的;至于说到钱,您需要它们可是用来纵酒,是吗?但是,在这样的忏悔以后这自然是意志薄弱的行为。然而,一下子又怎么能抛弃酗酒呢?这是不可能的。怎么办?最好还是留给您自己的良心去考虑,您认为怎样?"

---

[1] 布尔达鲁和波尔多(法国葡萄酒名)两词发音相近。此处系凯勒尔戏称。

公爵异常好奇地望着凯勒尔。关于两种念头的问题显然早已占据了他的思想。

"嘿,听您这么说以后,我真不明白,为什么人家要称您是白痴?"凯勒尔喊着说。

公爵微微红了脸。

"布尔达鲁大主教也不会宽恕人的,而您却宽恕人,而且富有同情心地来评判我!为了惩戒自己和表明我受了感动,现在我不想要一百五十卢布了,只要给我二十五卢布就够了!我所需要的就这些,至少可以过两个星期。不到两个星期我不会来要钱,我原想让阿加什卡高兴高兴,但是她不配。啊,亲爱的公爵,愿上帝祝福您!"

最后,列别杰夫进来了。他刚刚回来,发现凯勒尔手中有二十五卢布,便皱了下眉头。但是拿到了钱的凯勒尔已经急着要走并且立即溜之大吉。列别杰夫马上就开始说起他的坏话来。

"您不公正,他确实真心诚意悔过的。"最后公爵指出。

"要知道这算什么悔过呀!就跟我昨天说'我卑鄙,我卑鄙'一模一样,可只是说说而已!"

"这么说您只是说说而已?而我本来以为……"

"好吧,这就对您,就对您一个人说真话,因为您能洞察一个人:说也罢,做也罢,谎言也罢,真话也罢,这一切在我身上全是混在一起的,并且也完全是真诚的。真话和行动于我便是真诚的悔过,信不信由您,我可以起誓,而说空话和谎言则是因为可恶的(且总是存在的)念头——怎么诱人上钩,怎么通过悔恨的泪水来赢得好处!真的,是这样的!对别人我是不会说的,因为会遭到他嘲笑或唾弃;但是,公爵,您会富有同情心地做出评判。"

"瞧,就跟刚才他对我说的一模一样,"公爵高声喊了起来,"而且你们俩像是在自我吹嘘!你们甚至使我感到惊讶,只不过他比您来得真诚,而您将此完全变成了一种职业。得了,够了,别皱眉头,列别杰夫,也不用把手放到心口。您不要对我说什么吗?您是不会白白上这儿来的……"

列别杰夫拱肩曲背,扭捏作态。

"我等了您整整一天,想向您提一个问题;请回答我,哪怕一生中说这一次真话:您是否多少参与了与昨晚马车有关的事?"

列别杰夫又扭扭捏捏,开始嘻嘻笑起来,不停地搓着双手,最后甚至接连打起喷嚏来,但依然还是没有勇气说出话来。

"我看得出,您是参与的。"

"但是间接的,纯粹只是间接的!我说的是老实话!我参与的只是及时让那个女人知道,我家聚集着这么一伙人以及有哪些人在场。"

"我知道,您派自己的儿子到那里去过,他刚才自己对我说的,但是这是个什么阴谋呀!"公爵不耐烦地感叹说。

"这不是我的阴谋,不是我的阴谋,"列别杰夫连连挥手加以否定,"这事是别的人搞的,别的人,而且与其说是阴谋,不如说是突发奇想。"

"到底是怎么回事?看在基督面上,您给解释清楚!难道您不明白,这是直接牵涉到我的?要知道这是在给叶甫盖尼·帕夫洛维奇抹黑。"

"公爵,最尊敬的公爵!"列别杰夫又做出拱肩曲背状,"这可是您不许讲出全部真情的,我不是已经开始向您讲真实情况了吗?不止一次,而您不许我讲下去……"

公爵沉默不语,思考了一会。

"那好吧,您讲真相吧。"他沉重地说,显然是经过了激烈的思想斗争。

"阿格拉娅·伊万诺夫娜……"列别杰夫马上开始说。

"闭嘴,闭嘴!"公爵发狂地喊了起来,气愤得满脸通红,也许还因为感到羞耻。"这不可能,这是胡说!这一切是您自己或者是如您这样的疯子杜撰出来的。永远再也不要让我从您那里听到这样的话!"

夜晚已经十点多的时候科利亚带了一大堆消息来了。他的消息有两个方面:彼得堡的和帕夫洛夫斯克的。他急忙把彼得堡方面主要的消息先讲了(大部分是关于伊波利特和昨天的事),为的是待会儿再转过来谈，所以赶快转到帕夫洛夫斯克的消息。三小时前他从彼得堡回来，没有到公爵这里来，径直就去了叶潘钦家。"那里的情况简直糟透了！"当然，马车的事是头等的，但是这里面大概还有什么名堂，还有什么他和公爵都不知道的事。"我当然不是密探，也不想向谁打听；不过对我的接待很好，好到甚至出乎我的意料，但是对您公爵却只字未提！"最主要和耐人寻味的是，阿格拉娅刚才为了加尼亚跟家里人吵了一顿，事情的详细情况不知道，但就是为了加尼亚（您能想象这点吗！），而且还吵得很凶，看来是有什么要紧的事。将军来得很晚，一副闷闷不乐的样子。叶甫盖尼·帕夫洛维奇跟他一起来的，受到了非常好的接待，而他自己也出奇地快活和可爱。最重大的消息是，叶莉扎维塔·普罗科菲耶夫娜不露声色地把坐在小姐们那儿聊天的瓦尔瓦拉·阿尔达利翁诺夫娜叫到自己那里，把她永远赶出自己的家，不过，她采取的却是最客气的方式，这是"从瓦里娅本人那儿听说的"。但是，瓦里娅从叶莉扎维塔·普罗科菲耶夫娜那儿出来并跟小姐们告辞的时候，她们却并不知道，她已被永远拒之家门外，这是与她们最后一次作别。

"但是瓦尔瓦拉·阿尔达利翁夫娜七点钟时曾经在我这儿的吧？"公爵惊讶地问。

"而赶她走是在七点多或者八点钟。我很可怜瓦里娅，可怜加尼亚……无疑，他们永远在搞诡计，不这样他们是不可能的。而我从来也无法知道，他们在谋划什么，也不想知道。但是请您相信，我亲爱的善良的公爵，加尼亚是有良心的。这个人在许多方面当然是沉沦的，但是在他身上也有许多方面存在着值得寻找的品质，我永远不能原谅自己的是，过去没有理解他……我不知道，在发生瓦里娅这件事后，现在我是否应该继续去那里。说真的，从一开始我就使自己处于完全独立和单独的地位。但是毕竟应该好好想想。"

"您过分怜惜兄长是徒然的，"公爵向他指出，"既然事情已经到了那一步，那么加夫里拉·阿尔达利翁诺维奇在叶莉扎维塔·普罗科菲耶夫娜眼里就是个危险人物,因此,他的某些希望正在确立。"

"怎么,什么希望!"科利亚惊诧地喊了起来,"难道您认为,阿格拉娅……这不可能!"

公爵不吭声了。

"您是个可怕的怀疑论者,公爵,"过了两分钟科利亚补充说,"我发现,从某个时候起您成了个异常好怀疑的人;您开始什么都不相信并且对一切都进行揣测……这种情况下我用'怀疑论者'这个词正确吗?"

"我想是正确的,虽然我自己其实也不知道。"

"但是我现在不采用'怀疑论者'这个词了,我找到了新的解释,"科利亚突然喊了起来,"您不是怀疑论者,而是个嫉妒者!您极为嫉妒加尼亚爱那位高傲的小姐!"

说完这些,科利亚跳起来,哈哈大笑着,就像他从来也未能好好笑一通似的。看到公爵满脸绯红,科利亚笑得更加厉害;他非常得意公爵嫉妒阿格拉娅这个想法,但是,当他发现公爵真的忧伤时,立即就默不作声了。接着他们又很认真和忧虑地谈了一个或一个半小时。

第二天公爵因有一件刻不容缓的事要办在彼得堡待了整整一上午。要回帕夫洛夫斯克时已经是下午四点多了,他在火车站遇到了伊万·费奥多罗维奇。将军很快地抓住他的手,仿佛害怕似的朝四周打量了一下,便把公爵拖进自己的一等车厢里,要他一起坐车。他热切地想跟公爵谈什么要紧的事。

"首先,亲爱的公爵,别生我的气,如果我这方面有什么不对的话,请忘了吧。本来昨天我就要到您这儿来,但是不知道,叶莉扎维塔·普罗科菲耶夫娜对此会怎样……我家里……简直成了地狱,住进了神秘莫测的斯芬克斯似的,而我心里翻腾不安,什么也不明白。至于说到你,那么照我看来,你的过错比我们大家都要小,虽然许多事情当然都是因为你而发生的。你看见了,公爵,当一个慈善家是愉快的,但是也并不尽然。也许,你自己已经尝到了苦果。我当然是喜欢仁慈的,并尊重叶莉扎维塔·普罗科菲耶夫娜,但是……"

将军说这类话又继续了很久,但他语无伦次得令人惊奇。看得出,有件令他极为不解的事使他感到异常震惊和困窘。

"对于我来说,这件事上跟你没有关系这点是毫无疑问的,"他终于说得明确了些,"但是,我友好地请求你,一段时间内别来拜访我们,直至风向改变为止。至于说到叶甫盖尼·帕夫洛维奇,"他异常激动地高声说,"那么这一切全是毫无意义的诽谤,诽谤中的诽谤!这是谗言,这里有阴谋,想要破坏一切并使我们不和。你瞧,公爵,我对你说句悄悄话:我和叶甫盖尼·帕夫洛维奇之间还什么话都没有说,你明白吗?我们还不受任何约束,但是这种话是会说的,甚至不久,也许甚至很快就要说!所以她就要来破坏!可是为了什么,什么原因,我不明白!这个女人是令人惊诧的,是个古怪的女人,我怕她,以至于都几乎睡不着。豪华的马车,雪白的马,这可真有气派,这也正是法国人所称的气派!这是谁送给她的?真是作孽,前天我还以为是叶甫盖尼·帕夫雷奇。但看来,这是不可能的,而既然这不可能,那么她又为了什么目的要在这里捣乱?这就是个谜!是为了把叶甫盖尼·帕夫雷奇留在自己身边吗?但是我对你重说一遍,我可以对你发誓,他不认识她,这些借据的话也是捏造的!她还这么厚颜无耻地隔着马路冲着他喊'你'!纯粹是阴谋!事情很明白,应该轻蔑地予以驳斥,而对叶甫盖尼·帕夫雷奇应该加倍地尊重。我对叶莉扎维塔·普罗科菲耶夫娜就是这么说的。现在我要对你说最隐秘的一个想法:我执拗地确信,她这是对我个人的报复,记得吗,是为从前的事,虽然我从来也没有什么地方对不起她。一回想起来我就脸红。现在她又出现了,而我过去以为,她完全销声匿迹了。请告诉我,这罗戈任待在什么地方?我想,她早已是罗戈任夫人了。"

总之,这个人被大大搞糊涂了。一路上几乎整整一个小时都是他一个人说话,自己提问题,又自己解答,不时握一握公爵的手,至少要使公爵相信一点,即他不怀疑公爵搞什么名堂。这对公爵来说很重要。结束时他讲到叶甫盖尼·帕夫雷奇的伯父,那是彼得堡某个部门的长官,"有显赫的地位,七十岁,喜欢音乐,爱吃美食,总的来说是个平易近人的老头……哈!哈!我知道,他听说过纳斯塔西娅·费利帕夫娜,甚至还想赢得她。我刚才顺便去拜访他,说是身体不好,不见客,但是他很富有,很富有,有地位并且……但愿上帝保佑他健康长寿,然而叶甫盖尼·帕夫雷奇终究会得到的……是的,是的……而我仍然害怕!我不明白怕什么,可是害怕……天空中仿佛有什么东西在飞来飞去,倒霉事好像蝙蝠似的在飞翔,我真害怕,真害怕!……"

到了第三天,正如我们在前面已经写到的,叶潘钦一家终于与列夫·尼古拉耶维奇公爵正式和解了。

十二

下午七点钟。公爵打算去花园。突然叶莉扎维塔·普罗科菲耶夫娜独自一人来到露台上找他。

"首先,你别以为,"她开始说,"我到你这儿来是请求原谅的。简直荒唐!你完全是错的。"

公爵没有吭声。

"你有没有错?"

"跟您一样。其实,无论是我还是您,我们俩都没有故意犯什么过错。前天我曾经认为自己有错,而现在我得出结论,不是这么回事。"

"原来你这样想!那好吧,请坐下来听着,因为我不打算站着。"

两人都坐了下来。

"其次,关于那一伙可恶的小子别说一个字!我跟你座谈十分钟;我到你这儿来是要问一件事(天知道你想些什么!),如果你哪怕是一个字提到那帮无礼的小子,我马上就起身离开,并且跟你彻底决裂。"

"好。"公爵回答。

"请问,两个月或两个半月前,复活节左右,你是不是给阿格拉娅寄来过一封信?"

"写过。"

"什么目的?信里写了些什么?把信拿出来!"

叶莉扎维塔·普罗科菲耶夫娜的眼睛灼灼生光,她几乎焦躁得打颤。

"我这儿没有信,"公爵惊讶而又十分畏怯地说,"如果信还留着,那么是在阿格拉娅·伊万诺夫娜那里。"

"别耍滑头,你写了些什么?"

"我没有耍滑头,我也什么都不怕。我看不出有什么原因,为什么我不能写信……"

"住口!这个你以后再说。信里讲些什么?为什么脸红了?"

公爵想了一下。

"我不知道您的想法,叶莉扎维塔·普罗科菲耶夫娜。我只知道,您很不喜欢这封信。您得同意,我本来可以拒绝回答这样的问题,但是为了向您表示,我并不害怕写过这封信,也不后悔写了这封信,我脸红也绝不是因为这封信(公爵脸红得几乎加了倍),我就给您念这封信,因为我好像还背得出。"

说完,公爵几乎一字不漏地照原信背了出来。

"简直是胡言乱语!在你看来,这种荒谬的言辞意味着什么?"叶莉扎维塔·普罗科菲耶夫娜异常专注地听完信后,尖刻地问。

"我自己也完全不知道;我只知道,我的感情是比较诚挚的。在那里我曾有过充满生命和巨大希望的时刻。"

"什么希望?"

"很难解释,只不过不是您现在所想到的那种希望,也许是这样……喏,一句话,是未来和欢乐的希望,也许在'那里'我不是外人,不是外国人,我忽然非常喜欢待在祖国。在一个阳光灿烂的早晨我拿起笔,给她写了信;为什么给她写,我不知道。有时候可是很想有个朋友在身边;看来,我是想有个朋友……"公爵沉默了一会儿,补充说。

"你恋爱了,是吗?"

"不。我……我就像给妹妹写信;我落款也是用兄长的名义。"

"哼,是故意这样做;我明白。"

"叶莉扎维塔·普罗科菲耶夫娜,回答您这些问题,我感到很不愉快。"

"我知道你难受,但是你难受不难受丝毫不关我的事。听着,回答我老实话,就像面对上帝那样:你在对我撒谎还是没有?"

"我没有撒谎。"

"你说没有恋爱,是真的吗?"

"好像,完全是真的。"

"瞧你,'好像'!信是那男孩转交的?"

"我请求尼古拉·阿尔达利翁诺维奇……"

"男孩!男孩!"叶莉扎维塔·普罗科菲耶夫娜激动地打断公爵说,"我根本不知道,哪个是尼古拉·阿尔达利翁诺维奇!是男孩!"

"是尼古拉·阿尔达利翁诺维奇……"

"对你说,是男孩!"

"不,不是男孩,而是尼古拉·阿尔达利翁诺维奇。"最后公爵虽然回答得相当轻,但是很坚定。

"算了,好吧,亲爱的,好吧!我给你记住这一点。"

她用了一分钟克制自己的激动并休息一下。

"那么'可怜的骑士'又是怎么回事?"

"我根本不知道;这与我无关;是个玩笑罢了。"

"真高兴一下子就知道了!只不过,难道她会对你有意思?她自己还称你是'畸形儿'和'白痴'呢。"

"您原可以不用对我说这一点的。"公爵含着责备的口气,几乎是低语着指出。

"别生气。这丫头刚愎任性、疯疯傻傻,娇纵惯了,她要爱上什么人,一定会骂出声来并且当面嘲笑;我也曾经是这样的。只是请别得意,亲爱的,她不属于你;我相信这点,她也永远不会属于你!我对你说是让你马上采取措施。听着,你发誓,你没有跟那一个结过婚。"

"叶莉扎维塔·普罗科菲耶夫娜,您怎么啦,哪会呢?"公爵差点惊讶得跳起来。

"可是差点结了婚呢?"

"差点结了婚。"公爵喃喃说着,低下了头。

"怎么,既然是这样,那么是爱上她了?现在也是为了她而到这里来的?是为了这个女人吗?"

"我来不是为了结婚。"公爵回答说。

"你在世界上有什么神圣的东西?"

"有的。"

"你发誓,你不是来跟那个女人结婚的。"

"随您要我发什么誓都行!"

"我相信;吻我一下。我终于可以自在地松口气了;但是要知道:阿格拉娅不爱你,采取措施吧,只要我活在世上,她是不会属于你的!听见了吗?"

"听见了。"

公爵脸红得无法正视叶莉扎维塔·普罗科菲耶夫娜。

"牢牢记住。我曾经像期待上帝一样盼着你来(你是不配的!),每天夜里泪水都沾湿了枕头,不是为你,亲爱的,不用担心,我有自己的别的痛苦,是永恒的那一个痛苦。但是我又为什么迫不及待地盼你来:我仍然相信,上帝亲自把你派来给我做朋友,做亲兄弟。除了别洛孔斯卡娅老太婆,我身边没有任何人,何况她也飞走了,再加上她年老愚钝,蠢得像头羊。现在你就简单地回答是或不是:你知道前天她为什么要从马车上喊话吗?"

"说老实话,我没有参与这件事,我什么都不知道!"

"够了,我相信。现在我对此有其他的想法,但还是昨天上午我还认为全是叶甫盖尼·帕夫雷奇的过错。前天整整一昼夜和昨天上午都这么想。现在当然不能不同意他们的意见了;很明显,他们把他当傻瓜一样来嘲笑,这里有某种缘由,某种原因,某种目的(就这点令人生疑!而且不成体统!),但是阿格拉娅不会属于他的,我对你说明这一点。他纵然是个好人,但是事情就是这样的。我过去动摇过,现在已经打定主意,'先把我放进棺材,埋到地里,然后再嫁女儿吧',这就是今天上午我对伊万·费奥多罗维奇清清楚楚说的话。你瞧,我是信赖你的,你看到了吧?"

"我看到了,我明白。"

叶莉扎维塔·普罗科菲耶夫娜锐利地凝视着公爵;也许,她很想知道,有关叶甫盖尼·帕夫雷奇的消息对他会产生什么样的印象。

"有关加夫里拉·伊沃尔京的情况你一点也不知道吗?"

"你指的是……我知道很多。"

"你是否知道,他与阿格拉娅有联系?"

"根本不知道。"公爵很惊诧,甚至哆嗦了一下。"怎么,您说,加夫里拉·阿尔达利翁诺维奇与阿格拉娅有联系?这不可能!"

"完全是不久的事。在这里他妹妹整个冬天像老鼠打洞似的为他打通道路。"

"我不相信,"经过一阵思索和激动之后公爵坚定地重复说,"如果有这样的事,我一定会知道的。"

"难道他自己会跑来并伏在你胸前流着泪向你承认吗?!唉,你呀,真是个傻瓜,傻瓜!大家都在欺骗你,就像……就像……你信赖他也不觉得害臊?难道你没看到,他整个儿是在骗你?"

"我清楚地知道,他有时是在欺骗我,"公爵不情愿地低声说,"他也知道,我知道这一点……"他补了一句但没有把话说完。

"你知道这点,却还信赖他!还有这样荒唐的事!不过你有这种事也是必然的。我有什么好惊奇的呢。天哪!什么时候有过这样的人啊!呸!那你知道吗,这个加尼卡,或者这个瓦里卡,他们替她跟纳斯塔西娅·费利帕夫娜扯上了联系?"

"替谁?"公爵激动地问。

"阿格拉娅。"

"我不相信!不可能有那样的事!是什么目的呢?"

他从椅子上跳了起来。

"虽然有证据,我也不相信。真是个任性惯了的丫头,想入非非的丫头,疯疯癫癫的丫头!可恶的丫头,可恶,可恶!一千年我也要断言,她是个可恶的丫头!她们现在全都这个样,连亚历山德拉这只落汤鸡也不例外,但是这丫头可是跳出了手心。但我也是不相信!也许,是因为不愿意相信,"她仿佛自言自语补了一句,"你为什么不到我家来?"突然她又转向公爵问道,"整整三天为什么不来?"她又一次不耐烦地朝他嚷着。

公爵刚开始说明自己的原因,她又打断了他。

"大家都把你看作是傻瓜并欺骗你!你昨天去过城里了;我敢打赌,你是跪着请求这个无赖接受那一万卢布!"

"根本不是,也没有想过,我连看也没看到他,此外,他不是无赖。我收到了他的信。"

"把信拿来看看!"

公爵从公文包里拿出便笺,递给叶莉扎维塔·普罗科菲耶夫娜。便笺里写道:

> 仁慈的阁下,在人们的眼里,我当然是没有丝毫权利讲自尊的。在世人们看来,我太渺小卑微,谈不上什么自尊。但这是世人的观点,而不是您的看法。我十分确信,仁慈的阁下,您可能比别人好。我不同意多克托连科的观点,在这一信念上我与他有分歧。我永远不会拿您一文钱,但您帮助了我的母亲,为此我应该感谢您,虽然这也是因为软弱无能。无论怎样,我是以另一种眼光来看待您的,并且认为有必要告诉您。然后我认为,我们之间不会有任何关系。安季普·布尔多夫斯基。

又及:短缺的二百卢布将在近期内如数奉还。

"胡扯一通!"叶莉扎维塔·普罗科菲耶夫娜把便笺扔回给公爵,一边作结论说,"不值一谈,你在笑什么?"

"您会承认,您读了也是感到愉快的。"

"什么?读这种虚荣心十足的胡扯会感到愉快?难道您没有看见,他们全都狂妄自大、爱面子到疯狂的地步?"

"是的,但他毕竟认了错,与多克托连科分手了,甚至他越是爱面子,他的这种虚荣心越可贵。嗨,您真是个小孩子,叶莉扎维塔·普罗科菲耶夫娜!"

"你最后是想挨我的耳光,还是怎么的?"

"不,根本不想。而是因为您对便笺感到高兴,却又掩盖这一点。您干吗对您的感情觉得不好意思说呢?要知道您在所有方面都这样。"

"现在不许你走近我一步,"叶莉扎维塔·普罗科菲耶夫娜气得脸色发白,从座位上跳了起来,"从现在起永远不许你到我那里去!"

"可是过三天您自己又会来叫我去……哎,您怎么不羞愧?这是您最好的感情,您何必为此感到不好意思呢?要知道您只是自己折磨自己。"

"我就是死也不会来叫你!我要忘了你的名字!我已经忘了!"

她撇下公爵朝外奔去。

"不用您吩咐我也已经被禁止去您那儿了!"公爵在她背后喊道。

"什么?谁禁止你的?"

她刹那间转过身来,仿佛用针刺了她似的。公爵犹豫着要不要回答;他觉得,他是无意间说漏了嘴,但是说过头了。

"谁禁止过你?"叶莉扎维塔·普罗科菲耶夫娜怒不可遏地嚷道。

"阿格拉娅·伊万诺夫娜禁止的……"

"什么时候?你倒说呀!!!"

"刚才上午她捎信来,永远不许我到你们那儿去。"

叶莉扎维塔·普罗科菲耶夫娜呆呆地站在那里,但是她在考虑问题。

"捎的是什么?差遣谁来的?是通过那男孩吗?是口头捎的信?"她突然又大声嚷道。

"我拿到的是便条。"公爵说。

"在哪里?拿来!马上!"

公爵想了一下,但还是从背心口袋里掏出了一张很随便的纸片,上面写着:

> 列夫·尼古拉耶维奇公爵!在发生了那一切之后,如果您打算以拜访我们的别墅来使我吃惊,那么请相信,您会发现,我不在高兴者之列。阿格拉娅·叶潘钦娜。

叶莉扎维塔·普罗科菲耶夫娜思忖了片刻,然后突然奔向公爵,抓住他的手,拖在自己身后就走。

"走!现在就去!现在偏要去,马上走!"她异常激动和焦躁地喊着。

"但是要知道您会使我陷于……"

"陷于什么?真是个天真的傻瓜!简直就不像个男子汉!嘿,现在我将亲眼见到一切……"

"至少总得让我抓顶帽子……"

"喏,你这顶讨厌的帽子,走吧!连挑一顶式样有风度的帽子也不会!……她这是……她这是在刚发生的那件事以后……是一时气急写的,"叶莉扎维塔·普罗科菲耶夫娜喃喃着说,一边拖着他走,一刻也不松开他的手,"不久前我袒护过你,我说过你是个傻瓜,因为你不来……否则她不会写这张糊涂的字条!是张有失体面的字条!对一个高贵的、有教养的、非常聪明的姑娘来说是有失体面的!……"她继续说,"嗯,当然她自己也因为你不去而烦恼,只是她没有考虑到,对白痴是不能这样写

369

的,因为他会照字面来理解的,果然就是这样。你干吗偷听?"她豁然明白说漏了嘴,便大喝了一声。"她需要你这样的会逗人开心的人,好久没有见到你了,她这就是来请你!我真高兴,真高兴,她现在将会取笑挖苦你,你就配这样。而她是善于取笑的,啊,她多会取笑人呀!……"

第三部

一

时常不断有人抱怨，说我们没有实干的人；比方说搞政治的人很多；将军也很多；各种各样的主管人员，无论需要多少，立即可以要多少找到多少，可是实干的人却没有。至少大家都在抱怨没有。据说，在有些铁路上连像样的工作人员都没有；某家轮船公司要建立一套勉勉强强可以将就的管理班子，据说，怎么也做不到。你听说了吗，在一条新开辟的铁路线上火车在桥上相撞或是翻车了；报上写着，有列火车差点在皑皑雪野上过冬，开了才几小时，在雪地里却停了五天。还有人说，几千普特的商品堆放在一个地方两三个月等待发运以至于腐烂，据说（不过，这简直难以置信），某个商人的雇员缠着主管人员，也就是某个站长，要求发运这批货物，可是站长不是发货，而是用刷耳光进行管理，而且还用"一时气急"来解释自己这种管理方式。似乎国家机关中的衙门多得想都不敢想；大家都供过职，大家都在供职，大家都有意供职，似乎，这么多的人才，怎么会组建不起一套像样的轮船公司的管理班子呢？

对此有时候得到的是极为简单的回答，简单得甚至叫人不相信这样的解释。确实，据说，我国大家都供过公职或正在供公职，这是按照最好的日耳曼的模式从远祖到后代已经延续了两百年的传统，但是担任公职的人却是最不实干的人,这发展到了这种地步:不久前,脱离现实、缺少实际知识在公职人员之中甚至几乎被认为是最高尚的美德和受推荐的理由。不过,我们白白议论了公职人员,我们想讲的其实是实干的人。这里没有疑问,胆小怕事、完全缺少个人的主动精神常常被我们认为是一个实干的人最主要和最好的特征,甚至现在还这么看。但是,如果认为这种意见是指责,又何必仅仅谴责自己呢?缺少独创性自古以来在全世界到处总被看作是一个干练、能干、实干的人具备的第一品质和最好的推荐理由。至少有百分之九十九的人(这还是至少)抱有这种想法,只有百分之一的人过去和现在经常持有另一种看法。

发明家和天才在开始自己生涯(也常常在生命结束)时几乎总是在社会上被视为不比傻瓜好多少的人,这可是最因循守旧的意见,太为众人所晓了。例如,几十年间大家都把钱拿到抵押银行里去,按百分之四的利息存到那里几十亿,那么,在没有抵押银行时,大家自然就只有发挥自己的主动性,这亿万资金的大部分必然丧失在狂热的股票买卖中或者落到骗子手中,这甚至是符合体面和品行端正的要求的。正是品行端正的要求;既然品行端正的谨小慎微和体面的缺少独创性,按照公认的见解,在我国至今还是一个能干正派的人不可或缺的品质,那么突然发生改变就会是太不正派,甚至太不体面。请问哪一个爱自己孩子的母亲,如果她的儿子或者女儿将来要稍稍越出轨道,她不会吓坏和吓出病来的?"不,最好还是幸福富足地过日子,不要独具一格",每个母亲在摇摇篮里自己的孩子时都这么想。我们的保姆在摇孩子入睡时,自古以来念念有词,轻声哼唱着:"日后一身金,官衔至将军!"就这样,连我们的保姆也认为将军衔是俄国幸福的极限,因而也是太平安康、美满幸福的最普遍的民族理想。事实是:考试及格、任职三十五年,最后我们谁不能当上将军并在抵押银行里存上一笔钱呢?这样,一个俄国人几乎无需任何努力,最终就能得到能干和实干的人的称号。实质上,我国不能当将军的只有富于独创性的,换句话说,就是不安分的人。也许,这里有某种误解;但是,总的来说,这好像是正确的,我们的社会在确定实干家的理想时完全是"对的"。但是我们毕竟说了太多的多余话;其实,我们只是想就我们熟悉的叶潘钦一家做些说明。这些人,至少是这个家庭中最有头脑的成员经常会对几乎是他们共有的一种家庭品质感到痛苦,因为这种品质与我们刚才所议论的美德是直接对立的。他们对事实并不完全理解(因为很难理解它),他们有时仍然怀疑,他们家里的一切似乎和人家不一样。人家家里平平稳稳,他们家里却别别扭扭;人家都沿着轨道滚动,而他们却时时跳出轨道;人家时时刻刻规规矩矩、谨小慎微,而他们不是这样。确实,叶莉扎维塔·普罗科菲耶夫娜甚至过分大惊小怪,但毕竟这不是他们渴念的那种世俗的规规矩矩的谨小慎微。其实,大概也只有叶莉扎维塔·普罗科菲耶夫娜一个人在担忧不安:小姐们还年轻,虽然她们很有洞察力,对世事持讽刺的态度,而将军尽管也具洞察力(不过,颇为费劲),但在为难的情况下只会说:嗯!因此最后应把一切希望寄托在叶莉扎维塔·普罗科菲耶夫娜身上。所以,她也就肩负着责任。比方说,并非由于这个家庭有什么自己的主动精神或者自觉追求独特性而跃出轨道,在她看来,那就完全是不体面的。唷,不!真正地说,丝毫没有这样的事,也就是说没有任何自觉提出的目的,而最终的结果仍然是,叶潘钦家虽然非常受人尊敬,但毕竟不像一般受人尊敬的家庭应该的那样。近来叶莉扎维塔·普罗科菲耶夫娜开始把一切都归罪于自己一个人和自己那"倒霉的"性格,因此更加深了她的痛苦。她自己时常痛骂自己是个"愚蠢的、有失体面的怪女人",疑神疑鬼得自寻烦恼,经常心绪纷乱,在最平常的冲突中也会束手无策,而且总是夸大不幸。

还是在故事开始的时候我们已经提到,叶潘钦一家享有普遍的真正的尊敬。甚至伊万·费奥多罗维奇本人尽管天生愚昧,却不容置疑地到处受到尊敬。他之所以能赢得尊敬,第一是因为他是个富有的人并且是个"数得上的人";第二是因为他完全是个正派的人,虽然才智不高。但是头脑有些愚钝,如果这不是所有事业家似乎必须具备的品质,那么也至少是所有认真赚钱的人应该有的特点。最后一点,将军有规规矩矩的风范,为人谦逊,善于沉默同时也不让别人踩自己的脚,不光因为他是个有将军身份的人,也因为他是个正直和高尚的人。更重要的是,他是个有着强有力靠山的人。至于说到叶莉扎维塔·普罗科菲耶夫娜,那么前面已经说明过,出身很好,虽然我们现在不太看重出身(如果没有必要的关系的话是这样)。而她毕竟是有关系的,有那么一些人尊敬她,而且还喜欢她,自然,在他们后面大家也就应该尊敬和接待她了。没有疑问,她的家庭烦恼是没有根据的,原因是那些事微不足道,而且被夸大到可笑的程度;但是如果谁的鼻子上或者额头上长了个疣子,那么总会觉得,对所有的人来说世上过去和现在就只有一件事,那就是大家看您长的疣子,嘲笑它,谴责它,即使您发现了美洲新大陆也于事无补。毫无疑问,在社交界叶莉扎维塔·普罗科菲耶夫娜确实被看作是个"怪女人";但与此同时无疑人们又都尊敬她;而叶莉扎维塔·普罗科菲耶夫娜终于不再相信人家尊敬她,这就是全部不幸的症结。望着自己的女儿们,她为怀疑所苦恼,她担心自己不断地会有什么地方阻碍着她们的前程,觉得自己的性格可笑,有失体面和令人难以忍受,为此,当然总是不停地指责自己的女儿和伊万·费奥多罗维奇,整天跟他们吵架,而同时又爱他们,爱到忘我,几乎到狂热的地步。

最使她苦恼的是,她怀疑她的女儿们正在变成跟她一样的"怪女人",而像她们这样的小姐在上流社会是没有的,也是不应该有的。"她们只会长成虚无主义者!"她时常暗自说。这一年里,特别是最近这段时间,这个忧心的念头在她头脑里越来越强烈。"首先,她们为什么不出嫁?"她时刻询问自己。"为的是让母亲烦恼,她们就把这看作是自己的生活目的,当然是这样,因为这一切是新思想,这一切是可诅咒的妇女问题!半年前阿格拉娅不是曾经贸然想出来要剪掉自己那绝好的秀发吗?(天哪!我那个时候根本就没有这么好的头发!)不是剪刀都已经拿在手里了吗?不是跪下来求她才没剪的吗?……就算这一个是出于恶意这做,要折磨母亲,因为这丫头心狠、任性、被娇纵惯了,但主要是心狠、心狠、心狠!可是这个胖胖的亚历山德拉难道不也是跟在她后面竭力要剪自己那一绺绺长发吗?她可已经不是因为恶意,不是因为任性,而是真心诚意的,阿格拉娅使这个傻瓜相信了,没有头发她睡起觉来就会安宁些,头也不会痛了。已经五年了,有过多少未婚夫供她们挑啊!而且确实有很好的人,甚至是非常出众的人!她们还要等什么,还要找什么?只是要让母亲气恼,没有别的任何原因!没有任何原因,绝对没有!"

终于,对于她这颗母亲的心来说盼到了太阳升起;至少是一个女儿,至少是给阿杰莱达安排好了亲事。"哪怕是从肩上卸掉一个也好!"有时必须得说出来时,叶莉扎维塔·普罗科菲耶夫娜会这样说(她暗自思忖时的表达则无比温柔)。而且整个事情进行得很好,很体面;连上流社会谈起来也怀有敬意。这个人有名声,是公爵,有财产,人又好,加上称她的心,难道还有更好的?但是对阿杰莱达比起对另外两个女儿来,她原先就较少担心,虽然她那种艺术家的习性有时也使叶莉扎维塔·普罗科菲耶夫娜不停地怀疑的心非常困惑。"然而她的生性快活,同时又很有理智,看来,这丫头不会倒霉。"她终于有所安慰。对阿格拉娅她是最为担惊受怕的了。至于说到大女儿亚历山德拉,叶莉扎维塔·普罗科菲耶夫娜自己也不知道该怎么办:要不要为她担心?她有时觉得,"这丫头彻底完了";二十五岁了,看来,就做个老姑娘了。而她又"这么漂亮!……"叶莉扎维塔·普罗科菲耶夫娜甚至夜里常为她流泪,而就在那些夜里亚历山德拉·伊万诺夫娜却睡得最安宁。"她是个什么人,是虚无主义者还是不过是个傻瓜?"她并不傻,其实,叶莉扎维塔·普罗科菲耶夫娜对此丝毫也不存怀疑;她是非常尊重亚历山德拉·伊万诺夫娜的见解并且喜欢跟她商量的。至于说她像只"落汤鸡",也是不存任何疑问的:"她安宁得推也推不动!不过,'落汤鸡'也有不安宁的时候,唉!我可完全被她们弄糊涂了!"叶莉扎维塔·普罗科菲耶夫娜对亚历山德拉·伊万诺夫娜有一种难以解释的同情和好感,这种感情甚于对被她看作是偶像的

377

阿格拉娅的感情。但是，母亲易动肝火的乖戾（主要的，这正表现了母亲的关切和喜爱之情），招惹生事，诸如"落汤鸡"这样的称呼只是使亚历山德拉觉得好笑。有时甚至达到这样的地步：一点点小事也会使叶莉扎维塔·普罗科菲耶夫娜气得不得了，大发脾气。比如，亚历山德拉·伊万诺夫娜喜欢睡懒觉，通常要做许多梦；但是她的梦往往异常空泛和幼稚——对七岁的孩子来说还差不多；于是，这种幼稚的梦境也不知为什么使妈妈生气。有一次亚历山德拉·伊万诺夫娜在梦里见到了九只母鸡，竟因此引出了她和母亲之间的一场正儿八经的争吵。为什么？很难解释清楚。有一次，就只一次，她总算梦见了某个似乎独特的梦境：她看见了一个和尚，他一个人在漆黑的房间里，她就一直怕进那个房间。这个梦马上就由两个哈哈大笑的妹妹喜盈盈地转告给叶莉扎维塔·普罗科菲耶夫娜听了，但妈妈又生气了，把她们三人都称为傻瓜。"哼！瞧她像个傻瓜似的那么安分，却完全是只'落汤鸡'，推也推不动，可还忧心忡忡，有时候看起来还真悒郁得很！她在忧伤什么，忧伤什么？"有时候她向伊万·费奥多罗维奇提这个问题，通常是歇斯底里地、威严地，期待着立即回答。伊万·费奥多罗维奇嗯啊哈的，皱着眉毛，耸耸肩膀，摊开双手，终于拿出了意见：

"应该找个丈夫。"

"上帝保佑，只是别找像您这样的，伊万·费奥多罗维奇，"叶莉扎维塔·普罗科菲耶夫娜终于像炸弹似的爆发了，"在见解和判断方面别找您这样的，伊万·费奥多雷奇[1]；别找您这样的粗野的莽汉，伊万·费奥多雷奇……"

伊万·费奥多罗维奇马上就设法逃脱了，而叶莉扎维塔·普罗科菲耶夫娜在发过脾气后也就平静下来了。当然，在那天晚上她一定会变得不同寻常地殷勤、温顺、亲切和恭敬地对待伊万·费奥多罗维奇，对待

---

[1] 费奥多雷奇是费奥多罗维奇的简称。

"自己的粗野的莽汉"伊万·费奥多罗维奇,对待善良的、可爱的、她所崇拜的伊万·费奥多罗维奇,因为她一生都爱甚至热恋着自己的伊万·费奥多罗维奇,而伊万·费奥多罗维奇自己也清楚地知道这一点,为此也无限地敬重自己的叶莉扎维塔·普罗科菲耶夫娜。

但是阿格拉娅却是她主要的和经常的苦恼。

"完完全全像我,在所有的方面简直就是我的活影子,"叶莉扎维塔·普罗科菲耶夫娜暗自说,"任性、可恶的小鬼头!虚无主义者,怪女人,疯姑娘,狠心丫头,狠心丫头,狠心丫头!嗨,天哪,她将是多么不幸啊!"

但是,正如我们已经说过的,升起的太阳一度消融了冰冻和照亮了一切。几乎有一个月叶莉扎维塔·普罗科菲耶夫娜完全摆脱了一切操心而得到了休息。由于阿杰莱达日益迫近的婚礼,上流社会也开始谈及阿格拉娅,与此同时阿格拉娅到哪里总是那么举止优雅、那么安稳、那么聪颖、那么不可征服,有点高傲,但这可是与她非常相称的!这整整一个月她对母亲也是那么亲热,那么殷切!("真的,这个叶甫盖尼·帕夫洛维奇还得好好看看,好好看看,应该对他了解清楚,再说阿格拉娅好像对他也不比对别人更加赏识!")反正她忽然成了这么一个姣美的姑娘,她是多么俊俏,天哪,她是多么俊俏,一天天长得越来越美!偏偏就……

偏偏就刚刚冒出了这个可恶的死公爵,这个糟透了的傻白痴,于是一切又被搅浑了,家里的一切又闹了个底朝天!

但是,到底发生了什么事呢?

对于别的人来说一定认为什么也没有发生。但是叶莉扎维塔·普罗科菲耶夫娜与别人不同的是,最平常的一些事情混杂在一起,透过她素有的总放不下心的有色眼镜,她总能看出某种东西是最令人生疑、最令人无法解释地恐惧的,因而也是最令人苦恼的,以至于有时把她吓出病来。她那可笑的、毫无根据的提心吊胆弄得她心乱如麻,现在突然确实看到了某种似乎真的是要紧的、似乎真的是值得担忧、疑惑、怀疑的迹象,叫她又怎么能放心呢?

"怎么有人竟敢、竟敢给我写这封该死的匿名信,说这个贱货跟阿格拉娅有联系呢?"叶莉扎维塔·普罗科菲耶夫娜一路上一边拖着公爵跟着自己走,一边想,到了家里把他安顿在全家聚会的圆桌旁坐下时还在想。"怎么竟敢这样想?如果我哪怕相信了点滴或者把这封信给阿格拉娅看,我真会羞死的!对我们,对叶潘钦家竟如此嘲弄!这一切,一切都是因为伊万·费奥多雷奇,一切都是因为您,伊万·费奥多雷奇!啊,为什么我们不到叶拉金去,我可是说过到叶拉金去的!这大概是瓦里卡写的信,我知道,或者,也可能……总之一切的一切都是伊万·费奥多雷奇的错!这是那个贱货拿他开玩笑,为的是让他记住过去的交往,把他端出来当傻瓜,就像过去把他当傻瓜嘲笑一通,牵着他鼻子走一样,那时他还给她送珍珠……而最后我们还是受到了牵连,您的女儿们还是卷了进去,伊万·费奥多雷奇,她们是少女、小姐,上流社会的千金、待嫁的姑娘,她们都曾经在这里,在这里站过,全都听见了,还有那一帮男孩的事她们也卷进去了,她们都在,也都听见了,您就高兴吧!我不会原谅,不会原谅这个傻瓜公爵的,永远不会原谅的!为什么阿格拉娅这三天歇斯底里大发作?为什么跟姐姐们几乎吵翻了?甚至跟亚历山德拉也吵架了,而过去她总是像吻母亲那样吻她的手,是那么尊敬她。为什么这三天她总给大家出谜语,让人莫名其妙?加夫里拉·伊沃尔京在这里又算什么?为什么昨天和今天她开始夸起加夫里拉·伊沃尔京来,并且还大哭起来?为什么这封匿名信提到了这个该诅咒的'可怜的骑士',而她甚至没有给两个姐姐看公爵的信?为什么……为了什么,为了什么我像只发狂的猫似的现在跑来找他并且还亲自把他拖到这里来?天哪,我简直疯了,我现在干出什么了呀?跟一个年轻人谈论女儿的秘密,而且这秘密几乎涉及他本人!天哪,还好,他是个白痴……还是家庭的朋友!只是阿格拉娅难道迷上了这个呆子?天哪,我在胡扯什么呀!呸!我们全是些怪人……应该把我们大家放在玻璃柜里陈列给人看,首先把我展览出去,门票收十个戈比。我不原谅您这一点,伊万·费奥多雷奇,永远不会原谅!为什么阿格拉娅现在不使他难堪了？她许诺说要使他难堪的，现在却并没有使他难堪！你瞧，你瞧，她就瞪大了眼睛望着他，一语不发，也不走开，站在那里，而本来是她自己吩咐不要他来的……他则坐在那里，脸色苍白。这个该诅咒的、该死的叶甫盖尼·帕夫雷奇真饶舌，一个人控制了整个谈话！你瞧他滔滔不绝，不让人家插上一句话。只要话题一转……我马上就全都知道。"

公爵确实坐在圆桌旁，脸色近乎苍白，他好像同时既显得异常惧怕，又不时有片刻处于自己也莫名其妙的充溢心头的欣喜之中。哦，他多么害怕朝那个方向，那个角落看上一眼，因为有两只熟悉的黑眼睛从那里凝视着他，同时他又幸福得发呆，因为他又坐在这里，在这些人中间，又将听到一个熟悉的声音——而这一切是在她给他写了那封信以后。"天哪，她现在会说什么呀！"他自己也还没有说一句话，只是紧张地听着"滔滔不绝的"叶甫盖尼·帕夫洛维奇说话，他是难得有像今晚现在这样的心满意足和激情昂扬的精神状态的。公爵听着他说，好久都几乎没听明白一句话。除了伊万·费奥多罗维奇还没有从彼得堡回来，大家都聚在这里。Щ公爵也在这里。他们好像打算过一会儿，在喝茶前，去听音乐。现在的谈话看来是在梅什金公爵来之前就已经开始了。突然不知从哪儿冒出来的科利亚很快地溜到了凉台上。"看来，这里仍像原先那样接纳他。"公爵暗自思忖着。

叶潘钦家的别墅是一所豪华的别墅，按瑞士村舍的格式构造的，四周花草林木，拾掇得非常雅致。一座不大而优美的花园环抱着它。像在公爵那里一样，大家坐在凉台上；只不过这里的凉台比较宽敞，布置得也较讲究。

已经开始的话题似乎不太合大家的心意；可以猜想，谈话是由一场偏执的争论引起的，当然，大家都很想换个内容，但叶甫盖尼·帕夫洛维奇好像更加坚持而不顾其他人；公爵的到来似乎越发激起他的谈兴。叶莉扎维塔·普罗科菲耶夫娜阴沉着脸，尽管她并不完全明白他所讲的。

阿格拉娅坐在边上,几乎是在角落里,她没有走开,听着谈话,执拗地保持着沉默。

"请原谅,"叶甫盖尼·帕夫洛维奇激动地表示反对说,"我一点也不反对自由主义。自由主义并不是罪过;这是一个整体的必要组成部分,缺了它,整体就会瓦解或毁灭;自由主义如最正统的保守主义一样有存在的权利;但是我攻击的是俄国的自由主义,我再重复一遍,我之所以攻击它,其实是因为俄国的自由派不是俄罗斯的自由派,而是非俄罗斯的自由派。给我一个俄罗斯的自由派,我马上会当着你们的面吻他。"

"只要他愿意您吻。"异常激动的亚历山德拉·伊万诺夫娜说。她的脸颊甚至也比平常红。

"瞧这模样,"叶莉扎维塔·普罗科菲耶夫娜暗自想道,"要不就是睡和吃,推也推不动,要不一年中有这么一次振奋起来,说出话来只会叫人莫名其妙,朝她两手一摊。"

公爵有一瞬间发觉,亚历山德拉·伊万诺夫娜似乎并不太喜欢叶甫盖尼·帕夫洛维奇过分快活地说话,也不太喜欢他那严肃的话题,他仿佛很急躁,同时又仿佛是在开玩笑。

"刚才,就在您来到之前,公爵,我断言,到目前为止我们的自由派只来自两个阶层:过去的地主(被废除了农奴制的)和教会学校的学生。由于这两个阶层最后都成为十足的帮派、成为完全有别于民族的特殊的事物,而且越来越厉害,代代相传,因此,他们过去和现在所做的一切都根本不是民族的事……"

"什么?这么说,所做的一切都不是俄罗斯的?"Ⅲ公爵表示异议。

"不是民族的;虽然是俄国式的,但不是民族的;我们的自由派不是俄罗斯的,保守派也不是俄罗斯的,全都……请相信,民族是丝毫不会承认地主和学生所做的一切的,无论是现在还是以后……"

"这就好!您怎么能肯定这样的荒谬言论,如果这是当真的话?我不容许有关俄国地主的这种奇谈怪论;您自己也是俄国地主。"Ⅲ公爵热烈地反对说。

"我说的可不是您所理解的那种意义上的俄国地主。那是一个受尊敬的阶层,单凭我自己也属于这个阶层就可说明了;然而现在,这个阶层已经不复存在了……"

"难道文学上也没有什么是民族的东西?"亚历山德拉·伊万诺夫娜打断他问。

"我对文学不在行,但是,俄国文学,据我看,整个儿都不是俄罗斯的,除了罗蒙诺索夫、普希金和果戈理。"

"第一,这已经不算少了;第二,一个来自农民,另外两个是地主。"阿杰莱达笑起来说。

"确实是这样,但您别高兴得太早。因为到目前为止所有的俄国作家中只有这三位名人说出了某种真正是自己的,自己所有的东西,而没有从任何人那里借用的外来的东西,就凭这一点这三位即成为民族的作家了。俄国人中有谁能说出、写出或者做出什么自己的东西,不可分离的、不是外来的,而是自己的东西,即使他俄语说得不好,也必然是民族的人才。这是我的信条。但我们开始说的不是有关文学的问题,我们谈的是社会主义者,话题是由他们扯开去的;好,我就这么认为,我们没有一个俄罗斯的社会主义者;现在没有,过去也没有,因为所有我们的社会主义者也是来自地主或者学生。所有我们那些大肆宣扬的社会主义者,这里的也罢,在国外的也罢,无非是农奴制时代地主中的自由派。你们笑什么?把他们的著作给我,把他们的学说,他们的回忆录给我,虽然我不是文学批评家,我也能给你们写出一篇最令人信服的文学批评来,文章里我将如白日一般明显地证明,他们的著作、小册子、回忆录第一页都表明,它首先是由过去的俄国地主写出来的。他们的仇恨、愤怒、俏皮是地主式(甚至是法穆索夫[1]前的);他们的欢欣、他们的泪水是真的,也许泪水

---

1 格里鲍耶多夫《聪明误》剧中的农奴主。

383

是真诚的,但是地主的!地主的或是学生的泪水……你们又笑了,您也在笑,公爵?也不同意?"

确实,大家都笑了,公爵也莞尔一笑。

"我还不能直截了当地说同意或不同意,"公爵说。他突然敛起微笑,像个被抓住的调皮学生那样打了个哆嗦,"但是请相信,我异常高兴聆听您的高论……"

说这话时,他几乎接不上气来,甚至额上渗出了冷汗。这是他坐在这里后所说的开头几句话。他本欲打量一下周围的人,但是没有敢这样做。叶甫盖尼·帕夫洛维奇捕捉到他的这种态势,笑了一下。

"诸位,我告诉你们一个事实,"他继续说,用的还是原来的语气,也就是似乎异常热衷和激动,同时又几乎像是在嘲笑自己说的话,"观察甚至发现这一事实的人,我荣幸地归于自己,甚至只是我自己;至少关于这一事实还没有人说过或写过。这一个事实反映出我所说的俄国自由主义的全部实质。第一,[1]自由主义是什么?如果一般地说,不就是对事物的现行秩序进行攻击吗(是有理的还是错误的,这是另一个问题)?不是这样吗?好!那么我说的事实是,俄国的自由主义不是攻击事物现行的秩序,而是攻击我们事物的本质,攻击事物本身,而不仅仅是光攻击秩序,不是攻击俄国的制度,而是攻击俄国本身。我说的自由派甚至发展到否定俄国本身,也就是恨自己的母亲,打自己的母亲。每个不幸的倒霉的事实都会激起他们的嘲笑,甚至狂喜。他们仇恨民间习俗、俄国的历史,仇恨一切。如果要为他们辩解,那么也只能说他们不懂得自己在做什么,他们把对俄国的仇恨当作是最有成效的自由主义(噢,你们常会遇见我们的自由派,尽管有的人为他们鼓掌,可是,他们在本质上也许是最荒谬、最愚钝、最危险的保守派,而且他们自己还不知道这一点!)。还不那么久以前,我们的有些自由派把这种对俄国的憎恨几乎当作是对祖国的真正

---

[1] 这里有"第一",下文没有"第二",陀氏作品中常有这样的情况出现。

热爱,并自夸说,他们比别人更好地理解什么是热爱祖国;但是现在他们已经不那么遮遮掩掩,甚至对说'爱祖国'的话都感到羞耻,连这样的概念都被当作有害的或毫无意义的东西而取消和废除了。这个事实是确凿无误的,我坚信这一点……什么时候总得把真相完完全全、简单明了、毫不掩饰地讲出来;但是,与此同时这个事实无论何时何地、自古以来无论在哪一个民族中都是没有过,也没有发生过的,因而这个事实是偶然的,可能昙花一现,我同意这点。憎恨自己祖国的自由派,无论在什么地方都是不可能存在的。那么我们里的这一切又做何解释呢?还是先前说过的,俄国的自由派暂时还不是俄罗斯的自由派,依我看,没有别的解释。"

"我把你说的一切看作是玩笑,叶甫盖尼·帕夫洛维奇。"Щ公爵认真地表示有不同看法。

"我没有见到所有的自由派,所以不便妄加评论,"亚历山德拉·伊万诺夫娜说,"但是我是带着一腔气愤听完您所说的思想的:您取的是个别情况,却把它上升为一般规律,因而,也就是诬蔑。"

"个别情况?啊!话说出口了,"叶甫盖尼·帕夫洛维奇接过话茬说,"公爵,您怎么认为,这是个别现象还是不是?"

"我也应该说,我很少见过,也很少与自由派……来往,"公爵说,"但我觉得,您大概是有几分道理的,您所说的俄国的自由派确实有一部分倾向于憎恨俄国本身,而不仅仅是憎恨它的制度。当然,这仅仅是部分……当然,这对所有的人来说无论如何是不公正的……"

他嗫嚅起来,没有把话说完。尽管他很激动,他还是对谈话有浓厚的兴趣。公爵身上有一个特点:总是异常天真地注意听他感兴趣的谈话,而当这种时候人家问他问题时,他也会认真予以回答。在他脸上,甚至在他身体的姿势上都似乎反映出这种天真,这种对无论是嘲弄还是幽默都毫不怀疑的信任。但是,虽然叶甫盖尼·帕夫洛维奇早就已经对他抱着某种程度的特别的嘲讽态度,可是现在听到他这样回答,不知怎的非常严肃地看了他一眼,仿佛完全没有料到他会这样回答。

"是这样……不过,瞧您有多怪,"他说,"说真的,公爵,您是认真回答我的吗?"

"难道您不是认真问的吗?"公爵惊讶地问。

大家都笑了起来。

"请相信他,"阿杰莱达说,"叶甫盖尼·帕夫雷奇总是愚弄大家!如果您知道,他有时候会十分认真地谈论某件事情,那就好了。"

"据我看,这是一场令人不快的谈话,根本就不应该开这个头,"亚历山德拉不客气地指出,"我们原来是想去散步的……"

"那就走吧,夜色真美妙!"叶甫盖尼·帕夫洛维奇大声嚷道。"但是,为了要向你们证明,这次我说的话完全是认真的,主要是向公爵证明这一点(公爵,您很使我感兴趣,我向您发誓,我还不完全是这么一个别人肯定觉得是那样的无聊的人,虽然我真的是一个无聊的人!),还有……如果允许的话,诸位,我还要向公爵提最后一个问题,这是出于个人的好奇心,问了就结束。这个问题,仿佛故意似的,在两小时前在我头脑里冒出来的(您瞧,公爵,有时我也思考些严肃的事情);我已经有了解答,但是我们来看看,公爵会怎么说。刚才我们谈到了'个别情况'。这个字眼在我们这里有特别的含义,常能听到。不久前大家都在谈论和评论一个年轻人……杀了六个人这件可怕的事以及辩护律师的怪论,说什么犯罪者在贫困的境况下自然地会想到杀死这六个人。这不是原话,但是意思好像是这样的或者接近于这个意思。根据我个人的看法,辩护律师在表达这一奇怪的思想时,完全深信他说的是我们时代所能说出的最自由派的、最人道的和最进步的话。那么您怎么认为:这样歪曲概念和信念,这种对事物偏颇和出格的看法,是个别情况还是普遍现象?"

大家哈哈大笑起来。

"是个别情况,当然是个别情况。"亚历山德拉和阿杰莱达笑着说。

"请允许我再次提醒你,叶甫盖尼·帕夫雷奇,"Щ公爵补充说,"你的玩笑老掉牙了。"

"您怎么想,公爵?"叶甫盖尼·帕夫洛维奇捕捉到列夫·尼古拉耶维奇公爵看自己的好奇而严肃的目光,于是没有听完Щ公爵的话就问,"您觉得,这是个别情况还是普遍现象?坦率地说,我是为您才想出这个问题来的。"

"不,不是个别情况。"公爵轻声地、但是坚定地说。

"得了吧,列夫·尼古拉耶维奇,"Щ公爵有点烦恼地说,"难道您没看见他是在下钩抓您;他肯定心里在发笑,他估计正是您会上钩的。"

"我想,叶甫盖尼·帕夫洛维奇是认真说的。"公爵脸红了起来,低下了眼睛。

"亲爱的公爵,"Щ公爵继续说,"您回想一下,三个月前有一次我和您谈过什么来着;我们谈的恰恰是,在我们新设立的年轻法院里已经可以举出多少优秀卓绝、才华横溢的辩护律师!而陪审员们又做出了多少绝妙无比的裁决!您当时非常高兴,看看您高兴我也高兴……我们谈到,我们可以对此感到骄傲……而这种笨拙的辩护,这种奇怪的论据,当然是个别的,是千万分之一。"

列夫·尼古拉耶维奇想了一下,虽然轻声,甚至似乎怯生生地说出话来,但却回答得十分肯定:

"我只是想说,歪曲思想和概念(如叶甫盖尼·帕夫雷奇表达的那样)这种情况是常能遇到的,遗憾的是,比起个别情况来这是普遍得多的现象。甚至可以说,如果这种歪曲不是普遍情况,那么,也许就不会有这种难以想象的罪行,就像这些……"

"难以想象的罪行?但是我劝您相信,像这样的罪行,也许,还有更可怕的罪行,过去有过,一直有过,而且不仅仅在我们这里有,到处都有,我认为,还会在很长时间里反复发生,所不同的是,过去我们较少公开,而现在开始谈出来,甚至还写文章议论这些事,因此使人觉得,只是现在才冒出这些犯罪者来的。您错就错在这里,这是非常幼稚的错误,公爵,我请您相信这点。"Щ公爵觉得好笑而不由莞尔一笑。

"我自己知道,过去就有非常多的犯罪行为,也有这样骇人听闻的;不久前我还去过监狱,有机会认识几个罪犯和被告。甚至有比这个更可怕的罪犯,杀了十个人丝毫没有悔过的表示。但与此同时我也注意到,最怙恶不悛、死不悔改的罪犯终究也还是知道,他是个罪犯,也就是凭良心认为,他干了坏事,尽管丝毫也不后悔。他们中任何人都是这样的,而叶甫盖尼·帕夫雷奇谈到的那些人甚至不认为自己是罪犯,还暗自认为他们有权利,甚至认为……自己干得好,差不多就是这样。可怕的不同,据我看是在这里。您请注意,这全是青年,也就是正处于没有自我保护能力、最容易受歪理影响的年龄。"

Щ公爵已经不再笑了,而是困惑地听着梅什金公爵讲。亚历山德拉·伊万诺夫娜早就已经想说什么,可是却沉默着,似乎有什么特别的念头阻止了她。叶甫盖尼·帕夫洛维奇则完全惊讶地望着公爵,这次他已经没有任何嘲笑了。

"您干吗对他感到这么惊讶,我的先生?"叶莉扎维塔·普罗科菲耶夫娜出其不意地插进来说,"他比您蠢还是怎么的,他不能像您那样考虑问题?"

"不,我不是说那个,"叶甫盖尼·帕夫洛维奇说,"只不过,公爵,您怎么(请原谅我的问题),既然您看到和觉察了这一点,那么您怎么(再请原谅我)在这件怪事上……就是日前……布尔多夫斯基的事,好像……您怎么没有发现这种歪理和荒谬的道德信念?完全是一模一样的情况!我当时觉得,您完全没有发现。"

"是这么回事,少爷,"叶莉扎维塔·普罗科菲耶夫娜急躁地说,"我们全都发现了,现在我们坐在这里,在他面前自我吹嘘,而他却在今天收到了他们中间一个人的来信,就是那个最主要的,脸上长满粉刺的那个,记得吗,亚历山德拉?他在信中请求他原谅,尽管他用的是自己的方式。他告诉他,他已经抛弃了那时怂恿他的那个人,记得吗,亚历山德拉?还说,他现在更相信公爵。得了,虽然我们都会在他面前把鼻子翘得高高的,可我们却还没有收到过这种信。"

"伊波利特刚才也搬到我们别墅来了!"科利亚喊道。

"什么?已经在这里了?"公爵大吃一惊。

"您刚跟叶莉扎维塔·普罗科菲耶夫娜一起动身,他就来了;我把他接来的!"

"嘿,我敢打赌,"突然叶莉扎维塔·普罗科菲耶夫娜怒气勃发,她完全忘了,刚才才夸赞过公爵,"我敢打赌,他昨天到那小子的阁楼上去了,并且跪着请他原谅,要这个恶得不能再恶的小子赏脸搬到这里来。你昨天去过吗?刚才你自己不是承认的吗?是不是这样?你跪了没有?"

"根本就没有跪,"科利亚喊道,"完全相反:昨天是伊波利特抓住公爵的手,吻了两次,我亲眼看见的,整个消除误会的谈话就以此结束。此外,公爵不过说了,住到别墅来他会轻松些,伊波利特一下子就同意,一旦身体好些就搬过来。"

"您何必呢,科利亚……"公爵一边抓起帽子站起身,一边低声说,"您干吗要说,我……"

"你这是去哪里?"叶莉扎维塔·普罗科菲耶夫娜叫住他。

"别担心,公爵,"激动兴奋的科利亚继续说,"您别去,别惊扰他,因为路上劳累了,他已睡了,他很高兴;要知道,公爵,照我看,如果你们现在不见面,那样要好得多;甚至推迟到明天不妨,不然他又会窘困的。上午他刚说过,已经整整半年自我感觉未曾这么好过,而且觉得比过去有气力;甚至咳嗽也减少了三分之二。"

公爵注意到,阿格拉娅突然离开自己的座位,走向桌子。他不敢朝她看,但是他全身都感觉到,在这一瞬间她在望着他,也许,还很威严,她那双黑眼睛一定充满愤怒,而且她的脸也涨得通红。

"可是我觉得,尼古拉·阿尔达利翁诺维奇,如果这就是那个生肺病的男孩,他当时曾哭着邀请大家参加他的葬礼,那么您把他接到这里来是多此一举,"叶甫盖尼·帕夫洛维奇指出,"那时他曾那么娓娓动听地讲到了邻居那幢房子的墙,他一定会思念那堵墙而愁思难解的,请相信这点。"

"他说的对!他会跟你争吵、打架,然后一走了之,就是这么回事!"

叶莉扎维塔·普罗科菲耶夫娜煞有介事地把盛着针线活的小篓移近身边,她忘了,大家已经站起身准备去散步了。

"我记得,他很夸耀那垛墙,"叶甫盖尼·帕夫洛维奇又接着说,"没有这垛墙他就不能说着漂亮话死去,而他很想让漂亮话伴随他死去。"

"那该怎么办呢?"公爵低声说,"如果您不想原谅他,那么没有您的宽恕他也会死去……现在他搬来是为了看看这儿的树木。"

"哦,就我这方面而言,我全都原谅他;您可以向他转达这一点。"

"这一点不能这样来理解,"公爵似乎不太愿意地轻轻回答说,他仍然不抬起眼睛而望着地上的一个点,"应该使您也同意接受他的宽恕。"

"我这有什么要宽恕的?我有什么对不起他的?"

"如果您不明白,那就……但您可是明白的,他当时是想……为你们大家祝福,同时也从你们这里得到祝福,就是这么回事……"

"亲爱的公爵,"Щ公爵和在场的人中的一些人交换了一下眼色后,似乎有些忧心忡忡地赶紧接口说,"人间天堂是不容易到达的;而您多多少少依然指望着出现天堂;天堂是很困难的事,公爵,它比您那美好的心灵觉得的要困难得多。最好还是别再谈了,不然我们大家也许又会感到不自在的,那时……"

"我们去听音乐吧。"叶莉扎维塔·普罗科菲耶夫娜生气地从座位上站起身,生硬地说。

大家都跟着她站了起来。

二

公爵突然走到叶甫盖尼·帕夫洛维奇跟前。

"叶甫盖尼·帕夫雷奇,"他抓住他的手,用一种奇怪的热情说,"请相信,不论怎样,我认为您是最最高尚的人,最好的人;请相信这一点……"

叶甫盖尼·帕夫洛维奇惊讶得甚至后退了一步。有一瞬间他克制住要纵声大笑的愿望,但是当他走近仔细观察之后,他发现公爵似乎失去常态,至少是有点异常。

"我敢打赌,"他喊了起来,"公爵,您想讲的根本不是这样的话,也许,也根本不是想对我说……但是您怎么啦?您是不是不舒服?"

"也许是,很可能是,您很细致地注意到了,也许,我想找的不是您!"

说完这话,公爵有点奇怪地、甚至可笑地笑了一下,但是似乎很激动,突然大声嚷道:

"请别向我提起三天前我的行为!这三天我感到非常羞愧……我知道是我不对……"

"可是……可是您究竟做了什么令您这么痛苦的事呢?"

"我看得出,大概您比其他的人更为我感到羞愧,叶甫盖尼·帕夫洛维奇;您现在脸红了,这是心灵美好的标志,我马上就走,请相信。"

"他这是怎么啦？他这样是不是毛病开始发作了？"叶莉扎维塔·普罗科菲耶夫娜惊恐地问科利亚。

"你别在意，叶莉扎维塔·普罗科菲耶夫娜，我不是发病，我马上就走。我知道，我……天生就亏，活了二十四岁，生了二十四年的病。现在就听我作为病人说几句话。我马上就走，马上，请相信。我不脸红，因为为此而脸红是会令人觉得奇怪的，不对吗？但是在交际场合我是个多余的人……我这样说并非出于自尊……这三天里我反复思考并决定，一有机会就应该真心诚意和光明正大地告诉你们。有这样一些思想，有一些高尚的思想，我是不应该谈起的，因为我一定会使大家觉得可笑的；Щ公爵刚才提醒我的正是这一点……我不会做出体面的姿态，也没有分寸感；我说出来的是与想法不相符合的另一番话，而这是会损害这些想法的。因此我没有权利……何况我又生性多疑，我……我确信，在这个家里是不会亏待我的，并且爱我比我所值得的爱更甚，但是我知道（我可是知道得很肯定），二十多年的疾病一定会留下什么后果的，因此有时候……不能不使人笑话我……不是这样吗？"

他环顾周围，仿佛在等待回答和决定。大家都站在那里，被这种出乎意料的、病态的、不论怎样都似乎是无缘无故的举动弄得莫名其妙，尴尬万分。但是这一举动却为一段奇怪的插曲提供了缘由。

"您在这里说这些话干什么？"突然阿格拉娅嚷了起来，"为了什么您对他们说这些？对他们！对他们！"

似乎她气愤到极点：她的眼睛都在冒火。公爵站在她面前哑然无语，不发一声，脸色一下子变得煞白。

"这里没有任何人配听这样的话！"阿格拉娅发作了，"这里所有的人统统都不及您的一根小指头，无论是才智还是心灵都比不上！您比所有的人都更正直、更高尚、更优秀、更善良、更聪明！这里有的人甚至连弯下腰去捡您刚才掉在地上的手帕都不配……为了什么您要贬低自己，把自己置于所有人之下？为什么您要损害作践自己的一切，为什么您身上没有骨气?"

"天哪,这能想到吗?"叶莉扎维塔·普罗科菲耶夫娜双手一拍惊叹道。

"可怜的骑士!乌拉!"科利亚欣喜若狂地喊着。

"住嘴!……有人竟敢在您的家里欺侮我!"突然阿格拉娅冲着叶莉扎维塔·普罗科菲耶夫娜说。她已经歇斯底里大发作,无视任何界限,逾越一切障碍。"为什么大家,所有的人都无一例外地折磨我?公爵,整整三天由于您的缘故他们缠住我,这是为什么?我无论如何也不嫁给您!您要知道,无论如何,永远不嫁!您得知道这一点!难道可以嫁给您这样可笑的人?您现在照镜子看看自己,您现在配得上哪个!……为什么,为什么他们要逗我,说我要嫁给您?您应该知道这一点!您也是跟他们串通一气的!"

"任何人,任何时候都没有逗过!"阿杰莱达惊恐地嘟哝着。

"谁也没有这样想过,谁也没有说过这样的话!"亚历山德拉·伊万诺夫娜大声嚷道。

"谁逗了她?什么时候逗她的?谁会对她说这种事?她是在说胡话还是怎么的?"叶莉扎维塔·普罗科菲耶夫娜气得打颤,问大家。

"所有的人都说过,每一个人都说了,整整三天!我永远、永远也不会嫁给他!"

喊过这些话后,阿格拉娅潸然泪下,痛苦地用手帕掩住脸,跌坐到椅子上。

"可他还没有向你求……"

"我没有向您求过婚,阿格拉娅·伊万诺夫娜。"公爵突然脱口而出。

"什——么?"叶莉扎维塔·普罗科菲耶夫娜又惊又气又怕地突然拖长了声音问,"怎么——回——事?"

她不愿相信自己的耳朵。

"我想说……我想说,"公爵战栗着说,"我只是想向阿格拉娅·伊万诺夫娜说明……我希望有幸能解释,我根本没有这种意图……没有想会有幸向她求婚……不管什么时候……这事我丝毫没有过错,真的,我没有什么过错,阿格拉娅·伊万诺夫娜!我从来也没有想过,从来也没有动过这个念头,永远也不会想这样的事,您自己会看到的,请相信!这一定是哪个怀有恶意的人在您面前诽谤我!请放心!"

他一边说话,一边走近了阿格拉娅。她拿开了掩住脸面的手绢,很快地瞥了他一眼以及他那吓坏了的模样,弄清了他讲话的含意,突然径直对着他放声哈哈大笑起来,笑得这么快活开心,这么放纵不羁,这么滑稽可笑,这么嘲讽讥诮,以至于阿杰莱达第一个忍不住,尤其在看了一眼公爵后,她便扑向妹妹,拥抱着她,和她一样像小学生似的快活地放声大笑起来。公爵望着她们俩,也忽然漾起微笑,并且带着高兴和幸福的表情反复喃喃着:

"哦,谢天谢地,谢天谢地!"

亚历山德拉这时也忍不住由衷地大笑起来。三姐妹的这种笑声好像会没个完似的。

"好了,一群疯丫头!"叶莉扎维塔·普罗科菲耶夫娜嘟哝着,"一会儿把人吓得要死,一会儿又……"

但是现在Ⅲ公爵也已在笑了,叶甫盖尼·帕夫洛维奇也笑了,科利亚则笑个没停,而公爵望着大家也咯咯笑着。

"我们去散步,我们去散步!"阿杰莱达喊道,"大家一起去,公爵一定要跟我们去,您用不着离开,您是个可爱的人!他是个可爱的人,阿格拉娅!您说是不是,妈妈?而且为了……为了刚才他向阿格拉娅表明态度,我一定要、一定得吻他和拥抱他一下。妈妈,亲爱的,允许我吻他一下吗?阿格拉娅!允许我吻一下你的公爵吗?"调皮的阿杰莱达真的蹦到公爵跟前,吻了一下他的额头。而公爵则抓住她的手,紧紧地握着,阿杰莱达差点没叫起来;他无比兴奋地望着她,突然把她的手抬向唇边,吻了三次。

"我们走吧!"阿格拉娅招呼着,"公爵,您搀着我。可以吗,妈妈?让这个拒绝了我的未婚男子搀着行吗?公爵,您不是永远拒绝我了吧?唉,不是这样,不是这样把手递给女士的,您难道不知道,该怎样挽着女士?是这样的,我们走吧,我们走在大家前面;您愿意走在大家前面吗,tête-a-tête[1]?"

她不停地说着,仍然不时地发出阵阵笑声。

"谢天谢地!谢天谢地!"叶莉扎维塔·普罗科菲耶夫娜反复念叨着,她自己也不知道为了什么而感到高兴。

"真是些怪得异乎寻常的人!"Ⅲ公爵思忖着,从与他们相识起,也许已经是第一百次这样想了,但是……他喜欢这些古怪的人。至于说到梅什金公爵,也许他不那么喜欢他;当大家走去散步时,Ⅲ公爵有点阴郁,似乎心事重重。

叶甫盖尼·帕夫洛维奇似乎处于最开心的情绪之中,在到车站的一路上不断逗着亚历山德拉和阿杰莱达笑,而她们则带着一种已经过分的、特别的乐意对他的玩笑话报以嬉笑,甚至到了这种地步,他会在一瞬间起疑,也许她们根本不在听他讲。这个念头使他不解释原因便猛然哈哈大笑起来,而且完全是非常真诚地笑(他就是这样的性格!)。其实两姐妹的情绪就像过节一般高兴,她们不断地望着走在前面的公爵和阿格拉娅;很显然,小妹妹给她们出了一个难解的谜。Ⅲ公爵一直努力着跟叶莉扎维塔·普罗科菲耶夫娜聊一些不相干的事,也许是为了让她散散心,结果却使她感到厌烦得不得了。她似乎完全思绪紊乱,答非所问,有时根本就不搭理他。但是阿格拉娅·伊万诺夫娜今天晚上出的谜还没有完。最后一个谜则是归梅什金公爵一人份上的。在走到离别墅一百步远的地方时,阿格拉娅用很快的低语对自己这位顽固地保持沉默的男伴说:

"您瞧瞧右边!"

---

[1] 法语:单独相处。

公爵扫了一眼。

"请注意看看。您看见公园里那张条椅没有？就在长着三棵大树的地方……绿颜色的条椅。"

公爵回答说看见了。

"您喜欢这个地方吗？有时候一大早，七点钟左右，大家还在睡觉的时候，我一个人到这儿来就坐在那里。"

公爵低声说这地方的风景很优美。

"现在您离开我走吧，我不想再跟您挽着手走了。或者最好是挽着手走，但别跟我说一句话。我想独自想想……"

这番告诫无论如何是多余的：即使没有吩咐，公爵一路上也肯定不会说出一个字来的。当他听了关于条椅的那些话后，他的心怦怦跳得厉害。过了一会儿他才恍然醒悟过来，并且羞愧地驱除自己的荒唐念头。

众所周知，至少大家都这么认为，平日聚集到帕夫洛夫斯克车站来的人，比起节日和星期天从城里拥来的"形形色色的人们"来要"高上一等"，人们的打扮虽不像过节那样，可是却很高雅。来这儿听音乐被视为一种传统。而这儿的乐队也许确实是我国花园乐队中最好的乐队，演奏的是新曲子。尽管这儿总的来说是一种充满家庭气氛、甚至显得十分亲密的景象，但人们举止得体，彬彬有礼。且人们全是来别墅避暑的人，他们到这里来互相看望。许多人是由衷地乐意这样做，而且只是为了这个目的到这儿来；但也有些人来只是为了听音乐，胡闹的事极难得发生，不过即使是平日也还是会有这类事的，没有这种事倒也是不可能的。

这个晚上夜色非常美妙，听众也相当多。演奏乐队附近的座位全都占满了。我们的这一伙人坐在稍微靠边一点的椅子上，离车站左边的出口不远。人群和音乐多少使叶莉扎维塔·普罗科菲耶夫娜振奋起来，也使小姐们开心；她们跟熟人中的什么人交换眼色或者从远处朝人点一下头；她们打量人们的服饰，注意一些新奇的花样，对它们评头品足，不无讥嘲地莞尔一笑。叶甫盖尼·帕夫洛维奇也经常在点头致意。阿格拉娅和公爵仍然走在一起,已经有人对他们加以注意,熟识的年轻人中有人很快地走到小姐们和她们的妈妈跟前;有两三个人留下来一起交谈;所有这些人都是叶甫盖尼·帕夫洛维奇的朋友。这些人中间有一位很漂亮潇洒的年轻军官,为人活泼开朗,很善言谈;他急于跟阿格拉娅攀谈,并且竭力设法把她的注意力吸引到自己身上。阿格拉娅对他很宽厚,同时又非常爱笑。叶甫盖尼·帕夫洛维奇请公爵允许介绍他跟这位好朋友认识;公爵刚刚明白要他做什么,介绍已经进行了,两人互相躬身致礼,彼此递手握了握。叶甫盖尼·帕夫洛维奇提了一个问题,但是公爵好像没有回答他或者奇怪地含糊不清地自言自语了什么,以致军官非常专注地看了他一眼,后来又瞥了一眼叶甫盖尼·帕夫洛维奇,马上便明白了,为了什么叶甫盖尼·帕夫洛维奇想出来要介绍他们认识,他微微一笑,便又转向了阿格拉娅。只有叶甫盖尼·帕夫洛维奇注意到,此时阿格拉娅忽然脸红了。

公爵甚至没有注意到别人在跟阿格拉娅交谈并向她献殷勤,有片刻甚至几乎忘了,他自己正坐在她的旁边。有时他想离开到哪儿去,完全从这里消失,甚至他更喜欢有一个幽暗空寂的地方,只让他一个人待着可以好好想想问题,不让任何人知道他在哪里。或者,至少是在自己家里,在露台上,但是不能让任何人在那里,无论是列别杰夫还是他的孩子;他要一头扑到自己的沙发上,把脸埋在枕头里,就这样卧上一天,一夜,再一天。有几次瞬息间他的想象中浮现出山峰峦谷,一个熟悉的点恰恰在那山峦间,这是他经常喜欢回忆的地方,当年他生活在那里的时候,他喜欢去那儿,从那里俯视远处的村庄,鸟瞰微微闪现的白晃晃的一线瀑布,眺望那白色的云朵、废弃的古老城堡。啊,他多么想现在就处身其间,思索一件事啊!啊,一生就只想这件事!够想上一千年的!让这里完全忘了他吧。哦,如果大家根本不知道他在哪里,而这一切仅仅只是虚梦一场,这倒更好,甚至需要这样。再说是梦还是现实还不是一样!有时候他忽然开始仔细打量起阿格拉娅来,每次都有五分钟目光不离她的脸,而他的目光是过于奇怪了：他望着她好像望着一件离他两俄里远的东西一样，或者像望着她的肖像，而不是她本人。

"干吗您这么望着我，公爵？"她中断与周围人的愉快的谈笑，突然说，"我怕您；我老是觉得，您想伸出手，用手指头来触摸我的脸。是这样吧，叶甫盖尼·帕夫洛维奇，他是这样看人的吧？"

公爵听完，似乎对有人跟他说话感到惊讶，等他领悟到是怎么回事，也许并不完全明白人家对他说了些什么，因此没有回答，但是，当他看到阿格拉娅和大家都在笑，便忽然张开嘴巴，自己也跟着笑了起来。周围的笑声更厉害了；那位年轻军官本来就是个爱笑的人，这时憋不住而干脆扑哧一声笑出声来，阿格拉娅忽然忿忿地暗自嘀咕：

"白痴！"

"天哪，难道她会说这样的话……难道她真的发疯了！"叶莉扎维塔·普罗科菲耶夫娜咬牙切齿地自语道。

"这是开玩笑。这跟那时朗诵'可怜的骑士'一样是玩笑，"亚历山德拉在母亲身边低语说，"不会是别的！她呀，又用她那一套来拿他寻开心了。只不过这种玩笑开得过分了；应该加以制止，妈妈！刚才她像宣泄一样简直不成样子，放肆任性得把我们吓了一大跳……"

"幸好她碰上的是这么一个白痴。"叶莉扎维塔·普罗科菲耶夫娜跟她低语着。女儿的话毕竟使她轻松了些。

然而公爵听到了有人称他是白痴，他哆嗦了一下，但并不是因为被称为白痴，他马上就忘了"白痴"这个词。但是在人群中，就在离他坐的地方不远处，从旁边某个地方——他怎么也指不出来究竟是在什么方位，在什么地点——有一张脸一闪而过，一张苍白的脸，一头拳曲的黑发，一种熟悉的、非常熟悉的微笑和目光——一闪而过，随即就消逝得无影无踪。很可能这仅仅是他的想象；整个幻象留在他印象中的是冷笑、眼睛以及这位一闪即逝的先生脖子上所戴的时髦的浅绿色领带。这位先生是消失在人群中了，还是溜到车站去了，公爵也无法确定。

但是过了一分钟他忽然迅速而又不安地开始环视周周；这第一个幻象可能是第二个幻象的预兆的先驱。这应该是可以肯定的。难道他忘了，他们到车站来是有可能相遇的？确实，当他向车站走来时，好像根本不知道他是在往这里走，他当时就是这么一种状态。如果他善于或者能够比较仔细地观察的话，那么一刻钟前他就能发现，阿格拉娅有时似乎也在不安的眨眼间环顾四周，也仿佛是在自己周围寻找什么。现在，在他的不安越来越强烈，表现得越益明显的时候，阿格拉娅的激动和不安也在增长，只要他回头张望，几乎马上她也回过头去。忐忑不安的惶惑很快就有了解答。

离公爵和叶潘钦家一伙人所坐的地方不远的车站最边侧的出口处，突然出现了一群人，不下十人。这一群人前面走着三个妇女；其中两人美貌惊人，因此她们后面跟着这么多崇拜者也就不足为怪了。但是，无论是崇拜者还是这几位妇人，他们都有些特别，完全不像来听音乐的其余的听众。几乎所有的人立即就发现了他们，但大部分人竭力佯装出根本没有看见他们的样子，仅有少数年轻人朝他们莞尔一笑，彼此间窃窃私议。根本不可能不看见这一群人：他们公然表现自己，大声说笑。可以料想，他们中许多人是带着醉意的，虽然从外表来看有些人穿着颇为时髦和雅致；但这里面也有些人样子相当古怪，穿的是奇装异服，一张张脸火红得奇怪；这些人中还有几个是军人；也有已非年轻的人；还有的人穿得宽松舒适，衣服做工精细，饰有袖扣，戴着嵌宝戒，套着华美的乌黑油亮的假发，蓄着连鬓胡子，脸上虽有一丝轻蔑的神情，但仍显出一副特别高贵的气派，不过社会上对这些人犹如害怕瘟神一般避之唯恐不及。在我们郊外的聚会者中间当然也有举止十分庄重、名声特别好的人士；但是最小心谨慎的人也不可能时时刻刻防范从邻屋掉下来的砖头。这块砖头现在就将掉到聚集来听音乐的体面的听众身上。

要从车站到乐队所在的平台必须走下三级台阶。那一群人就在这些台阶上停了下来；犹豫着要不要走下去；但是有一位女士走到前面去了，只有她的两位随从敢跟在她后面走。一个是样子相当谦恭的中年人，外表各方面还体面，但绝对是一个光棍的模样，也就是说，这种人任何时候都不认识任何人，无论谁也都不认识他们。另一个人不甘落后于自己的女士，完全衣衫褴褛，形迹可疑。再没有别的人跟在那位奇特的女士后面；但是，她在往下走时，甚至连头也不回一下，仿佛别人是否跟在她后面于她完全无所谓。她仍然大声谈笑；衣着华贵而别致，但是过分华丽。她经过乐队走向平台的另一边，那里路旁有一辆马车在等什么人。

公爵已经有三个多月没有见到她了。来到彼得堡后的所有这些日子里他一直打算到她那儿去；但是，也许是一种神秘的预感阻止了他。至少他怎么也无法猜测见到她时会产生什么样的印象，而他有时候还是怀着惧怕的心情设想着，有一点他是明白的：相见将是痛苦的。在这六个月里他有好几次回忆起这个女人的面容使他产生的最初的感受，那时他还只是看见她的肖像；但是，每当他回忆起来的时候，即使是肖像留下的印象也含着过多的痛苦。在外省那一个月，他几乎每天都与她见面，留给他的是可怕的印象，公爵有时甚至要竭力驱除对这尚为时不久的往事的回忆。对他来说，这个女人的脸上总是有一种令人痛苦的东西：在跟罗戈任谈话时，公爵把这种感受看作是无限怜悯的感受，这是真的，还是肖像上的这张脸就唤起了他心中十足痛苦的怜悯；同情甚至为这个女人痛苦的印象从来也没有离开过，现在也没有离开他的心间。哦，不，现在甚至更强烈。但是对于他跟罗戈任说的话，公爵却感到不满意；只是现在，在她突然出现的这一霎间，他才明白，也许是凭直觉，他对罗戈任说的话中还欠缺些什么。欠缺的是能够表达可怕的话；对，正是可怕！现在，此刻，他完全感受到这一点了；他相信，凭自己特殊的原因，完全确信，这个女人是疯了。假若在爱一个女人甚于世上的一切或者预先体尝这种爱情的可能性时，突然看见她戴着锁链镣铐在铁窗里挨着看守的棍棒，这时产生的印象就与公爵现在的感受是颇为相似的。

"您怎么啦？"阿格拉娅打量着他，一边还故意拽了一下他的胳膊，很快地低声问。

他转过头来向着她，看了她一眼，瞥见了对他来说是不可理解的此刻她那闪闪发亮的黑眼睛，他试图对她莞尔一笑，但是，突然仿佛一瞬间忘了她似的，又把视线投向右边，又开始注视起那非同一般的芳影来。纳斯塔西娅·费利帕夫娜这时正经过小姐们坐的椅子。叶甫盖尼·帕夫洛维奇继续在对亚历山德拉·伊万诺夫娜讲什么大概是很可笑和有趣的事，他讲得很快，很生动。公爵记得，阿格拉娅忽然轻轻说出："她多么……"

话没有说完，也就不能确定是什么意思；她一下子收住话头，再也没有补充什么，但这也已经够了。纳斯塔西娅·费利帕夫娜正经过那里，似乎对谁也没特别注意，这时却突然转向他们这边，仿佛只是现在才发现叶甫盖尼·帕夫洛维奇。

"哎呀，原来他在这儿！"她突然停了下来惊呼道，"无论派哪个当差的都找不到，他却故意似的坐在这叫人想象不到的地方……我还以为，你是在……你伯父那里呢！"

叶甫盖尼·帕夫洛维奇一下子涨红了脸，怒气冲冲地看了纳斯塔西娅·费利帕夫娜一眼但很快他又转过身去。

"怎么？！难道你不知道？你们倒想想看，他竟还不知道！开枪自杀了！就早晨你伯父开枪自杀了！我也是刚才，下午两点的时候，人家告诉的；现在半个城市的人都知道了，据说，三十五万公款没有了，还有人说是五十万。可我还一直指望着他会留遗产给你；全都胡乱花光了。真是个腐化透顶的老头……好，告辞了，bonne chance[1]！难道你不打算去一次？怪不得你及时告退，真是个滑头！不，这是胡说，你是知道的，早就知道了；也许，还在昨天就已知道了……"

虽然这种厚颜无耻的胡缠和故意夸大实际上并不存在的熟不拘礼

---

[1] 法语：祝你好运。

和亲密无间肯定包含着某种目的,这一点现在已经不可能有任何疑问,但是叶甫盖尼·帕夫洛维奇起先想就这么随便敷衍过去,无论怎样都不去理会这个冤屈别人的女人。但是纳斯塔西娅·费利帕夫娜的话犹如晴天霹雳击中了他;听到伯父的死讯,他的脸白如绢帕,转身面向带来凶讯的女人。这时叶莉扎维塔·普罗科菲耶夫娜很快地从座位上站起身,并让大家也跟着她起来,几乎像逃跑一样离开了那里。只有列夫·尼古拉耶维奇有一秒钟还留在原地,似乎踌躇不决,还有叶甫盖尼·帕夫洛维奇也一直站着,没有恢复常态。但是叶潘钦母女尚未走开二十步,一场可怕的闹剧已经迸发开来。

叶甫盖尼·帕夫洛维奇的好朋友、才跟阿格拉娅交谈过的军官气愤到了极点。

"实在应该用鞭子来对付她,不然什么都治不了这个贱货!"他几乎是大声地说。(他好像过去就是叶甫盖尼·帕夫洛维奇信得过的人。)

纳斯塔西娅·费利帕夫娜一下子向他转过身来。她双眼冒火,扑向站在离她两步远地方的完全陌生的年轻人,并从他手里夺过他握着的一根编织的细鞭,用足力气朝辱骂她的人脸上斜抽了一鞭。这一切是在刹那间发生的……那军官气疯了,也向她扑去;纳斯塔西娅·费利帕夫娜身旁的一个随从已经不在了——体面的中年绅士早已溜得无影无踪,而醉醺醺的那一位则站在一旁开怀大笑。过一会儿当然警察会赶来的,但是若没有另外的帮助,纳斯塔西娅·费利帕夫娜是会吃苦头的。公爵恰好也站在离她两步远的地方,他赶紧从后面抓住了军官的手,军官挣脱自己的手,使劲朝他的胸口一推;公爵跟跟跄跄倒退了三步,跌坐在椅子上。但是这时纳斯塔西娅·费利帕夫娜身边又有了两名保镖。在发动进攻的军官面前站着一个拳击手,这正是读者所知道的那篇文章的作者、罗戈任过去那一伙人中的正式成员。

"凯勒尔!退伍中尉,"他神气活现地自我介绍着,"愿意徒手较量的话,大尉,我愿代替弱女子,悉听尊便;卑人学过全套英国式拳击。别推推搡搡,大尉;我同情您受到了流血的委屈,但是我不能允许您在大庭广众之下对一个妇女动拳头。如果能像正人君子那样照另一种方式体面地行事,那么,您当然是会理解我的,大尉……"

但是大尉已经醒悟过来,已经不听他说了。这时从人群中出现的罗戈任迅速地抓起纳斯塔西娅·费利帕夫娜的手,带着她跟在自己身后就走。罗戈任自己显得震惊异常,脸色苍白,打着哆嗦。他在带开纳斯塔西娅·费利帕夫娜的时候,居然还冲着军官恶狠狠地笑了起来,并且摆出一副洋洋得意的商人模样说:

"呸!瞧你得到了什么!脸上都挂彩了!呸!"

军官醒悟过来并完全猜到了在跟谁打交道,便很有礼貌地(不过,用手帕捂住了脸)转向公爵,后者已经从椅子上站了起来。

"请问,我有幸认识的是梅什金公爵吗?"

"她发疯了!她是个疯女人!我请您相信!"公爵不知为什么向他伸去哆嗦的双手,声音颤抖地回答说。

"我当然不能说这样的消息是好消息;但是我应该知道您的名字。"

他点了一下头就走开了。在最后几位行动的人物消失以后过了五秒钟,警察赶到了。其实,这场闹剧持续了至多只有两分钟。听众中有人从椅子上站起来了,有人仅仅是从一个座位换坐到另一个座位;也有的人为看到这样的闹剧而兴奋;还有的则议论纷纷,兴致勃勃。总之,事情结束得很平常。乐队重又演奏起来。公爵跟在叶潘钦母女们后面走了。假若在人家把他推坐到椅子上的时候他能估计到或是朝左边看一下的话,那么他会看到阿格拉娅就站在离他二十步远的地方静观这一场闹剧,没有理睬已经走远的母亲和姐姐的叫唤。Ш公爵跑到她跟前,终于说服了她尽快离开。叶莉扎维塔·普罗科菲耶夫娜记得,阿格拉娅回到她们那里时非常激动,因此未必听到了她们的叫唤。整整过了两分钟,她们刚刚进入公园,阿格拉娅就用她平时漫不经心和调皮的口吻说:

"我想看看,这场闹剧怎么收场。"

三

车站上发生的风波几乎震骇了母亲和女儿们。叶莉扎维塔·普罗科菲耶夫娜在惊惶不安中带着女儿们几乎是一路跑回了家。就她的观点和概念来说，发生的事情太多了，在这场风波中暴露的情况也够多了，因而尽管头脑里一团乱麻和惊恐万分，她还是萌生了一些断然的想法。但是大家也明白，发生的事颇为特殊，也许还是一种幸运，因为开始暴露出某种非同寻常的秘密。虽然Ш公爵以前做过担保和解释，但是叶甫盖尼·帕夫洛维奇"如今原形毕露"，被揭穿了，其面目被公之于众，"与这个贱货的关系也正式暴露了"。叶莉扎维塔·普罗科菲耶夫娜，甚至两位姐姐都是这么想的。这一结论引出的结果是，谜积得更多了。小姐们虽然对于母亲表现出的过分强烈的惊恐和如此明显的逃跑行为暗自感到有些怨愤，但是在惊魂未定的慌乱之初她们不敢拿问题去打扰她。此外，不知为什么两位姐姐觉得，她们的小妹妹阿格拉娅·伊万诺夫娜大概在这件事上知道的比她们与母亲三人知道的还多。Ш公爵神情也如夜色一般阴沉，也在深深沉思。叶莉扎维塔·普罗科菲耶夫娜一路上没跟他说一句话，而他好像并没有发觉这一点。阿杰莱达试探着问他："刚才说的伯父是什么人？彼得堡那边发生了什么事？"他一脸尴尬的神色，对她低语着做了非常含糊的回答,说什么要作调查,说这一切当然是无稽之谈。"这一点毫无疑问!"阿杰莱达回答说,便再也没有问他什么了。阿格拉娅不知怎么的变得十分平静,一路上只指出她们跑得太快了。有一次她转过身来看见了正在追她们的公爵。她发觉他赶得很吃力,便做了一个嘲笑的表示,再也不回看他了。

最后,几乎就在别墅前,刚从彼得堡回来的伊万·费奥多罗维奇正迎着她们走来。他第一句话就是打听叶甫盖尼·帕夫洛维奇。但是将军夫人既不答话也不朝他看一眼便威严地打他身边走了过去。从女儿们和Щ公爵的目光中他马上就猜到,家中即将有一场暴风雨。但是他自己的脸上本来就流露出异乎寻常的不安。他立即就挽起Щ公爵的手臂,在家门口停住脚,几乎是耳语一般跟他交谈了几句话。后来他们走上了露台,向叶莉扎维塔·普罗科菲耶夫娜走去,从他们两人忧虑不安的样子可以想到,他们俩听说了什么非同一般的消息。渐渐地大家都聚集在楼上叶莉扎维塔·普罗科菲耶夫娜那里,最后在露台上只剩下了公爵一个人。他坐在角落里,仿佛在期待什么似的,不过他自己也不知道为什么留在这里;看到这一家人惊惶慌乱的样子,他想都没想过要离去;似乎他忘了整个宇宙,无论把他安顿在哪儿坐,他都准备连着坐上哪怕两年也成。有时他听到从上面传来的忐忑不安的谈话声。他自己也说不上在那儿坐了多久。已经很晚了,完全天黑了,阿格拉娅突然走到露台上来;看样子她很安静,虽然脸色略显苍白。显然她没有料到会在这儿遇见坐在角落里椅子上的公爵。看见他后,阿格拉娅似乎困惑地怅然一笑。

"您在这里做什么?"她走到他跟前说。

公爵很窘,从椅上跳起身,嘀咕着什么;但阿格拉娅立刻就坐到他身边,他才又坐下。忽然她凝神审视着他,接着又看了一眼窗外,仿佛无所用心,然后又望着他。"也许,她想笑出来,"公爵思忖着,"但不是这样,她不是那时就笑了吗?"

"也许,您想喝点茶,我这就吩咐。"在沉默片刻后她说。

"不——用……我不知道……"

"得了,怎么连这也不知道!啊,对了,您听好:假如有人向您提出决斗,您会怎么做?这一点刚才我就想问了。"

"可是……什么人会……谁也没有向我提出决斗。"

"喏,假如提出呢?您会很惧怕吗?"

"我想,我是会……很害怕的。"

"真的吗?这么说您是胆小鬼。"

"不——,也许不是。那种害怕并逃跑的人才是胆小鬼;而害怕但并不逃跑的人还不是胆小鬼。"公爵想了一下说。

"那么您不会逃走啰?"

"也许我不会逃走。"终于他笑着回答了阿格拉娅的问题。

"我虽然是个女子,但无论如何不会逃跑,"她几乎像受了委屈似的说,"不过,您是在笑话我,并且按照您平常的习惯在装聋作哑,以便为自己增添更多的兴趣;请告诉我:一般是相距十二步开枪吗?有时甚至是十步,因而,这一定会打死或打伤人?"

"决斗时大概很少打中人。"

"怎么会少?普希金就是被打死的。"

"这也许是偶然的。"

"根本不是偶然的;那是一场生死决斗,他就被打死了。"

"子弹打中的部位很低,可以肯定,丹特士瞄准的部位要高些,是胸部或头部;而像子弹打中的部位,谁也不会瞄准的,因此,多半是偶然打中了普希金,是失手。这是内行的人告诉我的。"

"我有一次跟一个士兵聊天,他告诉我,按照操典规定,他们分散射击时,特意规定要瞄准半身腰,他们是这么说的:'半身腰。'因此,这就已经不是瞄准胸部和头部了,而是特意规定朝半身腰开枪的。我后来又问过一个军官,他说,确实是这样的。"

"这是对的,因为是从远处射击。"

"您会开枪吗?"

"我从来也没有开过枪。"

"难道连装手枪子弹都不会?"

"不会。也就是说,我知道该怎么做,但我自己从来没有装过。"

"嗬,是这样,这就是说您不会,因为这是需要实践的!您听着并记住:第一,买一些好的手枪火药,不要湿的(据说,一定不能要湿的,而要很干燥的),要一种细的,您一定要这一种,不要大炮里用的那种。据说,自己也能浇铸子弹。您有手枪吗?"

"没有,也不需要。"公爵忽然笑了起来。

"啊,尽是胡说!一定得买,要好的,法国的或是英国的,据说,是最好的。然后您就拿顶针那么大一小撮,也许,是两小撮火药灌进去。最好多放些。用一块毡将它们塞紧(据说,一定要用毡,也不知为什么),毡随便什么地方都可以弄到,从床垫或门上撕一块下来就行,有的门上包着毡。然后,塞了毡以后再放子弹,听见了吧,后放子弹,先放火药,不然打不响。您笑什么?我要您每天都练上几次,一定能学会射中目标的。您能做到吗?"

公爵笑着;阿格拉娅着恼地跺了一下脚。她谈这一番话时那一本正经的样子使公爵有些诧异。他在某种程度上感到,他应该打听些什么,询问些什么,至少是比装手枪弹药更正经些的事。但是这一切全从他脑子里飞走了,留下来的就一件事:她坐在他面前,而他望着她,至于她在说什么,此刻对他来说几乎是无所谓的。

后来伊万·费奥多罗维奇自己也从楼上下来走到露台上;他一副愁眉苦脸、忧心忡忡和坚决果断的神情,正要到哪里去。

"啊,列夫·尼古拉伊奇[1],你……现在去哪里?"尽管列夫·尼古拉耶维奇根本就没打算离开,他还是问,"我们走吧,我有话对你说。"

---

[1] 尼古拉伊奇是尼古拉耶维奇的简称。

"再见。"阿格拉娅说,并向公爵递过手去。

露台上已经相当幽暗了,公爵这时无法看清她的脸。过了一会儿,他和将军已经要走出别墅时,他突然脸红得厉害,便牢牢握紧自己的右手。

原来伊万·费奥多罗维奇跟他是同路。尽管时间已经很晚了,伊万·费奥多罗维奇还急于要跟什么人谈什么事。但是现在他突然跟公爵谈了起来,说得很快,语气惊慌不安,相当语无伦次,谈话中常常提及叶莉扎维塔·普罗科菲耶夫娜。如果公爵这时注意些的话,那么他也许能猜测到,伊万·费奥多罗维奇顺便想从他这里探询什么,或者莫如说,想直截了当和开门见山地问他些什么,但是老是未能触及最主要的点。公爵感到很不好意思,因为他显得那样心不在焉,甚至从一开始就什么也没听进去,当将军停在他面前急切地问一个问题的时候,他不得不向他承认,他一点也没听明白。

将军耸了耸肩。

"你们都成了某种怪人,从各方面来看都是这样,"他又开始说,"我对你说,我完全不明白叶莉扎维塔·普罗科菲耶夫娜的想法和焦虑。她歇斯底里大发作,又哭又闹,说什么有人羞辱了我们,使我们蒙受了耻辱。是谁?是怎么侮辱的?是跟谁发生了冲突?什么时候又是为什么?我承认自己有过错(我承认这点),有许多错,但是这个……不安分的(而且行为不良)女人这样死乞白赖胡缠不休,最终可能会由警察来加以制止的,我甚至今天就打算去跟什么人见面并事先打好招呼。一切都可以悄悄地、委婉地,甚至温和地妥善解决,不伤交情,绝不闹僵。我也认为未来会发生很多事情,有许多问题尚未弄清楚;这里面有阴谋;但是如果这里什么也不知道,那里还是什么都不会解释;如果我没有听说,你没有听说,他没有听说,第四个也一无所闻,那么请问,最后谁会听说呢?照你看,用什么可以解释这件事?除非是,事情多半是捕风捉影,是不存在的,比方说,犹如月光……或者其他的幻影。"

"她发疯了。"公爵忽然痛苦地想起不久前发生的一切,喃喃地说。

"如果你说的是她，那是不谋而合。有时候我也产生这样的想法，于是也就安然入睡了。但是现在我认为，别人的想法正确些，所以我不相信是精神不正常。可以认为这个女人好闹事，不仅不疯，而且闹起来还挺有心计。今天报告关于卡比东·阿列克谢伊奇消息的反常行为完全可以证明这一点。从她这方面来讲，这事肯定有欺诈，至少是诡计多端，别有用心。"

"哪一个卡比东·阿列克谢伊奇？"

"啊，我的上帝，列夫·尼古拉耶维奇，你什么也没听进去。我一开始跟你说的就是卡比东·阿列克谢伊奇的事；这事真使我震惊不已，甚至现在我的手脚还在打颤，为了这件事今天我才去城里多耽搁了。卡比东·阿列克谢伊奇·拉多姆斯基，就是叶甫盖尼·帕夫雷奇的伯父……"

"噢！"公爵恍然大悟地发出喊声。

"他是开枪自杀的，清早，黎明，七点钟的时候。是个受人尊敬的老人，七十岁，很会享受。她说的一点不错，是少了一笔公款，数额很大的一笔款子！"

"她打哪儿……"

"知道的？哈——哈！要知道她刚一出现，在她周围就形成了一整个参谋部。你知道吗，现在去拜访她和寻求结识她这种'荣幸'的是些什么人？很自然，刚才她就能从来人那里听到什么情况，因为现在整个彼得堡都已知道了，就是这里也有半个帕夫洛夫斯克甚或整个帕夫洛夫斯克都知道了。据人家告诉我，关于脱去军装的事，也就是关于叶甫盖尼·帕夫洛维奇及时引退的事，她的见解是多么透彻啊！真是绝妙的暗示！不，这不是疯癫的表现。当然，我是不相信叶甫盖尼·帕夫洛维奇事先就知道会发生灾祸，也就是说知道在某日七点钟将发生这祸灾等等。但是他能预感到这一切。而我，我们大家，以及Щ公爵还指望他伯父会给他留下遗产呢！真可怕！真可怕！不过你要懂得，我丝毫也不责怪叶甫盖尼·帕夫洛维奇，并急于向你说明这一点，但是那终究还是令人怀疑的。Щ公爵异常震惊。这一切发生得似乎有点怪。"

"但是叶甫盖尼·帕夫洛维奇的行为有什么可怀疑的呢？"

"丝毫也没有！他的举止光明正大，我也没有任何暗示。至于说他自己的财产嘛，我想，他是会完整保留好的。叶莉扎维塔·普罗科菲耶夫娜当然不想听……但主要的是，所有这一切家庭的灾难，或者最好说所有这些争吵，甚至不知道称什么好……你，说真的，是我家的朋友，列夫·尼古拉耶维奇，你想想，我刚才知道，不过可能不确切，叶甫盖尼·帕夫洛维奇似乎在一个月前就已经对阿格拉娅表白了爱情，好像遭到了她的正式拒绝。"

"不可能！"公爵激动地喊了起来。

"难道你了解什么内情？你瞧，最亲爱的，"将军为之一震，惊讶得一动不动地站在那里，"也许，我跟你谈这些是多余的和不体面的，但是要知道这是因为你……你……可以说，因为你是这样一个人。也许，你知道什么特别的情况？"

"我什么也不了解……叶甫盖尼·帕夫洛维奇……"公爵喃喃着说。

"我也不了解！……兄弟，他们简直要把我……把我埋入土中葬了，他们就不想想，这对一个人来说多么难受，我也忍受不了。刚才又闹了一场，真可怕！我就像对亲儿子一样对你说这些。主要是，阿格拉娅确实是在嘲笑母亲。关于她在一个月前好像拒绝了叶甫盖尼·帕夫洛维奇以及他们曾经有过相当正式的表态，是她的两个姐姐作为猜测告诉我的……不过，她们的猜测很有把握。但是要知道，她是个任性的姑娘，头脑里充满稀奇古怪的念头，真是没法说！宽厚豁达，心灵和智慧的一切杰出品质——这一切在她身上大概都是具备的，但是与此同时她也顽皮任性，爱讽刺嘲笑，一句话，魔鬼般的性格，还加上好发奇想。刚才还当面嘲笑母亲，嘲笑姐姐，嘲笑Щ公爵；更不用说对我了，她是难得有不嘲笑我的时候的，但是我算得了什么，要知道，我爱她，甚至就爱她笑话我，也就是说，比任何人都更爱她,好像是这样。我敢打赌,她连您[1]也已经在嘲笑什么了。刚才在楼上大发雷霆之后,我发现你们在交谈;她跟你坐在那里好像没事儿似的。"

公爵脸红得不得了,握紧右手,但是没有作声。

"亲爱的,我的好人列夫·尼古拉耶维奇!"将军忽然满怀感情并激动地说,"我……甚至叶莉扎维塔·普罗科菲耶夫娜本人(不过,她又开始骂你了,由于你,还同时骂我,只是我不明白为什么),我们终究是爱你的,真诚地爱你和尊敬你,甚至不论怎样,也就是说,不论表面上怎样。但是,你也会同意的,亲爱的朋友,你自己也会同意,突然听到阿格拉娅这个冷血鬼说出那番话,会多么莫名其妙,多么烦恼(因为她在母亲面前,摆出一副对所有我们的问题不屑置理的神态,尤其是对我的问题,因为我,真见鬼,犯了傻,因为我是一家之长,我想出来要摆摆威风——嘿,犯了傻),这个冷血鬼突然冷笑着声称,这个'疯女人'(她是这么说的,我觉得奇怪,她跟你说的是一样的话,'难道你们至今还猜不到'),'这个疯女人坚持无论如何要我嫁给列夫·尼古拉耶维奇公爵,为此她要把叶甫盖尼·帕夫雷奇[2]撵出我们家'……就这么说,没再做任何解释,只顾自己哈哈大笑,我们则目瞪口呆,她却嘭地一声关上门,走了。后来她们把刚才跟她和跟你有关的事告诉了我……还有……还有……听着,亲爱的公爵,你不是个好见怪的人,你很明白事理的,我发现你身上有这样的品质,但是……请别生气:真的,她嘲笑你。她像孩子似的笑闹,因此你别生她气,但事情肯定是这样的。你别多作他想,她不过是愚弄你和我们大家,是出于无所事事。好了,再见!你了解我们的感情吗?了解我们对你的真挚感情吗?这种感情是始终不渝的,永远不变,丝毫不变……但是……现在我要往这里走了,再见,过去我很少像现在这样心绪不宁的(这是怎

---

[1] 陀思妥耶夫斯基的作品中,一个人物的话语中,对同一个谈话对象常常"您"与"你"混用,恕不一一指出。
[2] "帕夫雷奇"是"帕夫洛维奇"的简称。

么说的?)……啊,前面是别墅!"

剩下一个人在岔路口时,公爵朝周围打量了一下,很快地穿过街,走近一幢别墅亮着灯的窗口,展开一张纸片。在跟伊万·费奥多罗维奇谈话的时候,他一直紧紧地把它捏在右手里。现在就着微弱的光线,他读着:

> 明天早晨七点我将在公园的绿椅子上等您。我决定告诉您一件异常重要的事,它直接关系到您。
>
> 又及,我希望,您不要把这张字条给任何人看,虽然给您写上这样的叮嘱我感到很不好意思,但是我考虑的结果是,认为这对您是必要的,所以就写上了,因为我为您那可笑的性格而感到羞愧脸红。
>
> 再及,那张绿色条椅就是刚才指给您看的那一张。您真得感到难为情!我也不得不写明这一点。

字条是匆匆写就的,折得也很马虎,大概就在阿格拉娅走到露台来前写的。公爵怀着近乎惊恐不安、难以形容的激动心情又把纸条紧紧握在手中,犹如受惊的小偷似的急忙从窗口灯光下跳开;但在这样做的时候突然跟就在他肩后的一位先生撞了个满怀。

"我一直跟在您后面,公爵。"这位先生说。

"是您,凯勒尔?"公爵惊呼道。

"我在找您,公爵。我曾在叶潘钦家的别墅旁等过您,当然,我无法进去。您跟将军一起走着的时候,我就在你们后面走着。公爵,我愿为您效劳,您就吩咐凯勒尔吧,我愿为您牺牲,如果需要的话,甚至愿意去死。"

"可是……这是为什么?"

"嘿,大概接着会有挑战。这个莫洛夫佐夫中尉,我了解,但我不认识他……他是不会容忍屈辱的。当然,他把我们弟兄,也就是我和罗戈任,倾向于看作废物,也许,这是理该如此,这样就只有您一个人对付他了。公爵,您不得不付这笔账了。我听说他在打听您,大概明天他的朋友就会去找您,也许,现在就已经在等您了。如果您赏脸选我做决斗的助手,为您即使贬为士兵我也愿意;为此我才找您,公爵。"

"原来您说的也是决斗!"公爵忽然哈哈笑了起来,使凯勒尔异常惊讶。他笑得十分厉害。凯勒尔本来确实几乎如芒在背,不得安生,直到提出自己当决斗助手的建议之后,才感到心满意足,现在看到公爵笑得这么开心,几乎感到受了委屈。

"可是,公爵,您刚才抓住了人家的手,一个有身份的人在大庭广众之下是难以容忍这一点的。"

"可是他当胸推了我一下!"公爵笑着嚷道,"我们没有什么好争斗的!我将请他原谅,事情也就完了。如果要交手,那就交手吧!就让他开枪好了,我甚至希望这样。哈——哈!我现在会给手枪装弹药了!凯勒尔,您会给手枪上弹药吗?应该先买火药,手枪用的,不能湿的,也不是打炮用的粗的那种;然后先是放火药,从门上什么地方扯一块毡,接下来把子弹装进去,不能在装火药前就放子弹,否则就会打不响。听着,凯勒尔,否则就会打不响的。哈——哈!难道这不是绝好的机会,凯勒尔朋友?啊,凯勒尔,知道吗,我现在要拥抱您,吻您。哈——哈——哈!您刚才怎么突然出现在我面前的?赶快到我那儿去喝香槟。我们一起喝个一醉方休!您知道吗,我有十二瓶香槟酒,在列别杰夫的地窖里!前天列别杰夫'碰巧'要卖给我,第二天我搬到他那儿去住,我就全都买下了!我要把所有的伙伴都召集来为我过生日!怎么样,今夜您要睡觉吗?"

"跟任何一夜一样,公爵。"

"好吧,那就祝您睡个安稳觉!哈——哈!"

公爵穿过街道,消失在公园里,留下了有点不知所措、处于沉思中的凯勒尔。他还没有见过公爵有这样奇怪的情绪,甚至到现在他也无法想象这一点。

"也许是狂热,因为他是个神经质的人,加上所有这一切的影响,当然,他是不会胆怯的。这种人就是不怕,真的!"凯勒尔暗自思忖着。"嗯,香槟!这倒是个挺有趣的消息。有十二瓶,一打;不错,相当于一支挺像样的卫戍分队。我敢打赌,一定是列别杰夫从谁那里作为抵押而得到这批香槟的。嗯……不过这个公爵是挺可爱的;确实,我喜欢这样的人;但是没什么好错过时间的……既然有香槟,现在正是时候……"

说公爵一时狂热,当然,这是说对了。

公爵在幽暗的公园里徘徊了很久,最后"发现自己"老在一条林荫道上转悠,在他的意识里存留着这样的印象:他已经走过这条林荫道了,从长椅到一棵又高又显眼的老树,总共百来步,他已经来回走了三四十趟了。在这至少整整一个小时的时间里,他在公园里想了些什么,他竟怎么也想不起来,甚至即使是想回忆也未有所获。不过,他还是捕捉到了一个念头,因此而突然笑得前仰后合;虽然没什么好笑的,但他老是想笑。他想,关于决斗的设想可能不只是在凯勒尔一个人的头脑里产生,因此,给手枪装弹药的事也许并非偶然……"哦,"他忽然想起另一个想法而突然站住了,"刚才我坐在角落里时,她走到露台上来,发现我坐在那里,惊讶万分,而且——还那样笑着……还问要不要喝茶;可是这时这张字条已经在她手里了,因此,她一定知道我坐在露台上,那么她又为什么感到惊讶呢?哈——哈——哈!"

他从口袋里掏出字条,吻了一下,但马上又停下来,沉思起来。

"这多么奇怪!这多么奇怪!"过了片刻他甚至有点忧郁地说。在感到强烈兴奋的时候他总会变得忧郁起来,他自己也不知道为什么。他凝神环顾四周,为走到这里来而惊讶。他很疲劳,走近条椅坐下。周围异常寂静。车站旁音乐会已经结束。公园里大概已经没有别的人了;当然,至少已有十一点半了。夜是宁静、温暖、明亮的,6月初的彼得堡之夜就是这样的,但是在绿荫茂密的花园里,在他所处的林荫道上,却几乎已经全黑了。

假如此刻有谁对他说,他在恋爱,而且爱得很热烈,那么他会惊诧地否认这种想法,也许甚至会感到气愤。假如有人再补充说,阿格拉娅的字条是情书,内容是约恋人幽会的,那么他会因为那个人羞愧得无地自容,也许,还会向他提出决斗。这一切完全是真诚的,他一次也没有确认过,也不容许有丝毫"模棱两可的"念头——认为这姑娘有可能爱他,或者甚至是自己有可能爱她。爱他,可能"爱像他这么一个人",他认为是件咄咄怪事。他隐约觉得,如果确实有什么名堂的话,这不过是她这方面的儿戏;但是他对这种儿戏似乎太无动于衷,认为它太平常;他自己要操心和关心的完全是别的事。对于刚才将军激动之中脱口而出的话,即她嘲笑大家,尤其嘲笑他公爵,他是完全相信的。在这种情况下他丝毫也不感到受了屈辱;在他看来,事情就该是这样的。对于他来说主要的是明天他又将见到她,一清早就将与她并排坐在绿色长椅上,将听她讲怎么给手枪上弹药,将望着她。别的他什么都不需要。她究竟打算对他讲什么,这件直接关系到他的重要事究竟是件什么事?有一两回在他的头脑里也曾闪过这样的问题。此外,阿格拉娅约他来谈"重要事",他片刻也不怀疑确实有那回事。但是现在他几乎根本不去想这件重要的事,甚至丝毫感觉不到要想这件事的欲望。

林荫道沙地上轻轻发出的嚓嚓脚步声使得他抬起头来。黑暗中很难辨认来者的脸。这个人走到长椅前,在他旁边坐下。公爵迅即移近他,几乎紧挨着他,这才看出了是罗戈任苍白的脸。

"我就知道,你是在这里什么地方游荡,没用多久就找到了。"罗戈任从牙缝里挤出这两句话低声道。

自从在旅店走廊里相遇之后他们是第一次见面。罗戈任的突然出现使公爵大为惊诧,有一段时间他都无法集中思想,痛苦的感觉又在他的心间复苏。看来,罗戈任明白他给对方造成的印象;虽然开始他曾有点不知所措,说话似乎故作随便的样子,但公爵很快就觉得,罗戈任没有丝毫做作,甚至也没有丝毫特别的困窘;如果在他的手势和话语里曾有过某种不自然,那也仅仅是外表的,在内心这个人是不可能改变的。

"你怎么……会到这儿找我的?"公爵为了开始说话而问道。

"从凯勒尔那儿听说的(我上你那儿去过),他说'到公园去了';不是我想,事情果然这样。"

"什么事情?"公爵不安地抓住罗戈任冒出来的话问。

罗戈任冷冷一笑,但不做解释。

"我收到了你的信,列夫·尼古拉耶维奇;你这一切全是徒劳……何苦呢?……现在我是从她那儿来找你的:她嘱咐一定要把你叫去,有什么话非常必要告诉你。她要你今天就去。"

"我明天去。我马上回家去:你……到我那儿去吗?"

"干什么?我把所有的话都对你说了;再见。"

"难道您不顺便去一下?"公爵轻轻问他。

"你这人真怪,列夫·尼古拉耶维奇,真让人对你感到惊讶。"罗戈任讥讽地讪笑了一下。

"为什么?凭什么你现在对我这般心存恶意?现在你可是自己也知道,你所认为的一切都是不对的。不过,我倒是认为,你对我的仇恨至今仍未消除,你知道是为什么吗?因为你曾经企图谋害我,因而你的仇恨还未解除。我告诉你,我记得的罗戈任只是那天交换了十字架并结为兄弟的那个帕尔芬·罗戈任;我在昨天的信里就对你说了这一点,让你忘了所有这一切胡话,并再也别跟我谈起它们。你干吗要回避我?干吗要对我把手藏起来?告诉你,那时曾经发生过的一切,我只把它看作是一场梦呓,对于那一整天你的想法,我现在知道得清清楚楚,就像对自己的了解一样。你想象的一切是不存在的,也不可能存在。那又为什么我们之间还要存在仇恨呢?"

"你哪来的仇恨一说!"罗戈任对公爵这出其不意的热情话语又笑了起来,回答说。他站在那里,确实避着他,离他两步远,还把手藏起来。

"现在起我再也不会去你那儿,列夫·尼古拉耶维奇。"他缓慢和含蓄地补充说,算是做了结论。

"难道你就这么恨我吗？"

"我不喜欢你，列夫·尼古拉耶维奇，又为什么要到你那儿去呢？唉，公爵，你就跟孩子一模一样，想要玩具了——就得搬出来摆到面前来，而对事理都不明白。这一切你在信里就是这么写的，现在也是这么说的，难道我不相信你？你的每句话我都信，并且也知道，你从来都不曾欺骗过我，今后也不会欺骗；可我仍然不喜欢你。你信里写道，你一切都忘了，只记得交换过十字架的兄弟罗戈任，而不是那个当时曾向你举起刀子的罗戈任。可是你怎么会了解我的感情呢？（罗戈任又苦笑了一下。）也许，从那以后我一次也没有后悔过这件事，而你已经给我寄来了你兄弟般的宽恕。也许，那天晚上我想的已经完全是别的事，而对这件事……"

"忘了去想！"公爵接口说，"那还用说！我敢打赌，当时你直接上了火车，赶到帕夫洛夫斯克，来到音乐会这儿，像今天这样在人群中注视和观察她。你还有什么能使人吃惊！当时假如你不是处于只想着一件事的状态，也许，也不会朝我举起刀子。那时我望着你，从早晨起就有预感了；你知道吗，你那时是什么样的？我们刚交换过十字架，大概，我头脑中立即就萌动了这种想法。当时你为什么要带我去见你家老太太？你想以此来克制自己抬起手来？再说你也不可能去想，只是像我一样是感觉到罢了……我们当时的感觉是不谋而合的。当时你没有向我抬起手来（是上帝把它引开了），现在我在你面前又成什么了？要知道在这件事上我仍然怀疑你，我们有一样的罪过，感觉也不谋而合！（你别皱眉头！喂，你干吗笑？）你说'没有后悔过'！但是假若你想忏悔……也许，你也不会忏悔，因为还有你不喜欢我这一层。我在你面前即使是个纯洁的天使，只要你认为她爱的是我而不是你，你也仍然不会容忍我。看来，这种嫉妒心是有的。不过这个星期里我想什么来着，帕尔芬，我告诉你，你知道吗，她现在也许爱你胜于爱所有的人，甚至用这样的方式爱你：越是折磨你，就越是爱你。她不会对你说这点，应该善于看到这点。为了什么她最终到底嫁给了你？说不定什么时候她会告诉你本人的。有的女人甚至愿意这样被人所爱,而她正是这种性格的人!而你的性格和你的爱情应该使她感到惊讶!知道吗,女人会用冷酷和嘲笑折磨男人而一次也不会感到良心的责备,因为她望着你的时候,每次都会暗自思忖:'现在我把他折磨得要死,可往后我会用我的爱情给他补偿的……'"

罗戈任听完公爵的话,哈哈大笑起来。

"怎么,公爵,你自己什么时候也碰到过这样的女人?我听到有关你的一些情况,如果是真的呢?"

"什么,你能听到什么?"公爵突然打了个颤,异常尴尬地站在那里。

罗戈任继续笑着。他不无好奇地,也许是不无满意地听完公爵的话;公爵兴奋和热烈的情绪使他非常惊异,也使他颇为振奋。

"不光是听说,现在我还亲自看到了,这是真的,"他补充说,"嘿,过去什么时候你说话像现在这样的?这样的话可简直不像是你说出来的。我要是没有听说有关你的那种话,我也不会到这里来了;何况还是半夜到公园来。"

"我完全不明白你说的,帕尔芬·谢苗内奇。"

"她倒是早就对我说明过你的情况,而现在我刚刚亲自看到了,音乐会上你与她坐在一起。她向我对天发誓,昨天和今天都对天发誓,说你像只猫似的爱上了阿格拉娅·叶潘钦娜。公爵,如果说你已不再爱她,那么她却还没有不爱你,这对我来说无所谓,这不是我的事。你要知道,她一定要你和那位小姐结婚,她发了这个誓,嘻——嘻!她对我说:'不这样的话,我就不嫁给你,他们上教堂,我们也上教堂。'这是怎么回事,我不明白,一次也没有明白过:或者是表示她无限爱你,或者……既然她爱你,那么又怎么要你和别人结婚呢?她说,'我想看到他幸福',这就是说,她是爱你的。"

"我对你说过,也写过信,她……头脑不正常。"公爵痛苦地听完罗戈任的话,说。

"谁知道是怎么回事!也许,是你错了……顺便说,今天我带她从音乐会上回来后,她为我选定了日期:过三个星期,也许还早些,她说,我们一定去举行婚礼;她发了誓,摘下了圣像,吻了一下。因此,公爵,现在事情就取决于你了,嘻——嘻!"

"这全是胡话!你说到我的这档子事,从来,永远也不会有!明天我到您那儿去……"

"她怎么是精神失常呢?"罗戈任指出,"怎么会其他所有的人都认为她精神正常,唯独你一人认为她是失常呢?她又怎么能写信到那里去呢?如果她发疯了,那么在那些信里也是能觉察的。"

"什么信?"公爵惊惧地问。

"她写到那里的,给那位小姐的,那一位也都读了。难道你不知道?嗨,你会知道的;她一定会亲自给你看的。"

"这事无法相信!"公爵大声嚷了起来。

"唉,你呀,列夫·尼古拉耶维奇,这条路走得还不多,据我看,还仅仅是开始。不用等多久:你将会拥有自己的'警察',自己会日夜守着,了解那里的一举一动,只要……"

"别说了,永远不要说这事!"公爵喊了起来,"听着,帕尔芬,你来以前我刚才就在这里走来走去,突然笑了起来,我不知道笑什么,只不过是有原因的,我想起来了,明天正好碰上是我的生日。现在差不多十二点了。走,我们去迎接生日!我那儿有酒,我们干几杯,你就祝我……我自己也不知道现在希望得到什么,但就是要你祝愿,而我祝你幸福美满。不然就把十字架还我!那件事后第二天你不是没把十字架送还给我吗?不是还在你身上吗?现在还挂在你身上吗?"

"在我身上。"罗戈任说。

"好,那就走吧。没有你,我不想迎接我的新生活,因为我的新生活开始了!帕尔芬,你不知道我的新生活是从今天开始吗?"

"现在我亲自看到,也亲自了解了,新生活开始了;我就这样向她报告。你跟过去完全不一样了,列夫·尼古拉耶维奇!"

四

当公爵与罗戈任走近自己的别墅时,他异常惊讶地发现,在他的露台上灯火通明,人声喧哗,聚集着许多人。大伙儿兴高采烈,哈哈大笑,高声说话;好像还争执得近乎喊叫;一眼便能觉察到正是在欢度时光的兴头上。等到登上露台以后,他确实看见,大家都在开怀畅饮,在喝香槟,好像已经喝了相当久了,因而许多人精神颇为振奋,情绪非常活跃。客人们全是公爵的熟人,但奇怪的是,他们就像受邀请似的,一下子就都聚集在这里了,虽然公爵没有邀请任何人,对于自己的生日他自己也是无意间才想起的。

"大概,你宣布过要拿香槟出来,所以他们就都跑来了,"罗戈任嘀咕着说,跟在公爵后面走上了露台,"我们知道这一点;对他们只要打个唿哨……"他几乎是恶狠狠地补充说,当然是回忆起自己不久前的过去。

大家呼喊着迎接他,向他表示祝愿,包围着他。有的人十分闹腾,有的人却安宁得多,但是当听说是公爵的生日后,大家都急忙走近前来,每个人都等着轮到自己向他表示祝贺。有些人在场使公爵颇为注意,如布尔多夫斯基;但是最令人惊讶的是,在这一伙人中忽然冒出个叶甫盖尼·帕夫洛维奇;看见他也在,公爵几乎不相信自己,甚至差点吓了一跳。

这时，满脸通红，几乎是兴高采烈的列别杰夫跑到跟前来解释；他已醉得相当厉害。从他絮絮叨叨的话中知道，大家完全是自然而然地聚集在这里的，甚至纯属巧合。傍晚前最先来的是伊波利特，他觉得自己比过去好多了，愿意在露台上等候公爵。他在沙发上安顿下来；后来列别杰夫走来陪他，接着是他的一家，即他的女儿们及伊沃尔京将军。布尔多夫斯基是陪伊波利特一起来的，加尼亚和普季岑好像是路过这里，顺便来这里不久（他们的出现与车站上发生的事正好吻合）；后来凯勒尔来，宣布了公爵的生日并要求拿香槟来庆贺。叶甫盖尼·帕夫洛维奇半个小时前才来，科利亚也竭力主张喝香槟和安排庆祝。列别杰夫乐意地送上了酒。

"但是是我自己的酒，我自己的！"他对公爵嘟哝着说，"我用自己的钱为您祝贺，为您增光，还会有下酒菜和点心，我女儿正在忙着呢；但是，公爵，假如您知道他们在议论什么时兴的话题就好了。您记得哈姆雷特的话'活着还是死去？'吧？这是现代的时髦话题，时髦话题！有问有答……连捷连季耶夫先生也极为兴奋……不想睡觉！而香槟酒他只喝了一口，喝了一口，不会伤身体的……请过来，公爵，您来做决定吧！大家都等着您，大家都只是等着听您的妙主意……"

公爵发觉了维拉·列别杰娃投来的亲切温柔的目光，她也急忙从人群中挤到他这边来。他避开所有的人，向她第一个递过手去；她高兴得满脸飞红，祝愿他"从今天起终身幸福"。然后她飞快地奔去厨房了；她在那里做菜；但是在公爵来到前，只要有一会儿能脱身，她就来到露台上，竭力用心地听着醉醺醺的客人之间不停进行的热烈争论，他们所说的内容对她来说是极为抽象和新奇的。她的妹妹张大着嘴，在隔壁房间里一只大箱子上面睡着了，而列别杰夫的儿子站在科利亚和伊波利特的身边，光是脸上那神采奕奕的样子就显示出，他就打算这么站在原地，聆听谈话并感到满足，即使一连站上十个小时也愿意。

公爵在接受维拉的祝贺以后，立即走到伊波利特跟前与他握手。"我特别等您，看到您这样幸福地回来，我高兴得不得了。"伊波利特说。

"您怎么知道我是'这样幸福'的呢？"

"从脸上看得出来。您去跟先生们打招呼吧，然后快点坐到我们这儿来。我特别等您。"他又补了一句，意味深长地强调他在等他这一点。对于公爵提醒"这么晚还坐在这里是否有碍身体？"的话，他回答说，他自己也觉得惊奇，三天前怎么会想到死，而今天晚上他却感到身体从来也没有这样好过。

布尔多夫斯基跳起身，喃喃着说，他"就这么……"，他与伊波利特在一起是"陪他来的"，并且也表示很高兴；还说他在信中"写了胡话"，而现在"只觉得很高兴……"他没说完话便紧紧握了握公爵的手，然后坐到椅子上。

在跟所有的人打了招呼以后，公爵才走到叶甫盖尼·帕夫洛维奇面前。后者立即挽住了他的手臂。

"我有两句话要对您说，"他轻声低语对公爵说，"有非常重要的情况；我们走开一会儿。"

"我也有两句话。"另一个声音在公爵的另一只耳朵边悄悄说，而且另有一只手从另一边挽起公爵的手臂。公爵惊诧地发现一个头发蓬乱得可怕、满脸绯红、挤眉弄眼、嬉皮笑脸的人，即刻他便认出这个人是费尔迪先科，天知道他是从哪儿冒出来的。

"还记得费尔迪先科吗？"他问。

"您从哪里冒出来的？"公爵大声说。

"他是表示悔过！"凯勒尔跑到跟前大声说，"他刚才躲着，不想出来见您。他躲在那边角落里，他表示悔过，公爵，他觉得自己有错。"

"错在什么地方？什么地方？"

"是我遇见他的，公爵，我刚才遇见他就把他带来了；这是我朋友中不可多得的一位；但是他现在表示悔过。"

"我很高兴，诸位；去吧，坐到大家那儿去，我马上就来。"公爵终于脱开身，急忙走到叶甫盖尼·帕夫洛维奇这边来。

"您这里很有意思,"叶甫盖尼·帕夫洛维奇指出,"我挺愉快地等了您半小时。是这么回事,最亲爱的列夫·尼古拉耶维奇,我跟库尔梅舍夫[1]全谈妥了;您没什么可担心的,他非常非常理智地对待这件事,何况,据我看,主要是他自己有错。"

"哪个库尔梅舍夫?"

"就是刚才您抓住他胳膊的那个……他曾经怒不可遏,已经打算明天派人来找您要求做出解释。"

"够了,多么荒唐!"

"当然是荒唐,而且大概会以荒唐而告终;但是我们这些人……"

"也许,您还有别的事才到这里来的吧,叶甫盖尼·帕夫洛维奇?"

"噢,当然还有别的事,"他笑着说,"亲爱的公爵,明天天一亮我就要为这不幸的事(喏,就是伯父的事)去彼得堡;您瞧,这一切是确实的,而除了我大家却都已知道了。这一切真使我震惊万分,因此我都不急于去那里(叶潘钦家)了;明天我也不在那里,因为在彼得堡,明白吗?也许,我将有三天不在这里,总之,我的事挺糟的。虽不是什么十分了不起的事,但是我认为,有些问题我需要跟您开诚布公地解释清楚,我不想放过时间,也就是想在离开前谈谈。如果您允许,我现在就坐这儿等一会儿,等大伙儿散去;再说我也没有别的地方可去:我非常激动,难以入睡。最后,尽管这样直接纠缠一个人是不像话的,不正当的,但我还是要直截了当地对您说:我是来寻求您的友谊的,我亲爱的公爵;您是个无比卓越的人,也就是是个从来不说假话的人,也许,根本就不会说假话,而我有一件事需要一位朋友、一位忠告者帮助出主意,因为我现在完全成了不幸的人……"

他又笑了起来。

"糟糕在什么地方?"公爵想了片刻说,"您想等到他们散去,可是天

---

[1] 之前凯勒尔碰到公爵时,把"库尔梅舍夫"说成"莫洛夫佐夫"。

知道这要到什么时候。我们最好还是现在就到公园去;确实,他们在等着,我去道个歉……"

"千万不要这样,我有自己的理由,免得人家怀疑我们有什么目的进行紧急谈话;这里有些人对我们的关系非常感兴趣,您不知道这一点吗,公爵?如果他们看到我们本来就有非常友好的关系,而不只是有急事我才找您,那就好得多,明白吗?过两小时他们就会散去;我只占用您二十分钟,顶多半小时……"

"欢迎您,请吧;就是不做解释我也十分高兴;而对您说的友好关系的话,我很感谢。请原谅,我今天有点心不在焉;您知道吗,此刻我怎么也无法集中注意力。"

"我看得出来,看得出来。"叶甫盖尼·帕夫洛维奇微微笑着低声咕噜着。今天晚上他很可笑。

"你看出什么来了?"公爵为之一惊。

"亲爱的公爵,您难道没有怀疑,"叶甫盖尼·帕夫洛维奇没有直接回答公爵的问题,依然微笑着说,"难道您不怀疑,我来只不过是蒙骗您,顺便从您这儿刺探点情况,啊?"

"您来是要探听什么,这一点是没有疑问的,"公爵终于笑了起来说,"我甚至也怀疑到,也许,您还打定主意来稍微欺骗我一下。但是要知道,我并不怕您;何况现在我对一切都似乎感到无所谓,您相信吗?还有……还有……还因为我首先确信,您毕竟是个超尘拔俗的人,因而我们最终也许真的能成为朋友。我很喜欢您,叶甫盖尼·帕夫洛维奇,您……据我看,是非常非常正派的人!"

"好吧,不论怎么样跟您打交道都是很愉快的,无论是什么交道,"叶甫盖尼·帕夫洛维奇最后说,"我们过去吧,我要为您的健康干一杯;我为能接近您感到十分满意。啊!"他突然停住步,说,"这位伊波利特先生是不是搬到您这儿来住了?"

"是的。"

"我想,他不会马上就死吧?"

"怎么啦?"

"没什么,就这么问问;我在这里与他待了半小时……"

这一段时间里伊波利特一直等着公爵,就在他和叶甫盖尼·帕夫洛维奇在一旁谈话的时候,伊波利特不时朝他们扫上一眼。当他们走近桌子的时候,他显得很振奋,甚至有些狂热。他心神不宁,非常激动;额头上渗出了汗水。在他那双闪亮的眼睛里,除了流露出一种经常徘徊心间的不安,还显示出某种捉摸不定的急不可耐;他的目光无目的地从一样东西移到另一样东西,从一张脸移到另一张脸。虽然在此以前他积极参加了大家的热烈谈话,但是他的振奋只是狂热的冲动;其实对于谈话本身他并不是全身心投入;他的争辩是不连贯的、嘲弄人的,随便得离奇;一分钟前他自己慷慨激昂地开始谈论的话,不等说完他就弃之脑后了。公爵惊讶而又怜惜地了解到,这个晚上他在无人阻拦的情况下已经喝了满满两大杯香槟,现在放在他面前开始喝的已经是第三杯了。但公爵只是后来才知道这一点,此刻他还不太注意这些。

"知道吗,今天正好是您的生日,我高兴得不得了!"伊波利特嚷道。

"为什么?"

"您会明白的;快坐下;第一,是因为聚集在这里的是您的全体……人马。我就估计到会有人来的;这是我一生中第一次估计对了!遗憾的是,之前我不知道是您生日,不然我会带礼物来的……哈——哈!对了,也许,我已经带礼物来了!到天亮还有多少时间?"

"到天亮还有不到两小时了。"普季岑看了一下表,说。

"何必现在要等黎明呢?现在外面也亮得可以看书。"有人指出。

"因为我需要看到太阳的一条边儿。可以为太阳的健康喝一杯吗,公爵?你们认为怎样?"伊波利特毫不客气地转向大家生硬地问,就像是发号施令一样,但是,他自己好像没有发觉这一点。

"好吧,喝吧;只不过您最好安静些,伊波利特,好吗?"

"您老是要我睡觉,公爵,您简直就是我的保姆!等太阳一出来,在天空中'发出轰响'(谁在诗里这么写的,'太阳在天空中发出轰响'?虽然没有意义,但是很好!),我就睡觉。列别杰夫!太阳不是生活的源泉吗?在《启示录》中'生命的源泉'是什么意思?您听说过'茵陈星'吗,公爵?"

"我听说,列别杰夫认为这颗'茵陈星'是分布在欧洲的铁路网。"

"不,对不起,不能这样!"列别杰夫跳了起来,一边摆着手,一边喊道,似乎是想阻止大家刚开始发出的笑声,"对不起!跟这几位先生……所有这些先生,"他突然转身对公爵说,"要知道,在某些方面,这是这么回事……"他不讲礼貌地敲了两下桌子,因而大家笑得更厉害了。

列别杰夫虽然处于其通常的"晚间"状态,但是这一次他已激昂得过分,而且被前面长时间进行的"学术性"争论激得性起,在这种情况下他对自己争辩的对手表现出无比的轻蔑和极为露骨的不尊重。

"这样可不行!半小时前我们曾约法在先:有人在说话的时候,不能打断,不能哈哈大笑,要让人自由地充分发表意见,然后,即使是无神论者,如果他愿意,也可以进行反驳;我们让将军当主席,就这样!否则会怎么样?人家在发表高见,阐述深刻的思想,就这么可以随便打断……"

"您说吧,说吧,谁也不会打断您!"响起了好几个声音。

"您说吧,可别说过了头。"

"'茵陈星'是怎么回事?"有人探问道。

"我一点也不知道!"伊沃尔京将军回答说,一本正经地坐在刚刚推举他当主席的座位上。

"我异常喜爱这些争论和抬杠,公爵,当然是指学术上的。"这时凯勒尔嘀咕着说。他完全陶醉于这种情境,在椅子上显得急不可耐和无法安坐。"是学术的和政治的争论。"他忽然又出人意料地转向叶甫盖尼·帕夫洛维奇说,他几乎就坐在他旁边。"您要知道,我特别喜欢看报纸上有关英国国会的报道,不过我感兴趣的不是他们在那里议论的事情(要知道,我不是政治家),而是他们彼此间怎样说明解释,这么说吧,作为政治家他们是怎样谈吐的——'坐在对面的高贵的公爵','同意我想法的高贵的伯爵','我这位高贵的论敌提出的提案震惊了全欧洲'——也就是说,所有这些用语,自由民族的所有这一套议会制度,对于我辈兄弟来说颇有吸引力!公爵,我就很赞赏。我在心灵深处总是个演员,我向您发誓,叶甫盖尼·帕夫洛维奇。"

"说了这一通后又怎样呢?"加尼亚在另一个角落里急躁地说,"照您看来,结果是铁路是该诅咒的,它们给人类带来毁灭,它们是降到地面的瘟疫,污染了'生命的源泉'?"

加夫里拉·阿尔达利翁诺维奇今天晚上情绪特别激昂,公爵觉得,他心境愉快,几乎是洋洋得意。当然,他跟列别杰夫是开玩笑,是激他,但很快自己也激奋起来了。

"不是铁路,不是!"列别杰夫反驳说,他一方面失去了自制力,与此同时又感到异常满足。"其实光是铁路还污染不了生命的源泉,而这一切总的来说都该受到诅咒,而近几个世纪的这一切思想情绪,总体而言,在科学和实践方面来看,也许确实应该诅咒。"

"是肯定受到诅咒还是仅仅是可能?在这种情况下这点可是重要的。"叶甫盖尼·帕夫洛维奇询问道。

"该咒,该咒,肯定该咒!"列别杰夫激昂地重复着说。

"别忙,列别杰夫,每到早晨您就善良得多。"普季岑微笑着指出。

"而一到晚上却要坦率得多!晚上比较坦诚和直率!"列别杰夫转向他激动地说,"也比较单纯和明确,比较诚实和受人敬重,尽管这样我会受到你们的攻击,但我不在乎;我现在向你们大家,向所有的无神论者挑战:你们,从事科学、办工业、搞团体、拿工资和其他等等的人们,用什么来拯救世界,在哪儿为它寻找到一条正常发展的道路?靠什么?靠信贷?信贷是什么?信贷会把我们引向何方?"

"您可真好奇!"叶甫盖尼·帕夫洛维奇指出。

"而我认为,谁对这样的问题不感兴趣,谁就是上流社会游手好闲的人。"

"至少会导致共同团结和利益平衡。"普季岑指出。

"仅此而已!仅此而已!除了满足个人的私利和物质的需要,不承受任何道德的基础?普遍的和平,普遍的幸福,这是因为需要!我斗胆请问,是该这样理解您的意思吗,我的阁下?"

"可是要活、要吃、要喝是普遍的需要,没有普遍的合作和利益的一致,您是不能满足这种需要的,说到底,这样一种理由极为充分的科学的信念,似乎就是一种相当坚实的思想,足以成为人类未来世纪的支撑点和'生命的源泉'。"当真已经非常激昂的加尼亚指出。

"必须要吃和喝,这仅仅是一种自我保存的感觉……"

"难道仅有自我保存的感觉还少吗?要知道,自我保存的感觉是人类生存的正常规律……"

"这是谁对您说的?"突然叶甫盖尼·帕夫洛维奇喊着说,"规律,这话不错,但是它的正常与毁灭的规律,也许还有自我毁灭的规律是一样的。难道人类整个正常的规律就只是自我保存吗?"

"哎!"伊波利特喊了一声,很快地转向叶甫盖尼·帕夫洛维奇,并怀着一种异常的好奇心打量着他;但在看到他在笑以后,他自己也笑了起来。他推了一下站在旁边的科利亚,又问他几点钟了,甚至动手把科利亚的银表移近自己眼前,贪婪地看了一下指针。然后,就像忘了一切,在沙发上躺着,把双手枕在脑袋下,开始望着天花板;过了半分钟他又坐到桌子旁,挺直身子,倾听着已经激奋到极点的列别杰夫说话。

"真是个狡猾和有讽刺意味的思想,嘲弄人的思想!"列别杰夫急切地抓住叶甫盖尼·帕夫洛维奇的怪论说,"说出这个思想目的是要煽起对方进行较量,但是这个思想倒是正确的!因为您作为上流社会的一个爱讽刺嘲笑的人和骑兵军官(尽管不无才能!),连自己也不知道,您的思想深刻和确切到什么地步!是的。自我毁灭的规律和自我保存的规律在人类身上是同样有力量的！魔鬼同样控制人类一直要到我们也不知道的时代。您在笑？您不相信魔鬼？不信魔鬼是法国的思想，是轻率的思想。您知道吗，谁是魔鬼？您知道吗，他叫什么名字？您连他的名字也不知道，却在嘲笑他的形状，照伏尔泰那样，嘲笑他的蹄子，尾巴和头角，这些是您自己想出来的；因为魔鬼是伟大而威严的神灵，而不是您为他杜撰的那样又长蹄子又生头角。但现在的问题不在魔鬼身上！……"

"为什么您知道，现在的问题不在魔鬼身上呢？"突然伊波利特喊了一声并像毛病发作似的哈哈大笑起来。

"真是个敏捷而富有启示的思想！"列别杰夫称赞说，"但是问题又不在这里，我们的问题在于，'生命的源泉'是否衰竭了，由于大力发展……"

"铁路？"科利亚嚷了一声。

"不是铁路交通，年轻但急躁的毛头小伙子，而是整个趋向，而铁路，这么说吧，可以作为这种趋向的一幅画，一种艺术性体现。轰隆轰隆，咔嚓咔嚓，赶来赶去，据说是为了人类的幸福！'人类变得过分喧闹和追逐实利，缺少精神的安宁。'一位退隐的思想家抱怨说。'让它去吧，但是给饥饿的人类运去粮食的火车的辘辘车轮声，也许比精神的安宁更好。'另一位云游四方的思想家以胜利者的口吻回答他说，然后便神气活现地离他而去。卑人列别杰夫，我不相信给全人类运送粮食的大车！因为给全人类运送粮食的大车，缺少行为的道德基础，是会把相当一部分人类非常冷漠地排除在享用运来的粮食之外的，这种情况已经有过了……"

"是火车会非常冷漠地排除人类？"有人接着话茬问道。

"这种情况是已经有过了，"列别杰夫对所问的问题不予理睬，重复着说，"已经有过一个马尔萨斯，人类的朋友。但是这个道德基础不稳定的人类的朋友却是个吃人类的恶煞，不用说他的虚荣心了；因为您若凌辱了这些无数的人类朋友中哪一个的虚荣心，他马上便会出于卑劣的报复而从四面八方放火焚烧世界。不过，如果公正地说，那么我们中任何人，还有我——所有人中最卑劣的人，也会是这样的，因为我可能会第一个抱来柴火，而自己则逃之夭夭。但是，问题又不在于此！"

"到底是在哪里呢？"

"真讨厌！"

"问题在过去许多世纪的一桩逸闻，因为我必须讲过去许多世纪前的逸闻。在我们这个时代，在我们祖国——我希望，诸位，你们跟我一样都是爱祖国的，因为我自己甚至准备流尽自己的鲜血……"

"说下去！说下去！"

"在我们祖国，就像在欧洲一样，遍及各地的可怕的饥荒现在降临人类的频率，据尽可能的统计和我所能忆及的，现在四分之一世纪不超过一次饥荒，换句话说，每二十五年一次。我不会去争论数字的确切性，但比较起来是相当少的。"

"跟什么比较？"

"跟12世纪及与它前后相邻的那两个世纪相比。因为当时，如作家们所写和确信的那样，人间普遍的饥荒两年就要降临一次或者至少是三年一次，因此在这样的境况下人甚至吃起人来，虽然对此是保守秘密的。有这么一个不劳而食的人在临到老年的时候，没有受到任何逼迫自己供称，他在自己漫长贫困的一生中弄死了以极为秘密的方式亲自吃掉了六十个僧侣和几个世俗的婴儿——是六个，但不多，就是说，与被他吃掉的僧侣的数字来比是非常少的。至于世俗的成年人，他倒从来也没有怀着这种目的去碰过他们。"

"这不可能！"主席自己，即将军，甚至几乎用生气的口气喊了一声，"诸位，我常常跟他议论和争论，而且总是就有关这一类的思想，但是他最常搬出来的便是这样的荒唐事，简直不堪入耳，没一点儿是真的！"

"将军！想想卡尔斯之围吧，而诸位，你们要知道，我讲的趣闻可纯粹是真实的。我还要指出，虽然几乎所有的事实都有自己确定不移的法则，但几乎总是不可思议的和异常离奇的。甚至越是真实，有时候越是离奇。"

"可是难道可以吃掉六十个僧侣吗？"周围的人笑着说。

"显然,他不是一下子吃下他们的,也许是在十五年或二十年里吃掉的,那就已经完全可以理解和觉得自然了……"

"觉得自然?"

"是自然嘛!"列别杰夫带着一丝不让的固执态度回嘴说,"此外,天主教的僧侣就自己的本性而言本已是随和的和好奇的,把他诱到森林里或是某个偏僻的地方是十分容易的,在那里就像上面说的那样对付他,但是我毕竟也不否认吃掉的人数是异常惊人的,甚至是难以想象的。"

"也许,这是真的,诸位。"突然公爵说道。

到目前为止他一直默默地听着争论,没有干预谈话,常常跟着大家爆发出的笑声由衷地笑着。看得出,他非常高兴于这样喧闹,这样快活,甚至他们喝这么多。也许,整个晚上他一句话也不会说,可是忽然不知怎么的想要说话了。他一说起来就异常正经,因而大家一下子都好奇地转向了他。

"诸位,其实我说的是,当时是经常发生这样的饥荒的。尽管我不太了解历史,但是我也听说过这种事。但是,在过去好像也必然是这样的。当我身处瑞士山区的时候,那里有许多骑士时代的古堡废墟,使我惊诧万分。这些古堡建在陡崖峭壁上,垂直高度至少有半俄里(这就是说,要走好几俄里的山路)。众所周知,整座城堡就是石头垒起来的如山一般的宏伟建筑。工程是令人震惊的,简直是不可能的!当然,建造城堡的全是穷人、奴隶。此外,他们还得缴纳各种各样的赋税,供养僧侣。在这种情况下又怎么养活自己和耕作田地?当时他们人数很少,想必饿死者多得不得了,大概实在没什么东西可吃。我有时甚至想:当时这些人怎么没有完全死绝,居然没有发生这种事,他们又是怎么挺下来,熬过来的?说有人吃人的事,也许,还很多,在这一点上,列别杰夫无疑是对的;只不过我不知道,为什么他偏偏要把僧侣扯到这里面去,他想以此说明什么?"

"一定是12世纪时只有僧侣可以吃,因为只有僧侣长得肥。"加夫里拉·阿尔达利翁诺维奇指出。

"真是个绝妙而正确的思想！"列别杰夫喊道，"因为对于俗人他连碰也不碰一下。不吃一个俗人而吃了六十个僧侣，这是一个可怕的思想，一个历史学思想，一个统计学思想，说到底，根据这样的事实，有本事的人就会重新创建历史学；因为这建立在精确的数字上，僧侣比起当时所有其他的人类来至少幸福自在六十倍。还有，也许，他们比起所有其他的人类来至少要肥六十倍……"

"夸大了，夸大了，列别杰夫！"四周一片哈哈笑声。

"我同意这是个历史学思想，但是您要引出什么结论？"公爵继续问。（他说得非常认真，没有丝毫开玩笑和嘲笑列别杰夫的意思，可是大家却都在笑话列别杰夫，因此在大伙儿造成的总的氛围中，公爵的口吻不由得显得有些滑稽可笑，再过一会儿，大家便会对他也加以嘲笑的，但是他没有注意到这一点。）

"公爵，难道您看不出来，这是个神经错乱的人？"叶甫盖尼·帕夫洛维奇俯身对公爵说，"刚才这里有人对我说，他是想当律师和发表律师演说想疯了，现在还在想通过考试。我等着看精彩的好戏。"

"我引出一个伟大的结论，"列别杰夫这时大声吼叫道，"但是首先要分析一下罪犯心理的和法律的状态。我们看到，罪犯，或者说，我的当事人，尽管根本不可能找到别的可吃的东西，在其迥非寻常的谋求前程的过程中有好几次表现出忏悔的愿望并且准备放弃吃食僧侣。我们从以下事实中明显地可看到这一点：前面提到，他毕竟吃了五六个婴儿，比较而言，这个数字是微不足道的，但是在另一方面有重要的意义。显然，他为可怕的良心责备所折磨（因为我的当事人是个有宗教信仰和有良心的人，这点我可以证明），为了尽可能减少自己的罪孽，作为尝试，他曾六次把他的食物由僧侣改为世俗的婴儿。说是作为尝试，那么又是毫无疑问的；因为假若仅仅为了变换口味，那么六这个数就太不值一提了；为什么只是六，而不是三十？（我取一半对一半。）但是，如果这仅仅是尝试，纯粹是因为害怕由于亵渎神明和凌辱教徒而产生绝望，那么在当时六这个数就十分容易令人明白了；因为六次尝试对于满足良心是足够的了，因为尝试是不可能成功的。第一，我认为婴孩太小，也就是说个儿不大，因而在一定时间内需要的俗婴的数量就是僧侣的三倍、五倍，因此，一方面是减小了罪孽，另一方面终究还是增大了罪孽，那就不是指质量上，而是指数量上。我这样议论，诸位，当然是宽容了12世纪罪犯的心理。至于我，一个19世纪的人，那么，我也许会有另一种看法，这一点我向你们说明，因此你们诸位没什么好朝我龇牙咧嘴的，而将军您则完全是有失体面的。第二，据我个人认为，婴孩不能让人吃饱，也许，甚至太甜太腻，因而不能满足需要，留下的只是良心责备。现在来谈结尾，结局，诸位，结局，其中包含着当时和当今时代最最伟大的一个问题的答案！罪犯最后去向教会告发了自己并把自己交由政府处理。有人问，那个时代会有什么样的罪罚等待着他？是轮子碾还是火上烧？是谁促使他去自首的？为什么不这么就在六十这个数字上停手不干，把秘密保守到自己最后一口气？为什么不就这么放弃僧侣，做一个苦行修士忏悔反省？最后，为什么自己不进修道院？答案就在这里！这么说，有某种比火烧，甚至比二十年的习惯更为强大的力量，这么说，有一种思想比一切不幸、颗粒不收、残酷折磨、瘟疫流行、麻风病以及整个地狱之苦都更厉害，要是没有那种联结、指引心灵和使生命的源泉富有活力的思想，人类是忍受不了那一切的。你们倒给我指出，在我们这个遥远和铁路的时代有什么东西能和这样的力量相仿……也就是应该说在我们这个轮船和铁路的时代，但我说的是在我们这个遥远和铁路的时代，因为我醉了，但我是对的！你们倒给我指出一种能把当今人类联结起来的思想，哪怕只有那几个世纪时一半的力量。最后，请你们大胆说，在这颗'星'下面，在这张缠住人们的网下面，生命的源泉没有衰竭，没有浑浊。别拿你们的富裕、你们的财富、罕见的饥荒和交通的迅速来吓唬我！财富越多，力量越少；联结人们的思想就没有了；一切都变软了，一切都变烂了，大家也都瘫软了！大家，大家，我们大家都瘫软了！……但是，够了，现在问题不在那里，而在于：尊敬的公爵,我们是否该吩咐给客人端上准备好的小吃了呢?"

列别杰夫几乎把听众中有些人真正激怒了(应该指出,一瓶瓶酒始终不停地被打开了塞子),但是出其不意地把小吃的事作为自己讲话的结尾立即就使所有的对手宽容了他。他自己把这样的结尾称为"律师机智的转折"。快活的笑声重又哄起,客人们活跃起来了;大家从桌旁站起来,舒展一下肢体,在露台上走走。只有凯勒尔仍然对列别杰夫的话感到不满,异常激动。

"他攻击文明,宣扬12世纪的残暴行为,矫揉造作,这甚至不是什么内心的天真无辜:请问,他自己是靠什么赚来这幢房子的?"他挡住大家及至每一个人,大声说着。

"我见过真正的《启示录》阐释者,"将军在另一个角落对另一些听众说,顺便说一句,其中有被他抓住了一颗纽扣的普季岑,"那就是已故的格里戈里·谢苗诺维奇·布尔米斯特罗夫,这么说吧,他才点燃了人们的心灵。首先,他戴上眼镜,打开黑皮封面的一本大古书,嗨,再加上银须拂胸,还有因捐款而得到的两枚奖章。他开始时正颜厉色,将军们在他面前也都低下头来,女士们则吓得晕倒,嘿——可这一个却用小吃来收尾!太不像话!"

听将军说话的普季岑微笑着,似乎打算拿起帽子,但好像没有拿定主意或者老是忘了自己的意图。加尼亚还在从桌边站起来以前就已经不再喝酒,从自己身边移开了酒杯;他的脸上掠过一种阴郁之色。当大家从桌旁站起来时,他走到罗戈任跟前,坐到他旁边。可以想到,他们有着最友好的关系。罗戈任起先也好几次打算悄悄地离开,现在则一动不动地垂头坐着,仿佛也忘了曾想离开这回事。整个晚上他滴酒不沾,陷于深深的沉思;偶尔只是抬一下眼睛,打量一下大家和每一个人。现在可以认为,他在这里是等候着什么,这对他来说是异常重要的,因此不到时候他决不离开。

公爵总共喝了两三杯,刚刚才快活起来。他从桌旁欠一欠身,遇到了叶甫盖尼·帕夫洛维奇的目光,便想起了他们之间即将面临的表白,亲切地朝他莞尔一笑。叶甫盖尼·帕夫洛维奇则对他点了下头并突然指了指此刻他正在凝神观察的伊波利特。伊波利特躺在沙发上睡着了。

"您说,这个小子为什么会钻到您这儿来?"他忽然怀着非常明显的懊丧甚至愤恨说,使公爵甚为吃惊,"我敢打赌,他是居心叵测!"

"我发觉,"公爵说,"至少我觉得,今天您对他太感兴趣了,叶甫盖尼·帕夫雷奇,是这样吗?"

"您还可以补充说,鉴于目前我本人所处的境况,我自己就有要思考的问题,因此我自己也感到奇怪,整个晚上怎么就不能把目光从这张令人厌恶的脸上移开!"

"他的脸很美……"

"瞧,瞧您!"叶甫盖尼·帕夫洛维奇拽了一下公爵的手,又喊了一声,"瞧!……"

公爵又一次惊讶地打量了一下叶甫盖尼·帕夫洛维奇。

五

列别杰夫的长篇大论将近尾声时在沙发上睡着的伊波利特现在忽然醒来了,就像有人推了一下他的腰部,他颤动了一下,抬起身,扫视四周,脸色一下子变得刷白;他甚至有点惊惧地环顾着周围;当他想起一切并且弄明白是怎么回事的时候,他的脸上几乎流露出惊恐的神色。

"怎么,他们都要走了?结束了?一切都结束了?太阳出来了?"他抓住公爵的手,惊慌不安地问,"几点钟了?看在上帝分上,几点了?我睡过头了。我睡很久了吗?"他几乎带着绝望的神情补充问着,仿佛他睡过了头,耽搁了什么至少是决定他整个命运的大事。

"您睡了七八分钟。"叶甫盖尼·帕夫洛维奇回答说。

伊波利特贪婪地望了他一下,考虑了片刻。

"啊……只有七八分钟,这么说,我……"

他贪婪地深深换了口气,仿佛要卸去自己身上异常沉重的负担。最后他悟到,什么都还"没有结束",还没有天亮,客人们从桌边站起来只是为了小吃,结束的不过是列别杰夫的一派胡言。他粲然一笑,脸颊上鲜明地显露出两团肺痨患者的红晕。

"我睡着几分钟您都计算了,叶甫盖尼·帕夫洛维奇,"他嘲讽地接过话头说,"整个晚上您的目光就没有离开过我,我看见的……啊!罗戈任!我刚才在梦里见到他了,"他皱了下眉,点头示意着坐在桌旁的罗戈任,低声对公爵说,"啊,对了,"他忽然又转换了话题,"演说家在哪里?列别杰夫在哪里?这么说,列别杰夫讲完了?他讲了些什么?公爵,有一次您说过,'美'能拯救世界,是这样吗?诸位,"他向大家大声喊了起来,"公爵确信,美能拯救世界!而我确信,他之所以有这样洒脱的思想,是因为他现在在恋爱。诸位,公爵在恋爱;刚才,他一走进来,我就确信这一点。别脸红,公爵,我将会可怜您的。什么样的美能拯救世界?科利亚向我转述了这点……您是个虔诚的基督教徒吗?科利亚说,您自称是基督教徒。"

公爵注意地端详着他,没有回答。

"您不回答我?您大概以为我很喜欢您吧?"伊波利特像是撕下了脸皮,突然补了一句。

"不,我没这样想。我知道,您不喜欢我。"

"什么?甚至在昨天的事后也这样想?昨天我对您是真诚的吧?"

"就是昨天我也知道,您不喜欢我。"

"也就是说,是因为我羡慕您,嫉妒您?您总是这样想,而且现在还这么想,但是……但是我又何必告诉您这一点呢?我还想喝一点香槟;凯勒尔,给我倒上。"

"您不能再喝了,伊波利特,我不给您……"

公爵从他身边移开了酒杯。

"这倒是真的……"他似乎若有所思地立即就同意了,"也许有人还会说……他们说什么关我屁事!不是吗,不是吗?让他们以后去说吧,公爵,是吗?再说以后会怎样跟我们大家有什么相干!……不过,我还没有睡醒。我做了个多么可怕的梦呀,现在才想起来……但愿您不做这样的梦,公爵,虽然我也许确实不喜欢您。其实,即使不喜欢一个人,又何必一定希望他不好呢,不是吗?干吗老是我在问,老是我在问!把您的手给我;我要紧紧握住它,就像这样……不过,您会把手伸给我吗?这么说,您知道,我是真心诚意要握您的手啰?……看来我不能再喝了,几点钟了?其实,不用问,我知道是几点钟。时候到了!现在正是时候。这是干什么,那边角落里在摆小吃吗?这么说,这张桌子是空的啰?好极了!诸位,我……可是所有这些先生们都不在听……我打算念一篇文章,公爵;小吃当然更有意思,但是……"

突然,完全出人意料地,他从自己上衣侧袋中掏出一个公文袋大小的大纸袋,上面还盖着大大的红印章。他把它放在面前桌上。

这一意外的举动在对此没有思想准备,或者最好说,在有思想准备,可不是对此有思想准备的这一群人中产生了强烈的效果。叶甫盖尼·帕夫洛维奇甚至从自己的座位上跳了起来;加尼亚迅速走近桌旁;罗戈任也是,但带着一种不满的烦恼,他仿佛明白是怎么一回事。凑巧就在近旁的列别杰夫睁大一双好奇的眼睛走近去看那纸袋,竭力想猜透是怎么回事。

"您这是什么东西?"公爵不安地问。

"太阳一露边,我就躺下,公爵,我说过的;我保证,您瞧着吧!"伊波利特大声嚷道,"但是……但是……难道您认为,我不能拆开这包东西吗?"他补充说着,一边用一种挑衅的目光扫视着周围所有的人,同时又仿佛漫不经心地对大家说。公爵发觉,他浑身都在打颤。

"我们谁也没有这样想,"公爵替大家回答,"再说,为什么您认为,有人会有这样的想法?您要念文章,这算什么怪念头?您这里是什么,伊波利特?"

"这里是什么?他又发生什么不寻常的事了?"周围的人问道。

大家都走拢来,有的人还在吃着东西;红印封口的纸袋像磁铁一般吸引着大家。

"这是昨天我自己写的,就在我向您保证要住到您这儿来后立即写的,公爵。我昨天写了一整天,接着又写了一夜,今天早晨才写完;夜里,临近清晨时,我还做了个梦……"

"明天念不更好吗?"公爵畏怯地打断说。

"明天就'不再有时间'了!"伊波利特歇斯底里地冷笑了一下,"不过,别操心,我在四十分钟内读完,嗯……一小时吧……您看见了,大家多么感兴趣;大家都走拢来了;大家都在望着我的印记;要是我不把文章封在纸袋里,就不会有任何效果!哈——哈!秘密性意味着什么!诸位,拆还是不拆?"他喊着,一边发出奇怪的笑声,眼睛闪闪发亮。"秘密!秘密!记得吗,公爵,是谁宣布'不再有时间'的?是《启示录》中一位伟大而强大的天使说的。"

"最好别念了!"突然叶甫盖尼·帕夫洛维奇大声嚷了起来,但是他脸上有一种意想不到的不安神情,这使许多人感到奇怪。

"别念了吧!"公爵把手放到纸袋上嚷道。

"读什么呀?现在该吃东西。"有人指出。

"文章?要投杂志还是怎么的?"另一个人探问着。

"也许,很乏味?"又一位添了一句。

"到底是怎么一回事?"其余的人探询着。但是公爵那吓人的动作真的把伊波利特本人也吓住了。

"这么说……不念了?"他有点担心地向公爵低语道,在发青的嘴唇上挂着尴尬的微笑。"不念吗?"他喃喃着,一边用目光扫视着所有在场的人、所有的脸和所有的眼睛,仿佛又带着过去那种像要攻击一切人的好斗架势盯住大家不放。"您……害怕了?"他又转身问公爵。

"怕什么?"公爵问道,脸色变得越来越难看。

"谁有两毛钱币,二十戈比的?"突然伊波利特从椅子上跳起身,就像有人猛地把他拽下来似的,"随便什么硬币呢?"

"喏!"列别杰夫马上递了给他;他闪过一个念头,有病的伊波利特精神不正常。

"维拉·鲁基扬诺夫娜!"伊波利特急促地邀请说,"来拿着,将它抛到桌上,看是正面还是反面朝上。正面朝上,就念!"

维拉惊惧地望了一眼硬币,又望了一眼伊波利特,然后还望了一下父亲。她似乎确信她自己不应该看硬币,因此朝上昂起头,有点不好意思地把硬币丢在桌上。掉下来的是正面朝上。

"念!"伊波利特喃喃说,似乎命运作出的决定把他压倒了;即使是向他宣读死刑判决,他的脸色也不会变得更苍白。"不过,"沉默了半分钟后他突然打了个颤,说道,"这是怎么回事?难道我刚才抛了签?"他还是带着那种死乞白赖、毫无顾忌的目光打量着周围所有的人。"但是,这可是一种令人惊奇的心理特征!"他转向公爵,真正惊讶地突然大声嚷了起来,"这是……这是不可思议的一种特征,公爵!"他重复着说,精神振奋而且似乎镇静了下来,"您把它记下来,公爵,记住它,您不是好像在搜集有关死刑的材料吗?……人家对我说的!哈——哈!啊,天哪,这是多么糊涂的荒唐之举呀!"他坐到沙发上,两个手肘撑在桌上,双手抱着自己的脑袋。"这可甚至是羞耻!……但是羞耻关我屁事,"他几乎立即就抬起头,"诸位!诸位,我来启封,"他带着一种突如其来的决心宣布着,"我……不过,我不强迫你们听!……"

他用激动得颤抖的双手拆开了纸袋,从里面抽出几张信纸,上面密密麻麻写满了字,将它们放到自己面前,开始把它们展平。

"这是什么?这是怎么回事?要念什么?"一些人阴郁地嘟哝着,另一些人沉默着。但是大家都安坐下来了,好奇地望着。也许,他们确实是在等待什么不寻常的事情。维拉抓住父亲坐的椅子,吓得差点要哭了;科利亚几乎也一样惊惧。已经坐好的列别杰夫突然欠起身,抓住烛台,把它移近伊波利特,让他读起来光线亮些……

"诸位,这……你们马上就会看到这是什么东西,"伊波利特不知为什么添上这句话,忽然就开始念起来:"'我的必要的解释!'题头是 Après moi le déluge[1]……呸,真见鬼!"他像被烫了似的大声喊着,"难道

---

[1] 法语:我死后纵然洪水泛滥。

我真的会写上这样愚蠢的题头?……听着,诸位!……我要你们相信,所有这一切说到底也许都是最不值一提的!这仅仅是我的一些想法……如果你们认为,这里面……有什么秘密的或者……被禁的内容……总之……"

"念吧,不用开场白。"加尼亚打断说。

"真够绕来绕去的!"

"废话真多!"一直保持沉默的罗戈任插了一句。

伊波利特忽然看了他一眼,当他们的目光相遇时,罗戈任痛苦而又恼恨地咧嘴一笑,缓慢地说了一句奇怪的话:

"小伙子,这种事不应该这么干,不该这么干的……"

罗戈任想说什么,当然谁也不明白,但是他的这句话却使大家产生了相当奇怪的印象;有一个共同的想法模糊地掠过了每个人的头脑。这句话对伊波利特可产生了可怕的影响:他战栗得厉害,以致公爵想伸出手来扶住他,要不是他的嗓子突然明显地失了音,他一定会大声喊出来的。整整一分钟他说不出一句话来,只是沉重地喘息着,一直望着罗戈任。终于,他边喘着气,边异常费劲地说:

"那么是您……您曾经……您?"

"曾经怎么啦?我怎么啦?"罗戈任困惑不解地回答着,但是伊波利特怒气勃发,近乎疯狂(它突然主宰了他的心态),尖厉和有力地喊了起来:

"您上个星期曾经到过我那里,是夜里一点多,就是上午我到您那里去的那一天,是您!!承认吧,是不是您?"

"上个星期,夜里?你别真的疯了,小伙子?"

"小伙子"又沉默了一分钟,食指点在额头上,仿佛是要想想清楚;但是在他苍白的脸上仍然挂着因恐惧而显得尴尬的微笑,这微笑中突然闪过某种似乎是狡猾的、甚至是洋洋得意的神情。

"这是您!"最后他重复说,几乎是喃喃低语,但是异常确信,"您到我这儿来,默默地坐在我窗口的椅子上,整整有一小时,甚至更长;在半夜零点多和一点多的时候;后来在两点多钟时您站起身走了……这是您,是您!为什么您要吓唬我,为什么您要来折磨我,——我不明白,但这是您!"

他的目光中突然闪过无限的憎恨,尽管他身上一直没有停止因恐惧而产生的战栗。

"诸位,你们马上就将知道这一切,我……我……听着吧。"

他又非常急促地抓起那几张纸;它们散乱着,他竭力把它们归到一起;纸在他颤抖的手中颤动着;他好久都不能安定下来。

终于开始了念读。起先有五分钟光景,出人意料的文章作者还喘息不止,念得既不连贯也不平稳;但后来他的声音就坚定起来,完全能表达所念的内容了。只是有时候十分强烈的咳嗽中断了朗读;文章念到一半他的声音沙得很厉害;他越是念下去,异常的亢奋就越强烈地控制着他,最后达到了最高的程度,就像给听众留下的病态印象一样。下面就是这篇"文章"的全文。

我的必要的解释
Après moi le déluge!

昨天上午公爵到我这儿来;顺便说一下,他劝我搬到他的别墅去住。我就知道,他一定会坚持这一点的,我深信,他会直截了当地贸然向我说,我在别墅会"在人们和树木中比较轻松地死去",这是他的说法。但是今天他没有说到死,而说了"将会比较轻松地生活",但是,处于我这种状况,对于我来说几乎是一样的。我问他他这么不停地提到"树木"暗指着什么,为什么他要把这些"树木"强加给我?我惊讶地从他那儿获悉,那天晚上我自己仿佛曾这样表示过,说来到帕夫洛夫斯克是要最后一次看看树木。当时我向他指出,在树木底下也罢,望着窗外我的砖墙也罢,反正一样死去,为了两个星期不必这么客气,他立即就同意了;但是,他认为,绿荫和纯净的空气一定会在我身上引起某种生理上的变化,我的容易激动,我的容易做梦也都会改变,也许,会有所缓和。我又笑着向他指出,他说话像个唯物主义者。他微笑着回答我,他一直是个唯物主义者。因为他从来也不撒谎,所以这话是有一定道理的。他的微笑很动人;我现在看他看得比较仔细。我不知道,我现在喜欢他还是不喜欢他;现在我没时间顾得上考虑这一点。应该指出,五个月来我对他的憎恨在最近这一个月里完全平息了,谁知道呢,也许,我到帕夫洛夫斯克来,主要是为了见到他。但是……为什么当时我要离开我的房间呢?注定要死的人是不应该离开自己的角落的;假若我现在不做出最后的决定,我就会做相反的决定,一直等到最后时刻降临,那么,当然,无论如何也不会离开我的房间,也就不会接受搬到帕夫洛夫斯克他这儿来"死"的建议了。

我一定得在明天以前赶紧写完这篇"解释"。看来,我没有时间重看一遍和进行修改;明天为公爵和两三个见证人(我打算在他那儿找)念时再重看。因为这里没有一句谎言,纯粹是真话,最后的、郑重的真话,所以我事先就感到很好奇,当我重读这篇"解释"时,在彼时彼刻它会对我自己产生什么样的印象?其实,我写上"最后的、郑重的真话"是多余的;为了两个星期本来就不值得撒谎,因为活两个星期是不值得的;这是我纯粹写真话的最好的证明。(注意,别忘了这样的想法:此刻,也就是说有时候我是不是疯了?有人很肯定地对我说,后期肺痨病人有时候会有短暂性精神失常。明天念这篇"解释"时根据听众的印象来检验这一点。这个问题一定要完全确凿地解决,否则什么都无从着手做。)

我觉得,我刚才写的是些愚不可及的蠢话,但是我说过了,我没有时间重新修改;除此之外,我对自己立下誓言,故意不修改这份手稿上的任何一行字,甚至假如我自己发现每过五行就自相矛盾,也不做修改。我正是想在明天念它的时候来确定一下,我的逻辑思路是否正确;我是否能发现自己的错误,因而也就能检验这六个月里我在这个房间里反复思考的一切是否正确,还是纯粹是一片梦呓。

假如两个月前我就得像现在这样完全离开我的房间,告别梅耶罗夫大楼的砖墙,那么我深信,我是会很忧伤的。现在我却没有感到什么,而到明天我就要离开房间,离开这堵墙了,而且永远离开!看来,为了两个星期已经不值得怜惜或者不值得沉湎于某种感受,这种信念已经战胜了我的天性,而且现在已经能主宰我的所有情感。但是真是这样吗?我的天性现在真的全被征服了吗?如果现在来拷打我,我一定会喊叫起来而不会说,因为只有两个星期好活,已经不值得喊叫和感觉疼痛了。

但是,我只能活两个星期,不会活更长时间,这是真的吗?当时在帕夫洛夫斯克我说了谎:Б先生什么都没对我说,也从来没有见过我,但是一星期前有人把一位大学生基斯洛罗多夫带到我这儿来;按信念来说他是个唯物主义者、无神论者和虚无主义者,这正是为什么我要叫他来的缘故;我需要有个人最终对我说出赤裸裸的真话,不要说委婉的话,也不用说客气话。他就这样做了,不仅同意而且不讲客套,甚至显然还很乐意(依我看,这就已是多余的了)。他直截了当开口就说,我还能活一个月左右;如果有好的条件,也许还能多活些日子,但是,也可能死得早很多。照他的意见,我可能会突然死去,甚至,比方说,就在明天:常有这样的事,就在前天科洛姆纳的一位患肺痨、情况和我相似的年轻女士打算去市场买些食品,但突然感到不舒服,躺到沙发上,叹了一口气就死了。基斯洛罗多夫告诉我这一切时甚至带着一丝炫耀自己的无动于衷和漫不经心的样子,仿佛这样是我的荣誉,也就是以此表示,他把我也看作是与他一样的否定一切的高等生物,对他来说,死当然是不值一提的事。说到底终究是明摆着的事实:还能活一个月,绝不会更多!我完全相信,他没有弄错。

使我非常惊讶的是,为什么刚才公爵会猜到我常做"噩梦";他确实说过,在帕夫洛夫斯克"我的激动和梦境"都会改变。为什么说到梦境呢?他要不就是医生,要不就真的是个具有非凡智力的人,能料事如神。(但是他到底是个"白痴",这一点是没有丝毫怀疑的。)好像故意似的,就在他来到之前我做了一个好梦(不过,那也是我现在所做的几百个梦中的一个)。我睡着了(我想,是在他来前一小时),梦见我在一个房间里(但不是我的房间)。房间比我原来的要大,要高,很明亮,家具也比较好,有大衣橱、五斗柜、沙发,我的床又宽又大,铺着绿色缎面的缎被。但是在这个房间里我发现有一只可怕的动物,不知是什么怪物。它有点儿像蝎子,但不是蝎子,而且更丑恶,好像正是因为大自然里没有这样的动物,所以它显得可怕得多,它故意出现在我的房间里,就这一点似乎包含着某种秘密。我对它看得清楚:它是褐色带硬壳的爬虫,长约四寸,头部有两指粗,身体向尾部渐渐变细,因此尾巴末端不超过十分之一寸粗。在离头部一寸的地方,从躯干上成四十五度角长出两只爪子,一面一只,两寸长左右,因而从上面看的话,整只动物就是呈三叉戟状。我没有细看它的头,但看见有两根触须,不太长,状如两根硬针,也是褐色的。在尾巴尖上和每一只爪子尖上都有这样的两根触须,这样,总共是八根触须。这动物在房间里跑起来很快,就靠爪子和尾巴作支撑,跑的时候,身体和爪子像蛇一样扭动,尽管有硬壳,跑得却异常快,这样子看起来非常恶心。我害怕得不得了,怕它螫我;有人对我说,这东西有毒,但最使我感到不安的是:谁把它放到我的房间里来的?想对我干什么?这里有什么秘密?它躲到五斗柜下面,大衣橱下面,爬到角落里。我连腿一起坐到椅子上面,把腿盘在身体下面。它很快地斜穿过整个房间，在我的椅子附近消失了。我恐惧地四处察看，但因为是盘腿而坐，因此指望它不会爬到椅子上来。突然我听见在我背后，几乎就在我脑袋旁边，有一种咯吱咯吱的声音；我转过身去看见，这家伙正顺着墙壁在爬，并已经爬到齐我头高的位置，那不停旋转和扭动的尾巴甚至触及我的头发。我跳了起来，这动物也就不见了。我怕躺到床上去，求它别钻到我枕头底下。我母亲和她的一位熟人来到了我房间。他们开始捉这坏东西，他们比我镇静，甚至不害怕。但他们什么也不懂。突然这坏家伙又爬出来了；它这次爬得很安稳，仿佛有什么特别的意图似的，缓慢地扭动着，这更加令人厌恶，它又斜穿过房间，朝门口爬去。这时我母亲打开了门，唤了一声诺尔马，这是我家的一条狗，是一条黑色长毛纽芬兰犬，五年前已经死了。它奔到房间里，一动不动地站在那坏东西上方。那家伙也停住了，但仍然扭动着，爪子和尾巴末端不停地在地上发出咯吱咯吱的声响。如果我没弄错的话，动物是不会感到神秘和恐惧的；但是此刻我觉得，诺尔马的恐惧中不知怎么的仿佛有某种十分不同寻常的东西，也仿佛有几乎是神秘的东西，它看来也像我一样预感到，在这恶物身上有某种不祥的东西和某种秘密。诺尔马在那悄悄地、小心翼翼地朝它爬来的坏东西面前慢慢地后移着；而这恶物好像想突然朝它扑去，发动突然袭击。但是尽管十分惊惧，尽管浑身打颤，诺尔马还是十分凶狠地看着它。突然它慢慢地龇出自己可怕的牙齿，张开自己的血盆大口，摆好姿势，灵巧应战，打定主意后，突然用牙齿咬住了这坏东西。想必是这东西用力挣脱了，企图溜走，因而诺尔马又一次急忙把它逮住，两次张开大嘴把这东西送进喉中，仍然是急急忙忙地，像是吞食它。硬壳在其牙齿间发出咯咯的碎裂声；露在嘴外的动物尾巴和爪子以快得惊人的速度动弹着。突然诺尔马发出一声悲苦的尖叫声：这恶物终究得逞螯了它的舌头。诺尔马一边尖叫和哀号，一边痛得张大了嘴，我看见,被咬碎了的恶物横在它嘴中还在动弹,它从自己一半已被咬碎的躯体里放出许多白色的毒汁流在狗的舌头上,这白色的毒汁就像被压死的黑蟑螂的液汁……这时我醒来了,公爵也走进来了。

"诸位,"伊波利特突然中断朗读,甚至感到羞愧地说,"我没有重读一遍,但好像我确实写了许多多余的东西。这个梦……"

"有一点儿。"加尼亚急忙插了一句。

"这里面个人的东西太多了,我承认,也就是有关我自己的……"

说这话时,伊波利特的样子非常疲劳和衰弱,他用手帕擦去额上的汗珠。

"是啊,您对自己太感兴趣了。"列别杰夫低声嘟哝说。

"诸位,我不强迫任何人,我再说一遍;谁不想听,谁可以走开。"

"在别人家里……赶人走。"罗戈任勉强可闻地埋怨着。

"要是我们大家一下子都站起来走了,怎么样?"突然费尔迪先科说。不过,到目前为止他都未敢说一句话。

伊波利特突然垂下眼睛,抓起手稿;但在同一秒钟他又抬起了头,脸上两团红晕更浓了,眼睛闪亮着,直勾勾盯着费尔迪先科说:

"您根本不喜欢我!"

响起了一片笑声;不过大部分人没有笑。伊波利特脸红得不得了。

"伊波利特,"公爵说,"合上您的手稿,把它交给我,而您自己就在这里,在我房间里睡。明天我们再谈;但是无论什么时候都别打开这些纸,愿意吗?"

"这难道可能吗?"伊波利特大为惊讶地望着公爵说。"诸位!"他喊了一声,又狂热地兴奋起来,"真是个笨拙的插曲,我举止不当。我不会再中断朗读了。谁想听,就听吧……"

他尽快地从茶杯里吞了一口水,尽快地把臂肘撑在桌子上,躲开别人的目光,固执地开始继续念下去。不过,羞愧很快就过去了……

不值得再活几个星期的想法（他继续念着）真正控制我，我想，约在一个月前，当时我还有四个星期可活，但是完全控制我是在三天以前，从帕夫洛夫斯克回来那天晚上起。这个念头完全、直接深入我心灵的最初那一瞬间是在公爵的露台上，正是我忽然想要做最后一次人生的尝试的那一会儿，我想看看人们和树木（就算这话是我自己说的），我情绪激动，坚持布尔多夫斯基——"我的亲近的朋友"——有权利，我还幻想着他们大家会突然张开手臂，把我拥在怀里，请求我的宽恕，而我也请求他们的宽恕；总之，结果我成了个无能的傻瓜。就是在这个时刻我心里冒出了"最后的信念"。现在我感到很惊奇，没有这个"信念"的那整整六个月我是怎么过来的！我完全知道，我有肺病，而且已经治不好了；我不欺骗自己，清楚地明白真实情况。但是我越是清楚地了解实情，就越是拼命想活；我紧紧抓住生命，无论如何也想活下去，我承认，我当时也曾怨恨黑暗渺茫、冷漠无情的命运要把我像一只苍蝇一般压死，当然我不知道为什么；但是为什么我不就怀着怨恨而结束生命？为什么明明知道我已经不能开始生活，还真的开始了生活？为什么明明知道我已经没什么可尝试的了，却还要尝试？其实我连一本书也不能看完，因此就不再看了；看书干什么？还有六个月，知道了知识有什么用？这个念头迫使我不止一次撕下书本。

是的，这堵梅耶罗夫墙可以说明许多情况！我在这上面记下了许多事情。在这堵肮脏的墙壁上没有一个斑点我会不熟悉。真是一堵可诅咒的墙！但对我来说它依然比所有帕夫洛夫斯克的树木都更宝贵，也就是说，如果我现在不是什么都无所谓的话，那么它应该比所有的人更宝贵。

我现在想起来，当时我是带着多么贪婪的兴趣注视着他们的生活；这样的兴趣过去是未曾有过的。在我病得不能走出房间的时候，有时候会迫不及待地骂着人等科利亚来。我深切地关注所有的小事,对各种各样的传闻满怀着兴趣,好像成了个搬弄是非的人。比如说,我不明白,这些人有着如此旺盛的生命力,怎么不会成为富翁(不过,就是现在也不明白)。我认识一个穷人,后来人家告诉我,他饿死了,我现在还记得,这使我怒不可遏:假如可以使这个穷人复活,我大概会处死他的。有时候有好几个星期我觉得轻松些,我能走到街上去;但是街道最终又使我产生憎恶,因此整天整天故意闭门待在家里,虽然我能像大家一样走到外面去。我无法容忍我身旁在人行道上走着的人,他们窜来钻去,忙忙碌碌,永远忧心忡忡,愁眉苦脸,惶惶不安。干什么他们永远悲伤,永远忧虑,永远忙碌?干什么他们永远抑郁寡欢,充满恼恨(因为他们凶狠、凶狠、凶狠)?虽然他们有六十年的生命,他们却不幸和不会生活,这是谁之罪?为什么扎尔尼岑还有六十年生命,却要让自己饿死?每个人都指着自己的破衣服,伸出自己做工的手,恶狠狠地高喊着:"我们像牛马一般不辞劳苦地干活,我们劳动,我们却像狗一样忍饥挨饿,受苦受穷!别人既不干活也不劳动,他们却生活富裕。"(永恒的老调!)在他们旁边从早到晚奔走忙碌的还有一个"出身贵族"的不幸的可怜虫伊万·福米奇·苏里科夫。他就住在我们那幢房子里,住我们楼上。他永远穿着肘部磨破、掉了纽扣的衣服,他为各种各样的人跑腿当差,听命于人家的差遣委派,而且是从早到晚。您要是跟他聊天,他便会说:"贫穷、困苦、一贫如洗,妻子死了,没有钱买药,冬天冻死了一个孩子;大女儿让人养了当姘妇……"他永远诉苦,永远哭泣!哦,我对这些傻瓜无论现在还是过去都没丝毫怜悯,没有丝毫,——我可以骄傲地这么说!为什么他自己不是罗特希尔德?他不像罗特希尔德那样有百万家财,没有堆积如山的帝俄金币和拿破仑金币,没有像谢肉节货摊上堆起的吃食那样堆积如山的金币,是谁之罪呢?既然他活着,这就是说,一切都在他的掌握之中,他不懂这一点,又怪谁呢?

哦，我现在已经无所谓了，现在我已经没有时间来发火了，但当时，我再说一遍，当时我却因为气得发狂确实在夜间咬我的枕头，撕我的被子。哦，当时我多么想，多么愿意，多么故意希望有人把我，一个十八岁的青年，几乎衣不蔽体就突然赶到街上，并且撇下我孤零零一个人，没有住所，没有工作，没有一片面包，在这么大一个城市无亲无故，饥肠辘辘，又挨了一顿打（这样更好！），但是如果身体健康，这种情况下我要显示……

显示什么？

哦，难道你们以为我不知道，就我这篇"解释"已经够伤害自己的自尊心了！嘿，现在谁不把我当作一个不懂生活的可怜虫，忘了自己已不是十八岁，忘了像我这六个月这样生活等于已经是活到白头了！但是让人家去笑话，去说这一切是童话吧。我真的是在给自己讲童话。我用它们来填满我那些不眠的漫漫长夜；我现在还全都记得起来。

但是，难道现在我又来讲这些故事？现在对我来说也已经过了讲童话故事的时期。再说讲给谁听呢？要知道当时我是用这些故事来自寻安慰的，那时我清楚地看到，连希腊语语法都禁止我学，恰好我也忽然想到，"还没等学到句法，我就会死了"，我从学第一页起就这么想，于是就把书本扔到桌子底下去了。它现在还被弃置在那儿；我不许玛特廖娜把它捡起来。

就让我的"解释"落到别人手里并让他有耐心读完它，让他认为我是个疯子吧，或者，甚至把我看作是中学生吧，最无疑的是把我看作是个被判了死刑的人，他自然会觉得，除他而外，所有的人都太不珍惜生命，太惯于作践浪费它，太懒，太没良心地利用它，因而，所有的人无一都不配享有生命！那又怎样呢？我宣布，我的读者将会弄错的，我的信念完全不是取决于我被判了死刑。你们只要问问，问问他们，所有他们这些人无一例外地是否都懂得什么是幸福？

哦，你们可以深信，哥伦布感到幸福并不是在他发现了美洲大陆的时候，而是在即将要发现的时候；请相信，他幸福的最高点，大概是在发现新大陆三天前，当时哗变的船员在绝望之中几乎要把船往回开到欧洲去！这里问题不在于新大陆，即使它忽然消失也无妨。哥伦布没有看见它就死去了，实际上他也不知道他已发现了它。问题在于生命，仅仅在于生命，在于发现生命，在于不断地永恒地去发现，而根本不在于发现什么！但是有什么好说的呢！我怀疑，我现在所说的一切就像最普通的话，大家一定会把我当作是低年级小学生，把自己的作文《日出》拿出来展示，或者会说，我大概是想说出某些见解来，但是尽管有一切愿望，都不会……"发挥"。但是，我要补充说，人的任何一种英明的思想或者新的思想，或者甚至是某个头脑里产生的任何一种严肃的思想，总会留下某些东西是无论如何也无法传达给别人的，哪怕您写下了卷帙浩繁的长篇巨著，花三十五年来阐述您的思想，总还是会有某些东西怎么也不肯从您的脑壳里走出来而永远留在您自己那里；您将带着它们死去，也许，没有传达给别人的还是您思想中最主要的东西。但是，如果现在我也不能传达这六个月里折磨我的一切想法，那么，至少大家也会明白，为了得到现在的我的"最后信念"，我也许付出的代价太宝贵了；正是这一点我认为有必要在我的"解释"中提请注意，目的我自己知道。

但是，我还是继续写下去。

六

我不想撒谎：这六个月里现实把我钩上了钩，有时候使我醉心得忘了我已被判了死刑，或者，最好说，使我不想去想这一点，甚至还做点事情，顺便谈谈我当时的情况。八个月前我病很重的时候，我断绝一切交往，撇下了我过去所有的同伴。因为我一直是个相当阴郁的人，所以同伴们也很容易就忘了我；当然，没有这一点他们也会忘掉我的。在家里我的处境，也就是在家庭里的处境，也是很孤独的。五个月前我把自己永远锁在里面，把自己跟家里的房间完全隔离开来，他们常常听我的，谁也不敢走进我的房间，除了在一定的时间来收拾房间和给我送餐。母亲对我的命令总是战战兢兢，当我有时候决定放她进来时，她甚至不敢在我面前哭鼻子。为了我她经常打孩子们，不许他们喧闹，不许他们骚扰我；我真的常常抱怨他们发出的叫嚷声，想必，因此他们现在不喜欢我！"忠实的科利亚"，我这么叫唤他，我想，我也把他折磨得够了。近来他也折磨我；这一切是自然的，之所以创造人，就是为了互相折磨。但是我发现，他是在忍受我的焦躁易怒，仿佛事先就对自己立下誓言要宽恕一个病人；自然，这惹得我生气；但是，他好像忽然想出来要模仿公爵的"基督式的克制忍让",这已经有点可笑了。这是个年轻、热情的男孩,当然,他模仿一切;但我有时觉得他应该用自己的头脑来生活。我很喜欢他。我也折磨苏里科夫,他住在我们楼上,从早到晚为人家的委托跑腿;我经常向他证明,他贫穷是他自己的过错,因此终于把他吓坏了,便不再上我这里来了。苏里科夫是个很温顺的人,温顺到极点的人(注意:据说,温顺是一种可怕的力量;应该向公爵询问一下这个问题,这是他自己的说法);但是,当我3月份上楼到他那儿去想看看,他们那里是怎么"冻死"(这是他的话)孩子的,我无意间对他婴儿的尸体发出一声冷笑,因为我又开始向苏里科夫解释,这是他"自己的过错",而这个瘦小的可怜虫突然双唇哆嗦起来,一只手抓住我的肩膀,另一只手向我指着门口,轻轻地,也就是几乎是低语着对我说:"请走吧!"我走了出来,我很喜欢这样,甚至喜欢他赶我出来的那一会儿;但是后来回想起来时,他的话久久地使我产生一种沉重的印象,使我对他有一种奇怪的轻蔑的怜悯,而我本来是完全不想体验这种感情的。甚至在受到这样侮辱的时刻(我可是感到,我侮辱了他,虽然我并没有这种意图),甚至在这样的时刻这个人也不会发火!他当时嘴唇哆嗦完全不是因为愤恨,我可以发誓,他抓住我的手[1],说出那句绝妙的"请走吧",绝对不是生气。尊严是有的,甚至溢于言表,甚至完全于他不相称(因此,说真的,这里有许多滑稽的东西),但是没有愤恨。也许,他不过是突然蔑视起我来了。从那时起,有两三次我在楼梯上遇见他,他突然在我面前摘下帽子,过去是从来不这样做的,但已经不再像过去那样停下来,而是不好意思地跑了过去。即使他蔑视我,那也仍然是用他的方式:"温顺地蔑视"。也许,他摘下帽子不过是出于害怕,是向自己女债主的儿子致意,因为他经常欠我母亲的钱,怎么也无法摆脱债务。这甚

---

[1] 上文说是抓住"我的"肩膀,此为作者笔误。

至是最可能的情况。我本想跟他解释,同时我肯定,这样过十分钟他便会来向我请求原谅;但我考虑,最好还是不去碰他。

就在这个时候,也就是苏里科夫"冻死"小孩那个时候,3月中光景,我忽然不知怎么感到病情轻多了,这种状况持续了两星期。我开始到外面走走,往往是在黄昏时分。我喜欢3月的黄昏,那时气温开始比白天的变得寒冷,煤气街灯也点亮了;有时我走得相当远。有一次,在六铺街有一个"贵族"模样的人黑暗中赶过了我,我未能看清楚他;他拿着纸包起来的一包东西,穿着一件短小难看的夹大衣——单薄得跟季节不相称。当他走到我前面十步远的街灯下时,我发现,有东西从他口袋里掉了出来。我急忙捡起来,捡得很及时,因为已经有一个穿长褂的人急急跑近前来,但是看见我手中的东西后,他没有争论,只是迅速地瞥了一眼我手中的东西,就从旁边溜走了。这件东西是一只塞得鼓鼓囊囊的老式山羊皮大钱包,但不知为什么第一眼我就猜到,里面什么都有,唯独没有钱。丢了东西的行人已经走在我前面有四十步远并很快就几乎消失在人群中。我跑上前去向他叫喊,但是因为除了"喂!"没别的可喊叫,因此他都没有转过身来。忽然他向左一拐,进了一幢房子的大门。等我跑进黑糊糊的大门,已经不见人影。这幢房子非常大,是一座庞大的建筑,这类房子是冒险投机家为租给小户人家建造的,这种大楼有时一幢里有上百套住宅。当我穿过大门后,我觉得,在大院子右后角落里仿佛有一个人在行走,不过在黑暗中我勉强才能看清楚。我跑到角落,看见有个进口通往楼梯。楼梯很窄,异常肮脏,根本没有灯光;但是可以听到,在高处还有个人顺着梯级往上跑,于是我也开始登楼梯,估计在人家给他开门的时候,我快能赶上他。结果正是这样。楼梯每一段都很短,有多少段都数不清,因此我气喘得要命;在五楼有人开了门又关了门,我知道这一点时还差三段楼梯。等我跑到上面,在楼梯口平息一下气喘,找寻门铃,已经过了好几分钟。终于给我开了门,开门的是一个在小厨房里吹茶炊的女人;她默默地听完我的问题,当然,什么也没听懂,又默默地为我打开了通向隔壁一间房间的门,房间也很小,低矮得不得了,有几件必要的蹩脚家具,挂着帘幔的一张又宽又大的床,床上躺着"捷连季伊奇"(女人这么喊他),我觉得,他喝醉了。桌上铁制小烛台上的蜡烛头即将燃尽。一只半俄升的瓶子几乎已经倒空。捷连季伊奇躺着对我哼哼哈哈说了些什么,朝隔壁一扇门挥了下手,而那个女人已经走开了,因此我没有别的办法,只能去开那扇门。我这样做了,走进了另一个房间。

这个房间比前面那一间更窄小拥挤,因此我甚至不知道什么地方可以转身;角落里一张窄小的单人床占去了很多地方;其余的家具一共就是三把堆满了各种破衣服的普通椅子,以及漆布面旧沙发前一张极普通的厨房用的木桌,因此在桌子和床之间人几乎已经无法通过。在桌上和前面那个房间一样的铁制小烛台上点着一根脂油做的蜡烛,而在床上一个很小的婴儿在细声啼哭,从哭声来听,大概生下来才三个星期;替他"更换",也就是换尿布的是一个脸色苍白的有病的女人,好像还年轻,穿着极为随便的家常衣服,也许是产后刚开始起床;但孩子一个劲地哭个不停,等着喂快干枯的乳汁。沙发上睡着另一个孩子,是个三岁的小姑娘,好像盖着一件燕尾服。在桌旁站着一位穿着很破旧的常礼服的先生(他已经脱下了大衣,放在床上),正打开蓝色的纸包,里面包着两俄磅小麦面包和两根小香肠。此外,桌上还有一壶茶和几块黑面包。床底下露出一只未上锁的箱子和装着一些破旧衣服的两个包裹。

总之,一派杂乱无章的景象。瞧上一眼我就觉得他们两人——先生和太太——是正派人,但是被贫穷弄到有失尊严的境地,以致乱七八糟终于压倒了一切与之作斗争的尝试,甚至把人弄到痛苦地需要在这种与日俱增的紊乱不堪中寻找某种痛苦的、仿佛向谁报复似的快感。

我走进去时,在我前面也是才进去并刚打开自己食品纸包的这位先生正跟妻子又快又热烈地交谈着什么;虽然那女的还没换好尿布,可是已经哭泣起来;想必丈夫告诉的照例是坏消息。这位先生看样子有二十八岁左右,他脸容干枯,长着一圈连鬓黑胡子,下巴刮得精光,使我觉得相当体面,甚至令人喜欢;这张脸很抑郁,目光也阴沉,但有一种病态的十分容易被激怒的傲气。我走进去后,就发生了一场奇怪的风波。

有些人在自己好激动生气、易受委屈中获得一种异常的满足,尤其是在他们所受委屈达到最大限度的时候是这样(这总是发生得很快的);在这种时刻甚至受委屈比不受委屈对他们来说好像觉得更痛快。这些易发火的人后来总是十分悔恨,痛苦异常,当然,如果他们是有头脑的人,能够明白他们发火超过了必要的十倍。这位先生惊异地望了我一会儿,而他妻子则很惊惧,仿佛有人会走进他们的房间是件可怕的奇事;但是突然他几乎是发狂似的扑向我,而我还没有来得及说上两句话,尤其在看到我穿得很体面时,想必他认为自己受到了莫大的侮辱,因为我竟敢如此不讲礼貌地窥看他的角落并看见了他自己为此感到羞愧的整个杂乱无章的环境。当然,他也高兴有机会哪怕是对随便什么人发泄自己的愤恨,发泄自己因不走运产生的怒气。有一会儿我甚至以为他扑过来要打架;他脸色发白,就像要歇斯底里发作那样,把他妻子吓坏了。

"您怎么竟敢就这么走进来了?滚!"他嚷着,浑身打着颤,几乎说不出话来。但突然他看见了我手中拿着他的钱包。

"好像是您失落的。"我尽可能平静和平淡地说。(不过,也应该这样。)

他站在我面前惊恐万状,一度仿佛什么都不明白;后来迅即抓住自己的侧袋,吓得张大了嘴,用手拍了一下脑门。

"天哪!您在什么地方找到的?怎么找到的?"

我用最简短的话,尽量更平淡地说明,怎么捡起钱包,怎么奔跑和叫他,最后,怎么凭猜测,跟在他后面几乎是摸索着上了楼梯。

"哦,天哪!"他转向妻子发出一声惊叹,"这里有我们的全部证件,有我最后的一些谋生的凭证,这里有所有的……哦,亲爱的先生,您知道吗,您为我做了什么!否则我就完蛋了!"

与此同时我抓住了门把手,打算不回答就离开;但是我自己气喘吁吁,突然我的激动引发了一阵极其强烈的咳嗽,我几乎连站都站不稳了。我看见这位先生到处乱转,想为我找一把空椅子,最后他从一把椅子上抓起破旧衣服丢到地上,急忙把椅子挪给我,小心翼翼地安顿我坐下。但我的咳嗽继续着,不停地又咳了约莫三分钟。等我明白过来,他已经坐在我旁边的另一张椅子上(大概,也把破旧衣服从那上面扔到了地上),专注地凝视着我。

"您,好像……有病?"他用通常是医生着手给病人看病时用的口吻说,"我自己……是搞医的(他没有说是大夫),"说完这话,不知为什么对我指了一下房间,仿佛是对自己目前的境况表示抗议,"我看得出来,您……"

"我有肺病。"我尽可能简短地说,并站起身。

他马上就跳起来。

"也许,您是夸大了……采取些治疗手段……"

他显得十分慌乱,不知所措,仿佛仍然没有恢复常态;左手持着那只大皮夹。

"哦,您别担心,"我抓住门把手,又打断他说,"Б 大夫(我这时又把 Б 大夫插了进来)上星期给我检查过,我的病情已经确诊了。对不起……"

我本来又想打开门,撇下我这位心怀感激、窘困异常、羞愧难当的大夫,但是可恶的咳嗽偏偏又一次袭击了我。这时我这位大夫就坚持要我再坐下休息一会儿;他向妻子示意,她就在原地对我说了几句感激和欢迎的话。与此同时她很不好意思,甚至在她苍白、蜡黄、干瘪的脸上浮现出红晕。我留了下来,但是显示出每秒钟都生怕使他们感到拘束的样子(这是应该的)。我这位大夫终因悔恨而痛苦不安,这我看得出来。

"如果我……"他开始说,但不时中断和转换话题,"我非常感激您,又非常对不起您……我……您也看见了……"他又指了指房间,"目前我处于这么一种境况……"

"哦,"我说,"不用看;自然,您大概丢了差事,要申诉和重找职位吧?"

"您怎么……知道的?"他惊奇地问。

"一眼就看得出来,"我不由自主地用嘲笑的口吻回答说,"有许多人满怀希望从外省到这里来,到处奔走,就是这样生活的。"

他突然双唇颤动着急切地说了起来;他开始抱怨,开始叙述,我承认,他吸引住了我;我在他那里坐了几乎一小时。他对我讲了自己的经历,不过是很平常的经历。他是外省的医生,有公职,但是那里有人搞起了阴谋,甚至把他妻子也牵连了进去。他很自负,也很气愤;但是省里长官人选的变动有利于他的敌人;他们挖他的墙脚,说他的坏话;他就丢了职位,用最后一点钱来到彼得堡申诉;在彼得堡,自然,很长时间都不睬他,后来听了他的申诉,接着便是拒绝,接着又以许诺来诱惑,接着则是严词答复,后来又让他把什么情况写个说明,接着又拒绝接受他写的东西,要他递呈文,——总之,他已经奔走了四个多月,所有的钱都吃光了;妻子的最后几件衣服也当了,而这时又生下了孩子,而且……而且"今天呈文最终被拒绝了,而我几乎连面包也没有,一无所有,妻子刚生过孩子,我,我……"

他从椅子上跳起来转过身去。他妻子在角落里哭泣,孩子又开始啼哭。我掏出笔记本,记下一些情况。当我写完站起身的时候,他站在我面前,既害怕又好奇地望着我。

"我记下了您的名字,"我对他说,"嗯,还有其他一些情况,如任职地点、你们省长的名字、日期、月份等等。我有一位中学同学,姓巴赫穆托夫,他有个伯父彼得·马特维耶维奇·巴赫穆托夫,是四等文官,现在当什么长……"

"彼得·马特维耶维奇·巴赫穆托夫!"我这位医生差不多打起颤来,惊呼道,"要知道一切几乎就取决于他呢!"

实际上,在我这位医生的遭遇以及我无意中促成的结局中,一切都是巧合并得到了顺利解决,仿佛故意这样安排似的,完全像小说里写的那样。我对这对可怜的人儿说,他们尽量不要对我抱有任何希望,我自己是个贫困的中学生(我故意夸大了自己的卑微;其实我早已中学毕业,不是中学生了),他们没必要知道我的名字,但是我马上就去瓦西里耶夫斯基岛去找我的同学巴赫穆托夫,因为我确切知道,他那四等文官的伯父是个独身者,没有孩子,对他的侄子喜欢至极,把他奉若神明,将他看作是自己家族的最后一个苗裔,因此"也许我的同学能为你们,为我做点什么,当然,是在他伯父面前……"

"只要允许我向大人说明情况!只要能有幸进行口头说明!"他高声嚷着,像患热病那样浑身打颤,眼睛炯炯发光。他是这么说的:能有幸。我又再次表示,事情也许不会成功,一切也就将成为空话,我还补充说,如果明天上午我不到你们这儿来,那也就是说,事情完蛋了,你们就不必等了。他们一再鞠躬送我出来,几乎激动得有些精神失常。我永远不会忘记他们脸上的表情。我雇了马车,立即出发去瓦西里耶夫斯基岛。

我跟这个巴赫穆托夫在中学里有好几年经常处于敌对状态。他在我们中间被认为是贵族,至少我是这么叫他的。他穿着很漂亮,乘自己的马车,但他一点也不夸耀自己,总之是个非常好的同学,总是非常快活,有时甚至很俏皮;虽然他的智力完全不高,但他在班上总得第一,我却无论哪方面从来也没有当过第一。所有的同学除我一人,全都喜欢他。在这几年中他曾经有几次来接近我,但每次我都阴沉着脸,气冲冲地不理睬他。现在我已经有一年没有看见他了;他在上大学。八点多钟我进去见他(规矩挺大:仆人通报了我),开始他惊奇地迎接我,甚至完全不表示欢迎,但马上就变开心了,望着我,突然哈哈大笑起来。

"捷连季耶夫,您怎么想起要到我这儿来的?"他嚷了起来,还是用平时那种亲切随便的口气,有时毫不顾忌,但从来也不伤害人,我喜欢他就是凭这一点,但是恨他也是因这一点。"但是,这是怎么啦,"他惊恐地叫了起来,"您病成这个样子!"

咳嗽又一次折磨我,我倒在椅子上,勉强喘过气来。

"别担心,我有肺病,"我说,"我对您有个请求。"

他惊异地坐了下来,我马上把医生的全部遭遇对他做了叙述,并说明,他本人对他伯父有着非同一般的影响,也许,他能做点什么。

"我做,一定做,明天就向伯父进攻;我甚至很高兴,而且您把这一切讲得这么好……但是,捷连季耶夫,您这是怎么想起来找我的呢?"

"这件事很大程度上取决于您的伯父,再说,巴赫穆托夫,我们过去总是敌人,而因为您是个高尚的人,因此我想,您不会拒绝敌人的。"我含着讽刺说。

"就像拿破仑向英国求助一样!"他哈哈大笑着叫道,"我会做的,会做的!如果可以的话,甚至现在就去!"他看见我一本正经地严肃地起身,急忙补充说。

确实,这件事意想不到地办得不能再好了。过了一个半月我们的医生重又得到了职位,是在另一个省,领到了路费,甚至还有补助。我怀疑经常去他们那儿的巴赫穆托夫(当时我却因此故意不去他们那里,对跑来看我的医生态度也几乎很冷漠),我怀疑巴赫穆托夫可能甚至劝说他们接受他的借款。这六个星期里我见到巴赫穆托夫两次,第三次碰面是在给医生送行的时候。这次饯别巴赫穆托夫安排在自己家里,以喝香槟用午餐的形式进行。医生的妻子也出席了,不过,她很快就回去照料小孩了。这是5月初一个晴朗的傍晚,太阳像一个巨大的球降落到海湾里。巴赫穆托夫送我回家;我们顺着尼古拉耶夫斯基桥漫步,两人都有几分醉意。巴赫穆托夫谈到自己欢喜的心情,因为这件事了结得这么好,他还为什么事而感激我,他解释说,在做了这件好事后现在他是多么愉快,他相信,一切功劳都归于我,而现在许多人告诫和宣传说做个别、件把好事是丝毫没有意义的,这是没有道理的。我也想谈得不得了。

"谁要是否定个别的'善行',"我开始说,"谁就是否定人的本性和蔑视他个人的人格。但是组织'社会的慈善事业'和个人自由问题——这是两个不同的同时又不互相排斥的问题。个别的善行将永远存在,因为这是个人的需要,是一个人直接影响另一个人的有现实意义的需要。在莫斯科有一个老人,是位'将军',也就是四等文官,有德国名字;他整整一生都在狱堡和犯人中奔波;每一批流放去西伯利亚的犯人都事先知道,在麻雀山将会有一个'将军老头'去看望他们。他做自己的事认真和虔诚到了极点;他出现在哪里,总要走遍每一排围住他的流放犯,在每一个人面前停下来。详细询问每个人的需求,他几乎也不向谁进行说教,把他们大家称为'亲爱的'。他给他们钱,寄必需的用品——绑腿、裹脚布、麻布,有时带些劝人为善的小册子来,分给每个识字的罪犯,他充分相信,他们会在路上读这些书,而且识字的会念给不识字的听。他很少询问犯了什么罪,如果罪犯自己开始讲,他也就听着。他对所有的罪犯都一视同仁,不加区别。他跟他们说话就像跟兄弟一样,但是他们自己最后都把他看作父亲,如果他发现哪个流放的女人手上抱着孩子,他就走近前去,对孩子爱抚一阵,用手指打几个榧子逗他笑。多年来他就是这样做的,直至死去;后来整个俄罗斯、整个西伯利亚都知道他,也就是说所有的罪犯都知道他。有一个过去在西伯利亚待过的人对我说,自己就是个见证人,那些最冥顽不化的罪犯也常回忆起将军,其实呢,将军去看望一批批犯人时,给每个兄弟的钱难得超过二十戈比。确实,他们回忆他时并非那么炽烈或者非常正经。有一个'倒霉鬼'打死过十个人,害过六个孩子,仅仅是为了得到一种满足(据说是有这样的人),忽然什么时候,也许整整二十年里也就这么一回,他忽然无缘无故发出一声长叹并且说:'现在将军老头怎么样了,还在不在世?'说这话时,他也许还会付之一笑,——就此而已。您又怎么知道,他二十年未忘怀的这位'将军老头'在他心中永远播下了一颗什么种子?您又怎么知道,巴赫穆托夫,一个人亲近另一个人,这对被亲近的人的命运会有什么样的意义?……要知道一个人的整个人生有多得不计其数的我们所不知道的岔道。最优秀的棋手,他们中最机智的也只能预料后面几步棋;一位能料上十步棋的法国棋手,已被当作神奇的人而大写特写了。而人生又有多少步,我们不知道的事又有多少?当您撒下您的种子,当您撒下您的'善行'、无论哪种形式的好事,您就奉献了您的一部分个性,同时也接收了别人的一部分个性;你们彼此互相了解;再稍加注意,您已经得到知识、最意外的发现作为补偿。最后,您一定会把您做的事看作是门科学,它将会把您的整个生命都吸引住,还能充实整个生命。从另一方面来说,所有您的思想,所有被您撒下、也许已经被您遗忘的种子,将会得到体现和发育成长;从您那里有所获的人将会把它们传递给别的人。您怎么知道,您将怎样参与未来决定人类的命运?如果知识和这项工作的整个生命力最后将使您上升到能撒下巨大的种子、使您能给世界留下伟大的思想作遗产,那么……"诸如此类的话,我当时说了许多。

"可是与此同时倒想想,你却要失去生命!"巴赫穆托夫激烈地责备着似乎向什么人嚷道。

那时我们站在桥上,胳膊肘撑在栏杆上,望着涅瓦河。

"您知道吗,我想到什么了?"我更向栏杆俯下身去,说。

"难道想要投河?"巴赫穆托夫几乎惊恐地嚷了起来。也许,他在我的脸上看出了我的思想。

"不,我暂时还只有下面这样一种想法:现在我还剩两三个月可活,也许是四个月;但是,比方说,一共还有两个月,而假如我又非常想做一件好事,这需要工作、奔走和张罗,就像我们的医生那样的事,在这种情况下因为我剩下的时间不够,只能放弃做这件事,另找一件'好事',小一点的,找力所能及的(如果这么强烈地吸引我去做好事的话)。您一定认为,这是个可笑的想法!"

可怜的巴赫穆托夫非常为我忧急不安;他送我到家门口,而且非常知趣,没有说一次安慰话,几乎一直沉默着。跟我告别的时候,他热情地握着我的手,请求允许他来看望我。我回答他说,如果他是作为"安慰者"到我这儿来(因为即使他沉默不语,他来也仍然是作为"安慰者来的",我对他说明了这一点),那么他每次这样做就将会使我更多地想到死。他耸了耸肩膀,但同意了我;我们分手时相当客气,我甚至没有料到。

但是这个晚上和这个夜里我撒下了"最后信念"的第一颗种子。我贪婪地抓住这个新思想,贪婪地分析它所有的细微之处和各种形态(我整夜没有睡着),我越是深入这思想,越是接受它,就越是感到惧怕。可怕的恐惧终于攫住了我,在接下来的日子里也不离去。有时候,在想到我的这种经常性的惊惧时,我又会因为新的恐惧而吓得浑身冰凉,根据这种恐惧我可以得出结论,我的"最后信念"印在头脑里太深刻了,一定会有个解决。但是要解决,我又缺少决心。三个星期过去了,一切都结束了,决心也来了,但这是由于一个相当怪的情况。

这里我要在我的解释里注明所有的数字和日期。对我来说当然是无所谓的,但是现在(也许就只是此刻)我希望,将要评判我们行为的人能清楚地看到,我"最后的信念"是从怎样的逻辑推论锁链中得出来的。刚才我在上面写到,为了实现我的"最后信念",我缺少最终的决心。我身上产生这一决心好像根本不是出自逻辑推论,而是由于某种奇怪的推动力,由于一个也许完全与事态发展丝毫无关的情况。十天前罗戈任为自己的一件事到我这儿来。这件事不必在这里赘述。过去我从未见过罗戈任,但是听说过他的许多情况。我向他提供了一切所需要的情况,他很快就走了,因为他来只是为了询问,所以我们之间的事也就到此为止。但是他太使我感兴趣了,整个这一天我一直处于各种奇怪念头的影响下,因此我决定第二天上他家去做一次回访。罗戈任显然不高兴我去,甚至"委婉地"暗示,我们没必要继续结交下去;但是我仍然度过了迥非寻常的一个小时,大概他也是这样。我们之间有着明显的对照,这一点不能不影响到我们俩,尤其是我,我是个活在世上的日子已经屈指可数的人,而他却过着最完整、最直接的生活,过着真正的分分秒秒,对于"最后的"推论、活着的天数,或者任何不涉及那种……那种……咴,那种使他发狂的情况的事,都不用丝毫操心;让罗戈任先生原谅我这个说法,就算我这个蹩脚文人不会表达自己的思想吧。尽管他压根儿就不友善,我却觉得他是个有头脑的人,能理解许多事物,虽然局外事很少有使他产生兴趣的。我没有向他提及我的"最后信念",但我不知为什么觉得,他听着我讲,已经猜到这一层意思。他没有吭声,此人极为沉默寡言。临走时我暗示他,尽管我们之间有很大差别和截然相反的人生,但是 Les extrêmités se touchent[1](我对他用俄语做了解释),因此,很可能他自己离我的"最后信念"完全不像觉得的那样遥远。对此他向我做了一个非常阴郁和不满

---

[1] 法语,意为相反的两端也会碰到一起。

的鬼脸作为回答,接着就站起身,亲自为我找到帽子,做出好像是我自己要走的样子,简直就是把我带出这幢阴森森的屋子,表面上却像出于礼貌而送我走。他的房子令我惊讶,它像一块墓地,而他好像是喜欢的,不过,这也可以理解:他过着完整的、直接的生活,这生活本身太充实了,对环境别无所需。

对罗戈任的这次拜访使我累得慌。此外,从早上起我就感到不舒服,到傍晚我已非常虚弱,便上床躺下,不时感到烧得很厉害,有时还说胡话。科利亚与我在一起待到十一点钟。但是我记得他所说的和我们所说的一切。而有时我合上眼的时候,则头脑中老是浮现出仿佛已经得到百万钱财的伊·福米奇。他老是不知道把这些钱往哪儿放,为这些钱伤透脑筋,害怕被人偷走而胆战心惊,最后仿佛决定把它们埋到地下。后来我向他建议,与其把这么一块金子白白埋入地下,不如把这一大块金子给"冻死的"孩子铸个小的金棺材,为此要把孩子挖出来。苏里科夫似乎带着感激的泪水采纳了我这种嘲弄人的建议并立即着手实施计划。我好像啐了一口唾沫就从他身边走开了。当我完全清醒过来时,科利亚要我相信,我根本没有睡,这段时间一直在跟他谈论苏里科夫。有时候我会异常烦闷忧愁,六神无主,因此科利亚离开时很不放心。当我自己起来,在他出去后要把门锁上时,我忽然想起了刚才在罗戈任家见到的一幅画。它挂在他房子里最幽暗的一间厅堂的门上方。他自己顺便指给我看的;我好像在画作前站了约莫有五分钟。在艺术方面这幅画没什么好的;但是它却使我产生了某种奇怪的不安。

这张画上画的是刚从十字架上取下来的耶稣。我觉得,画家们通常喜欢描绘钉在十字架上的或从十字架上取下来的耶稣,还总是让他的脸带上一种不同寻常的美,甚至在承受最可怕的折磨时也谋求为他保持这种美。在罗戈任家的那张画上是谈不上有美的;这是一个人的尸体的全貌,他在被钉死在十字架上之前,在背负十字架和倒在十字架下时，就已经受了无穷的折磨、伤痛、虐待、看守的拷打、民众的殴打，最后还有六小时钉在十字架上的痛苦（我估算至少有这么长时间）。确实，这是刚从十字架上取下来的人的脸，也就是说还保留了很多有生命的、温暖的迹象；还没有完全变僵硬，因此死者的脸上甚至还流露出痛苦的神情，仿佛现在他还能感受到这种痛苦（这一点画家很好地捕捉到了）；但是这张脸丝毫也没有被美化，这里只有本色，一个人无论是谁，在经受了这样的折磨以后，他的尸体真的就应该是这样的。我知道，还是在最初那些世纪基督教会就确认，耶稣三分之二的苦难不是形象性的，而是确确实实的，因而他那在十字架上的肉体也就完全充分服从了自然的法则。画上这张脸被打得血迹斑斑，肿胀，还有可怕的鼓起的青紫块，眼睛睁着，眼珠歪斜，大大的眼白闪着死人的玻璃般的反光。但是，奇怪的是，当你瞧着这被折磨至死的人的尸体时，会产生一个奇怪和有意思的问题：如果所有耶稣的门徒，他未来的主要使徒看见这样的尸体（而它应该就是这样的），跟在他后面和站在十字架旁的妇女，所有信奉他、把他奉为神明的人看见了这样的尸体，他们怎么能相信这个蒙难者会复活呢？这里不由得会得到一个概念，如果死是这样可怕，自然规律的威力是这么强大，那么怎么才能制服它们？耶稣活着时曾经战胜过自然，使自然服从了他，他一喊："女儿，起来吧"，——少女就起来了；一喊："拉撒路，出来吧"，——死者就出来了；现在连他也战胜不了它们，又怎么能支配它们呢？看着这幅画会产生一种幻觉，仿佛自然变成了一只庞大、无情、无声的野兽，或者确切地说——虽然显得很奇怪，却要确切得多，——它变成了一台新式的大型机器，无谓地攫取，麻木不仁、无动于衷地粉碎和吞噬伟大无价的生物，这样的生物一个就抵得上整个自然及其所有的规律，抵得上整个大地，也许创造大地的唯一的目的就只是为了这个生物降世！这幅画表达的正是这样一种概念，即有一种一切都服从于它的阴森、放肆、无谓永恒的力量,这种概念不由自主地也传达给了您。画上一个都看不见的围着死者的人们应该感受到那个晚上可怕的烦恼和慌乱,因为就在这个夜晚一下子把他们的所有希望以及几乎全部信仰都粉碎了。他们一定是怀着极大的恐惧散去的,尽管每个人在自己心中都带走了一个宏大的思想,而这思想已经永远不可能从他们心中被夺走了。如果这位导师本人在死刑前夕能看到自己的形象,那么他是否还能像现在这样自己走上十字架,这样死去?当你看着这幅画时,这个问题也不由自主地隐约出现。

科利亚离去后整整一个半小时,我断断续续仿佛看到了这一切,也许确实是在梦呓之中,有时甚至还有模有样的。没有形象的东西是否能在幻觉中变得有形象了呢?但是我有时仿佛觉得,在某种奇异和不可想象的形状中看见了这一无穷的力量,这一又聋又哑的阴森森的东西。我记得,仿佛有人拿着蜡烛、牵着我手带我走,让我看一只令人厌恶的大毒蛛,并要我相信,这就是那又聋又哑却又无所不能的阴森怪物,并嘲笑我的愤懑。在我房间里的圣像前总是整夜点着一盏小灯,灯光昏暗微弱,可是却能让我看清一切,而凑近小灯还能看书。我想,已经刚过午夜十二点;我完全没有睡,睁着眼睛躺着;突然我房间的门开了,罗戈任走了进来。

他走进来,关上了门,默默地看了我一眼,悄悄地走向角落里几乎就在小灯下的那张椅子。我很惊讶,望着他,等待着;罗戈任胳膊肘撑在小桌上,默默地看着我。这样子过了两三分钟,我记得,他的沉默很让我见怪和烦恼。为什么他不想讲话?他这么迟来当然使我觉得纳罕,但是我记得,这并没有使我惊诧得不得了,甚至相反,因为我虽然在上午没有明确地讲出自己的思想,但是我知道,他是理解它的,而这个思想具有值得讨论的性质,因此即使已经很晚了,当然也还是可以再来谈一次的。我就是这么想的:他是为此而来的。上午我们分手时带有几分敌意,我甚至记得,他带着非常嘲弄的神色瞥了我两眼。我现在在他的目光中还看到这种嘲笑,这很使我生气。这确实是罗戈任本人,而不是幻影,不是梦境,这一点起先我丝毫也不怀疑,甚至没有想到过去怀疑。

同时他继续坐着,仍然带冷笑一直望着我。我愤愤地在床上转过身,也用胳膊肘撑在枕头上,下决心故意地保持沉默,哪怕我们一直就这样不吭声待着。不知为什么我想一定要他先开口。我想这样过了约有二十分钟,忽然我冒出一个念头:要是这不是罗戈任而仅仅是幻象呢?

无论是在病中还是以前我从来也没有见过一个幽灵;但是还在小的时候,甚至现在,也就是不久前,我总觉得,只要有一次看见幽灵我一定会在当场立即死去,尽管我不相信任何幽灵。但是当我想到,这不是罗戈任,而只是幽灵时,我记得,我一点也没有受惊吓。不仅这样,我甚至对它很生气。奇怪的还有,这是幽灵还是罗戈任本人,对这个问题的解答不知怎么的完全不像似乎应该的那样令我关注和不安;我觉得,我当时在想别的什么事。比方说,使我感兴趣得多的是,为什么罗戈任刚才穿家常睡衣和便鞋,而现在穿燕尾服、白背心,打白领带?我脑中也问过这样的念头:如果这是幽灵,我又不怕它,那么为什么不站起来,不走近它,不亲自证实一下呢?不过,也许,我还是不敢和害怕的。但是,当我刚来得及想我害怕时,突然我全身仿佛冰雪交加;我感到脊背发凉,双膝打颤。就在这瞬间,就如猜到我已害怕似的,罗戈任放下撑着的那只手,挺直身子,开始张开自己的嘴巴,像是准备发笑;他盯着望我。狂怒攫住了我,我下决心要向他扑去,但是因为我发过誓不先开口说话,所以我仍留在床上,况且我仍然没有把握:这是不是罗戈任本人?

我不太确切地记得,这种状态持续了多久;我也不能肯定,有时候我是否会有片刻昏迷?不过,罗戈任终于站了起来,像他进来时那样缓慢而专注地审视着我,但是不再嘲笑,悄悄地,几乎是踮着脚尖,走向门口,开了门,走了出去,又掩上了门。我没有从床上起来;我不记得,我这样睁着眼睛躺着一直想问题又过了多久;天知道我想些什么;我也不记得是怎么昏迷的。第二天上午九点多的时候,有人敲门我才醒来。此前我这样和家里人约定,如果十点前我自己不开门也不喊人送茶,那么玛特廖娜就应自己来敲我的门。当我给她开门时,我马上就想到:门关着,他怎么能进来呢?我完全清醒后便确信,真正的罗戈任是不可能进来的,因为我家所有的门在夜间都是上锁的。

我如此详细地描述的这一特别的事件,是使我完全"下决心"的原因。因此,促使我最后下定决心的不是逻辑,不是逻辑的信念,而是厌恶。生命采取这样怪异的、侮弄我的形式,我是不能再活下去了。这个幽灵伤害了我的自尊心。我不能屈从于以毒蛛的样子出现的阴森的力量。只有在黄昏暮色中终于感觉到自己彻底下定决心时,我才觉得轻松些。这仅仅是第一关头,为了第二关头我去了帕夫洛夫斯克,但这已经相当明白了。

七

我有一支袖珍小手枪,在我还是个孩子的时候,我就开始玩这东西了,那是一个可笑的年龄,会开始喜欢决斗什么的,以及强盗袭击的故事,想象着有人向我挑起决斗,我又怎么气宇轩昂地面对对方的枪口。在放小手枪的抽屉里还找到了两颗子弹,而在角制火药筒里则有够装三发的火药。这把手枪很糟糕,打出去的子弹总是偏离的,射程总共才十五步;但是,如果紧贴着太阳穴开枪,当然是能叫头颅开花的。

我打算在帕夫洛夫斯克日出时去公园里死,这样可以不会惊动别墅里的任何人。我的"解释"足以向警方说明全部情况。爱好心理学的人以及有必要了解的人会从中得出他们愿意得出的结论。但是,我不愿意将这份手稿公之于众。我请求公爵保留一份在自己那里,另一份交给阿格拉娅·伊万诺夫娜·叶潘钦娜。这是我的意愿。我把我的骨骼遗赠给医学院以利于科学研究。

我不承认要对我进行审判的法官,我知道,我现在不受法庭的任何约束。还是不久前有个提议令我捧腹大笑:假若我突然想起现在要杀死随便哪个人,哪怕一下子杀死十个人,或者做什么被认为是这个世界上最可怕的事,在废除了体罚和肉刑的情况下,面对我这么一个只能活两三个星期的人,法庭会陷于何种尴尬的境地?我会在他们医院里受到医生的悉心治疗,会舒舒服服、暖暖和和地死去,也许,比在自己家里还舒服、暖和得多。我不明白,处在我这样状况中的人怎么想不到这样的念头,哪怕仅仅是为了开个玩笑。不过,也许想到了;即使在我们中间也能找到许多寻开心的人。

但是,即使我不承认对我进行审判,我还是知道我会受到审判的,那时我已是一个又聋又哑的被告人。我不想不留一句答词就离开人世,我的答词是自由的而不是被迫作出的,也不是为了辩护,——哦,不!我无须向谁请求宽恕,也没有什么要请求宽恕的,——就因为我自己愿意这样做。

首先,这里有一个奇怪的思想:谁会想出来现在对我享有两三周生命期限的权利提出异议?凭什么?出于什么动机?这又关法庭什么事?究竟谁需要让我不仅仅被判刑,而且还要乖乖地服满刑期?难道真的有人需要这样?是为了道德?我还明白,假如我在身强力壮、风华正茂的时候加害于自己的生命,而它"本来是能有益于我亲近的人的"等等,那么按照陈腐的因循守旧的观念,道德还是会谴责我擅自处理自己的生命,或者给我按上一些它自己才知道的罪名。但是现在,在已经对我宣读了刑期的现在呢?除了您的生命之外,哪一种道德还需要您在交出生命的最后一个原子时发出的最后一声嘶哑的吁叹?而那时您还在倾听公爵的安慰,他用自己的基督精神来论证,一定会得出一个幸福的思想:实际上您死去甚至更好。(像他这样的基督教徒总是会接受这种思想的,这是他们老生常谈的话题。)他们讲那些可笑的"帕夫洛夫斯克的树木"想干什么?是想使我在生命的最后时辰减轻痛苦?他们想用生命和爱的幻影来遮挡我的梅耶罗夫墙和那上面所写的坦诚纯朴的一切,难道他们不明白,我越是忘怀,越是沉湎于这最后的幻影,他们就越使我不幸?整个这不散的筵席从一开始就认为唯独我是多余的人,那么你们的自然,你们的帕夫洛夫斯克公园,你们的日出日落,你们的蔚蓝的天空和你们的显示万事满意的脸庞,对于我来说又有何用呢?所有这一切美景对我来说又有什么意义?我现在每分每秒应该也必须知道,甚至现在沐浴着阳光、在我身边嗡嗡叫的这只小小的苍蝇,也是这场筵席和合唱的参加者,也知道自己的地位,并热爱自己的这一席之地和感到幸福,而唯独我一人是个被人唾弃的人,仅仅因为我的怯懦畏缩我才至今还不明白这一点!哦,我可是知道的,公爵和他们大伙儿多么想把我引到那一步:使我不讲所有这些"狡猾和恶毒的"话,而出于品行端正和为了道德的胜利来吟唱一节米尔瓦的经典名诗:

O, puissent voir votre beauté sacrée
Tant d'amis souds à mes adieuщ !
Quìls meurent peins de jours, que leur mort soit pleurée,
Qu'un ami leur ferme les yeux !¹

但是请相信,天真纯朴的人们,请相信,就是在这节品格高尚的哀诗中,在这种用法语诗向世界表示的经院式祝福中,也潜藏着那么多隐蔽的痛苦,那么多不可调和、在韵律中自行缓解的怨恨,甚至诗人本人也许也会陷于窘境,把这种怨恨当作是平静的泪水,而且就这样死去;愿他的灵魂安息!要知道,意识到自己的微不足道和软弱无力这样的耻辱是有限度的,人已经不能超过这个限度,并且正是从这个极限开始在自己的耻辱中感受到巨大的满足……当然

---

[1] 法语,译文为:哦,对我离世置若罔闻的朋友,/但愿他们看见您神圣的美!/但愿他们在暮年寿终正寝,但愿有人对他们的死哀泣,/但愿朋友为他们合上双眼!

啰，在这个意义上顺忍是一种巨大的力量，我承认这一点，虽然这不是宗教把顺忍看作是力量那样一种含义。

宗教！我承认永恒的生命，也许，过去也一直承认的。就让最高意志的力量点燃意识，就让这意识环顾世界后说"我存在着！"，就让这最高力量突然确定这意识消亡，因为那里为了某种需要就是这样安排的（甚至不做解释究竟为了什么），需要这样，就让它这样吧，我可以承认这一切，但是，终究仍然有一个永恒的问题：在这种情况下为了什么需要我的顺忍？难道不能就这么把我吃了而不要求我赞美把我吃了？难道那里真的有人会因为我不想继续活两个星期而生气？我不相信这一点；而且正确得多的假设是，这里需要我这微不足道的生命，一个原子的生命，不过是为了给某种普遍的总体协调添加一分子，为了某个正和负，为了某种对比等等，等等，就像每天需要牺牲许许多多生物的生命一样，没有它们的死亡剩下的世界就不可能维持（虽然应该指出，这本身并不是很豁达的思想）。但是随它去吧！我同意，不然的话，也就是要是没有不断的彼此消亡，世界是怎么也不可能安排好的；我甚至愿意承认，对于这种安排我一点也不理解，但是有一点我肯定知道：既然已经让我意识到"我存在着"，那么世界安排得就有错误，不然它就不能维持，这些还关我什么事？这以后谁会来指责我？为了什么指责我？随您怎么想，反正我要说：这一切是不可能的，不公平的。

然而，不管我怀有多大的愿望，我从来也不能设想没有未来的生命和天命。更确切些说，这一切是存在的，但我们对未来的生命及其规律丝毫不理解。但是，既然是这么困难、甚至完全不可能理解这一点，那么，难道我要对无力理喻这无法理解的事物负责吗？确实，他们说（当然，公爵也跟他们在一起），这件事上需要听从，需要不加反对地、唯唯诺诺地听从，在阴间一定会奖赏我的这种温顺。我们由于不能理解天命而烦恼，常常用我们的概念来解释它，因而就过分地贬低了它。但是我又要重复说,既然不可能理解它,那么也很难对不让人理解的东西负责,既然这样,又怎么能指责我不理解天命的真正意志和规律呢?不,最好还是撇下宗教不谈。

再说也已经谈够了。当我谈到这里的时候,太阳一定已经升起,"在天空中发出轰响",无穷而宏伟的力量倾泻在普天之下。随它去吧!我将直接望着生命和力量的源泉而死去,我不想要这生命了!如果我有权不降生到世上来,我一定不会接受在这样嘲弄人的条件下生存。但是我还有权力死去,虽然我献出的已是屈指可数的日子。权力不大,所以造反也不厉害。

最后一点说明:我死完全不是因为不能承受这三个星期;哦,我有足够的力量,假若我愿意,那么光是意识到我所遭受的委屈就足以安慰我自己了;但我不是法国诗人,也不想要这样的安慰。说到底,这也是一种罪恶的诱惑:大自然限制我的活动到了这样的程度——只判给我三个星期的时间,也许,自杀是唯一一件我还能按照自己的意愿来得及开始和结束的事。也好,也许我是想到用一下最后的可能性来办这件事?抗议有时不是一桩小事……

"解释"结尾了;伊波利特终于停下来了……

在极端情况下坦率可以达到恬不知耻至极的程度,当一个神经质的人受了刺激并失去自制力的时候,他已经什么都不怕,甚至准备闹出任何荒唐事来,还会为此而高兴;他会扑向人们,而同时自己则怀有一个模糊但坚定的目的,一分钟后一定要从钟楼上跳下去,以此一下子了结在这种情况下会有的一切困惑。逐渐降临的体力衰竭通常是这种状态的征兆。到目前为止一直支撑着伊波利特的异常的、不自然的紧张已经达到了最后阶段。这个十八岁的小年轻被疾病耗尽了元气,显得十分虚弱,就像从树上掉下来的一片颤抖的树叶;但是他刚刚来得及扫视自己的听众,——这是最近一小时内的第一次,——在他的目光和微笑中马上就流露出最高傲、最轻蔑和得罪人的厌恶神情。他急于向人们挑战。而听众十分气愤。大家懊恼地从桌旁站起来,发出一片响声。疲倦、香槟、紧张加剧了乱糟糟和仿佛是污秽的印象,如果可以这样形容的话。

突然伊波利特很快地从椅子上跳起来,犹如有人把他从座位上拉下来一样。

"太阳出来了!"他看见闪耀着光芒的树梢而呼叫起来,一边像指着奇迹一般指给公爵看,"出来了!"

"您以为不会出来了还是怎么的?"费尔迪先科说。

"又得炙烤一整天,"加尼亚手里拿着帽子,伸着懒腰,打着呵欠,漫不经心地烦恼地嘀咕着,"这样干旱一个月怎么得了!……我们走不走,普季岑?"

伊波利特听着,惊讶得呆如木鸡;突然他脸色白得可怕,全身颤抖起来。

"您很笨拙地做出您那种冷漠的样子来侮辱我,"他凝视着加尼亚,对他说,"您是个坏蛋!"

"嘿,这真是鬼知道是怎么回事,这么放肆!"费尔迪先科喊了起来,"多么少见的体弱力衰!"

"简直是傻瓜!"加尼亚说。

伊波利特勉强克制住自己。

"我明白,诸位,"他开始说,一边仍然打着颤,把每个字都断断续续地说出来,"我会遭到你们个人的报复……我很后悔用这些胡言(他指了下手稿)来折磨你们,不过,我也后悔没有把你们折磨死……(他愚蠢地笑了一下)折磨死了吧,叶甫盖尼·帕夫洛维奇?"他突然转向他问,"折磨死了没有?您说!"

"有点冗长,不过……"

"全都说出来!别撒谎,哪怕一生中就这一次!"伊波利特战栗着,命令着。

"哦,我根本就无所谓!对不起,请您让我安静些吧。"叶甫盖尼·帕夫洛维奇厌恶地背转身去。

"祝您安睡,公爵。"普季岑走近公爵说。

"他马上就会开枪自杀的,你们怎么啦!瞧他!"维拉喊了一声,异常惊恐地冲向伊波利特,甚至抓住他的手,"他不是说过,太阳出来的时候就开枪自尽吗?你们怎么啦!"

"他不会开枪自尽的!"有几个人幸灾乐祸地低声说,其中也有加尼亚。

"诸位,请小心!"科利亚也抓住伊波利特的一只手,喊道,"你们只要看看他!公爵!公爵,您在那儿干吗!"

伊波利特身边围聚着维拉、科利亚、凯勒尔和布尔多夫斯基;四个人全都用手抓住他。

"他有权利,有权利!……"布尔多夫斯基喃喃着,其实他也完全茫然失措。

"请问,公爵,您有什么吩咐?"列别杰夫走近公爵,他醉醺醺、恶狠狠的,一副无赖的样子。

"什么吩咐?"

"不,请允许我说,我是主人,虽然我并不想不尊重您。即使您也是主人,但我不愿意在我的房子里发生这样的事……就这样。"

"他不会开枪自尽的;这小子在胡闹!"伊沃尔京将军气愤而又过于自信地、出人意料地嚷着。

"将军说得真不错!"费尔迪先科附和说。

"我知道他不会开枪自杀,将军,万分尊敬的将军,但毕竟……因为我是这里的主人。"

"听着,捷连季耶夫先生,"突然普季岑在跟公爵告别后把手递给了伊波利特,"您好像在自己的手稿里讲到您的骨骼,说要遗赠给科学院?您这是说您的骨骼,您自己的,也就是说要遗赠自己的骨头?"

"是的,我的骨头……"

"这就好了。不然可能会弄错,据说,已经有过这样的事情。"

"您干吗要招惹他?"公爵突然喊起来。

"把人家眼泪都逗出来了。"费尔迪先科补了一句。

但伊波利特根本没有哭。他本想移动一下位置,但是围住他的四个人一下子突然抓住了他的手。四周响起了笑声。

"他就是要别人抓住他的手,他读手稿就为这个目的,"罗戈任指出,"再见,公爵。唉,坐得太久了,骨头都疼了。"

"捷连季耶夫,如果您真的想开枪自杀,"叶甫盖尼·帕夫洛维奇笑起来说,"如果我处于您的地位,在听了这样的恭维话后,就偏偏不自杀,气气他们。"

"他们非常想看到我开枪自杀!"伊波利特冲着他气势汹汹地说。

继而他又像是准备进攻似的说:

"他们看不到,所以就着恼。"

"这么说您也认为,他们是看不到的喽?"旁边有人说。

"我不来煽动您;相反,我认为,您开枪自杀是非常可能的。主要是您别生气……"叶甫盖尼·帕夫洛维奇用一种庇护弱者的语气拉长了调子说。

"我现在才明白,我念这篇手稿是犯了一个可怕的错误!"伊波利特说,他忽然流露出十分信赖的神情望着叶甫盖尼·帕夫洛维奇,仿佛请朋友出出友好的主意。

"处境是可笑的,但是……真的,我不知道该向您建议什么好。"叶甫盖尼·帕夫洛维奇微笑着回答。

伊波利特严厉地、目不转睛地盯着他,一语不发。可以想到,他有时完全想入神了。

"不,请让我说几句,这不过是一种姿态,"列别杰夫说,"说什么'我要在公园里自杀,免得惊动任何人!'他下台阶往公园里走三步,就不惊扰别人了,这是他才这么想。"

"诸位……"公爵本已开始说。

"不,请让我说,万分尊敬的公爵,"列别杰夫愤恨地抓住话题不放,"因为您自己也看到这不是玩笑话,因为您客人中至少有一半也是那种意见并深信,现在,在这里讲了许多话以后,他出于爱面子也一定会开枪自杀,所以我作为房主当着证人们宣布,我请你们予以协助!"

"应该做什么,列别杰夫?我准备着协助您。"

"是这样:首先让他立即交出在我们面前加以吹嘘的手枪以及全部弹药,如果他交出来,鉴于他有病,我同意让他今晚在这屋里过夜,当然,得在我的监视之下。但是明天一定得请他走,随便他去哪里;对不起,公爵!如果他不交出武器,那么我马上,立即扭住他的胳膊,我扭一只,将军扭另一只,同时迅即派人去报告警察,那时这事就转到警察局去处理了,费尔迪先科,看在老交情上,去走一趟吧。"

顿时喧哗声起。列别杰夫异常激动,已经失去分寸;费尔迪先科准备去警察局;加尼亚发狂地坚持谁也不会开枪自杀;叶甫盖尼·帕夫洛维奇沉默不语。

"公爵,您曾经从钟楼上跳下来过吗?"伊波利特忽然对他低语说。

"没有……"公爵天真地答道。

"难道您以为,我没有预见到所有这一切憎恨吗?"伊波利特又低声说道,他眼睛一闪一闪地望着公爵,仿佛真的等待着他的回答。"够了!"他突然对所有在场的人喊了起来,"我有过错……比所有的人都大的过错!列别杰夫,这是钥匙(他掏出钱包,从里面取出连着三四把小钥匙的钢钥匙圈),就是这把,最后第二把……科利亚会指给您看的……科利亚!科利亚在什么地方?"他望着科利亚,却视而不见地喊着,"是的……他会指给您看的;不久前他和我一起把东西放进包里的。科利亚,带他去吧;我的包在公爵书房桌子底下……用这把钥匙,我的手枪和火药筒……在下面一只小箱子里。不久前是他亲手放的,列别杰夫先生,他会拿给您看的,但是有个条件,明天一早我去彼得堡时,您要把手枪还给我。您听到了吧?我把枪交给您,这样做是为了公爵,而不是为了您。"

"这样就更好!"列别杰夫抓着钥匙,刻毒地冷笑着,准备跑到隔壁房间去。

科利亚停住不走,本想说什么,但列别杰夫拽着拖走他了。

伊波利特望着嘻嘻笑的客人们,公爵发觉,他的牙齿在磕碰,就像强烈的寒颤发生时那样。

"他们全都是坏蛋!"伊波利特气愤若狂地又对公爵低语说。当他跟公爵说话时,总是俯身低语。

"别管他们;您很虚弱……"

"马上,马上……我马上就走……"

突然他拥抱了一下公爵。

"也许,您认为我发疯了?"他望了一眼公爵,奇怪地笑了起来。

"不,但是您……"

"马上,马上,您别作声;什么都别说;您站着……我想看一下您的眼睛……您这样站,我来看。我要跟一个大写的人告别。"

他站在那里,望着公爵,一动也不动,也不吭声,这样有十秒钟。他脸色异常苍白,双鬓都汗湿了,有点奇怪地一只手抓住公爵,仿佛怕把他放了。

"伊波利特,伊波利特,您怎么啦?"公爵喊了起来。

"马上……够了……我就去躺下。我要为太阳的健康喝一口……我想,我想,别管我!"

他很快地从桌上抓起一只酒杯,猛地离开原地,一瞬间便走到了下露台的台阶口,公爵本已跟在他后面跑去,但结果却是,像故意似的,就在这一霎间叶甫盖尼·帕夫洛维奇伸过手来向他告辞。过了一秒钟,突然露台上响起了众人的喊叫声。接着便是一分钟异常慌乱的景象。

发生的是这么一回事:

伊波利特走近紧靠下露台的台阶口就停了下来,他左手拿着酒杯,把右手伸进大衣右侧的口袋里。事后凯勒尔肯定地说,还是在这以前伊波利特就一直把这只手放在右边口袋里;在跟公爵说话时,左手抓住他的肩和领子,这只右手则在口袋里。凯勒尔要人们相信,当时他的手就使人第一次产生怀疑。不管怎样,某种不安使他也跟在伊波利特后面跑去,但他没有赶得上。他只看见伊波利特的右手中突然有什么东西闪了一下,就在这一秒钟里小小的袖珍手枪已经紧贴在他的太阳穴上。凯勒尔扑过去抓他的手,但在同一秒钟伊波利特扣动了扳机。扳机发出干涩刺耳的咔嚓声,但是接着并没有枪声。当凯勒尔抱住伊波利特的时候,后者倒在了他的怀里,好像失去了知觉,也许,他真的以为他已经被打死了。手枪已经落在凯勒尔手中。有人扶住伊波利特,给他端来椅子,让他坐下,大家都聚拢在周围,喊叫着,询问着。大家都听到了扳机的咔嚓声,看见的却是个活人,甚至没有一丝擦伤。伊波利特本人坐在那里,他不明白发生了什么事,毫无表情地环视着周围所有的人。列别杰夫和科利亚在这一刻奔了过来。

"没打响?"周围的人纷纷问。

"也许,没装子弹?"另有些人猜测。

"装了!"凯勒尔检查了手枪宣布说,"但是……"

"难道卡壳了?"

"根本就没有火帽。"凯勒尔告诉大家。

很难叙述接下来发生的那可怜的一幕。最初的普遍惊恐很快就开始被笑声所取代;有些人甚至哈哈大笑起来,在这件事中找到了幸灾乐祸的快感。伊波利特歇斯底里似的号啕大哭,扳捏着自己的双手,扑向大家,甚至也扑向费尔迪先科,用双手抓住他,向他发誓,他忘了,"无意间完全忘了,而不是故意忘了"放火帽,说"这些火帽全都在这里,在他背心口袋里,有十个"(他拿给周围众人看),说他之所以没有早点安上火帽,是怕枪在口袋里意外走火,他以为需要的时候总是来得及装上的,可是突然却忘了。他奔向公爵,奔向叶甫盖尼·帕夫洛维奇,还恳求凯勒尔把枪还给他,他要马上向大家证明"什么是他的名誉,名誉"……而现在他就是"永远名誉扫地了!……"

最后,他真的失去知觉倒下了。大家把他抬到公爵的书房里。列别杰夫已完全清醒了,立即派人去叫医生,自己则和女儿、儿子、布尔多夫斯基以及将军一起留在病人的床边。等把失去知觉的伊波利特抬走后,凯勒尔站在房间中央,一字一顿清清楚楚、情绪激昂地大声宣布:

"诸位,如果我们中有人再要当着我面说出怀疑火帽是故意忘了的话,或者确认那个不幸的年轻人只是演了一场喜剧,那么我就会跟这个人过不去。"

但是没有人搭理他。最后客人们结伙匆匆散去。普季岑、加尼亚和罗戈任一起动身。

公爵对于叶甫盖尼·帕夫洛维奇改变主意、未做解释就要离去,感到很是惊讶。

"您不是想等大家散去后跟我谈话的吗?"他问叶甫盖尼·帕夫洛维奇。

"确实是这样,"叶甫盖尼·帕夫洛维奇说,一边突然坐到椅子上,也让公爵坐到自己身旁,"但是现在我临时改变主意了。我向您承认,我有点不好意思,您也是一样。我的思绪很乱;此外,我想跟您解释的事对我来说是太重要了,对您也是。公爵,要知道,我很想在一生中哪怕就一次做一件完全光明磊落的事,也就是说完全没有别的用心,但我认为,我现在,就此刻,还不完全能去做这件光明磊落的事,再说您,也许,也是……那样……还有……算了,我以后再解释吧。我现在要去彼得堡,如果我们等上三天,也许,事情会变得明朗些,对我对您都是这样。"

说罢他又从椅子上站起身,因而使人觉得奇怪:刚才何必要坐下呢?公爵也觉得,叶甫盖尼·帕夫洛维奇不甚满意和颇为恼怒,甚至看起人来也含着敌意,目光中流露的神色完全不是刚才那种样子。

481

"顺便问一下,您现在要去看病人吗?"

"是的……我担心。"公爵说。

"别担心;他肯定能活六个星期,甚至也许还会在这里康复。不过最好明天就把他赶走。"

"我什么都没说……也许,我真的就这样促使他干了这种事?他可能认为,我怀疑他会自杀。您怎么想,叶甫盖尼·帕夫洛维奇?"

"一点儿也不是。您太善良,所以还在耿耿于怀。我听说过这种事,但是实际上从来也没有看到过一个人会为了让人家夸他或者因为人家不夸他而赌气故意自杀。主要的是,我不相信这种毫不掩饰的软弱无力!可您明天反正得把他赶走。"

"您认为他会再次开枪自杀吗?"

"不会,现在他不会自杀了。但是请当心我们这些自产的拉塞内[1]!我再次告诉您,犯罪对于这种没有才能、没有耐心、贪得无厌、毫无价值的人来说是太平常的庇护所。"

"难道这是个拉塞内?"

"本质是一样的,虽然也许扮演的角色不一样。您会看到,正像他自己刚才给我们念的'解释'里说的那样,其实只是为了'开个玩笑',就想杀死十个人,即使这位先生没有能耐这样干,可现在这些话也弄得我无法安睡。"

"也许,您太多虑了。"

"您真让人惊奇,公爵;您不相信,他现在就能杀死十个人?"

"我不敢回答您;这一切非常奇怪,但是……"

"好吧,随您,随您!"叶甫盖尼·帕夫洛维奇恼火地收尾说,"况且您是个非常勇敢的人;只不过您自己别掉进那十个人中去。"

"最大的可能是,他不会杀死任何人。"公爵若有所思地望着叶甫盖

---

[1] 拉塞内,19世纪30年代轰动巴黎的一刑事案件的中心人物,是极端残酷的杀人犯。

尼·帕夫洛维奇,说。

叶甫盖尼·帕夫洛维奇气愤地大笑起来。

"再见,该走了!您注意到没有,他要把自己'解释'的副本遗赠给阿格拉娅·伊万诺夫娜?"

"是的,注意到了……我正在想这件事。"

"这就好,以防他杀死十个人。"叶甫盖尼·帕夫洛维奇又笑了起来,然后就走出去了。

过了一小时,已经三点多了,公爵去了公园,他本来试图在家里睡觉,但是睡不着,心跳得厉害,不过,家里一切已经安排停当,基本安宁平静下来;病人已经睡着了,请来的医生声称,他已经没有特别的危险了。列别杰夫、科利亚、布尔多夫斯基睡在病人房间里,以便轮流值班;因此,已经没什么可担心的了。

但是公爵自己的不安却一分钟一分钟地在增长。他在公园里徘徊,心不在焉地看着自己周围的景物,当他走到车站前的广场并看见一排空荡荡的长椅和乐队的谱架时,他惊讶地停了下来。这个地方使他吃惊,并且不知为什么令他觉得十分不像样子。他转身往回走,沿着昨天与叶潘钦母女走去车站的那条路径直走到指定约会的那张绿色长椅旁,在上面坐下后,突然纵声大笑起来,但又立即因此而变得异常愤慨。烦闷苦恼继续围绕着他;他真想离开去什么地方……他不知道去哪里。头顶上方一只小鸟在树上啼啭,他便开始在叶丛中寻觅它;突然小鸟从树上腾空飞起,就在这一刻他不知为什么想起了那只"沐浴着炽热的阳光"的"苍蝇",伊波利特这样写它和自己,说"它知道自己的地位,是大合唱的参加者","唯独他一人是被抛弃者"。这句话刚才就使他大为震惊,现在他又想起了它。一段早已忘却的回忆在他心间萌动,现在一下子变清晰了。

这是在瑞士,他进行治疗的第一年,甚至是最初几个月。当时他还完全是个白痴,甚至都不会好好说话,有时也不能理解要求他做什么。有一次他走进山里去,那是一个阳光明媚的白天,他怀着一种痛苦的、怎么

483

也不能具体体现的思想在那里踯躅良久。在他面前是辉耀的天空,下面是一汪湖水,天空清澈明净、无边无际。他久久地望着,心中则非常痛苦。现在他回想起来,当时他向这光明、无涯的青空伸出自己的双手,潸然泪下。使他感到痛苦的是,所有这一切跟他完全没有缘分。这不散的筵席是什么样的?这常年的盛大节日是什么样的?很久以前,从童年起,这筵席、这节日就一直吸引着他,可他又怎么也接近不了、加入不了。每天早晨都升起这么光明灿烂的太阳,每天早晨瀑布倾泻处彩虹飞架;每天傍晚远方天际那座最高的雪峰都燃起朱红的火焰;每只"小小的苍蝇沐浴着炽热的阳光,在他身边嗡嗡叫,它是整个这场大合唱的参加者,它感到了自己的位置,热爱这一席之地并感到幸福";每一棵小草都在生长并感到幸福!万物都有自己的路,万物也都知道自己的路,它们唱着歌儿离去,唱着歌儿来临;只有他一个人什么也不知道,什么也不明白,不了解人们,也不理解声音,一切都与他无缘,他是个被抛弃的人。哦,当然,当时他不会用这些话来讲,也不会讲出自己的问题:他默默无声暗自痛苦;但是现在他觉得,他在那时就说了这一切,说了所有这些话,还有,有关苍蝇的话伊波利特正是从他本人那里,从他当时的话里和泪水里拿去的。他深信这一点,不知为什么这个念头使他的心直跳⋯⋯

他在长椅上微微睡着了,但是即使梦中他也仍然忐忑不安。就在入睡前他想起,伊波利特会打死十个人,对于这一荒谬的设想他一笑了之。他的周围是一片美妙、清新的沉寂,只有树叶的簌簌声,因而显得周围更加安宁,更加僻静。他做了许多梦,全都是令人惊悸的噩梦,致使他不时战栗。最后,有个女人来到他跟前,他认识她,而且熟悉她到痛苦的地步:他总是能叫出她的名字和指出她来,但是很奇怪,她现在的脸似乎与他一向熟悉的脸完全不一样了,因此他痛苦地不想认她就是那个女人。在这张脸上充满了悔恨和恐怖,以至于使人觉得,这是个可怕的罪犯,刚刚犯下了令人恐怖的罪行。在她苍白的脸颊上颤动着泪水;她向公爵招招手,同时又将一根手指贴向嘴唇,似乎是让他跟在她后面走,不要出声。

他屏息不动了；他无论如何，不论怎样都不想承认她是罪犯；但是他感觉到，马上就将发生什么可怕的事，这将影响他一生。她好像要指给他看什么，就在公园不远的地方。他站起身准备跟她走，突然在他旁边传来了什么人清脆响亮、精神焕发的笑声；在他的手中突然出现了什么人的手；他抓住这只手，紧紧地握住它，就醒来了。阿格拉娅站在他面前，大声笑着。

八

她笑着,但她也很气愤。

"睡着了!您睡着了!"她带着轻蔑而又惊讶的口吻嚷着。

"是您!"公爵喃喃着,他还没有完全清醒,一边惊诧地辨认着她,"啊,对了!这是约好的……我在这儿睡着了。"

"我看见了。"

"除了您,没有人叫醒我吗?除了您,这里没有人来过吗?我以为,这里有……另一个女人来过……"

"这里是有另一个女人来过……"

最后,他完全清醒了。

"这只是个梦,"他若有所思地说,"奇怪的是,在这种时刻做这样的梦……请坐。"

他握着她的手,让她坐到长椅上;自己则坐到她旁边,陷入了沉思。阿格拉娅并不开始讲话,而只是专注地打量着自己的谈话对象。他也望着她,但有时仿佛根本没有见到她在自己面前。她开始脸红了。

"啊,对了!"公爵战栗了一下,说,"伊波利特开枪自杀了!"

"什么时候?在您那里吗?"她问着,但是并没显出太大的惊异,"昨天晚上他不是好像还活着的吗?发生所有这一切事后,您怎么还能在这里睡觉?"她突然振奋起来,高声说。

"要知道他没有死,枪没有打响。"

在阿格拉娅的坚持下,公爵只得立即而且甚至详细地为她叙述了昨夜发生事情的全部经过。她不时地催促他快讲下去,可自己又不断地提问打断他,提的几乎全是无关紧要的问题。顺便说一句,她怀着极大的好奇听完公爵转述叶甫盖尼·帕夫洛维奇说了些什么,有好几次甚至重问了什么。

"好了,够了,应该快点,"她听完了一切,最后说,"我们在这里一共只有一个小时时间,到八点钟为止,因为八点钟时我一定、必须得在家里,免得他们知道我曾经在这里,而我是有事才来的,我有许多事需要告诉您。只不过现在您全把我搞糊涂了。关于伊波利特的事,我想,他的手枪就会是打不响的,这比较符合他这个人的情况。但是您深信他肯定想自杀,这里没有欺骗,是吗?"

"没有任何欺骗。"

"这也有可能。他在'解释'里是写了,要您把他的'解释'带来给我吗?您又为什么不带来呢?"

"他不是没有死吗?我以后问他要。"

"一定要带来,没必要问他要。这一定会使他感到很愉快,因为他也许正是带了这样的目的才朝自己开枪的,要我以后读他的'自白'。请您别笑话我这些话,列夫·尼古拉耶维奇,因为很可能是这么一回事。"

"我不会笑话的,因为我自己也深信,在某种程度上很可能是这样的。"

"您也深信?难道您也这么想?"阿格拉娅忽然惊诧得不得了。

她问得很快,说得也很急,但有时似乎离题,常常没有把话说完;她还不时地急于提出什么警告;总之她异常忐忑不安,尽管她看人的时候很大胆,还含着某种挑衅的意味,但也许实际上是有点心虚的。她身上穿

487

的是最普通的家常连衣裙,这跟她很相称。她常常打颤,脸色绯红,坐在长椅边上。公爵也确认伊波利特开枪自杀是为了使她读他的"自白",这使她非常惊讶。

"当然,"公爵解释说,"他是想,除您以外,我们大家都称赞他……"

"怎么称赞?"

"也就是,这……怎么对您说呢?这很难说。只不过他一定很想大家围着他并对他说,大家很爱他、尊敬他,大家都竭力劝他要活下去。很可能他最牢记的就是您,因为在这种时刻他还提到您……尽管也许他自己也不知道,他是牢记着您的。"

"这我就完全不明白了:牢记的是我,却又不知道牢记着我。不过,好像我是能理解的:知道吗,当我还只是个十三岁小姑娘的时候,我自己就曾经有三十次想过要服毒自杀,并打算把这一切写信告诉父母,也曾经想过我躺在棺材里的样子,大家将为我哭泣,并责怪自己对我那么无情……您干吗又笑了?"她皱了皱眉,很快地补了一句说,"当您一个人遐想的时候,您还暗自想过什么?也许,您把自己想象成陆军元帅,并且击溃了拿破仑。"

"嗯,说实话,我是这样想过的,特别是要入睡的时候,"公爵笑起来说,"只不过我击溃的不是拿破仑,而全是奥地利兵。"

"我根本不想跟您开玩笑,列夫·尼古拉耶维奇。我自己会去看伊波利特的,请您先向他打个招呼。而从您这方面来说,我认为所有这一切都是很不好的,因为像您这样评判伊波利特,这样剖视和评判一个人的心灵,是很粗暴无礼的,您没有一点温情,只有实话,因而也就不公正。"

公爵思忖起来。

"我觉得,您对我是不公正的,"他说,"因为我并没有认为他这样想有什么不好;何况,也许他根本就没有想过,而仅仅是想……他想最后一次跟人们相会,赢得他们的尊敬和喜爱,这可是很好的感情,只不过不知怎么的结果却不是这样;这里是因为他有病,还有什么其他原因!再说,有些人一切总是有好结果,另一些人则干什么都不像……"

"您这大概是把自己的情况也加进去了吧?"阿格拉娅指出。

"是的,是在说自己。"公爵丝毫没有发觉这一问话中的幸灾乐祸的含意,回答说。

"只不过,我要是处于您的位置,反正无论如何也是睡不着的;看来,您随便往哪儿一待,马上就能在那儿睡着;这对您来说是很不好的。"

"要知道我整夜没有睡,后来又走来走去的,又曾去了音乐会……"

"什么音乐会?"

"就是昨天演出的地方,后来来到这里,坐下来,想着想着就睡着了。"

"啊,原来是这样的。这就情有可原了……那您为什么要到听音乐的地方去?"

"我不知道,就这么……"

"好,好,以后再说;您老是打断我,而且您到听音乐的地方去,跟我又有什么相干?您这是梦见了哪个女人?"

"这……是……您没有见过的……"

"我明白了,非常明白。您对她很……您怎么梦见她的?她什么样子?其实,我一点也不想知道,"她突然懊恼地毫不客气地说,"别打断我……"

她等了一会儿,似乎是要鼓足勇气或者竭力想驱赶烦恼。

"我把您叫来是为了这么一件事:我想向您提议做我的朋友。您干吗突然这样盯着我?"她几乎愤怒地补了一句。

公爵这一刻确实很专注地看着她,因为他发觉她的脸又开始涨得红得不得了。在这种情况下她越是脸红,好像就越是为此而生自己的气,这甚至在她灼灼发亮的眼睛里也明显地流露出来;通常过一分钟她就已经迁怒于跟她谈话的人,不管对方是否有过错,她就开始跟他争吵起来。她知道自己的古怪和怕难为情,因此通常很少参与交谈,比她的两个姐姐寡言少语,有时甚至显得过于沉默。有时候,特别是在这种微妙的场合,必

489

须得开口说话,那么她说起来总是带着一种不同寻常的高傲,仿佛有某种挑衅的意味。她总是预先就能感觉到什么时候开始或者想开始脸红。

"也许,您不想接受这一提议?"她傲慢地望了一眼公爵。

"哦,不,我想,只是这完全没有必要……也就是说,我怎么也没有想到,需要这样提出建议。"公爵窘困地说。

"那么您想到了什么?为了什么我把您叫到这里来呢?您头脑里在想什么?不过,也许您认为我是个小傻瓜,就像家里大家这么认为的一样。"

"我不知道他们认为您是傻瓜,我……我不这么认为。"

"您不认为?您很聪明。说得尤其聪明。"

"据我看,您有时候甚至可能很聪明,"公爵继续说,"您刚才突然说了一句非常聪明的话。您说出了我对伊波利特的态度,'这里光有真话,因而也就是不公正的'。我记住了这一点并在仔细思量。"

阿格拉娅一下子高兴得脸上泛起红晕。所有这些变化在她身上发生得异常坦率,而且非常迅速。公爵也很高兴,甚至望着她,高兴得笑起来。

"听着,"她又开始说,"我等了您很久,为的是对您讲这一切,自您从那里给我写那封信那个时候起我就等了,甚至还要早……昨天您已经从我这里听到了一半:我认为您是最正直最诚实的人,比所有的人都正直和诚实。如果人家说您,说您的头脑……也就是您有时候头脑有病,那么这是不公正的;我是这样认定的,并且跟他们争论,因为即使您真的头脑有病(当然,您对此不要生气,我是从最严重的情况来说的),您头脑的主要部分也是比他们,比所有的人都更聪颖的,这样的头脑他们做梦也想不到,因为有两种头脑:主要的和非主要的。是这样吗?不是这样吗?"

"也许是这样。"公爵勉强说出话来;他的心颤得厉害,怦怦跳个不停。

"我就知道,您是能理解的,"她一本正经地继续说,"Щ公爵和叶甫盖尼·帕夫雷奇就一点也不理解这两种头脑的说法,亚历山德拉也是,不过请您设想一下:妈妈倒是理解的。"

"您很像叶莉扎维塔·普罗科菲耶夫娜。"

"这怎么会呢？难道是这样吗？"阿格拉娅惊异地说。

"真的，是这样。"

"我感谢您，"她想了一下说，"说我像妈妈，我很高兴。看来，您很尊敬她？"她添了一句，并没有意识到这话问得很幼稚。

"非常非常尊敬，我很高兴，您这样干脆地理解了这一点。"

"我也高兴，因为我发现，有时人家……笑话她……但是请听主要的：我想了很久，最后选择了您。我不想让家里人笑话我，我也不希望人家认为我是个小傻瓜，我也不愿意人家逗弄我……我一下子明白了这一切，就坚决拒绝了叶甫盖尼·帕夫雷奇，因为我不想让人家不断地操心把我嫁出去！我想……我想……嗯，我想从家里逃走，而我之所以选择了您，是希望您能帮助我。"

"从家里逃走！"公爵大声嚷了起来。

"是的，是的，是的，从家里逃走！"她突然喊道，迸发出一种异常的愤怒。"我不想，我不愿意在那里永远弄得我脸红。无论是在我家里人面前，还是在Щ公爵面前，无论是在叶甫盖尼·帕夫雷奇面前，还是在谁面前，我都不愿意脸红，因此我才选择了您。我想跟您谈论一切，一切，甚至，当我想谈的时候，跟您谈论最主要的事情，从您这方面来说，也不应该对我隐瞒什么。我希望哪怕是有一个人可以什么都谈，就像跟自己谈一样。他们突然开始说，我在等您，我爱您。还在您来以前就这么说了，而我没有把信拿给他们看；而现在大家已经都在这么说了。我想做个勇敢的人，什么都不怕。我不愿意去参加各种舞会，我想做能带来益处的事。我早就想离开了。我被关在他们那里二十年，而且老是要把我嫁出去。还是十四岁的时候我就想逃走，尽管那时还是个傻瓜。现在我已全都盘算过，并且等您来，好向您打听国外的一切情况。我一座哥特式教堂也没有见过，我想去罗马，我想参观所有学者的书房，我想在巴黎学习；最近这一年我做着准备，学习，读了许多书；我读了所有的禁书。亚历山德拉和阿杰莱达可以读所有的书,她们可以,而对我则不是全给读,对我有监督。我不想跟姐姐们争吵,但是我早就向母亲和父亲宣布,我想彻底改变我的社会地位。我决定从事教育工作,我指望着您,因为您说过,您爱孩子们。我们可以一起搞教育,即使不是现在,也可以在将来,怎么样?我们将一起给人们带来益处;我不想做将军的女儿……您说,您是个很有学问的人吗?"

"哦,根本不是。"

"这很遗憾,而我以为……我怎么会这么想的呢?您反正得指导我,因为我选择了您。"

"这很荒唐,阿格拉娅·伊万诺夫娜。"

"我想,我想从家里逃走!"她喊道,她的眼睛又闪闪发亮,"如果您不同意,那么我就嫁给加夫里拉·阿尔达利翁诺维奇。我不希望家里人把我看作一个令人讨厌的女人或者天晓得为什么指责我。"

"您神经正常吗?"公爵差点从椅子上跳起来,"指责您什么?谁指责您?"

"家里所有的人,母亲、姐姐们、父亲、Ш公爵,甚至您那可恶的科利亚!如果他们不是直截了当地说,那么也是这么想的。我是当着他们大家的面说这点的,对母亲、对父亲都说了。妈妈因此病了一整天,第二天亚历山德拉和爸爸对我说,我自己也不明白我是在撒谎,也不明白究竟说了什么话。我立即干脆地加以驳斥说,我已经明白了一切,明白了所有讲的话,我已经不是小孩子了,还在两年前我就故意读了保尔·德·科克[1]的两本小说,为的是了解一切。妈妈一听说,差点没昏倒。"

公爵脑中忽然闪过一个奇怪的念头。他凝神望着阿格拉娅,莞尔一笑。

他甚至不相信,在他面前坐着的竟是那个高傲姑娘,她曾经那么傲

---

[1] 法国通俗小说家(1794—1871)。

慢、骄矜地给他念加夫里拉·阿尔达利翁诺维奇的信。他不能理解,这么一位目中无人、冷酷无情的美人,竟然会是这么一个孩子,也许,现在真的甚至不是对所有的话都理解的孩子。

"您过去一直在家里生活吗,阿格拉娅·伊万诺夫娜?"他问,"我想说,您从来也没有到哪儿去上过什么学校,没有在贵族女子中学念过书?"

"任何时候、任何地方都没有去过,一直在家里待着,就像把我塞在瓶子里似的,然后直接从瓶子里放出来就嫁人;您干吗又笑了?我发觉,您好像也在嘲笑我,支持他们这一切,"她威严地显露出愠色,补了一句,"请别生我气,我本来就不知道我究竟怎么了……我确信,您到这里来满怀着信心,认为我爱上了您,叫您来约会。"她气冲冲地断然说。

"昨天我确实曾害怕是这样,"公爵憨厚地说走了嘴(他非常窘困),"但今天我确信,您……"

"什么"阿格拉娅高声喊了出来,下唇突然颤动起来,"您害怕我……您竟敢认为我……天哪!您大概怀疑,我叫您到这儿来是要诱您上圈套,然后让别人在这里撞见我们,迫使您跟我结婚……"

"阿格拉娅·伊万诺夫娜!您怎么不害臊?在您纯洁无瑕的心灵中怎么会产生这么肮脏的念头?我敢打赌,您自己也不相信您此刻说的任何一句话……而且您自己也不知道,您说了些什么!"

阿格拉娅坐着,固执地低着头,仿佛自己也为刚才所说的话吓坏了。

"我根本不觉得害臊,"她低声说,"凭什么您知道我的心灵是纯洁无瑕的?那时您怎么敢给我寄情书的?"

"情书?我的信是情书!?这封信是最恭敬的信,这封信是在我生活中最艰难时刻的内心的流露!我当时想起您就像见到光明一样……我……"

"好了,好,好。"突然她打断他,但已经完全不是刚才那种口气,而是充满了懊悔,几乎吓坏了。她甚至向他俯下身去,依然竭力不照直望着他,想要触摸他的肩膀,为的是更加恳切地请他不要生气,"好,"她

493

十分不好意思地补充说,"我觉得,刚才我用了非常愚蠢的词语。我这是……为了试试您。您就当作仿佛我没有说过这话。如果我得罪了您,那么请原谅。请别直盯着我看,转过脸去吧。您说这是很肮脏的念头,而我这是故意说的,为了刺激您。有时候我自己也害怕我想说的话,可还是突然说出来了。您刚才说,您是在生活中最艰难的时刻写这封信的……我知道,这是在什么时候。"她又望着地上,轻轻地说。

"啊,假若您能全知道就好了!"

"我全都知道!"她心里涌上一阵新的激动,大声嚷道,"那时您跟您与之私奔的这个下流女人在一套房间住了整整一个月……"

她说这话的时候已经不是脸红而是脸色变苍白了。她突然从椅子上站起身,仿佛按捺不住自己,但马上就醒悟过来,又坐下了。她的下唇仍继续久久地哆嗦着。沉默延续了约一分钟。公爵被这突如其来的异常举动搞得惊讶得不得了,甚至不知道该把它归咎于什么。

"我根本不爱您。"她突然仿佛是斩钉截铁地说。

公爵没有回答;他们又沉默了约一分钟。

"我爱加夫里拉·阿尔达利翁诺维奇……"她说得很快,但是勉强可闻,同时头则垂得更低了。

"这不是真话。"公爵也几乎用低语说。

"这么说,我在撒谎?这是真话;我答应了他,是前天,就在这张长椅上。"

公爵大吃一惊,有一瞬间陷入沉思之中。

"这不是真话,"他坚决地重复说,"这一切全是您杜撰的。"

"可真是谦恭得惊人!您要知道,他已经改正了;他爱我甚于爱自己的生命。他当着我的面烫了自己的手,仅仅为了表明爱我甚于爱自己的生命。"

"烫了自己的手?"

"是的,自己的手。您相信不相信,对我来说反正无所谓。"

公爵又默不作声了。阿格拉娅的话里没有玩笑的意思;她生气了。

"怎么,既然是在这里发生的,他到这里来难道还随身带了蜡烛?不然我难以想象……"

"是的……带了蜡烛。这有什么不可思议的?"

"是整支蜡烛还是烛台上点剩的?"

"嗯……是的……不是……是半支蜡烛……是蜡烛头……是整支蜡烛,反正一样,您别再纠缠了!……如果您想知道,还带了火柴。他点燃了蜡烛,把手指放在蜡烛上整整半个小时;难道这不可能吗?"

"我昨天看见过他,他的手指头好好的。"

阿格拉娅突然笑得跳了起来,完全像个孩子一样。

"知道吗,我为什么现在要撒谎?"忽然她转向公爵,带着最最孩子气的信赖和在唇间颤动的笑声说,"因为当你说谎话的时候,要是巧妙地插进什么不大寻常、怪诞离奇的事情,喏,知道吗,要是插进什么给人印象十分强烈的事或者甚至根本就没有的事,那么这个谎就变得可信得多。我注意这一点了。只不过我做得不高明,因为我不会……"

忽然她又阴沉起来,似乎醒悟过来了。

"如果当时,"她对公爵说,一边严肃甚至忧郁地望着他,"如果当时我向您念了'可怜的骑士'的诗,那么我至少是想以此……为一件事赞扬您,但是同时也想为您的行为痛斥您,并让您看看,我全都知道……"

"您对我……对那个您刚才用如此可怕的字眼提到的不幸的女人很不公正,阿格拉娅。"

"因为我全都知道,全知道,所以才用这样的字眼!我知道,半年前,您怎么当着大家的面向她求婚。别打断我,您看到,我说话不加评论。此后她跟罗戈任跑了;接着您和她住在哪个乡间或城市,她又离开您去找什么人了。(阿格拉娅脸红得不得了。)后来她又回到罗戈任那里,他爱她爱得……发疯。最后,您也是个非常聪明的人,刚一知道她回到彼得堡了,立即就跟在她后面赶到这里来了。昨天晚上您挺身保护她,现在又在梦中见到了她……您瞧,我全都知道;您不是为了她,为了她才到这里来的吗?"

"是的,是为了她。"公爵轻轻地回答说。他忧心忡忡、若有所思地低下头,同时他也不怀疑,阿格拉娅正用灼灼闪亮的目光盯着他。"为了她,只是为了知道……我不相信她跟罗戈任在一起会有幸福。虽然……总之,我不知道,我在这里能为她做些什么,帮什么忙,但是我来了。"

他战栗了一下。瞥了一眼阿格拉娅;她则憎恨地听着他说。

"如果您来而不知道来干什么,这就是说您很爱她。"她终于说。

"不,"公爵回答说,"不,我不爱她。啊,您要是知道就好了,每当我回忆起与她一起度过的那些时间,就觉得是多么可怕呀!"

在说这些话的时候他全身甚至滚过一阵战栗。

"您把一切都说出来吧。"阿格拉娅说。

"这里没有丝毫您不能听的东西。为什么我正是想对您,对您一个人叙述这一切,——我也不知道;也许,是因为我真的很爱您。这个不幸的女人深深确信,她是世界上最堕落、最淫荡的女人。哦,请别玷辱她,别向她扔石头。因为意识到自己不应蒙受的耻辱,她已经过分地折磨了自己!她有什么罪,啊,我的天哪!哦,她每时每刻都在发狂地呐喊,她不承认自己有罪,她是人们的牺牲品,是淫棍和坏蛋的牺牲品;但是无论她对您说什么,要知道,她首先自己不相信自己,她自己的全部良心都只相信,相反,是她……自己有罪。当我试图驱赶这层阴影时,她竟会那样痛苦,以致我只要记住这段可怕的时光,我心灵的创伤就永远也不会愈合。我的心就像一下子永远被刺穿了一样。她从我这儿逃走,您知道为什么吗?正是仅仅为了向我证明,她是个低贱的女人。但是最可怕的是,她自己也许并不知道,她只想向我证明这一点,她逃走是因为,她内心一定想要做一件可耻的事,为的是马上就对自己说:'你这下犯下了新的耻辱,因此你是个低贱的东西!'哦,也许您并不理解这一点,阿格拉娅!知道吗,在她这种不断地意识到耻辱的状态中,也许包含着某种可怕的、反常的乐趣,仿佛是对谁的一种报复。有时候我开导她,使她仿佛又看到了自己周围的光明;但是她马上就表示愤慨,甚至到了这种程度:痛苦地指责我,说我把自己凌驾于她之上(我连想都没想过这样),最后,对我的求婚直截了当地向我宣布,她不要求任何人给予任何高傲的同情,任何帮助,任何将她'抬高到与自己同样地位'的做法。您昨天看见她了,难道您认为她跟这伙人在一起感到幸福,这就是她的圈子?您不知道,她有多高的悟性,她能理解什么!有时候她甚至使我吃惊!"

"您在那里也给她讲这样的……大道理?"

"哦,不,"公爵没有注意到问话的语气,若有所思地继续说,"我几乎一直保持沉默。我常常想说,但是,真的,我又不知道该说什么。知道吗,我有的时候最后根本不说话。哦,我是曾经爱过她;哦,曾经很爱她……但是后来……后来……后来她全猜到了。"

"猜到什么了?"

"猜到我仅仅是怜悯她,但是我……现在已经不爱她了。"

"为什么您不知道,她可能真的爱上了那个……她跟他走的地主?"

"不,我全部知道;她只不过是嘲笑他罢了。"

"那么对您她从来也不取笑吗?"

"不,她出于愤恨而嘲笑过我;哦,当时她义愤填膺,狠狠地责备我,她自己也痛苦!但是……后来……哦,别提了,别跟我提这点了!"

他双手捂住了自己的脸。

"可是您知道吗,她几乎每天都给我写信?"

"这么说,这是真的!"公爵惶惶不安地失声喊了起来。"我听说有这事,但始终不想相信。"

"您从谁那里听说的?"阿格拉娅惊吓得颤抖了一下。

"罗戈任昨天对我说的,只不过说得不大清楚。"

"昨天?昨天上午?昨天什么时候?是在听音乐前还是后?"

"在听音乐后,晚上十一点多。"

"啊,算了,既然是罗戈任……您知道在这些信里她给我写了些什么吗?"

"她写什么我丝毫也不感到惊奇;她是个疯女人。"

"就是这些信(阿格拉娅从口袋里掏出带信封的三封信,将它们扔到公爵面前)。瞧她已经央求、劝说、诱惑我整整一星期了,要我嫁给您。她……是的,虽然是个疯子,但是很聪明,您说得很对,她比我聪明得多……她信中对我说,她爱上了我,每天都寻找机会哪怕是从远处看到我也好。她写道,您爱我,她知道这一点,也早就发现了这一点,在那里您曾跟她谈起过我。她希望看到您幸福;她深信,只有我能构成您的幸福……她写得这么荒唐……怪诞……我没有给任何人看这些信,我等您;您知道,这意味着什么?您一点也猜不到吗?"

"这是精神失常,这是她发疯的证明。"公爵颤抖着嘴唇说。

"您没在哭吧?"

"不,阿格拉娅,不,我没有哭。"公爵看了她一眼。

"这件事我该怎么办?您能给我出主意吗?我总不能老是收到这些信吧!"

"哦,别管她,我求求您!"公爵嚷了起来,"在这种愚昧中您又能做什么?我将尽一切努力,让她不再给您写信。"

"如果是这样,那么您就是个没有良心的人!"阿格拉娅高声嚷道。"难道您没看见,她爱上的不是我,而是您,她爱的只是您!您能觉察她身上的一切心思,难道这一点却没有觉察出来?知道吗,这算什么,这些信意味着什么?这是嫉妒,这比嫉妒更甚!她……您以为,她真的像在这些信里写的那样要嫁给罗戈任?一旦我们结婚,她第二天就会自杀!"

公爵战栗了一下,他的心跳都停住了。但是他惊愕地望着阿格拉娅:要承认面前这个孩子早已是个女人了,对他来说很是奇怪。

"上帝可以见到,阿格拉娅,为了使她恢复平静和得到幸福,我愿意献出我的生命,但是……我已经不能爱她了,她也知道这一点!"

"那就牺牲自己,这对您也是非常合适的!因为您就是这么一个大善人嘛!您也别称我阿格拉娅……您刚才就这么光称我阿格拉娅……您应该,您有义务使她得到新生,您应该再带她离开,使她的心平静下来,得到安抚。再说您可是爱她的!"

"我不能这样牺牲自己,虽然我有一次曾经这样想过,而且……也许现在还在想这个问题。但是我确实知道,她跟我在一起非毁了不可,因此我要离开她。今天七点钟我该去见她,现在我也许不去了。她有那样的自尊心,是永远也不会原谅我的爱的,这样我们俩都会完蛋的!这是不自然的,但是这件事上一切都是不自然的。您说,她爱我,但这难道是爱吗?在我已经忍受那一切之后,难道还能有这样的爱情?!不,这是另一回事,而不是爱情!"

"您多苍白呀!"突然阿格拉娅惊呼道。

"没关系,我睡得少,比较虚弱,我……当时我们确实谈论过您,阿格拉娅……"

"这么说这是真的了?您真的会跟她谈论我,而且……而且那时总共才见到我一次,怎么会爱我呢?"

"我不知道怎么会的。我当时混沌蒙昧,我幻想着……也许是幻觉中看到了新的霞光。我不知道自己对将您作为第一个对象是怎么想的。我那时给您写信说我不知道,这是真话。这一切仅仅是幻想,是由于那时可怕的境遇产生的……后来我开始用功学习,本来我是三年也不会到彼得堡来的……"

"这么说,您是为她来的?"

阿格拉娅的声音有些发颤。

"是的,为她。"

双方都陷入阴郁的沉默,过了两分钟,阿格拉娅站起身。

"既然您说,"开始她不太坚定地说,"既然您自己相信,这个……您的女人……是个疯子,那么她那些疯疯癫癫的古怪念头跟我可毫不相干……列夫·尼古拉伊奇,请您把这三封信拿去,代我扔还给她!如果她,"突然阿格拉娅大声嚷嚷起来,"如果她敢再寄一行字给我,那么请告诉她,我就要向父亲告发,让人把她送进感化院……"

公爵跳了起来,惊恐地望着勃然发怒的阿格拉娅,突然他面前仿佛降下了一层雾幛……

"您不可能有这样的想法……这不是真话!"他喃喃着说。

"这是真话!是真话!"阿格拉娅几乎失去自制地喊着。

"真话是什么?是什么真话?"在他们身边响起了一个惊恐的声音。

在他们面前站着叶莉扎维塔·普罗科菲耶夫娜。

"真话就是我要嫁给加夫里拉·阿尔达利翁诺维奇!就是我爱加夫里拉·阿尔达利翁诺维奇,并且明天就与他从家里逃走!"阿格拉娅冲着她说,"您听见了吗?您的好奇心满足了吧?您对此满意了吧?"

说完她就跑回家去了。

"不,我的公爵爷,您现在别走,"叶莉扎维塔·普罗科菲耶夫娜留住公爵,说,"劳驾,请到我那儿去讲讲清楚……这是遭的什么罪呀,我本来已经一夜没睡了……"

公爵跟在她后面走去。

九

走进自己的家门,叶莉扎维塔·普罗科菲耶夫娜在第一个房间停下了,她不能再往前走,便坐到沙发床上。她完全筋疲力尽了,甚至忘了请公爵坐下。这是一间相当大的堂屋,中间放着一张圆桌,有壁炉,靠窗的搁架上放着许多花,后墙有一扇玻璃门通向花园。阿杰莱达和亚历山德拉立即走了进来,疑问和困惑地望着公爵和母亲。

小姐们在别墅通常是九点左右起床;只有阿格拉娅在最近两三天里起得稍早些并去花园散步,但是毕竟也不是七点,而是八点或者再晚些。叶莉扎维塔·普罗科菲耶夫娜因为各种各样的疑虑不安确实彻夜未眠,在八点左右就起床了,有意想在花园里遇见阿格拉娅,因为以为她已经起床了;可是无论是在花园还是在卧室都没有找到她。这下她可完全着了慌,就把两个大些的女儿叫醒。从女仆那里她们获悉,阿格拉娅·伊万诺夫娜还在六点多的时候就去了公园。小姐们嘲笑她们这个好发奇想的妹妹又冒出新的怪念来,便向妈妈指出,如果她到公园去找她,阿格拉娅大概又会生气的,还说,现在她一定拿着书坐在绿色长椅上,还有三天前她说起过这张长椅,为此差点与Ш公爵吵嘴,因为Ш公爵认为这张长椅的位置并没有什么特别的地方。现在叶莉扎维塔·普罗科菲耶夫娜撞上了

501

女儿的约会，听见了她所说的奇怪的话，不由得惊恐万分，这里有诸多原因，但是眼下把公爵带了来，她倒又为自己生出事来感到胆怯，因为"为什么阿格拉娅不能在公园里与公爵见面和谈话呢？甚至，说到底，假如这是他们事先讲好的约会，那又怎样呢？"

"爵爷，您别以为，"她终于壮着胆说，"我把您拖到这儿来是要审问您……亲爱的，在发生了昨天晚上这种事后，本来我也许会很长时间不愿意见您……"

她稍稍停顿了一下。

"但终究您很想知道，今天我是怎么跟阿格拉娅·伊万诺夫娜见面的吧？"公爵相当平静地接着她的话把话说完。

"那好吧，我是想知道！"叶莉扎维塔·普罗科菲耶夫娜马上怒气勃发，"我不怕说真话。因为我没有委屈任何人，也不想委屈任何人……"

"哪会呢，想知道是自然的事，不存在委屈谁这一点；您是母亲嘛。我今天早晨七点整在绿色长椅那儿会见阿格拉娅·伊万诺夫娜，是由于她昨天邀请了我。昨晚她用一张字条告诉我，她要见我并有要事跟我谈。我们见了面，谈了整整一小时，全是涉及阿格拉娅·伊万诺夫娜个人的事，这就是全部情况。"

"当然，是全部情况，爵爷，毫无疑问就是这些情况。"叶莉扎维塔·普罗科菲耶夫娜带着一副尊严的神情说。

"好极了，公爵！"阿格拉娅突然走进房间说，"我衷心感谢您认为我不会低贱到撒谎。妈妈，您够了吧，或是还想审问？"

"你知道，至今还没有什么事使得我在你面前感到脸红……虽然你可能高兴看到那样，"叶莉扎维塔·普罗科菲耶夫娜用教训的口气回答说，"再见，公爵；原谅我打扰了您。我希望，您依然相信我对您的尊敬是永远不变的。"

公爵立即朝两边行礼告辞，走了出来。亚历山德拉和阿杰莱达微微一笑，窃窃私议着什么。叶莉扎维塔·普罗科菲耶夫娜严厉地看了她们一眼。

"我们只是觉得好笑,妈妈,"阿杰莱达笑起来并说道,"公爵行礼的样子这么潇洒,有时候却完全笨拙得很,而现在一下子就像……就像叶甫盖尼·帕夫雷奇了。"

"彬彬有礼和尊严体面是自己的心灵而不是舞蹈老师教出来的。"叶莉扎维塔·普罗科菲耶夫娜劝谕地说完话,就自己上楼去了,对阿格拉娅连看都不看一眼。

公爵回到自己的住处时已经九点左右了,在露台上遇见了维拉·鲁基扬诺夫娜和女仆,她们正在一起收拾、打扫昨晚留下的杂乱无章的露台。

"谢天谢地,我们总算在您来之前收拾好了!"维拉高兴地说。

"您好!我有点头晕,我没有睡好,我想睡觉。"

"像昨天一样,就睡这儿露台上?好。我去对大家说,让他们别吵醒您。爸爸不知去哪里了。"

女仆走出去了;维拉本来也要跟在她后面走的,但又回过来,忧心忡忡地走到公爵跟前。

"公爵,您就可怜可怜这个……不幸的人吧,今天别赶他走。"

"我绝不会赶他,随他自己怎么样。"

"他现在什么也做不了,所以……您对他别太严厉。"

"哦,不会严厉的,何必呢?"

"还有……您别笑他;这是最主要的。"

"哦,绝对不会笑他的"

"我真蠢,对您这样的人说这种话,"维拉的脸红了,"虽然您倦了,"她半转过身子准备走开,笑起来说,"可是此刻您的眼睛多么可爱……多么幸福。"

"难道还幸福?"公爵生气勃勃地问,并高兴地大笑起来。

但是像男孩一样天真纯朴、不拘礼节的维拉,忽然不知怎么的变得不好意思起来,脸也更红了,仍然笑着,急匆匆走出了房间。

"多么……可爱……"公爵想,但立即就忘了她。他走到露台一角,那儿有一张沙发躺椅,躺椅前有一张茶几。他坐下来,双手捂着脸坐了约十分钟;突然急忙和不安地把手伸进侧袋,掏出了三封信。

但是门又开了,科利亚走了进来。公爵很高兴又得把信放回到口袋里因而又可以挨过一会儿时光。

"嗨,真是一桩事件!"科利亚说着,就在沙发躺椅上坐下,像所有他这样的少年一样,直截了当地就切入正题,"现在您怎么看待伊波利特,不会尊重他了吧?"

"为什么呢……不过,科利亚,我很疲倦了……而且再来开始谈这一切太使人忧郁了……但是,他怎么样?"

"在睡,还能睡两小时。我明白,您没在家里睡觉,在公园里徘徊……当然,心情激动……这还用说!"

"您怎么知道我在公园里徘徊,不在家里睡觉?"

"维拉刚才说的。她劝我别进来。我忍不住,就待一会儿。刚刚这两个小时我在床边值班;现在我让科斯佳·列别杰夫替班。布尔多夫斯基已经走了。所以,公爵,您就睡吧,祝您晚……喔,祝您日安!只不过,您要知道,我非常惊诧!"

"当然……所有这一切……"

"不,公爵,不,我感到惊诧的是'自白'。主要是他讲到幽灵和未来生命的那个地方,这里面含着一个伟——大——的思想!"

公爵亲切地望着科利亚,他来的目的当然是想尽快谈谈这个伟大的思想。

"但是,主要的,主要的不是一种思想,而是整个情境!如果伏尔泰、卢梭、普鲁东写了这份东西,我会去读,会发觉新思想,但不会惊诧到这种程度。但是,一个确实知道自己只能活十分钟的人说这一番话,这可是令人骄傲的!这可是个人人格独立的最高表现,这可是意味着勇敢直面人生……不,这是伟大的精神力量!在这之后断定他故意不放上火帽,这就太卑下,太不自然了!可是您要知道,昨天他是欺骗了大家,耍了个花招;我根本没有跟他一起把东西装进旅行包,也从未见过手枪;是他自己收拾东西的,因此他一下子把我弄糊涂了。维拉说,您留他在这儿住;我起誓,不会有危险,何况我们大家都寸步不离地守着他。"

"昨天夜里你们中谁在那里?"

"我,科斯佳·列别杰夫,布尔多夫斯基;凯勒尔稍稍待了一会儿,后来就到列别杰夫那儿睡觉去了,因为我们那里没有床铺好睡。费尔迪先科也睡在列别杰夫里,七点钟就走了。将军总是在列别杰夫那儿的,现在也走了……列别杰夫可能马上就会到您这儿来;不知道有什么事,他在找您,问过两次了。如果您现在躺下睡的话,要不要放他进来?我也要去睡了。啊,对了,我想对您说件事,刚才将军让我吃了一惊:六点多时布尔多夫斯基叫醒我去值班,甚至几乎是六点钟的时候;我出去了一会儿,突然遇见了将军,而且还醉得到了不认识我的地步,像根木柱子似的站在我面前;刚清醒过来就冲着我问:'病人怎么样了?我来是打听病人情况的……'我向他报告了,喏,如此这般等等。'这一切很好,'他说,'但我来,我起早,主要是为了警告你;我有理由认为,当着费尔迪先科的面不能什么话都说,应该有所克制。'您明白这话吗,公爵?"

"难道有这样的事?不过……对我们来说反正无所谓。"

"是的,没有疑问,这无所谓,我们不是共济会会员!因此我甚至感到奇怪,将军竟为此而特意天不亮来提醒我。"

"您说,费尔迪先科走了,是吗?"

"七点钟走的;顺便到我这儿来了一下,我在值班!他说,他去维尔金那里睡个足;维尔金是个十足的酒鬼。好了,我走了!瞧,鲁基扬·季莫菲伊奇来了……公爵想睡觉,鲁基扬·季莫菲伊奇,往回走!"

"仅仅待一分钟,我深深敬重的公爵,有件在我看来有点重要的事。"进来的列别杰夫拖长了声音,用一种洞察一切的口吻轻声说着,并且庄重地鞠了个躬。他刚回来,甚至还未及回自己房间,因此还拿着帽子在手中,他脸上流露出忧虑,还带着特别的不同寻常的自尊神情。公爵请他坐下。

"您两次问起过我?大概,您始终为昨晚的事感到不安……"

"公爵,您是说为昨天这男孩的事?哦,不;昨天我的思想很紊乱……但是今天我已经不打算跟您争执了,无论在什么方面。"

"争……您怎么说的?"

"我说——争执,是个法语词,像许多其他词一样,已经进入我们俄语了;但我并不特别主张用这个词。"

"列别杰夫,您今天怎么这样一本正经,循规蹈矩,说起话来咬文嚼字的。"公爵微微一笑说。

"尼古拉[1]·阿尔达利翁诺维奇!"列别杰夫几乎用一种使人怜悯的声音对科利亚说,"我有一件事要告诉公爵,涉及本人……"

"哦,对,当然,当然,这不关我的事!再见,公爵!"科利亚马上就走开了。

"我喜欢这孩子的明白知趣,"望着他背影列别杰夫说,"这小家伙挺灵巧,虽然挺缠人的。我深深敬爱的公爵,我遭受了一件异常不幸的事,是昨天晚上还是今天清晨……我还捉摸不定确切的时间。"

"是什么事情?"

"侧袋里丢了四百卢布,深深敬爱的公爵;大家正给您庆贺生日。"列别杰夫苦笑着补了一句。

"您丢失了四百卢布?这真遗憾。"

"特别是对一个靠自己的劳动正直生活的穷人来说是这样。"

"当然,当然,怎么会这样的?"

"是喝酒造成的后果。我来找您是把您看作神明,我深深敬爱的公爵。四百银卢布这笔款子我是在昨天下午五点钟时从一个债主那里得到

---

[1] 科利亚是尼古拉的昵称。

的,接着就坐火车回到这里。皮夹放在口袋里。我换下制服穿上常礼服,把钱放进常礼服的口袋,我想到了要把钱放在身边,打算晚上应人家的请求把钱交出去……就等代理人来。"

"顺便问一句,鲁基扬·季莫菲伊奇,您在报上登过广告说,您收金银物品作抵押付款,这是真的吗?"

"是通过代理人;不用我自己的名字,也不用我的地址。我本钱微不足道,又因为添了人丁,您自己也会同意,收一点正当的利息……"

"是的,是的;我不过是了解一下;对不起,我打断了您。"

"代理人没有来。而那时又送来了那个不幸的人;午餐后我已经处于一种亢奋状态;来了这些客人,喝了……茶……我很快活,却不料大祸临头。当时已很晚了,凯勒尔进来宣布您的大庆日子,并吩咐拿出香槟来,亲爱的深深敬重的公爵,我有一颗心(您大概已经发觉了,因为我是配得到这一点的),我有一颗心,我不说赤胆忠心,但可以说是知恩图报的心,我还引以为豪。为了使准备中的聚会更加隆重,我个人也等着祝贺您,我忽然想到去换下常礼服,穿上回家后脱下的制服,我这么做了,公爵,您大概也注意到了我一晚上都穿着制服。我换了衣服,却忘了放在常礼服中的皮夹子……上帝想要惩罚人的时候,首先剥夺他的理智,真是这样。直到今天,已经七点半了,我醒来时,像个疯子似的从床上跳起来,第一件事就是去抓那件常礼服,——只是一只空口袋。皮夹子已杳无踪迹。"

"啊,这真不愉快!"

"确实不愉快;您刚才找到的合适字眼真是得体。"列别杰夫不无狡黠地添了一句说。

"不过,怎么会……"公爵若有所思,颇感不安地说,"这可是很严重的情况。"

"确实严重,您又找了另一个字眼,公爵,为了表示……"

"啊,够了,鲁基扬·季莫菲伊奇,这用得着找字眼吗?重要的不是字眼……您认为,您喝醉时皮夹子会不会从您口袋里掉出来?"

"可能的。正如您坦率所说的那样,喝醉时什么都有可能,我深深敬爱的公爵!但是,我请您判断一下:如果换衣服时我把皮夹子抖搂出来了,那么掉下来的东西应该就在那里的地板上。现在这东西在什么地方呢?"

"您不会把它塞到桌子抽屉里之类的什么地方了吧?"

"全都找遍了,到处都翻过了,何况我没有往哪儿藏过,也没有开过任何抽屉,这点我记得很清楚。"

"看过柜子里吗?"

"第一件事就看那里,今天甚至已经看了好几遍了……再说我怎么会塞到柜子里去呢,我衷心尊敬的公爵?"

"我承认,列别杰夫,这很使我不安。这么说,有人在地板上捡了它?"

"或者从口袋里偷的!二者必居其一。"

"这使我非常不安,因为到底是谁……这就是问题所在。"

"毫无疑问,主要的问题就在这里,您用词之确切、表达思想之恰当、分析情况之精确真令人惊讶,公爵阁下。"

"啊,鲁基扬·季莫菲伊奇,别嘲弄人了,这里……"

"嘲弄!"列别杰夫双手一拍,大声嚷了起来。

"算了,算了,算了,好吧,我可不是生气,这里完全是另一回事……我担心的是人们。您怀疑是谁?"

"这是个最难和……最复杂的问题!我不怀疑女仆:她待在自己厨房里。也不是亲生的孩子们……"

"这还用说。"

"看来,是客人中的什么人。"

"但这可能吗?"

"这完全不可能,最大的不可能,可是又必定是这么回事。不过,我同意做这样的设想,甚至确信,如果是偷窃,那么不会是在晚上发生的,因为当时大家都聚集在一起,而会是在夜里或者甚至是在快要到清晨的时候,是在这里过夜的哪个人干的。"

"啊,我的天哪!"

"自然,布尔多夫斯基和尼古拉·阿尔达利翁诺维奇我是排除在外的,因为他们没有进我的房间。"

"这还用说,甚至即使他们走进去过也不会!谁在您那里过夜的?"

"连我在内,我们有四个人,住在两个相邻的房间:我、将军、凯勒尔和费尔迪先科先生。看来,是我们四人中的一个!"

"也就是三个中的某一个,但是谁呢?"

"我把自己算在内是为了公正,也为了合乎规矩,但是,公爵,您也会同意,我不可能自己偷自己,虽然世上也常有这样的事……"

"啊,列别杰夫,这多无聊!"公爵不耐烦地高声说,"说正经的,您干吗拖拖拉拉的!……"

"这就是说,剩下三个人,首先是凯勒尔先生,这个人反复无常,总是醉醺醺的,在某些方面是自由主义者,也就是说在钱袋的事情上是这样;而在其他方面带有的倾向,与其说是自由主义,不如说是古代骑士式的。他在这里起先睡在病人的房间里,已经半夜里了才换到我们这里来,借口说睡在光地板上太硬了。"

"您怀疑是他?"

"我怀疑过。当我在早晨七点多像疯子似的一跳而起用手贴住前额的时候,我马上叫醒了睡着安稳觉的将军。考虑到费尔迪先科奇怪地消失踪影,这一点已经引起了我们的怀疑,我们俩立即决定搜索凯勒尔,他睡得像……像……几乎就像死猪一般。我们完完全全搜了个遍:口袋里一个子儿也没有,甚至没有一个口袋是没有窟窿的。方格蓝布手帕脏得不成样子。还有一封情书,是哪个女仆写的,信中向他要钱并进行威胁,再就是您知道的那篇小品文的碎片。将军认为他是无辜的。为了彻底弄清楚我们叫醒了他本人,好容易才推醒了他;他勉强弄明白是怎么回事,张大了嘴巴,一副醉态,脸上的表情是怪诞、无辜的,甚至是愚蠢的,——

不是他!"

"哦,我真高兴!"公爵高兴地叹了口气,"我曾多么为他担心!"

"担心?看来,您已经有理由怀疑他了?"列别杰夫眯缝着眼说。

"哦,不,我是这么说的,"公爵语塞了,"我说担心,真是愚蠢得可怕。列别杰夫,帮帮忙,别把这话传给任何人……"

"公爵,公爵!您的话在我的心里……在我心里深处!那里就是坟墓!……"列别杰夫把礼服贴在心窝处,激昂地说。

"好,好!……这么说,是费尔迪先科?也就是,我想说,您怀疑费尔迪先科?"

"还有谁呢?"列别杰夫凝神望着公爵,悄悄地说。

"哦,是的,当然啰……还会有谁……就是说,我又说错了,有什么证据呢?"

"证据是有的。首先,他是在早晨七点,甚至是六点多时消失的。"

"我知道,科利亚对我说过,费尔迪先科到他那里去了一下,说要到……我忘了,到谁那里,到一个好朋友家去睡个足。"

"是到维尔金那里。这么说,尼古拉·阿尔达利翁诺维奇已经对您说了?"

"他一点也没提及失窃的事。"

"他是不知道,因为暂时我还对此事保密。这么说,他去维尔金家了;似乎事情没什么好奇怪的,一个醉汉到另一个跟他自己一样的醉汉那里去,尽管天还刚刚亮,又没有任何理由。但是这里却露出了踪迹:他走了,却留下了地址……现在,公爵,请注意一个问题:他为什么要留下地址?……为什么他绕个弯,特意去尼古拉·阿尔达利翁诺维奇那儿并告诉他'去维尔金那里睡个足'?谁对他要走,甚至他正是要去维尔金那里感兴趣?为什么要告诉人家?不,这里有精妙之处,小偷的精妙之处!这就是说:'瞧,我故意不隐瞒我的行踪,我怎么会是小偷呢?难道小偷会告诉人家他到哪儿去吗?'这是一种想排除怀疑的过分的细心,也就是说,想擦去沙地上的足迹……您明白我的意思吗,我深深敬爱的公爵?"

"明白,非常清楚地明白,但是这可是不够的。"

"第二条理由:他的行踪是假的,他给的地址是不准确的。过了一小时,也就是八点钟的时候,我已经去敲维尔金家的门了,他住在五条街,我甚至还认识他。费尔迪先科的影子也没有,虽然从女仆那里(她完全是个聋子)追问出来,一个小时前确有某个人敲过门,甚至用的劲相当大,连门铃也扯断了。但是女仆没有开门,她不想叫醒维尔金先生,也可能是她自己不愿意起来。这种事也常有。"

"这就是您的全部证据吗?这不够。"

"公爵,那么该怀疑谁呢,您倒判断判断?"列别杰夫非常动人地结束说,在他的苦笑中闪现出某种经验的神情。

"您再好好看看房间和抽屉!"公爵沉思片刻后忧虑地说。

"细细看过了!"列别杰夫更加动人地叹了口气说。

"嗯!……何必,您何必要换掉这件常礼服呢?"公爵烦恼地敲了一下桌子,感叹道。

"这是一出古老喜剧中提的问题。但是,心地无比善良的公爵,您把我的不幸已经太往心里去了!我不配这样对待。也就是说,我一个人不敢当;但是您也在为罪犯……为微不足道的费尔迪先科先生感到痛苦,是吗?"

"是的,是的,您确实使我很不安,"公爵心不在焉和不满地打断了他的话,"那么,既然您这么深信这是费尔迪先科干的,您打算做什么呢?……"

"公爵,我深深敬爱的公爵,别人还会是谁呢?"列别杰夫用越来越受感动的腔调巴结地说。"要知道没有别的人可以设想成为那个人,因而,除了费尔迪先科先生,完全不可能怀疑别的人,要知道,这么说吧,这又是一条不利于费尔迪先科的证据,已经是第三条了!因为还是这个问题:别的人还会是谁?总不见得我该怀疑布尔多夫斯基先生吧,嘻——嘻!"

"瞧您,多么荒谬!"

"最后,总不是将军吧,嘻——嘻?"

"简直胡说八道!"公爵几乎生气地说,他不耐烦地在座位上转来转去。

"胡说八道还用说吗。嘻——嘻!这个人,也就是将军,真把我逗笑了!刚才我跟他趁热打铁追踪到维尔金家……应该向您指出,当我失窃后首先叫醒他时,将军比我还要感到震惊,甚至脸色都变了,红一阵,白一阵,最后突然显得那样正义凛然,表示着强烈的义愤,我甚至都没有料到会到那种程度。真是个正人君子!他经常吹牛,这是他的癖好,但是是个有高尚情操的人,同时他又是个缺少心眼的人,他的纯真无邪可以令人充分信任他。我已经对您说了,我深深敬爱的公爵,我对他不仅有好感,而且喜欢他。突然他停在街中央,解开常礼服,敞开胸,说'搜搜我,您搜过凯勒尔,为什么不搜我呢?公正要求这样做!'他手脚都抖动着,甚至脸变得煞白,一副威严可怕的样子。我笑了起来,说,'听着,将军,如果别人对我这样说你,我立即用自己的双手把我的头颅取下来,将它放在一只大盘子里并亲自端给所有怀疑你的人,对他们说:瞧,看见这颗脑袋了吧,我就用自己的这颗脑袋为他担保,不仅是脑袋,甚至还可以赴汤蹈火。瞧我准备怎么为你担保。'他当即扑过来拥抱我,仍然在大街中央,眼泪夺眶而出,浑身战栗着,紧紧地把我搂在胸前,弄得我甚至差点咳嗽起来。他说:'你是我患难中留下的唯一的朋友!'真是个易动感情的人!于是,当然啰,一路上他立即讲了件类似境遇的坏事,说年轻时有一次他被人怀疑偷了五百卢布,但是,第二天他扑进熊熊燃烧的房子,从火中拖出了怀疑他的伯爵和当时还是少女的尼娜·亚历山德罗夫娜。伯爵拥抱了他,这样就有了他和尼娜·亚历山德罗夫娜的婚姻,而次日在火灾的废墟中找到了装着失款的盒子;这是一只英国制造、带暗锁的铁盒,不知怎么的掉到地板底下去了,因此谁也没有发觉它,直到这场火灾后才找到。将军这纯粹是胡说。但是他说到尼娜·亚历山德罗夫娜时,甚至啜泣起来。

尼娜·亚历山德罗夫娜是个气度高贵的妇人，尽管她生我的气。"

"你们不认识？"

"几乎不认识，但我真心诚意想和她认识，哪怕只是为了在她面前辩解。尼娜·亚历山德罗夫娜对我有所不满，认为似乎是我现在腐蚀了她丈夫，使他酗酒。但我不仅没有腐蚀他，反而还劝阻他；也许，我现在正使他摆脱有害的家伙。再说他是我的朋友，我向您承认，我现在不会撇下他，也就是说，他去哪儿，我也去哪儿，因为唯有重感情才能把握他。现在他甚至完全不去拜访自己的大尉妻子了，虽然暗中非常想去见她，有时甚至为她唉声叹气，特别是每天早晨起床穿靴子那一会儿，不知道为什么正是这个时候。他没有钱，糟就糟在这里，而没有钱无论如何也休想去她那里的。他没有向您要过钱吗？我深深敬爱的公爵？"

"没有，没有要过。"

"他不好意思。他本来想过的，甚至向我承认，他想来麻烦您，但是不好意思，因为不久前您才借钱给他，加上他认为您不会给的。他把我当朋友才吐露这话的。"

"那您没有给他钱吗？"

"公爵！我深深敬爱的公爵！不光是钱，为了这个人，这么说吧，甚至生命……不，不过我不想夸大，不是生命，但是可以这样说，为了这个人我真的愿意经受一次热病，害一次脓肿或者甚至咳嗽，只要有非常的必要；因为我认为他是个伟大的但又是个沉沦的人！就是这样！不光是钱！"

"这么说，您给他钱了？"

"没有，钱我没有给，他自己知道，我是不会给的，但要知道唯一的目的是使他节制和改正。现在他缠着要跟我一起去彼得堡；我去彼得堡可是为了趁热打铁追踪费尔迪先科先生，因为我肯定他已经在那里了，我的将军也急得像热锅上的蚂蚁；但我怀疑，到了彼得堡他会从我身边偷偷溜走，好去找大尉妻子。我承认，我甚至会故意放他走，我们已经讲好，一到彼得堡就立即兵分两路，以便更容易抓住费尔迪先科先生。我就这样要先把他放了，然后突然像雪落到头上一样，去大尉妻子那里撞见他，——其实，是要使他感到羞愧，作为一个有家室的人，作为一个一般所说的人，他应该懂得这一点。"

"只不过别闹得满城风雨，列别杰夫，为了上帝，别闹得满城风雨。"公爵感到强烈不安，悄声说。

"哦，不会的，其实只是为了使他感到羞愧，同时也想看看他是一副什么模样，因为根据模样可以得出许多结论，我尊敬的公爵，特别是这样的人！啊，公爵！尽管我自己遭到这么大的不幸，但是甚至现在我还是不能不想到他，不能不想到怎样纠正他的道德。我深深敬爱的公爵，我对您有个不同寻常的请求，我坦白地说，甚至正是为了这点才来的：您已经跟他们家熟悉了，甚至还在他们那里住过；要是您，心地无比善良的公爵，您决定在这件事上协助我，其实只是为了将军一人和他的幸福……"

列别杰夫甚至合起双手，犹如祈祷那样。

"什么事情？怎么协助？请相信，我相当愿意完全理解您，列别杰夫。"

"我到您这儿来唯一怀着的就是这种信心。通过尼娜·亚历山德罗夫娜可以起作用；这么说吧，可以在他自己家庭内部观察、注意他这位阁下。不幸的是，我跟他家不熟悉……况且这里还有尼古拉·阿尔达利翁诺维奇，他崇拜您，可以说，是出于少年的一片真心，他大概也会帮忙的……"

"不……上帝保佑，别把尼娜·亚历山德罗夫娜扯进这件事里……还有科利亚……不过可能我还没有理解您的用意，列别杰夫。"

"这里根本没什么要理解的！"列别杰夫甚至从椅子上跳将起来，"只要感情的温柔，这就是我们给病人的全部药物。公爵，您允许我把他看作是病人吧？"

"这甚至显示出您的委婉和智慧。"

"我举一个例子给您解释，为了明白起见我就用一个实例。您瞧，这是个什么人：他现在一心恋着这个大尉妻子，而没有钱是不能上她那儿的，今天我就打算在她那儿抓获他，这是为他的幸福着想；但是，假定说，不光是大尉妻子的事，而是甚至犯了真正的罪行，喏，某桩最可耻的行为（虽然他根本不会这样做），那么到那时，我说，也只要用高尚的温情，这么说吧，你就能了解他的一切，因为他是个重感情的人！请相信，他熬不过五天，自己就会讲出来，会痛哭流涕，承认一切；如果做得巧妙和高尚，通过家庭和您对他进行一切监视，这么说吧，监视他的一举一动……尤其能如此。哦，心地无比善良的公爵！"列别杰夫甚至颇为感奋地跳起来说，"我可没断定他一定……可以说，我愿意哪怕是现在为他流淌我的全部鲜血，虽然您也会同意，没有节制的酗酒，大尉妻子这一切，加在一起是会导致一切后果的。"

"为这样的目的，我当然总是愿意帮助的，"公爵站起来说，"只不过我向您承认，列别杰夫，我现在心里不安得不得了；您说，您不是一直……总之，您自己说的，您怀疑费尔迪先科先生。"

"还会有谁呢？还会有谁，我最诚挚的公爵？"列别杰夫动人地微笑着，又动人地交叉着双手。

公爵皱起眉头，从座位上站了起来。

"您要知道，鲁基扬·季莫菲伊奇，这事弄错了是很可怕的。这个费尔迪先科……我倒是不想说他的坏话……但是这个费尔迪先科……也就是说，谁知道呢，也许这就是他！……我想说，也许，他真的比其他人……更可能做这种事。"

列别杰夫瞪大眼睛看着，竖起耳朵听着。

"您要知道，"公爵感到迷惑，越来越皱紧双眉，在房间里前前后后踱来踱去，竭力不朝列别杰夫看一眼，"有人告诉我……对我说到费尔迪先科先生，除了别的以外，他仿佛是这样的人，所以当着面应该克制，多余的话……什么也别说，您明白吗？我的意思是，也许，他真的比其他人更可能……不要弄错，这是主要的，明白吗？"

"谁对你讲费尔迪先科先生的?"列别杰夫急忙追问。

"是人家轻轻告诉我的,不过我自己不相信这一点,我不得不告诉您这一点,对此我真感到遗憾,我请您相信,我自己确实不相信这一点……这有点荒谬……咳,我做得多愚蠢呀!"

"要知道,公爵,"列别杰夫甚至浑身打起颤来,"这很重要,现在这太重要了,也就是说,这不是讲费尔迪先科先生,而是讲这个消息是怎么传到您这里的。(说这话的时候,列别杰夫跟在公爵后面跑来跑去,竭力想与之同步。)是这么回事,公爵,我现在告诉您:刚才,我和将军去维尔金家的时候,在将军对我讲了火灾的事以后,他突然开始向我提到有关费尔迪先科先生的同样的话,当然,是满腔愤慨的,但是他说得既无条理又不顺当,我不由得向他提了一些问题,结果我完全可以确信,这一情况纯粹是他阁下灵感所发。其实,可以说,是出于一片好心,他之所以撒谎,唯一的原因就是不能克制感情。现在您看到了,如果他撒了谎——我对此深信不疑——那么您是怎么会听到这话的呢?要明白,公爵,这在他身上不过是一时灵感所至,那么究竟是谁告诉您的呢?这很重要……可以说……"

"刚才科利亚告诉我这一点的,而他则是不久前父亲对他说的,他在六点钟或六点多的时候,不知干什么从房间里出来,在前室遇到了他父亲。"

公爵讲述了一切细节。

"好,瞧,这就叫蛛丝马迹,"列别杰夫搓着双手,不出声地笑着,说,"我就是这么想的!这就是说,他阁下故意在五点多的时候中断自己的安稳觉,去叫醒心爱的儿子,为了告诉他与费尔迪先科先生相处非常危险!由此可见,费尔迪先科先生哪是什么危险人物!他阁下,科利亚那个父亲不安又是怎么回事!嘿——嘿!……"

"听着,列别杰夫,"公爵完全窘住了,"听着,要悄悄地行动!别弄得满城风雨!我求您了,列别杰夫,我恳求您……在这种情况下我发誓,我将协助您,但是不要让任何人知道,别让任何人知道!"

"请相信,最好心、最真诚、最高尚的公爵,"列别杰夫完全激奋地大声嚷道,"请相信,这一切将埋在我这颗君子之心中,悄悄地行动,一起干!悄悄地行动,一起干!我甚至愿把我的全部鲜血……公爵阁下,我是个灵魂和精神都很卑微的人,但是您可以去问任何一个无赖,而不光是卑微的人:他更愿意跟谁打交道,跟他这样的无赖,还是跟像您这样最高尚的正人君子?他会回答,愿意跟最最高尚的正人君子打交道,这就是道德的胜利!再见,我深深敬爱的公爵!悄悄地行动……悄悄地行动而且……一起干。"

十

公爵终于明白，为什么每次当他触及这三封信时他就浑身发凉，为什么他要把读信的时刻推迟到晚上。还是早晨的时候，他始终没有决心拆开这三封信中的哪一封，因此就在自己的沙发床上昏昏入睡，做起噩梦来，他又梦见那个"有罪的女人"向他走来。她又用那双有着长长睫毛的闪闪发亮的眼睛望着他，又叫他跟她走，他又像刚才那样惊醒过来，痛苦地回忆着她的面容。他本想立即去她那里，但他不能去；最后，几乎是在没有办法的情况下，他打开了信，读了起来。

这些信也像梦一般。人有时会做一些奇怪的梦，内容是不可能的也是不自然的；当您醒来时，您会清晰地记起这些梦，并对梦里怪诞的事实感到惊异：您首先会记得，在您做梦的整个过程中理智并没有离开您；您甚至会回想起，在整个这段很长很长的时间里，您被凶手包围了，他们对您耍花招，他们对您很友好，隐瞒了自己的图谋，实际上他们已经准备好武器，他们不过是等某个信号，而您在这段时间里却巧妙而且合乎逻辑地周旋着；您还会回忆起，最后您怎么机智地骗过了他们，躲开了他们；后来您猜到了，他们识透了您的欺骗，只不过在您面前不露声色，装作不知道您躲在哪里；但是您更狡猾，又一次欺骗了他们，这一切您都能清晰地回忆起来。但是为什么在那当口您的理智会容忍这样显而易见是荒谬和不可能的事,让它们充斥您的梦境呢?您的一个凶手在您的眼里变成了一个女人,又从女人变成了一个又小又狡猾又坏的侏儒,而您却立即将这一切当作既成事实,几乎没有丝毫疑虑地容忍了,并恰恰是在这同时,从另一方面来说,您的理智却处于最为强烈的紧张状态,显露出非凡的力量、机智、悟性、逻辑,——这是为什么?当您从梦中醒来,已经完全进入了现实,您几乎每次都感觉到,有时怀着一股不同寻常的力量感觉到这么一种印象,您把某个您未曾解开的谜连同梦境一起留下了,——这又是为什么?您嘲笑您所做的梦的荒诞,与此同时又感觉到,在这些荒诞离奇的交织中又包含着某种思想,而这个思想已经是现实的了,是属于您的真正生活,是过去一直存在、现在也仍然存在于您心间的,您的梦似乎告诉了您某种预言式的、您所期待的新东西,您的印象是强烈的。它令人高兴或者令人痛苦,但它究竟包含着什么、告诉您什么——这一切您却是无法理解、无法记住的。

读了这几封信后几乎也是这样。但是,在还没有打开它们时公爵就感觉到,这些信存在和可能的事实本身简直就像一场噩梦。晚上他一个人徘徊的时候(有时甚至自己也不记得,他在什么地方踯躅)他问自己,她怎么有决心给她写信?她怎么能写这种事?她的头脑中怎么会产生这么失去理智的非非之想?但是这种非非之想已经在实施了,对他来说最为惊讶的是,在他看这些信时,他自己几乎相信有可能实现这一非非之想,甚至相信这种想法是有理由的。当然,这是梦,是噩梦,是失去理智。但是这里也包含着某种现实得令人难受、正确得令人痛苦的道理,这一道理为这梦,为这噩梦,为这失去理智做了辩护。一连几小时他仿佛发谵语一般对读到的信口中念念有词,不时记起其中的片段,有时停留在那些字句上,沉思良久。有时他甚至想对自己说,他早就预感到这一切,过去就预料到了;他甚至觉得,他仿佛在很久很久以前就已读到过这一切,而从那时起他一直为之忧愁,为之煎熬,为之担忧的一切,全都包含在他早已读过的这几封信中。

当您展开这封信的时候（第一封信是这样开头的），您首先会看一下署名。署名会告诉您一切，说明一切，因为我没什么要在您面前辩白的，也没什么要向您解释清楚的。假若我多少与您一样的话，您可能还会对这种无礼而生气；但是我是谁，您又是谁？我们是如此相反的两极，我在您面前又是那样的坏，我无论如何已经不能使您生气了，甚至假如我想要那样也不行。

下面在另一个地方她写道：

别认为我的话是一个精神病患者的病态的亢奋所致，但对于我来说您是完美的！我看见过您，我每天都看见您。我可不是在评论您；我不是凭理性得出您是完美的结论的；我不过是相信这点。但是在您面前我是有罪孽的：我爱您。完美可是不能爱的；对完美只能像看完美那样来看，不是吗？然而我却爱上了您。虽然爱情使人们平等，但是，请别担心，我不把您与我自己相提并论，即使在最隐秘的思想中也不这样做。我对您写："请别担心。"难道您会不放心吗？……假如可以的话，我愿意吻您的脚印。哦，我跟您不可同日而语……您看署名吧，尽快看署名吧！

然而，我发现（她在另一封信里写道），我把您与他联结起来，却一次也还没有问过：您是否爱他？他只看见您一次就爱上您了。他回忆起您犹如回忆起"光明"；这是他自己的话，我是从他那儿听说的。但是没有这句话我也明白，对他来说您就是光明。我在他身边生活了整整一个月，这才明白，您也爱他；对我来说您与他是一回事。

这是怎么回事（她还写道），昨天我经过您身边时，您似乎脸红了？这不可能,我只是这么觉得而已。即使把您带到最肮脏的藏垢纳污的场所,让您看赤裸裸的邪恶,您也不应该脸红;您无论如何不会因为受了屈辱而愤慨。您可能会仇恨所有卑鄙下流之徒,但不是为自己,而是为别人,为那些受到他们侮辱的人。您却不会受到任何人的侮辱。知道吗,我觉得,您甚至应当爱我。您对于我来说就像对他来说一样是光明之神,而天使是不会憎恨的,不会不爱的。我常常对自己提这样的问题:是否可以爱大家,爱所有的人,爱所有自己亲近的人?当然不能,这甚至是不自然的。在抽象的爱人类中几乎总是只爱自己一个人。但是对我们来说是不可能的事,对您来说则是另一回事:当您不能把自己与任何人相比较的时候,当您超越任何侮辱、超越任何个人的愤恨的时候,您怎么会不爱哪怕是某个人呢?只有您一人能无私地爱,只有您一人能不是为了自己个人去爱,而是为了您所爱的人去爱。哦,当我知道您因为我而感到羞耻或愤怒的时候,我是多么痛苦!您可能会说:这下您就完了,您一下子把自己与我相提并论了……

昨天遇见您以后我回到家,虚构出一幅画来。画家们总是按照《福音书》上的故事来画基督,要是我就画成另一种样子:我要画他一个人,因为他的门徒有时是留下他一个人的。我只画一个小孩子与他在一起。孩子在他身边玩;也许,孩子用自己那孩子的话语对他讲述着什么,基督听着他,但此刻却在沉思:他的一只手不由自主地、出神地停在孩子长着浅色头发的脑袋上。他望着远处天涯,如整个世界一般宏伟的思想在他的目光中安然常驻;他的面容是忧郁的,孩子不再作声,胳膊肘撑在他的膝盖上,一只手托住脸颊,仰着头,像孩子们有时沉思那样若有所思地凝神望着他。夕阳西下……这就是我的画!您是纯洁无瑕的,您的全部完美就在这纯洁无瑕中。哦,只是要记住这一点:我对您的热烈情感又关您什么事!您现在已经是我的了,我将一辈子追随在您的左右……我很快就要死了。

末了，她在最后一封信中写道：

看在上帝面上，请怎么也别想我；也别认为我这样给您写信是在贬低我自己，或者认为我是属于以贬低自己为乐的那种人（哪怕甚至是出于自尊而这样做）。不，我有自己的慰藉；但我很难向您讲清楚这一点。我甚至难以对自己讲清楚这一点，尽管我常为此而苦恼。但是我知道，即便是自尊心发作也不能贬低自己。但出于心灵纯洁的自我贬低我也做不到，因而我根本不是贬低自己。

为什么我希望你们结合：为你们还是为自己？当然是为自己，这样我的一切问题都迎刃而解，我早就这样对自己说……我听说，您姐姐阿杰莱达当时曾议论过我的照片，说有这样的美貌可以翻转乾坤。但是我不要乾坤；听见我说这话，您会觉得可笑，因为您看见我明明穿着镶花边的衣服，戴着钻石首饰，却跟一批酒鬼和坏蛋混在一起。您别去看这些，我几乎已经不存在了，我知道这一点；上帝知道，取代我活在我躯体里的究竟是什么。我每天在两只可怕的眼睛里看到这一点，这两只眼睛经常在望着我，甚至不在我面前时也是这样。这双眼睛现在沉默着（它们始终是沉默的），但我知道它们蕴含的秘密。他家的房子阴森，沉闷，那里也有秘密。我相信，在他的抽屉里藏着一把用绸子包起来的剃刀，就像莫斯科那个杀人犯一样；那个人也和母亲住在一幢房子里，也用丝绸包着剃刀，以便割断一条喉咙。我在他们家的时候，始终觉得在什么地方，在地板的哪块木板下面有个死人，可能还是他父亲藏的，盖着一块漆布，就像那具莫斯科的尸体一样，周围摆满了装着日丹诺夫防腐剂的玻璃瓶，我甚至可以指给您看在哪个角落。他老是默默无语，但是我可知道，他爱我爱得已经恨不起我来了。你们的婚礼将和我的婚礼一起进行，我跟他是这么商定的。我对他没有秘密。不然我会因恐惧而把他杀死……但是他会先杀死我的……现在他笑了起来说，我是在说吆语,他知道我在给您写信。

在这些信里还有许多许多这样的吆语。其中一封,是第二封,用蝇头小字书写满了两张大号的信纸。

最后,公爵从幽暗的公园里走了出来,像昨天一样,他在那里踯躅良久。他觉得清澈明亮的夜色比平时更为明亮;"难道时间还那么早?"他心里想。(他忘了戴表。)仿佛听到了远处什么地方的音乐;"大概是在车站那儿,"他又想,"当然,他们今天是不会去那里的。"刚想到这点,他看见自己已经站在他们别墅门前了;他就料到,最后他一定会来到这里的,于是,他屏息静心跨上了廊台。没有人来迎接他,廊台上空荡荡的。他等了一会儿,推开了去厅屋的门。"这扇门他们是从来也不关的。"他头脑中闪过这个念头,但厅屋里也空无一人,里面几乎漆黑一团。他站在屋子中间困惑不解。突然门开了,亚历山德拉·伊万诺夫娜手拿蜡烛走了进来。看见公爵在那里,她很惊讶,像是询问一般停在他面前。显然,她只是穿过这间屋子,从一扇门到另一扇门,完全没有想到会撞见什么人。

"您怎么在这里?"她终于说。

"我……顺便来……"

"妈妈不太舒服,阿格拉娅也是。阿杰莱达躺下睡了,我也要去睡。今天整个晚上就我们待在家里,爸爸和公爵在彼得堡。"

"我来……我到你们这儿来……现在……"

"您知道现在几点了?"

"不知道……"

"十二点半。我们总在一点钟睡的。"

"啊,我以为……是九点半。"

"没关系!"她笑了起来,"为什么您刚才不来?也许,有人还等过您呢。"

"我……以为……"他喃喃着走了。

"再见！明天我会让大家笑你的。"

他顺着绕公园的路走回家去。他的心怦怦直跳，脑中思绪万千，他周围的一切仿佛都是梦境。突然，就像刚才他两次梦见同一个幻影而醒来一样，那个幻影又出现在他面前。还是那个女人从公园里走出来，站在他面前，就像在这里等着他似的。他战栗了一下，停住了，她抓住他的手，紧紧握着它。"不，这不是幻影。"

她终于面对面站在他面前，这是他们分离后第一次见面，她对他说了些什么话，但他只是默默望着她；他的心百感交集，痛苦得发出了呻吟。呵，后来他永远也忘不了跟她的这次见面，并总是怀着同样的痛苦回忆起当时的情景。她发狂似的一下子在马路中间跪倒在他面前；他吓得后退了一步，而她抓住他的手，吻它，就像刚才在梦中那样，她那长长的睫毛上此刻正闪烁着泪花。

"起来，起来！"他一边扶她起来，一边惊恐地喃喃说，"快起来！"

"你幸福吗？幸福吗？"她连连问，"你只要对我说一句话，你现在幸福吗？今天，此刻？在她身边？她说了什么？"

她没有起来，她不听公爵的；她问得仓促，说得也急促，犹如有人在追赶她一样。

"我将照你吩咐的那样明天就走。我不再……我现在可是最后一次见你了，最后一次！现在可完全是最后一次了！"

"镇静些，起来吧！"他绝望地说。

她贪婪地盯着他，仍紧紧抓住他的手。

"别了！"她最后说着，站起身就很快地离开他，几乎是跑着离去。公爵看见，在她身旁突然出现了罗戈任，他扶着她的胳膊带她走开。

"等一等，公爵，"罗戈任喊道，"过五分钟我会回来一下的。"

过五分钟他真的来了；公爵在原地等着他。

"我把她安顿上了马车，"他说，"十点钟起马车就在那边角落上等着。她就知道你会整个晚上都待在那一位身边。刚才你给我写的那些话,我准确无误地转告了。她再也不会给那一位写信了,她许诺的;按照你的愿望,明天她就离开这里。她想最后见你一面,虽然你拒绝了;于是我们就在这个地方等候你回来,就在那里,在那张长椅上。"

"是她自己带你一起来的?"

"那又怎么啦?"罗戈任咧嘴笑着说,"我看见的是我早已知道的事。看来,你看过信了?"

"难道你真的看过这些信?"公爵问道,这个念头使他大为吃惊。

"这还用说?所有的信她自己都给我看过。你记得有关剃刀的那一段话吗?嘻——嘻!"

"真是个疯子!"公爵扳捏着双手嚷了起来。

"谁知道那回事,也许不是。"罗戈任似是自言自语轻轻地说。

公爵没有回答。

"好,告辞了,"罗戈任说,"要知道明天我也走,有什么对不起的地方,请原谅!啊,兄弟。"他很快又转过身来补充说,"你干吗什么也不回答她?'你到底幸福不幸福?'"

"不,不,不!"公爵无限悲痛地喊道。

"还会说'是的'吗?"罗戈任狞笑着,头也不回地走了。

第四部

一

我们故事中的两位主人公在绿色长椅上约会以后过了约一星期。在一个阳光明媚的上午,十点半左右,瓦尔瓦拉·阿尔达利翁诺夫娜·普季岑娜出来拜访自己的熟人后,思虑重重、黯然神伤地回到家里。

有这么一种人,关于他们很难说出什么最典型、最有特点的个性,很难一下子整个地形容他们;这是那些通常被称作"平平常常""绝大多数"的人,他们确实构成了任何社会的大多数。作家们在自己的中长篇小说中大多努力选取社会的典型,形象地、艺术地表现他们,这种典型在现实生活中完全是很少能遇见的,但是他们几乎比现实本身更加现实。波德科列辛[1]作为一种典型,也许甚至是夸大了的,但绝非凭空捏造。有多少聪明人从果戈理那里认识了波德科列辛后,立即就发现有几十、几百个他们的熟人和朋友跟波德科列辛相像得不得了。在读到果戈理的作品前他们就知道,他们的这些朋友就是波德科列辛这样的人,只是还不知道就该这样称呼他们。在现实生活中新郎面临婚礼时跳窗逃走是极为罕见的,因为不说别的,这样做至少是很让人尴尬的;但是有多少新郎,

---

[1] 果戈理喜剧《结婚》中的人物。

甚至还是些可尊敬的聪明人，在婚礼前却在自己内心深处准备承认自己是波德科列辛。不是所有的丈夫时时处处都高喊："Tu l'as voulu, George dandin！"[1]但是，天哪，全世界有多少丈夫在他们的蜜月后却几百万次甚至几十亿次重复着这一发自心扉的呼声，而谁又知道，也许就在婚礼后的第二天。

就这样，我们不再做更认真的说明，只想说，在现实生活中人物的典型性仿佛被掺了水，所有这些乔治·当丹和波德科列辛确实是存在的，每天在我们面前奔来奔去，往来穿梭，但是似乎处于稍微稀释的状态。最后，为了真理的全面性，需要附带说明一下，整个儿如莫里哀塑造的乔治·当丹一般的活乔治·当丹，在现实生活中也可能会遇到，尽管很难得碰上。我们就此结束我们的议论，它开始变得像杂志上的批评文章了。但是在我们面前毕竟还留着一个问题：小说家该怎么处理那些普普通通、完全是"平平常常的"人，怎么把他们展示给读者，使他们多少变得能使人产生兴趣？在叙述中完全要避开他们无论如何是办不到的，因为普通人无时无刻都大量地构成了日常生活事件中必不可少的环节；避开他们，也就破坏了真实性。光用一些典型去充塞小说，或者，为了引人兴趣，甚至干脆让一些古怪和虚幻的人物布满小说，那样是不真实的，大概也不会引起大家的兴趣。在我们看来，即使是在普通人中间，作家也应该努力去寻找有意义的和有教益的特色。例如，有些普通人的本质恰恰在于他们始终一贯和一成不变的普通性上，或者，更好的是，尽管这些人以非凡的努力无论如何想要脱离平常和保守的窠臼，他们的结局却是依然故我，他们永远只是墨守成规，那么这样的人甚至具有某种自己的典型性——普通人的典型，他们怎么也不想当他本来当的普通人，千方百计想成为与众不同和有独立精神的人，却又不具备丝毫独立的本领。

我们故事中的某些人就属于这一类"平平常常"或"普普通通"的

---

[1] 法国莫里哀的喜剧《乔治·当丹》中的话，"你是自作自受，乔治·当丹"。

人，至今我还很少向读者交代清楚他们的情况（我承认这一点）。瓦尔瓦拉·阿尔达利翁诺夫娜·普季岑娜，她的丈夫普季岑先生，她的兄长加夫里拉·阿尔达利翁诺维奇正是这样的人。

确实，没有什么比做一个例如这样的人更让人懊丧的了：具有富裕的家财、高贵的姓氏、像样的外表、不错的教育，人也不蠢，甚至心地善良，可同时却没有任何才能、任何特长，甚至任何古怪行为、任何一个自己的思想，完全"跟大家一样"。财产是有的，但不是罗特希尔德那样的富翁；姓氏是清白的，但从来也没有标志过什么；外表是体面的，但很少能表明什么；所受的教育是正规的，但是却不知道用到什么地方去；智慧是有的，但没有自己的思想；心地是好的，但缺乏宽宏大量；等等，等等，一切方面都是如此。世界上这样的人异常之多，甚至比觉得的多得多；如所有的人一样，他们被分为两大类：一类是才智有限的，另一类"聪明得多"。前者要幸运得多。对于才智有限的"平常人"来说没有比把自己想象成是不平凡的、与众不同的人更容易的了，他们毫不犹豫地以此为乐，聊以自慰。我们的有些小姐只要剪短自己的头发，戴上蓝色眼镜，自称是虚无主义者，马上就相信，戴上眼镜后她们便立即有了自己的"信念"。有的人只要在自己心里感觉到点滴全人类的和善良的感受，便立即确信，谁也不会有他这样的情感，他在总体发展上是个先进者。有的人只要口头上接受某种思想或者没头没尾读了页把书，便马上相信这是在他自己的头脑里产生的"自己的思想"。在这种种情况下厚颜无耻的幼稚（如果可以这样说的话）会达到令人吃惊的地步；所有这一切令人觉得不可思议，但却时时刻刻都能遇到。果戈理在惊人的典型皮罗戈夫[1]中尉身上把这种厚颜无耻的幼稚，把一个蠢人对自己和自己的才能的毫不怀疑的自信绝妙地表现了出来，皮罗戈夫甚至并不怀疑自己是个天才，甚至高于所有的天才；他自信到一次也没有向自己提出过这种疑问，不过，对

---

[1] 果戈理所著《涅瓦大街》里的人物。

他来说是不存在疑问的。终于，伟大的作家为了满足道德感情受了侮辱的读者，不得不鞭笞了他一顿，但是，看到这位大人物仅仅是抖了抖身子，在挨了打以后为了补足精力吃了千层饼，作家也只能摊摊双手，不管自己的读者了。我一直为果戈理笔下的这位伟大的皮罗戈夫只有这么低的军衔而痛惜，因为皮罗戈夫是那样自鸣得意，随着年资增长和职衔升迁他戴的肩章的穗子将越来越粗，越来越打转，他也就更容易把自己想象成例如是个出类拔萃的统帅；甚至不是想象，简直就深信不疑，升了将军，怎么会不是统帅呢？这样的将军后来在战场上惨遭失败又有多少？而在我们的文学家、学者、鼓动家中又有过多少皮罗戈夫？我说"有过"，但是，当然，现在也有……

我们故事中的人物加夫里拉·阿尔达利翁诺维奇·伊沃尔京属于另一类人，他属于"聪明得多"的一类人，尽管他从头到脚浑身都沾染了要出人头地的愿望。但是这一类人，正如我们在前面已经指出的那样，比起前者来要不幸得多。问题在于，聪明的"平常人"即使有时候（也许是一辈子）把自己想象成出类拔萃的天才，但是在自己心底还保留着一条怀疑的蛆虫，它能使聪明人有时完全陷于绝望；如果他屈服于命运，那就是说已经被深入内心的虚荣完全毒害了。不过，我们举的例子无论如何是个极端，绝大多数这类聪明人的遭遇完全不是这么悲惨的；仅仅在暮年时肝脏多少会有损害，如此而已。但是，在顺从和屈服以前，这些人终究是会异常长久地闹腾一通，从青年时代起直至与世无争的年龄，而一切全是出于要出人头地的愿望。甚至还会遇到非常奇怪的情况：出于出人头地的愿望有的正派人甚至下得了决心去干卑贱的事；甚至也常有这样的事，这些不幸的人中有的不仅正直，而且甚至还很善良，是全家的神明，用自己的劳动不仅赡养自己的家人，而且还养活他人，结果又怎样呢？一辈子不得安宁！他曾这么好地履行了自己做人的职责，这样的想法丝毫也不能使他安宁和得到慰藉；甚至相反，会刺激他，他会说："瞧，我一辈子在忙什么了，就是这一切束缚了我的手脚，就是这一切妨碍我发明火药！假若没有这一切，我一定能发明什么，不是发明火药，就是发现美洲，——确实我还不知道会发明什么，但是一定会发明的！"这些先生最本质的特点是，他们确实一辈子无论如何也不能确切知道，什么是他们应该去发现的，什么是他们准备奉献终生去发现的：火药还是美洲？不过，说真的，他们因渴望发明所受的痛苦和烦恼也够得上哥伦布或伽利略那一份命运了。

加夫里拉·阿尔达利翁诺维奇正是这样开始他的人生的，但还刚刚开始。他会面临长时间的折腾、一方面不断地深深感受到自己缺少才能，另一方面不可抑制地要使自己相信他是个有独立精神的人，这二者的矛盾几乎还是从少年时代起就使他的心灵受到了严重的创伤。这是个生性嫉妒、有着强烈欲望的年轻人，而且，好像生来就有一副好激动的神经。他把自己炽烈的愿望看作是力量。怀着超凡脱俗的热望，他有时准备做最不明智的贸然的跳跃；但是事情进行到刚刚要做这贸然的跳跃时，我们的主人公要下决心时，他又总是聪明过头。这就使他痛苦万分。也许，有时候他甚至下了决心去干极端卑鄙的事，只要能达到他理想中的东西；但是仿佛故意似的，事情一旦要采取行动了，对于要干这极端卑鄙的事，他又总是太正直了（不过，干那种卑鄙的小事情他是随时都会同意的）。他怀着厌恶的和憎恨的心情看着自己家庭的贫穷和败落。他甚至傲慢和轻蔑地对待母亲，尽管他自己也清楚地懂得，母亲的名声和性格现在还是他功名的主要支撑点。到叶潘钦将军那里干事，他立即对自己说，"既然要做卑鄙下流的事，那就做个彻底，只要能赢"，可是几乎从来也没有彻底地去做。再说，为什么他想到他一定得做卑鄙下流的事呢？那个时候他简直怕阿格拉娅，但是他并没有放弃与她的关系，而是抱着万一的希望，拽着它，虽然他从来也没有当真相信过她会俯就他。后来，在跟纳斯塔西娅·费利帕夫娜有纠葛这件事中，他突然领悟到，要达到一切全在于钱。"卑鄙下流就卑鄙下流，"那时他每天都以自我满足同时也有几分惧怕的心理反复对自己说这话，"既然卑鄙下流，就索性卑鄙下流到底,"他时时给自己鼓气,"在这种时候墨守成规是会胆怯的,而我们并不畏怯!"他输掉了阿格拉娅,又被情势所压垮,便完全心灰意冷,真的把当时发了狂的女人扔给他的钱送来给公爵(而给那女人送钱来的也是一个发了狂的人)。后来他对于还钱这件事后悔了上千次,尽管与此同时他又吹嘘这一点,在公爵留在彼得堡时,他确实曾哭了三天,但是在这三天中他也已经开始憎恨公爵,因为公爵过分同情地看待他,而那时他归还这样数额的钱,"不是所有的人都有决心这么做的"。但是他老实地自我承认,他的全部苦恼就只是虚荣心不断地受到压抑,这种承认又强烈地折磨着他。直到过了很久以后他才看清并确信,他跟阿格拉娅这样天真、古怪的小姐之间的事本来当真能发展的,悔恨啃噬着他的心;他放弃了职务,沉溺于苦恼和灰心之中。他和父母都住在普季岑家并由其供养,同时他又公开蔑视普季岑,虽然他经常听从他的劝告,而且是那样明理,几乎总是征询他的意见。比方说,普季岑并不奢望成为罗特希尔德,也不以此为目标,这使加夫里拉·阿尔达利翁诺维奇很生气。"既然是放高利贷,那就干到底,就去压榨人,从他们那里压出钱来,要有刚硬的性格,要做一个犹太王!"普季岑是个谦和、安详的人,他只是微笑,但有一次他认为甚至有必要与加尼亚认真地解释一下并带着几分尊严做了这件事。他向加尼亚证明他没有做过任何不正派的事,因此加尼亚称他为犹太人是没有道理的;如果说要付出这样的代价得到钱,那么他也没有过错,他做事诚实,正派,真诚,他仅仅是"这些"事情的代理人,最后,他说,由于他办事认真,已经在一些最有优势的人中间享有相当好的声誉,他的事业在扩大。"我不会做罗特希尔德,再说也没什么必要,"他笑着补充说,"而在利捷伊纳亚街上会有我的一幢房子,也许,甚至是两幢,我也就到此为止。""谁知道呢,也许是三幢!"他暗自思忖,但从来也不说出声来,一直隐瞒着自己的理想。而命运喜欢和爱抚这样的人;它会奖赏给普季岑不是三幢,而一定是四幢楼,正是因为他从小已经知道,他永远不会成为罗特希尔德。但是超过四幢楼,命运也是怎么也不会给的,普季岑的事业也就到那为止了。

加夫里拉·阿尔达利翁诺维奇的妹妹则完全是另一种人。她也怀着强烈的愿望，但执著多于激动。当事情进行到最后关头时，她不乏理智，但是即使是不到最后关头时，理智也没有离开她。确实，她也是属于期望出人头地的"平常人"之列，然而她很快就能意识到，她身上没有点滴特别的独特之处，但她对此并没有过多地忧伤，谁知道呢，也许是出于一种特别的自尊。她以非凡的决心做出了第一步实际的行动，嫁给了普季岑先生；但是出嫁的时候她根本就没有对自己说，"卑鄙下流就卑鄙下流，只要达到目的"，不像加夫里拉·阿尔达利翁诺维奇那样在这种情况下是不会放过说这种话的机会的（作为兄长他赞同她的决定，甚至差点当着她的面说这话）。甚至完全相反，瓦尔瓦拉·阿尔达利翁诺夫娜有充分根据相信她未来的丈夫是个谦和、令人好感的人，几乎是有教养的人，无论如何永远也不会去做缺大德的恶事，正是确信这些以后她才嫁给他。对于那些细小的缺德事瓦尔瓦拉·阿尔达利翁诺夫娜就像对鸡毛蒜皮的小事一样未加过问；哪里没有这样的小缺德事呢？找的可不是理想人物嘛！何况她知道，她出嫁就可以给自己的父母、兄弟一个栖身之处。看到兄长遭遇不幸，她想帮助他，尽管过去有过种种家庭的误解。普季岑有时催加尼亚，当然是友好地催促，催他去找差使。"你瞧不起将军和将军的头衔，"他有时开玩笑对他说，"可是你瞧吧，所有'他们'这些人最终都成了将军；你活到那个时候，就会看到的。""可是凭什么他们认为我轻视将军和将军头衔呢？"加尼亚讥讽地暗自思忖。为了帮助兄长，瓦尔瓦拉·阿尔达利翁诺夫娜决定扩大自己的行动范围：她打进叶潘钦家，儿童时代的回忆帮了很大的忙：她和哥哥还在童年时就和叶潘钦家的小姐们一起玩耍过。这里要指出，假若瓦尔瓦拉·阿尔达利翁诺夫娜去拜访叶潘钦小姐是追求某种不寻常的理想，那么她马上就会脱离她自己把自己归入的那一类人；但是她追求的不是理想，从她来讲这里甚至有相当切实的盘算：她是以这一家的性格做基础的。她孜孜不倦地研究过阿格拉娅的性格。她向自己提出了任务,要使哥哥和阿格拉娅两人彼此重新回心转意。也许,她确实已达到了某些进展;也许,她陷进过错误,比方说,过多地寄希望于兄长,期待着从他那里得到他永远也不会以任何方式给予的东西。不论怎样,她在叶潘钦家做得相当巧妙:好多星期她都不提她哥哥的事,总是异常真挚诚恳,举止不卑不亢。至于自己的良心深处,她不怕朝里窥视,觉得完全没什么可以责备自己的。这一点赋予她力量。有时候她发觉自己身上只有一点不好,那就是她也许好发怒。也有很强的自尊心,甚至几乎是虚荣心,只是受到了压抑;几乎每次离开叶潘钦家时,她尤其会觉到这一点。

现在她就是从她们那儿回来,正如我们已经说过的那样,她陷于忧伤的沉思之中。在这种忧伤中透露出一丝嘲讽和痛苦。普季岑在帕夫洛夫斯克住在一幢并不漂亮,但宽敞的木屋里。这幢小屋坐落在尘土飞扬的街道上,很快就将完全归他所有,因而已经轮到他开始把它卖给什么人了。瓦尔瓦拉·阿尔达利翁诺夫娜登上台阶的时候,听到楼上非同寻常的吵架声,并区分出哥哥的和爸爸大叫大嚷的嗓门。走进厅屋,她看见加尼亚气得脸色煞白,几乎揪着自己的头发,在房间里来回急步走着。她皱了下眉头,带着一副疲倦的样子,帽子也不脱就坐到沙发上。她非常清楚地懂得,如果她再沉默一分钟,不问一声哥哥,为什么他这样急步走来走去,他一定会生气的,因此瓦里娅终于赶紧开腔问道:

"还是老一套?"

"哪是什么老一套!"加尼亚嚷着,"老一套!不,鬼知道现在发生了什么,而不是老一套!老头变得疯了似的……妈妈在号啕大哭。真的,瓦里娅,随你怎么样,我要把他赶出家门,或者……或者我自己离开你们。"他补了一句,大概是想起了,不能把人从人家家里赶走。

"应该宽容些。"瓦里娅低声说。

"宽容什么?对谁?"加尼亚怒气冲冲说,"宽容他的卑劣行为?不,随你怎么说,这可不行!不行,不行,不行!而且,瞧他那副样子:自己有过错,却还神气活现的。'我不想走大门,给我把围墙拆了!……'你怎么这副样子坐着,你的脸色怎么这样?"

"脸色就这样呗。"瓦里娅不满地说。

加尼亚更用心地看了她一眼。

"你到那边去了?"他突然问。

"去了。"

"等一等,他们又嚷起来了!真够羞耻的,而且还在这样的时刻!"

"什么这样的时刻?没有什么特别的这样的时刻。"

加尼亚更加专注地打量着妹妹。

"你知道什么了?"他问。

"至少没有什么出人意料的事。我打听到,这一切都是真的。我丈夫比我们俩估计得更正确;一开始他就预言过,果然就是这么回事。他在什么地方?"

"不在家。是什么结果?"

"公爵已是正式的未婚夫了,事情已经决定了。是两位姐姐告诉我的。阿格拉娅也同意了;他们甚至也不再隐瞒了。(那里在这以前总有一种神秘的气氛。)阿杰莱达的婚礼又拖延了,为的是一下子同时举行两个婚礼,在同一天,真够诗意的!就像一首诗。你还是做一首结婚的诗,也比白白地满屋子乱转要好。今天晚上别洛孔斯卡娅要到他们家,她来得正是时候,还会有别的客人。他们要把他介绍给别洛孔斯卡娅,虽然他已经认识她了,似乎要当众宣布。他们只是担心,公爵当着客人的面走进房间的时候,可别掉下或打碎什么东西,或者他自己别噗通一声倒下了,他总会出什么事。"

加尼亚听得非常注意,但是使妹妹感到惊奇的是,这一应该使他吃惊的消息似乎一点也没有使他产生惊讶的反应。

"这有什么,这是明摆着的,"想了一下后他说,"这就是说,一切结束了!"他带着一种奇怪的苦笑补充说,一边狡黠地探察着妹妹的脸色,依然继续在房间里来回走着,但已经安宁得多了。

"还好,你能以哲学家的姿态接受这样的事实,真的,我很高兴,"瓦里娅说。

"可以解脱了;至少你可以解脱了。"

"可以说,我是诚心为你效劳的,既不高谈阔论,也没惹你厌烦;我没有问过你,你想在阿格拉娅那里寻求什么样的幸福?"

"难道我……在阿格拉娅那里寻求过幸福?"

"算了,请别热衷于哲学!当然是这样。当然,我们也够了,当了傻瓜。我向你承认,对这件事我从来也没有认真对待过;只不过抱着'万一能成'的心理做这件事,把希望寄托在她那可笑的性格上,而主要是为了使你感到快慰,虽然有百分之九十的可能要垮。我甚至到现在还不知道,你要达到的是什么目标。"

"现在你和丈夫又要催我去干差事了;又要对我大讲起顽强和意志力的道理来,别瞧不起干小事,等等,我都能背得出来。"加尼亚哈哈笑了起来。

"他头脑里有什么新的想法!"瓦里娅想。

"那边怎么样,父母高兴吗?"忽然加尼亚问。

"好像不高兴。其实,你自己也能得到结论;伊万·费奥多罗维奇是满意的,母亲则担心;过去她对于要把他当女婿来看并不怀有好感,这是众所周知的。"

"我不是说这个;他当未婚夫是不可思议和难以想象的,这很明白。我问的是现在的情况,现在那边怎么样,她正式同意了?"

"到现在她没有说过'不',这就是全部情况,但是也不可能从那里得到什么别的表示。你知道,到现在她的害羞腼腆和怕难为情有多乖戾:小时候她常钻到柜子里,在那里蹲上两三个小时,只是为了不出来见客人,现在个子长这么高,可还是那个样。知道吗,我不知为什么想,那边确实有什么严重的事情,甚至是她那方面的。据说,她从早到晚一个劲儿嘲笑公爵,为的是不露声色,但想必每天她都会对他说悄悄话,因为他就像在天堂里那样容光焕发……据说,他可笑得不得了。这也是从她们那里听来的。我也觉得,她那两个姐姐在当面取笑我。"

加尼亚终于变得阴郁起来;也许,瓦里娅故意深入到这个话题里去,以便洞察他的真正思想。但是上面又响起了喊叫声。

"我要赶他走!"加尼亚大吼一声,仿佛很高兴能借此发泄自己的烦恼。

"那他又会像昨天一样到处丢我们的脸。"

"怎么——像昨天一样?像昨天——这是怎么一回事?难道……"加尼亚突然惊慌得不得了。

"啊,我的天哪,难道你不知道?"瓦里娅恍然大悟。

"怎么……这么说难道是真的他到那儿去过了?"加尼亚又羞又怒,满脸涨得通红,大声嚷道,"天哪,你不是从那儿来吗?你知道些什么?老头去过那里没有?去还是没去过?"

加尼亚向门口冲去,瓦里娅奔向他,双手抓住了他。

"你要干什么?你说,你要去哪儿?"她说,"你现在放他走,他会做出更糟糕的事来,会去找所有的人!……"

"他在那边干了什么了?说了什么?"

"他们自己也讲不清楚,也不明白;只不过把大家吓坏了。他去找伊万·费奥多罗维奇,他不在;他便要求见叶莉扎维塔·普罗科菲耶夫娜。起先请求她谋个位置,找份差事,后来便抱怨起我们来,说我,说我丈夫,尤其是说你……说了一大堆话。"

"你没弄清楚说了些什么?"加尼亚似歇斯底里发作一般全身发抖。

"哪能弄清楚呢!他自己也未必明白说了些什么,也许,他们没有全转告我。"

加尼亚抓住脑袋,跑向窗口;瓦里娅在另一扇窗的窗边坐下。

"可笑的阿格拉娅,"她突然指出,"叫住我说:'请向您父母转达我个人的特别敬意;日内我一定找机会跟您爸爸见面。'她说得非常认真。奇怪得不得了……"

"不是嘲笑？不是讥讽？"

"正因为不是，所以才觉得奇怪。"

"她知道不知道老头的事，你怎么想？"

"他们家里不知道，这一点我不怀疑；但是你使我产生了一个想法：阿格拉娅可能知道。就她一个人知道，因为当她这么认真地要求转达对父亲的问候时，她的两个姐姐也感到惊奇。再说有什么缘由正是向他致意？如果她知道，那就是公爵转告她的。"

"谁告诉她的，这不费劲知道，竟然当起小偷来了！这还不够吗？就在我们家，还是'一家之主'呢！"

"嘿，胡说！"瓦里娅完全发火了，嚷道，"那是喝醉了胡闹的，没有别的用意。谁捏造这种话的？列别杰夫，公爵……他们自己都是好人，聪明过人。我可不怎么看重这一点。"

"老头是小偷和酒鬼，"加尼亚继续尖酸刻薄地说，"我是个穷鬼，妹夫是个放高利贷者，真有阿格拉娅眼红的！没什么好说的，真够动听的！"

"这个妹夫，放高利贷者，在……"

"在养我，是不是？请你不用客气。"

"你发什么脾气？"瓦里娅豁然醒悟过来说，"你什么也不明白，就像个小学生似的。你以为，这一切都会损害你在阿格拉娅心目中的形象？你不知道她的性格；她能不理睬头号有钱的阔女婿，而心甘情愿地跑到某个大学生住的阁楼上，跟他一起饿得要死，这就是她的理想！你永远也不可能理解，假如你能坚定和自尊地经受住我们这种家境，你在她眼里就会变得多么有意思！公爵使她上钩用的办法，第一，根本不去钓她；第二，他在大家面前装作白痴。为了他她把全家搞得乱糟糟的，单就这一点现在她就觉得好。咳，您什么也不明白！"

"得了，还得瞧，究竟明白不明白，"加尼亚令人费解地低语说，"只不过我依然不希望她知道老头的事。我认为，公爵会守口如瓶，不讲出去的。他也会制止列别杰夫的;在我缠着他问时,他也不想全对我说……"

"看来,你自己也看到了,不经过他一切已经昭然若揭了。现在你还想干什么?还指望什么?如果还存在一线希望的话,那么这仅仅使你在她眼中平添了一副受难的样子。"

"嘿,尽管阿格拉娅充满罗曼蒂克,可是这种丑事也会使她望而却步的。一切都有一定的界限,一切都有一定的界限,你们全都是这样。"

"阿格拉娅会畏怯?"瓦里娅轻蔑地瞥了一眼兄长,火冒三丈地说,"可是你的灵魂是卑贱的!你们这种人全都一钱不值,纵然她可笑、古怪,可是比我们所有的人要高尚成千倍。"

"好了,没什么,没什么,别生气。"加尼亚满意地低声说。

"我只是怜悯母亲,"瓦里娅继续说,"我担心父亲的这件事会传到她耳朵里。唉,真担心!"

"大概已经传到了。"加尼亚指出。

瓦里娅本已站起来想上楼到尼娜·亚历山德罗夫娜那儿去,但停住身,注意地看了一眼兄长。

"谁会对她说呢?"

"想必是伊波利特。我认为,他一搬到我们这儿来,就把向母亲报告这件事看作是第一件乐事。"

"他又怎么知道的呢,请告诉我?公爵和列别杰夫决定对谁都不说出来,甚至科利亚也什么都不知道。"

"伊波利特嘛,他自己打听到的。你无法想象,这家伙狡猾到什么程度,他多会搬弄是非,他有多么灵敏的鼻子,能嗅出一切丑事,一切坏事。嘿,信不信随你,而我深信,他已经把阿格拉娅掌握在手中。即使还没有掌握到手,也将会掌握到手的。罗戈任也跟他有联系,公爵怎么会没有注意到这一点!而且他现在多想暗算我呀!他把我看作是私敌,这点我早看清楚了,他干吗要这样?他这是要干什么?他可是快要死的人了,我真不明白!但是我要哄骗他,你瞧着,不是他暗算我,而是我算计他。"

"你这么恨他,又为什么引他过来呢?他值得你费心算计他吗?"

"是你建议他搬到我们这儿来的。"

"我以为他会是个有用的人;知道吗,他自己现在爱上了阿格拉娅并给她写信。她们详细地探问我……他差点要给叶莉扎维塔·普罗科菲耶夫娜写信呢。"

"在这个意义上他并不危险!"加尼亚恶狠狠地笑着说,"不过,确实有什么地方不是那么回事。说他爱上了阿格拉娅,这很可能,因为是男孩嘛!但是……他不会给老太婆写匿名信。这是个恶毒、渺小、自负的庸人!……我能肯定,我确信,他在她面前把我们形容成阴谋家,他就是这样开始的。我承认,我起先像傻瓜似的对他泄露了我的心思;我以为,出于同样的对公爵报复的动机他会跟我利益一致;他是这么个狡猾的家伙!哦,我现在完全看透他了。关于这桩偷窃的事他是从自己母亲,即大尉妻子那里听来的。老头既然决定干这事,就是为了大尉妻子。伊波利特突然无缘无故告诉我,'将军'答应给他母亲四百卢布,他就这样没头没脑,不拘任何礼节地对我说了。这下我就全明白了。而他就那样窥视着我的眼睛,一副得到满足的神态。他一定也讲给咱们的妈妈听了,纯粹是要撕碎她的心而得到满足。他干吗还不死,你倒告诉我?他可是过三星期就该死的。而在这里还养胖了点!他也不再咳嗽了;昨天晚上他自己对我说,已经两天没咯血了。"

"赶他走。"

"我不是恨他,而是蔑视他,"加尼亚骄傲地说,"好,是的,是的,就算我恨他吧,就算是吧!"他突然异常愤怒地喊了起来,"我要当面对他说这点,即使他躺在枕头上即将死去,我也要说!假如你读过他的'自白',天哪,你就会知道,他的幼稚到了多么无耻的地步!这是皮罗戈夫中尉,这是悲剧中的诺兹德廖夫[1],而主要的是个男孩!我那时要是揍他一顿,让

---

[1] 果戈理《死魂灵》中的一个地主。

他吃惊吃惊,该有多痛快。现在他向所有的人报复,就为了当时他没有得逞……但这是怎么回事?那里又闹起来了!这到底是怎么回事?我终究会忍受不了的。普季岑!"他向走进房间的普季岑喊了起来,"这算什么,事情到底要闹到什么地步?这……这……"

但吵闹声很快就越来越近了,门突然敞开了,伊沃尔京老头怒气冲冲,面孔发紫,浑身颤抖,无所约束地朝普季岑大发雷霆。尼娜·亚历山德罗夫娜、科利亚跟在老头后面,在所有人后面的则是伊波利特。

二

伊波利特搬到普季岑家已经五天了。在他和公爵之间这发生得很自然，没有多费口舌，也没有任何口角；他们不仅没有吵架，表面上看甚至似乎是像朋友一样分手的。加夫里拉·阿尔达利翁诺维奇在那天晚上非常敌视伊波利特，却自己过来看他，不过是在发生那件事后第三天，大概是为某个突如其来的念头所驱。不知为什么罗戈任也开始常来看病人。最初公爵觉得，如果伊波利特从他那儿搬走，甚至对这"可怜的男孩"更好。但是在搬走的时候伊波利特已经表示，他是搬到普季岑那儿住，"普季岑是那么好心，给他提供了一个角落"，仿佛故意似的，一次也没有说是搬到加尼亚那儿去，虽然正是加尼亚坚持要接纳他到家里来的。加尼亚当时就已发现了这点，颇为见怪地将此记在心里。

他对妹妹说病人已经有所恢复，这话不假，确实，伊波利特比过去是好了些，朝他望上一眼就明显可以觉察到这点。他走进房间来时不慌不忙，跟在大家后面，带着不怀好意的嘲笑。尼娜·亚历山德罗夫娜进来时很惊慌。（这半年里她大大变样了，变消瘦了；嫁了女儿并搬到她这儿来住以后，她表面上几乎不再干预自己孩子的事。）科利亚显得忧心忡忡，并且有点莫名其妙；用他的话来说，对"将军的发狂"有许多难以理解的地方,当然,这是因为他不知道家里这场新的闹剧的根本起因。但他很明白,父亲这次吵得很厉害,每时每刻到处都吵,而且一下子变得仿佛根本不是过去的人。还使他不安的是,近三天来老头甚至完全不再喝酒了。他知道,父亲已经跟列别杰夫和公爵分手了,甚至还跟他们吵翻了。科利亚带着用自己的钱买的半俄升伏特加酒刚回到家里。

"说真的,妈妈,"还在楼上时他就劝尼娜·亚历山德罗夫娜,"真的,最好还是让他喝。现在已经三天滴酒未沾了;因而就会苦恼。说真的,最好还是让他喝;他去债务监狱时我还经常送酒给他……"

将军把门开直,站在门口,似乎是愤怒得浑身打颤。

"阁下!"他用雷鸣般的声音对普季岑喊道,"如果您真的决心为一个乳臭小儿和无神论者牺牲可敬的老头,您的父亲,也就是说,至少是您妻子的父亲,一个效忠自己国王的人,那么从此刻起我的脚再也不会踏进您的家门。您选择吧,先生,立即选择吧:要么是我……要么是这个……螺丝钉!对,是螺丝钉!我无意间说出了口,但这是螺丝钉!因为他像颗螺丝钉一样钻进我的心扉,没有丝毫的尊敬……像螺丝钉一样!"

"不是螺旋拔塞?"伊波利特插嘴说。

"不,不是螺旋拔塞,因为在你面前我是将军,不是瓶子。我有奖章,军功章……而你一无所有。或者选择我,或者选择他!决定吧,先生,现在就决定,马上!"他又发狂地冲着普季岑喊道。这时科利亚给他搬来椅子,他几乎是疲惫不堪地倒到椅子上。

"真的,您最好……去睡觉。"大为惊愕的普季岑喃喃着说。

"他还要威胁人!"加尼亚低声对妹妹说。

"去睡觉!"将军嚷道,"我没醉,阁下,您是在侮辱我。我看得出,"他又站起来,继续说,"我看出来了,这里的一切都反对我,一切和所有的人都和我过不去,够了!我走……但要知道,阁下,要知道……"

大家没让他讲下去,而是又让他坐好,劝他平静下来。加尼亚怒不可遏,走到角落里。尼娜·亚历山德罗夫娜战栗着、哭泣着。

"我对他做了什么了?他抱怨什么?"伊波利特龇牙咧嘴地喊着。

"难道您没做什么?"突然尼娜·亚历山德罗夫娜指出,"折磨一个老人,您应特别感到羞耻和……没有人性……何况还处在您这种地位。"

"首先,我是什么地位,夫人!我很尊敬您,正是尊敬您个人,但是……"

"这是颗螺丝钉!"将军喊道,"他在钻我的灵魂,钻我的心!他想要我信无神论!知道吗,黄口小儿,你还没有出世,我已经满载着荣誉了,而你只不过是条好嫉妒的蛆虫,被撕成了两半,还咳嗽……怀恨和不信神搞得你都快要死了……加夫里拉为什么要把你搬到这儿来?大家都对付我,从外人到亲生儿子!"

"够了,还演起悲剧来了!"加尼亚喊着,"别满城丢我们的脸了,这样还好一点!"

"什么,我丢你脸了,你这个乳臭未干的小子!丢你脸了?我只会给你增添荣誉,而不是使你名誉扫地!"

他蹦了起来,大家已经无法遏止他;而且加夫里拉·阿尔达利翁诺维奇看来也爆发了。

"还讲荣誉这一套!"他忿忿地喊着。

"你说什么?"将军吼了起来,他脸色苍白,朝加尼亚跨近一步。

"我只要一张口,就……"加尼亚忽然号叫起来又不说下去。两个人面对面站着,都冲动得失去了分寸,特别是加尼亚。

"加尼亚,你要干什么?"尼娜·亚历山德罗夫娜喊道,一边奔过来制止儿子。

"哪方面都是荒唐透顶!"瓦里娅忿忿地断然说,"够了,妈妈。"她抓住母亲。

"只是为了妈妈,我就饶了你。"加尼亚悲伤地说。

"你说!"将军完全发狂似的吼着,"你说呀,别怕父亲的诅咒……你说呀!"

"瞧着吧,我才不怕您的诅咒呢!您八天来像个疯子似的,是谁的错?今天是第八天,您看见了,我是计天数的……您注意,别把我惹急了,否则我全讲出来……昨天您干吗到叶潘钦家里去?还称是老人呢,头发也白了,又是一家之父!可真是好样的!"

"住嘴,加尼卡!"科利亚喊了起来,"住嘴,笨蛋!"

"可我又什么地方,我又什么地方伤害他了?"伊波利特坚持说,但仿佛依然用那种嘲笑的口气,"他为什么称我是螺丝钉,你们听到了吧?他自己来缠着我,刚才还跟我讲起哪个叶罗彼戈夫大尉。我根本不愿意与您为伴,将军,过去我就回避您,您自己也知道。叶罗彼戈夫大尉关我什么事,您自己也同意这点吧?我不是为叶罗彼戈夫大尉搬到这儿来的。我仅仅是向他表示了我的意见,我说,也许这位叶罗彼戈夫大尉根本就从未存在过。他就搞得个鸡犬不宁。"

"毫无疑问,是不存在的!"加尼亚断然说。

但是将军惊愕得呆呆地站着,只是茫然地环顾着周围。儿子的话以其非同寻常的坦率使他震惊。在最初一刹那他甚至找不到话说。最后,伊波利特对加尼亚的话报以放声大笑并嚷道:"瞧,您听见了吧,您自己的儿子也说,没有任何叶罗彼戈夫大尉。"老头完全不知所措,直到这时才喃喃说:

"是卡皮东·叶罗彼戈夫,而不是卡皮丹[1]……是卡皮东……他是退役中校,叫叶罗彼戈夫……卡皮东。"

"即使是卡皮东也是不存在的!"加尼亚完全怒不可遏了。

"为……为什么不存在?"将军啜嚅着说,红晕一下子布满了脸面。

"好了,够了!"普季岑和瓦里娅制止道。

"住嘴,加尼卡!"科利亚又喊了一声。

但是这种庇护似乎使将军醒悟过来。

"怎么不存在?为什么不存在?"他威势逼人地责问儿子。

---

[1] 俄语"大尉"一词的发音与卡皮东相近。

"就因为不存在。不存在就是不存在,而且根本就不可能存在!这就是对您的回答。对您说,别来纠缠我。"

"这就是我的儿子……这就是我的亲儿子,我把他……哦,天哪!他竟硬说叶罗彼戈夫不存在,没有叶罗什卡·叶罗彼戈夫!"

"瞧,一会儿叶罗什卡,一会儿卡皮托什卡!"伊波利特插嘴说。

"是卡皮托什卡,先生,是卡皮托什卡,不是叶罗什卡!卡皮丹·阿列克谢耶维奇,不对,是卡皮东……退役……中校……娶玛利娅为妻……玛利娅·彼得罗夫娜·苏……苏……苏图戈娃……他是我的朋友和同伴,还是从当士官生起就是了。我为他流过……我用身体挡……他被打死了。卡皮托什卡·叶罗彼戈夫不存在了!不存在了!"

将军狂热地喊着,但是可以使人认为,事情是一回事,喊的又是另一回事。确实,换了别的时候他会忍受比说卡皮东·叶罗彼戈夫根本不存在更令人生气的事,会叫嚷一通,闹上一阵子,发一顿脾气,但最后还是会回到楼上自己房间去睡觉。可现在,由于人心的诡谲莫测,结果却是,正是怀疑叶罗彼戈夫存在这样的委屈会使他无法忍受。老头的脸涨得发紫,举起手,喊着:

"够了!我要诅咒……要离开这所房子!尼古拉,把我的旅行包拿来,我……走!"

他异常愤怒地急急走了出去。尼娜·亚历山德罗夫娜、科利亚和普季岑奔上去追他。

"咳,瞧你现在惹出什么事来了!"瓦里娅对兄长说,"他大概又会到那里去了。真丢脸,真丢脸!"

"可他不该偷东西!"加尼亚气得几乎憋不过气来,喊道。他的目光突然与伊波利特相遇了,加尼亚差点颤抖起来。"而您,阁下,"他高声嚷道,"应该记住,您毕竟是在人家家里……受用人家的殷勤款待,那就别去惹那个显然发了疯的老头生气……"

伊波利特似乎也痉挛了一下,但刹那间就克制了自己。

"我不完全同意您说的您爸爸发疯了,"他平静地回答,"我觉得,相反,最近一段时间他的神志还很清楚,真的,您不相信吗?他变得小心谨慎,疑神疑鬼,老是探听什么,每句话都斟酌一番……他跟我谈起这个卡皮托什卡可是有目的的,请想想,他想把我引到……"

"哎,他想把您引到什么上面去关我鬼事!我请您别耍滑头,别跟我转弯抹角了,先生!"加尼亚大声嚷着,"如果您也知道为什么老头处于这种状态的真正原因(而您这五天中一直在我这儿当密探,一定是知道这一点的),那您就完全不应该招惹……这个不幸的人,不该夸大事态来折磨我母亲,因为这一切是胡说八道,纯粹是酒后胡闹,如此而已,甚至没有什么证据,我就不把它当一回事……但您却要伤害人家,当密探,因为您……您……"

"是螺丝钉。"伊波利特苦笑了一下。

"因为您是个孬种,您把人们折磨了半小时,您用未装子弹的手枪来自杀,想以此吓唬人们,与此同时您还这么恬不知耻地胡说一气,真是个被人瞧不起的自杀者,肝火旺盛的……两脚动物。我给了您殷勤的接待,您长胖了,不再咳嗽了,而您偿付的却是……"

"请允许我只讲两句话;我是住瓦尔瓦拉·阿尔达利翁诺夫娜这里,不是住在您这里;您没有给我任何款待,我甚至在想,您自己也在受用普季岑先生的款待。四天前我请求我母亲在帕夫洛夫斯克为我找一处住所并要她也搬去,因为我真的感到在这里身体要好些,虽然我根本没有长胖,也仍然在咳嗽。昨天晚上母亲通知我说,住处已找好,所以我急于要让您知道,在向您妈妈和妹妹表示感谢之后,今天我就搬到自己那儿去,这是昨晚就已决定了的。对不起,我老是打断您;您好像还有许多话要说。"

"哦,如果是这样……"加尼亚打起颤来。

"如果是这样,那就允许我坐下,"伊波利特一边非常平静地坐到将军坐过的椅子上,一边补充说,"我毕竟是个病人;好了,现在我洗耳恭听,何况这是我们最后一次谈话,甚至可能是最后一次见面。"

加尼亚忽然觉得内疚了。

"请相信,我还不至于卑贱到跟您计较,"他说,"如果您……"

"您如此傲慢是枉然的,"伊波利特打断说,"从我来说,还在搬到这儿来第一天的时候,我就许下诺言不放弃机会,等我们告别的时候,我要对你们痛痛快快、开诚布公地把一切说个清楚。正是现在我打算来做件事,当然,在您讲话之后。"

"我请您离开这个房间。"

"您要说的最好还是说出来,不然您会后悔没有说的。"

"别再说了,伊波利特,这一切太丢人了;求求您,别再说了!"瓦里娅说。

"只是看在女人分上,"伊波利特笑着站起来说,"好吧,瓦尔瓦拉·阿尔达利翁诺夫娜,看在您的面上我准备压缩我的话,但仅仅是压缩,因为在我和您兄长之间某些事情是非说不可的,再说,不明不白的,我是怎么也不会离开的。"

"您不过是个好搬弄是非的人,"加尼亚嚷道,"因此您不造谣生事是不会离开的。"

"您瞧,"伊波利特冷漠地指出,"您已经耐不住了。说真的,您不说出来是会后悔的。我再次让您先说话,我等等再说。"

加夫里拉·阿尔达利翁诺维奇沉默着,蔑视地望着他。

"您不想讲,打算坚持到底,随您的便。我这方面尽可能说得简短。今天我有两三次听到指责说我受到了接待,这是不公正的。您邀请我上自己家来,是您自己要网住我。您估计,我想对公爵报复。而且您听说了阿格拉娅·伊万诺夫娜对我表示同情并且读了我的'解释'。不知为什么您以为我会完全服从您的利益,您指望着,也许能在我身上找到帮助。我现在不做更详尽的解释!我也不要求您承认或证实;我把您留给您的良心,我们现在彼此了解得非常彻底,这就够了。"

"但是,天晓得,您这是把最平常的事拿来大做文章!"瓦里娅嚷了起来。

"我对你说过,这是个'搬弄是非的黄口小儿'。"加尼亚低声说。

"瓦尔瓦拉·阿尔达利翁夫娜,请允许我说下去。当然,对公爵我是既不会爱也不会尊敬的;但这是个极为善良的人,虽然也……很可笑。然而我绝没有什么缘由要恨他;当您兄长亲自怂恿我反对公爵时,我对他未露声色,我就是指望着在结局时大笑一场。我知道,您哥哥一定会对我透露个中奥秘,也一定会大大失算。果然就是这样……我现在准备原谅他,仅仅是出于对您瓦尔瓦拉,阿尔达利翁夫娜的尊敬。但是,对您解释清楚我不是这么容易上钩之后,我要对您说明的是,为什么我这么想把您的兄长置于受愚弄的境地。您要知道,我这样做是出于憎恨,我坦白地承认这一点。当我死的时候(因为我终究是要死的,尽管长胖了点,这是你们说的),当我临死时,如果我能作弄不计其数的那种人的哪怕一个代表,我也就会感到,我将能无限安详地去天堂,因为这种人折磨了我一辈子,我也痛恨了一辈子,而您这位可敬的兄长正是这种人的突出形象。我憎恨您加夫里拉·阿尔达利翁维奇,唯一的原因(也许,这会使您感到惊奇),唯一的原因是,您是最无耻、最自负、最鄙俗、最卑劣的庸人的典型和体现、化身和顶峰!您是个傲慢的庸人,自信的庸人,沉着的庸人,镇定的庸人;您是守旧者中的守旧者!无论是在您的头脑中还是在您的心灵中都注定永远不会形成一点点自己的思想。但是您又有无穷的嫉妒心;您坚信,您是最伟大的天才,但是有时候在忧郁的时刻您终究还会产生怀疑,于是您就妒忌,就怀恨。哦,在您的前程中还有些黑点;等您彻底变蠢时,它们就会消失,这一天并不遥远;但是您毕竟面临着一条漫长而复杂的道路,我不说是快活的道路,我为此而高兴。首先,我现在预告您,您是得不到那位小姐的……"

"嘿,这简直不能容忍!"瓦里娅大声嚷了起来。"您有完没完,令人讨厌的恶鬼?"

加尼亚脸色变得刷白,颤抖着,不吭一声。伊波利特停住了话,怀着一种极大的满足专注地望了他一眼,又把目光移到瓦里娅身上,然后冷笑了一声,躬了躬身,走了出去,再没有添一句话。

加夫里拉·阿尔达利翁诺维奇有理由抱怨自己的命运和不走运。当他迈着大步从瓦里娅身边走过时,有一会儿她都下不了决心跟他说话,甚至不敢看他一眼。最后,他已走到窗口,背朝着她,瓦里娅想到了一条俄罗斯谚语:祸福难测。上面又响起了吵闹声。

"你要去?"加尼亚听见瓦里娅从座位上站起来时,突然转过身问,"等一下,先看看这个。"

他走近来,把折成小便条样子的一张小纸丢到她面前的椅子上。

"天哪!"瓦里娅双手一拍,惊呼起来。

字条上的字只有几行:

"加夫里拉·阿尔达利翁诺维奇!我深信您对我怀有良好的感情,我有一件重要的事,我决定征询您对此事的忠告。我希望明天能见到您,早晨七点钟,在绿色长椅那里,它离我们别墅不远。瓦尔瓦拉·阿尔达利翁诺夫娜一定会陪您来,她对这个地方很熟悉。阿·叶。"

"真怪,这以后真得对她刮目相看!"瓦尔瓦拉·阿尔达利翁诺夫娜双手一摊说。

此刻无论加尼亚多想故作姿态,他也不能不流露出得意之情,何况还是在伊波利特说了这么贬低人的预言之后。他脸上坦然漾起了自我满足的微笑,显得神采奕奕,而瓦里娅自己也高兴得容光焕发。

"而且这正是他们宣布订婚的这一天!真怪,这以后真得对她刮目相看!"

"你怎么想,她明天打算谈什么?"加尼亚问。

"这无关紧要,主要的是,六个月以来她第一次表示愿意见你。加尼亚,你听我说:无论那里发生了什么,无论事态有多大转变,要知道,这约会是重要的!这太重要了!别又故作姿态,别再大意疏忽,但也别胆怯畏葱,留点神!为什么这半年我老往她们那儿跑,她会不清楚?你倒想想:她今天一句话也不对我说,不动声色。我可是偷偷到她们那儿去的,老太婆不知道我在,否则,也许会赶我走的。我是为你冒险,无论如何要打听到……"

从上面又传来了喊声和吵闹声。有几个人在下楼。

"现在无论如何不能让这事捅出去!"瓦里娅吓得慌慌张张地嚷着,"不能有一点丑事的阴影!去吧,去求个原谅吧!"

但一家之父已经在街上了。科利亚拿着旅行包跟在后面。尼娜·亚历山德罗夫娜站在台阶上,哭泣着;她想跑去追他,但普季岑制止了她。

"这样做您只会火上加油,"他对她说,"他没地方可去,过半个小时又会把他送回来的,我已经跟科利亚说过了;让他去使一阵性子。"

"您胡闹什么呀,到哪里去呀!"加尼亚从窗口喊了起来,"您没地方可去!"

"回来,爸爸!"瓦里娅喊道,"邻居们都听见了。"

将军停了下来,转过身,伸出一只手,大声喊道:

"我诅咒这个家!"

"他就一定要装腔作势!"加尼亚砰地一声关上窗户,嘟哝着说。

邻居们真的听到了。瓦里娅跑出了房间。

等瓦里娅出去以后,加尼亚从桌上拿起便条,吻了一下,用舌头弹了个响声,还做了个跳起来两脚相拍的动作。

553

三

将军的风波换在任何别的时候是不会以什么名堂而告终的。过去他也有过这一类突如其来的胡闹,然而次数相当少,因为总的来说,这是个很温顺而且几乎是很善良的人。他大概上百次跟近年来沾染的不良习气作斗争。他经常会忽然想起,他是"一家之主",就与妻子和好,还真诚地哭泣,他尊重尼娜·亚历山德罗夫娜到崇拜的地步,因为她这么多次默默地原谅了他,甚至在他处于这么可笑和屈辱的境况下仍然爱他。但是与不良行为作斗争这种慨然之举往往持续不了多久;将军也是个十分"好冲动"的人,虽然有他自己的方式;他通常受不了在自己家里不断忏悔和无所事事的生活,最后就起来造反;他会陷于狂热,也许,就在那种时刻他也自己责备自己,但却无法克制,于是就吵架,开始大言不惭、娓娓动听地说大话,没有分寸也是做不到地要求人家对他恭敬,结果便从家出走,有时甚至很长时间。近两年来他只是一般地了解或者听听家里的事务;他不再具体地干预这些事,已经丝毫不感到自己对此负有使命。

但是这回"将军的胡闹"却表现出某种不同寻常的东西;大家都仿佛知道什么事,大家又似乎害怕说出来。将军"正式"到家里来,也就是到尼娜·亚历山德罗夫娜这儿来,仅仅是三天前的事,但是不像过去"回来"时那样通常显得很温顺并表示悔过,这次却相反,他非同寻常地好发怒。他说话很多,心神不宁,跟所有遇见他的人说起话来都很激烈,仿佛一个劲地急急责备他人似的,但谈的尽是五花八门、意想不到的事,你无论如何也弄不清楚,现在使他心神不宁的究竟是什么。有时候他很快活,但常常若有所思,不过他自己也不知道到底在想什么,突然他开始讲起什么事情来——讲叶潘钦家,讲公爵,讲列别杰夫——又戛然而止,完全不再说话,对于人家的追问只是报以愚钝的微笑,其实,他甚至没有发觉人家在问他,而他自己在笑。最后一夜他唉声叹气,哼哼哈哈的,把尼娜·亚历山德罗夫娜折腾得够受,她整夜都给他做热敷;早晨他忽然睡着了,睡了四个小时,醒来时疑心病大发作,弄得不可收拾,最后与伊波利特吵嘴,以"诅咒这个家"而告终。大家也注意到,这三天中他不断地陷入强烈的自尊心理,结果就是变得异常容易见怪。科利亚劝说着母亲,坚持认为这一切是想酒喝的缘故,也可能是想列别杰夫,因为近些时候虽然将军与他异常友好,但是三天前他忽然跟列别杰夫吵架了,分手时极为愤怒,甚至跟公爵也有什么龃龉。科利亚请求公爵说明情况,可最后他就开始怀疑,有什么事情公爵似乎不想告诉他。如果像加尼亚绝对有把握地认为的那样,在伊波利特和尼娜·亚历山德罗夫娜之间发生过某种特殊的谈话,那么奇怪的是,被加尼亚直截了当称之为搬弄是非者的这个恶毒的先生并没有用这样的方式来开导科利亚并以此为乐事。很可能,这不是如加尼亚跟瓦里娅说话时描述成那样的恶毒"男孩"的恶毒,而是另一类恶毒;再说他未必会告诉尼娜·亚历山德罗夫娜自己的某种观察结果,仅仅是为了"撕碎她的心"。我们不会忘记,人的行为的原因通常比我们事后解释的总要无限复杂、多样得多,并且很少能描述清楚的。有时候讲话者最好还是局限于简单扼要的叙述。下面解释将军现在遭遇的灾难时我们就将这样做;然而无论我们怎么努力要做到简要,还是完全有必要把比原先设想的更多的注意和篇幅放到我们故事的这个次要人物身上。

这些事件一件接一件顺序是这样的：

列别杰夫去彼得堡寻找费尔迪先科后，就在那一天与将军一起回来了，他没有告诉公爵什么特别的情况。假如那时公爵不是被别的一些对他来说是重要的想法分了心和占据了头脑的话，那么他很快就会发现，在那以后的两天里列别杰夫不仅没有向他做任何说明，相反，他甚至不知为什么回避跟公爵见面。最后，公爵终于注意到这一情况，他感到非常诧异，在这两天里他偶然遇见列别杰夫时，记得他也总是兴高采烈，心境极好，而且几乎老跟将军在一起。两个朋友已经到了一刻也不分离的地步。公爵有时候听到上面传到他这儿的语速很快的大声谈话，夹着笑声的快活的争论；有一次很晚了突如其来、出人意料地传到他这儿一阵又是歌颂战斗、又是歌颂酒神的歌声，公爵立即分辨出这是将军的沙哑的男低音。但是响起来的歌声没有唱完又突然静默下来了。接着是热烈振奋的，据种种迹象来判断是喝醉了的谈话，延续了大约一小时。可以猜到，楼上寻欢作乐的朋友在拥抱，最后两人都哭了起来。后来突然又是激烈的争吵，但也很快就沉寂下来。整个这段时间科利亚的情绪特别忧虑不安。公爵大部分时间不在家，有时回来很晚；总是有人告诉他，科利亚整天都在找他，打听他。但是在见面时科利亚却没说什么特别的话，只是对将军及其目前的举止表示极大的"不满"，说他和列别杰夫"到处闲逛，在不远的一家小酒馆里酗酒，在街上拥抱和骂人，互相挑事招惹，又无法分手"。当公爵向他指出，过去几乎每天也都是这种样子时，科利亚简直不知道怎么回答和怎么解释，目前他的不安究竟归结为什么原因。

在唱酒神歌和争吵以后的第二天上午，大约十一点左右，公爵正欲走出家门时，将军突然出现在他面前，因什么而异常焦躁不安，几乎是激动非凡。

"深深尊敬的列夫·尼古拉耶维奇，我寻找机会荣幸地见到您已经很久了，很久，非常久，"他十分紧地握住公爵的手，几乎使他感到疼痛，一边嘟哝着说，"非常非常久了。"

公爵请他坐下。

"不,不坐了,何况我耽搁您了,我……下次吧,好像,借此机会我可以祝贺您……实现了……心愿。"

"什么心愿?"

公爵不好意思了。正像许多处于他这种状况的人那样,他觉得,无论谁都绝对什么也看不到、猜不到、理解不到。

"请放心,请放心!我不会惊扰您那最最柔婉的感情的。我自己也体验过,我自己知道,什么是不知趣,用谚语……好像这么说……外人的……鼻子……伸到人家不要你伸的地方了。每天上午我都体验到这一点。我来有另一件事,一件重要的事。公爵,是一件非常重要的事。"

公爵又一次请他坐下,自己也坐了下来。

"那就坐一会儿……我来请您出主意,当然,我现在过的是没有实际目的的生活,但是我尊重自己,尊重……俄罗斯人那么忽视的求实进取的精神,总的来说……我希望能使自己、我的妻子、我的孩子能有地位……一句话,公爵,我是来讨教的。"

公爵热烈地称赞了他的意图。

"嘿,这一切都是胡说,"将军很快就打断他说,"主要的我不是谈这个,而是谈另一件重要的事。我决定正是向您表明心迹,列夫·尼古拉耶维奇,因为您是个真诚待人和有高尚情操的人,我对此深信不疑,还因为……因为……您对我的话不感到惊讶吧,公爵?"

公爵即使不特别惊讶,也异常注意和好奇地注视着这位客人。老头有点脸色发白,他的嘴唇有时微微哆嗦,两只手似乎也找不到安宁的地方可放。他仅仅坐了几分钟,已经不知为什么两次从椅子上站起来,又突然坐下,显然毫不注意自己的仪态。桌上放着书;他一边继续说话,一边拿起一本书,朝翻开的书页里睨了一眼,马上又合拢书,将它放到桌上,又抓起另一本,他已不再打开这一本,其余的时间里一直将它拿在右手中,不停地挥动着它。

"够了！"他突然高喊起来，"我看得出，我大大打扰了您。"

"丝毫也不，别那么想，请讲吧，相反我在用心听并想领悟……"

"公爵！我希望使自己能有令人尊敬的地位……我希望尊重自己以及……自己的权利。"

"一个人有这样的愿望，光凭这点他就已完全值得尊敬了。"

公爵说出这一古板的句子深信会产生很好的作用。他仿佛本能地猜测到，类似刚才所说的空泛但听起来让人舒心的句子能突然征服像将军这样的，特别是处于这种状态中的人的心灵，并使之平静。不论怎样，应该让这样的客人走时心头轻松，这就是他的使命。

这句话使将军快活，对他有所触动并且也讨得他的喜欢。他忽然大为感动，一下子改变了语气，开始热烈地做起长篇解释来。但是公爵无论怎么集中注意，无论多么用心倾听，他还是什么也没有听懂。将军说了十分钟光景，说得热情洋溢，速度很快，仿佛怕来不及说出拥塞着的万端思绪；末了在他的眼中甚至泪花晶莹，但讲的毕竟是些没头没尾的句子，一些出人意料的话语，一些出人意料的思想，它们迅速而意外地冒出来，从一个思想突然跳到另一个思想。

"够了！您理解我了，我也就安心了，"他站起身，突然结束说，"像您这样的心不可能不理解一个正在饱受痛苦的人。公爵，您高尚大度堪称楷模！其余人在您面前算得了什么？但您还年轻，我为您祝福。最后我来是请求您为我拟定个时间进行一次重要的谈话，这就是我最主要的希望。我寻求的仅仅是友谊和心灵，公爵；我始终未能应付心灵的要求。"

"但是为什么不就现在谈呢？我洗耳恭听……"

"不，公爵，不！"将军急切地打断他说，"不是现在！现在谈是种空想！这太重要了，太太重要了！约定谈话的时刻将是彻底决定命运的时刻。这将是我的时刻，我不希望在这样神圣的时刻第一个进来的人，头号厚颜无耻之徒来打断我们，而这样的无耻之徒往往会这样，"他忽然俯向公爵，用一种奇怪、神秘、几乎是惊恐的声音低语道，"这样的无耻之徒不值……你脚上一只鞋的鞋跟,心爱的公爵!哦,我不说我脚上!您特别要注意,我没有提及我的脚,因为我太尊重自己了,所以直截了当地说出这一点;但是只有您一个人能理解,在这种情况下我不提自己的鞋跟,也许表现出了非凡的尊严和自豪。除您之外,别人谁都不会理解,公爵;完完全全不能理解!要理解需有一颗心!"

到最后公爵几乎害怕了,便给将军约定第二天也是这个时间见面。将军离去时情绪振奋,精神上得到了莫大安慰,差不多平静安定了。晚上六点多时公爵派人请列别杰夫到自己这儿来一下。

列别杰夫非常快就来了,他一进来就立即说"感到不胜荣幸";而三天来他就像躲起来一般,显然是回避与公爵见面,现在仿佛没这回事似的。他坐到椅子边上,又是挤眉弄眼,又是满脸堆笑,小眼睛流露出嘲笑和探究的目光,同时还搓着手,摆出一副极为天真的样子等待听到什么期待已久并已为众人所猜到的重大消息。这一切又使公爵感到厌恶;他渐渐明白,大家突然都开始期待着他什么,大家都看着他,似乎想要祝贺他什么,他们暗示着,微笑着,挤眉弄眼着。凯勒尔已经跑来三次,每次都待一会儿,显然也是想来祝贺的:每次他都兴高采烈又含混不清地开始说话,什么也没有讲穿,便很快地走开了。(最近这些日子不知在什么地方他纵酒狂欢,并在一间弹子房里名声大振。)甚至连科利亚也不顾自己的忧虑,两次含糊其词地与公爵谈起什么。

公爵有点气恼地直截了当问列别杰夫,对于将军目前的状态他是怎么想的,为什么将军如此不安?他三言两语向他讲述了刚才的情景。

"任何人都有自己的不安,公爵……特别是在我们这个奇怪和不安分的世纪;就是这么回事。"列别杰夫有点冷淡地回答说,接着就委屈地不作声了,摆出一副自己的期望大受欺骗的样子。

"这算什么哲学!"公爵冷笑一下说。

"哲学是需要的,在我们这个世纪非常需要,做实际运用,但是它却受到轻视,就是这么回事。从我来说,深深敬爱的公爵,我虽然荣幸地在您所知道的某件事上得到您对我的信任,但是就只到一定程度,绝不超过那件事本身的情况……我理解这一点,丝毫也不抱怨。"

"列别杰夫,您仿佛在为什么事生气?"

"丝毫没有,一点也没有,我深深敬爱和光辉照人的公爵,一点也没有!"列别杰夫一只手按在心口,激昂地说,"相反,我恰恰马上就明白,无论是就社会地位,智力和心灵的发展水平,积累的财富,我过去的行为,还有知识来说——我无论怎么都不配得到您可敬的高于我希望的信任;如果我能为您效劳,那就是当一个奴仆和用人,而不是别的……我不是生气,只是忧伤。"

"鲁基扬·季莫菲伊奇,请别这么想!"

"绝不是别的!现在就是这样,眼前的境况就是这样!在遇见您并用我的全部心灵和思想注视您的时候,我常对自己说:朋友式的通报情况我是不配的,但是作为房东,也许在适当的时候,在期待的日期之前,这么说吧,我能得到您的指示,或者由于面临的期待着的某些变化而能得到您的通知。"

列别杰夫说这番话时,一双尖利的小眼睛一个劲地盯着惊愕地望着他的公爵;他仍然怀着满足自己好奇心的希望。

"我根本就一点也不明白,"公爵几乎愤怒地喊了起来,"您……是极端可怕的阴谋家!"他突然发出最由衷的哈哈大笑声。

列别杰夫一下子也大笑起来,他那闪烁的目光强烈地表明,他的希望已经表达清楚,甚至加倍说清楚了。

"知道吗,鲁基扬·季莫菲伊奇,我要对您说什么?只不过您别对我生气。我对您,而且不只是对您的幼稚感到惊讶!您怀着这样的幼稚期待从我这儿得到什么,而且就是现在,在此刻,这简直令我在您面前感到内疚和羞愧,因为我没有什么可以满足您的;我向您发誓,绝对没有什么,真是这样!"

公爵又笑了起来。

列别杰夫摆出一本正经的样子。的确,他有时甚至过分幼稚,好奇得令人讨厌;但与此同时这又是个相当狡黠和诡谲的人,在有些情况下甚至过分狡诈和沉默寡言。由于经常对他反感和疏远,公爵几乎给自己树了个敌人。但是公爵疏远他并不是蔑视他,而是因为他所好奇的是些颇为微妙的问题。还在几天前公爵把他的某些理想看成是罪过,而鲁基扬·季莫菲伊奇则把公爵的拒绝看作仅仅是对自己的厌恶和不信任,因此常常带着一颗受到伤害的心从公爵身边走开,并且嫉妒科利亚和凯勒尔与公爵的关系,甚至嫉妒自己的女儿维拉·鲁基扬诺夫娜。甚至就在此刻他本来也许能够也愿意真诚地告诉公爵一个对公爵来说是极为有意思的消息,但是他却阴沉地闭口不言,没有说出来。

"说实在的,我能为您效什么劳,深深敬爱的公爵?因为毕竟您现在把我……叫了来。"沉默片刻后他终于说道。

"对了,其实,我想了解一下将军的事,"公爵也沉思了片刻,现在猝然一振,说,"还有……关于您告诉我的这次失窃的事……"

"关于什么?"

"瞧您,好像现在不懂我的话似的!啊,天哪,鲁基扬·季莫菲伊奇,您老是在演戏!是说钱,钱,您那时丢失的四百卢布,在皮夹里的,早晨动身去彼得堡时您到我这儿来讲的这回事,究竟明白没有?"

"啊,您这是讲那四百卢布!"列别杰夫仿佛只是现在才豁然明白,拖长了声调说,"感谢您,公爵,谢谢您的真切关心;这对我来说太荣幸了,但是……我找到了,早已找到了。"

"找到了!啊,谢天谢地!"

"您发出的感叹是极为高尚的,因为四百卢布对于一个以艰辛的劳动为生、有一大群孤儿的人来说实在并不是无关紧要的事……"

"我说的不是这一点!当然,您找到了,我也为此高兴,"公爵急忙改口说,"但是……您是怎么找到的呢?"

"非常简单,是在椅子底下找到的,我曾在那把椅子上放过常礼服,这样,显然是皮夹从口袋里滑出掉到地上了。"

"怎么会掉到椅子下面去的呢?不可能,您不是对我说过,所有的角落都搜寻过了,在这个最主要的地方您怎么遗漏了呢?"

"问题就在于我看过了!我记得太清楚了太清楚了,我是看过的!我四肢着地趴着,又搬开了椅子,用双手摸索过这块地方,因为我不相信自己的眼睛:我看见那里什么也没有,空空荡荡,平平光光,就像我的手掌一样,但我仍然摸索着。一个人令人伤心地丢失了重要的东西……非常想找到它,尽管看到那地方什么也没有,空空如也,却仍要往那里看上十五次,这种时候往往总是产生类似灰心沮丧的情绪。"

"对,就算这样;只是怎么会这样呢?……我始终无法理解,"公爵莫名其妙地喃喃说,"您说,那地方先是什么也没有,而且您在那地方还找过,可一下又突然出现了!"

"确实一下子又突然出现了。"

公爵奇怪地望了一眼列别杰夫。

"那么将军呢?"他突然问。

"您说什么,将军?"列别杰夫又糊涂了。

"啊,我的天哪!我是问,您在椅子底下找到皮夹后,将军说什么了?您起先不是跟他一起找的吗?"

"起先是一起找的,但这一次,我向您承认,我没有吭声,认为还是不要告诉他皮夹已被我单独找到了。"

"为……为什么?钱都在吗?"

"我打开皮夹,钱都在,甚至一个卢布也不少。"

"至少要来告诉我一声嘛。"公爵若有所思地指出。

"我怕打扰您,公爵,因为您自己的事也许已使您,这么说吧,有异常丰富的感想;此外,我自己仍要装作什么也没找到。皮夹是打开过,看过,后来又合上,又将它放到椅子底下了。"

"这是为什么?"

"就这样,出于进一步的好奇。"列别杰夫搓着手,忽然嘻嘻笑地说。

"现在它就这样放在那里,第三天了?"

"哦,不,只放了一昼夜。要知道,在某种程度上我想让将军也找找。因为,既然我终于找到了,那又为什么将军不能发现这么引人注目,这么明显地放在椅子下的东西呢?我几次搬动这张椅子,将它摆得让这个皮夹完全显露出来,但是将军却丝毫也没有注意到,这样过了整整一昼夜。看来,他现在非常心不在焉,你简直弄不明白;他说啊,讲啊,笑啊,打哈哈,而一下子又对我大发雷霆,我不知道究竟为什么。最后我们走出房间,我故意不锁门就走开了;他却犹豫起来了,想说什么话,想必是这只有这么多钱的皮夹使他担惊了,但突然又大发起脾气来,什么明白话也没说;我们在街上没走几步路,他就撇下我,朝另一个方向走了。直到晚上才在酒馆里遇上了。"

"但是,最终您还是从椅子下拿到了皮夹?"

"不,就在那天夜里椅子底下的皮夹不翼而飞了。"

"那么现在它在什么地方?"

"就在这里,"列别杰夫从椅子上挺直身子站起来,快活地望着公爵,忽然笑着说,"突然它就在这里,在我常礼服的下摆里。瞧,您请亲自来看看,摸摸。"

确实,在常礼服左边下摆,简直就在前面的位置,非常显眼,形成一个口袋似的形状,摸一下便立即能猜到,这里有一只皮夹子,它是从兜底通了的口袋里掉到那儿去的。

"我掏出来看过,分文不少。我又放进去,昨天起就这样让它留在下摆里带在身上,走起路来甚至还磕碰腿。"

"您难道没有发觉?"

"我是没有发觉,嘻嘻!您倒想想,深深敬爱的公爵(虽然此事不值得您如此特别的关注),我的口袋一直是完好的,可突然一夜之间一下子有了这么个窟窿!我就好奇地细细察看了,似乎是有人用削笔刀割破的,这几乎是不可思议的事!"

"那么……将军怎么样?"

"他整天都在生气,昨天和今天都这样;心里不称心得不得了;一会儿兴奋装狂乃至乐意巴结奉承,一会儿多愁善感乃至声泪俱下,一会儿突然大发脾气乃至我都怕他,真的,公爵,我毕竟不是军人。昨天我们坐在酒馆里,我的衣下摆仿佛无意间非常明显地突出着,像座小山似的鼓鼓的;他斜眼瞟着,生着闷气。他现在早就已经不正面看我了,除非醉得很厉害或者大动感情的时候;但是昨天却两次这样看了我一眼,我背上简直起了鸡皮疙瘩。不过,我准备明天把皮夹算正式找出来,而在明天之前还要跟他一起玩一玩。"

"您这样折磨他是为了什么?"公爵高声嚷了起来。

"我不是折磨他,公爵,不是折磨,"列别杰夫急切地接着说,"我真诚地爱他和……尊敬他;而现在,随您信不信,他对我来说变得更为可贵,我更看重他了!"

列别杰夫说这一切的时候是那么认真和诚挚,实在让公爵气愤得很。

"您爱他,又这样折磨他!得了吧,他把您丢失的东西给您放到显眼的地方……椅子底下和常礼服里,他就想用这一着直接向您表示,他不想跟您耍滑头,而是朴直地请求您的原谅。您听见了吧:他在请求原谅!看来,他寄希望于你们之间的温厚感情,相信您对他的友情。可是您却让这一个……极为诚实的人蒙受这样的屈辱!"

"极为诚实的人,公爵,极为诚实的人!"列别杰夫目光炯炯,接过话说,"正是只有您一个人,最高尚的公爵,能说出这么公正的话来!就为这一点我忠于您,甚至崇拜您,虽然我因为各种恶习已经腐朽了!就这样决定了!现在,我马上就把皮夹找出来,不等明天了;瞧,我当您的面把它掏出来;喏,就是它;喏,钱也悉数都在;喏,您拿起来,最高尚的公爵,拿着,保存到明天,明天或后天我会拿的;知道吗,公爵,这丢失的钱第一夜曾藏在我花园里一块小石头下面,您怎么想?"

"注意,别这么当面对他说皮夹找到了。就让他无意地看到,衣服下摆里已经什么也没有了,他就会明白的。"

"就这样吗?还要装作在此以前一直没有猜到在什么地方?告诉他我找到了,不是更好吗?"

"不,"公爵沉思着说,"不,现在已经晚了,这比较危险;真的,最好别说!面对他您要温和些,但是……也别太做作了……还有……还有……您自己知道。"

"我知道,公爵,知道,也就是说,我知道是知道,恐怕做不到;因为这要有像您这样的心。何况我自己也是个易动怒和脾气坏的人,他现在有时候对我十分傲慢;一会儿嘤嘤啜泣和紧紧拥抱,一会儿又突然开始侮辱人,轻蔑地嘲笑人;嘿,这下我可要故意把下摆显示出来,嘻嘻!再见,公爵,显然我阻碍和打扰了您最有意思的感情,可以这么说……"

"但是,看在上帝面上,请保守原先的秘密!"

"悄悄地行动,悄悄地行动!"

但是,尽管事情已经了结,公爵仍然心事重重,几乎比过去更加忧虑。他急不可耐地等待着明天与将军的约会。

四

约定的时间是十一点多，但公爵完全出乎意料地迟到了。回家以后他在自己家中遇上了等他的将军。公爵一眼就觉察出将军的不满，大概就是因为让他等了一会儿。道歉之后公爵急忙坐下，但不知怎么奇怪地感到胆怯，仿佛他的客人是瓷器，他怕随时都会打碎它。过去他与将军在一起从未畏怯过，而且也没想到过要胆怯。公爵很快就看清楚了，与昨天相比，将军完全判若两人：代替惊慌失措和心不在焉显露出来的是一种非同一般的沉着镇静；可以断定，这是个下定决心坚决要干什么事的人。不过，他的平静更多的是外在的而不是实际的，但是不论怎样客人表现得大度而洒脱，虽然也带着矜持和尊严，开始甚至对公爵还有点俯就宽容的样子——有些高傲但受了无端委屈的人有时就是这样大度洒脱的。他说话温和，尽管口气中不无一丝伤感。

"这是前两天我从您这儿借去的书，"他意味深长地朝他带来的放在桌上的一本书点了下头，"谢谢。"

"啊，好；您读了这篇文章吗，将军？您喜欢吗？可令您感兴趣？"公爵很高兴能从不相干的话题尽快开始谈话。

"也许令人感兴趣，但是显得粗俗，当然也很荒谬。大概处处都是谎言。"将军说话颇为自信,甚至还稍稍拉长了语调。

"啊,这是一篇朴实的叙述,是一个目击法国人在莫斯科的老兵的叙述,有些地方写得很精彩。何况目击者的任何记述都是珍贵的,甚至不论这个目击者是什么人。对吗?"

"我要是当编辑就不发表;如果一般地说到目击者的记述,那么人们更相信荒谬但有趣的撒谎者,而不是值得相信和应该相信的人。我知道一些有关1812年的记述文章,这些记述……公爵,我已经做出了决定,我要离开这幢屋子——列别杰夫先生的屋子。"

将军意味深长地看了一眼公爵。

"您有自己的住宅,有帕夫洛夫斯克,在……在您女儿那里……"公爵说,他不知道说什么好。他回忆起,将军可是为一件异常重要的事来听取忠告的,这件事将决定他的命运。

"在我妻子那里,换句话说,在我自己和在我女儿家里。"

"对不起,我……"

"我离开列别杰夫的屋子是因为我跟这个人决裂了,亲爱的公爵;是昨天晚上决裂的,我很后悔没有早一点这样做。我要求得到尊敬,公爵,我甚至希望从那些我向他们奉献出自己心灵的人们那里得到尊敬。公爵,我常常奉献出自己的心灵,却几乎总是受到欺骗。这个人不配接受我的馈赠。"

"这个人是有许多毛病,"公爵审慎地指出,"也有一些特点……但是在这一切中间可以看出一颗心,一个狡猾的、有时是可笑的头脑。"

确切的表达、彬彬有礼的语气显然很合将军的心意,尽管他有时仍然会以突如其来的不信任的目光看人。但是公爵说话的语气是那么自然和真诚,使人不可能再产生怀疑。

"说他身上有好品质,"将军接过话茬说,"还是我第一个说出来的,我也几乎把自己的友情奉献给了这个人。我有自己的家庭,我不需要他的房子,也不需要他的好客。我不为自己的恶习毛病辩解;我不能克制,

567

我曾与他一起喝酒,而现在也许要为此而哭泣。但是我可不是光为了喝酒(对不起,公爵,请原谅一个恼火的人的粗鲁和直率),不是光为了喝酒才跟他交往的。正像您说的,吸引我的正是他的品质。但是一切都有界限,连品质也是这样。如果他突然当面粗鲁地要你相信,1812年他还是个孩子,还在童年时,他就失去了一条左腿,并把它埋在莫斯科瓦甘卡公墓,这就已经超过了界限,表现出不尊重的态度,显示了他的厚颜无耻……"

"也许,这仅仅是个玩笑,为了取乐开心。"

"我明白。为了取乐开心撒一个不算罪过的谎,即使很粗鲁,也不会伤害人的心。有的人也撒谎,可以说,纯粹是出于友情,想以此让谈话的对方感到快乐满足,但如果流露出不尊重,如果他就是想用这种不尊重来表示交往已经成为累赘,那么正人君子就只得不再理睬和断绝交往,并正告侮辱者要自量。"

将军说话时甚至脸红了。

"可是列别杰夫在1812年不可能在莫斯科的,他那时还太小,这简直可笑。"公爵说。

"这是一;但是,就算当时他已经出生,但是怎么能当面要人相信,法国一名轻步兵用大炮瞄准他,为了取乐而炸掉了他一条腿;说什么他捡起那条腿,将它带回家,然后将它葬在瓦甘卡公墓,还说要在墓前竖个碑,碑的一面题词,'此处安葬十等文官列别杰夫的一条腿',而另一面则是,'安息吧,亲爱的遗骸,直至欢乐的黎明'。最后还说,每年他还为它举行追荐(这已经是亵渎神圣了),为此每年都去莫斯科。为了证明此事,他还叫我去莫斯科,要指给我看坟墓,乃至在克里姆林宫的那门缴获的法国炮;他还要人相信,从大门边数起第十一门炮,是老式的法国小口径炮。"

"可是他的两条腿不是好好的吗,这是明摆着的嘛!"公爵笑了起来,"我请您相信,这是没有罪过的玩笑,您别生气。"

"但是请允许我有自己的理解;至于说到明显看到的两条腿,那么就算这还不完全是不可思议,但是,他说,这是切尔诺斯维托夫的假肢……"

"啊,是的,据说装上切尔诺斯维托夫的假肢还能跳舞。"

"我完全知道;切尔诺斯维托夫发明假腿时,第一桩事就是跑到我这儿来给我看。但是切尔诺斯维托夫发明假腿的时间要晚得多……而且列别杰夫还要人相信,甚至他那已故的妻子在他们婚后这么长时间中也不知道丈夫有一条木头做的假腿。当我向他指出这一切尽是荒谬绝伦时,他却说,'如果你在1812年当过拿破仑的侍童,那么请允许我把一条腿埋葬在瓦甘卡公墓。'"

"难道您……"公爵本已开始说话,却立即觉得不好意思了。

将军突然用一种傲慢的目光瞥了一眼公爵,几乎还带着一丝嘲讽的神情。

"说下去,公爵,"他特别平稳地拖长了声调说,"说下去。我不会计较,把一切都说出来。看见自己面前是一个实在潦倒和……无用的人,同时又听说这个人是伟大事件的……见证人,您会承认,这想起来也叫人觉得可笑。他还没有向您……胡编些什么吗?"

"没有,我没听到列别杰夫说什么,如果您说的是列别杰夫的话……"

"嗯,我原来以为正相反。其实,昨天我们之间谈的全是关于档案里的这篇……奇怪的文章。我指出了它的荒谬,因为我自己就是见证人……您在微笑,公爵,您在看我的脸?"

"不,我……"

"我看起来年轻,"将军拉长了声调说,"但我实际上比外表的样子要老一些。1812年时我十岁或十一岁。我的岁数我自己也不太清楚。在履历表上是减去了的年龄,我喜欢给自己减岁数,自己也就延长了生命。"

"请您相信,将军,1812年您在莫斯科……我完全不觉得奇怪,当然,您是能说些什么的……就像所有到过那里的人一样。我们有一位自传作者在自己的书中开始就写道,1812年在莫斯科法国士兵曾用面包喂过他,一个襁褓中的婴儿。"

"瞧,"将军宽容地表示赞同,"我的遭遇当然是不同一般的,但是也没有什么不同寻常的。真实的事往往好像是不可能的。当侍童！当然听起来也觉得很怪诞。但是一个十岁孩童的奇遇，也许，正是他的年龄才能解释。十五岁的话就已经不会有那回事了，这是肯定无疑的，因为我十五岁的话就不会在拿破仑进入莫斯科的那天从老巴斯曼纳亚街的木屋子里跑出去了。我原来在母亲身边，她来不及离开莫斯科，当时正害怕得浑身发抖。十五岁的话我就会胆怯，而十岁的我却什么都不怕，穿过人群直钻到宫殿台阶跟前，拿破仑正从马上下来。"

"毫无疑问，您指出这一点非常好，正因为是十岁才什么都不怕……"公爵随声附和着，他觉得很不好意思，因为想到马上就要脸红而受折磨。

"毫无疑问，一切发生得非常自然和简单，只有实际发生的事情才能这样。要是小说家来写这桩事，他一定会编造出许多荒诞不经和难以置信的东西来。"

"哦，是这么回事！"公爵高声说，"这个想法也曾让我吃惊，而且就在不久以前。我知道一件为偷表而杀人的真实命案，现在已经见报了。要是让杜撰者编造，熟悉民间生活的行家和批评家马上就会喊起来，这是不可置信的；而如果您读到报上的事实，您就会感到，正是从这样的事实中您能了解到俄国的现实。您指出这一点非常好，将军！"公爵热烈地说完话，他异常高兴，他能躲过面红耳赤的窘相了。

"不对吗？不对吗？"将军嚷了起来，他高兴得甚至眼睛闪闪发光，"一个男孩，不晓得什么是危险的孩子，穿过人群，想看看辉耀的场面，漂亮的军服，神气的侍从，最后还有那个这么多人朝他呼喊的大人物。因为当时连续好几年总是喧嚣着他的名字，全世界都充斥着他的名字；而我，可以说，是连同奶汁一起吮吸着这个名字的。拿破仑仅在两步远的地方走过的时候，无意间注意到我的目光，我穿的是小少爷的服装，家里一直给我穿得很好。人群中就我一人是这种样子，您自己也能想象……"

"毫无疑问，这一定使他感到惊讶，并且向他证明，并不是所有的人都逃离了,也还有些贵族及他们的孩子留下来了。"

"正是,正是,他是想吸引贵族!当他把鹰隼般的目光投向我的时候,我想必向他报以炯炯的目光。'Voilà un garçon bien éveillé! Qui est ton père？'[1]我激动得几乎喘不过气来,赶紧回答他说:'一位死在疆场的将军。'Le fils d'un boyard et d'un brave par-dessusle marché! J'aime les boyards, M'aimes-tupetit？'[2]对这么快的问题我同样回答得很快:'俄罗斯的心即使对祖国的敌人也能识别出谁是伟人!'说实在的,我也不记得当时原话是否是这样说的……我是个小孩子……但意思肯定是这样的!拿破仑很惊诧,他想了想并对自己的侍从说:'我喜欢这个孩子的傲气!但是如果所有的俄国人都像这个孩子这么想,那么……'他没有说完就走进宫殿去了。我立即混进侍从队里,跟在他后面跑去。侍从们在我面前让开了路,像望着宠儿一般看着我。但是这一切只是转瞬即逝……我只记得,走进第一间厅堂后,皇帝突然停在叶卡捷琳娜女皇的画像前,若有所思地久久望着它,最后说:'这是个伟大的女人!'就走了过去。过了两天宫里大家都已认识我,而在克里姆林宫则叫我'Le petit boyard'[3]。我只是睡觉才回家。家里几乎都急疯了。又过了两天拿破仑的侍童巴桑库尔男爵不堪远征之苦而死去。拿破仑想起了我;于是他们来找我,把我带去,也不向我解释原委,就让我试穿死者、一个十二岁男孩的制服,当他们把穿了制服的我带到皇帝跟前后,他朝我点了一下头,向我宣布,我已获恩准成为皇帝陛下的侍童。我很高兴,我确实对他怀有强烈地好感,而且由来已久……嗯,此外,您也会同意,漂亮的制服对于一个孩子来说意味着许多……我穿的是深绿色的燕尾服,后襟又长又窄,金色的纽扣,袖口镶红边、绣金线,高高的敞开的立领也是用金线绣的,燕尾服的后襟上也绣着花,白色的麂皮紧身裤,白色缎子的背心,白色长丝袜,带搭扣的皮

---

1 法语:多机灵的孩子!你父亲是谁?
2 法语:贵族的儿子,而且还是一位勇敢的贵族的儿子。我喜欢贵族。你喜欢我吗,小家伙?
3 法语:小男孩。

鞋……而皇上骑马溜达的时候,如果我也在侍从之列,那就穿高筒马靴。尽管形势并不美妙,已经可以预感到巨大的灾难,但还是尽可能遵循礼仪,甚至越是强烈地预感到这种灾难,就越讲究礼仪。"

"是啊,当然……"公爵几乎茫然不知所措地喃喃说,"您的笔记会……非常有意思。"

将军说的当然是昨天已经向列别杰夫讲过的故事,因而转述得很顺当,但这时他又不信任地睨了一眼公爵。

"我的笔记,"他加倍自豪地说,"写我的笔记?这对我没有诱惑力,公爵!如果您想知道的话,我的笔记已经写好了,但是……放在我的书桌里。等我合上眼睛,大家往墓坑里撒土的时候,那时再让它问世吧。无疑,它会被译成其他语言,这倒并不是因为文学上有什么长处,而是因为有大量重要的事实,我虽然当时是孩子,却是这些事实的目击者、见证人。尤其因为我是孩子,所以我能深入到'伟人'的所谓最隐秘的卧室里去!在夜间我听到'不幸中的这个巨人'的吁叹声。在一个孩子面前唉声叹气和哭泣,他不会感到不好意思,虽然我已经懂得,他痛苦的原因是亚历山大皇帝的沉默。"

"是的,要知道他写过信……提议讲和……"公爵畏怯地附和说。

"说实在的,我们不知道,他写信究竟提了什么建议,但他每天都写,每个小时都写,一封接一封!他不安得不得了。有一天夜里就我们单独在一起,我流着泪扑向他(哦,我是喜欢他的!):'您就请求原谅吧,向亚历山大皇帝请求原谅吧!'我对他喊道。其实我本当说'与亚历山大皇帝和解吧',但正因为是个孩子,我天真地讲出了自己的全部想法。'哦,我的孩子!'他回答说,一边在房间里走来走去,'哦,我的孩子!'他当时仿佛没有发现我才十岁,甚至还喜欢跟我聊天,'哦,我的孩子,我准备吻亚历山大皇帝的脚,可是对普鲁士皇、对奥地利皇,哦,我对他们永远憎恨,还有……说到底……你对政治是一窍不通的!'他似乎忽然想起是跟谁说话,便不作声了,但他眼里好长时间仍闪着火花。嘿,要是我来描述这一切事实——我是许多最重要的事实的见证人——我现在来出版书,那么所有这些批评家,所有这些文学界的虚荣心,嫉妒心,派别……不,还是另请高明吧!"

"关于派别,您当然说得很对,我也同意您的意见,"公爵沉默了一下,轻轻地回答说,"完全是不久前我也读了沙拉斯写的有关滑铁卢战役的一本书。显然,这是一本严肃认真的书。专家们肯定说,这本书写得非常在行。但是每一页都流露出以贬抑拿破仑为乐事的趋向,如果可以对拿破仑在其他战役中表现出来的各种才能提出争议的话,那么沙拉斯大概会对此感到非常高兴的;而在这样严肃的著作中这就不好了,因为这是派性。您当时侍候……皇上很忙吧?"

将军情绪亢奋。公爵这番评语说得既认真又朴实,这就驱散了将军剩下的最后一点不信任感。

"沙拉斯!哦,我本人也很愤慨!当时我就写信给他,但是……说实在的,我现在不记得……您问,我侍候皇上忙不忙?不忙!他们称我是侍童,可我那时并不当真看待这个。况且拿破仑很快就对拉拢俄国人失去任何希望,要不是他本人喜欢我,我现在敢大胆这么说,他当然也会忘了出于政治考虑而留在自己身边的我。而我爱慕他则是出于一颗真心。他们不过问我的差使,有时应该去宫里……陪皇上骑马溜达,仅此而已。我骑马骑得相当好。他通常在午餐前出去,随从中一般有达武、我、近卫兵鲁斯当……"

"贡斯当。"不知为什么公爵忽然脱口而出道。

"不,贡斯当那时不在,他当时去给……约瑟芬皇后送信了,但有两个传令兵和几个波兰枪骑兵代替了他……瞧,这就是全班随从人员,当然,还有将军和元帅,拿破仑把他们带在身边是要与他们一起察看地势,安排军队的布阵,商议军情……最常在他身边的是达武,我现在还记得,他魁梧,肥胖,为人冷漠,戴眼镜,目光诡谲。皇上最常跟他商议大事。他赏识达武的思想,我记得,他们商量了已有好几天了;达武上午来,晚上也来，他甚至还常常争论；最后，拿破仑似乎同意了。他们两个人在书房，我是第三者，他们几乎没有注意到我。突然拿破仑的目光偶然落在我身上，他的眼睛中闪过一个奇怪的念头。'孩子！'他忽然对我说，'如果我加入东正教并解放你们的农奴，俄国人是否会跟我走，你怎么想？''决不会！'我义愤填膺地说。拿破仑很是惊讶。'在孩子这双闪耀着爱国主义光芒的眼睛里，'他说，'我看出了全体俄国人的意见。够了，达武！所有这一切都是想入非非！说出您的另一个方案来。'"

"好，但这个方案是个很好的主意！"公爵说，他显然对此抱有兴趣，"您认为这个方案是达武提出来的？"

"至少是他们一起商量的，当然，思想是拿破仑的，鹰隼般的思想，但另一个方案也是一种主意……这便是著名的'Conseil du lion'[1]，拿破仑本人就是这样称达武的这个主意的。这个主意便是全体军队都闭守在克里姆林宫内，建营房，挖工事，架大炮，尽可能多地宰杀马匹，腌马肉，尽可能多地搞到和抢劫粮食，以挨过冬天到春天；等春天时再突破俄国人的阵线。这个方案强烈地吸引了拿破仑。我们每天骑着马绕着克里姆林宫的城墙巡行，他指出，哪儿该拆除，哪儿该修建，哪儿要造眼镜堡，哪儿要造三角堡，哪儿要造排堡——真有眼力、速度、魄力！终于一切都已安排妥当；达武便喋喋不休地要他做最后的决定。他们又是两个人在一起，我则是第三者。拿破仑交叉着双手，又在房间里踱来踱去。我的目光无法离开他的脸，我的心激烈地跳动着。'我走了。'达武说。'去哪里？'拿破仑问。'腌马肉去。'达武说。拿破仑战栗了一下，命运决定了。'孩子！'他突然对我说，'对我们的打算你怎么想？'他问我就像一个极为睿智的人有时在最紧要关头却求助于掷币，看是正面还是反面来决定命运。我没有朝拿破仑而似乎凭一时灵感对达武说：'将军，快逃回家去吧！'方案被推翻了，达武耸了耸肩，走出去时低语说，'Bah! Il devient

---

[1] 法语：狮子的建议。

superstitierx！[1]'第二天就宣布撤退了。"

"这一切异常有意思，"公爵声音轻得不得了地说，"如果这一切是这样的话……也就是说，我想说……"他急忙改口说。

"哦，公爵！"将军嚷了起来，他陶醉于自己讲的故事中，甚至在极为不慎而失口的情况下，大概也已经不能自制了。"您说：'这一切确有其事！'但是还有更多的事，请您相信，还有多得多的事！所有这一切只是少得可怜的一点政治事实。但我要再对您说一遍，我是这位伟人夜间哭泣和呻吟的见证人；除了我，谁也没有见到过这一点！确实，末了他已经不再哭了，没有眼泪了，仅仅有时发出吁叹之声，但他的脸上越来越蒙上阴影，仿佛永远有一只黑色的翅膀笼罩着他，有时候夜间我们俩单独默默无言地一连度过几个小时，近卫兵鲁斯当通常在隔壁房间打鼾，这个人睡得死得不得了。'但他是忠于我和王朝的。'拿破仑讲到他时说。有一天我很伤心，忽然他发现我眼睛中含着泪花；他大为感动地望了我一眼，说：'你怜惜我！'他大声说，'孩子，你，也许还有另一个孩子，我的儿子，Le roi de Rome[2]，会怜惜我；其余所有的人，所有的人都憎恨我，而患难中的我的弟兄们将首先出卖我！'我号啕大哭，扑向他怀里；这时他也忍不住了；我们拥抱着，我们的泪水混在一起。'写信吧，给约瑟芬皇后写封信吧！'我哭着对他说。拿破仑哆嗦了一下，想了想便对我说：'你提醒了我还有第三颗爱我的心；谢谢你，我的朋友！'他立即坐下并写好了给约瑟芬的信，第二天贡斯当就被派去送信了。"

"您做得非常好，"公爵说，"您使他在恶念中产生了善良的感情。"

"正是，公爵，您对此解释得多好，跟您自己的心是相符合的！"将军热烈地喊道，很奇怪，他的眼中真的闪烁着泪花。"是的，公爵，这是伟大动人的场面！知道吗，我差点没跟了他去巴黎，当然啰，那样就会跟他一

1　法语：他竟变成一个迷信的人了！
2　法语：罗马王。这是拿破仑给自己儿子的封号。

575

起同当'囚禁酷热的孤岛'的命运,但是,可叹呀,命运把我们分开了!我们分了手:他去酷热的孤岛,在极为悲伤的时刻,哪怕有一次,他大概会回忆起在莫斯科曾经拥抱和原谅他的一个可怜的男孩的热泪,我则被送到武备中学,那里唯有严格的训练、同学的粗鲁和……唉!一切都烟消云散了!'我不想把你从你母亲身边夺走,所以不带你走!'在撤退那天他对我说,'但我愿意为你做点什么。'他已经骑上了马。'您就在我妹妹的纪念册上给我写点什么留作纪念吧!'我畏怯地说,因为他心情沮丧,十分阴沉。他回过来,要了笔,拿起纪念册。'你妹妹几岁?'他拿着笔问我。'三岁。'我回答。'Petite fille alors[1],'他就在纪念册上写道:

> Ne mentez jamais!
>
> Napoleon, votre ami sincère[2]

在这种时刻写了这样的忠告,您会赞同的,公爵!"

"是的,有重大的意义。"

"这一页纸放在金边玻璃镜框里,一直挂在我妹妹的客厅里最显眼的地方,直至她死去(她死于分娩);现在它在哪里,我也不知道……但是……啊,我的天哪!已经有两个小时了!我耽搁您太久了,公爵!这是不可饶恕的。"

将军从椅子上站了起来。

"哦,相反!"公爵慢悠悠地咕哝说,"您使我听得津津有味……再说……这又这么有趣;我很感激您。"

"公爵!"将军说着,又把他的手握得疼痛不已,目光灼灼的眼睛专注地望着他,似乎自己恍然大悟,犹如被一个突如其来的念头震惊一般,

---

[1] 法语:还完全是个小姑娘。
[2] 法语:永远不要说谎!您的挚友拿破仑。

"公爵！您是这样善良，这样纯朴，我有时甚至很怜惜您。我怀着非常感动的心情看着您；哦，愿上帝赐福于您！但愿您的生活……在爱情中开始并像鲜花一般盛开。我的生活已经到头了！哦，请原谅，请原谅！"

他双手掩脸，快步走了出去。公爵并不怀疑他的激动是真诚的。他同样也明白，老头走出去时沉浸于自己的成功之中；但他仍然预感到，将军属于这样一类吹牛者，他们吹起牛来虽然有着强烈的欲望，甚至到了忘乎所以的地步，但是在其陶醉到顶点的时候他们也仍然会怀疑自己，因为人们不相信他们，也不可能相信他们。在目前的状态下老头能醒悟过来，会感到异常羞耻，会怀疑公爵是在无限地同情他而感到受了屈辱。"我是否做了什么不好的事，使他这般灵感勃发？"公爵忐忑不安地想道，突然忍不住而哈哈大笑不已，差不多持续了十分钟。他本欲责备自己这样大笑，但马上就明白了，没有什么可责怪自己的，因为他无限怜悯将军。

他的预感被证实了。晚上他收到了一张奇怪的便条，写得很短，但很坚决。将军通知他，他与他将永远分手了，他尊敬他，感谢他，但是他不能接受他的"怜悯的表示，因为这种怜悯伤害了本来已经不幸的人的尊严"。当公爵听说，老头在尼娜·亚历山德罗夫娜那儿闭门隐居，他几乎对他放心了。但是我们已经知道，将军在叶莉扎维塔·普罗科菲耶夫娜那里惹出一些倒霉事。这里我们不能详细赘述，但可以扼要地说一说，那次会见的实质是，将军把叶莉扎维塔·普罗科菲耶夫娜吓着了，而提到加尼亚的令人痛苦的暗示更使她气愤。他含着羞辱被赶了出来，这就是为什么他度过了这样的夜晚和这样的早晨，完全发狂了，几乎疯了似的跑到街上的原因。

科利亚仍然没有完全明白事情的原委，甚至指望采取严厉的措施来制服他。

"嘿，现在我们还能荡到哪儿去，将军？您怎么想？"他说，"去公爵那儿您不愿意，跟列别杰夫又吵翻了，您又没有钱，我更是从来一文不名的：现在我们落得一无所有，流浪街头。"

"哪怕是有一文半钱也聊胜于无,"将军喃喃着说,"我曾用这句……双关语把一群军官激得欣喜若狂……是四四年……一千……八百……四十四年的事,是的!我不记得了……哦,不用提,不用提!'我的青春在哪里,我的朝气在哪里!'就像谁发出的呼喊……是谁这样呼喊的,科利亚?"

"这是果戈理的《死魂灵》里的,爸爸。"科利亚回答着,胆怯地睨了父亲一眼。

"死魂灵!哦,是的,是死的!等你埋葬我的时候,就在坟墓上写上:'这里躺着一颗死魂灵!'

   耻辱追随着我!

这是谁说的,科利亚?"

"我不知道,爸爸。"

"叶罗彼戈夫不在了!叶罗什卡·叶罗彼戈夫不在了!……"他停在街上,发狂地喊着,"这是儿子,亲生儿子!叶罗彼戈夫这个人有十一个月等于是我的兄弟,我为他还去决斗……我们的大尉维戈列茨基公爵有一次喝酒时对他说:'格里沙,你倒说说,你是从什么地方弄到安娜的?''在祖国的疆场上,就在那里弄到的!'我喊道:'真棒,格里沙!'嘿,就这样闹出了决斗,后来他与……玛利娅·彼得罗夫娜·苏……苏图金娜结了婚,战死在疆场上……子弹从我胸前的十字架上弹开,径直蹦到他的脑门上。'我永远不会忘记!'他喊了一声,便在原地倒下了。我……我忠于职守,科利亚,我恪尽职责,但是耻辱……'耻辱追随着我!'你和尼娜会到我坟墓上来……'可怜的尼娜!'我过去是这样叫她的,科利亚,是在很久以前,还是最初那个时候,她也是那么爱我……尼娜,尼娜!我给你造成了什么命运!凭什么你能爱我,你这愿忍耐的灵魂!你母亲有一颗天使般的灵魂,科利亚,听见了吧,是天使般的灵魂!"

"这我知道,爸爸。爸爸,亲爱的,我们回家到妈妈那儿去吧!她刚才还跑来追我们呢!嘿,您怎么啦?好像不明白似的……得了,您哭什么呀?"

科利亚自己也在哭并吻着父亲的手。

"你在吻我的手,我的手!"

"是的,是您的,您的。得了,这有什么好惊奇的?好了,您干吗要在大街上大声嚷嚷,您还是将军,是军人呐,好了,我们走吧!"

"愿上帝赐福于你,可爱的孩子,因为你孝敬一个可耻的,是的,一个可耻的老头,自己的父亲……愿你将来也有这么一个孩子……Le roi de Rome[1]……哦,'我诅咒,我诅咒这一个家!'"

"到底这里发生了什么事?"忽然科利亚激动起来,"究竟出了什么事?为什么您现在不愿意回家?您干什么发狂?"

"我给你解释,我给你解释……我会都对你说;别嚷嚷,人家会听见的……Le roi de Rome……哦,我真感到苦恼,我真忧郁!

奶奶啊,你的坟墓在哪里!

这是谁呼喊的,科利亚?"

"我不知道,不知道是谁呼喊的!现在我们回家去吧,马上就走!如果必要的话,我来揍加尼亚一顿……您又要到哪里去?"

但是将军还是把他拽到附近一座房屋的台阶上。

"您要去哪里?这是人家的台阶呀!"

将军坐到台阶上,并且抓住科利亚的一只手老是把他往自己身边拉。

"你弯下身来,弯下身来!"他喃喃着说,"我全都对你说……耻辱……弯下身来……耳朵凑过来,耳朵,我要跟你说悄悄话……"

---

[1] 法语:罗马王。

"您干什么呀!"科利亚吓坏了,但还是把耳朵凑了过去。

"Le roi de Rome!……"将军低语道,他也好像在浑身哆嗦。

"干什么呀?……您干吗老是喊Le roi de Rome?……什么?"

"我……我……"将军又发出轻微的声音,一边越来越紧地抓住"自己孩子"的肩膀,说,"我想……把一切……都告诉你,玛利娅,玛利娅……彼得罗夫娜……娜·苏……苏……苏……"

科利亚挣脱开身,自己去抓住将军的肩膀,吓得发疯似的望着他。老头脸色发紫,嘴唇发青,一阵阵细微的痉挛还滚过他的脸部。突然他身子往下一沉,缓慢地倒到科利亚手上。

"中风啦!"科利亚冲着整条大街高声喊叫,他终于明白是怎么回事了。

五

说实在的,瓦尔瓦拉·阿尔达利翁诺夫娜在和兄长的谈话中有点夸大了公爵向阿格拉娅·叶潘钦娜求婚的消息的确切性。也许,作为一个有洞察力的女人,她预测到在不久的将来必然会发生的事情;也许,因幻想(其实她自己也不相信这种幻想)烟消云散而不免伤感之余,她,作为一个凡人,以夸大不幸为快,不放弃再往其兄长心中浇上更多的毒汁,虽然她是真挚地爱他、同情他的。但是,无论如何她不可能从自己的女友叶潘钦娜小姐那里得到那么确切的消息;只有一些暗示,欲言又止的话,避而不谈,猜测。也可能,阿格拉娅的姐姐们有意泄露一点风声,以便能从瓦尔瓦拉·阿尔达利翁诺夫娜那里获悉一些情况;最后,也可能她们不想放弃女人的乐趣,要稍稍逗弄一下童年时的女友;这么长时间里她们不可能一点也看不出她的意图,哪怕是蛛丝马迹。

从另一方面来说,公爵要列别杰夫相信,他没什么可告诉他的,在他似乎也没有发生什么特别情况,虽然这完全是实话,但是也可能他错了。确实,所有的人似乎都遇到了某种非常奇怪的情况:什么都没有发生,同时又仿佛发生了许多事。瓦尔瓦拉·阿尔达利翁诺夫娜凭着女人的本能准确地猜到了后面这一点。

然而,结果是,叶潘钦一家一下子抱定一致的想法,认为阿格拉娅身上发生了某种重大的情况,正在决定她的命运——这很难讲得有条有理。但是这个想法在大家头脑里一下子刚刚闪过,大家一下子立即认为,早已看清了这一切并且清楚地预料到了这一切;还是从"可怜的骑士"起,甚至更早些时候,一切就已很明白,只不过那时大家还不愿相信这样荒唐的事。姐姐们是这么说的;当然,叶莉扎维塔·普罗科菲耶夫娜比所有的人都早预见到并知道这一切;她早就已经害了"心病",但是,久也罢,不久也罢,现在想到公爵,她突然会觉得十分不合心意,其实是因为这种想法把她搞得惶惑与不知其所以然。这里有一个问题是必须立即解决的;但是不仅不能解决,可怜的叶莉扎维塔·普罗科菲耶夫娜无论怎么努力,甚至都不能完全明确地在自己面前提出问题。事情是很难办的:"公爵好还是不好?这一切好还是不好?如果不好(这是无疑的),那么究竟不好在哪里?而如果可能是好(这也是可能的),那么又好在哪里?"作为一家之主的伊万·费奥多罗维奇当然先是惊讶,但是后来一下子就承认:"真的,在这一段时间里我曾经好像觉得有类似这样的事发生,间或突然仿佛出现这种幻觉!"在夫人威严的目光下他马上就闭口不言了,但是早晨他不说话,到了晚上与夫人单独在一起又不得不说的时候,忽然似乎特别有勇气地说出了几点出人意料的想法:"实质上究竟怎样呢?……"(静默。)"如果是真的,当然,这一切是很奇怪的,我现在不争论,但是……"(又是静默。)"而另一方面,如果就这么直接地看问题,那么,说真的,公爵可是个非常好的小伙子,而且……而且……唔,说到底,他的姓氏是我们家族的姓氏,这么说吧,在上流社会眼中这一切将具有支持处于卑微地位的家族姓氏的性质,也就是说,从这一观点来看,也就是说,因为……当然,是上流社会;上流社会就是上流社会;但是公爵毕竟不是没有财产的人,尽管只是有一些。他有……还有……还有……"(长时间的静默和猝然中断谈话。)叶莉扎维塔·普罗科菲耶夫娜听完丈夫的话,不顾一切地发作了。

在她看来,发生的一切是"不可原谅的,甚至是犯罪的胡闹,不切实际的嬉戏一场,是愚蠢而又荒唐的!"首先"这个小公爵是个有病的白痴,其次是个傻瓜,既不了解上流社会,在上流社会也没有地位,你把他介绍给谁,把他塞到哪里去?他是个不可容忍的民主派,连个官衔也没有,还有……还有……别洛孔斯卡娅会怎么说?再说,我们为阿格拉娅想象和选定的丈夫难道是这样的一个人,是这么一个女婿?"最后一个论据自然是最主要的。因为有这些想法,母亲的心在战栗,在渗血,在流泪,尽管与此同时内心里有某种微弱的声音突然对她说:"公爵到底什么地方不像您想要的那种人?"咳,正是这些发自心扉的反对声使叶莉扎维塔·普罗科菲耶夫娜最为犯难。

阿格拉娅的姐姐们不知为什么很喜欢公爵当妹夫的主意,甚至觉得这主意并不太奇怪;总之,她们甚至一下子完全站到了公爵一边。但她们俩决定保持沉默。一下子就能发现,在这个家庭里,有时候在某个共同的有争议的家庭问题上,叶莉扎维塔·普罗科菲耶夫娜越是执拗、坚定地反对和否定,对大家来说这反而是一种迹象,说明她可能已经同意这一点了。但是亚历山德拉·伊万诺夫娜无法完全保持沉默。妈妈早就承认她是自己的顾问,现在经常叫她去,要求她发表意见,主要的是要她回忆,即:"这一切是怎么发生的?为什么谁也没有看到这一点?为什么当时没说?当初这个恶劣的'可怜的骑士'的称呼意味着什么?为什么她叶莉扎维塔·普罗科菲耶夫娜一个人注定了要对大家都操心,要发现和预测一切,而所有别的人可以仰天数鸦,漠不关心?"等等,等等。亚历山德拉·伊万诺夫娜开始很小心谨慎,只是表示,她觉得爸爸的想法是相当正确的,在上流社会眼里,选择梅什金公爵为叶潘钦家的一个女婿可能会很合适。渐渐地,她激动起来,甚至补充说,公爵根本不是"傻瓜",而且从来也不曾是这样的人,至于说地位,那么也只是上帝才知道,经过几年之后在我们俄罗斯一个正派人的地位将取决于什么。是过去的必不可少的官运亨通还是别的?对这些话妈妈立即斩钉截铁地予以指出,亚历山德拉是个"自由派,这一切全是他们该死的妇女问题"。后来,过了半小时妈妈便到城里去了,再由那里去石岛见别洛孔斯卡娅,仿佛故意似的,那时她正在彼得堡,但很快又要离去。她是阿格拉娅的教母。

别洛孔斯卡娅"老太婆"听完叶莉扎维塔·普罗科菲耶夫娜全部激昂、绝望的坦陈以后,丝毫不为惘然不知所措的母亲的眼泪所动,甚至还讥嘲地望着她。这是一个可怕的专制老太婆。对于朋友,即使是最老交情的朋友,她也不能忍受平等相待,而对叶莉扎维塔·普罗科菲耶夫娜,她完全把她看作是自己的被保护人,就像三十五年前一样,因此绝不容忍她性格中的生硬和独立。她顺便指出,"所有他们这些人按照自己一直的习惯,好像过于性急超前,小题大做,把苍蝇说成了大象。"无论她仔细听了多少话,都不相信他们那里确实已发生了什么了不起的事;"最好,是不是等一等,看看还会有什么情况";照她看来,"公爵是个正派的年轻人,虽然他有病,有些怪,而且太没有地位。最糟糕的是,他竟公然养着一个情妇"。叶莉扎维塔·普罗科菲耶夫娜非常清楚,别洛孔斯卡娅对由她举荐的叶甫盖尼·帕夫洛维奇未能成功而有些生气。她回到帕夫洛夫斯克自己家中比去老太婆家的时候还要恼怒,马上大家都挨了她一顿剋,主要是"大家都疯了",别人家谁也绝不会这样行事,只有他们才这样;"你们急什么?出什么事了?无论我怎么仔细观察,怎么也得不出确实出什么事的结论!等一等,看看还会有什么情况!别去管伊万·费奥多罗维奇会产生什么幻觉,那不是把苍蝇说成大象,小题大做?"等等,等等。

因而结论是,应该镇定下来,冷静地观望和等待。但是,呜呼,平静的状态维持了不到十分钟。对冷静的第一个冲击便是妈妈去石岛期间家里发生情况的消息。(叶莉扎维塔·普罗科菲耶夫娜是在上一天公爵来过之后第二天早晨去的,不过公爵不是九点来的,而已是十二点了。)两位姐姐非常详细地回答了妈妈急不可耐的盘问。首先,"她不在时好像没有发生什么特别的事",公爵来过了,阿格拉娅很长时间没有出来见他,约莫有半小时后,她出来了,一出来便马上建议公爵下棋;公爵不会下棋,阿格拉娅一下子就胜了他;她很快活并拼命羞他不会下棋,拼命取笑他,因而看着公爵都令人可怜。后来她提议玩牌,打"杜拉克"。但这次结果完全相反,公爵在打"杜拉克"中显示出非凡的水平,简直就像……像教授,他打牌很有技巧;可阿格拉娅弄虚作假,又是偷换牌,又是当着他面偷他的赢牌,但每次他还是让她当了"杜拉克",连续有五次。阿格拉娅疯狂得不得了,甚至完全放肆不羁,冲着公爵说了许多讽刺挖苦和粗鲁无礼的话,致使公爵收敛了笑容;当她最后对他说,"只要他坐在这里,她的脚就不进这个房间,因为在发生了那一切后,而且还是夜间十二点多,公爵上她们这儿来,简直是不知羞耻",公爵的脸色一下子变得刷白。后来阿格拉娅砰地关上门走了。尽管她们劝慰了一阵,公爵走时就像参加了葬礼一样。公爵走后过了一刻钟,阿格拉娅忽然从楼上跑到下面露台上,而且那么急促,连眼睛也不擦,而她的眼睛是哭过的,她跑下来是因为科利亚来了,带来了一只刺猬。大家开始看刺猬,科利亚则解释她们提出的问题,说刺猬不是他的,他现在是跟同伴、另一个中学生科斯佳·列别杰夫一起来的,他不好意思进来,留在外面,因为他带着一把斧头,而刺猬和斧头是刚向一个路上遇到的农夫买的。这农夫卖刺猬得了五十戈比,而斧头则是他们说服他卖的,因为是顺便,再说是一把很好的斧子。这时阿格拉娅忽然开始缠着科利亚,要他把刺猬卖给她,她毫无顾忌,竟然称科利亚"亲爱的"。科利亚好久都不同意,但最后坚持不住,便叫来了科斯佳·列别杰夫,他进来时确实带了一把斧头,显得非常窘困。但这一下忽然弄清了,原来这刺猬根本不是他们的,而是属于姓彼得罗夫的第三个男孩子的,他给了他们俩钱,让他们为他向第四个男孩买一本斯洛塞尔的《历史》,那男孩需要钱用,愿意便宜出售。他们是去买斯洛塞尔的《历史》的,但忍不住买了刺猬,因而,刺猬和斧头是属于那第三个男孩的,他们现在就拿这两件东西代替斯洛塞尔的《历史》去给他。但阿格拉娅拿住不放,弄到最后,他们决定把刺猬卖给她。阿格拉娅刚得到刺猬,在科利亚的帮助下立即把它放到一只篮子里,盖上一块餐巾,请科利亚哪儿也别去,立即将刺猬带给公爵,代她请公爵收下,以"表示最高的敬意"。科利亚高兴地同意了,并允诺送到,但马上缠住她问:"刺猬和类似的礼物意味着什么?"阿格拉娅回答说,这不关他的事。他回答说,他深信,其中包含着寓意。阿格拉娅很生气,毫不客气地回答说,他只是个乳臭小儿,仅此而已。科利亚当即反击,要不是看在她是个女人的分上,此外还有自己的信念,不然他就会马上向她证明,他也会还以类似的侮辱。不过,最终科利亚还是高高兴兴地带着刺猬走了,科斯佳·列别杰夫则跟在他后面跑着;阿格拉娅看见科利亚手中的篮子晃得过分厉害,忍不住从露台上冲着他背影喊道:"科利亚,请别掉出来,亲爱的!"仿佛刚才没跟他骂嘴似的。科利亚停下来,也像没有骂架似的,胸有成竹地喊道:"不会的,不会掉出来,阿格拉娅·伊万诺夫娜。请尽管放心!"说完又低头跑了起来。此后阿格拉娅开怀大笑,跑到自己房间去时相当满意,后来一整天都很快活。

这样的消息使叶莉扎维塔·普罗科菲耶夫娜完全惊呆了。好像,有什么可大惊小怪的?但是,看来她就是这么一种心境。她的焦虑不安被刺激到了异常的地步,而主要的是刺猬;这刺猬意味着什么?这里有什么默契?这里暗示着什么?这是什么信号?这是什么密码?而盘问时正好在场的可怜的伊万·费奥多罗维奇一句答话就把全部事都搞坏了。据他看,这里根本没有什么密码,关于刺猬——"仅仅是刺猬而已,此外,也许只是表示友情,捐弃前嫌,寻求和解,总之,这一切都是淘气,但无论如何是天真无邪,情有可原的。"

顺便要指出,他完全猜对了。公爵从阿格拉娅那里受到讥讽和被赶出家门,回家以后已经坐了半小时光景,阴郁而绝望,忽然科利亚带着刺猬来了。顿时雨过天晴,公爵仿佛死里复生一般,详细询问科利亚,斟酌他的每一句话,翻来覆去问了有十遍,像孩子一般笑着并不时地跟两个孩子握手,他们也笑着,开朗地望着他。看来,阿格拉娅原谅了他,公爵今天晚上又可以到她那里去了,而对他来说这不仅仅是主要的,简直就是一切。

"我们还都是些什么样的孩子呵，科利亚！还有……还有……我们是孩子，这有多好！"他终于陶醉地发着感叹。

"最简单不过，她爱上了您，公爵，没别的！"科利亚以权威的口吻开导说。

公爵一下子飞红了脸，但这次什么话也没有说，而科利亚只是哈哈大笑，拍着手；过了片刻公爵也大笑起来，后来天黑前每五分钟他就看看表，是不是已经过了许多时间，到晚上还有多少时间。

但是情绪占了上风：叶莉扎维塔·普罗科菲耶夫娜终于克制不住，一时歇斯底里发作。她不顾丈夫和女儿们的全力反对，立即派人去叫阿格拉娅，要向她提最后一个问题，并要从她那里得到最明确的最后答复。"为了一下子了结这一切，一了百了，再也不要提起！""否则，"她声称，"我活不到晚上！"直到这时大家才明白，事情弄到了多么糟糕的地步。阿格拉娅只是佯装惊讶，表示愤慨，哈哈大笑，嘲笑公爵，讥讽所有盘问她的人，从她那里没有问出什么名堂来。叶莉扎维塔·普罗科菲耶夫娜躺到床上，直到公爵来喝茶的时候才出来。她激动得打着哆嗦等待着公爵，当他来到的时候，她差点歇斯底里发作。

而公爵本人进来时也战战兢兢，几乎是蹑手蹑脚地走动，古怪地微笑着，窥视着大家的眼睛，似乎在向大家询问；因为阿格拉娅又不在房间，所以他立即害怕起来。这个晚上没有一个局外人，全都是家里人。Щ公爵还在彼得堡，为叶甫盖尼·帕夫洛维奇伯父的事逗留在那里。"要是他在这里，就会说点什么。"叶莉扎维塔·普罗科菲耶夫娜颇为惋惜他不在场。伊万·费奥多罗维奇显出一副异常忧虑的神色坐着；阿格拉娅的姐姐们很严肃，仿佛故意沉默不语，叶莉扎维塔·普罗科菲耶夫娜不知道话从何说起。最后，她突然狠狠地把铁路痛骂了一通，以坚决的挑衅姿态望着公爵。

呜呼！阿格拉娅没有出来，公爵毫无指望了。他六神无主，嘟嘟哝哝地说着,刚表示修铁路是很有好处的,阿杰莱达却突然笑了起来,公爵又默然无话了。就在这当口阿格拉娅平静和庄重地走了进来,有礼貌地朝公爵行了个礼,郑重其事地坐到圆桌旁最显眼的座位上。她疑问地瞥了一眼公爵。大家明白,解开一切困惑的时刻到了。

"您收到我的刺猬了吗?"她坚定而又几乎是生气地问道。

"收到了。"公爵红着脸,平心静气回答说。

"那就立即解释一下,您对此有何想法?这对妈妈和全家的安宁非常必要。"

"听着,阿格拉娅……"将军忽然不安起来。

"这,这太过分了!"忽然叶莉扎维塔·普罗科菲耶夫娜不知为什么也害怕起来了。

"这里没有什么过分的,妈妈,"小女儿马上严厉地回答说,"我今天派人给公爵送去一只刺猬并想知道他的想法。怎么样,公爵?"

"您是问有什么想法,阿格拉娅·伊万诺夫娜?"

"对刺猬。"

"就是说……我认为,阿格拉娅·伊万诺夫娜,您想知道我怎么接受……刺猬的……或者,最好是说,我怎么看待……派人送来的这件东西……刺猬,就是说……在这种情况下,我认为……总之……"

他紧张得喘不上气来,一时语塞而不作声了。

"嘿,您没说出多少来,"阿格拉娅等了五分钟后说,"好吧,我同意不谈刺猬;但我很高兴,终于能了结蓄积已久的所有困惑。最后,请允许我当面向您本人了解:您是否要向我求婚?"

"啊,天哪!"叶莉扎维塔·普罗科菲耶夫娜失声惊呼。

公爵战栗了一下,身体向后一仰;伊万·费奥多罗维奇呆若木鸡;两个姐姐则蹙起了眉头。

"公爵,别撒谎,说真话。由于您的缘故他们对我进行了奇怪的盘问;这种盘问究竟有没有根据?说吧!"

"我没有向您求过婚,阿格拉娅·伊万诺夫娜,"公爵突然振奋起来,说,"但是……您自己知道,我是多么爱您和信任您……甚至现在……"

"我是问您:您是否向我求婚?"

"是的,我向您求婚。"公爵屏住呼吸答道。

紧接着是大家的强烈反应。

"亲爱的朋友,这一切不是这么回事,"伊万·费奥多罗维奇十分激动地说,"这……这几乎是不可能的,如果是这样,格拉莎[1]……对不起,公爵,对不起,我亲爱的!……叶莉扎维塔·普罗科菲耶夫娜!"他向夫人求援了,"应该……仔细琢磨一下……"

"我不管,我不管!"叶莉扎维塔·普罗科菲耶夫娜连连摆手。

"妈妈,请允许我说,要知道在这样的事情上我自己也有关系:这是决定我命运的非常时刻(阿格拉娅正是这样说的),我自己也想知道,此外,我很高兴能当着大家的面……请允许我问您,公爵,如果您'怀有这样的意图',那么您究竟打算用什么来使我得到幸福呢?"

"我不知道,真的,阿格拉娅·伊万诺夫娜,怎么回答您;这……这回答什么好呢?再说……有这个必要吗?"

"您好像不好意思了,气也喘不过来了;您休息一下,养精蓄锐。喝杯水吧,马上就会给您送来的。"

"我爱您,阿格拉娅·伊万诺夫娜,我非常爱您;我只爱您一个人……请别开玩笑,我非常爱您。"

"但是,这可是件重要的事;我们不是孩子,应该认真看待……现在请费心解释一下,您的财产情况怎么样!"

"去——去——去,阿格拉娅,你说什么呀!这不行,不行……"伊万·费奥多罗维奇惊慌得喃喃咕咕着。

"丢人!"叶莉扎维塔·普罗科菲耶夫娜大声嘟哝说。

---

[1] 阿格拉娅的昵称。

"她疯了!"亚历山德拉也大声表示不满。

"财产……也就是说钱?"公爵惊讶地说。

"正是。"

"我有……我现在有十三万五千卢布。"公爵涨红了脸,喃喃说。

"就这些?"阿格拉娅一点也不脸红,大声和公然地表示惊讶说,"不过,没关系;特别是如果节省些……您打算做事吗?"

"我想通过考试后去当家庭教师……"

"非常合适;当然,这会增加我们的钱财。您打算当一名锦衣侍卫吗?"

"锦衣侍卫?我从来没有想过这个,但是……"

但这时两个姐姐忍不住噗哧笑了出来。阿杰莱达早就已经发觉,阿格拉娅那颤动的脸容是一种变象,表明很快就将发出抑制不住的笑声,而暂时她正竭尽全力克制着。阿格拉娅本来还威严地瞥了一眼放声大笑的两个姐姐,但自己也未能再忍一秒钟,便发出了极为疯狂的、近乎歇斯底里的哈哈大笑;最后,她跳起身,跑出了房间。

"我就知道,只有一阵笑声,没有别的!"阿杰莱达大声说,"从一开始,从送刺猬起就是这样。"

"不,我可不允许这样,我不允许!"叶莉扎维塔·普罗科菲耶夫娜忽然怒火勃发,很快跟着阿格拉娅奔去。两位姐姐也立即跟在她身后跑去。房间里剩下了公爵和一家之长。

"这个,这个……你能想象这类事吗,列夫·尼古拉伊奇?"将军生硬地说,显然,他自己也不明白他想说什么,"不,当真说,当真说,能想象吗?"

"我看得出来,阿格拉娅·伊万诺夫娜是在取笑我。"公爵忧郁地回答说。

"等一等,老弟;我去一下,你等一等……因为……你哪怕给我解释一下,列夫·尼古拉伊奇,哪怕说明一下;这一切是怎么发生的,这一切,这么说吧,在总体上究竟意味着什么?老弟,你自己也会同意,我是父亲；毕竟是做父亲的，可却一点也不明白；所以你哪怕给我说明一下。"

"我爱阿格拉娅·伊万诺夫娜；她知道这一点，而且……好像早就知道了。"

将军耸了耸肩。

"真奇怪，真奇怪……你很爱她吗？"

"很爱。"

"对我来说，这一切真令人奇怪，真令人奇怪。也就是说，这么出乎意料，像是突然袭击，以至于……你知道吗，亲爱的，我不是说财产（虽然我期望过你有更多的财产），但是……对我来说女儿的幸福……说到底……你是否有能力……这么说吧，缔造这种……幸福？还有……还有……这究竟是怎么回事：从她来说这是开玩笑还是当真？也就是说，不是你而是她？"

从门后传来了亚历山德拉·伊万诺夫娜的声音——她在喊爸爸。

"等一等，老弟，等一等！等一等并好好想想，我马上来……"他匆匆说完，惊慌地朝亚历山德拉的喊声奔去。

他见到夫人和小女儿一个抱着另一个在互相洒泪哭泣。这是幸福、感动及和解的眼泪。阿格拉娅吻着母亲的双手、脸颊和嘴唇；两人热烈地互相依偎在一起。

"瞧，看看她吧，伊万·费奥多雷奇，这就是她现在的全副模样！"叶莉扎维塔·普罗科菲耶夫娜说。

阿格拉娅从妈妈怀里转过她那幸福的、流满泪的小脸，瞥了一眼爸爸，放声大笑，扑向他，紧紧拥抱他，吻了他好几次。接着又扑向母亲，完全把脸埋在她的胸口，不让任何人看见，又立即哭了起来。叶莉扎维塔·普罗科菲耶夫娜用自己的一角披巾遮掩她。

"嘿，你要我们怎么办，怎么办，发生了这一切以后，你真是个狠心的姑娘，就是这么回事！"叶莉扎维塔·普罗科菲耶夫娜说，但已经很高兴，仿佛忽然呼吸也变轻松了。

"我狠心,是的,我狠心!"阿格拉娅忽然接口说,"我坏!我被宠坏了!把这对爸爸说吧。啊,他就在这里。爸爸,您在这里?听见了吧?"她含泪笑着说。

"心爱的朋友,你是我的宝贝!"幸福得神采焕发的将军吻着她的手说。(阿格拉娅没有抽回手。)"这么说,你爱这个……年轻人啰?"

"不——不——不!我不能忍受……您的年轻人,我不能忍受!"阿格拉娅突然冒起火来并抬起了头,"爸爸,如果您敢再……我可是认真对您说,您听见了,我是认真说的!"

她确实是认真说的:甚至满脸通红,双目炯炯。爸爸碰了个钉子,吓坏了,但是叶莉扎维塔·普罗科菲耶夫娜从阿格拉娅后面朝他发了个信号,他明白这是要他"别问"。

"如果是这样,我的天使,那么随你,你自己做主,他在那里一个人等着,要不要给他一个委婉的暗示,让他走?"

将军也向叶莉扎维塔·普罗科菲耶夫娜使了个眼色。

"不,不,这是多余的,尤其是委婉的暗示。您自己先到他那里去,我随后就来,马上来。我想请求这个……年轻人原谅,因为我委屈了他。"

"而且是大大委屈了他。"伊万·费奥多罗维奇认真地肯定说。

"好吧,那么……最好你们留在这里,我一个人先走过去,你们马上跟着我来,过一会儿就来,这样比较好。"

她已经走到门口,但突然又回过来。

"我会笑的!我会笑死的!"她忧愁地说。

但是就在这瞬间她转过身,向公爵跑去。

"嘿,这是怎么回事?你怎么想?"伊万·费奥多罗维奇急忙问。

"我都怕说出来,"叶莉扎维塔·普罗科菲耶夫娜同样急忙地回答,"照我看,情况明摆着。"

"据我看,明明朗朗,如大白天一般明朗。她喜欢他。"

"不仅喜欢他,而且爱上他了!"亚历山德拉·伊万诺夫娜应声答道,

"只不过爱上的是什么人呵,你说呢?"

"上帝保佑她吧,既然她是这样的命运!"叶莉扎维塔·普罗科菲耶夫娜虔诚地画着十字。

"这么说,是命运,"将军承认说,"而命运是回避不了的!"

于是大家向客厅走去,而那里又有意外的事在等着他们。

阿格拉娅走到公爵跟前的时候,不仅没有像原来担心的那样哈哈大笑,反而几乎是怯生生地对他说:

"请原谅一个愚蠢、粗野、被娇惯坏了的姑娘(她拿起他的手),请您相信,我们大家都对您无限地尊敬,如果我冒昧把您美好……善良、朴实的心拿来开玩笑,那么请像原谅一个孩子的淘气行为一样原谅我好吗?请宽恕我一意孤行做了这样荒唐的事,当然,它是不会有任何结果的……"

最后几句话阿格拉娅是特别强调说出来的。

父亲、母亲和姐姐走进客厅的时候,正好赶上看到和听到这一切。"荒唐的事,当然,它是不会有任何结果的"这句话,还有阿格拉娅说到这件荒唐事时那种严肃的神情,使大家大为吃惊,他们疑问地交换着眼色,但是公爵好像没有明白这些话的意思,沉浸在高度幸福之中。

"您为什么这么说,"他喃喃着说,"您为……什么……请求……原谅……"

他甚至想说,他不配她请求原谅,但不知道为什么没说出来,也许,他发觉了"荒唐的事,当然,它是不会有任何结果的"这句话的含义,但是作为一个怪人,也许甚至会对这些话觉得高兴。无疑,光是他又可以畅通无阻地到阿格拉娅这里来,允许他跟她说话,跟她一起坐坐,跟她一起散步,对他来说就已经是无上幸福了,谁知道呢,也许,光这一点就能使他一辈子心满意足了!(叶莉扎维塔·普罗科菲耶夫娜暗自担心的好像正是这种满足;她了解他;她暗自担心的事有许多,可她自己却不会表达出来。)

很难想象这天晚上公爵激动、振奋到什么程度。他是那么开心，以至于望着他都令人快活——后来阿格拉娅的姐姐们这么形容。他话说得很多，这是自半年以前他第一次结识叶潘钦一家那个上午以来从未有过的事，从彼得堡回来以后他明显并有意地沉默了，不久前他当着大家的面对Щ公爵说，他应该克制自己，保持沉默，因为他没有权利在自己阐述思想的时候贬低思想。整个这个晚上几乎是他一个人在说话，说得很多；明确、高兴和详尽地回答各种问题。不过，他的话中丝毫没有流露出一点类似表爱的话语。所有这些话都含着非常严肃、有时甚至是非常奥妙的思想。公爵甚至还阐述了若干自己的看法，自己暗中的观察，这一切要不是"叙述得这么头头是道"（这是所有听他说话的人后来承认的），甚至就会显得很是可笑。将军虽然喜欢严肃的话题，但是他也好，叶莉扎维塔·普罗科菲耶夫娜也好，都暗自认为谈话太高深莫测，因而到末了大家不免感到郁闷。不过公爵在最后竟然讲了几件特别滑稽的逸事，而且他自己先笑起来，因而别人更多地已不是因听了这些趣闻而笑，而是为他那欢快的笑声而笑。至于阿格拉娅，那么她整个晚上几乎没有说话，但是，始终专注地听着列夫·尼古拉耶维奇说话，甚至与其说是在听他，不如说是在看他。

"她这么一个劲儿地看他，目不转睛，对每一个字都斟酌着，这么留神，一个字也不放过！"后来叶莉扎维塔·普罗科菲耶夫娜对自己的丈夫说，"可要是对她说她在爱他，那她就不知会闹出什么荒唐事来！"

"有什么办法！这是命运！"将军耸耸肩膀说，他在很长时间里还会重复使用他所喜欢的这句话。这里补充说明一下，作为一个务实的人，对于所有这些事情目前的状态，有许多地方他是颇不喜欢的，主要的便是事态不明朗；但是暂时他也决定保持沉默并看……叶莉扎维塔·普罗科菲耶夫娜的脸色行事。

全家高兴的情绪延续得并不长久。第二天阿格拉娅又与公爵吵架了，紧接着那几天就这样不停地继续争吵着。她常常整整几小时不断地取笑公爵,把他几乎当小丑。确实,他们有时在她家小花园的亭子里要坐上一小时、两小时,但大家注意到,这种时候公爵几乎总是给阿格拉娅读报或者读一本什么书。

"您知道吗,"有一次阿格拉娅打断他念报,对他说,"我发现,您受的教育少得可怜;如果问您,无论是某个人,某个年代,还是某个条约,您都不怎么清楚地知道。您很可怜。"

"我对您说过了,我没有多大学问。"公爵回答说。

"那您身上还有什么?这样我又怎么能尊敬您?往下念吧;不过,不必了,别念了。"

那天晚上她又表现出使大家感到莫名其妙的举动。Щ公爵回来了。阿格拉娅对他非常亲切,问了许多有关叶甫盖尼·帕夫洛维奇的情况。(列夫·尼古拉耶维奇公爵还没有来。)忽然Щ公爵不知怎么的斗胆暗示"家里即将有新的变化",还提到叶莉扎维塔·普罗科菲耶夫娜透露出来的几句话,说什么也许又不得不延缓阿杰莱达的婚礼,以便两个婚礼一起进行。简直难以想象,阿格拉娅对"所有这些愚蠢的设想"有多么光火,而且她顺嘴脱口而出说:"她还不打算让自己代替任何人的情妇。"

这些话使四座大惊,尤其是她的父母。叶莉扎维塔·普罗科菲耶夫娜在与丈夫的秘密商谈中坚持要他去跟公爵彻底讲清楚有关纳斯塔西娅·费利帕夫娜的事。

伊万·费奥多罗维奇发誓说,这一切纯粹只是"鲁莽的行为",是由阿格拉娅的"害羞"引起的;假若Щ公爵不讲起婚礼的事,那么就不会有这种鲁莽的行为,因为阿格拉娅自己也知道,非常确凿地知道,这一切纯属一些居心不良者的诽谤,纳斯塔西娅·费利帕夫娜是要嫁给罗戈任的,公爵跟这件事毫不相干,不仅没有关系,甚至从来也没有发生过什么关系,如果要说出全部实情的话。

而公爵依然什么也不加理会,延续着怡然自得的状态。哦,当然,有时在阿格拉娅的目光中他也发现某种似乎是阴郁和焦躁的神情,但他更相信别的东西,于是阴影便自然而然消失了。既然深信不疑,那就无论什么也已经不能使他动摇了。也许,他已经显得过分平静了;至少伊波利特是这样觉得的,有一天公爵在公园里偶然遇到了他。

"怎么样,我当时对您说您在恋爱,这话没错吧?"他自己走到公爵跟前,留住他,开始说。而公爵向他伸过手去,祝贺他"气色好"。病人本身看起来是很精神,这是肺结核患者的特征。

他走到公爵跟前是为了对他说些有关他气色的挖苦话,但马上就走了题而谈起自己来。然后他开始抱怨,抱怨了很久,说了很多话,而且相当语无伦次。

"您不会相信,"他结束说,"他们那里所有的人是多么好发脾气、小题大做、自私虚荣、低俗平庸;您相信吗,他们要我住过去没有别的条件,就是要我尽快死去,而我没有死,相反我还好了些,于是他们全都发了疯似的。真是一场喜剧!我敢打赌,您不相信我的话!"

公爵不想反对。

"我有时甚至想再搬回到您这儿住,"伊波利特随意地添了一句,"不过,您不会认为他们接受一个人是会以要他一定而且尽快死去为条件的吧?"

"我想,他们邀请您去住是有别的什么用意。"

"嗨!您到底根本不像人家说的那么头脑简单!现在不是时候,否则我要向您揭发有关这个加涅奇卡和他的希望的事。他们在挖您的墙脚,公爵,无情地挖着,而且……您这么无忧无虑,真让人怜悯。不过,唉,您这个人也不可能是另一种样子!"

"原来是怜悯这个!"公爵笑了起来,"怎么,照您看来,若不是无忧无虑反而更幸福些?"

"宁可不幸但是要心里明白,这也比幸福却蒙在……鼓里要好。好像您丝毫也不会相信,人家在跟您竞争,而且……就是来自那一方?"

"您说的竞争的话未免有点厚颜无耻,伊波利特,我很遗憾,我没有权利回答您。至于说到加夫里拉·阿尔达利翁诺维奇,如果您多少对他有所了解的话,那么您自己也会同意,在失去了一切之后,他是否会心里平静?我觉得,从这个观点来看他比较好。他还来得及改变;他来日方长,而生活是丰富多彩的……不过……不过……"公爵忽然不知说什么是好,"至于挖墙脚……我甚至根本就不明白,您说的是什么;最好还是别谈这些了,伊波利特。"

"那就暂时不谈;况且不高尚大度待人您也做不到。对了,公爵,您必须亲自用手指头摸一摸,之后你不相信也未尝不可,哈哈!现在您非常鄙视我,是这样吗?"

"为了什么?难道就因为您比我们多受痛苦而且现在还在受痛苦?"

"不是,而是因为有愧于自己的痛苦。"

"谁更能忍受痛苦,谁也就更无愧于痛苦。阿格拉娅在读了您的'解释'以后,曾想见见您,但是……"

"一直拖延下来……她做不到,我理解,我理解……"伊波利特打断说,似乎竭力想尽快地避开话题。"顺便说一下,据说,您亲自给她朗读了这篇胡言乱语的东西;真的,这一切是在神志不清的状态下写出来和……做出来的。我不明白,孩子般的虚荣心和报复心该到什么程度,我不说残酷(这对我来说是侮辱),竟然用这份'解释'来责备我,把它当作武器来反对我!别担心,我说的不是您……"

"但是,您不要这手稿,我感到很可惜,伊波利特,它写得真诚,而且,知道吗,甚至这里面最可笑的地方,这样的地方很多(伊波利特紧紧地皱起了眉头),也被痛苦抵偿了,因为承认它们也是一种痛苦……也许,需要有极大的勇气。促使您这样做的思想一定有高尚的动机,不论那'解释'使人觉得怎么样。我现在越来越清楚地看到了这一点,我可以向您发誓。我不是评判您,我现在说的是想说出来的话,我很遗憾当时我保持了沉默……"

伊波利特冒火了。他闪过了一个念头,认为公爵是在装假,不放过他;但是在仔细端详过公爵的脸后,他不能不相信他的诚意;他脸上的表情豁然开朗了。

"反正快要死了！"他说，差点要加上"像我这样的人！""您想象一下，您的加涅尼卡是怎么折磨得我受不了的；他装作是反对我，实际上妄想着，可能，在当时听我朗读的人中间会有三四个人也许比我死得早。怎么样！他以为这是对我的安慰，哈哈！首先还没有人死去；再说即使这些人都相继死去，这又算是什么安慰，这您也会同意的！他这是以己度人；不过，他还会走得更远，他现在简直就是骂街了，说什么在这种情况下一个正派人是默默地死去的，说我所做的一切纯粹只是利己主义！怎么样！不，他才多么利己主义！他们的利己主义多么巧妙，或者最好说，与此同时又是多么粗笨！他们自己反正是怎么也发现不了自己是这样的！……公爵，您读到过18世纪时一个叫斯捷潘·格列鲍夫[1]的人死的事吗？我昨天偶然读完了……"

"哪个斯捷潘·格列鲍夫？"

"彼得大帝时代被钉在桩上的那个。"

"啊，我的天哪，我知道了！他在桩上待了十五个小时，是在严寒中，穿着皮大衣，死得非常坚毅；当然，我读过……怎么了？"

"上帝把这样的死给了人们，而偏偏不给我们！您大概会想，像格列鲍夫那样死去，我是做不到的。"

"哦，完全不是，"公爵很窘，"我只是想说，您……也就是不是说您不像格列鲍夫，而是……说您更像当时的……"

"我猜得到：是奥斯特曼[2]，而不是格列鲍夫，您是想说这个吧？"

"哪个奥斯特曼？"

"奥斯特曼，外交官奥斯特曼，彼得大帝时代的奥斯特曼。"伊波利特嘟哝着说，忽然他自己也有点糊涂了。接着便出现了片刻困惑。

"哦，不！——我想说的不是这个，"在静默了一会儿后公爵忽然拖

---

[1] 彼得一世第一个妻子的姘夫。
[2] 日耳曼血统的俄国外交家。

长了声调说,"我觉得,您……永远也不会是奥斯特曼……"

伊波利特蹙起眉头。

"不过,为什么我这样肯定,"公爵显然想做更正,突然又接着说,"因为那时的人(我向您起誓,这一点总是使我感到惊讶)完全似乎不像现在我们这样的人,不是现在,不是我们这个时代的种族,而似乎是另一个种族……那时人们似乎只有一种思想,而现在人们比较神经质,头脑比较发达,感觉比较敏锐,似乎一下子有两种、三种思想……现在的人想得比较宽广——我敢起誓,这就妨碍他成为过去时代那样的单纯的人……我……我刚才说的纯粹是这个意思,而不是……"

"我明白,刚才您是因为天真幼稚而不同意我,现在又因为天真幼稚而拼命来安慰我,哈哈!您完全是个孩子,公爵。但是我发现,您老是把我看成像……像一只陶瓷杯……没关系,没关系,我不会生气。不论怎么说,我们的谈话结果很可笑;您有时候完全是个孩子,公爵。不过,您要知道,我也许希望做一个比奥斯特曼更好一点的人;为了奥斯特曼可不值得死而复生……不过,我知道,我应当尽快死去,否则我自己……别管我。再见!嗯,好吧,嗯,您得亲自对我说,喏,照您看来,怎么,我怎么死最好?……也就是说,死得尽可能……高尚?呶,说吧!"

"从我们旁边从容而过,原谅我们享有幸福!"公爵轻轻地说。

"哈——哈——哈!我就料到是这样!我等着听到的一定是这一类话!但是您……但是您……算了,算了!真是些善于辞令的人啊!再见!再见!"

六

关于叶潘钦家别墅里要举行晚会,等候别洛孔斯卡娅光临,瓦尔瓦拉·阿尔达利翁诺夫娜完全确切地告诉了哥哥,说正是在这天晚上要等候客人;但是对这件事她表达得又比应该的那样急躁了些。确实,事情安排得过于仓促,甚至还带有几分完全不必要的激动不安,这正是因为在这个家庭里"一切都不像人家那样的做法"。这一切可以用以下两点来解释:"不愿再怀疑的"叶莉扎维塔·普罗科菲耶夫娜急不可耐了;父母的两颗心都在为爱女的幸福热烈地跳动。加上别洛孔斯卡娅真的很快就要离开;因为她的庇护确实在上流社会举足轻重,因为他们指望她将会赏识公爵,因而也寄希望于"上流社会"能直接从神通广大的"老太婆"手里接纳阿格拉娅的未婚夫,因此,如果在这件事上有什么奇怪的地方,在这样的庇护下也就会觉得不那么奇怪了。全部问题在于,父母自己怎么也不能决断:"整个这一件事有没有奇怪的地方?又究竟奇怪到什么程度?还是根本就没有什么奇怪的?"在目前这个关头,由于阿格拉娅的缘故,还什么都不能做出最后决定,有权威、有资格的人士友好和坦率的意见就很适用。无论怎么样,或迟或早,总该把公爵引入他对之没有丝毫概念的上流社会。简言之,他们打算让他"亮相"。不过晚会安排得很简单；等候在这里的仅仅是"家庭的朋友",最少数的一些人。除了别洛孔斯卡娅,大家还等候一位夫人,是一位相当显要的达官贵人的妻子。年轻人中几乎就叶甫盖尼·帕夫洛维奇一个人,他要陪同别洛孔斯卡娅到来。

别洛孔斯卡娅要来的事,公爵还是在晚会前三天就已听说了；但只是上一天才知道要举行晚会。当然,他发觉了这一家成员忙忙碌碌的样子,根据某些暗示和跟他谈话时忧心忡忡的神情,他甚至领悟到,他们怕他会给人留下什么印象。但是,叶潘钦家似乎每一个人都有这么一种概念,认为他缺少心眼,他自己是怎么也猜不到他们为他非常地担心。因此,大家望着他,内心里甚为苦恼。不过,他也确实几乎没有把面临的这件事看得那么重要；他牵记的完全是另一回事:阿格拉娅一小时比一小时变得更任性,越来越忧郁,这使他很伤心。当他知道大家也在等叶甫盖尼·帕夫洛维奇时,他非常高兴并说,他早就希望见到他。不知为什么谁也不喜欢听这几句话；阿格拉娅烦恼地走出了房间,只是很晚的时候,十一点多了,公爵已经准备离去时,她才利用送他的机会单独对他说了几句话:

"我希望,明天白天您不要到我们这儿来,晚上等这些……客人已经聚拢了再来。您知道要有客人吗?"

她说得很不耐烦,而且特别严峻；她是第一次说起这个"晚会"。对她来说一想到客人几乎也是不可忍受的；大家都发现了这一点。也许,她极想为此与父母吵一场,但是骄矜和害羞使她没有开口。公爵马上就明白,她也在为他担忧(但又不愿承认她在担忧),于是他自己也忽然害怕起来。

"是的,我受到了邀请。"他回答说。

显然她难以再说下去。

"可不可以跟您谈点正经的?哪怕一生中就一次?"她突然异常生气地说,自己也不知道为什么,也无力克制自己。

"可以呀,我洗耳恭听；我很高兴。"公爵喃喃地说。

阿格拉娅又沉默了分把钟,然后带着明显的反感开始说:

"我不想跟他们争论这件事,有的事情上你简直无法使他们明白过来。所有的规矩总使我厌恶,可妈妈常常要有这些规矩。爸爸就不提了,他什么都不管。妈妈,当然,是个高尚的女人;您要是胆敢建议她做什么卑鄙的事,那就等着瞧吧。咳,可是却对这个……坏女人推崇备至!我不光是说别洛孔斯卡娅一个人,这是个坏老太婆,脾气也坏,可是却很聪明,善于把他们所有的人掌握在自己手中,就是这点有本事。哦,真卑鄙!也很可笑:我们始终是中等阶层的人,也只能是最平常的人;何必硬要钻进上流社会的圈子里去呢?姐姐们也往那里钻;这是Щ公爵搅乱了大家的心。叶甫盖尼·帕夫雷奇要来,您为什么高兴?"

"听着,阿格拉娅,"公爵说,"我觉得您非常为我担心,是怕我明天在这个社交界……出洋相?"

"为您?担心?"阿格拉娅满脸通红,火冒三丈,"您哪怕……您哪怕完全名誉扫地,凭什么我要为您担心?那关我什么事?您怎么能用这样的字眼?'出洋相'是什么意思?这是个下流的字眼,庸俗的字眼。"

"这是……学生用语。"

"是呀,学生用语!下流的字眼!您好像打算明天就说这样的字眼。在家里在您的词汇里再多找些这样的字眼:一定会产生效果!遗憾的是,您好像会好好地走进屋子里来,您在哪里学会的?当大家都故意望着您的时候,您会体面地拿起茶杯喝茶吗?"

"我想我会的。"

"这很遗憾;不然我可以笑一笑。至少您要打碎客厅里的一个中国花瓶!它很贵,请打碎它;它是人家送的,妈妈会气得发疯,会当着大家的面哭起来,因为这花瓶对她来说太宝贵了,您做个什么动作,就像您经常做的那样,碰到花瓶,把它打碎。要故意坐到靠近花瓶的地方。"

"相反,我要尽可能坐得远一些。谢谢您的警告。"

"这么说,您事先就在担心会做大幅度的动作。我敢打赌,您会谈什么'题目',会谈些什么严肃的、有学问的、高尚的内容,是吗?这该会是多么……体面呀！"

"我想这会是愚蠢的……假若不合时宜的话。"

"听着,我就讲这一回,"阿格拉娅终于不耐烦了,"如果您要谈什么死刑,或者俄罗斯的经济状况,或者'美拯救世界'之类的内容,那么……我当然会高兴一阵、大笑一阵,但是……我事先警告您:以后您再也别在我面前出现!听见了吗?我是当真说的!这一次我可是当真说的!"

她确实是当真说出这番威吓的话的,因而甚至在她的话音中可以听到、在她的目光中可以看到某种不同寻常的东西,这是公爵过去从未发现过的,当然,这就不像是开玩笑了。

"咳,您话说得这样,我到时候一定会'说漏嘴',甚至……可能……打碎花瓶。刚才我什么都不担心,现在却什么都担心。我一定会出洋相的。"

"那就别作声。坐着,不要说话。"

"那不成,我肯定会因害怕而说漏了嘴,会因害怕而打碎花瓶。也可能,我会跌倒在光滑的地板上,或者弄出这一类事来,因为过去就发生过;今天一整夜我将会做这样的梦;您为什么要说起这些!"

阿格拉娅阴郁地望了他一眼。

"知道吗,明天我最好还是干脆不来!我就报告说病了,不就完了!"最后他这样决定。

阿格拉娅跺了下脚,甚至气得脸色发白。

"天哪!什么地方见过这样的事啊!人家故意为他……他却不来!哦,天哪!跟您这样头脑不清的人打交道可真有幸!"

"好,我来,我来!"公爵尽快打断她说,"我向您保证,整个晚上我将坐在那里一语不发。我就这样做。"

"您这样做好极了。您刚才说'我就报告说病了',这种说法您到底是从哪儿捡来的?您干吗老爱用这些词语来跟我说话?您是存心逗我还是怎么的?"

"对不起,这也是学生用语;以后我不说了。我很明白,您……是在为我担心……（但是别生气！）对此我非常高兴。您不会相信，我现在有多担心，您的话又使我有多高兴。但是，我向您发誓，所有这种害怕，所有这一切全都不值一提和荒诞无稽。真的，阿格拉娅！但是喜悦会保留下来。我非常非常喜欢，您是这么一个孩子，这么好、这么善良的孩子！啊，您能成为多么美好的人，阿格拉娅！"

阿格拉娅当然是会生气的，而且已经想要生气了，但是忽然有一种连她自己也感到意外的感觉刹那间攫住了她的整个心灵。

"您不会责备我刚才说的那些粗鲁话……某个时候……以后？"突然她问。

"您说什么呀，您说什么呀？而且您干吗又发火了？瞧您又阴沉地看起人来了！您有时候看起人来太阴沉了，阿格拉娅，您过去从不这样看人，我知道，这是因为……"

"闭嘴，闭嘴！"

"不，最好还是说出来。我早就想说了；我已经说了，但是……这还不够，因为您不相信我。在我们之间始终隔着一个人……"

"闭嘴，闭嘴，闭嘴，闭嘴！"阿格拉娅突然打断他，一边紧紧抓住他的手，几乎是惊恐地望着他。这时有人在喊她；她仿佛很高兴，丢下他就跑去了。

公爵整夜都发热。很奇怪，他已经连续几夜发热病了。这一次在半昏迷状态中他冒出一个念头：要是明天当众毛病发作怎么办？过去不是确实发作过吗？想到这里他浑身冰凉，整夜他都想象着自己处于奇异怪诞、闻所未闻的社交界中，在一群奇怪的人之中。主要是他"说走了嘴"；他知道什么不该说，但是却说个不停，他竭力劝说他们什么。叶甫盖尼·帕夫洛维奇和伊波利特也在客人们中间，而且显得异常友好。

他醒来时快九点了，头脑涨痛，思绪纷乱，印象奇特。不知为什么他十分想见到罗戈任；想见他并要跟他谈许多话，——究竟谈什么，他自己也不知道；后来他已经完全决定为某件事到伊波利特那儿去。他心里有一种模糊混沌的感觉,以致虽然这天上午他遭遇的一些事给他留下了异常强烈的印象,但是仍然有某种不完整的感受。这些事中的一件便是列别杰夫的来访。

列别杰夫来得相当早——九点刚过,而且几乎完全醉了。虽然近来公爵没有注意观察他,但是有一个情况不知怎么的却令他注目:自从伊沃尔京将军从他们这儿搬走后,已经三天了,列别杰夫的行为举止很糟。他不知怎么突然变得异常肮脏邋遢,领带歪到一旁,常礼服的衣领也撕破了。他在自己那里甚至还发酒疯,隔一个小院子就可以听到;维拉有一次哭着跑来诉说原委。现在他来到公爵这里,不知怎么非常奇怪地说了起来,一边搥着自己的胸口,一边认着什么错……

"因为背叛和卑鄙,我得到了……得到了报应……我挨了耳光!"最后他悲切地说。

"耳光!谁打的!……这么一大清早?"

"一大清早?"列别杰夫现出讥讽的微笑,说,"时间在这里没有任何意义……即使是肉体上受到报应……但我得到的是精神上的……精神上的耳光,而不是肉体上的!"

他突然不经客套就坐了下来,并开始讲起来。他的叙述毫不连贯;公爵皱了下眉头,想要离开,但忽然有几句话使他吃了一惊。他甚至惊讶得呆若木鸡……列别杰夫先生讲的事情十分奇怪。

开始看来是讲一封信,提到了阿格拉娅·伊万诺夫娜的名字。后来列别杰夫突然开始痛心地抱怨公爵本人;可以理解,公爵使他受了委屈。他说,起先在跟著名"人物"(即纳斯塔西娅·费利帕夫娜)打交道这件事上,他有幸得到公爵的信任;但是后来公爵就完全跟他断绝了关系,并且把他从自己身边赶走,使他蒙受羞辱,甚至让人这样受委屈:最后一次竟粗暴地仿佛是断然拒绝回答"家里即将发生的变化"这一并无恶意的问题。列别杰夫流着醉汉的眼泪承认说:"此后我已经无论如何也不能忍受了,尤其是因为我知道得很多……非常多,从罗戈任那里,从纳斯塔西娅·费利帕夫娜那里,从纳斯塔西娅·费利帕夫娜的女友那里,从瓦尔瓦拉·阿尔达利翁诺夫娜那里……还有从……甚至从阿格拉娅·伊万诺夫娜本人那里,您能想象这点吗,经过维拉的媒介,即经过我心爱的女儿维拉,唯一的……是的……不过她不是唯一的女儿,因为我有三个女儿。谁多次给叶莉扎维塔·普罗科菲耶夫娜写信,甚至还以极端秘密的方式,嘻——嘻!谁写信告诉她纳斯塔西娅·费利帕夫娜个人的全部关系……和行动,嘻——嘻——嘻!请问,是谁,谁是匿名信作者!"

"难道是您?"公爵大声喊道。

"正是,"醉汉神气活现地答道,"就在今天八点半时,总共才半小时前……不,已经有三刻钟了,我通知这位高尚的母亲,我有一件事……重要的事要转告她。我把这封短信,通过一位姑娘从后面台阶上递进去的,她收下了。"

"您刚才见过叶莉扎维塔·普罗科菲耶夫娜了?"公爵问,他几乎不相信自己的耳朵。

"刚才见过并挨了记耳光……精神的耳光。她把信退还给我,甚至是扔还给我的,没有启封……把我不客气地撵了出来……不过,只是精神上的,而不是肉体上的……不过,差不多也就是肉体上的了,稍微差一点!"

"什么信她没有拆就扔还给您了?"

"难道……嘻——嘻——嘻!是啊,我还没有告诉您!我以为已经说过了……我收到这么一封信是要转交的……"

"谁写的?写给谁?"

但是列别杰夫的某些"解释"很难弄懂,哪怕能明白个大概也不容易。但是公爵多少还能领会到,信是清晨通过女仆转交给维拉·列别杰娃的,由她再按地址转交……"就像过去一样……就像过去一样,是那一位写给某个人……(我用"那一位"来称其中一位,仅用"某人"来称另一个,以表鄙视和区别;因为在纯洁无瑕和高贵的将军的小姐与……茶花女之间是有很大差别的)就这样,信是由名字第一个字母是A的'那一位'写的。"

"这怎么可能？写给纳斯塔西娅·费利帕夫娜？荒谬！"公爵嚷道。

"以前也有过，有过，但每次不是给她，就是给罗戈任，反正一样，有给罗戈任的……甚至也曾给捷连季耶夫先生写过信，是转交的，但是是以A开头的那一位写的。"列别杰夫眨了下眼，莞尔一笑说。

因为他常常偏离话题从一件事跳到另一件事并且忘记开始说的是什么，因此公爵便保持静默，让他说下去。但依然异常不清楚：通常那些信是经过他还是经过维拉转交？既然他自己要人相信"给罗戈任跟给纳斯塔西娅·费利帕夫娜一个样"，那就是说，多半不是经过他转交的，如果是有书信的话。而现在这封信是通过什么方式落到了他的手里，这一情况仍然完全没有解释清楚；最可能的设想应该是他用了什么办法从维拉那儿偷走了信……悄悄地偷了，怀着某种用意去给叶莉扎维塔·普罗科菲耶夫娜。这样设想，公爵终于明白了。

"您发疯了！"公爵极为慌乱地嚷了起来。

"不完全是这样，深深敬爱的公爵，"列别杰夫不无恶意地回答说，"真的，本来我想交给您，给您，交到您本人手中，为您效劳……但是考虑结果觉得还是为那边效劳好，把一切都告知最高尚的母亲……因为以前有一次我曾写信告诉过她，是匿名信；刚才我预先在小纸片上写了，请求在八点二十分时接见，落款也是'您的秘密通信者'；立即就准许了，马上，甚至还特别急促，让我从后门进去……见最高尚的母亲。"

"后来呢？……"

"在那里的情况您已经知道了，差点没揍我一顿，也就是说只差一点点，甚至可以认为差不多是揍了。她把信扔还了我。的确，她想把信留在自己那儿，我看得出，我注意到这一点，但是改变了主意，扔还给了我，说：'既然人家信托你这样的人转交，那你就去转交吧……'她甚至生气了。既然在我面前这样说并不觉得不好意思，那就是说，她是生气了。她是个火暴性子的人！"

"现在信在什么地方?"

"一直在我这里,瞧。"

他把阿格拉娅给加夫里拉·阿尔达利翁诺维奇的便信递给了公爵,这正是当天上午两小时以后加夫里拉洋洋得意地给妹妹看的那封信。

"这封信不能留在您这儿。"

"给您,给您!就是带来给您的,"列别杰夫热烈地接口说,"在有过瞬息的背叛以后,现在我又是您的奴仆了,整个儿都是您的人,从头到脚,从外面到内心!您就痛斥我的心灵,宽恕我这一把胡子的人吧,就像托马斯·莫尔……在英国和大不列颠说过的那样。而照罗马教王说的,则是 Mea culpa, mea culpa[1]……也就是说他是罗马教皇,而我把他叫作罗马教王。"

"这封信应该马上送去,"公爵操起心来,"我来转交。"

"最好是不是……最好是不是……最有教养的公爵,最好是不是……这样!"列别杰夫做了个怪诞的谄媚的鬼脸;他忽然在原地手忙脚乱起来,仿佛突然被针刺了似的,一边狡黠地眨着眼睛,一边用手做着动作表示着什么。

"怎么回事?"公爵威严地问。

"最好是先拆开来!"他似乎是推心置腹、巴结而动人地低语着。

公爵顿时暴跳如雷,列别杰夫本已开始逃开,但跑到门口又停了下来,想等等是否会有宽恕。

"哎,列别杰夫!怎么能,怎么能堕落到您这样低贱无耻的地步?"公爵痛心地大声说。列别杰夫的脸容变得开朗了。

"低贱,低贱!"他马上走近来,一边捶着胸口,一边淌着眼泪。

"这可是卑鄙!"

"的确卑鄙!是实在话!"

---

[1] 拉丁语:我有罪,我有罪。

"您这是什么习性……喜欢这样奇怪地行事?您……可简直是间谍!为什么您要写匿名信去惊扰……这么高尚、善良的妇女?再说,为什么阿格拉娅·伊万诺夫娜没有权利爱给谁写信就给谁写呢?您今天是去告发,还是怎么的?您指望得到什么?是什么促使您去告密?"

"纯粹是出于令人愉快的好奇心以及……为高尚的人效劳的热心,就这样!"列别杰夫喃喃说,"我现在整个儿都是您的,又全是您的人了!哪怕把我绞死也行!"

"您到叶莉扎维塔·普罗科菲耶夫娜那里去,也像现在这副样子?"公爵厌恶而又不无好奇地问。

"不……要干净些……甚至体面些;我已经是在受辱以后才弄得……这副模样。"

"嗯,好吧,让我安静一会儿。"

不过,这一请求必须得重复好几次,直至客人终于下决心离去。他已经完全打开了门,却重又回过来,踮着脚走到房间中央,又开始用双手做手势表示拆信;他已经不敢用话说出自己的建议来;后来他走出去了,露出安详温和的微笑。

听到这一切心情是异常沉重的。所有这些事中显露出一个主要的、不同一般的事实:阿格拉娅处于极大的不安、极大的犹豫、极大的痛苦之中,而且不知道是为什么("是出于嫉妒。"公爵暗自低语)。当然,也是源于有些居心不良的人搅扰了她,而非常奇怪的是,她竟这么信任他们。当然,在这个没有经验的、但急躁而高傲的头脑中酝酿着某些特殊的计划,也许是极有害的、极不像话的……公爵异常惶恐,困惑中甚至不知道该拿什么主意。一定得采取什么预防措施,这点他是感觉得到的。他又一次瞥了一眼封了口的信上的地址:哦,这里他没有什么怀疑和不安,因为他相信阿格拉娅;这封信的另一方面使他忐忑不安,因为他不相信加夫里拉·阿尔达利翁诺维奇。但是,他还是决定亲自把这封信转交给他本人，为此他已经走出了家门，但是在路上他又改变了主意。几乎就在普季岑家门口，就像故意安排似的，碰上了科利亚，于是公爵就委托他把信交到兄长手里，仿佛就是从阿格拉娅·伊万诺夫娜那里直接转交的。科利亚没有多问就送去了，因而加尼亚根本就想不到，信已经经过了多少中转。回家以后，公爵请维拉·鲁基扬诺夫娜到自己这儿来，对她说了该告诉她的情况，并安慰她，因为她到现在一直在找这封信，急得直哭。当她获悉信被父亲拿走，一下子变得惊恐异常。(公爵后来从她那儿知道，她不止一次秘密为罗戈任和阿格拉娅·伊万诺夫娜效劳；她怎么也想不到，这里可能会有什么对公爵不利……)

公爵的心境终于坏到了极点，两小时后，当科利亚差人到他这儿来通知其父病倒时，最初一刻他几乎不能明白是怎么回事。但正是这一事件使他恢复了常态，因为它强行转移了他的注意力。他在尼娜·亚历山德罗夫娜那里(病人自然被送到她这里)差不多一直待到晚上。他几乎帮不上什么忙，但有这么一种人，患难者在艰难的时刻只要见到他们在自己身边，便不知怎么的会感到宽慰。科利亚惊吓得不得了，歇斯底里地哭泣着，但是他一直在当跑腿：跑去找医生，找了三位，又跑药房，还去了理发铺[1]。总算使将军死而复生，但是没有恢复知觉；医生表示，"无论怎样，病人处于危险之中"。瓦里娅和尼娜·亚历山德罗夫娜寸步不离病人，加尼亚感到窘困和震惊，但不想到楼上去，甚至怕见病人，他绞着自己的双手，在与公爵语无伦次的谈话中他能表达的就是，瞧，"这样的不幸，仿佛故意似的，偏偏在这个时候！"公爵觉得，他能明白加尼亚所指的是什么时候，在普季岑家里公爵已经遇不到伊波利特了。到傍晚时列别杰夫跑来了，在上午的"解释"以后他一直睡到出来之前没有醒过。现在他差不多是清醒的，在病人面前哭洒了真诚的眼泪，犹如哭自己的亲兄弟似的。他哭诉着，自责着，但是并没有解释是怎么一回事，他还一再缠着尼

---

[1] 从前理发铺兼营用放血等土法治病。

娜·亚历山德罗夫娜,不停地要她相信,"是他,他本人就是原因,不是别人而正是他……纯粹出于令人快活的好奇心……"死者"(不知为什么他这么固执地这样称还活着的将军)甚至是最具天才的人!"他特别认真地坚持将军是天才这一点,仿佛因此能在此刻带来什么不同一般的好处似的。尼娜·亚历山德罗夫娜看见他的真诚泪水,终于不带任何责备,甚至几乎是温柔地对他说,"好了,上帝保佑您,好了,别哭了,好了,上帝会原谅您的!"列别杰夫被这些话和说话的语气震惊得整个晚上已经不想离开尼娜·亚历山德罗夫娜的身边(后来几天直至将军死去,他几乎从早到晚都是在他们家里度过的)。在这一天内叶莉扎维塔·普罗科菲耶夫娜两次差人到尼娜·亚历山德罗夫娜这儿来探询病人的健康状况,晚上九点公爵来到叶潘钦家已经宾客满座的客厅,叶莉扎维塔·普罗科菲耶夫娜又立即开始向他询问病人的情况,既关切又详细,她也郑重其事地回答了别洛孔斯卡娅的问题:"病人是谁?尼娜·亚历山德罗夫娜是谁?"公爵对此颇为满意。他自己在向叶莉扎维塔·普罗科菲耶夫娜做解释时,谈吐"非常优雅",照阿格拉娅两位姐姐事后形容的那样;"谦逊,平和,没有多余的话,没有手势,庄重得体;进来时风度翩翩;衣着非常漂亮",不仅没有像上一天担心的那样"在光滑的地板上摔倒",而且显然给大家留下了甚至愉快的印象。

从公爵方面来说,他坐下来并打量了周围,马上就发现,所有聚集在这里的人绝非如昨天阿格拉娅用来吓唬他的虚构的样子,也不是夜间他做噩梦见到的可怕的样子。一生中他第一次见到了被冠以可怕名称的"上流社会"的一角。由于某些特别的打算、设想和爱好,他早已渴望着深入到这个颇具迷惑力的人圈里,因此他对第一个印象有着强烈兴趣。这初步印象甚至是迷人的。不知怎的,他忽然觉得,所有这些人仿佛生下来就是这样待在一起的,仿佛叶潘钦家今晚没有举办什么"晚会",没有邀请什么宾客,所有这些人全是"自己人",而他自己也早已是他们的忠诚朋友和志同道合者,现在是小别之后又回到他们这儿来。优雅的举止、纯朴的为人和表面的坦诚几乎具有迷人的魅力。他怎么也想不到,所有这一切纯朴、高雅、机智和高度的自尊,也许都只是富丽堂皇的艺术精品。大部分宾客,尽管有着令人肃然起敬的外表,却是些相当空虚贫乏的人物,不过,他们在自鸣得意之中自己也不知道,他们身上的许多优点只是精巧的装饰品,而且这也不是他们的过错,因为他们是不自觉地"继承遗产"得到它们的。公爵因为沉湎于自己得到的美妙的第一印象之中,因此甚至不想去怀疑这一点。例如,他看到,这个老人,这个达官显贵,论年龄可以做他的爷爷,甚至中断自己的谈话来听他这么一个涉世不深的年轻人说话,不仅听他说,而且显然还看重他的意见,对他这么和蔼可亲,这么真诚温厚,而他们素昧平生,才初次相见。也许,这种礼貌的细致周到对热情敏感的公爵最有影响。也许,他事先就对这种美好的印象过于有好感,甚至偏爱。

不过,所有这些人不仅无疑是"家庭的朋友",而且之间也是朋友,刚才把公爵介绍给他们并使其与之结识时,他也是这么看待他们的。然而无论对叶潘钦家来说,还是对其余人来说,他们远非是朋友。这里有些人无论何时、无论怎样都不会承认叶潘钦家哪怕多多少少有一点可能跟自己平起平坐。这里有些人甚至完全是互相敌视的。别洛孔斯卡娅老太婆一生都"瞧不起"那个"达官显贵老头"的妻子,而后者照样也完全不喜欢叶莉扎维塔·普罗科菲耶夫娜。这个"达官显贵",即她的丈夫,不知为什么从叶潘钦夫妇年轻时起就是他们的保护人,在这里也是个头面人物,在伊万·费奥多罗维奇眼里他是这么一位庞然大物,以致在他在场的时候伊万·费奥多罗维奇除了敬仰和惶恐,竟没有什么别的感受,假若有一分钟把自己与他等量齐观,而不把他奉为奥林匹亚山上的宙斯,伊万·费奥多罗维奇甚至会打心眼里蔑视自己。这里也有些人互相已有几年未曾相逢,彼此没有什么感情,如果不是厌恶,那也只是冷漠,但是现在相见了,他们的神情显示仿佛昨天还刚在最友好、亲密的伙伴中见过面。不过,聚集在这里的人为数并不多。除了别洛孔斯卡娅和"达官显贵老头"这样确实的要人外,还有除了老头的夫人,这里首先要提到的是一位仪表威严的武职将军,也是个带日耳曼姓氏的男爵或伯爵。此人异常沉默寡言,以其对政府事务的令人惊讶的丰富知识而著称,甚至几乎还有学问渊博的名声;他属于道貌岸然的行政长官这一类人,"除了俄罗斯本身",他们无所不知;他还是个每五年就要说一句"深刻非凡"的格言的人,不过这格言一定会成为俗语,甚至最上层的圈子里也会知道。这类首要的长官通常是在相当长(甚至长得出奇)时间的任职以后,有了显赫的官衔、高贵的地位和巨大的财富后而死去,然而没有丰功伟绩,甚至对建树功勋还有一丝敌意。这位将军是伊万·费奥多罗维奇的顶头上司,出于热切的感恩之心,甚至出于特殊的爱面子之心,伊万·费奥多罗维奇也把他看作是自己的恩人,但是这位将军却绝不认为自己是他的恩人,他对伊万·费奥多罗维奇的评价十分平淡,虽然心安理得地受用着他多种多样的效劳,如果出于某种考虑的需要,他马上会用别的官吏来替换他。这里还有一位上了年纪的显要的贵族,甚至仿佛是叶莉扎维塔·普罗科菲耶夫娜的亲戚,虽然这完全是没有根据的。此人官位显赫,家财富裕,出身望族;身材结实,体魄强健;性好饶舌,甚至有爱发牢骚的名声(不过,是在允许范围内的牢骚话),还脾气暴躁(但在他身上即使是这一点也是令人愉快的);颇具英国贵族的派头和英国式的趣味(比如,对于带血的烤牛肉、马具、仆役等)。他是"达官显贵"老头的好朋友,经常给他逗乐解闷;此外,叶莉扎维塔·普罗科菲耶夫娜不知为什么怀有一个奇怪的念头,认为这位上了年纪的先生(此公爵有点轻浮,多多少少是个喜欢女性的人)突然会想到向亚历山德拉求婚而使她感到幸福。在这些最上层、最体面的贵宾后面便是一些比较年轻的宾客,不过他们也具有相当高雅的品质和卓越超群,除了Ⅲ公爵和叶甫盖尼·帕夫洛维奇外,属于这一层次的有著名而迷人的N公爵,他曾经勾引和征服过整个欧洲的女人的心,现在他已四十五岁,但依然有非常漂亮的外表,而且惊人地善于言谈;他拥有财产,不过家道已有点败落;照习惯,他较多时间是在国外度过的。最后这里还有些人仿佛组成了第三特别阶层，他们本身不属于社交界"禁区"一圈子里的人，但是有时不知为什么在这个"禁区"一圈子里也可以看到像叶潘钦家这样的人。出于某种策略的考虑（这也被他们视作是规则）叶潘钦家在难得邀请宾客到家里来聚会时，喜欢把社会的最高阶层与层次较低的人、与经过精选的"中等人士"的代表混在一起。叶潘钦家因此甚至受到赞扬，人们对他们加以评论，说他们有自知之明，是有策略的人。叶潘钦夫妇对这样的意见引以为豪。今天晚会上中等人士的代表之一便是一位上校工程师，一个严肃的人，是Щ公爵非常亲近的好朋友，正是Щ公爵把此人引荐给叶潘钦家的，不过此人在社交界沉默寡言，在右手粗大的食指上戴着一只非常显眼的大戒指，想必是赏赐给他的。最后，这里甚至还有一位诗人文学家，他是日耳曼人，但却是俄罗斯诗人，而且十分彬彬有礼，因此可以不用担心把他引入上流社会。他有一副幸运的外表，虽然不知为什么有点令人厌恶，三十八岁光景，衣着无可挑剔，出身于一个高度资产阶级化的、但也高度受到尊敬的德国家庭。他善于利用各种机会钻营，求得高位人物的保护并受到他们的垂青。当他从德语翻译某个重要的德国诗人的某篇重要作品时，善于用诗作为题头献给自己的译本，善于吹嘘跟一位著名的、但已故的俄罗斯诗人的友谊（有整整一批作家异常喜欢在刊物上添油加醋地叙述与伟大的、但已故的作家的友谊），他是不久前才由"达官显贵老头"的妻子引荐给叶潘钦家的。这位夫人被公认为是文学家和学者的保护人，她通过颇有影响的官居高位的要人确实给一两位作家搞到了生活费。这样的影响她是有的。这位夫人四十五岁左右（因而，对于她丈夫这样年迈的老头来说她是个相当年轻的妻子），曾经是个美人，出于许多四十五岁女士特有的癖好，现在还喜欢穿得花哨，甚至已经过分艳丽；她才智有限，文学知识也大可怀疑，但是庇护文学家于她就像喜欢穿得艳丽一样是一种癖好。许多作品和译本是献给她的，有两三位作家征得她的同意后发表了他们写给她的信函，其中谈的是异常重要的问题……所有这些社交人物公爵都视作是真正的社会的精粹,是不掺合金的足赤纯金。不过,所有这些人也仿佛故意似的,在今天晚上心境特佳,相当自鸣得意。他们每个人都知道,他们的登门给叶潘钦家带来了极大的荣誉。但是,可惜公爵不会发现个中的奥妙。他也不会想到,比如说,叶潘钦家打算采取决定女儿命运这样重要的步骤时,不敢不让公认是他家保护人的达官显贵老头看一看他——列夫·尼古拉耶维奇公爵。达官显贵老头虽然对叶潘钦家即使遭到最可怕的不幸的消息也会处之泰然,可是,假若叶潘钦夫妇不跟他商量,这么说吧,未经他的许可就给自己女儿定了亲,他是一定会生气的。N公爵这位可爱的、无疑是机智的、高度坦诚的人绝对深信,他宛若今晚在叶潘钦家客厅上升起的一颗太阳。他认为他们比自己不知要低下多少,正是这一单纯而高贵的想法使他对待叶潘钦一家表现出令人惊讶而又讨人喜欢的不拘礼仪的友好态度。他很清楚地知道,在这个晚会上他一定得说点什么令这里的人倾倒,甚至还怀着几分激情做了准备。列夫·尼古拉耶维奇后来听了他的故事后认为,他从来也没有听到过这么出色的幽默,感受过这么惊人的快活和几乎是令人感动的天真,而这一切都出自N公爵这样的堂·璜。不过,这个故事并不新鲜,是老掉牙的玩意儿,在所有的客厅里人家都能背得出,已经听得腻烦和讨厌,只有在天真的叶潘钦家才被当作新闻,当作是一个卓越杰出的人突发的真诚而出色的回忆,假若公爵知道这些就好了!最后,甚至连那个日耳曼裔的诗人也几乎认为自己登门是给这一家面子,虽然他举止异常殷切和谦逊。但是公爵没有发现这一切的反面,没有注意其中的内情。阿格拉娅也没有预见到这种不幸。这天晚上她自己美貌惊人。这三位小姐都穿得非常漂亮,虽然并不很华丽,甚至头发也梳成特别的发型。阿格拉娅与叶甫盖尼·帕夫洛维奇坐在一起,非常友好地与他交谈开玩笑。叶甫盖尼·帕夫洛维奇举止比别的时候庄重些,大概也是出于对达官显贵老头的尊敬。不过,上流社会早就已经知道他,在那里他已经是自己人了,尽管他尚年轻。今天晚上他到叶潘钦家来戴的帽子上佩有黑纱,别洛孔斯卡娅为此称赞他;别的上流社会的侄子在这种场合中大概是不会为这样的伯父戴黑纱的。叶莉扎维塔·普罗科菲耶夫娜对此也深表满意,但是总的来说她显得有点过分忧心忡忡。公爵发现,阿格拉娅曾有两次朝他专注地瞥了一眼,似乎对他也是满意的。渐渐地他觉得幸福得不得了。刚才(与列别杰夫谈话以后)那种"不切实际的"念头和担心,现在当他频繁地突然想起的时候,便觉得是不现实的,不可能的,甚至是可笑的虚梦一场!(不久以前和整整一天中,虽是不自觉的,但是他的第一愿望和向往本来便是竭力使自己不相信这个梦!)他很少说话,仅仅回答人家的问话,最后则完全缄默不言,坐在那里一直听人家讲话,但显然沉浸在一种享受和满足之中。渐渐地在他自己身上也蓄积起某种类似灵感的东西,准备着一有机会便要勃发……他开始说话完全是偶然的,也是回答别人的问题,而且,似乎完全没有特别的意图。

七

当他怀着喜悦和满足的心情向与N公爵和叶甫盖尼·帕夫洛维奇愉快地交谈的阿格拉娅望得出神的时候,那个上了年纪的英国派头的老爷在另一个角落正兴致勃勃地给达官显贵老头讲什么使他很感兴趣的事,突然他提到了尼古拉·安德列耶维奇·帕夫利谢夫的名字。公爵很快地转向他们这一边,开始听他们讲话。

他们讲的是如今的世道以及某省地主庄园里的混乱情况。英国迷的叙述想必也包含着某些快活的内容,因为最终老头开始对叙述者那种尖酸刻薄的激昂样子感到好笑了。英国迷他有点抱怨地拉长了声调,柔和地重读着元音,从容不迫地叙述着,为什么他被迫(正是被目前的时世所迫)卖掉在某省的一处绝好的庄园,甚至在并不特别需要钱的情况下只卖了个半价,而同时还不得不保留一个面临破产、亏损累累、正为之打官司的庄园,甚至还得为它贴钱。"为了避免为帕夫利谢夫的一块领地再打官司,我索性逃之夭夭。还有一两处这样的遗产,我可要破产了。不过,那边留给我的是三千公顷上好的土地!"

注意到公爵对他们的谈话异常关注,伊万·费奥多罗维奇便突然来到他身旁，轻声对他说："要知道……伊万·彼得罗维奇[1]是已故尼古拉·安德列耶维奇·帕夫利谢夫的亲戚……你不是好像寻找过他的亲戚吗？"在此之前伊万·费奥多罗维奇一直陪着自己的将军上司说话，但他早就发现列夫·尼古拉耶维奇落落寡合的样子，便开始为他感到不安。他想使公爵在一定程度上介入谈话，从而把他第二次展示和介绍给"贵人们"。

"列夫·尼古拉耶维奇在自己父母去世后是尼古拉·安德列伊奇·帕夫利谢夫抚养的。"他乘与伊万·彼得罗维奇目光相遇时插话说。

"非——常——高——兴，"那人说，"我甚至记得很清楚。刚才伊万·费奥多罗维奇介绍我们认识时，我马上就认出您了，甚至是从面相上认出的。说真的，您长相变得很少，虽然我过去看见您时，您还只是个十岁或十一岁的孩子。您的五官有某种东西使人想得起……"

"我小时候您见过我？"公爵异常惊讶地问。

"哦，那已经是很久以前了，"伊万·彼得罗维奇继续说，"在兹拉托维尔霍沃，当时您住在我的表姐妹那里。我过去经常去兹拉托维尔霍沃，您不记得我吗？很可能不记得了……您那时……患什么病，有一次我甚至对您感到很奇怪……"

"一点也记不得了！"公爵急切地承认道。

又作了一番解释。伊万·彼得罗维奇是极为平静的，公爵却激动得惊人。原来，住在兹拉托维尔霍沃庄园里的两位女地主，上了年纪的老姑娘是已故帕夫利谢夫的亲戚，公爵就被托付给她们培养，而她们又是伊万·彼得罗维奇的表姐妹。伊万·彼得罗维奇也像其他人一样，几乎一点也不能解释帕夫利谢夫如此关怀自己的养子小公爵的原因。"当时忘了询问一下这件事，"但毕竟他有卓绝的记忆力，因为他甚至记起了他表姐玛尔法·尼基季什娜对这个小养子有多严厉，"有一次我甚至为教育方

---

[1] 书中人物普季岑也是这个名和父称——伊万·彼得罗维奇。

法跟她吵了一架,因为对一个患病的孩子老是体罚,体罚……这可是……您自己也会同意的……相反,表妹纳塔莉娅·尼基季什娜对病孩却非常温柔……她们俩现在已经住在某省了(只是我不知道,现在是否还活着),"他继续说明着,"在那里她们从帕夫利谢夫那儿得到了一处相当不错的小庄园。玛尔法·尼基季什娜好像想进修道院,不过我不能肯定,也许我听说的是另一个人……对了,不久前听说是大夫的太太要进修道院……"

公爵听完这一切后,眼睛里闪现出欢喜和感动的神情。他异常急切地声称,永远也不能原谅自己,在自己去内地省份的六个月中他竟没有找出机会寻找和探访自己过去的养育者。"我每天都想去,可老是因为各种各样的事务脱不开身……但现在我保证……一定要去……哪怕是在某省……这么说您是了解纳塔莉娅·尼基季什娜的啰?她有一颗多么美好、多么神圣的心灵啊!玛尔法·尼基季什娜也是……请原谅,您好像错怪了玛尔法·尼基季什娜!她是严厉,但是……要知道,对于当时我这么一个白痴(嘻——嘻!)……确实不能不失去耐心。您不会相信,我那时可完全是个白痴(哈——哈!)不过……不过您那时看见过我,而且……请问,我怎么会不记得您?这么说,您……啊,我的上帝,难道您真的是尼古拉·安德列伊奇·帕夫利谢夫的亲戚?"

"我——请——您——相——信。"伊万·彼得罗维奇打量着公爵,莞尔一笑说。

"哦,我可不是因为我……怀疑……才这么说……再说,难道可以怀疑这种事吗?(嘻——嘻!)……哪怕只是怀疑一点点!……也就是说甚至哪怕一点儿也不行!(嘻——嘻!)但我是想说,已故的尼古拉·安德列伊奇·帕夫利谢夫是个非常好的人!一个极为豁达慷慨的人,真的,我请您相信!"

公爵并不是喘不上气来,可以说,是"心里美得噎住了",这是第二天上午阿杰莱达在跟自己的未婚夫Щ公爵谈话时形容的。

"啊，我的天哪！"伊万·彼得罗维奇大笑着说，"为什么我就不能是一个豁达慷慨的人的亲戚呢？"

"啊，我的上帝！"公爵喊了起来。他又窘又急，越来越亢奋。"我……我又说了蠢话，但是……这是必然的，因为我……我……我，不过我又不该说这些！再说怀着这样的兴趣……怀着这么巨大的兴趣……请说，我现在能做什么！而且跟这么豁达慷慨的人相比，——因为，真的，他可是个豁达慷慨的人，不对吗？不对吗？"

公爵甚至全身打颤。为什么他忽然这么惶恐不安？为什么有这种大受感动的狂热？这种狂热完全无缘无故，好像与谈话的内容也丝毫不相适宜——这是很难解答的。他就是这么一种心态，在此刻对某人和某事甚至怀着最热烈和衷心的感激之情，——也许，甚至是对伊万·彼得罗维奇，几乎是对所有的宾客。他是"太幸福了"。终于伊万·彼得罗维奇开始对他仔细打量起来，比原先要专注得多；那位"达官显贵老头"也凝神端详起他来。别洛孔斯卡娅紧闭嘴唇，用一种忿忿的目光盯着公爵。N公爵、叶甫盖尼·帕夫洛维奇、Щ公爵、小姐们全都停止了谈话，听着他讲。阿格拉娅似乎惊恐不已，叶莉扎维塔·普科菲耶夫娜简直害怕极了。这母女们也令人奇怪：是她们事先认为并决定整个晚上公爵最好坐着不开口；但是刚才看见他完全孤零零、怡然自得地待在角落里时，她们又立即不放心起来。亚历山德拉于是想走到他那儿去，她小心翼翼地穿过整个房间，参加到他们那一伙人中去，也就是到在别洛孔斯卡娅旁边的N公爵那一群人中去，而公爵自己刚开始说话，她们便更加惶惶不安。

"说到他是非常好的人，您是对的，"伊万·彼得罗维奇已经不再微笑，威严地说，"是的，是的……这是个很好的人！很好的和可敬的人！"停了一会儿他补充说，"甚至可以说他无愧于受到各种尊敬！"在第三次停顿以后，他更威严地说，"我……我很愉快看到您对他……"

"是不是这个帕夫利谢夫出过一桩……怪事……跟一个天主教神父……跟一个天主教神父……我忘了，是跟哪一个天主教神父，只不过当时大家都议论着什么。""达官显贵"似乎一边回忆一边说。

"跟古罗神父,耶稣会教士!"伊万·彼得罗维奇提醒说,"是啊,这就是我们的非常好的和可敬的人!因为他毕竟是望族,有财产,宫廷高级侍从,如果……继续任职的话……他却忽然抛弃了职务和一切,要改信天主教,做一名耶稣会教徒,而且还几乎是公开的,带着一股狂热。说真的,恰好他死了……是啊,当时大家都在谈论……"

公爵失去自控了。

"帕夫利谢夫……帕夫利谢夫改信天主教?这不可能!"他惊骇地喊了起来。

"嘿,'不可能'!"伊万·彼得罗维奇庄重而又含混不清地说,"这就说得过分了,我亲爱的公爵,您自己也会同意的……不过,您对死者这么敬重……确实,这是个十分善良的人,我认为,古罗这个奸猾之徒之所以能成功,主要的原因也正在于此。但是您应该问问我,问问我,后来为这件事我遭到了多少麻烦和周折……正是跟这个古罗打交道!您想想,"他忽然转向老显贵说,"他们竟然想提出遗产要求,当时我甚至不得不采取最有力的措施……要他们放明白些……因为那都是些老手!惊——人——的老手!但是,上帝保佑,这事发生在莫斯科,我马上去找伯爵,我们终于使他们……明白过来了……"

"您不会相信,您的话使我多么伤心和震惊!"公爵又大声说。

"我很遗憾;但是实际上这一切其实都是微不足道的,而且就像平常那样会以不值一提而告终;我深信这点。去年夏天,"他又转向显贵老头说,"据说,K伯爵夫人在国外也进了某座天主教的修道院;我们有些人一旦受到这些……刁猾之徒……的蛊惑……尤其是在国外,便不知怎么的坚持不住了。"

"我想,这全都是由于我们……疲劳的缘故,"老显贵摆出一副权威的口气懒洋洋地说,"嘿,他们那一套传道的方式……也很讲究,自有特色……还善于吓唬人。1832年在维也纳时也有人吓唬过我,请你们相信,

621

不过我没有受诱惑,从他那里逃跑了,哈——哈!"

"我听说,老爷,您那时是跟美人列维茨卡娅伯爵夫人一起从维也纳逃到巴黎去的,抛弃了自己的职务,而不是逃避耶稣会。"突然别洛孔斯卡娅插嘴说。

"哎,要知道是逃避耶稣会,反正就是逃避耶稣会!"显贵老头因为愉快的回忆而放声笑着,接过话茬说。"您好像是很虔诚的,现在在年轻人中是很少能见到您这样的。"他亲切地转向列夫·尼古拉耶维奇公爵,后者正张大了嘴巴听着,仍然显得非常惊愕;显贵老头显然想进一步了解公爵,出于某些原因他对公爵很感兴趣。

"帕夫利谢夫是个头脑清醒的人,是基督教徒,真诚的基督教徒,"公爵突然说,"他怎么会服从非基督教的……信仰?天主教反正是一种非基督教的信仰!"他忽然补充说。他双眼闪闪有神,望着前面,似乎是扫视着所有在场的人。

"咳,这就过分了。"显贵老头喃喃地说,同时惊讶地看了一眼伊万·费奥多罗维奇。

"天主教怎么是非基督教信仰?"伊万·彼得罗维奇在椅子上转过身来说,"那么是什么信仰?"

"首先是非基督教信仰!"公爵异常激动并又生硬得失去分寸地说,"这是第一;第二,罗马的天主教甚至比无神论还坏,这就是我的意见!是的,这就是我的意见!无神论仅仅是宣传没有上帝,而天主教走得更远:它宣传的是歪曲了的基督,被它诬蔑和凌辱了的基督,是反面的基督!它宣传的是反基督,我向你们起誓,请你们相信!这是我个人早已持有的信念,而它却使我自己深为苦恼……罗马天主教认为,没有全世界的国家政权,教会就站不住脚,并高喊:Non possumus![1]据我看,罗马天主教甚至不是一种信仰,而完全是西罗马帝国的继续,它里面的一切,从信

---

[1] 拉丁语:我们不能!

仰开始,都服从于这一思想。教皇占领了土地、尘世间的王位并拿起了剑;从那时起一切就是这样发展的,只是除了剑还加上了谎言、诡计、欺骗、狂热、迷信、凶恶,他们玩弄人民最神圣、最真实、最纯朴、最炽烈的感情,把一切的一切都拿去换取金钱,换取卑劣的尘世的权力。这难道不是反基督吗?怎么会不从他们那里冒出无神论来呢?无神论就是从他们那里来的,就是从罗马天主教来的!无神论首先是从他们自己开始的:他们是否能自己信仰自己?无神论是从对他们的厌恶中得到加强的!这就是无神论!在我们这儿不信宗教的还只是少数特殊的阶层,刚才叶甫盖尼·帕夫洛维奇说得很好,他们是失去了根的阶层;而在欧洲那边已经有人数多得可怕的人民群众开始不信教了,——起先是由于愚昧无知,由于受谎言的欺骗,而现在已经是出于狂热,出于对教会和基督教的憎恨!"

公爵停下来喘口气。他说得快得不得了,他脸色苍白,气喘吁吁。大家都彼此交换着眼色;但最后显贵老头公然放声大笑了。N公爵掏出带柄眼镜,目不转睛地端详起公爵来。日耳曼血统诗人从角落里走出来,移步走近桌子,露出不祥的微笑。

"您太夸——大——了,"伊万·彼得罗维奇带着一丝苦恼甚至似乎有点不好意思,拖长了声调说,"在那边的教会里也有一些值得尊敬和道德高尚的代表……"

"我绝不是说教会的个别代表,我说的是罗马天主教的实质,我说的是罗马。难道教会会完全消失吗?我从来没有这么说过!"

"我同意,但这一切都是众所周知的,甚至——不需要……这是属于神学……"

"哦,不,哦,不!不光是属于神学,请您相信,不光是!它关系到我们,比您想象的要密切得多。我们还不能看到这件事绝不只是神学,这正是我们的错误所在!要知道某种新的社会思潮也是天主教和天主教本质的产物!它就像它的兄弟无神论一样也来自绝望,在道德意义上是与天主教背道而驰的,它是要取代宗教失去的道德权力,要满足期盼着的人类的精神渴望,不是用基督而是用暴力来拯救他们。这也是一种通过暴力的自由,这也是一种通过剑和血的联合！'不许信奉上帝,不许有个性, fraternité ou la mort[1],两百万颗脑袋！'根据他们的所作所为你们将能了解他们——这点已经说过了！别以为这一切对于我们都是无害的,并不可怕；哦,我们需要反击,而且要尽快、尽快！应该使我们的基督发出光芒给西方以反击！我们保留的基督,他们是不知道的！我们现在应该站在他们面前,而不是盲从地上耶稣会教士的钩,而应该把我们俄罗斯的文明带给他们,但愿我们的人不要说他们的传教方式很讲究,就像刚才谁说的那样……"

"但是对不起,对不起,"伊万·彼得罗维奇万分不安地说,他环顾着周围,甚至开始害怕起来,"所有您的这些想法当然是应该受到赞扬的,它们充满了爱国主义,但是这一切是极为夸大了的……甚至最好还是不对这个……"

"不,没有夸大,不如说是缩小了；恰恰是缩小了,因为我不会表达,但是……"

"对——不——起！"

公爵闭口不说了。他挺直身子坐在椅子上,以火一般的炽热目光一动不动地望着伊万·彼得罗维奇。

"我觉得,您恩人的事已经使您过分受震惊了,"显贵老头亲切而不失平静地指出,"您现在很激昂……也许,是因为孤独的缘故。倘若您多与人们交往,而在上流社会里,我希望,人们将会乐于接待您这么一位优秀的年轻人,那么,当然,您将会使您的激奋平静下来并会看到,所有这一切简单得多……何况,之所以发生……这样一些罕见的事例,据我看,部分地是由于我们的饱食餍足,部分是由于……百无聊赖。"

---

[1] 法语:博爱或死亡。

"正是这样,正是这样,"公爵大声嚷道,"绝妙的思想!正是'由于百无聊赖,由于我们的百无聊赖',不是由于饱食餍足,相反,是由于饥渴……不是由于饱食餍足,这一点您弄错了!不仅仅是由于饥渴,甚至是由于炽热的激情,由于热切的饥渴!而且……而且您别认为这是没什么大不了的,可以一笑了之;请原谅,应该善于预感!我们的人只是到了岸才相信,如果这就是岸,那么就会高兴得马上就要走到最终极限;这是为什么?你们对帕夫利谢夫感到惊讶,你们把一切都归咎于他的疯狂或善良,但并不是这么回事!在这种情况下我们俄罗斯的强烈激情不光使我们、也使整个欧洲惊讶。如果我们这里有人改信天主教,那么他一定会成为耶稣会教徒,而且还是最秘密的;如果有人成为无神论者,那么一定会开始要求用暴力来铲除对上帝的信仰,也就是用剑!这是为什么?为什么一下子这么狂暴?难道你们不知道?这是因为他发现了过去在这里忽略了的祖国,因此十分高兴;他发现了岸、土地,便扑下去吻它!俄国无神论者的产生可并不光是因为虚荣心,可并不全是因为可恶的虚荣感,而是因为精神痛苦,因为精神饥渴,因为向往崇高的事业、怀念坚实的岸、怀念他们原来不再相信的祖国,因为他们从来也没有了解过它!俄国人成为无神论者太容易了,比全世界其他各国人更容易!并且,我们的人不光是做一个无神论者,而且还一定信奉无神论,把它作为一种新的信仰。我们的人的饥渴就是这样的!'谁脚下没有立足点,谁也就没有上帝!'这不是我的话。这是我在旅途中遇到的一个旧派教徒商人说的。说真的,他原话不是这么说的,他说:'谁放弃了故土,谁也就放弃了自己的上帝。'只要想一想,我们一些最有文化教养的人居然也会加入鞭身派……不过,在这种情况下,鞭身派有什么比虚无主义、耶稣会、无神论更不好的呢?甚至,也许还更深刻些!但是可见苦闷达到了什么地步!……为那些饥渴的和饥渴得发狂的哥伦布们去发现'新大陆'之岸吧,为俄国人去发现俄国的'新大陆'吧,让我们去为他们寻找不为他们所知,隐藏在地下的这金矿、这宝库吧!请向他们展示,将来也许唯有俄国的思想、俄国的上帝和基督才能使全人类复活和复兴，你们将会看到，一个多么强大和真实、英明和温顺的巨人将在惊讶的世界面前成长，在惊讶的和恐惧的世界面前成长，因为他们本来期待于我们的就只是剑，剑和暴力，因为他们以己度人，不能想象我们可以没有野蛮。迄今为止就是这样，而且越来越厉害！而且……"

但是这时忽然发生了一件事，因而演说者的话也就极为出人意料地被打断了。

整个这一席激昂的长篇大论，整个这一堆仿佛乱糟糟拥积在一起、一句超越另一句的热烈不安的言辞和激越亢奋的思想，这一切预示着这个显然无缘无故突然谈兴勃发的年轻人正处于某种危险的特殊的心态之中。客厅里在场的人中所有了解公爵的人都提心吊胆地（有的还羞愧地）对他的举动感到惊讶，因为这不符合他往昔的举止，平时他拘谨得甚至羞怯，在一般场合他都表现出少有的和特别的分寸和对上等礼仪的本能的敏感。人们无法理解，为什么会是这样：关于帕夫利谢夫的消息并不是原因。女客们从她们的角落里望着他，把他看作是疯子，而别洛孔斯卡娅后来承认"再过一分钟，她已经想溜之大吉了"。"达官显贵"老头由于最初的惊讶而几乎不知所措；叶潘钦将军的上司在自己的椅子上不满而严厉地望着。上校工程师坐着一动不动。德裔诗人甚至脸色都发白了，但仍然虚假地微笑着望着别人，看人家怎么反应。不过，所有这一切以及整个这件"丑事"，甚至也许只要再过一分钟，就可以以最平常自然的方式得到解决；异常吃惊、但比别人更早醒悟的伊万·费奥多罗维奇已经几次试图去制止公爵，却没有成功，现在他怀着坚定果断的决心朝公爵走去。再过一分钟，如果需要这样做的话，他大概会下决心客客气气地把公爵带走，就借口说他有病，也许，情况确实是这样，伊万·费奥多罗维奇暗自也非常相信是这样……但是事态却以另一种方式发展着。

还在刚走进客厅之初，公爵就尽可能坐得离阿格拉娅用来吓唬他的那只中国花瓶远些。昨天阿格拉娅说了那番话后，他心中扎下了一种难以磨灭的信念,一种令人惊奇的不可能的预感:不论怎么避开这只花瓶,不论怎么避免发生倒霉事,明天他一定还是会打碎它的。能相信这样的事吗?但事情就是这样。在晚会过程中其他一些强烈的,但是新鲜的印象开始涌向他的心灵;我们已经讲过这一点了。他忘了自己的预感。当他听到有人谈到帕夫利谢夫,当伊万·费奥多罗维奇带他过去并再次把他介绍给伊万·彼得罗维奇,他就改坐到靠近桌子的地方,恰恰就坐在那只漂亮的大花瓶旁边的扶手椅上,花瓶摆在台座上,几乎就跟他的胳膊肘平齐,稍稍在后面一点。

在讲到最后几句话时他突然从座位上站起来,不小心地挥了一下手,肩膀不知怎的动了一下,于是……四座惊呼声乍起!花瓶晃了一下,开始似乎犹豫不决:是否要倒到哪位老头的头上,但突然倾向相反的方向,朝刚刚吓得跳开的德裔诗人的方向倒下去,轰的一声掉到地上。这一声巨响,这喊声,撒在地毯上的珍贵的碎片,惊吓,骇异——哦,公爵究竟怎么了,很难说,再说几乎也没有必要去描绘!但是不能不提及正是在这一刻一种奇怪的感觉使他震惊并使他从所有其他模糊奇怪的感觉中一下子有了清晰的意识。最使他惊讶的不是羞耻,不是出丑,不是恐惧,不是意外,而是预言竟然应验了!这个想法中究竟有什么东西令他那么倾注神思,他连对自己也无法解释清楚;他只是感觉到,这一惊觉震撼心扉,他几乎是怀着神秘的惊骇站在那里。还有一瞬间,在他面前仿佛一切都化开去了,代替恐惧的是光明和欢乐,欢喜;他开始喘不过气来,并且……但是这一瞬间过去了。谢天谢地,这不是他担心的那回事!他换了口气,环视着四周。

他似乎好长时间都不理解他周围的闹哄哄的一片慌乱,也就是说,他完全明白也全都看见了,但是却仿佛是个特殊的人那样站着,无论什么都不参与,而且还像童话里的隐身人似的潜入房间,观察那些与他无关、但使他感兴趣的人。他看见有人收拾了那些碎片,听到了说得很快的谈话,看见了苍白的、奇怪地望着他的阿格拉娅,非常奇怪:她的眼中根本

627

没有憎恨,丝毫没有愤怒;她用惊恐但又深含同情的目光望着他,而看别人的目光却炯炯有神……他的心骤然感到一阵甜滋滋的隐痛。最后他奇异地看到,大家又坐下了,甚至还笑着,仿佛什么都没发生过一样!又过了一分钟,笑声变大了:大家已经在望着他笑,望着他那呆若木鸡的傻样,但大家是友好、快活地笑着;许多人又跟他交谈起来,态度非常亲切。为首的便是叶莉扎维塔·普罗科菲耶夫娜:她笑着对他说着什么非常非常善意的话。突然他感觉到,伊万·费奥多罗维奇在拍他的肩膀;伊万·彼得罗维奇也在笑;但是对他更好、更使他喜欢、更使他有好感的是显贵老头;他拿起公爵的手,轻轻握着,又用另一只手掌轻轻拍着,像哄一个受了惊吓的小孩一样劝他镇静下来,这一切使公爵喜欢得不得了,最后,他还让他紧挨着自己坐下。公爵满心喜悦地盯着他的脸,不知为什么仍然说不出话来,喘不过气来;他也非常喜欢老头的脸。

"怎么?"他终于喃喃地说,"你们真的原谅我?还有……您,叶莉扎维塔·普罗科菲耶夫娜?"

笑声更大了;公爵热泪盈眶;他不相信自己,他像中了魔似的。

"当然,花瓶很漂亮。我记得它摆在这里已经有十五年了,是的……十五年了……"伊万·彼得罗维奇说。

"嗨,这算什么倒霉!人都有个完结的时候,而这不过是一只土罐!"叶莉扎维塔·普罗科菲耶夫娜大声说,"列夫·尼古拉耶维奇,难道你真的吓成这样?"她甚至担心地补问道,"得啦,亲爱的,别再怕了;你倒真的吓着我了。"

"您能原谅一切?除了花瓶,还原谅其余的一切?"公爵忽然欲离座起身,但显贵老头马上又拽住了他的手。他不想放开他。

"C'ést très curieux et c'ést très sémeux![1]"他隔着桌子向伊万·彼得罗维奇低语着,不过声音还是够大的;公爵大概能听到。

---

[1] 法语:这事挺有趣,也挺严重!

"这么说我没有得罪你们任何人吧？你们不会相信，想到这一点我是多么幸福；但是事情就应是这样的！难道我会在这里得罪哪一位？如果我这样想一下，我就又会得罪你们了。"

"请放心，我的朋友，这言过其实了。您根本不用这样感激的；这是一种美好的感情，但是过分了。"

"我不是感激你们，我只是……欣赏你们，望着你们，我感到幸福；也许，我说的很蠢，但是我要说，要解释……甚至哪怕是出于对自己的尊重。"

他身上的一切是冲动的、不安定的、狂热的；很可能，他说出来的话常常不是他想说的话。他仿佛是用目光探询着：可以说吗？他的目光落到了别洛孔斯卡娅身上。

"没关系，我的小爷，继续说，继续说，只不过别喘息，"她指出，"刚才你一开始就气急，于是便落到这般地步；而你不用担心说话：这些先生见过比你更古怪的人，你不会使他们吃惊的，你还没有令人费解到只有上帝才知道的地步，只不过打碎了一只花瓶，让大家惊吓一场罢了。"

公爵微笑着听完她说的。

"这不是您，"突然他转向显贵老头说，"这不是您在三个月前救了大学生波德库莫夫和公务员施瓦勃林，使他们免于流放吗？"

显贵老头甚至微微红了脸，低声嘟哝着，要公爵冷静些。

"我还听说过您的事，"他突然又转向伊万·彼得罗维奇说，"在某省已经获得了自由的农民给您惹了许多不愉快的事，他们遭到火灾后，您还白白给他们木材盖房子！"

"咳，这言过其实了。"伊万·彼得罗维奇嘟哝着说，不过他很高兴地摆出一副神气的样子；但这一次他说"这言过其实了"倒完全是真话，这仅仅是传到公爵那儿的不确切的传闻。

"而您，公爵夫人，"他带着粲然的微笑忽然对别洛孔斯卡娅说，"半年前，由于叶莉扎维塔·普罗科菲耶夫娜给您写了信，难道不是您在莫斯科把我当作亲生儿子一样对待?您还真的像对亲生儿子一样给过我一个忠告,使我永不忘怀。您还记得吗?"

"你干吗尽说疯话?"别洛孔斯卡娅烦恼地说,"你是个好心人,也是个可笑的人;给你两个铜板,你就感激不尽,就像救了你命似的。你以为这是恭维,其实令人厌恶。"

她本来已经十分生气了,但忽然又大笑起来,而且这一次是善意的笑。叶莉扎维塔·普罗科菲耶夫娜脸色豁然开朗;伊万·费奥多罗维奇也容光焕发。

"我说过,列夫·尼古拉耶维奇为人……为人……总之,只要他不喘气,正像公爵夫人指出的那样……"将军喃喃说着,他沉醉于欣喜之中,重复着别洛孔斯卡娅所说的令他吃惊的话。

唯有阿格拉娅不知怎么的显得忧伤;但她的脸仍然绯红,或许是因为怒火中烧。

"他真的很可爱。"显贵老头又对伊万·彼得罗维奇低语说。

"我走进这里时带着心中的痛苦,"公爵继续说,始终表现出一种越来越强烈的慌乱,话说得越来越快,越来越古怪和亢奋,"我……我怕你们,也怕自己。最怕的还是自己。在回到彼得堡这里时,我曾对自己许下诺言,一定要见见我们的第一流人物、古老高贵家族的代表,我自己就属于这类家族,并且在其中还是头等家族。现在我不是就跟像我一样的公爵们坐在一起吗?是这样吗?我想了解你们,这是必要的,非常非常必要!……我总是听到说你们的坏话,听到的太多了,比好话要多,说你们的兴趣低级庸俗、片面狭隘,说你们落后,文化低,有许多可笑的习惯,——哦,骂你们、说你们的可多啦!今天我是怀着好奇心,怀着惴惴不安的心情到这里来的,我必须亲自看一看,亲身确认一下:整个这一俄国人的上层是否真的毫不中用了,活到头了,耗尽了自古以来的生命,只能死去,但是出于嫉妒仍然在与未来的……人们进行渺小而无力的斗争,妨碍着他们,却没有发现自己正在死去?我过去就根本不相信这种意见,因为我们这儿从来也没有过最高阶层,除非是宫廷近臣,穿将帅制服的……或者除非碰上机遇者,而现在已经完全消失了,不是这样吗,不是这样吗?"

"咳,这完全不是这么回事。"伊万·彼得罗维奇刻毒地大笑说。

"嘿,又磕起牙来了!"别洛孔斯卡娅忍不住说。

"Laissez le dire[1],他甚至浑身都在打颤。"显贵老头又低声提醒说。

公爵完全失去了自制。

"那么怎么样呢?我看到的是些高雅、忠厚、聪明的人,我看到的是对我这样一个不谙世事的人加以爱抚和耐心听完我说话的长者;我看到的是能理解和宽恕人的人们,是些善良的俄罗斯人,几乎就跟我在那边遇见过的那些善良真诚的人一样,几乎毫不逊色。你们可以推想,我是多么高兴和吃惊!哦,请让我说出来!我听说过许多并且自己也很相信,在上流社会全都是花架子,全都是衰败的形式,而实质却已经消耗殆尽;但是我现在却亲眼看到,我们这里是不可能这样的;这是在别的什么地方,只是不在我们这里,难道你们现在全是耶稣会教徒和骗子吗?我听到,N公爵刚才所说的,难道这不是朴直浑厚、富有灵感的幽默吗?难道这不是真正的厚道吗?难道这样的话能出自心灵和才智都已枯竭的……死人之口吗?难道死人能像你们这样对待我吗?难道这不是材料……可以说明还有未来还有希望吗?难道这样的人会不理解,会落后?"

"再次请求您镇静些,我亲爱的,我们下次再谈这些,我乐于……"显贵老头冷冷一笑说。

伊万·彼得罗维奇咳了一声,在自己的圈椅里转动了一下身子;伊万·费奥多罗维奇也动弹起来,将军上司与显贵老头的夫人交谈起来,他已经对公爵丝毫不加理会;但显贵老头夫人常常留意倾听,还不时对他看上一眼。

---

[1] 法语:让他说吧。

"不，您要知道，最好还是让我说！"公爵带着新的狂热的冲动继续说。他不知怎么的对显贵老头特别信赖，甚至到了推心置腹的地步。"阿格拉娅·伊万诺夫娜昨天不许我今天说话，甚至还举出一些不能谈的话题；她知道，我谈起这些来就变得很可笑！我虚岁二十七，可我知道，我就像小孩一般。我没有权利表达我的思想，我早就说过这一点了；我只在莫斯科跟罗戈任开诚布公谈过……我与他一起读普希金的作品，全都读完了；他过去什么也不知道，连普希金的名字也没听说过……我总是担心自己可笑的模样会损害想法和主要的思想。我不会故作姿态。我装模作样常常适得其反，引人发笑，贬低思想。我也没有分寸感，这是主要的；这甚至是最主要的……我知道，我最好是坐着，保持沉默。当我坚持不开口的时候，甚至显得很有理智，何况我是在好好思量。但是现在我最好还是说话。我之所以要说，是因为您这么和蔼可亲地望着我，您有一张和蔼可亲的脸！昨天我曾向阿格拉娅·伊万诺夫娜许诺：今天整个晚上我将保持沉默。"

"Vraiment？[1]"显贵老头莞尔一笑。

"但我有时想，我这样想是不对的。真诚可是比装模作样更有价值，是这样吗？是这样吗？"

"有时候是这样。"

"我想把一切都解释清楚，一切，一切，一切！哦，是的！您以为我是乌托邦主义者？空想家？哦，不是的，真的，我满脑子都是这么些简单的思想……您不相信？您在微笑？知道吗？我有时是卑鄙的，因为我失去了信仰；刚才我走到这里来的时候想：'咳，我怎么跟他们交谈呢？应该从什么话开始，使他们至少能有所理解？'我曾经多么担心，但最为你们担心，担心得不得了！然而我该担心吗，这种担心不可耻吗？担心无数落后和不怀好意的人对付一个进步的人？我高兴的是，我现在深信，根本不

---

1 法语：难道是这样？

是无数落后和不怀好意的人,而全是活生生的非成品!人家认为我们可笑,这没什么不好意思的,不对吗?要知道这确实如此,我们可笑,轻率,有坏习惯,百无聊赖,不善于看问题,不善于理解问题,我们可全都是这样的人,大家,包括您,我,他们,全都这样!您不会因为我当面对您说您很可笑而感到受了侮辱吧?既然这样,难道您不是非成品吗?知道吗,据我看,有时候当一个可笑的人甚至也不错,还更好;可以更互相宽恕,更彼此容忍;因为总不是一下子全都能理解,总不是一开始就十全十美!要达到尽善尽美,先得有许多东西不理解!要是太快就理解了,那么大概理解得不太好。我对你们说这话,对你们,因为已经有那么多事情你们善于理解了……也有不善于理解的。我现在不为你们担心了;对你们说这些话的是一个涉世不深的人,你们不会生气吧?您在笑,伊万·彼得罗维奇,您认为,我是为那些人担心,我是他们的辩护士,民主派,平等的鼓吹者?"他歇斯底里地笑了起来(他不时会发出短促而激动亢奋的笑声),"我为您担心,为你们大家,为我们大家一起担心。我自己可就是古老家族的公爵,现在跟公爵们坐在一起。我是为了拯救我们大家而说话的,为了我们这个阶层不要一无所知、什么也不明白、责骂一切、输掉一切而白白消失。当可以成为先进的领头的时候,为什么要消失和让位给别人呢?我们将成为先进的阶层,也就会成为领头的阶层。要当头领,就先当仆人。"

他开始挣扎着要从座位上站起来,但显贵老头一直拽住他不放,并且越来越不安地望着他。

"你们听着!我知道光说话不好,最好就做出样子来,最好就开始干……我已经开始了……难道真的可以做一个不幸的人吗?哦,如果我能成为幸福的人,我的痛苦和我的苦难又算得了什么!知道吗?我不明白,怎么能走过树木却不因看到它们而感到幸福?怎么能跟人说话却不因爱他而感到幸福?哦,我只是不善于表达出来……美好的事物比比皆是,甚至最辨认不清的人也能发现它们是美好的!请看看孩子,请看看天上的彩霞,请看看青草长得多好,请看看望着您和爱您的眼睛……"

他早就已经站着说话了。显贵老头已经是惊恐地望着他了。叶莉扎维塔·普罗科菲耶夫娜比别人先猜到是怎么回事,两手一拍,喊了起来:"啊,我的天哪!"阿格拉娅很快地跑到他跟前,赶紧用双手扶住他,接着就恐惧地、因痛苦而脸色大变地听到了这个不幸的人发出的一声能"震撼和征服魔鬼"的狂叫,病人躺倒在地毯上。有人急忙把一只靠垫枕到他的头下。

这是谁也没有料到的,过了一刻钟N公爵、叶甫盖尼·帕夫洛维奇、显贵老头试图再使晚会活跃起来,但又过了半小时大家已经分手告别了,说了许多表示同情和难过的话,也发表了一些意见。伊万·彼得罗维奇顺便说:"年轻人是个斯拉——夫——主义者,或者是这一类的人,不过,这没有什么危险。"显贵老头什么也没说。确实,后来,第二天和第三天,大家有点生气;伊万·彼得罗维奇甚至抱怨了,但并不厉害。将军上司一度对伊万·费奥多罗维奇有些冷淡。他家的"保护人"——达官显贵老头也对一家之主慢腾腾地说了些训话,同时诡谲地表示对阿格拉娅的命运非常非常关切。他确实是个比较和善的人,但是在晚会上他对公爵感到好奇的原因之一却是公爵与纳斯塔西娅·费利帕夫娜的往事;关于这段往事他也听到过一点,甚至很感兴趣,竟还想问问清楚。

别洛孔斯卡娅离开晚会、临行时对叶莉扎维塔·普罗科菲耶夫娜说:

"怎么说呢,又好又不好,如果想知道我的意见,那么不好更多些,你自己也看到了,他是个什么人,是个病人!"

叶莉扎维塔·普罗科菲耶夫娜暗自做了最后的决定,公爵"不可能"当她女婿,夜间她向自己发下誓言:"只要我还活着,公爵就不能做我的阿格拉娅的丈夫。"早晨起床时她也是这么想的。但还是那天上午[1],十二点多用早餐的时候,她又陷于令人惊奇的自相矛盾之中。

---

[1] 俄罗斯人对一天中时间段的划分比较模糊,而且常常因人而异。

阿格拉娅在回答姐姐们提出的一个其实是异常谨慎的问题时，忽然傲慢而冷冷地断然说：

"我从来也没有给过他任何允诺，一生中从来也没有把他看作是我的未婚夫。他像任何其他人一样是个与我毫不相干的人。"

叶莉扎维塔·普罗科菲耶夫娜忽然怒气勃发。

"我没有料到你会说这样的话，"她痛心地说，"他是不能当未婚夫，我知道，谢天谢地，这一点是一致的，但是我没有料到你会说这样的话！我原以为你会说别的话！我会把所有昨天来的人都赶走而留下他，他就是这么一个人！……"

她忽然一下子停住了口，被自己所说的话吓住了。但是假若她知道此刻她对女儿是多么不公正就好了！阿格拉娅头脑里一切都已经决定了；她也在等待该决定一切的时刻，任何暗示，任何不经心的触动都会深深地刺伤她，令她痛苦心碎。

八

对于公爵来说这个早晨是在沉重的预感的影响下开始的；这些预感可以用他的病态来解释，但是他莫名的忧伤太深了，这对他来说是最痛苦不过了。确实，呈现在他面前的是鲜明的、沉重的和令人难受的事实，但是他的忧郁远胜于他所能想起和想象到的一切。他明白，他一个人是无法使自己平静的。渐渐地在他心中滋生出一种期待，今天于他一定会发生什么特别的，决定性的事。昨天他发病是属较轻的发作，除了忧郁、头脑有些发沉和肢体疼痛外，他没有觉得有任何别的不舒服。他的头脑相当清晰，尽管心灵是痛苦的。他很迟才起床，马上就明白地想起了昨天的晚会；虽然并不完全清楚，但毕竟想起了在他发病后过了半小时把他送回了家。他获悉，叶潘钦家已经差人到他这儿来过，探询他的身体状况，十一点半又差人来过；这使他感到很高兴，最早来探望和侍候他的人中还有维拉·列别杰娃。最初她一看见他便突然哭了起来，但是当公爵立即使她平静下来后，她便开怀大笑了，这个姑娘对他的强烈同情不知怎么的突然使他很是吃惊。他抓起她的手吻了一下。维拉脸上一下子飞起了红晕。

"啊，您这是干什么，您这是干什么！"她惊惧地喊了起来，急忙抽回了自己的手。

她在一种奇怪的窘态中很快就离去了。不过她告诉了公爵,她父亲今天天刚亮就跑到被他称为"死者"的将军那里去了,想了解夜间他是否死了,听人家说大概快要死了。十一点多,列别杰夫自己到公爵家里来,但是,说实在的,"只来一会儿,了解一下贵体如何"等等,此外也是为了光顾一下"小酒柜"。除了唉声叹气他什么事也没有,因此公爵很快便让他走了,但是他毕竟还是试着打听了一下公爵昨天发病的情况,虽然看得出,他对此事已经知道得颇为详尽了。在他后面来的是科利亚,也是一会儿;他确实很仓促,强烈地惶恐不安和阴沉忧郁。他一开始就直截了当和坚决地请求公爵把对他隐瞒的一切有关将军的情况讲清楚,并且说昨天他已经差不多全知道了。他被强烈而深深地震惊了。

公爵尽自己所能以极大的同情叙述了有关将军的整个事情的来龙去脉,十分确凿地复述了事实,可怜的男孩如遭五雷轰顶,惊呆了。他一句话也说不出来,默默地哭了起来。公爵觉得,这样的印象是会永远留在记忆中的,并将成为这个少年一生中的转折点。他急忙向他表达了自己对事情的看法,并补充说,在他看来,老人的死也许主要是因为犯了这样的过错以后留在他心间的恐惧造成的,并不是所有的人都能有这种感觉的。科利亚听完公爵的话,眼睛炯炯有光。

"不中用的加尼卡、瓦里娅和普季岑!我不会跟他们吵架,但是从此刻起我与他们各走各的路!啊,公爵,从昨天起我感知了许多新东西;这是我的教训!我认为现在母亲也应由我来赡养,虽然她在瓦里娅那里也是有保障的,但这毕竟不是办法……"

他想起家里正在等他,便跳起身,匆匆问了一下公爵的身体状况,听完回答后,突然急急地补充说:

"有没有别的什么情况?我听说昨天……(不过,我没有权利知道。)但是,如果什么时候和什么地方用得着忠实的仆人,那么这个仆人就在您面前。好像我们俩都不怎么走运,是这样吗?但是……我不问了,不问了……"

他走了,而公爵更陷于沉思中:大家都在预言将有不幸,大家已经做了结论,大家都在望着,似乎他们知道了什么他所不知道的事情。列别杰夫向他探询,科利亚直接在暗示,维拉则哭泣。最后,他懊丧地挥了一下手:"该死的疑心病!"他这么想道。一点多钟时,当他看见叶潘钦家的人进来探望他,"待了一会儿",这时他的脸色才开朗起来。这些人确实是来了一会儿。叶莉扎维塔·普罗科菲耶夫娜用过早餐后站起身宣布,大家现在去散步,大家一起去。这一通知是以命令的形式下达的,简短生硬、刻板冷淡,不加说明。大家走了出来,也就是妈妈、三位小姐、Щ公爵,而叶莉扎维塔·普罗科菲耶夫娜径直朝每天走的相反方向走去。大家都明白是怎么回事,也都不吭声,怕惹恼了妈妈,而她像是要躲避指责和反对似的,头也不回地走在大家前面。阿杰莱达终于说,散步用不着走这么快,叫人都赶不上妈妈。

"听着,"突然叶莉扎维塔·普罗科菲耶夫娜转过身来说,"现在我们就要从他门前经过。无论阿格拉娅怎么想,也不论以后会发生什么情况,他对我们来说不是陌生人,加上现在他又在不幸之中,而且有病在身,至少我是要去看他的,谁愿意跟我去的就去,谁不愿意的——就从旁边经过,没人挡路。"

自然大家都进去了。公爵理所当然地急于为昨天打碎了花瓶和……出丑再次请求原谅。

"算了,这没有什么,"叶莉扎维塔·普罗科菲耶夫娜回答说,"花瓶倒不可惜,可惜的是你。看来,现在你自己也承认是出丑了:'第二天早晨……'到底不一样,但是这也没关系,因为所有的人现在都看见了,对你是不好追究什么的。不过,好了,再见了,如果体力能行,就散一会儿步,然后再睡觉,这是我的忠告。如果你忽然想要来,那就还像过去那样来吧;你要永远相信,不论发生过什么事,不论出了什么事,你仍然是我家的朋友,至少是我的朋友。起码我能为自己担保……"

大家都对这一提议做出了反应,表示他们和妈妈的感情是一样的。他们说了这些亲切的鼓励话后就走了,在这种不加掩饰的仓促中隐藏着连叶莉扎维塔·普罗科菲耶夫娜自己也没有意识到的许多冷酷的东西。在"像过去那样来"的邀请中,在"至少是我的朋友"这句话中,又流露出某种预示。公爵开始回想阿格拉娅的态度。确实,在她进来和告别时,她都曾令人惊讶地对他嫣然一笑,但是她没有说一句话,甚至在大家表白对他的友情时,她也没有开口,虽然有两次凝神朝他看了一眼。她的脸色比平时苍白,仿佛她夜里睡得不好。公爵决定"像过去一样"晚上一定到他们家去,并且焦躁地看了一下表。叶潘钦家的人走后过了三分钟,维拉走了进来。

"列夫·尼古拉耶维奇,阿格拉娅·伊万诺夫娜刚才悄悄地让我转告您一句话。"

公爵不禁打起颤来。

"是便条?"

"不是,是口头说的;连这也勉强来得及说。她十分请求您今天一整天一刻也不要出去,直到晚上七点或者甚至是九点,我当时听得不太清楚。"

"可是……这样做是为什么呢?这是什么意思?"

"我一点也不知道,只是嘱咐一定得转告。"

"她真是这么说'一定'的吗?"

"没有,她没直接说,因为就一转身的工夫,她刚来得及说完话,幸亏我自己跑近前去。但是从脸上看得出来,她的请求是否像命令似的坚决。她望着我的样子,使我的心都几乎停跳了……"

又问了几个问题,虽然公爵再也没有了解到更多的情况,然而他却更加惶惶不安起来。剩下他一人时,他躺到沙发上,又开始思忖,"也许,谁将在他们家,要待到九点,而她又在为我担心,别在客人面前又闹出什么事来。"他最后想通了,于是又开始不耐烦地等着晚上降临和不时地看表,但是随之而来的谜底比晚上来得早得多。谜底也是通过新的来访揭开的,谜底又伴随着折磨人的新谜:叶潘钦家的人走后半小时,伊波利特到他这儿来了。他疲惫不堪,走进来一句话也不说,像失去知觉似的一头倒到圈椅里,一刹那间便陷入难以忍受的剧烈咳嗽之中,直至咳出血来。他目光闪闪发亮,两颊上升起红晕。公爵对他低声说了些什么,但是他没有回答,而且好久都不回话,只是不停地摆手,要别人暂时别打扰他。最后他才恢复过来。

"我要走了!"终于他用沙哑的嗓子勉强说道。

"您愿意的话,我送您到家。"公爵从座位上欠起身说,但又停住了,因为想起刚才不许他走出家门的禁令。

伊波利特笑了起来。

"我不是从您这里走,"他不停地喘气和痉挛似的咳着说,"相反,我认为有必要到您这儿来,有事情……否则就不会来打扰了。我要到那里去了,这一次好像是真格的了。完蛋了!我不是为了得到同情,请相信……今天我从十点钟起就已经躺下了。已经根本不打算再起来了,直到那个时候,但是又改变了主意,又起来了,到您这儿来……看来,是有此必要的。"

"瞧您这副样子真可怜;您该差人来叫我,总比自己挣扎着来好。"

"好了,够了。您表示了怜惜,也就是说,对于上流社会的礼仪来说也足够了……对了,我忘了问,您身体怎样?"

"我很好,昨天曾经……不太……"

"我听说了,听说了。中国花瓶倒了霉。遗憾的是我不在!我到您这儿来有事。首先,今天我有幸见到加夫里拉·阿尔达利翁诺维奇跟阿格拉娅·伊万诺夫娜在约会,在绿色长椅那儿。使我惊讶的是,一个人的傻样可以达到何等地步。在加夫里拉·阿尔达利翁诺维奇走开以后我向阿格拉娅·伊万诺夫娜本人指出了这一点……您好像丝毫也不感到惊奇,公爵,"他不信任地望着公爵平静的脸,补充说,"据说,对什么都不觉得惊奇是大智的表现,据我看,这同样地也可以是大愚的表现……不过,我不是影射您,对不起……今天我的用语表达很不顺当。"

"还是在昨天我就知道加夫里拉·阿尔达利翁诺维奇……"公爵停住不说了,显然他是不好意思再说了,因为伊波利特就那样也已经为他并不惊讶而感到懊丧了。

"您已经知道了!这真是新闻!不过,看来还是不用讲了……那您今天有没有见到他们的约会?"

"既然您自己在那里,您不看见了,我没在场。"

"算了,也许您是蹲在什么地方的灌木丛后面。不过,无论如何我很高兴,自然是为您高兴,不然我还以为,加夫里拉·阿尔达利翁诺维奇得到了青睐!"

"我请您别跟我谈这件事,伊波利特,别用这样的词语。"

"因为您已经全都知道了。"

"您错了,我几乎什么也不知道,而且阿格拉娅·伊万诺夫娜也一定知道,我一无所知,我甚至连这约会也丝毫未闻……您说,曾经有过约会?算了,好吧,我们不谈这个……"

"这是怎么回事?一会儿知道,一会儿又不知道了!您说,'好了,我们不谈这个'?嘿,不,您别这么轻信!要是您不知道,那么您就尤其不要这样。您之所以轻信,就因为您不知道。您是否知道这兄妹俩有什么盘算?也许,您在怀疑这一点?……好,好,我不说……"他注意到公爵不耐烦的手势,补充说,"但我来是为了自己的事,我想对这件事……做个解释。真见鬼,无论如何不能不做解释就死去,我现在要讲的话多得不得了,您愿意听完吗?"

"说吧,我听着。"

"不过,我又改变主意了:我还是从加尼奇卡说起吧;您能想象到吗,今天她也约我到绿色长椅那儿去。不过,我不想撒谎:是我自己坚决要求约会的,我再三要求,许诺要揭示一个秘密。我不知道,我到得是否太早(好像,确实是早到了),但我刚刚在阿格拉娅·伊万诺夫娜身旁坐下,便看到加夫里拉·阿尔达利翁诺维奇和瓦尔瓦拉·阿尔达利翁诺夫娜出现了,他们俩挽着手,像是散步似的。两人遇见我,似乎非常吃惊;他们没有料到我在,甚至显得很局促不安。阿格拉娅·伊万诺夫娜一下子脸涨得绯红,信不信由您,她甚至有点不知所措,是由于我在场呢,还是就只是由于看见了加夫里拉·阿尔达利翁诺维奇,因为他实在太漂亮了,但她仅仅是满脸通红,一秒钟内她就了结了事情,很可笑:她欠了欠身作为对加夫里拉·阿尔达利翁诺维奇的鞠躬和对瓦尔瓦拉·阿尔达利翁诺夫娜献媚的微笑的答礼,接着一下子断然说:'我只是为了向你们表示,对你们的真挚友好的感情我个人感到欣慰,如果将来我需要这种感情,那么请相信……'说到这里她避开了,他们俩也就走了,我不知道,他们是稀里糊涂呢,还是洋洋得意。加尼奇卡当然是稀里糊涂,他什么也辨不出来,脸红得像只虾(他脸上的表情有时令人惊讶!),但瓦尔瓦拉·阿尔达利翁诺夫娜似乎明白了,应该尽快走开,再说从阿格拉娅·伊万诺夫娜嘴里得到这样的话已经足够了,她就拖开了兄长。她比他聪明,我深信,现在他正得意呢;而我去是要跟阿格拉娅·伊万诺夫娜谈一谈,商定与纳斯塔西娅·费利帕夫娜见面的事。"

"跟纳斯塔西娅·费利帕夫娜!"公爵喊了起来。

"啊哈!看来,您失去冷静、开始惊讶了。我很高兴能看到,您愿意像一个常人那样。为此我要让您开开心。今天我挨了她阿格拉娅一记耳光,这就是为有高贵心灵的年轻小姐效劳的结果!"

"精神上的耳光?"公爵有点不由自主地问道。

"是的,不是肉体上的,我觉得,无论是谁都抬不起手来打我这样的人,即使是女人现在也不会打,甚至加尼亚也不会打!虽然昨天我一度这样想过,以为他会向我猛扑过来……我敢打赌,我知道您现在在想什么!您在想:'假定说,打他是不应该,但可以趁他睡着时用枕头或湿抹布把他闷死,甚至是应该这样做的……'您的脸上写着,此刻您想的是这个。"

"我从来都没有这样想过!"公爵厌恶地说。

"我不知道,今天夜里我做了个梦,梦见一个人……用湿抹布闷死了我……好了,我告诉您是谁:您想象一下——是罗戈任!您认为,用湿抹布能闷死人吗?"

"我不知道。"

"我听说是能闷死人的。好,我们不谈这个。嘿,凭什么我是个搬弄是非的人?凭什么阿格拉娅她今天骂我是搬弄是非的人?请注意,那已经是在她听完了最后一句话并且还问了一些问题后说的……但女人就是这样的!为了她我才与罗戈任有来往,这倒是个有意思的人;为了她的利益我才为她安排与纳斯塔西娅·费利帕夫娜个人的约会。莫非是因为我影射她乐于受用纳斯塔西娅·费利帕夫娜的'残羹剩饭',伤了她的自尊心?其实我一直对她讲这个道理也是为了她的利益,我不抵赖,我给她写过两封这类内容的信,今天是第三次,是会面……刚才我是这样开始对她说的,我认为这对她来说是有损尊严的……再说'残羹剩饭'这个字眼也不是我自己想出来的,是别人说的,至少加尼奇卡家里大家都这么说;她自己也是承认的。嘿,那又为什么她要骂我是搬弄是非的人?我看出来了,看出来了,您现在望着我,这副样子可笑极了,我敢打赌,您正在用两句愚蠢的诗句来比喻我:

> 也许,在我哀伤的临终时刻,
> 爱情将会闪露出告别的微笑。"

"哈——哈——哈……"突然他发出一阵歇斯底里的笑声并且咳嗽起来。"请注意,"他夹着咳嗽嘶哑地说,"加尼奇卡是什么东西;是他说的'残羹剩饭',可现在自己倒想从中捞一把什么!"

公爵好久都没有说话,他惊骇不已。

"您说的是与纳斯塔西娅·费利帕夫娜会面?"他终于喃喃地说。

643

"哎，难道您真的不知道，今天阿格拉娅·伊万诺夫娜将与纳斯塔西娅·费利帕夫娜会面。为此纳斯塔西娅·费利帕夫娜特地从彼得堡赶来，是阿格拉娅·伊万诺夫娜通过罗戈任邀请的，再加上我的斡旋，现在她与罗戈任一起住在离您完全不远的地方，还是过去那幢房子，在达里娅·阿列克谢耶夫娜那里……这是她的女友，一位身份颇为可疑的太太。阿格拉娅·伊万诺夫娜今天就要到这家可疑的人家去，跟纳斯塔西娅·费利帕夫娜进行一场友好的谈话来解决各种问题。她们想做做'算术题'，弄明白事理。您不知道吗？您这'不知道'是实话？"

"这难以置信！"

"既然难以置信，那就算了，好吧；不过您又怎么知道这不可信呢？要是可信呢？在这里哪怕飞过一只苍蝇，也就已经众所周知了：这个小地方就是这样的！但是我已经预先通知过您了，我可以得到您的感激了。好了，再见——大概要在阴间了。还有一件事：我虽然对您做了卑鄙的事，因为……我何必要失去自己想要的东西呢？请想想，难道会为了使您得到好处吗？要知道我的'解释'是献给她的（您不知道这点吗？），而且她是怎么接受的呀！嘻——嘻！但是我对她没有做过卑鄙的事，我没有任何对不起她的地方；她却羞辱了我，使我陷入窘境……不过，我也丝毫没有对不起您；要说刚才提到'残羹剩饭'这类话，那么现在我已告诉您会面的日子、钟点和地址，揭开了整个这场游戏的秘密……当然，是出于烦恼，而不是大度。告辞了，我，作为一个结巴的人和肺病患者，真是太饶舌了；看着点，采取措施吧，要尽快，如果您配得上称作人的话。会面是在今天晚上，这是确切的。"

伊波利特朝门口走去，但公爵喊了他一声，于是他在门口停下了。

"这么说，阿格拉娅·伊万诺夫娜，照您说的，今天要亲自去见纳斯塔西娅·费利帕夫娜？"公爵问。他的脸颊上、额头上现出了红晕。

"确切的我也不知道，但是想必是这样，"伊波利特半回过头来作答，"不过也不可能是别的。总不见得纳斯塔西娅·费利帕夫娜到她那儿去吧,再说也不会是在加尼奇卡那里,他那里几乎有个死人躺着。将军情况怎么样了?"

"光凭这一点就不可能!"公爵反驳说,"即使阿格拉娅·伊万诺夫娜愿意,她又怎么走得出来?您不知道……这家人家的规矩:她不能一个人去纳斯塔西娅·费利帕夫娜那儿;这是荒唐的!"

"要知道,公爵:好端端谁也不会从窗户里跳出来,可是一发生火灾,那么,大概最上流的绅士和最上流的女士也会从窗户里跳出来的。如果有必要,又没有别的办法,我们的小姐就会去见纳斯塔西娅·费利帕夫娜的。难道那里不准她们即我们的小姐到任何地方去吗?"

"不,我说的不是这回事……"

"啊,不是这回事,那么她只要一下台阶就可以直接去,而在那里哪怕不回家也可以。有这样的情况,有时可以把船烧掉,甚至可以不回家:生活不光是由早餐、午餐、Ш公爵组成的。我觉得,您只是把阿格拉娅·伊万诺夫娜看作是小姐或者寄宿学校的女生;我已经对她说过这一点,她好像也表示同意。您就等到七点或八点……我要是处于您的地位就派个人到那里去守着,让他抓住她从台阶上下来的那一刻。嗯,哪怕是派科利亚去;他会乐于当密探的,请相信,这是为您当探子……因为这一切都关系到……哈……哈!"

伊波利特走出去了。公爵没有必要请谁去当密探,即使他做得出这种事。阿格拉娅命令他坐在家里,现在差不多可以得到解释了:也许,她要来找他。也许,真的,她恰恰不想让他到那里去,所以才嘱咐他在家里待着……可能就是这样。他的头晕了,整个房间都在打转。他躺到沙发上,闭上了眼睛。

这样还是那样,事情到了决定性的最后关头。不,公爵并没有把阿格拉娅看作小姐或者寄宿学校的女生;他现在感到,他早就已经担心的正是这一类事;但是她想见纳斯塔西娅·费利帕夫娜为了什么目的呢?阵阵寒颤滚过他的全身;他又发热病了。

不，他不认为她是个孩子！近来她的有些看法，有些言论使他惊骇。有时候他觉得她似乎太隐忍，太克制自己了，他想起来，正是这点使他害怕。确实，这些日子中他竭力不去想这一点，驱赶这些令人苦恼的想法，但是在这颗心灵中隐藏着什么呢？这个问题早就在折磨着他，虽然他相信这颗心灵。而所有这一切今天应该得到解决，也应该显露出来。真是个可怕的念头！还有又是"这个女人"！为什么他总是觉得，这个女人恰恰是在最后关头出场并像扯断一根腐朽的烂线似的把他的命运扯得粉碎？他总是感觉到这一点，并且现在愿意为此而起誓，虽然他几乎处于半昏迷状态之中。如果近来他竭力要忘掉她，那唯一的原因是他怕她。这到底是怎么回事：他是爱这个女人还是恨这个女人？今天他一次也没有向自己提过这个问题；在这一点上他的良心是清白的；他知道他爱的是谁……与其说他怕她们俩的会面，怕这次会面的蹊跷和他所不了解的原因，怕这次会面会有什么结果，不如说他怕纳斯塔西娅·费利帕夫娜本人。后来,过了几天,他回想起,在害热病的那些小时内,他眼前总是浮现出她的眼睛、她的目光,他耳际总是回响着她的话语——一些奇怪的话语,虽然在发热病和苦闷烦恼的那些小时过后留在他记忆中的这些话语已所剩无几。比方说,他勉强还记得的是,维拉给他送来午餐,他吃了,但是不记得午餐后是否睡了觉。他只知道,这天傍晚他能完全清楚地分辨一切是从七点一刻开始的。当时阿格拉娅走进门后朝他露台上走来,他从沙发上跳起来,走到房间中央迎接她。阿格拉娅是单身一人,穿得很简单,似乎匆忙中穿了件肥袖薄大衣。她脸色跟不久前一样苍白,而眼中闪耀着明亮而冷淡的光芒,她眼睛的这种表情,他从来也未见过。她凝神打量着他。

"您完全准备好了，"她轻轻说，似乎很平静，"穿好了衣服，帽子拿在手中；看来有人预先告诉您了，而且我知道是谁：伊波利特？"

"是的,他告诉我了……"公爵几乎半死不活地嘟哝说。

"我们走吧：您知道，您一定得陪我去。我想，出去一趟，您体力还行吗?"

"我行,但是……难道这可能吗?"

一瞬间他中断了话语,而且已经再也说不出什么来。这是他想阻止失去理智的阿格拉娅的唯一尝试,而接着他自己就像个俘虏似的跟在她后面走了。不管他的思绪有多混乱,他毕竟明白,没有他,她也依然要到那里去的,因而,他无论如何是应该跟着她去的。他看得出她的决心有多大,非是他能阻止得了这种狂烈的冲动的。他们默默地走着,一路上几乎没有说一句话,他只是发觉了,她很熟悉路,他本来曾想绕道走一条远一些的小巷,因为那条路行人较少,于是便向她提议,她似乎集中注意听完了他的话,生硬地说:"反正一样!"当他们几乎已经走近达里娅·阿列克谢耶夫娜的房子跟前时(那是一幢旧的大木屋),从台阶上走下来一位浓妆艳抹的太太和一位年轻的小姐;两人坐进了在台阶旁等着的一辆华丽的马车,她们大声谈笑着,甚至没朝走到跟前的人瞥上一眼,就像没有发现他们一样。马车刚刚驶离,门立即又一次打开了,等候在那里的罗戈任放公爵和阿格拉娅进去后,便在他们身后关上了门。

"整幢房子里现在除了我们四人没有别的人。"他出声说道,并奇怪地望了公爵一眼。

纳斯塔西娅·费利帕夫娜在第一个房间里等待着,她也穿得相当简朴,一身黑衣服。她起身相迎,但不露笑容,甚至没有把手递给公爵。

她那专注、不安的目光急不可耐地盯着阿格拉娅。她们俩彼此坐得稍远些,阿格拉娅坐在房间角落的沙发上,纳斯塔西娅·费利帕夫娜则坐在窗口。公爵和罗戈任没有坐下来,也没有请他们坐下,公爵困惑而又痛苦地又看了一眼罗戈任,但后者依然像先前那样微笑着。沉默又延续了一会儿。

一种不祥的感觉终于掠过纳斯塔西娅·费利帕夫娜的脸;她的目光变得执拗、坚定、几乎充满憎恨,一刻也不离女客人,阿格拉娅显然很窘困,但并不畏怯,进来时她勉强向自己的对手瞥了一眼,此后就一直垂眼坐着,仿佛陷于沉思一般。有两次似乎无意地扫视了一下房间,她的脸上明显地流露出厌恶的神色,犹如怕在这里玷污了自己似的。她下意识地整理着自己的衣服,甚至有一次还变换了一下座位,移向沙发的角落。她自己也未必意识到自己做了这些动作;但是这种无意识更加深了她们之间的怨恨。最后她坚定地逼视着纳斯塔西娅·费利帕夫娜的眼睛,并且立即明白了她的对手那愤恨的目光中闪露出来的一切。女人理解女人。阿格拉娅战栗了一下。

"您当然知道,为什么我把您从彼得堡请来。"终于她开口说,但说得很轻,甚至在说这短短的句子的过程中还停顿了两次。

"不,我一点也不知道。"纳斯塔西娅·费利帕夫娜冷淡而生硬地回答说。

阿格拉娅脸红了。也许,她忽然觉得,此刻她与这个女人一起坐着,待在"这个女人"的屋子里,并且需要得到她的回答,这简直怪诞万分和不可思议。在听到纳斯塔西娅·费利帕夫娜最初的声音时似乎一阵战栗传遍了全身。这一切当然都被"这个女人"清楚地看在眼里。

"您全都明白……但是您在佯装仿佛不明白。"阿格拉娅阴郁地望着地面,几乎是低语着说。

"这可是为什么?"纳斯塔西娅·费利帕夫娜淡淡一笑。

"您想利用我的处境……我在您家里。"阿格拉娅可笑而笨拙地继续说。

"造成这种处境应归咎于您,而不是我!"纳斯塔西娅·费利帕夫娜突然发起火来,"不是我请您来,而是您请我来的,到目前为止我还不知道为什么。"

阿格拉娅傲慢地抬起了头。

"住您的口,我来可不是用您的这种武器与您较量……"

"啊!这么说,您毕竟是来'较量'的?可是,您瞧,我本来以为您……更机敏些……"

两人一个望着另一个,已经不掩饰各自的怨恨。而其中一个女人正是不久前还给另一个写过那样的信。现在一见面刚说上几句话,一切便成为过去了。那又怎么样?此刻,在这房间里的四个人似乎谁也不认为这有什么奇怪的。公爵昨天还不相信可能会见到这种情景,甚至梦见也不可能,而现在他站在那里看着和听着,却仿佛这一切他早就已经预感到了。最不可能实现的梦一下子变成了最鲜明、最清晰的现实。这两个女人中的一个此刻蔑视另一个已经到了这样的程度,并且想要对对方说出这一点的愿望强烈到了这样的程度(也许,她来此处的目的就仅仅是为了这一点——第二天罗戈任这么说),以至于理智紊乱、心灵痛苦的另一个女人无论举止多么荒诞不经,无论事先拿定什么主意,面对其对手如此刻毒的纯粹是女人的蔑视,她也坚持不住。公爵深信,纳斯塔西娅·费利帕夫娜自己不会谈起写信的事;从她那炯炯的目光中,公爵猜得到,这些信现在对她来说有多大的代价,而他愿意献出半条生命,只要现在阿格拉娅也不提起这些信件。

但是阿格拉娅一下子似乎压住了自己的情绪,控制住了自己。

"您理解错了,"她说,"我不是来跟您……吵架的,尽管我不喜欢您。我……我到您这儿来……说几句有人心的话,我请您来时就已经决定要对您说些什么话,即使您完全不理解我,我也不放弃自己的决定。您不理解我,这对您更不好,而不是对我。我想对您给我写的信做答复,而且当面答复,因为我觉得这样比较方便。请听完我对您所有来信的答复:从我第一次认识公爵那天起以及后来知道在您的晚会上发生的一切后,我就很怜惜他。我之所以怜惜他,是因为他是个非常纯朴的人,而且单纯得相信自己跟……这样性格的……女人在一起……会有幸福。我为他担心的事果然发生了:您不可能爱他,折磨了他就把他甩了。您之所以不可能爱他是因为您太高傲了……不,不是高傲,我说错了,是因为您很虚荣……甚至也不是这个原因,而是您自尊到了……疯狂的地步,您给我的信便是证明。您不可能爱他这么一个单纯的人,甚至可能还暗自蔑视他、嘲笑他，您能爱的只是自己的耻辱以及您无休止地想到自己是被玷污的和被侮辱的人的念头。您要是少一点耻辱或者根本没有耻辱，您就会更加不幸……（阿格拉娅痛快地说出了这些过分急于蹦出来的话。在做梦也想象不到的这样的会面之前，她已经准备了和考虑好了这些话。此刻她用刻毒的眼光注视着这些话在纳斯塔西娅·费利帕夫娜那激动得变了样的脸上产生的效果。）您记得吗，"她继续说，"当时他给我写过一封信，他说，您知道甚至还看过这封信？根据这封信我全明白了，而且我理解得很对；不久前他自己向我肯定了这一点，也就是我现在向您说的一切，甚至一字不差。在那封信后我开始等待。我猜到了，您一定会到这里来的，因为您不能没有彼得堡：对于过外省生活来说，您还太年轻，太漂亮……不过，这也不是我的话。"她添上这句话时脸红得厉害，而且从这时起红晕一直未曾从她脸上褪去，直至把话说完。"当我又看见公爵时，我为他感到莫大的痛苦和冤屈。您别笑；如果您要笑，那么您就不配理解这一点……"

"您看见了，我没有笑。"纳斯塔西娅·费利帕夫娜忧郁而严峻地说。

"不过，我反正无所谓，随您笑吧。当我开始亲自询问他时，他对我说，他早已不爱您了，甚至想起您他便觉得痛苦，但是他又怜惜您，当他想起您的时候，他的心就如'永远被刺痛了'一样。我还应该对您说，我一生中没有遇到过一个人像他这样高尚纯朴而又无限轻信。从他的话中我领悟到，任何想要欺骗他的人都可以欺骗他，无论是谁欺骗了他，事后他总是宽恕人家，就为这点我才爱上了他……"

阿格拉娅刹那间停住不说了，似乎是吃惊，似乎是自己也不相信，她竟会说出这样的话来；但同时在她的目光中闪现出几乎是无穷的自豪，好像她现在已经无所谓了，甚至哪怕是"这个女人"立即对这句脱口而出的自供笑起来也罢。

"我已经对您说了一切，当然，现在您总明白了，我想从您这儿听到什么。"

"也许是明白了，但是请您自己说出来吧。"纳斯塔西娅·费利帕夫娜轻轻地回答。

阿格拉娅怒形于色。

"我想从您这儿知道，"她坚定地、一字一顿地说，"凭什么权利您干预他对我的感情？凭什么权利您敢给我写信？凭什么权利您一刻不停地对他和对我声明您爱他，而这是在您自己抛弃他并这么恬不知耻和令人气恼地从他身边逃走之后……"

"我无论是对您还是对他都没有声明过我爱他，"纳斯塔西娅·费利帕夫娜勉强说出这句话，"还有……您说得对，我是从他身边逃走的……"她勉强可闻地添了一句。

"怎么'无论对他还是对我'都没有宣布过？"阿格拉娅嚷了起来，"那么您写给我的信算什么？谁请您来给我们做媒和劝我嫁给他的？难道这不是声明？为什么您死乞白赖地缠着我们？我开始以为，您是想通过插到我们中间来激起我对他的厌恶，使我抛弃他，直到后来我才领悟到是怎么回事：您不过是让自己相信，您用这一切装腔作势、矫揉造作的手段在创造着崇高的伟绩……嘿，既然您这么爱虚荣，您能爱他吗？与其给我写那些可笑的信，您何不离开这里呢？为什么您现在不嫁给这么爱您并且给过您面子、向您求过婚的君子？为了什么——这一点太明白了：您嫁给罗戈任，那时还会有什么委屈？甚至将会得到太多的荣耀！叶甫盖尼·帕夫洛维奇曾经这样说到您，您读过的诗太多了，'对于您的……地位来说所受的教育太多了'；还说您是个沉湎于书本、娇生惯养的女人；还要补上您的虚荣，这就是您的全部原因……"

"那么您不是娇小姐吗？"

事态发展到如此出人意料的地步是太急促、太露骨了，因为纳斯塔西娅·费利帕夫娜到帕夫洛夫斯克来时，还抱有某种幻想，当然，她也预计多半是凶多吉少。阿格拉娅则完全沉溺于一时的冲动之中，犹如从山上掉下去一般，在报复带来的异常快感面前不能自制。纳斯塔西娅·费利帕夫娜看到阿格拉娅这种样子甚至觉得奇怪;她望着她,简直不能相信自己在最初一刹那完全不知所措,无以应对。她是否正如叶甫盖尼·帕夫洛维奇所认为的那种读了许多诗文的女人,或者如公爵所深信的那样不过是个疯女人?有时候她是采取一些恬不知耻、胆大粗鲁的做法,但无论怎样,实际上这个女人比别人下结论把她说成的那种人要知耻得多,温柔得多,轻信得多。确实,在她身上有许多书卷气,性格内向并喜欢幻想不切实际的东西,但是也有坚强和深沉的性格……公爵了解这一点;他脸上流露出痛苦的神色。阿格拉娅注意到了这一点并且因为憎恨而打起颤来。

"您怎么敢这样对我说话?"她带着一种难以形容的倨傲回答着纳斯塔西娅·费利帕夫娜的反诘。

"您大概是听错了,"纳斯塔西娅·费利帕夫娜惊讶地说,"我怎么对您说话了?"

"如果您想做一个正派女人,那么当初您为什么不抛弃您的诱惑者托茨基……还搞演戏那一套?"阿格拉娅无缘无故突然说。

"您对我的境况知道些什么,竟敢这样指责我?"纳斯塔西娅·费利帕夫娜打了个颤,脸色白得可怕。

"我知道,您没有去工作,而是跟富翁罗戈任跑了,以便把自己装扮成被撵出天国的天使。托茨基曾因为这个天使而想自杀,我并不惊奇!"

"住口!"纳斯塔西娅·费利帕夫娜厌恶而又仿佛痛苦地说,"您对我的理解就像……达里娅·阿列克谢耶夫娜的女仆一样,她不久前跟自己的未婚夫在民事法官那里打过官司。她还比您理解得好些……"

"正派的姑娘想必是靠自己的劳动谋生的。您为什么对一个女仆如此蔑视?"

"我不是对劳动蔑视,而是在您说到劳动时对您蔑视。"

"想当正派女人,那就去当洗衣妇。"

两个人都站了起来,脸色发白,彼此对视。

"阿格拉娅,别再说了!这可是不公正的。"公爵张皇失措地喊了起来。罗戈任已经不再微笑了,但是咬着嘴唇,交叉着双手,听着。

"瞧,你们看看她,"纳斯塔西娅·费利帕夫娜愤恨得直打颤,说,"瞧瞧这位小姐!我过去把她当作天使!您光临我这儿没有带家庭女教师吧,阿格拉娅·伊万诺夫娜?……您想……您想要我直截了当、不加掩饰地告诉您,为什么您来找我?您害怕了,所以来找我了。"

"怕您?"阿格拉娅因为对方竟敢这样跟她讲话而不禁显露出天真幼稚和无所顾忌的惊讶。

"当然是怕我!既然您下决心来找我,您就是怕我。一个人是不会蔑视他所怕的人的。真难以想象,直至此刻以前我一直尊敬您!而您知道吗,您为什么怕我以及现在您的主要目的是什么?您想要亲自证实,比起爱您来他是更爱我还是反之,因为您嫉妒得不得了……"

"他已经对我说过了,他恨您……"阿格拉娅勉强嘀咕着说。

"也许是这样,也许我是配不上他,只不过……只不过您撒了谎,我以为是这样!他不可能恨我,他也不会这样说!不过……考虑到您的处境……我准备原谅您。只不过我过去终究还是把您想得好了些;我过去认为您要聪明些,而且还更漂亮些,真的!……好吧,把您的宝贝拿去吧……喏,就是他,正在望着您,掉了魂儿似的,您拿去吧,但是有个条件:马上离开这儿!立即!……"

她倒在圈椅里,泪如雨下。但是她的眼中忽然闪现出某种新的神色。她专注而固执地望了一眼阿格拉娅,从座位上站起身说道:

"您想知道吧?我马上——可以下——命——令,听见了吧?只要对他——下——命——令,他马上会抛弃您,永远留在我的身边,并且与我结婚,而你则将一个人跑回家。想知道吗?想知道吗?"她像个疯子似的喊着,也许,几乎自己也不相信她会说出这样的话来。

阿格拉娅本已惊恐地向门外奔去,但在门口停住了,仿佛被钉住了似的呆立不动地听着。

"你想不想我把罗戈任赶走？你以为，我是为了满足你而跟罗戈任结婚的吗？我马上就可以当着你的面大喝一声：'走开，罗戈任！'而对公爵说：'你还记得你的诺言吗'天啊！为了什么我要在他们面前这么作践自己呀？公爵，不是您亲自要我相信，你会跟我走，不论发生什么都跟我在一起，永远也不离开我的吗？你还说你爱我，原谅我的一切，并对我表示尊……尊……是的，你也说过这话！而我，只是为了使你不受束缚才从你身边逃走，而现在我不想这样做了！凭什么她像对待一个淫妇那样对待我！我是不是淫妇，你去问罗戈任，他会告诉你！现在，当她羞辱了我，而且当着你的面，你就能对我不加理睬而挽着她的手带她走吗？如果是这样，你将是该诅咒的，因为我过去只相信你一个人。走吧，罗戈任，这里不需要你！"她几乎失去理智地、费劲地从胸中挤出这一声喊叫，她的脸变了样，嘴唇干枯，显然她自己也有点不信自己说下的大话，但是与此同时她却希望延长这一刻和欺骗自己，哪怕一秒钟也好。她的冲动是那么强烈，可能会让她骇然死去，至少公爵觉得是这样。"瞧，这就是他！"最后她手指着公爵，对阿格拉娅喊道，"如果他现在不走到我跟前来，不要我，不抛弃你，那么你就把他拿去，我让给你，我不要他！……"

她也好，阿格拉娅也好，都停住了，仿佛在等待，两人都像发了疯似的望着公爵，但是，他也许并不理解这一挑战所包含的全部力量，甚至可以肯定说不理解。他在自己面前仅仅看到一张绝望的失去理智的脸，正像有一次他对阿格拉娅说的，这张脸"永远刺痛他的心"。他再也不能忍受，便指着纳斯塔西娅·费利帕夫娜，用恳求和责备的口气对阿格拉娅说：

"难道能这样！她可是……这么不幸！"

但是他刚说完这句话，便被阿格拉娅那可怕的目光镇住而闭口不言了。在这一目光中流露出这么多的痛苦，同时还有着无限的憎恨，竟致公爵两手一拍，喊了一声，便朝她奔去，但是已经晚了！她不能容忍他的动摇，甚至是瞬间的动摇，她双手掩着脸，惊呼一声"啊，我的天哪！"，便立即冲出房间，罗戈任紧跟她出去，为她拔去临街门上的插销。

公爵也跟着跑去,但在门口一双手紧紧把他搂住了。纳斯塔西娅·费利帕夫娜绝望的变样的脸上的双眼逼视着他,她嚅动着发青的嘴唇问:

"要去追她?去追她?……"

她失去知觉倒在他的怀里。他抱起她,把她送到房间里,安放在圈椅上,自己则站在她旁边呆呆地守候着。茶几上有一杯水,回来的罗戈任抓起杯子,往她脸上泼了些水。她睁开眼,有一会儿她什么也不明白,但突然环顾了一下四周,战栗了一下,发出一声惊呼,便朝公爵扑去。

"是我的了!是我的!"她高呼道,"骄傲的小姐走了?哈——哈——哈!"她歇斯底里地笑着,"哈——哈——哈!我竟把他让给过这个小姐!为什么?为了什么?真是疯了!真是疯了!……滚开,罗戈任!哈——哈——哈!"

罗戈任凝神望了他们一眼,一声不吭,拿起帽子就走了出去。过了十分钟公爵坐在纳斯塔西娅·费利帕夫娜身边,目不转睛地望着她,像爱抚一个小孩似的双手抚摸着她的头和脸。她哈哈大笑,他也报以放声狂笑,她要是流泪,他也随之哭泣。他什么话也不说,但是专心地倾听她那一阵阵欣喜的、语无伦次的低声咕哝。他未必听懂了什么,但平静地笑着,只要稍微觉得她又开始忧愁或哭泣,责备或抱怨,他就马上抚摸她的头,温柔地摩挲她的脸颊,像对小孩一样安慰和劝解她。

九

在前面一章所叙述的事件发生后过了两个星期，我们故事里人物的状况有了很大的变化，因此不做些特别的解释，我们是很难继续下去的。但是我觉得，应该限于最简单的阐明事实，尽可能不做别的解释，原因也很简单：因为有许多情况笔者自己也难以解释清楚。我做这种事先声明必然使读者觉得相当奇怪和不明白：怎能叙述既无明确概念又无个人意见的事情呢？为了不致使自己处于更为尴尬的境地，最好还是举例加以说明，也许，宽厚的读者会理解我为难在什么地方，再说这个例子不是插话，相反是故事的真正和直接的继续。

过了两个星期，也就是已经到了7月初。在这两个星期中我们主人公的故事，特别是这个故事最近发生的变故，变成了一个奇怪的、相当逗人的、几乎是难以置信的、同时又引人瞩目的逸闻，渐渐地沿着与列别杰夫、普季岑、达里娅·阿列克谢耶夫娜、叶潘钦家邻近的所有街道传播开来，简言之，几乎全城甚至郊区都在流传。差不多整个社会——本地居民、别墅客、来听音乐的人——全都谈论着同一个故事，不过有上千种不同的说法。说什么有一位公爵在一家有名的受尊敬的人家出了丑，抛弃了已经是他未婚妻的这家人家的小姐，迷恋上了一个有名的风流女子，断绝了一切过去的关系,并且不顾一切,不顾威吓,不顾众人的愤怒,打算日内跟这个被玷辱了的女人结婚,就在帕夫洛夫斯克这里当众公开举行婚礼,而且要昂起头,直面众人;这件逸事渐渐被添加了许多丑闻,其中涉及许多有名的要人,还使其赋有各种荒诞离奇和神秘莫测的色彩;而从另一方面来说,这一逸事又以许多无可辩驳的、一目了然的事实呈现在人们面前,因而引起大家的好奇心和流言蜚语当然是非常情有可原的。最精细、巧妙,同时又近乎情理的说法归于几位颇有身份的流言专家,他们属于有理智的阶层,在每个社交界总是急于最先向别人解释清楚事件的来龙去脉,将此看作是自己的使命,还往往觉得是一种乐趣。照他们的说法,一位有着高贵姓氏的年轻公爵,几乎是位富翁,痴呆者,但是个民主派,还倾心于屠格涅夫先生揭露的现代虚无主义,几乎不大会说俄语,爱上了叶潘钦将军的女儿并且到了将军家把他看作未婚夫这一步。报上曾刊登过一则关于一个法国教会学校学生的逸事。这个学生故意做出献身当神父的举动,故意自己请求授予这一神职,履行了全套仪式,各种各样的崇祀、敬吻、宣誓等等,却是为了在第二天致函自己的主教,公开宣称他不信上帝,认为欺骗人民和白白由人民来供养是可耻的,因而他要辞去昨天的圣职,要把自己的信函刊登在自由派的报纸上。公爵就像这个无神论者一样仿佛玩弄了这一类假把戏。他们说,仿佛他故意等待未婚妻的父母召集一个隆重的晚会,把他介绍给许多要人,以便当众大声宣布自己的思维方式,咒骂受人尊敬的达官贵人,当众侮辱性地拒绝自己的未婚妻,并且他还在抗拒要将他带出去的仆人时打碎了一只漂亮的中国花瓶。他们还以详述当代风尚的形式对此事补充说,头脑不清的年轻人确实是爱自己未婚妻即将军的女儿的,但却拒绝了她,唯一的原因是虚无主义和为了制造未来的丑闻,他这样做是为了不放弃当着整个上流社会的面与一个堕落的女人结婚的乐趣,并以此证明,在他的信念里既没有堕落的女人也没有有道德的女人,有的只是自由的女人;他不相信上流社会和古老的区分女人的概念,他只相信"妇女问题"。说到底,在他眼里堕落的女人甚至还比不堕落的要高尚些。这种解释好像相当可信并为大多数别墅客所接受。何况每天发生的事实也证实了这一点。确实,许多事情是没有解释清楚的:据他们说,可怜的姑娘是那么爱她的未婚夫(照有些人的说法是"勾引者"),在他抛弃她的第二天便跑去找他,而他正坐在自己的情妇身边;另外有些人则要人们相信,相反,她是被他故意引到情妇那里去的,这纯粹是他的虚无主义作祟,也就是为了羞辱和侮弄姑娘。不论怎样,人们对事件的兴趣与日俱增,何况具有丑闻性质的婚礼确实即将举行,这一点已不存丝毫怀疑。

所以,假若要我解释清楚——当然不是关于事件的虚无主义色彩,而只不过是这样一些问题:拟定的婚礼在多大程度上满足了公爵的真实愿望?此刻这些愿望究竟是什么?眼下究竟如何确定我们主人公的心态?诸如此类等等——那么我承认,是非常难以回答的。我只知道一点,婚礼确实已经拟定了日期,公爵本人全权委托给列别杰夫、凯勒尔以及列别杰夫为此事介绍给公爵的某一个熟人,由他们承担起操办这件事的全部事务,无论是教会方面的还是日常方面的;还吩咐了不要舍不得花钱;婚礼是纳斯塔西娅·费利帕夫娜催促和坚持要办的;凯勒尔被指定担任公爵的傧相,这是他自己强烈要求讨得的差使,而纳斯塔西娅·费利帕夫娜的傧相则是布尔多夫斯基,他欣喜地接受了使命;婚礼的日子确定在7月初。但是除了这些相当确切的情况外,我还知晓的某些事实完全地把我弄糊涂了,因为它们恰恰与前面所说的是相矛盾的。比如,我坚决怀疑,在全权委托列别杰夫和其他人承办一切事务之后,公爵几乎当天就忘了他有了婚礼总管,有了傧相,有了婚期;如果说他急于做出安排,把一切操办的事都交给别人,那么纯粹是为了使自己不去想这件事,也许,甚至是想尽快忘了这件事。在这种境况下他自己究竟在想什么?他想要记住什么,追求什么?同样没有疑问的是,这件事上没有任何强加于他的因素(比如说来自纳斯塔西娅·费利帕夫娜方面的压力);纳斯塔西娅·费利帕夫娜确实希望一定要尽快举行婚礼,而且也是她而不是公爵想出来要这样做的，但是公爵爽快地答应了，甚至似乎漫不经心，仿佛向他请求做一件相当平常的事一样。我面前这样奇怪的事实很多，但是，这些事实不仅不能讲清楚，据我看，无论举出多少，反而会把阐明的真相搞模糊了；但是，我还要再举一个例子。

我完全知道，在这两个星期中公爵白天晚上都和纳斯塔西娅·费利帕夫娜待在一起；她带他随自己去散步，去听音乐；他每天与她乘马车兜风；只要有一个小时没有见到她，公爵就开始牵挂她（从一切迹象来看，他是真心爱她的），无论她对他说什么，整整几小时他都带着安详温和的微笑听着，自己则几乎不说一句话。但是我也知道，在这些日子里有好几次，甚至许多次，他突然去叶潘钦家，也不向纳斯塔西娅·费利帕夫娜隐瞒这一点，为此她几乎陷于绝望。我知道，叶潘钦家留在帕夫洛夫斯克后期没有接待他，他要求与阿格拉娅·伊万诺夫娜会晤也总受到拒绝；他一声不吭地走了，而第二天又到她们家去，仿佛完全忘了昨天遭到拒绝的事，当然，得到的是新的拒绝。我也知道，在阿格拉娅·伊万诺夫娜从纳斯塔西娅·费利帕夫娜那儿跑出来后过了一小时，也许，甚至还不到一小时，公爵已经在叶潘钦家，当然，他深信能在那里找到阿格拉娅，于是他的到来引起了叶潘钦家的异常困惑和惊恐，因为阿格拉娅还没有回家，他们从公爵那里才第一次听说，她和他一起去了纳斯塔西娅·费利帕夫娜那儿。据说，叶莉扎维塔·普罗科菲耶夫娜、她的另两个女儿，甚至Щ公爵当时对公爵的态度异常生硬、不友好，当时他们还措辞激烈地表示拒绝与他来往和交朋友，特别是瓦尔瓦拉·阿尔达利翁诺夫娜突然来见叶莉扎维塔·普罗科菲耶夫娜，并声称阿格拉娅·伊万诺夫娜已经在她家将近一小时之后；她还说，阿格拉娅目前的状态非常糟糕，看来，不想回家。这一个最新消息使叶莉扎维塔·普罗科菲耶夫娜最为震惊，而且是完全真实的：从纳斯塔西娅·费利帕夫娜那里出来后，阿格拉娅确实认为，与其现在面对自己的家人，不如去死，因此才投奔尼娜·亚历山德罗夫娜。瓦尔瓦拉·阿尔达利翁诺夫娜当即就认为有必要，一刻也不延缓地,把这一切情况通知叶莉扎维塔·普罗科菲耶夫娜。于是母亲及其另两位女儿马上赶往尼娜·亚历山德罗夫娜家,跟在她们后面的是一家之主、刚刚到家的伊万·费奥多罗维奇;列夫·尼古拉耶维奇不顾他们的驱逐和不客气的言辞,跟在他们后面慢慢走着;但是,因为瓦尔瓦拉·阿尔达利翁诺夫娜吩咐过了,那里的人也没有放他去见阿格拉娅。不过,事情的结局是,阿格拉娅一看见为她伤心落泪并丝毫也不责怪她的母亲和姐姐,便扑到她们怀里,立即跟她们一起回家了。据说(虽然传闻不完全确切),加夫里拉·阿尔达利翁诺维奇这一回也仍然极不走运,他逮住瓦尔瓦拉·阿尔达利翁诺夫娜跑去见叶莉扎维塔·普罗科菲耶夫娜的时机,单独与阿格拉娅在一起,想要表白自己对她的爱情;阿格拉娅不顾自己的苦恼和流泪,听着他讲,突然哈哈大笑又突然向他提了奇怪的问题:为了证明自己的爱情,他现在是否敢在蜡烛上烧自己的手指?据说,加夫里拉·阿尔达利翁诺维奇为这一提议惊呆了,竟然不知所措,脸上现出异常的困惑,致使阿格拉娅歇斯底里地冲他放声大笑,离开他跑到楼上尼娜·亚历山德罗夫娜那里去了,她的父母就是在那里找到她的。这一逸闻是第二天由伊波利特传到公爵这儿的。已经不能起床的伊波利特特地派人去叫公爵来告诉他这一消息。这一传闻怎么传到伊波利特这儿的,我不知道,但是当公爵听到要在蜡烛上烧手指一节时,便放声大笑起来,甚至使伊波利特也觉得惊讶;后来公爵又突然打起颤来,泪如雨下……总之,在这些日子里他惶惶不安,六神无主,昏头昏脑,痛苦异常。伊波利特干脆断言,认为他神经不正常;但是无论如何还不能肯定这一点。

提供这些事实,又拒绝做出解释,我绝不是想在读者面前为我们的主人公辩解。况且,我完全愿意分担他所激起的朋友对他的忿恨。甚至维拉·列别杰娃有一段时间对他也很忿恨,连科利亚也气不忿;还有凯勒尔也忿忿不平,直到挑选他当傧相;更不用说列别杰夫本人了,他甚至开始搞花招反对公爵,也是出于愤慨,而且是相当真诚的。但关于这些我以后再说。总之我完全同意和高度赞赏叶甫盖尼·帕夫洛维奇所说的相当有力的,甚至是心理分析非常深刻的一些话。那是在纳斯塔西娅·费利帕夫娜家的事情发生后的第六天或第七天,他在与公爵的友好交谈中直截了当和不客气地说出来的。顺便要指出,不仅仅叶潘钦自己一家,还有所有与他家有直接或间接关系的人都认为必须跟公爵断绝一切关系。比方说Щ公爵遇见公爵时甚至转过身去,不向他点头行礼。但是叶甫盖尼·帕夫洛维奇不怕因拜访公爵而损害自己的名誉,也不顾每天都去叶潘钦家并受到显然特别殷勤好客的接待。他是在叶潘钦全家离开帕夫洛夫斯克的第二天到公爵那儿去的。进去时他已经知道外面传播的种种流言蜚语,甚至他自己也许也部分地起了推波助澜的作用。公爵见到他高兴得不得了,马上就谈起了叶潘钦家的情况;这样朴实和直率的开端使叶甫盖尼·帕夫洛维奇完全不受拘束,因此他无须转弯抹角,直截了当就谈正事。

公爵还不知道叶潘钦家已经离去;获悉消息后他很吃惊,脸也变苍白了;但是过了一会儿也就摇了摇头,颇为困窘和若有所思地承认说,"这是必然的。"后来又很快探询道,"他们去哪里了?"

当时叶甫盖尼·帕夫洛维奇用心观察了他,所有这一切,即急切而又质朴的提问,困窘的同时又有一种奇怪的坦率,惶惶不安和兴奋激动,——这一切都使他吃惊不小。不过,他还是亲切而详尽地告诉了公爵一切:公爵许多情况还不知道,因而叶甫盖尼·帕夫洛维奇是来自叶潘钦家的第一位信使。他证实,阿格拉娅确实病了,而且整整三天三夜没有睡着,一直发烧,现在她好些了,已没有任何危险,但是处于神经质的、歇斯底里的状态……"幸好家里一片安宁!对于过去的事不仅当着阿格拉娅的面竭力不提,甚至其余人私下里也不谈及。父母已经彼此商定,等到秋天阿杰莱达结婚后全家去国外旅行;阿格拉娅默默地接受了关于此事的初步商定。"他,叶甫盖尼·帕夫洛维奇也可能去国外。甚至Щ公爵可能也打算与阿杰莱达一起去过两个月国外生活,如果事务允许离开的话。将军本人将会留下来。现在大家搬到他们的庄园科尔米诺去了,离

661

彼得堡二十俄里,那里有一幢宽敞的供主人住的房子。别洛孔斯卡娅还没有去莫斯科,甚至好像是故意留下来的。叶莉扎维塔·普罗科菲耶夫娜强烈地坚持,在发生这一切后不可能再留在帕夫洛夫斯克;他,叶甫盖尼·帕夫洛维奇每天告诉她城里的传闻。他们认为搬到叶拉金的别墅去住也是不可能的。

"是啊,实际上,"叶甫盖尼·帕夫洛维奇补充说,"您自己也会同意,这能否叫人受得了……尤其是知道您这儿,您家里每时每刻都在做的事,公爵,还有,尽管人家拒绝,您却仍然每天去那里求见……"

"是的,是的,您说得对,我是想见阿格拉娅·伊万诺夫娜……"公爵又摇起头来。

"啊,亲爱的公爵,"叶甫盖尼·帕夫洛维奇突然又兴奋又忧愁地嚷道,"当时您怎么能让……这一切发生的呢?当然,当然,这一切对您来说是这么出其不意……我承认,您必然会茫然失措的……而且无法阻止失去理智的姑娘,这非是您力所能及的!但是,您可应该明白,这位姑娘对您……爱得认真和强烈到了何等地步。她不愿意与另一个女人分享这种爱,而您……您却能离弃和毁掉这样的宝贝!"

"是的,是的,您说得对;是的,是我的错,"公爵十分忧郁地说,"您要知道,只有她一个人,仅仅只有阿格拉娅一个人才这样看待纳斯塔西娅·费利帕夫娜……其他任何人可都不是这样看待她的。"

"这没有什么大不了的,因而这一切更令人气愤!"叶甫盖尼·帕夫洛维奇十分激动地嚷了起来,"请原谅我,公爵,但是……我……我考虑过这件事,公爵;我翻来覆去想了许多;我了解过去发生的一切,我了解半年前的一切,了解一切,而所有这一切——没什么大不了!这一切只不过是头脑发热时的倾心,逢场作戏,想入非非,过眼烟云,只有完全没有经验的姑娘出于其惊慌失措的嫉妒才把这当作什么了不起的事情!"

此时叶甫盖尼·帕夫洛维奇已经完全不讲客气,放任地发泄自己的愤懑。他讲得极富理智、条理清晰,甚至,我再说一遍,心理分析十分深刻地向公爵展现了一幅过去公爵与纳斯塔西娅·费利帕夫娜全部关系的图景。叶甫盖尼·帕夫洛维奇一向具有口才,现在则达到了滔滔不绝的地步。"从最初起,"他宣称,"您就是以虚假开始的;凡是以虚假开始的,必定是以虚假告终的,这是自然法则。人家——嘿,反正有人——把您叫作白痴,我不认为是这样,甚至感到气愤;对于这样的称呼来说您是太聪明了;但是您又是这么怪,不像大家一样,您自己也会承认的。我认为,整个事情发生的基础是:首先是由于,这么说吧,您天生没有经验(公爵,请注意'天生'这个字眼),其次是由于您非常朴实,再有是异常缺少分寸感(您自己已经好几次意识到这一点了);最后是积累在您头脑里的大量观念,您老实得不同一般,至今还把它们当作是真正的、固有的、自然的观念!您自己会承认,公爵,您与纳斯塔西娅·费利帕夫娜的关系从一开始就罩上了一层相对民主性的东西(为了简便,我这样表达),被所谓'妇女问题'所吸引(为了更简单地表达)。我可是确切地了解罗戈任送钱来时发生在纳斯塔西娅·费利帕夫娜家里的整场怪诞的丑剧。您愿意的话,我可以把你们一个个详详细细分析给您听,把您本人像照镜子一样照给您看,对于事情的来龙去脉以及为什么会变成这样的原因,我知道得非常确切!作为一个青年,您在瑞士渴念着祖国,如向往一片神秘莫测的乐土那样渴望回到俄罗斯;您读了许多有关俄国的书,也许,是些非常好的书,但对您来说却是有害的;您怀着渴望干一番事业的一腔热情回来了,这么说吧,想要好好干一场!就在那一天,有人对您讲了一个有关受侮辱的女子的忧伤而揪心的故事,对您,亦即对一个骑士,一个童男子讲了——而且是讲女人!那一天您看见了这个女人;您被她的美貌迷住了,这是神话般、仙魔似的美貌(我也承认她是美人)。加上您的神经质;加上您的癫痫病;加上我们彼得堡那损害神经的解冻天气;加上整整这一天,您处在一个陌生的、对您来说几乎是光怪陆离的城市中,经历了许多会见和场面,出乎意料地结识了不少人,接触到了万万意料不到的现实,看到了叶潘钦家的三位美女,其中包括阿格拉娅;加上劳累、头晕;加上纳斯塔西娅·费利帕夫娜的客厅以及这客厅的氛围,还有……在那样的时刻,您对自己能期待什么呢,您怎么想?"

"对,对,对,对,"公爵摇着头,开始脸红了,"是的,这几乎就是这么回事;知道吗,上一夜在火车上我确实几乎整夜未睡,前天整夜也是,而且心境也很不好……"

"是啊,当然是这样,我的用意是什么呢?"叶甫盖尼·帕夫洛维奇激动地继续说,"很明显,可以说,您出于欣喜的冲动,急于寻找机会当众宣布您豁达大度的思想:您,一个出身望族的公爵和纯洁清白的人,不认为一个遭到污辱的女人是可耻的女人,因为这并不是她的过错,而是由于上流社会可恶的淫棍的罪孽。哦,上帝,这可是能够理解的!但是问题的症结不在这里,亲爱的公爵,而在于:您的感情是否真实,是否诚挚?是实际情况,还是仅仅是一时头脑发热?您怎么想:在神圣的殿堂里这样一个女人得到了宽恕,但是并没有对她说,她干得好,她应得到一切荣誉和尊敬。经过三个月以后,难道健全的理性没有向您自己提示,这是怎么回事吗?好,就算她现在是无辜的,——我不坚持这一点,因为我不愿意,——但是她的所有遭遇难道能为她如此不能容忍的、魔鬼般的高傲,为她如此厚颜无耻、如此贪得无厌的利己主义辩解吗?请原谅,公爵,我太激动了,但是……"

"是的,这一切是可能的;也许,您是对的……"公爵又喃喃地说,"她确实很容易恼火,您说得对,当然,但是……"

"值得同情?您是想说这个,我的善良的公爵?但是为了同情她,满足她,难道就可以玷辱另一位高尚、纯洁的姑娘?就可以在那双傲慢的充满憎恨的眼睛前贬低她?这以后这种同情将会达到什么地步?这可是一种不可思议的夸大!难道可以爱一个姑娘却又在她的情敌面前贬低她,为了另一个女人并且当着这另一个女人的面抛弃她?而且这一切又是在自己已经向她正式求婚之后发生的……您不是向她求婚了吗?不是当着她父母和姐姐的面向她说了这话了吗?有了这一切以后,公爵,请问问您自己,难道您还是个正人君子吗?还有……您使她相信您爱她,难道您不是欺骗了一个天仙般的姑娘吗?"

"是的,是的,您说得对,啊,我觉得我有错!"公爵陷于难以形容的苦恼之中。

"难道这就够了吗?"叶甫盖尼·帕夫洛维奇忿忿地嚷了起来,"难道光喊喊'啊,我有错!'就够了吗?您有错,可您却一意孤行!那时您的良心,您那'基督的'良心在什么地方?您可是看到那一刻她的脸:她的痛苦比那一个,比您那个拆散人家的女人少吗?您怎么能看着听之任之呢?怎么能这样?"

"可……我可没有听之任之……"可怜的公爵嘟哝着说。

"怎么没有听之任之?"

"真的,我一点也没有听之任之。至今我也不明白,怎么会弄成这样的……我……我当时去追阿格拉娅·伊万诺夫娜的,而纳斯塔西娅·费利帕夫娜却昏倒了;后来又一直不放我去见阿格拉娅·伊万诺夫娜,直至现在。"

"这无济于事!您应该继续去追阿格拉娅,尽管那个女人昏倒了!"

"是的……是的……我应该……可她会死去的!她会自杀的,您不了解她……反正以后我会把一切都告诉阿格拉娅·伊万诺夫娜的,还有……要知道,叶甫盖尼·帕夫洛维奇,我看出来,好像您并不全知道。请告诉我,为什么他们不让我去见阿格拉娅·伊万诺夫娜?不然我可以对她把一切解释清楚。要知道,当时她们俩说的都不是要说的话,根本不是,因此才造成了这样的结果……我怎么也无法对您讲清楚这点;但是,也许我能向阿格拉娅解释清楚……啊,我的上帝,我的上帝!您说到那时她的脸,那时她怎么跑出去……哦,我的上帝,我都记得!我们走吧,我们走吧!"他从座位上急急跳起来,突然拽着叶甫盖尼·帕夫洛维奇的袖子说。

"去哪儿?"

"我们去见阿格拉娅·伊万诺夫娜,立即就去!……"

"可是她已不在帕夫洛夫斯克了,我说过了,再说去干什么?"

"她会理解的,她会理解的!"公爵合拢双手做祈求状,嘀咕着说,"她会理解到这一切不是那么回事,而完完全全是另一回事!"

"怎么完全是另一回事?您不是仍然要结婚吗?看来,您是一意孤行……您到底结不结婚?"

"嗯,是的……要结婚;是的,要结婚!"

"那怎么说不是那么回事?"

"哦,不,不是那么回事,不是那么回事!我要结婚,这,反正就这样了,这没有关系!"

"怎么反正就这样和没有关系?这可不是小事呀?您跟心爱的女人结婚,为她缔造幸福,而阿格拉娅看见和知道这一切,怎么反正就这样呢?"

"幸福?哦,不!我只不过是结个婚而已;她要这样;再说结婚又有什么:我……嘿,反正就这样!不然她一定会死的。我现在才看出,她与罗戈任结婚是疯狂的举动。过去我不理解的事,现在全都明白了,您知道,当时她们俩彼此面对面站着,我简直不能忍受纳斯塔西娅·费利帕夫娜的脸……您不知道,叶甫盖尼·帕夫洛维奇(他神秘地压低了嗓子),我从来也没有对谁说过这一点,甚至也没有对阿格拉娅说过,但我实在不忍看到纳斯塔西娅·费利帕夫娜那张脸……刚才您谈到那时在纳斯塔西娅·费利帕夫娜家举行的晚会,您说得对,但是这里您还漏掉一点,因为您不知道:我看到了她的脸!那天上午我就不忍看照片上她的脸……您看维拉·列别杰娃就完全是另一双眼睛……我……我怕看她的脸!"他异常骇怕地补充说。

"您怕?"

"是的,她是个疯女人!"他脸色发白,低声嘟哝说。

"您确实知道这一点吗?"叶甫盖尼·帕夫洛维奇异常好奇地问。

"是的,确实知道,现在已经确实无疑;现在,这些天里,我已经完全确实地知道了!"

"那您在对自己干什么呀?"叶甫盖尼·帕夫洛维奇惊呼道,"这么说,您是因为害怕才结婚的啰?这真让人莫名其妙……也许,甚至不爱她而结婚?"

"哦,不,我全心全意爱她。可这是个……孩子,现在她是个孩子,完全是个孩子!哦,您什么也不知道!"

"而同时您又要阿格拉娅·伊万诺夫娜相信您的爱情!"

"哦,是的,是的!"

"怎么能这样?这么说,您想爱两个人?"

"哦,是的,是的!"

"得了吧,公爵,您在说什么吗,清醒清醒吧!"

"没有阿格拉娅,我……我一定要见到她!我……我很快就会在梦中死去;我想,今天夜里我就会在梦中死去。哦,假如阿格拉娅知道,知道一切就好了……一定要知道一切。因为这件事必须得知道一切,这是首要的!为什么我们从来都不能了解有关别人的全部情况,而这是必要的,尤其是这个人有过错的时候!……不过,我不知道我在说什么,我心乱如麻;您让我吃惊得不得了……难道现在她脸上的表情还像当时跑出来时那样?哦,是的,我有错!最大的可能是一切都是我的错!我还不知道究竟错在哪里,但是我有错……这里有我无法向您解释清楚的东西,但是……阿格拉娅·伊万诺夫娜是会理解的!哦,我始终相信,她是会理解的。"

"不,公爵,她不会理解的!阿格拉娅·伊万诺夫娜爱您,是一个女人的爱,是一个活生生的人的爱,而不是……抽象的神灵的爱。知道吗,我可怜的公爵,最确切的是,无论是这个还是那个您从来都没有爱过!"

"我不知道……也许是这样,也许是这样;您在许多方面是对的,叶甫盖尼·帕夫洛维奇。您非常聪明,叶甫盖尼·帕夫洛维奇;啊,我又开始头痛了,我们到她那儿去吧,看在上帝的分上,看在上帝的分上!"

"我不是告诉您了,她已不在帕夫洛夫斯克了,她在科尔米诺。"

"我们就去科尔米诺,马上就去!"

"这——可——能!"叶甫盖尼·帕夫洛维奇站起身,拉长了调子说。

"听着,我写封信,您把信带去!"

"不,公爵,不!您免了这样的委托吧,我不能!"

他们分了手。叶甫盖尼·帕夫洛维奇离开的时候有一种奇怪的念头:他得出的结论是公爵有点精神不正常。"他又怕又爱的这张脸究竟意味着什么?同时,他确实会因为没有阿格拉娅而死去,那么阿格拉娅也许永远也不会知道,他是何等爱她!哈——哈!怎么能两个都爱?是用两种不同的方式爱吗?这倒很有意思……可怜的白痴!现在他会怎样呢?"

十

然而，直至结婚，公爵既没有在清醒时死去，也没有像他对叶甫盖尼·帕夫洛维奇预言的那样"在梦中"死去。也许，他确实睡得不好，做了噩梦；但是在白天跟人们在一起时他显得十分慈和，甚至颇为满意，只是有时候思虑重重，但这通常是在他一个人的时候。婚礼在加紧准备着，将在叶甫盖尼·帕夫洛维奇来访后过一个星期左右举行。在这么急促的情况下即使是公爵最好的朋友（如果他有这样的朋友）也必然会对他们企图"拯救"不幸的痴子的努力感到失望。有传闻说，叶甫盖尼·帕夫洛维奇的拜访部分是伊万·费奥多罗维奇将军和他的夫人叶莉扎维塔·普罗科菲耶夫娜出的主意。但是，如果出于无限的好心他们俩愿意挽救这可怜的痴子脱离深渊，那么，当然，他们也只能限于这种浅微的尝试；无论对于他们的处境，还是对于他们的心境（这是很自然的）来讲都不适于做出更大的努力。我们已经提到过，甚至公爵周围的人也在一定程度上反对他。不过维拉·列别杰娃只是独自洒泪，还有她坐在自己屋子里的时间多，比过去少去看公爵了。科利亚这段时间里办了父亲的丧事；老头死于第二次中风，这是在第一次中风后过了八天以后发生的。公爵对他们家的痛苦表示极大同情，最初几天在尼娜·亚历山德罗夫娜那儿常常几小时地陪着;他也参加了葬礼和教堂里的仪式。许多人注意到了,在教堂里的人们不满地窃窃私语着、迎送着公爵;在街上和花园里也是这样:当他走过或者坐车经过的时候,便响起了喁喁私语,提到他的名字,指指戳戳,他还听见纳斯塔西娅·费利帕夫娜的名字。人们在葬礼上还寻找她,但她没有参加葬礼。大尉夫人也没有出席葬礼,列别杰夫总算及时制止了她去。安魂弥撒仪式给公爵留下了强烈的痛苦的印象;还在教堂里的时候,他回答列别杰夫的什么问题,对他低语道,他第一次出席东正教的安魂弥撒,只记得童年时在乡村教堂里见过另一种安魂弥撒。

"是啊,就像不是那个人躺在棺材里,还完全是不久前我们还请他坐在主席位子上,记得吗?"列别杰夫对公爵轻轻说道,"您在找谁?"

"没什么,我觉得……"

"是罗戈任吗?"

"难道他在这里?"

"在教堂里。"

"怪不得我仿佛觉得有他的一双眼睛,"公爵惶惑地说,"这算什么……他为什么来?是邀请的?"

"根本就没有想过要邀请他。他可完全与死者不相识。这里各种各样的人都有,是公共场所嘛。您干吗这么惊讶?我现在常常遇见他;最近这个星期里,在帕夫洛夫斯克这里,我已经遇到他四次了。"

"从那时起……我一次还没有见过他。"公爵喃喃地说。

因为纳斯塔西娅·费利帕夫娜也一次也没有告诉过他"从那时起"遇到过罗戈任,所以公爵现在得出结论,罗戈任不知为什么故意不露面。这一整天他陷于深深的沉思之中;纳斯塔西娅·费利帕夫娜那天白天和晚上都非常快活。

科利亚在父亲去世前就与公爵达成了和解,他提议邀请凯勒尔和布尔多夫斯基当傧相(因为事情很迫切,已刻不容缓)。他为凯勒尔担保,说他会举止得体,也许还"很中用",至于布尔多夫斯基就没什么好说的了,这是安静谦和的人。尼娜·亚历山德罗夫娜和列别杰夫向公爵指出,既然已决定举行婚礼,那又何必在帕夫洛夫斯克办事,而且还在人们来别墅消夏的旺季,何必要如此声张?在彼得堡甚至在家里不是更好吗?公爵对于这些疑惧是十分明了的;但他回答得简单扼要,纳斯塔西娅·费利帕夫娜的意愿一定要这样办。

第二天凯勒尔来见公爵,他已被告知当傧相的事。在进来之前,他停在门口,一见公爵便举起右手,弯曲着食指,像发誓似的喊着:

"我不喝酒!"

然后他走到公爵面前,紧紧地握着和抖动着他的双手,声称道,一开始当他听说公爵要结婚的事时,当然,他曾经是反对者,并且在打弹子时还宣布过这一点,不是什么别的原因,而是因为他为公爵认定了,并且怀着朋友的焦急心情每天都等待着看见在他身后的人应无异于德罗安公主这样的人,但现在他亲眼看到,公爵所想的比他们所有人"加在一起"想的至少要高尚十二倍!因为他需要的不是显赫,不是财产,甚至也不是声望,而只是真理!高贵的人物的好恶太为众人所知了,而公爵不当高贵的人,说真的,他的教养太高尚了。"但是混蛋和各种各样的小人却不是这样看问题的;在城里,在家里,在会议上,在别墅里,在音乐会上,在酒铺里,在弹子房里就只是关于即将举行的婚礼的闲言碎语、喧哗嚷闹。我听说,有些人甚至想在窗下起哄生事,而且是在所谓新婚之夜!公爵,如果您用得着一个忠诚的人的手枪,那么,我准备用掉它半打高尚的子弹,让您第二天早上安然从喜床上起来。"他担心从教堂出来时会拥来大批渴望见到新人的人,因此建议在院子里准备好水龙带;但列别杰夫表示反对:"用水龙带会把房子彻底冲垮。"

"这个列别杰夫在对您耍诡计,公爵,真的!他们想把您置于官方保护之下,您能想象到这点吗,还连同您的一切,您的自由和金钱,也就是我们每个人区分于四足动物的两样东西!我听说了,真的听说了!这是千真万确的!"

671

公爵记起来，似乎他自己也听到过这一类话，但是，他自然没有加以注意。就是现在他也只是放声大笑一阵，便就忘了。列别杰夫确实忙碌了一阵子；这个人打的主意总仿佛是灵机一动产生出来的，由于过分急切而使事情变得复杂，节外生枝，离开了原先的出发点而向四面八方岔开去；这就是为什么他一生中很少有什么取得成功的原因。后来，几乎已经是举行婚礼那一天，他来向公爵表示悔过（他有一个始终不变的习惯：总是会向被他算计过的人忏悔，尤其是在未能得逞的情况下这样做），他声称，他天生是个塔列兰[1]，可是不知怎么搞的他仍然只是列别杰夫。接着他向公爵坦白了全部把戏，还使公爵产生了莫大的兴趣。用他的话来说，他是从寻找高层人物的保护开始的，以便在必要的时候可以依靠他们，于是他就去找伊万·费奥多罗维奇将军。伊万·费奥多罗维奇将军甚为困惑，他很希望"年轻人"好，但是他宣布，"即使有挽救的愿望，在这种事上他也不便采取行动。"叶莉扎维塔·普罗科菲耶夫娜则既不想听他说什么也不想看见他；叶甫盖尼·帕夫洛维奇和Щ公爵只是连连挥手。但是列别杰夫并没有气馁，他跟一个瘦律师商量，这是个受人尊敬的老头，他的好朋友，几乎是恩人；那人做出结论说，此事完全可能办到，只要有智力失常和精神障碍的权威性证明，与此同时，主要要有高层人士的保护。列别杰夫没有沮丧，马上在有一天甚至带了医生来见公爵。这也是一位德高望重的老头，来住别墅消夏的，脖子上还挂一枚安娜勋章。带他来的唯一目的据说是为了看看地方，认识一下公爵以及暂时是非正式地，即所谓以朋友身份告知有关他健康的结论与意见。公爵记起了大夫对他的这次拜访。他记得，列别杰夫还在上一天就缠着他，说他身体不好，在公爵坚决拒绝医治的情况下，他突然与一位大夫一起来了，推托说他们俩刚从捷连季耶夫先生那儿来，他情况很糟，大夫要对公爵讲讲病人的情况。公爵称赞了列别杰夫，并十分高兴地接待了大夫。马上他们就

---

[1] 法国外交家(1754—1838)，此处用以比喻惯于玩弄手腕，狡诈多变的人。

伊波利特的病交谈起来，大夫请求详细讲一下当时自杀的情景，公爵对事件的叙述和解释完全吸引住了大夫。他们还谈起了彼得堡的气候，公爵本人的病，还谈到了瑞士、施奈德。公爵叙述了施奈德用的治疗体系和各种故事，使大夫产生了浓厚的兴趣，以致后者待了两个小时；与此同时大夫还抽了公爵的上好的雪茄，而列别杰夫则有维拉送来的可口饮料。大夫是个有妻室和家庭的人，竟对维拉说起特别的恭维话来，惹得她深为气愤。他们分手时已成为朋友，从公爵家出来后，大夫告诉列别杰夫，如果所有这样的人都要置于保护之下，那么该让谁来当保护人呢？对于列别杰夫悲痛地叙述的迫在眉睫的事，大夫狡黠和诡诈地摇摇头，最后指出，不用说"随便什么人都要跟人结婚"，"这个迷人的女人有着非凡的美貌，光是这一点就已经足以使有财产的人倾心迷恋，除此而外，至少我听说，她拥有从托茨基和罗戈任那儿得到的大笔财产，珍珠钻石，衣物家具，因此眼前的选择不仅没有表现出亲爱的公爵所谓特别惹人注目的愚蠢，相反甚至证明了他的乖觉睿智、聪明颖悟和精明练达，因而也就促使我们得出一个相反的、对公爵来说完全是愉快的结论……"这个想法使列别杰夫大为惊讶；他就此罢休，并对公爵补充说，"现在，除了忠诚和甘洒热血，您从我身上看不到任何别的东西；我就是怀着这样的肝胆来的。"

伊波利特这些日子也让公爵分心，他差人来叫公爵的次数太频繁了。他们家住在一幢小屋子里，离公爵家不远；小孩子们，即伊波利特的弟弟和妹妹喜欢这幢别墅，至少是因为可以躲开生病的兄长去花园玩；可怜的大尉夫人则完全听从他的摆布，十足成为他的牺牲品；公爵每天都得为他们劝架，调解，病人则继续称公爵是自己的"保姆"，同时因为他扮演调解者的角色而似乎敢于蔑视他。伊波利特对科利亚非常不满，因为他几乎不到他那儿去，先是留在濒死的父亲身边，后来又陪着成了寡妇的母亲。最后，科利亚又把公爵即将与纳斯塔西娅·费利帕夫娜结婚这件事作为嘲笑的目标，结果使公爵的自尊心受到了侮辱，最终弄得他发脾气，也就不再来看他。过了两天，大尉夫人一早便款款而来，流着眼泪请求公爵到他们家去,不然那个活宝会把她一口吞了。她还补充说,他有一个重大的秘密想透露给公爵。于是公爵去了。伊波利特希望和解,还哭了起来,哭过以后当然更加怨恨,但是只是不敢说出来罢了。他的身体状况很糟,从一切迹象来看,已不久于人世了。他并没有什么秘密要告诉,唯有激动得喘不过气来(也许是装出来的)说出的——强烈请求"要当心罗戈任。这个人是不达目的不肯罢休的,公爵,他可非是您我之辈,这个人只要想干,那是不会胆战心惊的……"等等,等等。公爵开始详细地询问,他想要得到若干事实;但是除了伊波利特的个人感受和印象外,没有任何事实。伊波利特非常满足,他终于把公爵吓得够呛。开始公爵不愿意回答他的一些特别的问题,对于他的主意——"甚至哪怕是逃到国外去;到处都有俄国的神父,在那边也可以结婚",他也只是报以微笑。但是,末了伊波利特讲了下面一个想法:"我只是为阿格拉娅·伊万诺夫娜担心:罗戈任知道,您是多么爱她;他就会以爱换爱;您从他那里夺走了纳斯塔西娅·费利帕夫娜,他会杀死阿格拉娅·伊万诺夫娜;虽然她现在不是您的人,但您还是会感到难受的,不是吗?"伊波利特达到了目的;公爵离开他的时候魂不守舍,神情恍惚。

公爵听到这番有关罗戈任的警告已经是在婚礼前一天了。这一天晚上,在婚礼前最后一次公爵与纳斯塔西娅·费利帕夫娜见面;但是纳斯塔西娅·费利帕夫娜未能使他放下心来,甚至相反,近来她越来越增添了他的惶惑。过去,即几天前,每当与他会面她总是想方设法竭力使他开心,他那忧郁的神态让她害怕得不得了:她甚至尝试唱歌给他听;最经常的是给他讲她能记得的一切可笑的事情。公爵几乎总是装出非常好笑的样子,当她讲得激动的时候(而她往往讲起来很投入),有时会显露出卓越的才智和豁达的感情,这时他也确实会对此而发笑。看到公爵发笑,看到讲故事使公爵产生了印象,她自己也欣喜万分,开始感到自豪。但是现在她的忧虑和沉思几乎每小时都在递增。公爵对纳斯塔西娅·费利帕夫娜的看法已经确定不移,不然,她这一切现在自然会使他觉得莫名其妙和不可理解。但是他真诚地相信,她还会恢复过来的。他完全真实地对叶甫盖尼·帕夫洛维奇说,他真心实意地爱她,他对她的爱确实包含着一种犹如对一个可怜的病孩的爱,而对这样的病孩是很难、甚至是不可能放任不管的。公爵没向任何其他人解释过自己对她的感情,甚至也不喜欢谈论这个话题,即使不能回避这样的谈话也是这样。他与纳斯塔西娅·费利帕夫娜一起坐着时,也从来不谈及"感情",仿佛两人都发了誓似的。任何人都可以加入他们平时那种愉快活泼的谈话。达里娅·阿列克谢耶夫娜后来说,这一段时间她望着他们,只觉得赏心悦目,欢喜异常。

但是公爵对纳斯塔西娅·费利帕夫娜精神和理智状态的这种看法多少使他摆脱了许多其他的困惑。现在这已经完全不同于三个月前他认识的那个女人了。现在他已经不去考虑,比如说,为什么她当初流着眼泪、发出诅咒和逃避与他结婚,而现在她自己却坚持要尽快举行婚礼?"看来,她已经不像当时那样害怕与他结婚会给他带来不幸。"公爵想。这么快滋生的自信,在公爵看来,在她身上是不自然的。而且,光是对阿格拉娅的憎恨也不可能产生这种自信:纳斯塔西娅·费利帕夫娜的感情要深沉些。是不是罗戈任这样的结局令她感到害怕?总之,所有这些及其他的原因可能都是存在的,但是对于公爵来说最清楚的、也正是他早已怀疑的原因是,她那不幸的、痛苦的心灵承受不了了。思考这一切虽然在某种程度上可以帮他摆脱困惑,但是并不能使他在这段时间里得到安宁和休息。有时候他竭力什么都不去想;对于结婚,他似乎确实把它看作是某种并不那么重要的形式;对于自己个人的命运他也看得过于无足轻重。至于别人的反对、谈话(类似与叶甫盖尼·帕夫洛维奇的谈话),他则绝对什么也不能回答,认为自己完全无以应对,因此总是回避这一类的各种谈话。

不过,他发现,纳斯塔西娅·费利帕夫娜非常清楚地知道和明白,阿格拉娅对他来说意味着什么。只不过她不说罢了。开始的时候,她有时撞上他正打算去叶潘钦家,他看到过这种时候她的脸上的表情。叶潘钦家离去后,她简直容光焕发。无论他多么不在意和不多心,但有一个想法却使他不得安宁:为了把阿格拉娅逼离帕夫洛夫斯克,纳斯塔西娅·费利帕夫娜是下决心要大闹一场的。有关婚礼的流言传遍了所有的别墅,闹得满城风雨,当然,这多少是得到纳斯塔西娅·费利帕夫娜的支持的,这是为了刺激对方。因为很难遇到叶潘钦一家,因此有一天纳斯塔西娅·费利帕夫娜让公爵坐在她的马车上,吩咐从叶潘钦家别墅的窗前驶过。对公爵来说这是可怕的意外;照例,等他恍然大悟时,事情已经无法挽回,马车已经驶过了窗前。他什么话也没有说,但这以后连续病了两天;纳斯塔西娅·费利帕夫娜已经不敢再重复做这样的试验。婚礼前最后几天她变得思虑重重;以往她最终总是战胜自己的忧愁,重又变得快活起来,但这次不知怎么比较平静,不怎么闹腾,也不像还是不久前的过去那样幸福快活。公爵加倍注意起她来。使他觉得好奇的是,她从来不跟他谈起罗戈任。只是有一次,那是婚礼前五天左右,达里娅·阿列克谢耶夫娜突然差人来说,让他马上去,因为纳斯塔西娅·费利帕夫娜情况很糟糕,他发现她像是处于完全精神失常的状态:她大叫大嚷,浑身打颤,高喊着罗戈任躲在花园里,就在他们家里,说什么她刚才看见他了,还说夜里他要杀死她……要宰了她!整整一天她都不能镇静下来。但就在那天晚上,公爵到伊波利特那儿去了一会儿,去城里办什么事刚回来的大尉夫人说,今天在彼得堡罗戈任去她家找过她,打听帕夫洛夫斯克的情况。公爵问罗戈任究竟是什么时候去的,大尉夫人讲的时间正是纳斯塔西娅·费利帕夫娜说的今天在花园里仿佛看见他的时辰。事情只能解释为纯粹是幻觉;纳斯塔西娅·费利帕夫娜自己去大尉夫人那里比较详细地询问清楚,这才大大得到安慰。

婚礼前夕公爵离开纳斯塔西娅·费利帕夫娜时,她正处于极大的振奋之中:从彼得堡女时装师那里送来了明天穿的服饰:婚礼裙、帽子等等。公爵没有料到,她对这些服饰竟会如此激动;他自己则对所有的衣物都赞美一通,他的赞美更使她感到幸福。但是她说漏了嘴:她已经听说了,城里一片忿忿之声,而且某些浪荡公子确实在策划起哄喧闹,还有音乐,大概还有特意为此创作的诗歌,而这一切几乎得到其余各界人士的赞同。但她现在偏要在他们面前把头抬得更高些,她要用独具风采和极其豪华的服饰压倒所有的人,"如果他们敢,就让他们去喊吧,让他们去打唿哨吧!"一想到这一点她的双眼就闪闪发光。她还有一个隐藏在心里的愿望,但是她没有说出口:她希望,阿格拉娅或者起码是她派来的什么人不露身份地也将混在人群中、在教堂里瞧着并看见这一切,为此她暗自做着准备。她跟公爵分手的时候,脑子里尽是这些想法,那是在晚上十一点左右;但还没有敲响半夜的钟声,达里娅·阿列克谢耶夫娜派人来找公爵,让他"尽快去,情况非常糟糕"。公爵赶去时,未婚妻正锁在卧室里,绝望地痛哭流涕,大发歇斯底里;很长时间她什么话也听不进去,不听别人隔着锁着的门对她说的话,后来她开了门,只放公爵一人进去,在他身后又锁上门,便走近跪倒在他面前。(至少达里娅·阿列克谢耶夫娜事后是这样转述的,她得以偷看到一点当时的情景。)

"我在干什么呀!我在干什么呀!我在对你干什么呀!"她大声呼号着,痉挛地抱住他的双腿。

公爵陪她一起坐了整整一小时;我不知道他们谈了些什么。达里娅·阿列克谢耶夫娜说,过了一小时他们平静和幸福地分了手。这天夜里公爵还再次派人去探询,但纳斯塔西娅·费利帕夫娜已经睡着了。第二天早晨,她还没有醒,公爵又两次派人到达里娅·阿列克谢耶夫娜那儿去,第三个派去的人受托回来转告:"纳斯塔西娅·费利帕夫娜身边现在围着一大群从彼得堡来的女时装师和理发师,昨天的样子已荡然无影无踪,现在她忙着,像她这么一位美人在婚礼前只能忙自己的服饰了,现在,正是此刻,正在进行紧急商讨,究竟戴什么钻石首饰,怎么戴。"公爵这才完全放下心来。

有关这场婚礼后来的全部情况是知道内情的人讲的,以下所述好像是真实的。

婚礼仪式定在晚上八点钟；纳斯塔西娅·费利帕夫娜七点钟时已准备就绪。六点钟起在列别杰夫别墅周围已陆陆续续聚拢起看热闹的人群，而在达里娅·阿列克谢耶夫娜屋子旁边尤其如此；七点钟起教堂里也开始挤满了人。维拉·列别杰娃和科利亚为公爵极为担心骇怕；但是家里有许多事情要他们张罗：他们正安排着在公爵房间里接待和招待客人。不过，婚礼后估计几乎不会有什么聚会；除了一些婚礼时必须在场的人以外，列别杰夫还邀请了普季岑夫妇、加尼亚、脖子上挂安娜勋章的大夫、达里娅·阿列克谢耶夫娜。当公爵好奇地问列别杰夫，为什么他想出来邀请"几乎完全不熟识的"大夫，后者自鸣得意地回答说："他脖子上挂着勋章，是个受人尊敬的人，为了装装门面。"这话使得公爵大笑一阵。凯勒尔和布尔多夫斯基身穿燕尾服，戴着手套，看起来体面得很；只是凯勒尔仍然有点使公爵和信赖他的人感到尴尬，因为他显然表现出准备斗殴的架势，非常敌意地望着聚在家门口看热闹的人群。终于，在七点半时公爵坐上马车出发去教堂，顺便我想指出，他自己故意不想放过任何一种习俗和惯例；一切都是堂而皇之、公开明显、不加掩饰地"照章办事"。在教堂里，凯勒尔向左右两边投去威严的目光，引领着公爵在公众不停的窃窃私语和连连感叹声中好不容易穿过人群，使公爵得以暂时躲进祭坛，而自己则去接新娘；在达里娅·阿列克谢耶夫娜屋子的台阶旁他发现人群不仅要比公爵家门口聚集的多两三倍，而且他们的放肆程度也许也是那里的三倍。登上台阶的时候，他也听到了喊叫声，以致无法容忍，完全已经打算对公众说些应说的话，但幸亏布尔多夫斯基和从台阶上跑下来的达里娅·阿列克谢耶夫娜制止了他；他们挟着他，好不容易才把他带进房间里。凯勒尔很是恼火并急着要走。纳斯塔西娅·费利帕夫娜站起身，再次照了下镜子，据后来凯勒尔转述，她带着苦笑说，她的脸"像死人一样苍白"，接着虔诚地朝圣像行了礼，便走到外面台阶上。喧闹的人声欢迎她的出现。确实，最初一瞬间曾听到笑声、掌声，甚至口哨声；但过了这一瞬间便响起了别的声音：

"好一个美人!"人群中有人喊道。

"她不是第一个,也不是最后一个!"

"一切都被花冠掩盖起来了,傻瓜!"

"不,您要是找得到这样的绝色美人,乌拉!"靠近的一些人嚷着。

"公爵夫人!为这样的公爵夫人我愿意出卖灵魂!"一个办公室小职员喊了起来,"我愿用生命的代价来买一夜的欢爱!……"

纳斯塔西娅·费利帕夫娜走出来时确实脸色白如绢帕;但是她那双又黑又大的眼睛犹如两颗烧红的炭粒向人群闪闪发光;人们受不了这样的目光;气愤变成了狂呼。马车上的小门已经打开,凯勒尔已经把手递给新娘,突然她惊呼一声,从台阶上直扑人群。所有送她的人都惊得呆若木鸡,人群在她面前向两旁分开,在离台阶五六步远处突然出现了罗戈任。纳斯塔西娅·费利帕夫娜在人群中捕捉到的正是他的目光。她像疯子似的跑到他面前,抓住他的双手。

"救救我!带我走!随你去哪儿,马上就走!"

罗戈任扶着她,几乎把她抱了起来,差不多一直送到马车旁。接着,一眨眼,他从钱包里掏出一百卢布的票子,递给了马车夫。

"上火车站,要是赶上了车,再加一百!"

说着,跟在纳斯塔西娅·费利帕夫娜后面他自己也跳上了马车,关上了门。马车夫一刻也不犹豫就在马身上抽了一鞭。事后凯勒尔推托说事情发生得太意外:"要是再有一秒钟,我就会想出办法,我就不许他们走了!"他叙述这件意外事时解释说。本来他与布尔多夫斯基逮住一辆凑巧也在那里的马车,赶着追了一阵,但是已经是在途中了,他又改变了主意,认为"无论如何是迟了!强拉也拉不回来的!"

"再说公爵也不愿那样做!"十分震惊的布尔多夫斯基断然说。

而罗戈任与纳斯塔西娅·费利帕夫娜及时驶抵车站。罗戈任走出马车,几乎就在上火车前,还来得及拦住一个过路的姑娘,她穿着一件很体面的深色的旧斗篷,头上扎着一条丝绸头巾。

"我愿用五十卢布买您的斗篷!"他突然把钱递给姑娘。她刚来得及惊讶,刚准备弄明白是怎么回事,他已经把五十卢布塞进她的手里,并脱下她的斗篷,解下她的头巾,一股脑儿披到纳斯塔西娅·费利帕夫娜的肩上和头上。她那华丽的服饰太惹人注目,在火车上会吸引别人的注意,直到后来姑娘才明白,为什么要出这样的高价向她买这件不值钱的旧斗篷。

这件意外事以异常快的速度沸沸扬扬传到了教堂。当凯勒尔走到公爵跟前,许多他完全不认识的人立即过来问询。议论声顿时鹊起,人们摇头,甚至嘲笑,谁也没有走出教堂,都等着看新郎怎么对待这一消息。公爵脸色刷白,但很平静地接受了这一消息,他说:"我担心过,但是我终究没有想到会有这样的事……"后来,沉默了一会儿以后,他又补了一句:"不过……处于她这种状态……这完全是理所当然的。"后来凯勒尔自己也把这种反应称为"绝无仅有的哲学"。公爵从教堂出来时显然很平静,也很精神;至少许多人注意到是这样,后来也是这么说的。好像他很想回到家,尽快一个人待着,但是却没有让他这样。被请来的宾客中有些人跟着他走进了房间,其中有普季岑、加夫里拉·阿尔达利翁诺维奇以及与他们在一起也认为不该走开的大夫。此外,整幢屋子简直围满了闲人。还是从露台上公爵就听到凯勒尔和列别杰夫与几个完全不认识的人在剧烈争吵,那几个人看样子是些小官吏,他们说什么也想进来到露台上。公爵走到争吵的人们那里,了解究竟是怎么一回事,客气地让凯勒尔和列别杰夫回避。几个想进来的人中为首的一个站在台阶上,他已经鬓发斑白,但身体结实。公爵彬彬有礼地转向这位先生,邀请他赏脸光临。这位先生倒不好意思起来,但还是朝里走了,跟在他后面的是第二个、第三个……整个人群中有七八个拜访者,他们走了进来,竭力想尽可能显得随便些;但是没有更多的自告奋勇者,而且不久人群中就开始谴责这些好出头露面的人。公爵请进来的人坐下,便开始交谈,有人送上了茶水,这一切做得非常有礼貌,谦恭温雅,颇使进来者感到惊讶。当然,曾经有几次尝试想使谈话活泼起来,并引到"应该说"的话题上去;也曾提了一些不客气的问题,发表了几点"不怀好意的"意见。公爵回答大家既殷切随便,同时又不失尊严,也表示相信自己的客人规矩正派,因而不客气的问题自然而然地不再提了。渐渐地谈话开始变得一本正经起来。一位先生老是说话,突然异常愤慨地发誓说,无论发生什么情况,他都不会把庄园卖了;相反,他要等待并要等出头,他认为"家业胜过金钱";"亲爱的阁下,这就是我的经济体制,您可以记住。"因为他是对公爵说话,所以公爵不愿列别杰夫在他耳边说这位先生上无片瓦下无寸土、从来也没有什么庄园,还是热情地赞扬了他。过了一小时,茶也喝完了,客人们终于觉得不好意思继续坐下去。大夫和头发斑白的先生热情地与公爵告别;所有的人都热情喧闹地道了别。他们表示了祝愿的意见,类如"没什么好痛苦的,也许,这反而会变好"等等。确实,也有人企图要香槟酒喝的,但年长的客人制止了年轻人。当大家都散去后,凯勒尔俯身对列别杰夫说:"我和你会弄出喊叫吵闹、斗殴出丑,引来警察;而他,瞧,倒给自己找到了新朋友,而且是些什么样的人哟,我知道他们!"列别杰夫已经相当"醉了",叹了口气说:"他对聪明明智的人隐瞒真情,对天真幼稚的人袒露胸怀,还在以前我就说过他这一点了。但现在我要补充说,上帝保佑了他这个天真幼稚的人本人,把他从深渊里救了出来,是上帝和众圣人救了他!"

终于,将近十点半了,才留下公爵一个人,他觉得头痛;科利亚最迟离去,他帮公爵换下结婚礼服、穿上家常便服。他们热情地分了手。科利亚没有多说所发生的事件,但答应明天早点来。后来他证明,在最后一次告别时公爵没有预示他什么,看来,甚至对他也隐瞒了自己的意图。很快整幢屋子里几乎谁也没有留下:布尔多夫斯基去伊波利特那儿了,凯勒尔和列别杰夫也不知道去了哪儿。只有维拉·列别杰娃还在公爵的几个房间里待了些时候,匆匆把房间里结婚喜庆的布置除去,换成平常的样子。离开的时候她去看了一下公爵。他坐在桌子旁,双肘撑在桌上,双手捧着脑袋。她悄悄地走到他跟前,碰了一下他的肩膀;公爵困惑地望了她一下,几乎用了一分钟时间仿佛回想什么;但是等他想起并弄清一切后,一下子又异常激动起来。不过,最后他向维拉提了个急切而不同寻常的请求,要她第二天早晨七点钟敲他房间的门,以便叫醒他去赶第一班火车。维拉答应了;公爵又开始热烈地请求她别将此事告诉任何人;她也答应了这一点,最后,维拉已经完全打开了门准备离去时,公爵第三次叫住了她,拿起她的手吻了吻,接着又吻了吻她的前额,并以一种"不同平常"的神态对她说:"明天见!"至少后来维拉是这样转告的。她走开时为他感到极大的担忧骇怕。第二天早晨按约定时间七点钟,她稍稍振作精神,敲了他的门,并告诉他去彼得堡的火车过一刻钟开;她觉得,他为她开门时精神饱满,甚至还脸带微笑。夜里他几乎没有脱衣服,但是睡了。照他说的,他今天会回来。看来,他认为此刻只能也只需告诉她一人,他是去城里。

十一

过了一小时他已经在彼得堡,九点钟时则已在按罗戈任家的门铃了。他是从正门进去的,好久都没有给他开里面的门。最后,罗戈任娜老太婆房间的门开了,出现一个仪表端庄的老女仆。

"帕尔芬·谢苗诺维奇不在家,"她从门里边说,"您找谁?"

"帕尔芬·谢苗诺维奇。"

"他不在家。"

女仆用一种怪异的好奇目光打量着公爵。

"至少请告诉我,他是否在家里过夜了?还有……昨天他是不是一个人回来的?"

女仆继续望着他,但不做回答。

"昨天晚上……纳斯塔西娅·费利帕夫娜没有跟他一起……在这里?"

"请问,你是什么人?"

"列夫·尼古拉耶维奇·梅什金公爵,我们非常熟悉。"

"他不在家。"

女仆垂下了眼睛。

"那么纳斯塔西娅·费利帕夫娜呢?"

"这我一点也不知道。"

"请等一下,等一下!他什么时候回来?"

"这也不知道。"

门关上了。

公爵决定过一小时再来。他朝院子看了一眼,他遇见了管院人。

"帕尔芬·谢苗诺维奇在家吗?"

"在家。"

"那刚才怎么对我说不在家?"

"他家里人说的?"

"不,是他母亲的女仆说的,而我按帕尔芬·谢苗诺维奇的门铃,没有人来开门。"

"也许出去了,"管院人说,"他可是不告诉的。有时连钥匙也随身带走,房间常常一锁就是三天。"

"您肯定知道昨天他在家吗?"

"在家。有时他从正门走,那就看不到了。"

"那么昨天纳斯塔西娅·费利帕夫娜跟他在一起吗?"

"这可不知道。她不常来,要是她来,好像我是会知道的。"

公爵走了出来,在人行道上沉思徘徊了一阵。罗戈任住的几间房间的窗户全都关着,他母亲占着的那一半房间的窗户全都开着。天气晴朗、炎热。公爵穿过街来到对面人行道上,停下来又朝窗户瞥了一眼:它们不仅仅全都关着,而且几乎到处都放下了白色的窗幔。

他站了有一分钟左右,奇怪的是,突然他觉得,有一幅窗幔的边撩开了一点,闪过罗戈任的脸;闪了一下,一瞬而逝。他又等了一会儿,本已决定再去按门铃,但改变了主意,决定推迟一小时:"谁知道,也许只是幻觉……"

主要的是,他现在急着要去伊斯梅洛夫团,即纳斯塔西娅·费利帕夫娜不久前住过的宅寓。他知道,三星期前应他的请求她从帕夫洛夫斯克搬走,住到伊斯梅洛夫团一位过去要好的熟人、寡居的教师妻子、有家的受人尊敬的女士那里,那女士几乎靠出租一套有上好家具的房间为生。最大的可能是,纳斯塔西娅·费利帕夫娜又搬到帕夫洛夫斯克去住时,留下了这套住宅;至少相当可能在这住宅里过夜,当然,是罗戈任昨天把她送往那里的。公爵雇了马车。途中他忽然想到,应该先从这里开始找起,因为夜里她不可能径直上罗戈任那儿去。这时他又想起管院人的话,纳斯塔西娅·费利帕夫娜不常去。既然本来就不常去,现在又凭什么在罗戈任那里留宿呢?公爵因这些想法而有所宽慰,使自己打起精神来,最后,半死不活地来到了伊斯梅洛夫团。

完全使他吃惊的是,教师妻子这里无论是昨天还是今天都没有听说过纳斯塔西娅·费利帕夫娜的事,不仅如此,她家里的人跑出来像看怪物似的看着他。教师妻子家庭成员众多——全是年龄相差一岁的女孩,从十五岁到七岁——她们跟在母亲身后蜂拥而出,把他团团围住,对着他张大嘴巴瞪着眼。在她们后面走出来一位脸色蜡黄、精瘦干瘪、扎着黑头巾的姑姑,最后露面的是奶奶,戴眼镜的老太太。教师妻子非常恳切地请公爵进去坐坐,他就照做了。他马上就意识到,她们完全明白他是什么人,她们也清楚地知道,昨天应是她的婚礼,她们想要了解婚礼的情形想得要死,也极想了解目前的怪事:怎么他向她们打听起她来,她现在本应该跟他在帕夫洛夫斯克而不是跟别人在一起,但是她们都知礼识趣。公爵简短地谈了婚礼的事以满足她们的好奇心。她们便开始惊诧、叹气和呼叫,于是公爵不得不把其余的一切几乎都讲了,当然,只是择其要者。最后这几位聪颖激动的女士商议决定,首先一定要敲开罗戈任的门,并从他那里了解到一切实际的情况。如果他不在家(这点一定得弄清楚)或者他不想说,那么就去谢苗诺夫团一位女士那里,那是个德国人,她是纳斯塔西娅·费利帕夫娜的熟人,与母亲一起住;也许,纳斯塔西娅·费利帕夫娜因为激动不安和想躲起来,就在她们那里过夜了。公爵起身告辞时十分沮丧。她们后来说,他脸色"白得可怕";确实,他几乎两腿发软。最后,

685

在一片吵得不得了的叽里呱啦声中他听出了,她们商量着要与他一起行动,并向他要城里的地址。他没有地址;她们建议他住旅馆。公爵想了一下,便把五星期前他曾经在那里发过病的、过去住过的旅馆的地址给了她们。接着他又去找罗戈任。这一次罗戈任那里不仅不开门,甚至老太婆住的宅院门也没开。公爵去找管院人,好不容易在大院子里找到他;管院人正忙着什么事,因此勉强回着话,甚至勉强看看他,但还是肯定地说,帕尔芬·谢苗诺维奇"一大清早就出去了,去帕夫洛夫斯克了,今天不会回家"。

"我等一等,也许,晚上会回来?"

"也许,一星期都不回来,谁知道他。"

"这么说,反正昨天是在家过夜的?"

"过夜是过夜的………"

所有这一切是令人怀疑的,有鬼名堂。管院子的人很可能在这段时间里得到了新的指示,因为刚才还相当多话,而现在简直就是避而不答。但是公爵决定过两小时再来,如果必要的话,甚至就守在门旁。而现在还剩下在德国女人那里的希望,于是他驱车去谢苗诺夫团。

但是在德国女人那里她们甚至不理解他的来意。从她透露的一些话中公爵甚至领悟到,德国美人两星期前与纳斯塔西娅·费利帕夫娜吵了一架,因此这些日子来她一点也没听说纳斯塔西娅·费利帕夫娜的事,而且现在她竭力要人家知道,她也没有兴趣去听说,"哪怕她嫁给世界上所有的公爵"。公爵急忙走出来。他忽然想到,也许她像那时那样去莫斯科了,而罗戈任当然是追踪而去,也可能是与她一起去。"至少哪怕找到一点踪迹也好!"但是他想起了,他应该在旅馆落脚,便急忙去利捷伊纳亚街,那里立即带他到一个房间去。服务员问他想不想吃点东西,他心不在焉地回答说要,待到醒悟过来,他对自己大发了一通火,因为吃东西耽误了他半小时,只是后来他才明白,他完全可以留下送来的点心,可以不吃。在这昏暗窒闷的走廊里有一种奇怪的感觉,苦苦地竭力要得到某个想法的感觉笼罩在他的心头;但他总是领悟不到,这个新的纠缠不休的想法究竟是什么。最后他魂不守舍地从旅馆里走出来;他的脑袋在打转,但是,到底上哪儿去呢?他又去找罗戈任。

罗戈任没有回来,没人开门应铃声。他又去按罗戈任家老太婆宅院的铃,门开了,也声称帕尔芬·谢苗诺维奇不在,也许三天都不在。使公爵感到窘的是,像以前那样,人们用怪异好奇的目光打量他。这次他根本未能找到管院人。像刚才那样他走到对面人行道上,望着罗戈任家的窗户,在难熬的炎热中徘徊了半小时左右,也许时间还更长些。但这次什么动静也没有;窗户没有打开,白色窗幔纹丝不动。他最终认为,前一次一定是他的幻觉,因为从一切迹象看来,甚至窗户也黯然无光,久未擦洗,因此,即使有人真的透过窗户张望,也很难辨认。这个想法使他感到高兴,于是他又到伊斯梅洛夫团教师妻子家去。

那里她们已经在等他了。教师妻子已经到过三四个地方,甚至还去过罗戈任家,说那里无声无息。公爵一声不吭地听着,走进房间,坐到沙发上,望着大家,似乎不明白她们在对他讲什么。奇怪的是:他一会儿注意力异常敏锐,一会儿又忽然心不在焉到难以置信的地步。这一家人后来称,这一天这个人奇怪得"令人吃惊",因此,"也许,那时一切就已经显示出来了"。最后,他站起来,请求给他看看纳斯塔西娅·费利帕夫娜的房间。这是两间宽敞高爽而又明亮的房间,有着相当好的价值不低的家具。这几位女士后来说,公爵察看了房间里的每一样东西,看见了茶几上有一本从图书馆借来的书摊开着,是法国长篇小说《包法利夫人》。他注意到了,把打开的那一页折了起来,请求允许把书带走,而且没有听完说出是从图书馆借来的就立即把它放到自己口袋里。他坐到打开的窗口,看见一张写满了粉笔字的小牌桌,便问:谁在玩牌?他们告诉他,每天晚上纳斯塔西娅·费利帕夫娜都与罗戈任玩杜拉克、朴列费兰斯、梅利尼克、惠斯特、自选王牌等各种牌戏,只是最近,即从帕夫洛夫斯克搬来彼得堡以后,才开始玩牌的,因为纳斯塔西娅·费利帕夫娜老是抱怨无聊,抱怨罗戈任整晚整晚坐着,老不吭声,什么也不会说,而她常常哭泣;于是忽然有一天晚上罗戈任从口袋里掏出了纸牌;纳斯塔西娅·费利帕夫娜立即笑逐颜开,他们就开始玩起牌来。公爵问,他们玩的牌在哪里?但是牌不在,总是由罗戈任自己放在口袋里带来,每天都是一副新纸牌,用后就随身带走。

这几位女士建议公爵再去罗戈任家,把门敲重些,但不是现在,而是晚上,因为那时"也许会在"。与此同时教师妻子自告奋勇在天黑前去一趟帕夫洛夫斯克找达里娅·阿列克谢耶夫娜,打听一下那边是否知道什么情况。她们请公爵晚上十点钟无论如何去她们那儿,以便商量第二天的行动。尽管她们一再安慰和给以希望,公爵心头仍充满了绝望。在难以形容的苦恼中他步行回到自己的旅馆。夏日尘土飞扬、让人窒闷难受的彼得堡仿佛钳子似的把他夹得喘不过气来;他在冷峻的或喝醉了酒的人群中挤来挤去,无目的地盯着人们的脸,他走过的路大概比应走的路多得多;当他走进自己房间的时候,天几乎已经完全黑了。他决定稍事休息,然后如她们建议的那样再到罗戈任那儿去。公爵坐到沙发上,双肘撑在桌子上,陷入了沉思。

上帝知道,他想了多久,也只有上帝知道,他想了些什么。他担心许多事情,并且痛苦和难受地感觉到了自己非常害怕。他想到了维拉·列别杰娃;后来又想到,也许,列别杰夫知道这件事的什么情况,即使他不知道,那么也可能比他更快更容易地了解到。后来他又回忆起伊波利特以及罗戈任常去看伊波利特的事。再后来则想起了罗戈任本人:不久前在安魂弥撒上见过他,接着在公园里,接着——突然在这里的走廊上,当时他躲在角落里,手持刀等着他。现在他也回忆起了他的眼睛,当时在黑暗中窥视着的眼睛。他战栗了一下:刚才纠缠不休的念头现在突然冒了出来。

这个念头在某种程度上是这样的:如果罗戈任在彼得堡,那么尽管他要隐藏一段时间,最后反正一定会来找他公爵的,就像过去那样,无论他抱有好的还是坏的意图,总会来找他的。至少,假如罗戈任有什么原因必须要来,那么除了到这里,又是这条走廊,他再没有别的去处。他不知道公爵的地址,因而很可能会想到公爵住在过去的旅馆里,至少他会试图在这里寻找他……如果非常必要的话。可谁又知道呢,也许,他是很有必要呢?

他这么想着,而且这个念头不知为什么使他觉得完全是可能的。假若他开始深入考虑自己的想法——比如说,为什么罗戈任突然这样需要他?为什么他们最终一定要相见?——那么他无论如何是弄不清楚的。但是这个想法却沉重地压在心头。"如果他很好,他就不会来,"公爵继续想,"如果他觉得不好,他多半会来;而他肯定是觉得不好的……"

当然,既然他这样确信,就应该在旅馆房间里等罗戈任,但是他又仿佛不能承受这种新的想法,便一跃而起,抓起帽子就往外跑。走廊里几乎已经完全黑了。"如果他现在突然从那个角落里走出来并在楼梯旁拦住我,怎么办?"当他走近他所熟悉的地方时,忽然闪过这样的念头。但是没有人走出来。他下楼走近大门,走到人行道上。使他感到惊诧的是,密密麻麻的人群伴随着西下的夕阳拥上街道(假期的彼得堡总是这样)。他朝豌豆街方向走去。在离旅馆五十步远的地方,在第一个十字路口,人群中突然有人碰了一下他的胳膊,凑在他耳旁低声说:

"列夫·尼古拉耶维奇,跟我走吧,兄弟,有必要。"

这是罗戈任。

很奇怪:公爵出于高兴突然开始嘟嘟哝哝地对他说(几乎每句话都没有说到底),他刚才去旅馆走廊里等过他。

"我去过那里,"罗戈任出其不意地回答说,"我们走吧。"

公爵对他的回答很惊讶,但是,至少过了两分钟后他弄清楚了才真正惊讶了。弄清楚这句答话的含意后,公爵吓坏了,开始仔细端详起罗戈任来。罗戈任在前面半步远的地方走着,直直望着前方,对迎面而来的任何人都不望一眼,只是下意识地小心翼翼地给所有的行人让路。

"既然你到了旅馆,为什么不到房间里来找我?"公爵突然问道。

罗戈任停下来,望了他一眼,又想了想,仿佛完全不明白他的问话似的,说:

"这样吧,列夫·尼古拉耶维奇,你在这里笔直走,一直走到我家,知道吗?我则要在那一边走。你得注意,我们要保持在一起……"

说完,他穿过街道,走上对面的人行道,又看了一下公爵是否在走,当他看见公爵站在那里睁大了眼睛望着他时,便对他朝豌豆街方向挥了一下手,就开步走了,不时地转身看一下公爵,要他跟上自己。他看到公爵明白了他的意思,没有从另一边人行道走到他这边来,他显然很高兴。而公爵则想,罗戈任需要仔细观察并且不想错过路上的什么人,因此他要走到另一边人行道上去。"只不过为什么他不说一声要看谁?"就这样他们走了五百步光景,突然公爵不知为什么开始浑身打颤;罗戈任虽然比刚才少看他,但仍然不停地回头。公爵忍不住便向他招招手。罗戈任马上穿过街朝他走来。

"难道纳斯塔西娅·费利帕夫娜在你那里?"

"在我那里。"

"刚才是你从窗幔后面看我?"

"是我……"

"你怎么……"

但是公爵不知道接下去问什么和怎么结束问话;而且他的心跳得厉害,说话也觉得困难。罗戈任也沉默着,还像先前那样望着他,也就是仿佛若有所思地望着。

"好了,我走了,"他突然说,准备再穿过街去,"你走你自己的,我们就在街上分开走吧……这样我们会觉得好些……各走一边……你会明白的。"

终于,他们从不同的人行道都拐向豌豆街并走近了罗戈任的家,公爵又开始双腿发软了,以致几乎难以行走。已经是晚上十点左右了。老太婆那一半窗户像刚才那样开着,而罗戈任那里的窗户关着,而且在昏暗的夜色中垂下的白色窗幔变得格外醒目。公爵从对面人行道走近屋子;罗戈任则从自己这边人行道走上台阶并朝他挥手。公爵穿过街走向他,登上了台阶。

"现在管院子的人也不知道我回家了。我刚才说去帕夫洛夫斯克,在母亲那里也是这么说的,"他脸带狡猾而得意的微笑低声说,"我们进去,谁也听不见我们的声音。"

他的手里已经拿好钥匙。上楼梯时,他转过身来,警告公爵,让他走得轻些。他悄悄地开了自己房间的门,放公爵进去,然后小心翼翼地跟在他后面进去,并在身后关上门,把钥匙放进口袋。

"我们往前走。"他悄声低语说。

还是在利捷伊纳亚街的人行道上时他说起话来就是悄声低语的。尽管他外表非常镇静,但是内心却深深不安。当他们走进紧靠着书房的厅堂时,他走近窗口并神秘地招呼公爵走到自己身边来。

"你刚才打铃找我,我在这里马上就猜到这是你本人;我蹑着脚走近门边,听到你在跟帕夫季耶夫娜谈话,而我在天刚亮的时候就吩咐过她:如果是你或者是你派的人,或者无论什么人来敲我的门,不管怎么样也不能说我在家;特别是你自己来问我的去处,更不能说,我还告诉了她你的名字。后来,你走出去了,我忽然想到,要是你现在站在那里,从街上察看或者守着呢?于是我就走到这扇窗跟前,撩开窗幔望了一下,而你站在那里正朝我望着……就是这么回事。"

"纳斯塔西娅·费利帕夫娜……在什么地方?"公爵喘着气问。

"她……在这里。"罗戈任慢腾腾地说,似乎稍稍等了一会儿才回答。

"在哪里?"

罗戈任抬眼望着公爵,凝神地望着他。

"我们走……"

他一直低语着,而且不急不忙,慢条斯理,仍像先前那样,似乎奇怪地若有所思着。甚至在讲掀起窗幔的事时,也仿佛是在讲别的事似的,尽管他讲的时候十分冲动。

他们走进书房。从公爵上次到过这里以来,这个房间里发生了一些变化:一道绿色花缎丝幔帘横穿整个房间——两端各有一个出入口——把书房和放着罗戈任床铺的卧室隔了开来。沉重的幔帘垂挂着,入口也都关着。但是房间里很暗;彼得堡夏日的白夜也开始变得昏暗,因此若是没有满月,在罗戈任放下窗幔的幽暗的房间里是难以看清楚什么的。确实,还能辨认人的脸,但很模糊。罗戈任照例脸色苍白;眼睛凝视着公爵,特别闪亮,但似乎定定的、呆呆的。

"你哪怕点支蜡烛?"公爵说。

"不,不用。"罗戈任回答着,挽起公爵的手,把他按到椅子上;他自己移过一把椅子在公爵对面坐下,近得几乎碰着膝盖。他们之间稍稍靠边的地方有一张小圆桌。"坐吧,暂时先坐一会儿!"他说,仿佛在劝对方坐些时候。他们沉默了一会儿。"我就知道,你会在这家旅馆落脚的,"他说起话来,正像有的时候那样,在谈主要的话题前,先从与正题没有直接关系的局外细节开始谈起,"我走进走廊,就想,也许,他现在正坐着等我,就像此刻我等他一样。你去过教师妻子家了?"

"去过。"由于剧烈的心跳,公爵勉强才能说出话来。

"我就想到过这点。我想,还是有话要谈的……后来还想,我带他来这里过夜吧,这样今天夜里就可以一起……"

"罗戈任!纳斯塔西娅·费利帕夫娜在哪里?"公爵突然低声问,并浑身上下打着颤,站了起来。罗戈任也站起身。

"在那里。"他朝幔帘那边点了下头,低语说。

"她睡了?"公爵低声问。

罗戈任又像刚才那样凝神望了他一眼。

"还是走过去吧!……只不过你……算了,走吧!"他撩起入口的门帘,停下来,又转向公爵说。"进来!"他朝门帘后面点点头,请公爵朝前走。公爵走了进去。

"这里很暗。"公爵说。

"看得见!"罗戈任喃喃说。

"我勉强看得见……一张床。"

"走近些。"罗戈任轻轻地提议说。

公爵又跨近了一步,两步,停住了。他站在那里,细看了一分钟或两分钟;两人在床旁始终没有说一句话;公爵心跳得厉害,在室内死一般的沉寂中好像都能听得到心跳声。但是他已经适应了在黑暗中看东西了,因而已能看清整张床;那上面有人纹丝不动地睡着;听不到一点动静,也听不到丝毫气息。睡着的人被蒙头盖上了一条白床单,四肢轮廓似乎显得很模糊;根据凸显的样子,只看得出,睡着的人直挺挺地躺在那里。周围乱糟糟的,床上、脚边、床旁的圈椅上,甚至地上到处乱扔着脱下来的衣服、豪华的白色丝绸裙子、鲜花、缎带。床头旁的小几上摘下来乱摆的钻石首饰闪闪发亮。在脚边一些花边缠成一团,就在那些发白的花边上,从被单下露出一只光裸的脚的脚尖;它就像是大理石雕凿出来似的,一动不动地显得可怕。公爵看着并感觉到,他越看,房间里就越显死气沉沉和寂静肃穆。突然一只活动起来的苍蝇发出嗡嗡声,在床上方飞过,在床头边销声。公爵战栗了一下。

"出去吧。"罗戈任碰了一下公爵的手。

他们走了出来,重又坐到刚才坐的椅子上,还是面对面坐着。公爵打颤越来越厉害,同时疑问的目光一直没从罗戈任的脸上移开。

"我看得出,列夫·尼古拉耶维奇,你在打颤,"罗戈任终于说,"你情绪失常时,记得吗,在莫斯科那次几乎就是这样,或者就是发病前是这样。我想不出来,现在该对你怎么办……"

公爵聚精会神,用心听着,以便理解眼前发生的事,同时又一直用目光询问着。

"这是你干的?"他朝门帘那边点了下头,终于说。

"这……是我……"罗戈任嗫嚅着说,并垂下了头。

他们沉默了五分钟光景。

"因为,"罗戈任突然继续说,仿佛未曾中断谈话似的,"因为要是你发起病来,现在喊叫起来,那么,街上或者院子里大概就会有人听到并猜到,住宅里有人过夜,就会来敲门,就会有人进来……因为大家以为我不在家。我连蜡烛也不点,就是为了不让街上或院子里的人知道。因为我不在时总把钥匙带走,所以如果我不在三四天都不会有人进来收拾房间,这是我立的规矩。因此不能让人家知道我们在这里过夜……"

"等一下,"公爵说,"我刚才问过管院人和老太婆:纳斯塔西娅·费利帕夫娜有没有来过夜?看来,他们已经知道了。"

"我知道你问过。我对帕夫季耶夫娜说,昨天纳斯塔西娅·费利帕夫娜顺便来,昨天就去帕夫洛夫斯克了,在我这儿只待了十分钟。所以他们不知道她在这里过夜……谁也不知道。昨天我们进来时,完全是悄悄地,就像今天我和你进来时一样。路上我还暗自想,她会不愿意悄悄地进来,——哪有的事!她低声说话,踮着脚走,为免得发出声响,还脱下了身上的裙子,拿在手里,上楼梯时她自己还用手指头警告我别出声。她一直怕的是你。在火车上完全像个疯子似的,全是因为骇怕,也是她自己愿意到我这儿过夜的;我起先想把她送到教师妻子那去的,——哪儿的话!她说,'在那里天一亮他就把我找到了,你把我藏起来,明天天一亮就去莫斯科',后来又想去奥廖尔的什么地方。她躺下睡觉时还一直说,我们去奥廖尔……"

"等一下,你现在怎么办,帕尔芬,你想干什么?"

"我就不放心你,你一直在打颤。我们就在这里过夜,一起过夜。除了那张床,这里没有别的床铺,我这样想好了,把两只沙发上的靠垫拿下来,就在这里,在幔帘旁,并排铺起来,给你睡也给我睡,这样可以待在一起。因为,如果有人进来,就会查看或寻找,马上就会看见她并将她运走。就会审问我,我就说是我干的,于是马上会把我带走。现在就让她这样躺着,就在我们旁边,在我和你旁边……"

"对,对!"公爵热烈地肯定说。

"就是说,不去自首,也不让抬走。"

"决不!"公爵决然说,"无论如何也不!"

"我就是这样决定的,老弟,无论如何、无论是谁都不交出去。我们悄悄地过一夜。我今天从家里出去只有一小时,是在上午,其余时间一直待在她身边。后来,晚上了我又去找你。我也还担心,天气闷热,会有味儿。你闻到味儿没有?"

"也许闻到了也不知道。到早晨一定会有味的。"

"我给她盖上了漆布,很好的美国漆布,漆布上面又罩了床单,还放了四瓶开了盖的日丹诺夫杀菌剂,现在还在那里。"

"就像那里……莫斯科出的事一样?"

"因为,兄弟,怕有味儿。她可就像躺着睡觉一样……到早晨天亮了,你再看看。你怎么啦,起不来了?"看到公爵哆嗦得站不起来,罗戈任又担心又惊讶地问。

"两腿使不上劲,"公爵喃喃地说,"这是因为骇怕,我知道……等过了这一阵,就能站起来了……"

"等一下,我先来给我们铺好垫子,让你好躺下……我也跟你一起躺下……然后静听……因为,兄弟,我还不知道……兄弟,我现在还没有全都知道,所以我先对你说,让你早点知道这一切……"

罗戈任一边含糊不清地嘀咕着,一边开始铺垫子。看来,也许还在上午他就暗自想好了这样铺。昨天夜里他自己躺在沙发上。但是沙发上并排躺两人睡不下,而他现在又一定要铺在一起,所以此刻费了好大劲把沙发上两只大小不一的靠垫经过整个房间搬到幔帘后的入口处,总算马马虎虎安顿好了铺位。他走到公爵跟前,温柔而兴奋地挽着他的手,扶他起来,把他带到铺位前;但是,公爵原来已经能自己行走了,这就是说,"骇怕已经过去了";然而他仍然在继续打颤。

"兄弟,因为现在天热,"罗戈任让公爵躺到左边比较好的垫子上,自己则双手枕在脑后,在右边和衣躺下,突然开始说,"你也知道,会有味儿……我怕打开窗户;母亲那儿有些盆花,开着许多花,而且发出很好的香味,我想搬过来,可是帕夫季耶夫娜会猜到的,她很好奇。"

"她是很好奇。"公爵随声附和道。

"莫非去买些花束和鲜花来放在她周围?我想,朋友,看着她躺在花丛中,会觉得很可怜!"

"听着……"公爵好像思绪紊乱,寻思着究竟应该问什么,又仿佛立即忘了,"听着,告诉我:你用什么干的?用刀子?就那一把?"

"就那一把。"

"再等一下!帕尔芬,我还想问你……我有许多问题要问你,关于这一切……但你最好先告诉我,一开始就让我知道:你是不是想在我婚礼举行前,就在结婚仪式前,在教堂门前的台阶上就用刀杀死她?你想不想?"

"我不知道,想还是不想……"罗戈任干巴巴地回答说,甚至仿佛对此问题感到奇怪和不解。

"你从来也没把刀随身带往帕夫洛夫斯克吗?"

"从来没有。我能对你讲的就只是这把刀子,列夫·尼古拉耶维奇,"他沉默一会儿,又补充说,"我是今天凌晨把它从锁着的抽屉里拿出来的,全部事情都是在凌晨三点钟时发生的。这把刀子一直夹放在书里……还有……还使我感到奇怪的是,刀似乎进了一俄寸半……甚或是两俄寸……就在左胸口……可总共就只半汤匙血流在衬衣上,再也没有了……"

"这个,这个,这个,"突然公爵激动万分地抬起身子,说,"这个我知道,我在书上读到过……这叫内出血……甚至有一滴血也不流的。这是正好刺中心脏……"

"等等,你听见没有?"罗戈任突然很快打断了公爵,惊恐地在垫子上坐起来,"听见了吗?"

"没有!"公爵望着罗戈任,同样惊恐地很快回答着。

"有人在走动!听见了吗?在厅堂里……"

两人开始倾听。

"听见了。"公爵坚定地低声说。

"在走动?"

"在走动。"

"要不要锁上门?"

"锁上……"

门锁上了,两人重又躺下。很长时间没有作声。

"啊,对了!"公爵突然用原先那种激动和急促的低语轻声说,似乎又捕到了一个念头,非常担心再把它丢了,甚至从铺位上跳了起来。"对了……我想要……这副牌,牌……据说,你跟她玩过牌?"

"玩过。"罗戈任沉默一会儿说。

"牌……在哪里?"

"牌就在这里……"静默了更长一会儿,罗戈任说,"就是这副……"

他从口袋里掏出一副玩过的、包在纸里的牌,将它递给公爵。公爵拿了,但似乎又很困惑。一种新的忧伤和凄凉的感觉压抑着他的心;他忽然明白,此刻以及已经很久以前,他所说的一切都不是他应该说的,他所做的一切也不是他应该做的,就现在他拿在手里并为此而十分高兴的这副牌目前已经无济于事,帮不了什么忙了。他站起来,双手一拍。罗戈任一动不动地躺着,仿佛没有听到、看到他的动作,但是他的眼睛在黑暗中炯炯发亮,并且呆滞不动,睁得大大的。公爵坐到椅子上,恐惧地望着他。过了半个小时,罗戈任突然时断时续地大声喊叫起来,哈哈大笑起来,仿佛忘了应该悄声说话似的。

"那个军官,那个军官……你记得吗,在音乐会上她刮了一耳光的那个军官,记得吗,哈……哈……哈!还有一个士官生……士官生……士官生也冲到跟前……"

697

公爵从椅上跳起来,他处于新的惊恐之中。当罗戈任静下来时(他突然静了下来),公爵悄悄地俯向他,坐到他旁边,开始细细察看他,同时心剧烈地跳动着,呼吸也很吃力。罗戈任没有朝他转过头来,似乎把他忘了。公爵望着,等待着;时间流逝了,开始天明了。罗戈任有时偶尔突然喃喃说话,声音很大,很刺耳,也不连贯;有时则开始大叫大嚷和放声大笑;于是公爵朝他伸过自己颤抖的手,轻轻地碰到他的脑袋、头发,抚摸着,又抚摩他的脸颊……别的他什么也不能做!他自己又开始打颤,他的双腿仿佛又突然不听使唤了。完全是一种新感受以无限的忧伤折磨着他的心。这时天完全亮了;他终于躺到垫子上,仿佛已经完全虚弱无力和灰心绝望,他把自己的脸贴向罗戈任苍白、木然的脸;眼泪从他的眼睛里流到罗戈任的脸颊上,但是,也许当时他已经不觉得自己的眼泪,对于流泪已经一点也不知道了……

至少已经过了许多小时以后,当门被打开,人们走进来时,他们看见凶手完全失去了知觉,在发热病。公爵就在他身边的坐垫上一动不动、安安静静地坐着,每当病人发出呼叫或呓语时,他就急忙用颤抖的手去抚摩他的头发和脸颊,仿佛爱抚和哄着他似的。但是对于人家问他什么,他已经什么也不明白了,而且也认不出进来围在他身边的人。假如施奈德本人现在从瑞士来,看到自己过去的学生和病人,那么他会想起公爵在瑞士治疗的第一年有时表现出来的那种状态,现在也会像当时那样手一挥说:"白痴!"

结　尾

教师妻子坐车赶到帕夫洛夫斯克，直接去找昨天起就心绪不宁的达里娅·阿列克谢耶夫娜，并对她讲述了她所知道的一切，这可完全把她吓坏了。两位女士立即决定与列别杰夫取得联系，他作为房东和房客的朋友也处在非常不安的状态中。维拉·列别杰娃告诉了她所知道的一切情况。根据列别杰夫的建议，他们三人决定去彼得堡，以尽快防止"非常可能发生"的事。这样，已经是第二天上午十一点左右，罗戈任的住宅被打开了，在场的有警方、列别杰夫、两位女士、住在侧屋的罗戈任的兄长谢苗·谢苗诺维奇·罗戈任。最有助于案件进展的是管院人的证词，昨天晚上他看见帕尔芬·谢苗诺维奇跟一位客人从台阶上进去，而且仿佛偷偷摸摸地。有了这个证词就已经不存疑问，警方破开了对法律也不开的门。

罗戈任挺过了两个月的脑炎，等他病愈后便接受了侦讯和审判。他对一切都供认不讳，做了确凿和完全肯定的证词，因而从一开始公爵就被免了诉讼。在审理过程中罗戈任一直保持恭顺。他没有跟自己精明的、能言善辩的律师产生矛盾，律师明确而又富有逻辑地证明，所犯的罪行是脑炎的结果，而被告由于忧伤在犯罪前很久就已开始患病。但是罗戈任自己并没有补充什么来证实这一点，他仍照先前一样明白确凿地肯定和回忆了事件发生的全部细微的情节。考虑到可以从轻判刑的情况，他被判流放西伯利亚服苦役十五年。他神色严峻、一声不吭、"若有所思"地听完了判决。他的全部巨大的财产，除了相对来说很少的部分被他早期纵酒狂饮耗费掉之外，都转到了他兄长谢苗·谢苗诺维奇手中，令其大为满意。罗戈任娜老太仍然活在世上，有时似乎回忆起心爱的儿子帕尔芬，但是不太清楚；上帝拯救了她，使她的神志和心灵已意识不到降临到她这个阴郁的家的可怕灾祸。

列别杰夫、凯勒尔、加尼亚、普季岑和本故事其他许多人物像过去那样生活着，很少有变化，关于他们，我几乎没有要转告的。伊波利特在异常激动中比预料的要早去世，是在纳斯塔西娅·费利帕夫娜死后两个星期。科利亚对发生的事件深为惊讶，他完全跟自己的母亲亲近了。尼娜·亚历山德罗夫娜则为他担心，因为他太多沉思，跟他的年龄不相称；也许，他能成为一个好人。顺便说一下，部分地是由于他的努力，公爵后来的命运有了安排：在近来他认识的所有人中间，他早就看出叶甫盖尼·帕夫洛维奇·拉多姆斯基与众不同；他首先去找他，并把他所知道的所发生事件的全部详情告诉了他，也讲了公爵目前的状况。他没有错：叶甫盖尼·帕夫洛维奇最热心地干预了不幸的"白痴"的命运，由于他的努力和操心，公爵重又到了国外施奈德的治疗中心。叶甫盖尼·帕夫洛维奇本人也到了国外，打算在欧洲生活很长一段时间，并公然称自己"在俄罗斯完全是个多余人"，他相当经常去看望在施奈德那里治疗的患病的朋友，至少几个月就去一次；但施奈德却越来越紧锁眉头和摇头；他暗示公爵的大脑器官完全受到了损害，他还没有肯定说治不好，但是不隐讳做最悲观的暗示。叶甫盖尼·帕夫洛维奇将此事很放在心上，他是个有心人，这样一个事实可以证明：他经常收到科利亚的来信，有时甚至还回信。除此以外，他还有一个奇怪的性格特征也为人所知；因为这是个好的性格特征，所以我急于要说出来。每次拜访过施奈德以后，除了给科利亚写信，他还给彼得堡的一个人寄信，最详尽和深表同情地叙述目前公爵的病情。除恭敬地表示忠诚外，在这些信中有时（而且越来越经常）开始出现一些坦率地陈述看法、解释概念、表达感情的文字——总之，开始表现出某种类似友好和亲近的感情。与叶甫盖尼·帕夫洛维奇通信（虽然相当少）并赢得他如此关切和尊敬的人便是维拉·列别杰娃。我无论怎样也无法确切知道，这样的关系是以何种方式建立起来的；当然是因为公爵的整个事件引起的。当时维拉·列别杰娃被痛苦压倒了，甚至生起病来，但是他们相识并成为朋友的详情，我不知道。我提到这些信，最主要的目的是，其中有些信包含了关于叶潘钦一家，特别是关于阿格拉娅·伊万诺夫娜·叶潘钦娜的消息。叶甫盖尼·帕夫洛维奇在寄自巴黎的一封写得很不连贯的信里告知说，阿格拉娅对一位侨民、波兰的伯爵异常眷恋，经过短时间的交往以后便嫁给了他，此事违反其父母的意愿，但是最后他们还是同意了，因为不这样的话事情会有酿成非同一般的丑闻的危险。后来，几乎沉默半年之后，叶甫盖尼·帕夫洛维奇又在一封冗长和详尽的来信中告诉自己的女通信人，在最近一次去瑞士施奈德教授那儿时，在他那儿遇见了叶潘钦一家人（当然，除了伊万·费奥多罗维奇，他因有事留在彼得堡）和Щ公爵。这次会面很奇怪；他们见到叶甫盖尼·帕夫洛维奇不知怎的很是欢喜；阿杰莱达和亚历山德拉不知为什么甚至认为要感谢他"对不幸的公爵给予了天使般的关怀"。叶莉扎维塔·普罗科菲耶夫娜看到公爵病成那副屈辱相，发自内心地哭了起来。看来，她已经宽恕了他的一切。Щ公爵在这时说了几句很好、很聪明的真话。叶甫盖尼·帕夫洛维奇觉得，他和阿杰莱达彼此还没有完全情投意合，但是在未来性格热烈的阿杰莱达完全自愿和心悦诚服地服从Щ公爵的智慧和经验是不可避免的。加上家里经受的教训，主要是最近阿格拉娅与侨民伯爵的事，对阿杰莱达有着极大的影响。家里做出让步，答应阿格拉娅嫁给侨民伯爵，与此同时始终惴惴不安；她们所担忧的一切在半年里就变成了事实，还加上了许多甚至完全没有想到过的意外情况。原来这个伯爵根本不是伯爵，如果说是侨民倒确实不假，但是有令人怀疑、不清不白的经历。他为国忧伤心碎这种不同凡响的高尚精神使她倾心，而且使她迷恋到这个地步：在还没有嫁给他之前，她就成了国外某个复兴波兰委员会的成员，除此之外，她还进了天主教堂某个著名神父的忏悔室，这位神父的见解使她如痴如狂。伯爵曾向叶莉扎维塔·普罗科菲耶夫娜和Щ公爵提供确凿证据表明拥有巨额财产，原来它们完全是不存在的。不仅如此，在婚后半年光景，伯爵和他的朋友、著名的忏悔神父已使阿格拉娅与家里完全吵翻了，因此他们已经好几个月没有见到她了……总之，要讲的事有许多，但是叶莉扎维塔·普罗科菲耶夫娜、她的女儿们，甚至Щ公爵已为所有这些"恐怖的消息"弄得惊恐不已，以致在与叶甫盖尼·帕夫洛维奇的谈话中甚至怕提到别的事情，虽然他们知道，即使他们不讲，他对于阿格拉娅·伊万诺夫娜最近醉心热衷的事也知道得一清二楚。可怜的叶莉扎维塔·普罗科菲耶夫娜想回俄国去，据叶甫盖尼·帕夫洛维奇证明，她在他面前剧烈而辛辣地把外国的一切批评了一通："哪儿也烤不出好面包，冬天人们像地窖里的老鼠一般挨冻，"她说，"但是至少在这里算是照俄罗斯方式对这个可怜的人哭了一场，"她激动地指着已经完全不认识她的公爵补了一句，"激动得够了，该是用理智的时候了。所有这一切，整个这外国，你们的整个这欧洲——这一切都只是虚幻一场，我们大家在国外也是虚幻一场……记住我的话，您自己也会明白的！"她几乎气愤地结束说，便与叶甫盖尼·帕夫洛维奇分别了。